彗星

ジャン・パウル　恒吉法海　訳

九州大学出版会

ジャン・パウル（1823年）

目次

彗星　あるいはニコラウス・マークグラーフ
ある喜劇的な話

第一小巻

第二小巻

彗星

あるいは

ニコラウス・マークグラーフ

ある喜劇的な話

第一小巻

序言

自己保存の義務のために、私はここで二冊の書のための序言を一度に仕上げなければならない、読者がたった今手にしている本と、天のお気に召したら将来にようやく上梓される別な本のためである。

すでに第一部と第二部とがここに出来上がっている現在の小品への序言は長くするに及ばない。私の将来の自伝の中で若干不思議に思われることであろうが、私がこの第二巻にはホラチウスの言う九年間[1]よりも長く、――というのはすでに一八一一年に始めたからで――多くの中断があるというものの、従事し、生みだしたということを人々は読まれることだろう。ちなみに極地の夜や倍の夜[2]があっても、それ自体ではもちろん、ジュピターが欠けて、単にヘラクレスの子孫だけがいる場合、ヘラクレスが生まれることはない。第二巻、これがようやく仕上がったとき、これは第一巻と称してもよかったのであるが、――私は素手で（本そのものの中でいわば手にとるように分かるであろうが）全く新しい巻、つまり第一巻、即ち、主人公の少年時代、青春時代の建築素材のすべてを得た、つまり後になってようやく都市そのものに建て増しすることになる郊外全体の素材のすべてである、もちろんどこでも郊外の方がその都市よりも新しいのであるが。それで念のため第一巻の話と主人公の青少年時代の話は単に予備章と呼ばれて、単に飛ぶように紹介される、人々が正当にも主要な物語、真の章に急ぐからである。しかしどの史実の本でも、ユダヤ人の歴史から長編小説に至るまで変わらないことであるが、最初は跳躍が奇蹟を行い、後になってようやく歩行がうまく事を運んで、それで物語のための話でも、遊戯のためのチェス同様に最初はナイト[桂馬]や女王を使用するのがより大きな利益となるが、その終盤の頃になると百姓[歩]で一歩一歩進むのである。

私はここで善良なる読書人に密かに衷心からのお願いを申し上げるが、それは愛する女性の読者方に、結婚相手であれ、娘であれ、あるいは養女であれ、あるいはその他面識のある女性であれ、一言も先駆けの章のこと全体については語らずに、この序言を（この序言にあっさり引き込まれて読みふけるような女性はいないが）漏らさないで欲しいということである、というのはさもないと善良なる女性が、最良のお話は後にようやく始まると知ったら、頁を読み飛ばして跳躍することをやめないであろうからである、古い帝国法が（メーザー[3]によれば）女性には夙に肉体上の跳躍を真面目に禁じてはいるけれども。

しかし気のいい読書人がしていいことは、その女性の読者方にこの序言から、私がひたすら読者のために先駆けの章が済むたびに若干の情緒に満ちた脱線をして、それらを実際本の結末に集めて、真面目な調子の添加物によって痩せた巻を飾り立てると共に厚くしたということを報告することである。実際脱線が一切なければ箒星あるいは彗星は全く小さすぎる彗星として最も遠いところに存在することだろう、誰もが私のようには、彗星が一度太陽の近くに来るや、ヘルシェルによると十一年彗星[4]がそうであったように千二百万マイルの尾を見せることになって——その後箒星として名誉ある撤退をするということを知っているわけではないからである。

更に『彗星』という表題に関して思い出すべきことは、この書の命名に当たっては他ならぬその主人公マークラーフ自身がその性質と共に名親として立っているということである。私はそれ故、彼の彗星との類似を描くためには、彗星は周知の通り天ではなはだ大きくなったり、小さくなったり——同様に極めて熱くなったり冷たくなったりし——軌道上でしばしばあからさまに遊星の軌道に逆らったり、いや北から南へ行くことが出来るもので——しばしば二つの女性主人とか太陽に仕え、ある太陽から別の太陽に移るのであるが——私は、申し上げると、彗星との類似を証明するためには、ただ主人公自身の話を披露し、類似を次々に示していくだけでよさそうである。——さてまさにこの話を次の諸巻では披露したので、それでここでは話の全体を繰り返したり、また前もって述べる必要はない。

以上が現在の書に対する手短な序言である。

しかしまずもって出版する予定の別な書への序言は、まだ何も存在しないものを対象とするだけに一層多くの言葉を費やすべきかもしれない。『彗星　ニコラウス・マークグラーフ』を思いついたまさに政治的に劣悪な年一八一一年に私はある長大な長編小説の計画を立てたが、これには表題として『我が最後の喜劇的作品』と名付けようと思った、この作品の中で喜劇的ミューズと共に生涯で一度全く踊り尽くしてしまおうと思ったからである。実際私は一度きちんと飛び跳ねて、大胆な美的なこと無邪気なことを次々に行い、喜劇的宝角全体を振り尽くして、いや宝角をサチュロスの角のように突き回して、本の中で多くの脱線をしたり、密輸入したりするというのではなく、長編小説全体が単に一つの脱線にすぎないようにし、それ故（ことによるとこの無邪気な小品よりももっともな資格があって）彗星とか箒星と呼ばれるべきであるようにしたかった、事実これは無限の中、ある誇張法の中に飛び出して、胃と頭の読者には強い彗星ワイン［彗星の年のワイン］の他は何も残さないはずのものである。要するに私はこの年になって、この年頃には他の著作者や哲学者、詩人は精神的肉体的にひたすら火花を発することで窪んだ腹の曲がった点火器へと打ちのめされ、削られているのであるが、丸いウィルソン避雷宝珠[5]として電気的に出現し、すっかり帯電して放電し、絶えず稲光を発したいと願っているのである。しかし私がそれ故いかにガルガンチュアとかドン・キホーテといった不滅のガルヴァーニの電堆《でんつい》でいつも帯電しようと試みているかは察して頂けよう。

——さてこの件全体で残念なのは、筆者がその率直な短慮のために、自分が数年前からあらゆる種類の紙を集め、極上紙やカルタウネ紙、金鍍金された切り口のある黒枠便箋、官文書、印紙を集め、すべてを適宜裁断して、接着し、一つの途方もない紙凧[6]を作って、それを電気的雲に対する玩具として冗談のために、調査のために、そして避雷のために、まっとうな風が吹いたら飛ばそうと思っているという事の次第を若干口にしてしまったということである。——必ずしも能ある男が示す必要はなかったと思われるこうした準備から今や文通相手や旅行者達[7]から、次のような結論が引き出され、流布することになった、つまり当筆者は、殊に昔のドン・キホーテをいつも両手にしていて、新たなドン・キホーテを描きつつある、上述の騎士、即ち副騎士あるいは後継者の見込みのない代理人を描きつつあって、スペインの冗談屋の遠隔地会員とは言わないまでも名誉会員に名乗りを上げたいと思っている、要するに、かくも長い仕事と時間の後ではまずは何か然るべきものが期待されるというものである。……いやはや、セルバンテスよ。筆者は貴兄に敢えて新たなドン・キホーテを後から贈るべきであろうか、これは美的な物真似鳥[*1]たるヴィーラント、偉大で多様な模倣の才能の持ち主にとってさえ彼の『ドン・シルヴィオ』ではさんざんな出来だったというのに。——実際貴兄はそのときには貴兄の模倣者と盾持ちに新たな迷える騎士をより多く見いだし、かの世で哄笑するに相違ないだろう。

しかしとにかくドイツではうんざりする噂が飛び交っていて、押さえようがない、いやこのニコラウス・マークグラーフですら最初は——少なくともこの序言と作品そのものが読まれないうちは——多くの者から長いこと待たれていたドン・キホーテであり、上述の紙凧であると受け取られないか保証のかぎりではない。

凧は勿論いつか上がるだろう、しかしこの凪の状態で、凧が、殊にかくも長い凧が上がるものだろうか。この凪というのは、ここでは容易に分かるように、五年間というカールスバートの検閲[(8)]の仮条約のことであって、これは本来、調査や啓蒙に対してよりも冗談に対して制限を押し付けているものである。啓蒙に対しては明かりの禁止ですら大して効き目はない。これに関しては日食[*2]のようなもので、ほんの太陽の一片でも覆われないままであれば、日光の減少は見られない。いや民族に対して力ずくで抑えるならば、それは民族にただ前進への新たなキックを与えることになろう、ちょうど素早く止まらなければならない馬車の中で前方への一突きを受けるようなものである。——これに対して冗談はどんな格子にぶつかっても翼に傷を受ける。冗談は自分が利用するよりももっと多くの自由な余地を欲する、冗談は目標に当たるためには、目標を越えて行かなければならない。それ故誰もが自分の同類の許で最も容易に喜劇的で機知に富むことが出来る、自由度がより高くなるとすべての観念を励起させやすくなる、観念は多数であることがまさにその出会いと結実のために互いに必要である。喜劇的精霊は鏡に似ていて、全き音を鳴らすためには自由にぶら下がっていなければならない、大地に触れると鈍く厭わしい音を立てるのである。

勿論五年間の仮条約が、さながら諷刺の多くの負債者に対する五年間の猶予状のように過ぎてしまえば、新鮮な風が起こり、長い凧も上がることが出来よう。私は今単に彗星だけをその無邪気な尾、すべての当世の天体観測者によれば誰も火傷させず、決して溺れさすことはない尾と共に提供することを許され、逆に凧の方は、容易に雷を私とか他の者に導きかねないその紙の尾と共に家に留めておかなければならないが、それだからといって世間も私も失うことはなく、むしろとてつもなく得ることになろう。丸五年という素敵な時を私は静かに、万事に対する大胆極まる諷刺を仕上げて、五年猶予の過ぎた後、早速五年間市長として五年ごとの祝典試合に登場するように使うことが出来ないだろうか――そして私はさながら五倍の配当額をかの最も著名なペリシテ人［俗物］から、つまり五つの金の鼠[9]を払わせることが出来ないだろうか。しばしば私は、どれほど長い尾の羽根と幅広の翼を私の凧にかくも多くの紙、パンフレットや請け出し状――司教牧書や王侯の親書――喜劇の広告、外交文書や協定から縫い合わせることが出来るか計算し、測定してみると自身幸せを禁じ得ない、この際恋文とか献立表、薬名箋は単なる腹部の羽根として数え上げてもいないのである。さて、私がもしかくも羽根を付けられた凧を紐とか臍の緒に付けて世間に飛ばしたら、凧はこのような状況下では隕石が落ちそうな高さにまで上がらないだろうか。

世間は見本市のカタログで、五年後に『紙凧』の表題の下、発表される作品に注目して欲しい。

すでに現在多くの素晴らしい鵞ペンが私の凧の風切羽として利用され設置されるこの文学的に都合のいい時局を存分に見渡してみると、更に丸五年間、喜劇的女神のために捧げられる時代を利用し、刈り取ることになる喜劇的作品の展望には明るいものがある。我々の近くの五つのミューズの山を考えてみれば――イギリスの、イタリア・スペインの、フランスの、オリエントの、古代ドイツの山を考えてみれば、――まことにどの山もその金の鼠を生みだしている、つまり先の金のペリシテ人の居住地に五つの金のペリシテ人の鼠という収穫物を生みだしている。

理性は――ここかしこの上層部ではほとんど国外追放になることはなくて――神学的著述家、フォン・ミュラー[10]とかフォン・ハラー[11]、ハルムス[12]といった人々によってはるかにより実用的に鎖につながれるか、あるいはもっとましであるが詩人達によって炎の中で揮発させられてさえいる。つまりすでにそれ程までにドイツ人は喜劇の面で成功しており、フレーゲルの喜劇文学史[13]では成功者となっている。しかしドイツ人がそのまま仕事を続けたら五年後には、どのドイツ人も、トイクテラー人[14]も、ブルクテラー人も、ウジーペター人も、ヘルスカー人も、ジガンバー人も、フリース人も、カウキ人も、ユート人も、マルス人も、マルサト人も、あるいは他になおアーデルング[15]がライン右岸のゲルマンのキンブリ人に誰を加えようと、この者は喜劇の舞台に登場して構わないだろう。というのは別に自分にも他の作家達にもへつらったことにならないだろうが、すでに現在私はイギリス人達は我々ドイツ人と異なっていると見ているからで、確かにイギリス人の中にはスコットとかバイロンとかがいて、この者達は感覚的、いや情熱的な自然性でもって描写し、炎を確たる大地の上に煽ったり、あるいは空想的な炎のナフタを深い大地から引き出しているが、――しかし彼らはその代わり、かのドイツ的神秘家やロマン主義者を登場させることが出来ない、これは眼からの火花として押し出す全く別の、より繊細な、大地のない炎を我々に与える者達で、これは実際すべての世界で、どんな劣悪なポケット判の本や長編小説の中ですらふんだんに見られる者達である。これらはまさに彼らが根源的な温かさや豊かな成長、植え付けによる栽培に満ちた諸国や詩人達と全く似ていないが故に、それだけ一層極地の国々に似ている男達（この中には女達もいるが）である、これら極地の国々は魔術的にすべての南方の色彩の輝きと豊穣な形姿の播種を上の冷たい空に、上空や下界での温かさなしに、単なる極光を通じて、不思議に交互にぎしぎしいう光線の戯れの画と共に見せるのである。――要するにその長編小説の中のロマンチックな一等星の大きさの大胆な星々で、これらは一八一一年の忘れがたい彗星、ヘルシェルによるとその核は九三マイルにすぎないが、その霧状の輝きの塊は二万七千マイルに達した彗星に似ているかもしれないものである。……

ここでこの比較は私自身をちょうど印刷中の『彗星』に連れ戻すことになる、この彗星は単に小さな、やはり一八一一年に出現した彗星に似ていると言えようが、これは核しか大きなものはなかった。*3 ――ちなみに様々な書評施設におけるすべてのヘヴェリウス(16)的彗星記録者が、彗星調査者達の背後で、彗星は太陽の間近に来るまでは、更に多くの星座を経由しなければならず、そうしてようやく目に見えるものになると述べたいと思うならば、それを彼らの特別なプレゼントと私は見なしたい。というのはそれ以前には彗星の軌道の要素を計算することは出来ないし、天空の半分を下げることになる尋常ならざる尾を観測することは更に出来ないからである。先に述べたように、私はこのような意見を特別なプレゼントと見なすだろう。

バイロイトにて、一八二〇年四月五日

ジャン・パウル・Fr・リヒター博士
公使館参事官

＊1　物真似鳥、あるいは所謂アメリカの小夜啼鳥で、これはすべての鳥の歌声の模倣をする生きたオルガンである。

＊2　ツァッハの『雑誌』一八〇五年三月。

＊3　天体について無知な者のためにここで銘記される必要があろうが、一八一一年には大きな、その尾とワインとで著名な彗星の他に、小さな、それ程知られていない彗星が出現した。これはヘルシェルによると直径八七〇マイルの核を有したが、しかし周りには小さな霧しか有しなかった。

原初の、あるいは封土授与の章

この章では読者を物語に封ずる、つまり指輪と杖とによる司教職叙任が行われる

ホーエンガイスの辺境伯領に地方小都市のローマがある、ここでこのことによると長くもあれば重要でもある物語の主人公、薬剤師のニコラウス・マークグラーフが今封土授与の章で遠くから登場することになる。一冊の本を見たことのない私の読者の最も無知な者でさえ、このホーエンガイスのローマを多くの英雄や教皇を育てたかの偉大なイタリアのローマと取り違えないだろうし、単に驢馬の飼育で著名な小さなフランスのローマ[*1]とも取り違えないだろう。分別ある読者はいずれにせよ私の都市や国々を地図上で探すことはめったにしない、私が大抵、ごまかした名前ではなくても全く新しい名前を挙げて、それに対して後にようやく旅行作家が土地名や銅版画を供給することになるとすでに知っているからである。

さてすべてのローマの民は、これはヴォルケ[1]がそう書くようにと提案する以前からレーマの民〔ローマ人〕とは呼ばれていなかったのであるが——唯一人の全くの愚者として、この小都市の愚者達の大きな十字架の下にある者として薬剤師のヘーノッホ・エリーアス・マークグラーフ以外に——これは彼の息子への期待のせいであるが——つまりまさに主人公の父親以外に思いつくことが出来なかった、この主人公のために現筆者は何年もその執筆生活を、出版書店が何バレンもの筆記用紙を使うように、捧げたいと決めているのである。しかしローマが正しいか、それとも筆者や書店、薬剤師が正しいかは、時が——この物語の読書のために費やす時間が教えてくれるであろう。さて老ヘーノッホ・エリーアスは小男で、単に羽毛だけではなく、短い全身が孔雀蝶や雀蛾、蛾の小さな羽ですっか

り覆われていて――いつでも上や下に飛び出しては、再び戻って来て、それから町の薬剤師として腰をすえるのだった。ローマで彼ほど上機嫌で、話し好き、突飛な男はいなかった。しかしこうした猿のような飛び跳ねる活発さというものは、その背後で単に別の類似性、つまり猿の所有欲、獲得欲を巧妙に隠そうと思っていたのだとより冷静に考える者達に請け合うならばより美しい明かりを受けるであろう、彼はすべての空の小席を（満杯になった小席を彼は全く有しなかった）薬局でも帳場でも蜂がその巣に対するように利用しようとしたからである、蜂はどんな巣房も、蜂の幼虫が這い出て空になった巣房でさえ、早速蜜で満たそうとするのである。陽気さは奪うことの、それが吝嗇であってさえ、最良の蝙蝠の仮面である。そして薬剤師は活発な威勢のいいイタリア風の喜びの炎の中でしばしば名誉や分別は傍らに置いたであろうが、しかし利益はそうしなかった。

さて幸いにも彼は中年のとき、彼がホーエンガイスの世継ぎの皇太子のお供で旅の薬剤師としてマルガレータハウゼンの温かい湯治場に行ったとき、魅力的なイタリア人の歌姫に出会った。彼女は彼の肢体や言葉の跳ねる踊りがまさしく格別に気に入ったのであった。彼はこの好意とそれに指輪で一杯の彼女の両手、それにこの指輪がまた宝石で一杯であるのを見たので、手と指輪とを交換して、それもひたすら彼女の両手への愛の念から（というのも彼の指輪［薬］指と指輪にはほとんど何もなかったからで）そうして、旅の女性を家に連れて帰る決心をした。実際美しい歌姫は――小夜啼鳥はこの女性の声を有したであろうが、その目や美貌を有しなかった――自分の成長を、木々や動物の角がその成長に関してそうであるように、［指］輪によって測定し、数えることが出来た。というのは高貴な耳の前で彼女が朗唱すると、高貴な耳の人々は宝石で一杯の指輪を、イアリングとはいかなくても、彼女の小指や、人差指、中指、親指に与えたからである。

――そしてマルガレータは――こうこのイタリア人女性はドイツ語で再洗礼名を受けたが、イタリア語ではマーラと言うように――無邪気なヘーノッホ・エリーアスに（この輪突き騎士あるいは槍騎士、宝石彫刻師あるいは彫石師自身が驚いたが）、臨席する高貴な湯治客の前での歌が終わりさえすれば、本当に承諾の手を与えると約束した。至福の、天にも昇るヘーノッホよ。(2)――至福のこの延期をまさしく静かに彼の心は願っていた、というのは今や思いがけず絶えず多くの侯爵がマルガレータハウゼン[*2]に到着して、彼らを歌で称えると、マルガレータハウゼンの温泉水は、カールスバートの温泉水よりも全く美しい具合に化石化して、手を宝石で化粧張りすることが出来たからである。

婚約者達に幸いだったことに同地に湯浴中の侯爵達は同時に多くの祭事を行うことになった——一つは慶事で、一つは葬儀で、馬の早飛脚が誕生した世継ぎや亡くなった年金皇子の知らせをもって到着したからで、——歌姫としてはただ多少彼らの前で彼らのすべての大いなる喜びや苦しみを歌声で表現するということぐらいしかほとんどしなくてよかった。こうした祭事の最中思いがけずマルガレータは豊かな贈り物を受けて、半ば祭典で麻痺し、半ば歌うことで衰弱して、ことによると侯爵達や宮廷に自ら飽いて、忠実な新郎に繊細な長い指の彼女の白い手を与えることになった。彼女は希望を抱いて待っている男に対して詩的なセイレーンの「否」でより長い幸せを与えるよりも散文的な「諾」で素早く幸せを与えたかったのである。こうした媚びるような素早さに善良なヘーノッホ・エリーアスは今まで出会ったことがなかった。その上このような女神を有することになるとは。——彼は彼女の輝くような形姿と自らのおどけた短躯の形姿との対比で得がたい無様なさまに見えたが、まだら模様の蛙のようなもので、この蛙の緑色の丸い口ではくわえられた蝶が広い羽を広げていて、蛙はそれをほとんど呑み込めないでいるのである。——この際、彼が所有していた大いに豊かなマルガレータは、更に言えば、かのスウェーデンの鉱夫(4)のようなもので、この男は何年も経った後あらゆる豊かな鉱脈を全身に巡らせた状態で坑道から引き上げられたのである。

湯治場にいるうちに彼は司祭の祝福を受けた。

九回の短い二月あるいは如月［寝取られ月］の後、歌姫は旅の薬剤師に早速彼女の温泉での「諾」の美しい果実をもぎ取らせた、この作品の主人公のことで、ニコラウスという名前であり、アンフィオン(5)の建てたもののように、さながら音色の産物であった。

——少しも前進出来なかったある週や物語に私は余りに長く遡って書くべきではなかろう。実際、示唆——鍵

――合い鍵――坑内灯――皇太子利用版に関するメモ――行間の直訳――補遺――別巻――全補足等々のものをここで挿入し、長々と述べたい。しかし長い作品の著者は、貧乏くじを引かないためには残念ながら簡潔を旨としなければならない。

結婚はすでに庶出で始まっていた。というのは指輪の幾つかの輝く宝石は、これを薬剤師は自分の幸福の建築石材として壁に塗り込もうと考えていたが、隕石あるいは偽宝石と分かったからである。そして彼女の指の上の明るい多彩な虹は、彼に快活な晴れの天気を約束していたが、惨めにかき曇って、自ら水泡に帰した。ただ装飾用指輪だけは本物で、つまり金であった。生涯でこのたびのように自分の手そのものを贈るようなことをしたことのなかった薬剤師は自分の愛着を後悔し、すべてを終日苦り切って見ざるを得なかった。いつも他人の前では音を立てて燃え上がる、縦横に跳ねる、陽気な花火であった彼がマルガレータの前に焼け出された、煙臭い、黒ずんだ足場として姿を現すと、これは端緒にすぎなかった。というのはその上に彼の長男が生まれてくると、哀れなこの歌姫は彼の突然しゃべり出す自己点火的性質について知悉することになったからである。彼女がどこに手を出そうと、どの角や引き出しであれ、どの肉の塩漬け桶、砂糖桶であれ、どの頭巾箱、丸薬箱、針箱、焼き肉用フライパンであれ、彼はほそくびごみむし［爆弾甲虫］として座っていて、彼女が彼に触れると撃ちだした。彼女の全生涯は、彼が彼女の前でいつのまにか激するときの自動発砲で貫かれていた。

理由は彼女がその長男を、小さなニコラウスを、全く法外に愛していたからであった、――これは後のことだから――述べるまでもないことであるが、彼女はこのことを、すでに二人の娘を後に産んで、四番目の子供を毎時間見守ることになる四年間も引き続きなしたのである。少年は自分を父親や他の数千の者達から区別する医学的に二つの珍しい点を有していた。つまり彼は鼻に十二の痘痕をもって生まれてきたが、あたかも自然はすでに胎児の彼に生涯残るこの傷跡(聖痕)を押し、入れ墨としたかのようであったが、しかし事実はそうとは言えず、彼は後に本当の天然痘に罹り、従って傷より先に傷跡を得たのであった。二つ目の珍しいことは、暗がりの中で、すでに揺り籠に寝ているとき、一種の後光が頭の周りに射した、特に汗をかいたり、あるいは後に、熱心に祈ったり、不安に思ったりしたときそうであったということである。この後光は多分ボーゼの列福[3]に他ならず、ただ彼の場合は電気的充電と放電は自ずと起こり、ちょうど例えばブィヨンのカスティロンの場合と同じで、この者は自分とそのナイトガウンがしばしば炎に包まれているのを見、どこでも指で体から火花を引き出すことが出来たのである。[4]

彼の母親は痘痕と後光をある男のせいにしたが、結婚後マルガレータハウゼンで妊娠中影響を受けたとのことで、ある部屋を通り過ぎるときこの男が暗闇の中で偶然激しい後光を髪から発して、それで突然鼻の上の十二の痘痕がすべて照らし出され、数え上げることが出来たとのことであった。このように彼女は素晴らしく自然にすべてを導きだしたが、しかし凝り固まったカトリック信者として彼女は聖人崇拝で目くらましをかけられてしまい、彼女の小さなニコラウスの聖痕や光輪を密かに表題の装飾画、章の頭飾り模様、将来の聖人を約束するものと見なした、肉体が精神にさながら先行し、先んじて成長している聖人というのであった。

しかし母親はまた四歳になるかならないかのただの子供の中にすでにもう肉体的前衛に対する精神的後衛をも見いだしていた。――それ故に彼女は彼を言いようもなく愛していたのであるが、――これはカトリックの教会が最も、そして殊に聖人に関して求めている二つの長所であった。つまり少年は第一に奇蹟に近い優しさ、自分のものでない痛みに耐えることが全く出来ないという優しさを有しており、第二に異常な空想力、しかし独自の、カトリック的に崇高な空想力を有していた――これは例えばイグナティウス・フォン・ロヨラの空想力であって、――これはその表現力を外部にではなく、内部の所有者自身に向けるもので、他人に描き出したり、写し出したりするのではなく、本人に限られるのである。……しかし今は一滴もこの子供の描写に使うインクはない、原初の封土授与の章ではただ両親以外の誰も筋の展開に導く気はないし、またそれは私のためにもならない。少年はいずれ主人公として章を十分に使うことになろう。

養父にとって――こう慎重に私は旅の薬剤師を呼ぶが、というのは真性な父親は誰でもその子供の保護者、養父であるからで――少年は母の愛着の他に体つきや鼻もはなはだ気に入らなかった、この二つの長さを自分自身の二重の短さとそれに短い鼻と短い丈の自分の娘二人と比較し、思うところがあったからである。彼は自分が教皇のローマにいたら、マルガレータのカトリックの聴罪師の服を着込んで、彼女の告解から多くの罪を聞きだせるかもしれないように計らって、自分にとって余所の私生児、騙し絵の子、あるいはいかさま切り、まやかしの子であるという聖体顕示、譲渡証を告解の椅子での懺悔として彼女に負わせることが出来たかもしれなかった。彼は彼女が少年を母性愛と母教会への愛からカトリックの教会へ――例えばアウクスブルクの聖人画(6)、特に聖ニコラウスや聖母マリア、彼女の守護神であり、同名人であるマリアを掲げて導こうとするのを許した。その代わり娘達とは彼女はそれ程関わらなかった、娘達は母親の結婚協定によって救いを与える唯一の教会へ付いて行かなければならず、いずれにせよ簡単に地獄に堕ちるはずはなかったからで、同じ協定によって息子は旅の薬剤師に従ってプロテスタントの教会へ行かなければならなかった。このような結婚生活では父親は全く半身麻痺の状態で子供達の前に立つことになり、娘達には無感覚の硬直した側を向けて、動きと痙攣に満ちた他の側は息子達に向けることになる。――母親も同様に麻痺し分割されているが、ただ逆の側に向かってである――そして子供達も長じてはまた同じである――いやはや。何と多くの人間的感情が昔から祭壇の前で屠られたことか。……

幸いなことにこのとき最も厚い結び目も一刀両断にするアレクサンダー大王が、あるいはむしろ最も強固な氷をも破るか、その氷のないところでは氷を作る真のマタイスが――つまり死が登場した、あるいは産婆よりもはるかに強く、速やかに王座や他の高みで世界時計の指針を動かし先に回す湯灌婆が登場した。

マルガレータは彼女の三番目の最も美しい、自分に最も似た娘を命で贖わなければならなかった。老エリーアス・マークグラーフが何の甘い和解も見せなかったこの最期の時に幸いフランシスコ会士の僧が小都市ローマを通って、彼女は長いことしないでいた告解を彼の許ですることが出来た。このとき旅の薬剤師が思いついたことは、妻のベッドの中央部に密接している古く狭い壁戸棚、その一つの壁紙のドアは一方の部屋に面し、もう一つのドアは別の部屋に面していたが、最後の時にこの中に――彼はしばしば夜の半ばをそこで過ごした――告解の間入り、この戸棚を利用すれば若干の益があり得るのではということであった。

――するとそこで彼はフランシスコ会士同様にはっきりと、彼女のニコラウスはあるカトリック教徒の世俗の侯爵の息子であって、その名を秘することを自分は誓っていて、この侯爵こそはその後光と鼻の傷跡をこの子供に遺伝として伝えたこと――そして最後に、自分は侯爵の指輪の中の本物の宝石の代わりに似た偽物を中に入れ、本物の宝石は聖なるニコラウスの絵の背後の紙と板の覆いの間に小切手と共に隠したこと、これらの宝石を将来哀れな子供のカトリック的王侯的教育のために使うのが良いであろうと考えたからであるということを耳にした――そして今や自分を神の代わりに許して欲しいということであった。

ここでヘーノッホはベッドが許すかぎり広く戸棚のドアを開け放って、腕を中へ伸ばし入れて、叫んだ。「許すとも、許すとも――すべて聞いたぞ。――部屋を回って来て、すぐにおまえのベッドの前に飛び込んで、和解しよう」。

彼は実際別の壁紙から飛び出したが、しかしとりわけ聖ニコラウスの絵に向かって行き、それを仕舞いこみ、それからベッドの前に愛の視線をたたえた今までとは打って変わった夫として現れた。「前からそう思っていたとも」(そう彼は言った)――「願ってもないことだ。お構いなく昇天するがいい。我らの息子は侯爵に焼き上げて、父親閣下がこいつを引き渡されたとき満足されるようにするつもりだ。……で、聴罪師殿、すべてが事実であり、母親が本当にこのことを死の床で告解したことを証言していただけますな」。

――ライプツィヒでのより若々しい時代[7]であれば、私は長い詮索を行って、フランシスコ会士の当惑した顔をともかく表現すべく、一つの比喩を求めたことであろう。――しかし今バイロイトの後年では、私の挙げられる類似はあの平手打ち、ハンブルクで町医師のパウル・マルクヴァルト・シュレーゲルがメスで切り分けようとしたとき思いがけず生き返った死体から得た平手打ち[*5]といったところだ。――シュレーゲル自身はその後高熱がもとで身罷った。フランシスコ会士は単にそれで穏やかな歯生熱を得ただけで、これは生長する歯の育ちを歯ぎしりによって示していた。彼は粗野な百姓声でどもりながら発した。「無礼者。邪教徒は告解の秘密ということを知らぬ、この秘密は聖なる三位一体にすら打ち明けぬものだ。聖ニコラウスは教会に遺贈されたもの。これを私は要求する」。――「もうこちらのもの」とヘーノッホは答えた、「告解の秘密をお破りになったぞ。私が告解を一緒に聞いたことを証言なさらぬなら、将来告訴いたしますぞ」。

するとこの僧は犬歯をにゅっとむき出して、告解している女性に向かって叫んだ、彼女が教会に従って宝石を遺贈しないならば、自分は彼女の罪を赦免しない、と。しかし幸いなことに驚きと叫び声はすでにこの弱った女性を最期の時に沈めていて、そこで歌姫は個々の表情から察するにすでに自分自身の美しい歌声が古い花の森から響いてくるのを聞き取っていた。今や彼女の夫がますます声高に「許すとも、許すとも、おまえの息子は侯爵として育てられるぞ」と叫んだので、彼女は容易になお、人生の最後の顫音《トリル》を楽しみ、夫の声を聴罪師の声と受け取ったことだろう。

フランシスコ会士は智恵歯熱の突発というショックと共にそこから去り、我々の視界から消えるがいい。我々皆に主に大事なことは、何故ヘーノッホはこの盗み聞きによって妻よりも早く天国に昇天したのか、何故彼は彼女が持参金として皇子の代わりに侯爵領を携えて来て残したかのように彼女に対して満足したのか明らかにすることである。というのは本物の指輪宝石という傍受した遺産は彼女に対して本来彼を軟化させるよりは硬化させたはずだからである。しかし事情というかこの男は次のようなものであった。ヘーノッホは本物の雷銀、水銀の輩として、火薬音を立てる男で、用があらば応じて、しばしば用もないのに応じたが、マルガレータの死の床で彼女の真実のわずかな金精鉱と薬剤師金から即座に最も長い連鎖推理の一つを鍛え上げた、これは彼にとって金の恩寵の鎖、あるいは釣瓶井戸の鎖として未来の中に垂れ下がるものであった。つまり彼はこう自分に――多分外部に洩らしたときのスタイルで内面でこう言ったからである。――「賄料――郵便代――接待費――授業料――告解料――酒手を幼い辺境伯《マークグラーフ》ニコラウスには使うぞ、それも現在の三人の娘の分の三倍だ、しかし指輪の宝石には手を出さない。だってわしが参上して、辺境伯の若殿を父上閣下に育て上げて差し出し、立替金の（すべて証明書は取っておく）補償を若干の謝礼と延滞利子ともども期待するそうした時、時間、分秒、年月に至るだろうからだ。わしの高貴な息子の正体がいかにして明らかになるか、待ち受け、歓呼して迎えることにしよう」。

辺境伯の若殿の父親を将来探すことに関しては、マークグラーフは少しも心配していないように見えた。「ただ」

と彼は考えた、「鼻だけを追えばいい、つまり痘痕のある王侯の鼻で、この鼻で父親を同じような子供の鼻に導くことにしよう。まずはその鼻に王冠を有する者を探すこと、その他の事情はきっと自ずと証明されよう」。――フォン・ベンコヴィッツ氏(8)はクロプシュトックの絵画的表現の技巧豊かというよりは心情豊かな絵画展覧会で、確かにもっともなことに『救世主』のような英雄詩では鼻はあまりに卑俗な単語として許容せず、排除すると述べているが――しかしことによるとそのせいで――付言しておきたいが、多くの英雄自身が彼らの人生の英雄詩ではこの日常的身体部分をより高い美のために犠牲にしてきたのであろう。――しかしまさに鼻が旅の薬剤師の卑俗な生活を叙事詩に、煙草農園ばかりでなく煙草栽培業者全員が入ってくる鼻穴を有する山頂*6に高めたのである。

それに彼は鼻の他になお父親ゆずりの後光を有していなかっただろうか、この下で王冠を、小さな炎の下の王室御物のように見いだすことが出来て、これが彼を坑内灯、火柱、灯台として父親に導くに相違なかったのである。――というのは彼は全くすべてを、辺境伯若頭の引き渡しや勘定を、この両者が十分に大きく成長し、若頭が上手に仕上げられ、研磨され、刻印され、頭と手が王冠と王笏を担う者として多大な費用と共に調教され、尋ね人の支配者に引き渡されることになるまで長く手許に取っておき、この支配者が子供を一緒に枢密顧問官室へ案内できるようにしたかったからである。ひょっとしたら子供のいない侯爵に突然自分が嫡男を接ぎ木したときの侯爵の喜びは、自分が年金受領の皇子や世嗣といった者を夫婦の床の四十雀の籠で本当に摑まえたときやそのカーテンの打網で紋章の鷹をとらえて、将来これで誰も考えたことがないような獲物に対する気高い猟を行うことが出来るというときの自分自身の喜びを除いては全く言いようもないほどに十分に描くことが出来なかったし、それを他の喜びと並べることも出来なかった。

――かくて原初のあるいは封土授与の章は終わり、第一の前章への最も力強い一歩がなされたと言えるであろう。第一前章では主人公自身が登場出来よう――いずれにせよ王座にまではまだであるが、インク壺を使うにはすでに成熟して――そしてより確実に悩み、行動し、そもそも我々人間が人生と呼ぶものを行うことが出来よう。というのは半全紙先でも主人公を紹介したり、あるいは十分に仕上がった子供以外の形で紹介したりすることは決して私の意図ではなかったからである。誰が胎児に洗礼名を与えるだろうか、無名のまま逝ってしまいかねないのだから。あるいは誰がただの胎児に勲章の綬を掛けるだろうか。この綬は新生児の皇子の場合に切られた臍の緒の代わりに初めて生じ得るものである。こうしたことすべては、私がここで書いているのが史実ではなく単なる長編小説であっても、きっと妥当するであろう。というのは長編作家が後日の生活の動機付けにしようと思う少年時代は、これ自身がまた動機付けされる必要があるからである。裸の精神が脳の器官を形成するのか。それともこの器官がその兜やフラスコを通じてその特別の精神を蒸留するのか。――あるいは柔らかい容器と柔らかい練り粉が互いに硬化していきながら形成しあうのか。しかしこのことはその課題を半分も解かずに、課題を両半分に引き離すことになろう。要するに主人公自身については――私の語っているのは相変わらず長編作家の主人公であって、史実記述者の主人公のことではないが――全能の一撃でその存在と頂点の全奇蹟が一杯に与えられなければならない。時間に従ってそのほころぶアロエの葉に、絹の造花の場合のように一枚一枚と接合していくことは出来ない。さてこうしたことを詩文はなすのであれば、詩文はアリストテレス(9)によれば史実よりも教訓が多いそうであるが、真の史実は出来るかぎり詩文に近付くようにしなければならない――ヴォルテール(10)がピョートルやシャルルの伝記でそうしたように、――そして私はこの史実の歴史的真実を、読者には幸運な詩文と見えるように提示出来るならば、従って法学的規則を越えて、つまり創作や仮象は自然に従う[fictio sequitur naturam]ではなく、ここでは逆に自然や史実が全く創作に従うならば、つまりラテン語で[natura fictionem sequatur]であるならば、私は私の目標を達成したことになろう。

――かくて我々は第一前章の正面、顔面に立っており、その敷居では我々の幼い主人公がすでに長いこと彼の――両親と遊んでいるのが見えていたのである。

原初の章での女性の読者のための真面目な脱線は以下の通り。人間の目標――覆いを掛けられた鳥の嘆き――世界史――瞬間の虚しさ――死んでいく子供達

*1　ドゥ・セーヴル県の村。イェーガーの『新聞辞典』参照、Mannert による新改訂版、ローマの項。
*2　私は早速私の朗読[3]の愛好者から、更に二番目のマルガレータハウゼンがあること、ヴュルテンベルクのアムテ・バーリンゲンの騎士領の村と、いや更に三番目のそこから遠くない若干の農場と十分の一税を有するフランシスコ会尼僧院があることを耳にしている。実際私はこの二番目と三番目のをイェーガーの『辞典』、Mannert によって改訂されたもの（第二巻、二七二頁）で見つけた。しかしその代わり第一の私のは全くそこには見当たらない。
*3　絶縁のケーキ型瀝青の上で電気をかけられる人間の発する電気的後光はこのように呼ばれる。
*4　ヴィルヘルムの『人間についての談話』第二巻。
*5　このようにヴルピウスの『珍事』〔一八一二年、第一巻、八七頁〕ではこの話が語られている。しかしウンツァーの『医師』〔一七六九年、第四巻、二〇九頁〕では少し異なる。
*6　つまりテネリファの山頂の二つの開口部は二つの鼻穴に似ている。

第一前章

幼いニコラウスが人々を非常に愛する術を心得ていた次第

読者の諸兄諸姉は、無数の巻を通して私の後を付いて来なければならないこの作品の主人公をここで初めて筋の中で目にすることになるが、彼はまだ母親と共にいて、大きなむく犬の横に跪いていて、この犬が食べる間この犬の巨大な耳を二つの長裾のように温かい鵞鳥肉スープ鉢の上で持って、それが中に浸かったり、汚れたり、焦げたりしないようにしていた。燃えるように真剣に彼はその黒い目と大きなイタリア鼻とで覗き込み、長いブロンドの髪の毛は頰から垂れて、いつもは顕著な白い顔はこめかみのところまで赤みを帯びていた。つまり彼はむく犬の心になりきっていて、耳がスープに垂れたときどんな思いがするか想像していたのである。

　さてこうした心を抱いて彼は万事に溶け込んだ。しかし主に人形の中に溶け込み、その肢体が引きちぎられるとき彼がまず最初に痛みを感じないことはなかった。このことにより次の事実が照らし出されるが、即ち彼、少年は、彼の妹達の女の人形をこれらが古びて使い古されると養女に引き取った――つまり遊びのためではなく、膠で接合するために引き取ったのであった。貧しい羊飼いの女が羊と共に苔の中にいるのを見ると、それもねじ切られた腕がわずかに羊飼いの杖に張り付いていて――ことによると綿が刈られているのではなく、身も蓋もなくむしられている（生地の皮膚がむき出しになっていて）幾つかの羊と組まれてさえいて――あるいは身分のある着飾って着色された夫妻が馬車の中で折り取られた脚と共に（その四つの手足の糊の裸の肉が見えていて）いるのを見ると――素敵なクリスマスの喜びの時が過ぎて、ひょっとしたらすでに大いなる新年の前に、かくも零落したこの種の罪のない者達を見ると、彼は我慢出来ずに、その身になり代わり、彼らの苦しみを感じ、出来るだけのことをして、彼の野戦病院で彼らの脚や腕や綿を再び糊付けした。

　思うに彼の人形病院は少なくとも前庭としてスーラトの動物病院に並べられるかもしれない、ここには心優しいインド人達が蚤や南京虫さえも受け入れるのである。マークグラーフの薬局では知られていることであるが、彼は、長女の妹が腹立たしいことにすでに使い古された人形の美しい蠟の仮面に鋏で突き刺したとき、この妹の顔と髪にも重大なことをしたのである。――彼の怒るまいことか。人は蠟人形に対しても殺人者であり、猿に対しても人喰いであり得る。人間の形姿はどんなに懸け離れた写し影に至るまで聖なるものであるべきで、トルコ人にとってのすべての紙のようなもので、トルコ人は紙の上には神の名前が書かれるかもしれないので、紙には足を載せない、ちょうど繊細な人間ならば横たわっている大理石の人間の風化した石の顔に靴や踵を置かないであろうようなものである。――家庭の報告が更にこう付言するとき、つまり我々のニコラウスはこの人形を後に、人形が着飾った劇場の王女や宮殿の女官から次第に使用と遊戯を経て灰かぶり姫になって、遂にはすべての蠟や顔、胸、両手を使い汚し、失ってしまうと、彼はこの襤褸の肉体、亜麻布の小袋に零落した人形ミイラを大いに小さな心を痛めてきちんと埋葬した――そして我々が棺の中で鉋屑の上に寝かせるように――人形を鋸屑の下に置いて、この屑がすでに至るところ亜麻布の傷口からこぼれることになったとこう家庭の報告が付言するとき、このこと以上に好ましく容易に信じられることはない。しかし天は（私はそう願う）将来このように共に嘆く人間が花柳病館の男達のこぶしの、より陰惨な、かの生きた玩具を目にすることのないよう計らい給え、彼女達は他人や自分達の罪の重荷の女像柱として、やはり人形のように肢体や形姿を捧げるものであるが、しかし蠟の肢体を捧げるのではなく、むしろ蠟の肢体のために捧げるものである。――嗚呼。彼はこうした大きな人形達を、それらが自らの開いた墓であるかぎり、墓で覆うことは出来ない。……いやはや。急いで町の苦痛からまた子供の無邪気さに戻ることにしよう。

かくて幼少のニコラウス・マークグラーフが、教会の信条は異なるけれども、しかし次第に彼のカトリックの母親の心をつかんでいったことは理解されよう。彼女には貧者の女性友達として彼のような貧者の友ほど好もしい者はなかった。確かに彼は施すいかれ者であった。ただ、しかし彼は父親からはそんなことをしてもわずかばかりの食べ物しか得なかった。あるとき母親は薬剤師に十もの嘘を付いてやっと彼を救い出せたが、それは彼が、夜露地で寒さの中すさまじい歯痛を訴えた歯のない老婆の顎にハンカチを結んでやって、その後老婆と嘆きとハンカチとが永遠に消滅してしまったときのことであった。――ちなみに多くの貧者の涙は、いかに貧しく、必要とするものが余りなくても、ハンカチ一枚で、単に手製の亜麻布のプレゼントされた一枚で乾いてしまうかもしれない。

世の人々や賢人達が他人の痛みを自分の痛みでこう追感することを――及び他人の歓喜を共に歓呼することを――ほとんど肉体的に、共振する神経弦や自分の心に描いてみせる彼の空想から説明するとすれば、私はそれを甘受しなければならない。私はほとんど類似の例を愛するモンテーニュに見いだすことが出来るが、彼は他人の咳をまねて咳をせざるを得なかったし、健康な人々を眺めて敢えて生きていったのであった。[*1] 黄色い顔の干からびた女乞食がニコラウスの前に全身を痛風の痛みで震わせているとき、ただ自分自身がそれ以上苦しみ、飢えることのないように、密かにその飢えた女性に虫下しドロップとか催吐剤、若干の丸薬や手に入るものを渡すのであった。というのは彼は自分の父親もすべての薬の投薬量《ガーベ》や一口（巨丸子）を贈り物、喜捨《ガーベ》として配っていると思っていたからである。しかし天には、彼の場合、臨床医の場合よりも、彼が薬を渡した病弱な乞食の子供達に下痢や浣腸や膏薬で重大な害を引き起こしていないことを望みたい。

我々は彼が原初の章で母親の臨終の床に立ち会っているのを見た。彼がこれ程活発な空想力を有するのに彼女の死がもとで一緒に死ななかったのはまさにこの空想力のお蔭であった。

つまり家の女達はマルガレータのお産での死に際して彼女のエレウシス秘教[1]の大密議を祝ったので――小密議は通常数ヵ月前に行われる、――それで彼はマリアが（マルガレータの他にこう呼ばれていたように）昇天したという神秘的言葉や噂を耳にした。その際薬剤師は自分の告解による子供［告解者の謂でもある］を知って以来貴婦人の歌姫についてもっと敬意をこめて話すようになった。さて告解による子供のニコラウスにとっては自分がその時堅く信じていなかったこと程信じがたく馬鹿げたものはないと単純に思われたので、彼は自分の母親の伝説的信仰をすべて自分の四脳室に収めた、そしてそれでいてなおすべての北方やインドの呪物崇拝への出窓や角部屋を残していた。――かくて彼の母親マリアの死を聖母の昇天と見なすこと、残された子供を幼子イエスのようなものと見なすことは彼には難しいことではなかった、母親の話によれば多くの敬虔な尼僧達がこのような幼子イエスを私室の揺り籠に有し、揺すって、着飾らせているというのであった。幾つかの話が混じり合って新しい話を生み出すものである。かくて彼の愛のすべては今や美しい妹のリベッテに向けられた。彼はこの幼女の前で両手を組み合わせて何時間もその眠った顔を見つめた。数日後には彼はマリアの昇天について炎の確信を得ていて、彼は自分自身マリアが天に昇るのを見た、彼女は黄金のマントをまとっていたと請け合った。彼のしばらくの錯覚は彼の心のためには幸いであった。さもなければこの心はいかに大事な同義の母親の死を悼まなければならなかったことか、そして罪のないのに母を殺した妹に敵意を抱かなければならなかったことか。

旅の薬剤師が幼い支配者への統治に踏みだし、この子供を大人の支配者へと教育しようとしたとき、彼は慈善についての自分の倫理的体系を変えて、絶えずこの子供を気前のよい志操へと元気付けて、このことがいかに人間を飾るか説明した。ただ彼はこの実行のためには一文も出さず、言った。彼がいつか独立したら――つまり支配者になったら、――彼は寄贈出来よう、それも十分ということはないほどに、と彼は語り、自分のために期待した。立派な食物をニコラウスは賄い料として国そのものの中で、薬局で平らげなければならなかった。これまでの母親らしい貧乏への供給、こうした彼女の博愛の補助金が断たれたことは、痩せこけて、白毛に覆われた黄色の手が彼の前で広げられているのに、自分の同様に空の手しか握らせることが出来ないとき、しばしば薬局の戸口で彼を苦しめた。――しかしだからといって彼はけちな父親に少しも恨みを見せなかった。これ程に子供の愛、あるいは全く彼の愛というものは温かかった。……

――何人かの読者やヘーノッホの倫理的吝嗇に対する敵対者はきっとこの作品の最初の全紙の所で、自分達にとって夙に貴重な者になった作家が――浅学な小生のことであるが――今や多くの巻と年にわたってある主人公を眺め、描くはめになっていること、この主人公は養父の手本や意図から推察するかぎり、最後には加齢と共に冷たい干からびた目をして、軍の外科医のように、人間性のすべての傷口の広野を歩まねばならないこと、そして最初に他ならぬ自分自身に、負傷者の骨片にぶつかった場合のように、包帯をするであろうことに遺憾の念を覚えることだろう。……いやはや。しかしながら是非とりわけ主人公自身の顔を見、そして彼の丸いふっくらした唇と穏やかなアーチの額、極めて華奢な百合のように柔らかく白い顔の皮膚を眺めて欲しい、その皮膚の雪の白さはどんな些細な心の動揺でも、夕陽の前の雪の丘のように、かすかな赤みを額とこめかみに至るまで帯びるのである。――ちなみに勿論イタリア人とドイツ人の顔、黒い目、淡褐色の髪、白く華奢な肌と力強い鼻が何と珍しく組み合わされていることか。

ローマ中でニコラウスはただ一人の人間に対して激しく怒っていた、それは死刑執行人で、彼は春郊外で（少年の耳にしたところではこの男はいずれにせよすでに多くの人々をひどい拷問にかけてきたそうであった）うら若い青年を父親殺害の廉で丸ごと頭を刎ねたのであった。「僕に力があって皇帝でありさえすれば」と少年は言った、「僕はこのような死刑執行人を――この忌まわしい悪魔達を――捕縛して首を刎ねさせよう、どんな思いがするかやつらに感じさせるために。だって何も頓着しないで刎ねているのだから、主キリストよ」。――彼は処刑の前日犯罪者の灰白色の獄中顔、処刑場顔を見ていたので、その晩絶えず自ら懺悔［死刑囚］椅子に座って、長く輝く刀の刀身が画家の筆のように的中するようにしたので、入り乱れる夢や寝ぼけた半端な思考の渦の中で最後に、自分自身も父親、薬剤師に対する十分に熟した犯罪者であって、首を刎ねられる時機にあると信じ始めたのであった。朝の十一時になってようやく、処刑の見物人達が戻るのを見たとき――彼自身は金輪際見物しなかったであろうが、――彼は再びほっとして、首を刎ねられた者同様に、大いに安堵してより一層幸せな気がした。

第一前章の女性の読者のための真面目な脱線はかくの如し。逝った者達の思い出――老人の慰め――不屈の魂の貴族――倫理的完成――他の人間からの温かさと冷たさの発生

＊1　彼の『随想録』第一巻、二十章。

第二前章

ここでは幼いニコラウスが現実でも想像でもいかに大したものであったか、いかに自らの教皇であり、自らを列聖したかが、その際の殴り合いと共に示される

さてニコラウスは年を経て、彼の才能の面で何と珍しい才能を有するか次第に明らかにしていったが、彼は偉大な海の英雄であり、偉大な招待説教家であり、偉大な聖者であり（いずれにせよ最大の薬剤師で）、要するに彼の

手許あるいは足許に来るすべての偉人であるということになった。というのは彼の得がたい空想力は自らを、詩人の空想力のように、他人の魂の代わりには置かず、俳優のように他人の魂を自分の魂の代わりに置いて、それから自分の魂については一言ももはや覚えていなかったからである。

例えばラーヴァーター[(1)]がローマで母親の死後すぐに説教して感動させたとき、ニコラウスは自分をその後の二回の日曜日カスパー・ラーヴァーター二世と見なしたが——その後の三番目の日曜日にはイフラント[(2)]二世となった、イフラント一世が旅回りでやって来て、首都で彼の芝居について大いに喋々されたからである——そしてこのような自らの金属精製の際彼のこの上ない支えとなったものは、いつでも彼が腰を下ろして、自分がその偉大な男を千倍も凌駕して、例えば得がたい天上的な神々しいラーヴァーターの説教をして、聴衆が嗚咽と悔悛の念の余り全く狂おしくなって、泣き叫び、床を踏み鳴らすことまでして、教会参詣者がその男の前に身を投げ出して、彼が説教壇の階段を捉えがたい無限の恭順の念を抱いて下りて来たとき、半ば彼を崇拝するということになったら、まずは全体どうなるだろうと数時間にわたって思い描くことであった。このようにして今や偉大な男ですらニコラウスには降参して、ニコラウスは陽気に追い風に乗っていった。

ここで後生だから、私の主人公はこのような証拠に従えば一人の道化であって——私は多分もっと強烈な証拠を出すことであろうが——従ってブラント[(3)]の『阿呆船』から下船したばかりであるという非難をして私を引き留めないで欲しい。というのはまさにこの長い喜劇的話で私の利点となっていることは、私が我々のこの十年間のために、超キリスト教[(4)]と超詩学[(5)]とが四月一日と謝肉祭の昔からのペアの［毎月開花する］庚申薔薇と月ごとの道化師の代わりにもっと長く続く年ごとの道化師を輩出させるこの十年間のために、というのも両者は飛翔のために狂った思いをさせるヒヨス[*1]を服用させるからであるが、申し上げている私の利点となっていることは、私がこれらと一緒に飛行し、他の誰にもまして狂っている主人公を見つけてきたということである。愚行は、内臓寄生虫同様に、理性的人間なら誰でも有する。この点では誰も他人と変わらない。ただ頭の長い切れ目のない真田虫だけが、下半身の真田虫同様に人々を区別するだけである。その限りでは神秘的詩神の座や説教壇、教授職には少なくともこの十年に関しては特権、つまりフランスの国王達のために道化師を提供するというトロイの町の得ていた特権[*2]がふさわしいであろう。

さて私はニコラウスの少年時代を続けるが、ここでは、彼がそれなくしては主人公たり得ない、少なくとも喜劇的主人公たり得ない才能を有していたこと、つまり時宜にかなった愚行という程良い才能を真実と不真実への偉大な素質と共に有していたことを最も立派に証明するであろう出来事に本当に満足しながら出合うことになる。キリストの月[十二月]、本来の物語の月にニコラウスはよく同級生に話を聞かせるものであったが、最も好んだのは聖人の話であった、というのはこれらでは最も素晴らしく最も信じがたい奇蹟を——多様な悪魔の性格仮面や——最も残酷な殉教——最も洗練された救出を、ただ刎ねられた首は救出出来ないが[*3]、話すことが出来たからであり、彼はこれらを最良の間近な物語の源泉、彼の母親から得ていたのであった。その際彼は最も偉大なボランディスト達⑥よりも、聖人伝を新しく立派な特徴でとても豊かなものにし、聖人の歴史的芸術作品や半端仕事を、ローマの修復者が大理石像に対して行うように、新しい肢体で立派に補う術を心得ていたので、全く新しい瑞々しい話を目前にしていると皆が誓うほどであった。

さて彼は十二月六日に、ちょうど聖ニコラウス、彼の名親、これをカトリックの母親は彼の守護聖人に変えたかったのであるが、この聖人の祝日に夕方世間に対して、つまり暖炉の周りの教養ある少年仲間に対して、若干の胃の糖衣錠剤と共に彼の聖なる名親氏の聖人伝を分かち与えた。しかし彼は黄昏にニコラウス司教の生涯と功績とを火のように熱く話したので、聴衆は容易に、何故彼が船乗りばかりでなく、すべてのロシア人の守護聖人であるのか察した。彼は彼の絵がロシアの巨大な国の数千の壁に掛かっていて、入って来る者はまず彼にお辞儀をするので、更に多い数千のお辞儀を受けるということを報じた。しかし彼が大洋と大皇帝国の守護神を聴衆の前で——ラテン語学校とドイツ語学校のすべての生徒の前で——生徒達の保護者として学校へ身をかがめる守護聖人とまで説明し、幼い生徒達の面倒を見、鼓舞し、支援し、ニコラウスの日には最も素晴らしい食べ物をドアや窓から投げ入れてくれると述べたとき、何と温かくまず彼の演説は流れたことか。多くの病人が元気になって蘇ったこの聖人の墓からの香油の泉にまで話が及んだとき、この大司教は数千のより劣等な殉教者達と同様に首を刎ねられたとしか想像出来ず――彼自身そのことは、一般世界史にも記されていないように、ほとんど耳にしたことはなかったのであるが、――そしてまず安楽椅子の上で作り上げていた殉教者の王冠を、ひたすら涙を流しながら、すべての聴衆の前で哀れな首を刎ねられた司教に被せたのであった。

このような博愛家の思いがけぬ運命に対する彼の心の動揺は言いようもなかった。今や彼は鏡の中に自分自身の頭がはなはだ熱くなったとき発する周知の電気的後光を認めた。もはや感動を抑えることは考えられなかった。「ひょっとしたら」――と彼は熱い涙を流しながら続けた――「聖なる殉教者はこの世での後継者に僕を選んで、ごく幼い時から僕の頭にある輝きを加えたのかもしれない、彼と同様に首を刎ねられるという印に。そしてロシア(7)で人々がこの光輝を見て、そして僕がニコラウスと名を書くことを聞いたら、人々は僕を詐欺師、彼らの守護聖人の模倣者と見なし、それ故僕の首を切り離すことだろう。嗚呼。喜んで僕は、小規模なものであろうと、殉教者、聖人となろう、そしてせめて皆の役に立つよう生徒達の守護聖人となろう。いや今すでに僕は君達のためにとりなそう、それも大きくなればなる程一層長く努めよう。しかし諸君皆に警告するが、勤勉であれ、そして立派に学びなさい、とりわけ書き方と読み方を、それにラング(8)の文法の中での例外を、これは特に皆が気をつけなければいけない。しかし僕は、僕がこの世で僕の早逝の墓塚に至るまで巡礼することになる短い人生行路のすべてにおいて諸君の友人、とりなし屋であり続けるつもりだ」。

ここで彼は感動のあまり言葉の代わりに若干の大麦糖の茎しか差し出せなかった、この方が感動した聴衆一同には彼の殉教者王冠の極めて長い茨や彼の髪の反照のすべての光線よりも全く好ましく、甘く思えるものであった。

私は少しも秘密にはしないが、彼はこうした物語の夕べの後の一人っきりの夜、このときにはまず彼の頭は冷静になる代わりに熱くなったが、躊躇《ためら》うことなく亡き母に対して、きっと傍にいるであろう司教殿にとりなして、彼が聖なる香油を持った奇蹟呪術師として、難破船乗組員の救出者として、この同名の名前の者のためにも何事かをして、すでに存命のうちにローマの生徒達を幸せにする若干の力を彼に貸し与えることが出来るようにして欲しいという請願をなした。先に述べたように私はこの件を秘密にはしない。ツィンツェンドルフ(9)が子供の時分キリストに手紙を書いて、キリストがそれを見つけるであろうから、そうこの伯爵は述べているが、窓から手紙を投げ出したとすれば、あるいは彼が幾つかの椅子を自分の周りに置くことさえし、あたかもきちんと人の座った教会の椅子であるかのように、短い説教でそれらの椅子を教化しようとしたとすれば、*4いやリヒテンベルク(10)すら小紙片を神宛の質問を認めて屋根組の下に置いて、「神様、小紙片に何かお書き下さい」と言ったとすれば——誰も、私の主人公は教授や伯爵とは別のことを行ったと私を説き伏せることはないであろう。

このことをその翌日彼は見事に証明した。彼はローマの露地を品位を持って、一回も跳ねることなく歩き、あたかも空で何かを見たいかのように何度か頭を天の方に上げ、そして大いに考え事があったので、頭を重そうに下げて、そして数人の級友を、彼らが学校から跳ねながら走ってくるとき、彼らは学校に行くときにはただ這うように巡礼して行くのだが、全く意味ありげに見つめた、しかし優しさも浮かべていた、自分は守護聖人として彼らをもっと愛し、思いやる必要があると感じていたからである。

一人の最も荒っぽい腕白が、ペーターという名前で(彼の父はヴォルブレと言って)、紐で結んだ本を頭の上に投げながら、学校の帰路彼に向かって踊って来たので、この者を留めて、この者に向かって常ならぬ真面目な調子で言った。昨日、話の際姿が見えなかったから、今日はやって来て、他の者達も連れて来て欲しい、また話をして、それに甘い食べ物も与えたい、と。ペーターは答えた。「行くとも。——ただそんな仰々しい葬儀告知人の顔だけはしないでおくれ」。

——しかし今は、この件を語り尽くす前に、知っておきたいと思うが、ニコラウスが自分と同時に他人をペテンにかけるのを読んだばかりの男がいるとして、この男は果たして分金液[硝酸]を注いで、マホメット達やリエンツィ達、トーマス・ミュンスター達、ロヨラ達、クロムウェル達、ナポレオン達の話の中から、このような時代に酔った男達が他人に対して見せかけているものを、純粋に、彼らが自分自身に見せかけているものと区別して、かくてハーネマン式ワイン検査(11)を通じて彼らの実在から彼らの仮象を析出させる勇気を持てるものだろうか。しかし読者が自分は、ヘレナ島の大人の同名のニコラウスにすら及ばないと知っていたら、液体の中でこうした析出を試みることはまだ何年もある私のまだ未成年のニコラウスまで[*5]にはほとんどないであろう。――私は続けていくと、素晴らしい具合に私の主張を証明することになる。ペーター・ヴォルブレを含め昨日の聴衆一同が現れ、そしてニコラウスは甘いものを配った――今回は金がなくて甘いマナの粒で、周知の聖書にある砂漠での食べ物であるが、薬局では子供の緩下剤である。――というのは与えることは彼の第二の天性となっていたからで、奪うことがヘレナ島の彼の偉大な同名の者にとって天性となっていたようなものである。後者が、伝説によれば乳母に対してさえ聖なる時節には断食して夕方になってようやく吸ったとされる聖ニコラウスに似ているとすれば、単に自分の代わりに乳母自身を、乙女エウロパを断食させて、自分自身は吸い続けたという点ぐらいのものである。――さて少年は物語を前日よりも何千倍も新鮮な多彩なものにして聞かせようとしたが――私としては、ただ肉体的なものは反復出来るけれども、精神的なものは難しいと憂慮するけれども、――彼は勇敢に努めた。一、三のバベルの塔の分だけ彼は今日自分の司教を高く置こうとした、殊に自分自身昨日から多くの点で更に成長していて、半人前の助司教ぐらいにはなっていたからである。まことに彼は強引に自分と皆とを夢中にさせ、元気付けようとした。

――ここはマナの粒の芽生えや生長をより深く追求し、脳と腸の間での万事をしかるべく媒介するそうした時でもないし場所でもない。ともかくニコラウスはエアフルトの鐘をその塔と共に活気づけたし、同様に自分と他に一人の少年を活気づけたことだろう。さて彼が聖人の物語を燃える明かりの許で競売に出したこと、多くの町で明かりが消えると落札される商品のような具合にしたことが、不運な偶然だったか選ばれた偶然だったかは分からない。要するに昨日の聞き手達は明かりが消えたらまた彼の髪に後光がさすと予期した。それ故幼いペーターが明かりの芯を切って、遂に髪の後光が見えるようにしたとき、頭は何の光もなく、暗闇の中、何の枠も縁取りも見えないことになった。聖なる勝利の燃える導火線とか花火というものは考えられなかった。するとペーターは極めて単純な子供の詩を（『不思議な角笛』かグリムの『森』に載っているものである）[13]嘲って歌った。「ニコラウス、鼠をつかまえて、手袋を作っておくれ」。

——私は描写出来る自信はないが、しかしともかく報告することにすると、ニコラウスは即座に跳び上がって、自分や他のすべてのニコラウス、あるいはニコラウスの崇拝者のことをもはや一切考えず、短躯のペーター・ヴォルブレの髪を摑んで素早く地面に引き寄せて、これを私は引き倒しと呼ぶのが最もいいと思うが——しかもこうしたことすべての目的は単に、ペーターの背面に飛び跳ねるためで、さながら樹脂の円盤上で電気を帯びたコルクの蜘蛛やその他の電気仕掛けの人形が踊るようなものであった。

彼が両足で彼に乗ったのは勿論単に、精神的な雑草を、肉体的に処置出来る範囲で、踏みしだくためであった。少年が二倍の背丈でなかったのは残念であった。幼い助司教は何度も彼の同じ箇所を踏みつける必要はなかったであろう。その間踏みつけられるたびに——ペーターの肢体は鳥籠の跳ね木となって——彼に別の名前を付けた。「おまえはサタンだ——鬼婆だ——悪漢だ」。

長くなるとペーターは、誰しもそうであるが、このような口頭名誉毀損と殴打暴行、言葉の侮辱と行動の侮辱の結合に耐えられず、向き直って舌打ちして無傷のまま起き上がり、将来の守護聖人の最良の至高の部分、つまり聖人の燐光の髪の毛をつかんで、その後この部分に新たな苛酷な競争を導いた。……今やニコラウスがすっかり陥っているこの蛮行に対抗して何事か話したり書くとしても、次の何人かの叫び声に勝るものはなかったであろう、彼は取っ組み合いの間燐光を発し始めていた。「ニクラス、後光がまたさしているよ」。——「生きた鬼火が相手だ」——と彼は叫んだ——「ここの悪漢が僕を一切合切駄目にした、これじゃ形無しだ」——そしてペーターが彼を離すと、鏡を見た。

「そう」——と彼は続けて、泣き始めた——「僕には分かる、僕はもう生身のまま地獄にいて、前もって燃えているのだ——聖人なら殴り合いをして、人々を足で踏みつけてはならない」。——長く鏡を見つめる程に、彼は一層自ら感動した。「僕は地獄に行く、こんな情けない守護聖人になってしまったとは」。

この嘆きに対する同情心から、何人かが彼を慰めようとしてこう言ったが、空しかった。ペーターが始めたんだ、きっと彼は踏み付けにされたことを忘れるよ。そしてペーター自身が泣きそうな声で滑稽に言った。「かまわないとも」。今や彼は先に自分に感動したように、他人に感動した。「僕を踏んでくれ」と彼は叫んだ、「そうしたい者は誰でも――ペーター、君が最初だ。――ここで横になる」（彼はしゃがんでいた）――「僕はどっちみちもう殉教者にはならないし、何者でもない」。

――ここが格好の時と思うが――この心の混合飲料には何滴の真の痛みが含まれ、何滴の想像上の痛みが、更には何滴の見せかけの痛みに至るまでが含まれているのか十分に鋭く吟味し、正確に計量する時であろう。ともかく心にとって、殊に詩人気質の心にとっては手と同じようなもので、この手は堅い物体を手に押し付けられた場合、数秒後にはその物体を手にしているのかあるいはすでに手放しているのか分からないのである。*7

燭台に明かりが点されて主人公の結び目［難問］は断たれた、明かりは自ずと彼の聖なる光あるいは地獄の光を奪った。しかし彼はもはや聖人について語ることが出来なかったので、聖人の幼い教会あるいは教区は立ち去った、そしてペーターだけが慰め手として残った。「僕自身は何も問題にしないが」とペーターは手をチョッキに入れて始めた、「でも君は素早く僕の下の肋骨を折ったように思う、上の方の肋骨よりはるかに短くなっている」。びっくりしてニクラスは彼を触って、短い肋骨を見つけた。苦い痛みが彼の顔に浮かんだ。「大したことじゃない」とペーターは言った、「肋骨の先端は多分腹のところで曲がっただけなのだろう」。幸いニクラスは自分のチョッキを開け放って、自分の体を相手の体と比べて、両者の器官的異同を比較した。しかし自分にも短い肋骨があったので、彼は深淵から歓喜へ一っ飛びして叫んだ。「それでは僕らは、ペーター、一番の仲良しとなろう。君が僕にふざけたことをしても、投げ倒すことはしないことにしよう、僕の方が背が高いけれど、いつまでも君の永遠の、変わりない友でいよう」。「男に二言はなし」とペーターは答えた、「手打ちだ、君を僕は時々からかうことにするが、君の永遠の友と誓う」。

かくて両者は、この本の中で長く続く永遠の友情を結んだ。握手へと変わった足蹴は、かつて幾つかの民族の間で友人達が傷付け合って、互いに混ぜて友情を祈願して飲んだあの血の代わりとなった。

さてニコラウスは自らの非列聖化によってあらゆる伝説の夢想から覚めた。彼は自分の後光を炎のような光に満ちた頭として有するよりも、単により薄い、より繊細な王冠として有していた。――

私は彼の永遠の好意あるいは迷妄の証拠として、大きな出来事のすぐ後に生じた小さな出来事を更に語るべきであるか分からない。つまり庭の長い板垣の間の郊外の家々へ通ずる通路には多くの泥の庭土があって、散在している尖った石は、いつもなら立派な町の舗石となりうるものであったが、互いに懸け離れていて、ニコラウスは日曜日遺憾の面持ちで、雨天のときすっかり年取った小母さんや幼い小娘が真っ白の靴下を履きながら恒星のように離れ離れの石を目掛けて飛び、大抵は失敗してしまうのを眺めていた。ローマの他の人々なら毎日それを見ても我慢出来た――しばしば村中の人が十年間切り通しの中の斜め石を避けて、恐れ、呪いながら、村の中の誰一人として斜め石を積み込んで、長年の嘆きを運び去る労を取ろうとしないようなものであったが、――しかしニコラウスはこうしたことは出来ず、人間として、そして道路検査官として考えた。そこで彼は天気のよいときはいつも若干の石を道路に携えて来て、これらを適宜の距離に離して置いたので、惨めな天気のとき真っ白な靴下が埃の立つ天気のときと同様にあるいはそれ以上によく歩いて行くのを見るのが待ちきれない程であった。そのための道路費用、舗石費用を幼い道路監督官に支払ったのは他ならぬ彼自身のそれに対する喜び、この最良の一覧払い手形であった。

しかし彼に対して別な手形を支払おうとする者が現れた。つまり下級徴税官、出納係のシュライフェンハイマー氏は、彼は長い板垣沿いに素敵な東屋を有していて、そこからどの通行人をも直接目で、いや手で追うことが出来たが、夙に絶えず増大していく道路の石化をいまいましく感じていた。通路は晴れた日には真の舗装道路となってしまって、緩やかな石で新しくされ、これらの石を人々は御者のように絶えず避けなければならなかった。幸い下級徴税官が東屋から下を眺めていたとき、幼い道路検査官が再び立派な舗装石を運んで来て、それを他の飛び石から適当な距離の、ちょうど出納係の窓の下に置こうとした。「おまえだったのか」、と穏やかに徴税官は言った。そしてニコラウスが立ちながら帽子を取ると、手を下に伸ばして、素早くそのブロンドの髪を必要なだけ拳に握ると、それらで検査官を可動橋のように、あるいは錨のように引き上げた。彼が彼を吊り蜘蛛のようにしっかりと吊して漂わせたとき、彼は彼を空中で力強く揺すって、例えば猟師が両耳を持って持ち上げた犬をそうするような按配であったが、それからまた急いで跳ね橋のように落下させた。

——多くの様々の生き物達がこの世では高みに引き上げられ漂わせられている——盗人や拷問を受ける者はロープで——ロヨラ[14]はその敬虔の念で——透視する女性達は催眠術師の単なる親指で——雄鶏と一緒[15]の気球乗りは気球によって——魚は釣り糸で——納棺されたモハメット[16]は磁石で——しかしこうしたすべての生き物達の中で史上吊り上げられたことに、再び降り立った道路検査官ほど荒れて怒った者はいない。極めて激しい罵言が、それぞれ舗石と共に、徴税官の開いた窓の中に飛んでいった。数分後には東屋の中にシュライフェンハイマーの手という激しい発疱硬膏に対して道の引き上げられた舗石の大半が投げ込まれていた。この道はことによると、アッピア街道、トラヤヌス街道、フラミニヌス街道との名前の類似からニコラウス街道、あるいはニコライ宗[17]街道と、あるいはまた王侯や皇帝の通りの呼び方からマークグラーフ通りと、全部残っていたら、呼ばれたかもしれないのである。

投擲や言葉は結局彼をいくらか傷付けてきたし、相手よりも十倍以上傷付けたし——そして東屋がすべて静まり返っているのに気付くと、突然、徴税官は上で半ば石に当たって死んでおり、それ故黙っているのだという考えがひらめいた。怒りの北風は憂愁の穏やかな南西風に一変した——投石死刑のサウル［改宗前のパウロ］はパウロとして家に帰った。——しかし彼が上の屋根裏部屋で何を感じたかを私は印刷する気はない。彼が絶望していて、たまたま鳴った葬儀の鐘にすでにやがて生ずる投石で死んだ徴税官の葬儀の鐘を聞き取り、その鐘に更に自分自身の死刑執行の鐘の音を加えていたと記せば十分であろう——そしてようやく彼の父親が薬局の戸口の下でこうがみがみ言うのを聞いたとき幸せな気分になった。「よろしい、分かった、奴を殴って、脂汗を流させましょう——もう結構です、シュライフェンハイマーさん」。これは実際若干の慰めであった。——

すでにかくも主人公の少年時代は幸せであった。というのは空想のこうした小さな茨は——今ちょうど描かれたような茨は——空想の一杯の薔薇の茂みですっかり覆われていたからである。過去と未来、空想のこの豊かな両インドは現在という点、両者間の岬よりも全平方マイル分だけ大きいので、人は空想の銀鉱船隊[18]できっと現在の支出を支払うことが出来るからである。それ故空想はいつも青年時代では幸せに、ただ晩年にのみ不幸せにする、晩年には未来の新世界はすでに空想から奪われていて、ただ過去の古い世界のみがまだその霧の浜辺と共に残光を発するのである。

ともかくも空想が一人の人間にとって最も幸せなことに先験的観照の第一形式を——この形式というのは、どの女性の読者もカントを読んで承知しておられるように——過去、現在、未来の三和音にある時なのであるが——我が物として、時を空想の凹面鏡や凸面鏡に仕上げたり、磨いたりしたのであれば、空想は当然先験的観照の第二のカント的形式を空想の第二の窓間鏡として支配することになる、つまり空間のことで、これは分割されるとすれば、ただ最も間近なものと最も遠方のもの、あるいは中心と周辺とになる。しかし所有のごくわずかな中心は遠方の無数の平方マイルと比べものになろうか、これは近くのものよりいつもはるかに大きく、ただ空想によってのみ征服され、享受されるのである。——

ニコラウスの天がいかに広大なものであったか察しが付こう、彼にとって自分の所有していないものがすべて自分のものであったのだから。諺に反して彼には屋根の上の一羽の鳩がポケットの一ペニヒよりもはるかに好ましかった。向こうでは鳩の飛行のすべてを得ているのに対し、こちらでは薄いペニヒの安全箱だったのである、それで彼は教会の塔の旗に——殊に夕陽を受けて赤く輝くとき——言いようもなく引き付けられた、単にそれに触れる期待が持てなかったからで、旗が彼の足許に落ちていたら、彼はそれを落ちたままにしておいて、塔の支柱の方をもっと憧れを抱いて見つめたであろう。彼が子供時分鶉の鳥籠を覗いて、内部に長い騎士の広間と回転出窓を見、我々の場合のように部屋の床ではなく、部屋の天井を覆う白い布を見たとき、そして自分が内部であちこちする身になれば、出窓に楽しく跳んだり、野外や薬局をすべて見渡すことが出来、その上頭上には金鍍金された小塔を有することになると考えたとき、彼は鶉の王に変身して、申し分なく合理的に吊られているこのような鳥籠の中で閉じ込められた家庭的幸福を薬局や世界への自由気ままな眺望と結び付けたいものだと感じた。

さてニコラウスが、見てきたように空想のかくも稀なるミューズの山の高みに立っていて——空想が、ガルによれば、二つのパルナッソス山の頂のように有する二つの脳の丘は従って外的にとても高くなっているに違いないが――それで彼が、上で見渡すや、若干の霧の中で、エトナの山上にいる男のように、ただ自分の目にのみ映ずる空中に浮かぶ新しい国々や町々全体に遭遇したとすれば、彼が、申し上げると、このような高みで見慣れないものがかくも拡大されているのを目にしたとすれば、彼には別の幸福、つまり自分が、ブロッケン山の旅人が霧の中に自分の姿を巨人像として目にするように、自分自身をはなはだ拡大された者として見るという幸福も失することはなかったであろう。いや彼はこの点で多くの当世の詩人を凌いでいた。この詩人達は、ミダスのように触れるすべてのものを金に変える想像力の不思議な能力を、勿論まず最も間近な対象で試して、自らの頭から足に至るまで金鍍金をかけているけれども、このような者は結局自らを単に最も偉大な詩人、黄金時代のミューズの黄金の息子として見いだすだけで、それ以上の者ではなく、最も偉大な測量や、治療、音楽その他の芸術家として見いだすことはない。これに対してニコラウスは自分の像が上述のブロッケンの霧の中で、あたかも多面体や多面なガラスを通すときのように、偉大な男達の画廊に多様化しているのを見た。というのはそれは単に自分の読んでいる本や、まさにしなければならない仕事次第であったからである。そんなわけで彼は一日中フリードリヒ二世であったかと思うと――翌日はピアノを弾くすぐれたコッツェルーホ[19]であり――それからフランス語の文法のせいで真のフランス人となり――しばしば、その気になったとき、半ばリンネとなり、それは毎日薬局に薬種などを届けて、植物学の薬局助手や薬草採取の女の言葉に耳を傾けたからで、そして化学者の第二のマークグラーフ[20]となった、一つにはこの者の遠縁に当たり、一つには化学者の父親の養子であったからである。――勿論彼は一日のうちに同時にこうした者すべてであったのではなく、必要な時間をかけて、機会を得て初めていつも著名な男達の一人に次々となっていった。

まさにこうした多くの者となる特殊な能力を措いて、彼の真の至福に寄与し得たものが他に何であるか私には分からない。自分が単に一人の偉大な詩人にすぎないとか――あるいは単に一人の偉大な哲学者とか紳士にすぎない、あるいは他に何か個々の偉大な者にすぎない、自分の周りには自分がすべてそうではない数百の他の偉大な者がいるというのにと思わざるを得ないことほど一人の男をはなはだ狭めるものはない。男ならたった一つの光沢インクではなく、すべての七色を有する虹全体を同時に表したいのである。これに関しては、例えば何らかの一つの専門の秀でた詩人にすぎない者も、他の詩作の分野でも偉大であると思ったり、企てたりして、かくて虹の代わりにせめて虹を映す霧の滴となる以外に救いはないであろう。――叙事的史実作家としての私自身にも――というのは史実とは散文での叙事詩以外の何物でもないからで――ニコラウスの多数の男、偉大な男であるという生き様は最も都合がいい、英雄詩においては、ホメロスの英雄詩がそうであるように、すべての学問や万物が見られなければならないのであれば、そうしたものすべてがすでに主人公自身の中にあれば、いつも大いに助かるであろうからである。

時には我らのニコラウスは自分をすべての者にするこの同じ空想によって、この空想が彼からすべてを奪ったとき、幾らか耐えなければならなかったであろう。しかしこれが長く続くことはなかった。私はこうした場合を幾つか覚えている。――しかしここでは一例を記そう、彼が教会の中ですべての聴衆の前で叱られるという贖罪を公に耐えたときのことであるが、彼はまことに愚かな教理問答の女生徒に関して、無知で答えられず絶えずびくびくとひくついているこの顔を同情心から大きすぎる声で前もって答をそっと教えて救い出そうと考えたのであった。「誰がこっそり教えてよいと言った」と教理問答教師は言った。この場合とか類似の場合にはニコラウスは友人のペーター・ヴォルブレの前で自分を、せいぜい靴磨き屋か野郎[*8]にしかなれないであろうひょろ長い老いぼれの驢馬と呼び、そしてペーターに、自分の頭を殴って欲しいとかあるいはその他の立派な作法で自分を片付けて欲しいと頼んだ。

しかしこうした暗い状態は、彼が町の生徒達の前で全く自画自賛して、自分の見いだすどんな些細な長所も黙っていない長く明るい間隔に比べれば何と短かったことか。彼は臆面もなく打ち明けた、自分は皆がまず学ばなければならない数百のことを本を読んで知っている、自分は全く特別な頭をしており、しばしばこれは光りもするのである、自分がいつかいかほどの者になるか思い知るであろう、――というのは、うまくいきさえすれば、時と共に最も著名な男達の一人になろうからで、自分はそう思う、勿論最初からすぐに有名というわけにはいかない、と。こうしたことすべてを彼はほとんど自慢気にではなく、はなはだ屈託なく、快活な確信を抱いて述べたので、誰しもこのことを大いに喜んで欲しいと思うし、そうした事態に至れば、私は彼にそのことを認めるであろうことをつゆ疑って欲しくない。しかしどんな温かい素直さも見せびらかしの嘘と取られてしまった、公の試験の際、薬局からの幾つかの記憶丸薬を彼から贈られていた町の生徒達でさえそう取った。どんなに温かい愛情も傷付けられた自愛を癒さないし、どんな気前の良さもごく些細な称賛の欠如の代わりとならない。善良な人間でさえ他人にはどのような幸運をも、値しない幸運さえも、それを認める方がより容易であり、決して値しない称賛の方ではない。

さてニコラウスには、我々の各自が自賛するときの方法では自賛しないという欠点があった。謙虚な人間は、決まって、赤くなり、若干の長所は実際に認めるものの、無数の他の長所が入る長い「等々」や「云々」を付けるのは他人に任せるものである。残念ながらニクラウスは自ら云々全体を話し、外面も内面の言葉と等しい気位であった。怒りも同様であった。勿論他方謙虚な男達は自分達の流儀で行っていて、多分我々皆がそうであるように、自分については多くの欠点とそれにごく少ないさえない業績だけを述べるのであるが、しかし聞き手は功績の等々については我々の代わりにきっと発言してくれるであろうと固く信じている。かくて聞き手がこうしない場合戦争が布告される。すでに類似の場合でスウェーデンのカール・グスタフ王はポーランド王に対して、この王がスウェーデンの称号からP.p.とかpp.（あるいは等々とか云々）を外して、そうしてズムスドルフの和平を破ったと宣戦布告をしていないだろうか。[*9] それ故スウェーデン人達には云々人という名前が付けられなかったか。――しかし我々の誰もがこの名前を使い、云々氏と名乗ることが出来よう。除外された最後のpp.は手紙の文頭の除外されたP.P.「敬称略」のようなもので、これは「前置されるべきものの前置に従って」の意味であり、前者は「後置されるべきものの後置に従って」の意味である。

今やようやく第三前章と、幼い皇子に一種の侯爵教育を施して、そのための費用をまた得ようとする薬剤師のマークグラーフに達する時である。ニコラウス自身が知る限りでのすべての様々な偉大な人々であって、普通宮廷人が大人の侯爵の許にしばしば何年にもわたって仕えて、侯爵に上述のことを教え込み、侯爵がそれを信ずるにいたる代役をつとめているのであれば、すでに侯爵への立派な歩みがなされているのではなかろうか。

補　遺

この章では少年ヴォルブレとかについて言及され、この者は何年も後にかの有名な磁気睡眠の饗応を催したまさに当人であるので、ここで早速そのことについての記述を挿入したい。目立つことであろう。

旅行世話人［第二巻参照］のヴォルブレの大いなる磁気睡眠の饗応

磁気睡眠の饗応を催すことが出来るのはわずかな人間だけであり、侯爵とか資本家はまず出来ない。それだけに、私は一緒にその食卓にはいなかったのであるが、旅行世話人のペーター・ヴォルブレがそのことが出来たということは私には一層好ましい、彼はすべてのテーブルの中で、賭博台、書物机、会議用机を含めて、食卓を最も好いていた。ただし一人で食卓に着くのではなく、食卓の周り、食卓の上に何ほどかなければならなかった。相伴者がいることは食事の半ばに等しかった。彼は食事の際にはいつも数人の客人がいることを喜んだ、いや歌好きのイタリア人が好んで――食する、小夜啼鳥が手に入れば、二、三人の客を招待して、空中で巧みにこの鳥を切り分けたことだろう、このような肉を焼くだけの財力があったならばの話であるが。

幸いちょうど中年の時分で、彼は半ば支払い、半ば借り入れることが出来て、今まさに私が記述すべき大いなる磁気睡眠の饗宴によって自分の隣人愛と美味欲を満足させることが出来た。将来更に十分に知らされることであろうが、このペーター・ヴォルブレはピュイセギール(21)に次いで歴史の挙げる最強の催眠術師で、ピュイセギールは遠くから反抗的な高笑いをしている御者をも静めたそうであり、あるいはドレスデンのペーリッツ(22)に次ぐ者である、ペーリッツは食卓でも単に肩に手を置いて椅子に座っている者を寝入らせたそうである。ヴォルブレは勿論これ以上であった。彼は催眠のすべての段階を強力に飛び越し、凌駕していたので、早速覚醒の時に、つまり透視の時に始めた。彼の骨髄スープの準備で倍加した肉体力のせいか――あるいは両手の二本の六番目の指のせいか、彼はそれを、猫やライオンが歩行の際立派な鋭い爪をそうするように、通常引っ込めていて、それで摩耗することなく用意していたのであるが――あるいは足の指による密かな催眠術のせいか――あるいは将来になってようやく注意されるようになる催眠術的巨人がそもそも存在し得るからか――あるいは、これが最も蓋然性が高いが、こうしたことの一切がその理由のせいか、要するにヴォルブレは熟視と全能の意志と目に見えない遠くからの吐息と指や足の指の操作によって透視や感覚の変換、催眠術師への依存という催眠術的奇蹟を、他の者なら数ヵ月要するのに数分で仕上げたのであった。

さてあらゆる奇蹟の中で、善良な冗談好きで、人間好き、かつ食事好きな旅行世話人のヴォルブレにとって、透視者はその催眠術師が摂取するたびにその一口にするもの一飲みにするものを感ずることになるという周知の奇蹟ほどに最も好ましい奇蹟はなかった。しかし彼の善良な心、大盤振る舞い、並びに彼の素晴らしい催眠術が立派な明かりを当てられたのは、彼が「町ウィーン」で――そう料亭は呼ばれていた――様々な階層からなる病んで腹ぺこの男達の声望ある一行にもてなした有名な饗宴を措いてなかった。

つまり彼は上述の「町ウィーン」で三十二人分の、それ以上ではない食器を揃えた大饗宴を準備させ、厳選された料理の二コースを注文したのであるが、しかしそれぞれの料理の一人分を、それも自分だけの分を注文したのであった。その極めて重要な客人の中には（若干名だけもっと詳しく話すと）哲学の正教授がいたが、彼は自分の新しい哲学のせいで、三つの他の以前の哲学に遅れて売れそうになかったので、空腹と憤怒とで半ば死んでいた――

一人の法学の助教授は、ナポレオンのライン同盟(23)の文書について注釈して、ローマ法についてのエアランゲンのグリュック並みに、つまり新ドイツ法のグリュックたる者に名を上げようと思っていたが、同盟と共に取り残されてしまい、同様に病んで貧しくなっていた――食欲旺盛でいて生活苦の何人かの教師――一人の高位聖職者に一人の首席司祭、更に若干の修道僧たち、総じて十分に病んでいたが、絶えず食事の前後に食べていたからで――同様に若干名の宮廷人達、彼らも同じ理由で虚弱であった――数名の身分のある農夫達、しかし戦争のせいで零落し、土色をしていた――更に五、六人の客人を挙げることが出来よう。

さて旅行世話人、飼料世話人が客人達を握手と足擦りとで――敬意からではなく催眠術的企みからそうして――出迎え、技巧的に宣誓のように折りたたまれた［破られた］ナプキンの前に座らせると、彼は彼らを皆、彼らがナプキンを広げる前に、その食卓の椅子の上で眠らせてしまい、彼らは皆（そう彼は催眠術師として密かに欲したのであるが）兄弟のように手を握り合って、食事の間ずっとその手を離さず、一緒に透視した。

今や彼は美味しいアンチョビのスープを運ばせて、その二つの皿をとても上機嫌で空にしたので、教授達や学校教師達は一致して、彼が彼らに問い合わせて、空になったスープ皿が取り下げられ、他の皿が置かれたとき、請け合った、自分達は初めてこのように立派なスープを味わった、と。

更にモスクワ風牛肉と蟹のパイ、オーブンで焼かれた蛙の股肉が出された。旅行世話人は、まだナイフしか握っていないときに、前もって述べた、自分は大いに気を利かせて、ローマ・カトリック教徒とプロテスタント教徒の宗派同等と許容とが食卓でもドイツ国内と同様に保たれるように、肉食の日ではない今日ローマ・カトリック教会の信者のために蟹と蛙とを注文した。しかし自分がモスクワ風牛肉を食べるときは、勿論強力な念力を発して[*10]、プロテスタント以外は誰もカトリック教徒が何かしらその味を味わうことのないように配慮するつもりだ、と。しかしここで二人のカトリックの透視者達が口を挟んだ、高位聖職者と首席司祭で、真の口先キリスト教徒達で、これはより上品な意味でのことで、つまり味覚の意味であるが、諺の「血（殉教者）は教会の種子である」を自らの血肉に応用して、血肉を消化によってどれほど造ろうと十分ではない男達であったが、この男達は彼に、自分達は前より健康な時には断食を厳しく守り、単に教会で許可されている断食の牡蠣、断食の鱒、鰻、鮭、うみざりがにに限定してきたけれども、前より病気がちであった時には断食の赦免を願い出たい、従ってモスクワ風牛肉と他のすべての肉も自分達に彼自身と同じように味わわせて欲しいと述べた。――かくて世話人はスコットランドの食事とロッジ〔フリーメーソン支部〕の親方として、高い光への彼のロッジを早速最初の料理で特別に御馳走することが出来た。彼が食べ始めたときどんなに皆にとって素晴らしい味がしたかそもそも述べる必要はなかったろうが、ただ身分のある二、三人の農夫達は彼が嚙むとき一緒に味わうことになった蛙の股には大きすぎる反吐を感ずることになった。素朴な農夫達はフランス人や蛙、つまり蛙の味覚に馴染むことは出来なかった。ヴォルブレは不幸なことに急いでいて、彼らがそれを少しも味わうことのないように念力することをすっかり忘れていたのであった。

その後我らの養蜂家は――蜜蜂達はどの養蜂家の許でも蜜を自ら出さなければならないので、一層そう呼ばれるべきであるが――聖職者の養蜂舎を、特に高位聖職者と首席司祭とを牡蠣のラグーでもてなしたが、これは彼にとってとても良い味がして、それで彼は世俗の美食家や剃髪した美食家に自らを犠牲にして一皿半分余計に食した、多方面から余りに多く要請されたからである。しかし勿論同時に珍しくかつ無邪気な喜びをもたらすことになったが、それは食事のときには、下剤や誓言、測量の場合と同様にただ素面で行うべきであることをこれまで失念して胃を損なうことが多かった善良な人々が、今や好きなだけ一度に多くの牡蠣を消化代理人を通じて味わうことが出来、少しも胃が痛むことがないからであった。一緒に会食している宮廷人に関しては、彼らはホストに全く我を忘れていた、そして彼の味覚の神経との彼らの神経の一体化した共感的感覚は、他人が感ずるものを感じ、そして同情よりもはるかに難しい、他人の喜びに関与するという心の存在を示していた。

すべての招待された寄宿学校――つまり試食のための学校のこうした豊饒な享受は――鉢から鉢へ続いていった。頭の悪い農夫達、ひもじい学校教師や修道僧達、痩せた哲学の正教授達やライン同盟の文書の法学の助教授達は今や自ら、燻製のかわかます、焼いた鴨、大きな焼き串揚げパン、のろしかの背肉、整ったアーモンドケーキの味がいかなるものか味わうことになった。絶えず旅行世話人はある者や別の者に、もう一品欲しいか尋ね、早速もう一フォーク分、あるいは一スプーン一杯にして、各人に食べ過ぎの心配はないと説得し、万の物に対する最良の胃と記憶の増強剤としてたっぷりと摂っているマスタードをあてにした。その際彗星ワイン、十一年産ワインもふんだんに使われた、多くの一緒に食事している飲み仲間がかつて味わったことのない、いや厳密に言って、今でも超えるもののない飲み物である。――実際農夫達や学校教師達は不動の十一年産による偉大な食卓の豪華なワインが、オペラの中の華麗なアリアさながら、並んでいたとき、つまり喜望峰ワインやハンガリーの完熟〔噴火〕ワイン、ヴェスヴィオのラクリマ・クリスティ〔銘柄、キリストの涙〕の完熟〔噴火〕ワインが並んでいたとき、何を考え、何を感じなければならなかったことか。――旅行世話人の頭の中にさえそれらの多くのものが上がって、透視している睡眠仲間も結局は幾分かを自分達の頭の中に得ることになった。

　とうとう一行が十分に腹一杯になり喜んだとき、そしてヴォルブレが消化の締め括りにさらに小杯のアムステルダムのアニゼット〔リキュール〕を、どの人をもその強さのせいで熱くするアニゼットを、飲んだとき、彼は食事を終え、すべての会食者に対して、さながら自分の乳母の乳兄弟に対するように、機知に富んだ生気ある卓話をして結びとした。「貴方らすべての方に私の心ばかりの接待、『町ウィーン』で精一杯の接待がお気に召したら幸いです。――もっと上等に、いや一万倍上等に出来たかもしれません、私は（敢えて言いますが）バイヨンヌのハムを、シュトラースブルクのパイをポーランド風サラダと共に、またトロワの詰め物をしたタンを、ルーエンの子牛を、コーの雄鶏を、ラ・フレーシュの去勢雄鶏を、メッツのロビンをもてなしたかった。しかしこれらの品は手に入りませんでした。また『町ウィーン』では焼いた猫の糞やザクセン風キリスト菓子[*11]、追い出された雀蜂のその巣[*12]、ブフ・ア・ラ・モード、ポメルンの鵞鳥も無理でした。しかし食事は（この点は安心しますが）健康的で軽いものでした。コーランによればあの世では料理は汗穴から出ていくそうですが、すでにここで私の食事についても同じことを約束出来ます、私は貴方らに、ストラーボによればペルシア人は神々に犠牲の動物のただ魂だけを捧げたそうですが、同様に何か精神的なものをこの饗宴では供しました、つまり味覚〔趣味〕で、通の者が芸術作品に関して有し、それを享受する際の唯一のもの、そして最良のものです。

私自身は勿論立派な食事仲間の皆様方にこの上なく享受し得たことを感謝申し上げます。私は一人っきりで食べるのを好みませんし、この点では洗礼のとき決して仲間なしには食べないと誓ったマニ教徒[*13]に似ているだけに、そしてまた、学者に一人っきりの食事を熱心に禁じている小説家のヘルメス[24]に賛同する者だけに尚更です。まことに、他人に自分の享受への関与を許さない者は真の雄蜜蜂というべきもので、これは蜜を集めて吸うでしょうが、しかしこれは自分だけのためです、しかるにもっと上等の者は養蜂家のようなもので、これも確かに蜜を享受し、蜜を取り出しますが、しかしこれをいつも厳しい冬には働き蜂と分かち合うものです。かくて例えばしばしば善良な侯爵もそのように行動していて、公衆の前での食事会を開いて、かくて数百の空腹者の開けた口に空を見せて「天にも昇る心地にさせて」、それで、例えば時にローマ人の間では一方の相続人にはコインが遺贈され、他の相続人にはそれらを眺める楽しみが残されたように[*14]、ここでは口をあんぐりと開けた民衆は第二の相続人となってまじまじと眺めます。――かくて私は皆様に二回の御馳走さまを同時に祈念致します、つまり更に今回の後の次の食事のことで、貴方らは、私はそう願っていますが、私の逆のタッチで目覚めさせられ家に帰ったとき、何かを料理屋で注文し、私が出来るだけ私の拙い料理で鋭いものにしようとした食欲を満足させることになるでありましょうから、これはプラトンのつましい饗宴について、客人達はその後いつも特別な空腹を感じたと称えているようなものであります」。

*

――このように「町ウィーン」での大いなる催眠術の食卓会議は終わった、この華美と充実については私がすでに多くの称賛を耳にしている。実際旅行世話人が自らを侯爵と比較し、その美味しい饗宴を公衆の面前での、見物人は少しも味わえない侯爵の食卓と比較しているのは単なる謙虚さにすぎなかったであろう。実際エアフルトでのナポレオン皇帝によるそれ自体は立派な祝いの朝食の際、食卓に参集していた国王や公爵、将軍、大臣、宮中参事官の全会議団の面々は、その中にはヴィーラント[26]さえもいて、そのことはまさに彼の手紙から分かるのであるが、この会議の面々はすべて見守ること以外の何をしたであろうか。この公開の祝いの朝食は助教授が学説彙纂のグリュックに成り上がる基としようと思ったライン同盟の文書の図よりもましなものと言えたであろうか。――これに対し「町ウィーン」での会議では、宮廷人から学校教師、農夫に至るまで皆が二コースを豪勢に飲み食いし、酩酊までしたのであるが、旅行世話人については別様に話すことが出来る。いや宴会が終わって、誰もが目覚めて、旅行世話人がドアから出ていくと（彼が下の部屋で自分の分の飲食代をまだ払っているとき）、学校教師と農夫は（彼らは頭に何か残っていた）並の個人用の肉すべてを運ばせて、立派な空腹をわずかばかりの現物の食事で鎮めた（それ程上品なフランス料理が自分達の胃を損なうことは少なかった）、一方大饗宴においては舌の共鳴板のために催眠的費用が必要であったのである、ちょうどイギリス人達が小さな支出は硬貨で済ますのに、大きな支出は紙幣で済ますようなものである。――要するに今一度繰り返すことを許されれば、「町ウィーン」程に楽しいこれに類した会議がどこにあったか、体の中ではなくとも、舌先に多くのものが載せられたのはどこであったか。

第二の前章のための真面目な脱線は次の通り。詩を欠いた人間――人間の魂の孤独――無神論者――詩人――山々の精神的崇高さ

＊1　ヒヨスは服用されると飛翔の感覚を与えた。多分魔女達はその香油にこれを混ぜた。エッシェンマイアーの『磁気文庫』第三巻、第一部。

＊2　Saint-Foix［一六九八―一七七六年］の『パリの町の歴史』第四巻。フレーゲルの『宮廷道化師の歴史』［一七八八年］。

＊3　つまり容易に殉教者達は熱い油の釜や、大洋の深所、燃える火刑台、悪魔や人間の鉤爪からは命を救うが、しかし首を刎ねられると後はたまらず、命を失う。――そもそも刎頸は何かとても立派な点を有しており、ただそれをしばしば繰り返すだけで死刑執行人はドクトル号を得ている。執行人がいかに多くの者を絞首刑にしようと、車裂きにしようと、溺死させようと、ドクトル帽は単に首を刎ねることに対して彼の頭に置かれるのである。

＊4　シュパンゲンベルク『［ツィンツェンドルフ氏の］生涯』第一巻、三十、三十二［一七七三年］。

＊5　ナポレオンは周知のようにニコロあるいはニコラウスと呼ばれた。(12)

＊6　『カトリック教会聖務日課書十二月祝祭日』。

＊7　ダーウィン［Erasmus Darwin（一七三一－一八〇二年）］の『ズーノミア』第二巻。
＊8　このように多くの地域で薬剤助手は呼ばれる。
＊9　リヒテンベルクの『手帳日記』一七八一年、七三頁。
＊10　何人かの催眠術師の場合、透視の女性が話されたことを耳にしない等々のことは単に彼らの強い念力に依った。
＊11　この両者をどうして作るかはJ・クリスティアーナ・キージンの『シュヴァーベン地方の料理本』に載っている。二八四頁と三一二頁。
＊12　どう料理するかは、クラーラ・メッセンベックの『バイエルン地方の料理本』参照。第六版、第一巻、四八一頁。
＊13　フュースリンの『教会と異教徒の歴史』第一巻、一二一頁。
＊14　L.28. II. 利益の利用について。(25)

第三前章

いかにニコラウスは帝王学を受けたか――いかに神父ヨゼフスは癒されたか――そしていかにヴィオラ奏者のドゥ・フォートルは飲まされ、尋問されたか

私は封土授与の章で薬剤師のマークグラーフを妻の墓場の所で、単なる市民階級の従者達には宮中喪に参列することを罰する侯爵達が、宮中の慶事、小皇子達の最初の誕生祝いにはこの者達にも参与を許すという幸運にひたすら歓喜している状態のままにしておいた。というのは薬剤師は自分の分、皇子を家に有していたからである。多くの楽しみの最中にマークグラーフは信じられないほどの狡猾さと曖昧な言い回しでニコラウスを指差して、こう言うのを禁じ得なかった。「そうだ、そうだ。ニケルよ。――おまえは小さな辺境伯［マークグラーフ］ちゃんだ、うれ

しいぞ」。——彼自身マークグラーフと言って、ホーエンガイスの辺境伯には皇子はいなかったので、彼は自分の好きなように、誤解されたり理解されたりした。名誉心の喪失については他の人々が睡眠中にオオコウモリにかまれる血の喪失ほどにも感じなかった。幸いなことにそもそも、宮中であれ、商売であれ、何事かをやり遂げたい男達は、そのひどすぎる名誉の傷に関してヴァルハラの英雄達に似ているという天与の資質を有する、この英雄達は毎日戦いからその空気の肉体にこの上なく危険な傷を負うけれども、しかし毎朝再びその傷が塞がっているのを目にするのである。

エリーアス・ヘーノッホは今や三あるいは三・五フィートの小さな支配者を教育し、この者を勿論将来立派に仕上げて引き渡さなければならないことになっていた。しかしどうしたら良かったか、近隣には皇子不足から、彼に何かやってみせることが出来そうな皇子の家庭教師は一人としていなかったのだから、薬剤師が自分にこの課題を課していたら、これは彼にとって真の課題というべきものであっただろう。というのは支配者を支配することは象に綱の上で踊ることを教える（ローマ人はしたが）ことに等しかったからである。

そのうち彼はニコラウスを手許から町の学校へ送った。

幸い彼は教育学的型作り師を手中にした。つまり元イエズス会士で神父のヨゼフスが、彼は＊＊＊皇子の将来の皇子傅育官としてその宮廷へローマを通って行こうとしていたのであるが、ローマに自らの体が遮断棒となって滞在する羽目になるという素敵なことが生じた、彼はマークグラーフの薬局を秘密の隔離病棟として数週間留まらざるを得なくなった。彼の行く宮廷は純然たる厳しい風習に支配されていたが、これは通常侯爵よりも侯爵夫人の影響下にあるものである。さて善良なヨゼフスは、プロセルピナ(1)のように、歓喜の花を摘んでいる間に冥府の愚かな流儀に陥ったので、前もって匿名のまま田舎町ローマの口の堅い薬剤師の許でこの無垢で黄金とは言えないまでも水銀の時代にふさわしいだけの元気を得たいと願った。ダイダロスは木製のヴィーナスに水銀で生気ある動きを与えた。[*1] 今でもこの半金属は常にこの女神と霊験あらたかな結び付きがあって、助けるものである［梅毒に対する水銀療法のこと］。

元イエズス会士あるいは「我らの主にして贖い主」[*2]のイエズス会士は、そもそも大いなる規律のイエズス会士として、そして皇子傅育官として、自分の二重の威厳を承知していて、それも大いに承知していて、堕ちざる純粋な天使として――それに彼の上品な顔は何と格好良く、倫理的で、若々しく、好意的であったことか――登場せざるを得なかった。それで彼は喜んで薬剤師の屑金属精錬所で自らを潰して、自らの黄金を水銀と混和させて、そこから水銀の蒸発した後全く鉱滓のない状態で精錬された輝く黄金として出現しようとした。

――さてこのような立派な皇子傅育官にして宝物を薬剤師は無料で我が家に得ることになって、安んじて自分の結婚生活上の秘密を打ち明けることが出来た、この者の結婚せざる秘密を沈黙の動産抵当として得ていたからである。

神父のヨゼフはマークグラーフの喜んだことにこう説明した。自分はニコラウスの高い空想力に皇子らしさをすぐに見てとったし、彼はマークグラーフの息子ではなく、誰かの私生児である、私生児は史実によると多くの才能を見せるのだからとその天賦の精神から容易に推測していた、と。とりわけ彼が彼に勧めたのは、この若い侯爵に歴史を、それも自分の家の歴史を研究させることだった。しかしこの家についてはまだ調査しなければならないので、ニコラウスはゴータの懐中暦かそうしたものを忠実に暗記したらよかろう、つまりドイツ、いやヨーロッパのすべての支配している家系の系図のことである。皇子は、と彼は続けた、どのような多くの高貴な家系と親族にあるかまだ分からないので、各個別の家系の系統や傍系統、すべての誕生日や結婚日、戴冠日をすべての皇女も含めて記憶するべきであって、そうすれば容易に、自分の家系に達したときに、どのような懸け離れた高貴な親族であれすべての洗礼名共々すぐに察知することになろう。こうすれば彼の株は上がり、誰もが危険を感づくであろう、と。

感謝の念の篤い神父ヨゼフは、自らの水銀化のレッスンの他に、自ら皇子への歴史の教授も引き受け、彼に喜んで様々の、目下まだ推定出来ない系譜を復誦させた。ゴータの懐中暦はここで立派なプルターク、シュレック[(2)]となった。その際このイエズス会士は極めて無味乾燥な単に文字だけで記された名前の目録を紋章学――この王侯の絵入り聖書で――もっと多彩なものにして、紋章学の動物でこの件と名前とにもっと生気を吹き込もうとした。というのは紋章集は貴族にとって、その中で最も高貴な猛獣であれその支配力をライオン使い、鷹匠としての自分の下位に置いているだけに、一層紋章学的聖動物辞典[*3]となっているからである。

私の主人公が将来私にとって若干の名誉となり、読者に長い喜びを与えるとすれば、おそらくその最も肝腎な点を「我らの主にして贖い主」のイエズス会士の立派な教育学問計画に負うていよう。彼が自分の金属的治療期間に教育者マークグラーフのために注ぎ、磨き、そして必要なにぶい水銀で裏張りした貴重な侯爵の鑑《かがみ》は次のような立派な原理を立てていた。皇子はなまかじりではあってはならないが、しかし多くをかじっているべきである。そして皇子はすでに兵士としても数週間で下から叩き上げてしまい、歩哨から――伍長――中尉――大尉――少佐――大佐の階段を螺旋「蝸牛」階段としてではなく、攻城梯子として駆け上がり、それで彼を下の方で見たばかりで、他の同僚達はまだ皆拷問梯子にいるというのに、彼はすでに上の方からただ見下ろしている具合であるように、皇子はそれ以上に学者として学問のすべての分野を、上昇のためにまっとうな教師達の気球船乗員を得たならば、すみやかに鳥瞰出来るようでなければならない。学校ノタメデハナク、人生ノタメニ学ブコトとヨゼフスは言った。即ち侯爵は教授職や写字台のために学ぶべきではなく、宮中晩餐会、ゲーム用テーブル、劇やコンサートでの席のために学ぶべきであるということであった。皇子が何事かを半分だけ知っておれば、いつもその他の半分を前提とする、あるいはそれを付け添える誰かが控えているであろう。それ故自分は侯爵教育のためには実用百科あるいは百科辞典より他に重要な作品、皇太子利用版を知らない。というのは第一にこれらでは最大のアルファベット的秩序が、すべての学問項目が法外に豊かに見られるというのに、遵守されているからである。第二に巧みな教師ならば容易にそこから事項に従った秩序を編纂出来るからであるというのであった。しかし彼は当時薬剤師には文献の不案内からツェードラー[4]の百科辞典しか教育書として提案出来なかった。

――いやはや。私のためにも皇子のためにも当時すでに少なくともブロックハウスによる百科辞典の第一版[5]が手に入ると良かったのであるが。どんなに彼の教養は、補遺の巻はなくても、はるかにより豊かに、時代に適ったものになっていたことだろう。というのはただこの十巻の辞典があれば、私がまともなことをして、当該の学問の項目を十巻の十進法から体系的にまとめて、上手に熔接しさえすれば、私はどのような皇子、あるいはその他の宮中や会話のために生まれた若者を申し分なく育てる自信があるからである。皇子を単に辞典の堅固な文字列に従って育てようと思う通常の王子傅育官は最初のうちはいつも単にＡＢＣの初級生徒を育成するだけで、長い時を経てようやくＤＥＦＧＨＩＫＬＭＮＯＰＱｕＲＳＴＶＷＸＹＺの生徒が育つであろうということを私は喜んで認めるものであるが。

遂に美しく、乙女のように若く穏やかな神父ヨゼフは彼の汞和《こうわ》の経過の後多くの優しい謝辞を述べながら薬剤師から別れた。薬剤師は、彼には――自分の言葉を除いて――言葉は大して役に立つのではなくて、脱水銀化された輝かしいイエズス会士に次のような約束を無理強いしたが、それは自分に首都で皇太子の教育面でなす最も重要な歩みを当地での昔からの友人である下級軍医を通じて折々書き送って欲しいというもので、ヘーノッホはそれをローマで同年齢の自分のただの皇太子にただ真似させればすむというものであった。勿論ヨゼフスはこの件を熱中したこの男に保証しなければならなかった。というのはこの男は教育面では過小によりは過大に行いたかったからで――将来の立法者のエゲリア[6]、立法者としてそう欲していた。――彼は単なる侯爵帽しか有しないかもしれない将来の父親に息子を贈ってびっくりさせたかったが、その息子は王侯の金属冠の被り方さえも学んでいて、それ故一層容易に侯爵帽を被って振り回せる者で、それはちょうどギリシア人の間で走者がその技を鉛の靴を履いて練習し、それを脱いだ後、一層速く走れるようにするのに似ていた。

――やがて教育学的編物針あるいは彫刻刀が最良の手本に従って動き始めた。軍医は、若君は音楽教師を得たと伝えた。早速薬局には水腫症のために借金が残っていた町の合唱指揮者がつかまり、彼は最も難しいピアノ曲の四曲から七曲を幼いニコラウスに鍛接しなければならなかった、彼の指が将来、王笏を握ることになったとき、キーをたたいて驚かせることになるようにするためであった。ただ易しすぎる曲は彼は学ばなかった。

フランス語が習われていると軍医が書き送ると、ローマに年老いたダンス教師が出現して、早速彼はヘーノッホによって若い辺境伯の語学教師に任命されたが、彼がやがて聖霊の来降に劣らぬ奇蹟を示すようにするためであった。つまりヘーノッホは神父ヨゼフから侯爵達は紹介された高貴な客人には単に質問を――フランス語の質問を――すればよく、返事は、それに引かれては威厳を損なうので、しないということを聞いていたので、薬剤師はフランス語の授業をさしあたりほぼ半分に、侯爵としての会話を少しも失わずに短縮することが出来、少年は文法の会話から単にフランス語の質問だけを学び、それに対する返事は、これはただ他人が行い理解すべきこととして学ばなかった。

薬剤師はこうした教育の省略法を一つならぬ立派な意図から行っていた。彼は単に自分の侯爵の雛を出来るだけ早く仕上がった、さながら手付けの打たれた者にしたかったばかりではない――いつ侯爵の父親が舞台に桟敷席から出現するやもしれなかった、――彼は将来教育費をたっぷり貰いたかったし、今は出来るだけ少なく支払いをすませたかったのである。合理的な吝嗇家も確かに時折、フリードリヒ一世のように祝典を催すであろう。しかしこの祝典には、言い伝えによるとフリードリヒの祝典がそうであったように、いつも一ターラー欠けることになって、吝嗇家はむしろこの欠けたターラーでもって全祝典の費用としたくなろう。そして吝嗇家は一瓶のワインを贈っても合理的男として空の瓶が戻ってくることを期待する、一杯のワインを出すとき当然グラスが残るように。

教育の首都から皇太子はまさにカード遊び、全授業計画で最も重要かもしれないものを学んでいるという知らせが届いたときには更に安上がりにヘーノッホは済ませた。侯爵には狩りが動物との戦いとして推奨されるように、カード遊びは書類戦争として、カードは本来縮小された国家の書類、領土委任［フランス革命時の紙幣］であるので推奨される。国王たる者は理髪台や写字台、あるいは鞍の上で謁見はしないであろう。しかし祝日にカード台の所で椅子の背の背後に偉い者達を迎え、聴許することは考えられる。実際王が手にして打ち出すカルタの王の絵が幾分か会議室や謁見室で空席の上に掛かっている王の肖像を思い出させる一方で、王はまたカルタの王の絵で金の上の自らの肖像を得たり、擦ったりしている。また少しも真面目な考察ではないが、以前から高貴な者の手にするカルタ遊びは救済する天体図の携帯地図となっていて、高貴な人々は退屈とか長い時間にははなはだ飽いていて、これらをせめて少しでも短くしようとしてやむを得ずカルタ、彼らの夕べの周期的な唯一の時の葉〔新聞〕と結び付かざるを得ないのである。

幸いこのたびは薬剤師は自ら私講師となって、授業料あるいはカルタ料を自力で稼ぐことが出来た。というのは最良の貴族のゲーム、ホイスト、ピケット、ボストン、タロック、ダミーのいる四人でのロンブルといったものを夙に旅の途次に学んでいたからである。しかしいかに彼がまずは市民的ゲーム、うわばみ、雌牛の尻尾、粗屋敷、愚かなハンス、針仕事といったものを心得ていたであろうかについては異論はない。にもかかわらず彼は、彼のニコラウスの他の皇子教育係同様に自分に対しても要求しえたはずの授業料をカルタの賭博としてびた一文も書き付けなかった。彼が敢えてしたことはせいぜい、この小さな皇子が最初はゲームを十分には理解していなかったかもしれないので、ニコラウスが日々重ねた個々のわずかなゲームの負債を勘定し合計したことだった。

かくてヘーノッホは数年にわたり、皇子借財小帳簿と上書きした帳簿に、模範的完全さと忠実さで領収書を添えて養子の皇子のための全支出を記入していった——靴下や食い物をことごとく——すべての医療賃、膏薬代、養子の侯爵の台所や地下室、学校へ供出したものすべて——しかし最も多かったのは最重要のものとしての授業料、教授料で、これらを記入していった。それ故彼は一人の立派な家庭教師がツェードラーの百科辞典から朗読し、片付ける様々な学問に対して、それだけの数の様々な教師を勘定に入れた。このことはいずれにせよ遡れば正当なことであったはずである、辞典の項目は実際同様に多くの著者の手で仕上げられなければならなかったのだから。

この世で希望を抱くことが最も好きであった薬剤師は元イエズス会士の到着以前の早い時期にすでに幼いニコラウスから最大の希望を汲み出す術を心得ていて、教育者達の最も素晴らしい子供っぽい単純な言い回しで聞き出すのであった。「ニケルちゃん。わしのことを忘れるなよ。おまえはとてつもなく高貴な生まれだぞ。すでにわしとは親戚だ。これでもすごい。わしは何しろベルリンの有名な化学者のアンドレアス・ジギスムント・マークグラーフの傍系なのだ——この男は一七〇九年に生まれ、一七八二年に没した。そこの彼の本に彼の有能ぶりが書かれている。雇われ薬剤師どもはすべて彼に比べれば驢馬の類にすぎん」。——ニコラウスは答えた。「僕も同じ名前なんだね、僕はもっと偉くなるかも。その人は死んで、僕はまだ生きているのだから」。——「その上」とヘーノッホは続けた、「おまえは侯爵とも親戚かもしれないぞ、侯爵がきっと実のおまえの父親で、いつかきっと現れることだろう。考えてもみろ」。ここでニコラウスは喜びの余り真っ赤になった。「何と素晴らしいことだろう」と彼は叫んだ、「僕に二人のパパ様がいたら、すでにいいお父さんがいるのに。ではもう一人のお父さんは、すべての人にとても恵み深い首都の偉い辺境伯様《マークグラーフ》だろうか」。——ヘーノッホは答えた。「いや、とんでもない。——でもおまえの父親はきっと現れて、名乗り、おまえを国父とするために養子にするだろう。そうなったら難しいことになるぞ、おまえは彼同様に上手に統治しなければならない。しかしそうなったら、皆自分が統治することになる何という学者や高貴な者達を身の周りに有することになるか考えてみろ。その上人間で一杯の無数の村や町を統治しなければならない。——ニケルちゃん。どのように行うつもりか」。——「素敵だ」（と彼は答えた）「僕らの辺境伯様と同じようにするよ。僕は貧乏人に一杯お金を投げ与えよう。あなたには、金や銀を得さえしたら、新しい宮廷薬局を買い、妹達に豪華な国を買いましょう——僕の辺境伯領内の乞食すべてに新しい服を買い与え、市場で彼らのために素晴らしい食事を用意しましょう。僕はきっとこれ以上のことをして、すべての子供達の前でとても優しく帽子を取るつもりです、僕らの辺境伯様のように」。

何という高笑いしたくなる見込みがすでに早期に里親のマークグラーフには見られたことか。——しかし侯爵の父は見つからないまま彼は年々皇子借財小帳簿に希望と勘定を重ねていった。彼は次第に、結局自ら生きた帝国抵当財宝のニコラウスと共に負債者「帝国」とその観相とを捜す旅[7]に出なければならないだろうと悟り、ただその時を待っていた。彼は勿論気高いドイツの尊顔を備えた金貨、銀貨の小さなコインの陳列室を揃えた。しかし漠とした父親像を示す人差指とか感知する触角とかに伸び上がるような痘痕のある侯爵の鼻をターラー貨幣上にかつて見いだしたであろうか。貨幣の頭部には後光の代わりに月桂冠だけが見られたのではないか。——いや当時の帝国新報に次のような広告を載せた方がはるかにましでお道化たことではなかったか。「若い皇子、鼻に十二の痘痕と頭部に後光を有する皇子が、統治のために最良の成績とすべての予備知識を備えているが、父親殿を捜している。委細は帝国新報の広告部で料金前納の申し込みで確かめられたし」――これがはるかにましで奇抜ではないかと私はお尋ね申す。

私は期待して良かった。実際薬剤師は後に本当にほとんど同じ広告を送ったのであるが、しかし掲載料の不足から諷刺と見られて、この二重の理由から採用されなかった。

やむを得なくなれば、と彼は最後に考えた、わしが皇子家庭教師として一年間ライプツィヒの大学でこの道化の伴をして、後に追加の家庭教師料をせしめるばかりでなく、多くの見本市の客の中に父親を捜し当てるぞ。

彼を思いとどまらせることは出来なかった。ファラオのトランプをする者に似て、彼はためらうカードにますます高額を賭けた。

この期間にこの話の数前章にとって重要な出来事が生じたが、それはある古くからの知人が――マルガレータハウゼン以来であるが――四回目の世界旅行の折――つまり音楽界の旅行の折――薬局に飛び込んで来て、一杯の元《ドッペ》気倍増《ル・クラージュ》を飲んだということで、つまり著名なヴィオラ奏者ドゥ・フォートル氏で、丸く太ったフランス人の小男で、稲光する目と回る風車の腕を有していた。喜んだ薬剤師は自分と――彼とに――早速彼が温泉で故マルガレータの歌に合わせて演奏するのを耳にしたことを思い出させた。――満足してドゥ・フォートルは自分が夫人の伴奏をヴィオラで一つ以上の宮廷でしたことを想像し、思い出した。本当はもはや何も覚えていなかった。というのは定住者には多分旅行者のことは記憶に残るであろうが、しかし旅行者には自分が立ち去ることになる定住者のことはすべて記憶に残らないからである。このように世慣れて宮廷に詳しいヴィオラ奏者が、この奏者にとっては宮廷は多すぎるというより少なすぎるのであって、侯爵の父親の立派な彗星捜査望遠鏡として薬剤師の手に落ちることになった。ヴィオラ奏者は請け合った、自分はすべての大小の宮廷で少なくとも二回弓で弦を弾いたことがあり、すべての侯爵と面識があり、どの君主が侯爵帽の下に禿を有し、どの侯爵が有しないか毛髪に至るまで承知している、と、そして彼は更に侯爵との自分の知己について、皇女達で一杯の数台の馬車が、皇女達の名前は一昨日彼女達の前で演奏したのですぐに思い出すに違いないが、間違いなくローマを通って行くであろうと知らせて太鼓判を押した。ただ彼は、旅する反復の芸人はいつも、繰り返し[D.S.]の新しい版として再出現出来るほどにまた忘れ去られてしまうまで待たなければならない、いや多くの者が、反復して[bis]のとき、仕方がない[tant pis]ときっと言うだろうと強く嘆いた。勿論願わしいことは、――反復は研究の母であるばかりでなく、ここでは研究者の乳母でもあるので――若干の開花された大陸がもっと多く発見されて、音楽家がまず、自身の双子、三つ子、四つ子となれるだけのもっと多くの隙間を見いだせるようにすることである。いや遍歴の朗読家に関しては、彼らが未知の大陸だけを旅することが望ましくさえあるだろう。

この者は何か頼りになる男であると早速踏んだ薬剤師は彼が元気倍増を数杯まず飲むと自分の調剤室に連れて行き、彼を古くからの友人として他の友人と一緒にもてなした。最初彼は聞き出すために遠くから質問を照明弾のように投げて、彼は多くの王冠を戴く人物の前で演奏して、この人物が自分は数千の人民を幸せにしているが、しかしそれだけの数の自分に近い私生児を自分が知らないせいで温泉や森、首都に惨めなまま放っていなければならないと悲嘆するのをその王座や寝台の天蓋の下で聞いたことはないかと尋ねた。しかし自分は一方ではとても立派な侯爵達の嘆きに心底共鳴しているが――とヘーノッホは続けた、もっとも私がここで飾りのために彼に貸している長い総合文ではなかったが、――他方ではまた同様に生き生きと歓喜の踊りが思い描かれるが、それはこのような殿様が――ことによると自分の結婚生活では奇形児を得たことがなく、いわんや子供を設けたことがなくて――突然秘密結社たる養父母が出現して、彼にすべての散逸した子供達、捨て石の兵達[失われた子供]を元気に連れてきたとき陥るに違いない踊りのことである。――いやそれどころか侯爵は、かなり喜ぶかもしれない（最大の喜びとはいえなくても）、ある良心的な男がほんの一人の子供でも、しかし全く立派な教養を身に付けた生きのいい皇子を彼の目の前に時鐘の小男のように飛び出させたら、そしてこの者自身が息子の持参者として、幼い皇子への静かなこれまでの奇蹟実現者として自己紹介をしたら、自らの貰えるかもしれない報酬を予期して確信して――――「ドゥ・フォートル殿」とヘーノッホは叫んだ、「私にはとてつもない報酬を受けた養父が全く喜びの余り閣下、父親の前で跳び上がる様が見えます」。

ヴィオラ奏者は耳をそばだてて聞いていた。確かに彼はこれまで王座や系統樹［図］での音楽的啄木鳥、ノックする木走りとして多くの愚かなことを耳にし、多くのふざけた命題を聞いてきた――でも彼は自分の楽器への自分の作曲法をこうした類に数えたことはなかった。――しかしこうした命題は決してパリでも、すべての旅を含めても耳にしたことがなかった。彼はそこで始めた。二十人、五十人、百人、百五十人――まさにこの数の私生児をレオポルト、トスカナの大公[*4]は数え、それ以外には優しい君主であるが、しかしこの方は、どのような侯爵の長椅子であれ、彼らを上に座らせるだけの長さはないと承知しておられる。――自分は、とドゥ・フォートルは続けた、自分自身すら引き合いに出す気はないが、すでにいかほどの数の女性と（人々はその数に驚くだろうが）芸の旅の途中知り合いになったことか、しかしいかに、一時しのぎの救いとずっとなっている楽器演奏の際に、歌詞として付けられた生きたヴォーカルの声の数は助けとならないであろうことか――それも歌い手というよりは叫び手であって――そうだとも、自分はこれらが皆自分を称えて歌っても、絶望することだろう、そして今日立派な芸術の友の側で飲んだのと同じ分の元気倍増を今一度飲むことだろう。三ヵ国歴訪の後、それに自国の小遊山を終えた哀れな侯爵を考えてみると、――それにその世継以外の子供の年金、財政状態、市民の間では私生児に対する義務と見なされていることによってまさに名誉が傷付くであろうその高貴な身分に対するねんごろな配慮、こうしたことと共に――このような侯爵を考えてみると、誓って自分はそんな者になりたくないだろう。――それから一層冷静に締め括った。「そもそも偉大なルイ十四世、大旅行は一度もしたことのなかった王が正統の皇子と血筋の皇子との間で体験する羽目になった家族間の争いを承知していないドイツの侯爵がいようか」。

これよりも面白くないことを薬剤師は耳にしたことがなかった。しかしヴィオラ奏者に見透かされていないと期待して、一層ゆっくりと注ぎながら、あたかも別なことを話題にし、ある侯爵、当時マルガレータハウゼンの温泉に滞在していて、自分のおぼろげな記憶では十二の痘痕のある変わった鼻をしていた侯爵の名前をすぐに思い出せないような振りをした。「その方の名前は何でしたかな」とヘーノッホは言った。ドゥ・フォートルは何も思い出さなかった。――ある容貌とその鼻の描写のためには恐らく類似の容貌の呈示ほどに良い手掛かりはないので、薬剤師はヴィオラ奏者に数分間自分のニコラウスをこう言いながら紹介した。「自分の息子は母親の過ちによって侯爵と瓜二つなのだ」。しかし狡猾で同時に陽気なこのフランス人は、すでに長いことすべてを怪訝に思っていたが、この時ヴィオラのf字穴や卵型の心臓の穴を通して薬剤師の内面すべてを見通して、貧弱な薬剤師が、自分自身の方は単に侯爵達の許では単なる音楽上のオランダ人通行人、グリーンランド人御者にすぎないのに、侯爵達とのかくも親密な関係を得意げに要求して打ち明けていることに密かにはなはだ立腹した。彼はそこで——彼の虚栄心は彼の丁重さや謝意、現在の喉の渇きよりも十倍大きかった——より高貴な鼻や痘痕について粗野な言葉を発した、それで私はその表現をいくらか緩和して再現するために比喩を使いたいと思うが、それは、多くの貴人達の高貴さの測定は、山の高さの測定同様に——水銀［梅毒療法］を通じて行われるというものである。

ヴィオラ奏者が元気倍増と共に去ると、薬剤師には一倍の元気もさほど残っていなかった。ヴィオラ奏者の予告した皇女達の馬車が本当に着いたときにも元気は格別湧かず、この男は幾分か病気になった。

しかし皇女達が到着したとき、ニコラウスがどうなったかは皇女達がまた去る第四の前章で知るのが最も良いであろう。

第三前章の真面目な脱線は次の通り。倫理的不作法についての仮定——ヤコービ、詩人にして哲学者——苦しむ子供達——偉大さと卑小さの眺め——政治家——政治的比喩と反対比喩——誕生と埋葬の際の砲撃

＊1　ベックマンの『発明の歴史』第四巻。
＊2　イエズス会を解散させたときの文書はこう呼ばれる。
＊3　ボシャール[3]が聖書に登場するすべての聖なる動物について説明を加えている作品はこう呼ばれる。
＊4　この主張は他の二百人の凌辱された娘達の主張と共に、イタリアについての断章の第一冊に載っている。

第四前章

皇女誘拐と遠方への愛着

この行に至るまで主人公の愛について述べられなかった、世間は今尚これについての一語を待っていよう。——これが述べられる予定である。——というのは我々は皆まだ、主人公が背景以外には出て来ない前章の時代に生きているけれども、しかしどの読者だって愛とは何か知っているからである、つまりこれは青春の高まるパン種であり——青春の思念の群の蜜蜂の女王であり——すべての若々しい心、並びにすべての若い植物の有する生命の樹の髄である、一方古い虚ろな幹の胴体は容易に髄もないのに茂り続け、心臓は晩年には化石化し、空漠となり、自分の血液のため以外には脈打たない。

ニコラウスもまた、上述した皇女達で一杯の馬車が彼の心を満たすために彼の心中で下ろすことになるような供給をまず待つ必要はなかった。まことに心が空になることはなかった、彼は十分に愛した。ただその心は恋人を知らなかった、というのは彼はどのドルシネアもいつもはなはだ遠くから崇拝して、離れた背景で跪いて自らを人間化した恋人として差し出したので、懐に視線の望遠鏡と溜め息の聴診器を有しない女性は何も応えられなかったからである。しかし彼の腕に触れたような女性は、彼にとって虹、その足が自分に接した虹に他ならなかったであろう。

しかし彼にはまだ十分に大胆さが残っていて、そのつど愛する女性をしばしば目にしようとした、その女性が市場の日に母親の小籠を買い物のために提げているとき自分の窓から見るか——あるいは教会で合唱隊席から、彼女が下の女性の教会ベンチの長いチューリップの苗床で花咲き、頷いているとき見下ろした。いや彼はあるときそれどころか（大胆不敵にも）自分の恋情を天上的な若い某男爵令嬢[1]に内面で打ち明け、ためらうことなく毎朝彼女が声楽とピアノのレッスンを受ける間見ることにしたが、それは塔に上がって、鐘楼の窓から劣等な望遠鏡で彼女の部屋から自分の近くの上まで彼女を引き上げることであった。あるただの牧師の娘にも彼は、彼女が薬局で泣き叫ぶ揺り籠の幼児のために一箱のマークグラーフ散薬[2]の準備を待っている間に、通り過ぎながら自分の心を黙って贈った。――その後、彼が散歩に出掛け、彼女の村の教会の塔を遠くから見たとき、彼女に関係するものは何と彼を恍惚とさせたことか。丸い塔は彼女の影絵、石膏像、石版印刷、いやそれ以上のものであった。というのは彼女はそれが毎日鳴るのを聞いていたからである。

臆病な読者なら驚嘆するだろうが――それだけに人のいい読者なら一層喜ぶだろうが、――ニコラウスは時に大胆不敵なことをして、一人あるいは二人の恋人に第三者の手を通じて贈り物をすることがあった。第三者というのは大抵彼の妹のリベッテかあるいは時々は友人のペーター・ヴォルブレであった。というのは未成年の素晴らしい時代には友人にすべてのことを、もっともはにかんだ恋さえも打ち明けられるからで、ただせいぜいこの場合のように恋人自身には打ち明けられないのである。勿論贈り物というのは彼が起草出来る限り最も熱いヴェルターや『新エロイーズ』の」サン・プルーの手紙であった。そして彼があるとき（彼はまだ幼かった）自分の惚れた小さな年少の女神に更にハート型のマルチパンを追加して渡したとき、彼は勿論それで自分の心の灼熱を表現するに十分幸せであった。

一体我々の心の新郎が何を見返りに欲していたかというと、一つの視線、普通の視線を大して超えるものではない。お返しの贈り物を望むことは全くなかった、ただ相手の心そのものは別であるが。一回だけ大変幸運に恵まれて、十二歳の愛する乙女から彼女が幼い頃から大事にしていた他ならぬ人形を得たことがあった。いやはや。この人形は花嫁そのものに劣るものではない。――男性読者の中にはどこかのとても若い愛する女性読者を有していて、彼女が絶えず持ち運び、しばしば着飾らせ、心こめて接吻し、称え、心に抱き寄せてきた幼少時代の人形を彼女から貫ったとき、どんな感じがするか理解出来る方がいないであろうか。この方にとってはこの小さな革の、あるいは蠟の乙女は全く愛する女性読者のメダル像、剝製の乳姉妹、代理人ではないだろうか。いやこの方は人形を先行者、前任者として尊重し、その胸を自分の胸の類似箇所として尊重しないだろうか。――少なくともニコラウスにはそうであった。

　かくてこの若者は、恋人のイヴを常に自分の側に引き寄せて、毎時間、教会や学校、草原、枕頭、至る所で、見、聞き、接吻して、愛の真実の閂を掛けられた楽園の中を楽しく逍遙していた。というのは彼は彼女を、上述したように、大変賢明なことに自分の頭の中だけで持ち運んでいたからであり、頭のその四つの脳室は彼女の女王蜂の巣――彼女の幕屋[3]――彼女の白鳥小屋――彼女の花嫁部屋――あるいはその他の飾った比喩で言い換えられるものであった。

　その際彼は次第に心の中に引き入れた恋人の数の多さにもかかわらず誠実で変わることがなかったので、恋人と破局に至っても恋人を恨みに思わなかった。別れは、恋人が彼を侮辱したり、彼の視線に――自分の眼差しについて彼女は何事かを察すべきであると彼は考えていて――自らの視線で報いなかったときには確かに即刻なされた。あるいは彼自身の目の前で彼女の目を本当の、しかし自分にとっては無自覚の不誠実さから別の恋敵へ向けることすらあったが、その場合もそうであった。しかし彼のなすすべては、視線の交換を何の言葉のやりとりもなくやめてしまうことだった。彼はこのような不貞な女性の首をへし折ったり、心だけでも泣かせたり、赤い涙目を植え付けたり、劣等な新郎を押し付けることは全く出来なかった。彼は元来その不幸な女性を心から追い出さず、最も大きな動脈の左心室から右心室のより間近な大静脈に押し出した。そしてここの奥の所に相変わらず彼女の小さな頭がその他の頭に混じって並んでいるのを見ることが出来た。

　私はこの描写を更に続けてみよう。彼がそれぞれの国外追放の女性、心臓からの追放の女性に、自分がまさに前もって夢想していたときに割り当てた春の始まりの日々とその天は数えきれなかったし、吊り庭の大きさは測りきれず、登りつめられなかったし、重い歓喜の花輪は持ち上げきれなかった。それが愛してくれる恋人となると全く彼は何を渡し、願うことになるか、理性的人間で描ききれるならそうしてみるがいい。出来ないものである。

然るに皇女達を乗せた三台の到着した馬車は彼の心全体を転覆させた、そして恋人のすべてが吐き出された。しかし一人っきりで心耳と共に二つの心室を十分に占拠し得る新たな輝かしい乙女のためには席も用意されなければならなかった。

到着した五人の侯爵令嬢達が――誰も十三歳半以上の年ではなく――ある夏の夕方腕を組んでローマの宮殿の庭園の菩提樹の木陰道(4)を上ったり下ったりして散策したのは、まさに若いマークグラーフの素晴らしい人生の時で、大地はこの生きのいい人間の足裏から太陽のように光を放っていた。月光、月の影、菩提樹の花、蜂――これらが高貴な御手の中の折り取られた菩提樹の枝にも舞っていて――揺らめきながら五人の白い乙女達の後を追っているように見えた。薬剤師［第二巻の先取り］のニコラウスもまた彼女達を追った。彼は皇女の顔を覗いて、それに従って惚れることが出来なかったので、背後から五人の優美女神達全員に自分の心を寄せて、五つのそれで受けた傷跡と共に付いて行った。彼は数時間の猶予が与えられさえすれば随意に惚れるという特別な力を有していた。彼は自分の心を、他の者達が鼻頭をそうするように、恣意的に動かせた。全く皇女達にはすべての者に、何人の皇女がいようとも彼はすでに数年前から前もって惚れ込んでいた。というのは皇女ほどに素敵なものはあり得ないと知っていたからである。そこでどこにいようとどのような女性であろうと、喜んで彼の心は皇女の心を予約注文していた。

王座の五人の乙女達については実際民衆が――殊に女性陣が、彼女達はちょうど近くの身分の女性的魅力や衣装には嫉妬する分、自分達の届かない身分の侯爵令嬢の魅力や衣装にはより熱い称賛を寄せていて、あらゆる露地や露店で、黄金の地に描かれた彼女達の美貌の豪奢な絵を掲げていた、そして見物人のどのような端女もその女主人同様に熱心に称えていた。しかし容貌へのどのような称賛も彼の心には五人の侯爵令嬢の心ばえ、その柔和さや愛想の良さ、絶えざる贈り物に対する他の称賛ほどには深く届かなかった、贈り物については民衆はまさに侯爵に対して、他のどのような、侯爵より豊かでない施し主に対してよりも一層称えるものである。勿論美貌と助力、善意の同盟という全能に屈するには若いニコラウス・マークグラーフでなくても良い。これは熱狂させる葡萄と果樹の結合といったものであり、あるいはある宝石の輝かしい色とその治癒力の結合といったものである。――さて魅力的で同時に好意的な顔が侯爵帽の下から覗いているとする――王妃の天冠の下の顔のことは考慮に入れない、――するとニコラウスがまことに多すぎるほどの善意と美貌だと言ったとしても誰もそのことに大きく驚かないことだろう。

しかし彼は宮殿の庭園で、前もって傷を受けた者として五人の未知の女性の後を追っていたとき、少なくとも分別と畏怖心は大いに残っていて、侯爵令嬢達を追い越してその前を通り過ぎて行こうとはしなかった――この場合、彼は若い聖母達の画廊を素早く追い抜かなければならず、どこにも立ち止まるわけにいかなかったであろう、――彼は動脈が一層速くなるにつれ一層ゆっくり歩いた、彼女達は上の菩提樹の木陰道の行き止まりの回転柵の前で向きを変え、従って唇と頰の花束全体を彼の手に、つまり彼の目に渡すに相違ないと予定していた。「柵から四歩か五歩のところで」――と彼は考えた――「僕は帽子を脱いで立ち止まる、すると彼女達は僕の前をゆっくりとその華やかな面を見せて過ぎ去って行くだろう、僕は一杯浴びるわけだ。その時、世にも美しい話し声の持ち主を選び出そう」。――

しかし別様に進んだ。

陽気な幼い優美女神達は回転柵を過ぎていった。すでに三人が通り過ぎていた。しかし残りの二人が急いで通り抜けようとしたとき、彼女達は同時に反対方向に柵を回して、立ち止まった。進路が再びこの素敵な混乱を再現し、通り過ぎた二人が残っている者達の方を振り向いて見た、五番目の女性は一人で少し前に進んでいた。彼は二人の優美女神の顔を同時に直に見た、彼が選びかねていると、回転柵の三番目の女性が振り返り、優美の三和音を完成させた。この素晴らしい女性が――というのは多分彼女は世にも美しい話し声をしているだろうから、と彼は考えた――即刻彼の心を捉えたが、第四番目の女性が向きを変えるに及んで、彼の心から去った、実際この女性はヴィーナスのウラニアで、優美女神一同よりも幾分背が高く、より真面目で、気高く、少しばかり威力があった。「これは少し別格だ、世にも美しい話し声をしていたら、本当に」――とニコラウスは考えて、そこでこのヴィーナスに永遠に自分の素早く召還された心を贈った。

勿論侯爵令嬢達は、背の高い、ずっと後を追ってくる人間、今や帽子と共に大地に歩哨として立っている人間を見たとき、退却を開始して、これ以上彼を後ろに従えたくなくて、それ故皆が顔の大砲の向きを変えて、彼の方を向いたのであった。——いやはや。何故彼は自分の有する心臓が少なく、つまりほんの一つで、郵便馬車の列全体の心臓ということがなくて、それで四人の侯爵令嬢達のこの四人君主制の凱旋車の先導となれなかったのか——このことが、聖なる「四列の数」あるいは四の数が彼の目と帽子の間近を、回転柵を通って通り抜けなければならなかったときの彼の思いであった。

「アマンダ」と突然数人の皇女達が五番目の思いに耽って先に進んでいた皇女に呼びかけた。しかし世にも美しい話し声ではなかった。アマンダは風のように翻って、急いで戻った、その高い身分にふさわしい速さよりも速かったかもしれない。それで彼女は彼女の小柄な顔全体を、大きな丸い目と共に、それからは優しいエーテルの炎が燃え続けていたが、そして豊かな唇と共に丸まった輝くような額も一緒に、それは鼻、ほとんどむしろ小さな鼻というべき鼻の上の方にあるけれども、前の方に突き出して、ちょうど回転柵のところに立ち止まっていたニコラウスに顔をさらして向かってきた。

二分前ならばニコラウスは、自分か他の者は、今自分の経験したような愛を決して感受することはないであろうと誓い、躰と生命とを担保にしたことであろう——これに類したことがかつて彼の心の全域で生じたことはなかった——彼は別な人間、神々しいニコラウスとなっていた、まさに平凡な大地の営みの墓場から蘇ったばかりであった。

彼はアマンダが通り抜けようと急いでいるのを見たので、親切に、自分にまだ残っていたわずかな分別を働かせて、彼女の回転柵を回してやろうとして、その柵のうみざりがにの鋏というべきもので意図に反して彼女を摑まえてしまった。このとき彼は長い緑色の帽子を背景にして彼女の魅力的な顔を間近にみた、これは半ば夕陽の優しい薔薇色の輝きの中で影の中の湿った微光を放つ両眼と共に花咲いていた。しかし蟹の鋏のところで彼女は動けずに

出していたようであった。――そこで彼は静かな、いつもは彼の上の高みに漂う形姿のすぐ近くに立った。彼には彼女がそっと息をしているように思えた。あたかも優しい夕陽が天から流れ落ちてきて、彼の胸の前に密着しており、彼をその流れる黄金の小雲で摑むかのように思われた。彼は胸像の前で帽子を被ることが出来なかった。宮廷の食卓全体の前で、チョッキのボタンを軽々とはずして見せるような芸当に近かったであろう。彼女に触れるなんてことは――例えば自分の唇で彼女の額に触れることは――聖霊の鳩をむしって焼くような行為に等しかった。

すべての人間が結局は家に帰るので、彼も同様にそうした、しかし出来るだけ遅くした。彼が翌朝に憧れていなかったのであれば、その夜が彼の日々の中で最も幸せであっただろう。というのは今や彼は人間が心と共にまだ蝶として花床の上をひらひら舞う我々の人生のかの夢の中を飛んでいたからである。人間は後年になると吹き飛ばされた蝶として土砂降りの中や氷山の上や雲の上の気球の側を疲れてもがくようになるのだが。イタリアが海の中の香料の島として彼の枕元にあった、オレンジの花束のことである。

アマンダを明けやらぬ早朝に訪ねて、東屋から彼女はきっと持ち去られたかもしれないという夜の不安をぬぐい去ることが出来た。まだ彼女はいた――これについては再び話したくない、――しかし彼が戻ってみると、原像はもはや町にはいなかった――これについてむしろ話したい。つまり五人の皇女達は、来たときがそうであったように同じお忍びのまま旅立ってしまっていた。田舎町は我を忘れて、問い合わせる余り息切れしていた。

このことは重大な結果をもたらして、ニコラウスは次の夜枕の上で、これはいずれにせよ人間の大胆極まる空中楼閣の坑内支保あるいは一階部分であるが、私の知っている限りで最も大胆な建築設計図の一つを描いた、つまり皇女を、彼の家のこの蜜蜂の女王の蠟を盗むという計画である。というのは、実際恋しい人全体の中で彼になお残されていたものは何だったであろうか。名前すら残らず、ただ花束と一緒の像だけが残っていた。このことを彼はベッドの中で冷静にかつ熱心に考えた。そして自分が皇女略奪者[6]となって、少なくとも比喩的意味で彼女を誘拐して彼女のために何事かをするならば、真正な騎士として振る舞うことになると遂には了解した。「ますます僕にそうらしいと思われることは」――と彼は自らに言った――「彼女が全く我慢ならないどこかの惨めな貧弱な老いぼれの王子と、これは花束の中の涙と一人っきりで先に立って歩いていることから明瞭すぎるほど分かることだが、哀れにも結ばれる運命にあるということだ。蠟はこの結婚結合の撚り糸を磨くため以外に考えられようか、愚かな王子が前もって彼女の像を見ようと思っているのだ。――それだけに僕がそれを王子の鼻先から奪う勇気を持っていたら、彼女は僕に感謝することだろう」。

しかし朝になると空中楼閣はエーテルに飛び散った。夕方にならないと再び大胆になる期待は持てなかった。更に考えるべきことがあった。確かにダイヤモンド、つまり皇女を奪うことは易しい。しかしこれを隠し覆うことは極めて難しい。薬局中を見渡しても、王座の恋人のために隠れ場所、陰の角、保管の聖なる壁龕を捜し出すことは広い太陽に木陰を捜し出すこと同様に難しいことだった。――彼が枕の上で胸像と王冠に差し出している盗みの指を見られているかのように全く不安になって、彼は遠くから東屋に忍んで、盗むべきものはまだ残っているかただ見ようとした。これはまだあった。これに面と向かうと彼は、精神的乙女の蜜で一杯のこのような蠟の盗人蜂になるという夜の自分の大胆な計画に自ら驚いて、きっと自分が披露することになるであろう勇気にまともに怖じ気付き始めた。

彼が横になっても勇気は消えなかった。まずアマンダのために求めていた修道女部屋が思い浮かんだ。とても古い哀れな置き時計、大型箱時計があった。ローマ中探してもこれほどひどいものはなかった、不格好に大きかったばかりでなく、空で時計もなかったのである。というのは常設の歯車装置はすでに亡きマルガレータの治下に動かされていて、つまり小さなニコラウスによって運び出されて、それらの歯車で彼の多彩なクリスマスの乗り物をつなぐ役目をしていたからである。全く傷を受けずに残っていたのは、外面だけで、止まった指針を備えた文字盤と、開けるための鍵の付いた裏の扉であった。

この時計箱に皇女を入れればよく、そこで皇女はお忍びを続けることが出来た。

雨のために更に暗くなった真夜中頃に彼は勇気に駆られて、ベッドから起きた。日中人は幽霊に対してより度胸があり、夜中には人間に対してより度胸がある、愛はいずれにせよ、誰に対しても策謀的にかつ大胆にする、ただ愛する人にはより臆病に、より素朴にするのであるが。彼は手に単に鋭い火打ち石を詰めたピストルを取って、これで突き、火花を発することにし、腕には手籠、蓋付き籠を令嬢を入れるために掛けた。彼の象徴的な結婚のこのブチントーロ[*1]を腕にして、彼は人目に付かずに静かな花嫁の家に着いた。――かくて彼の手の下の間近には、かつて生きた原像の他に咲いたものの中で最も美しい薔薇と百合の花々が手折られるべくあったが、これらを流れる雲々の間の月が運行しながら神々しく照らしていた。今やニコラウスは、いかにどのような具合にこのような美人の侯爵令嬢を摑み、扱い、いや仕舞い込んだものだろうかという最も難しい課題の一つを解くために大いに時間を要したことだろう――すでに二つの唇で触れることさえ彼には余りに勝手な仕草に思え、いわんや十本の指では出来なかった。――しかし夜と嵐と近隣の人への怖れのために彼はすみやかに手を動かして、善良な静かな娘を摑み、捕らえた。

願ってもない幸運で彼は侯爵令嬢の花嫁を家に運び、置き時計の中に入れた、彼は裏の小扉に顔を向けて閉じ込めたが、時計の鍵で開けるとすぐに目の前に彼女が出現するのだった。夜には彼は、朝になるといつでも開けることが出来、我を忘れることが出来る天国への自分のペトロの鍵の他には何も考えなかった。

――私は自分がニコラウス・マークグラーフであって、彼がここにいるフリードリヒ・リヒターであって、上手に私を描いてくれたらいいのにと願う。

朝の五時に太陽が大型箱時計に射すと、彼は嬉しさの余り自分がその中に、ほんのただ一つの雲を、つまり小扉を払いのけさえすれば、早速出現することになる間近の陽当たりのいい天国を所有していることをほとんど疑わしく思い始めた。彼は果たして、前もって自分の部屋のドアを閉めた後、王座の小さな頭を初めて日中、自分の個室で見てみよう、そしてその幕屋を開けてみようという気になり、実行した。しかしその後すぐに彼は恭しく退いて、鏡の中を覗いたが、鏡の中に彼は侯爵令嬢が、水中に暗くなった太陽を見るように映っているのを見た、つまり外部の人間が内部の人間を模写するかぎりでの魂の像の蠟人形の単なる鏡像を見たのであった。君達、より高い聖霊よ。人間は真実の自我に至るためには模写像と原像から何と遠い道を行かなければならないことか。――彼が彼女の顔を直接長いこと眺めていると、愛と歓喜の大粒の涙がこぼれて、彼は多くの涙を荒々しく目から拭き取ったり、――他の涙を途中唇で消化したりして、太陽が涙のない彼を穏やかに暖かく照らすようにした。――私には彼が恍惚となったことは何ら不思議なことではない。田舎町で侯爵令嬢が最も卑俗な空想の下ですら包まれる真珠の輝きとダイヤモンドの炎に関しては、それが一層盛んな炎になる村とかに住んだことがなければ、正しく理解することがおぼつかないであろう。

しかしローマでは十時にはあらゆる露地の人々が口の中の舌で太鼓を熱心に十分に叩いて言った。皇女の顔が盗まれたそうだ。すべての街角の法学者達が皆、蠟人形の盗みは不敬罪であるという点で一致した、いや彼らは――この件は自明で、そもそもこの点に関してフィロストラート、スエトニウス、タキトゥスから博識の箇所を示すことが出来なかったので――決して大ローマでの王の彫像に関することを引き合いに出さなかったが、それは王の彫像の前で自分の奴隷を殴ったり、衣装を替えたり、自分自身の彫像をもっと高く置いたりしたら、購入した庭園に王の彫像を買い求めること同様に不敬罪に当たるというものである。――ここでは像は蓋付き籠で運び去られてさえいたのであった。

ニコラウスはこの件では調子が良くなかった。数日間彼は居ても立ってもおれず、殊に夜のベッドではそうで、様々な夢に刺されたり、嚙みつかれたりした。というのは例えば遅く薬局の呼び鈴が鳴って――彼にとっては死刑執行を告げる鐘が鳴って――間近の死期について話され、それに対する――水剤について話される折には、自分の逮捕と恥辱的処刑とが最も確実なことに思えたからである。しかし私には彼とそれに彼と共に数千の女性の読者が、私の描写が余りに生き生きとしているからといって簡単に不安がっているのがいぶかしい。彼自身賢明で、不格好でかさばった大型箱時計を薬草乾燥室に運び上げたばかりでなく、――この退却を繕うために――彼の言うにはすでに長いこと場所ふさぎになっていた別のがらくたも一緒に運び上げたのではなかったか。オレンジの花束でさえ君達の主人公は、君達余りに不安げな女性の読者方よ、世の中には自分の拾い上げた花束しかないかのように一緒に皇女の寡婦の住まいに閉じ込めたのである。いやオレンジの芳香も、薬草乾燥室の煙全体の中に紛れなければ、スパイのための狼煙として恐れることになったであろう。――いつもは空想に耽る余り愚かに明白極まる罠にも落ちる彼がこの件に限っては多くの抜け目なさを発揮して――空想家や子供、農夫が思いがけない刑事事件の際にこの上ない抜け目なさを見せるように、――盗まれた皇女について町中が騒いでいるのに、ほんの少し口を挟んだだけで、決して原像の名前について尋ねるようなことをしなかったのではないか。

しかし私は、親愛なる女性の読者方よ、君達、男性の人生の輝かしい揺れる飾りピンよ、君達をこの個別の事件のために勇気ある者にしようとは思わない、ただ尋ねたいのである、何故君達は多くの長編小説の頁で、それが最後の頁でない場合、明らかに不安を抱くのかと――いや多くの他の紙片[葉]の場合でも――スカートのパネルのたびに――机の板のたびに――パイのたびに――要するにほとんどすべての人生での刻み目をつけられた紙片のたびにそうなのかと。せいぜい楽園での無花果の葉の場合には不安がより少ないことだろう。まことに愛する者達は、いつ余りに臆病であっていいのか、そしていつ余りに大胆であっていいのか、しばしば同時に分かっていない。

第四前章の真面目な脱線。枯れることのない花嫁の花冠――穏やかな乙女の強化――結婚生活における女性の魅力

＊1　かつてヴェニスの総督が海との結婚の際に乗った船の名前である。

第五前章

病床での話――皇子傅育官

先の先の前章で私は、老薬剤師は病気になったと洩らした。ある著者がある人物について真実と詩とに満ちたその話の中でこのようなことを述べたときは、あたかも[死を告げる]このはずくが叫んだか、あるいはその人物が自分自身を見たようなもので、次の章ではきっとその回復は疑わしいであろう。少なくともエリーアス・ヘーノッホは格別の望みもなく臥せっていた。勿論この打撃の多くはヴィオラ奏者のドゥ・フォートルのせいであった。すでに長いこと薬剤師を愛する誰もが痛々しい思いで気付いていたことであるが、彼は気前よくなり、同様に冷静になり始めた。陽気なけちん坊の二重の死の徴候であり、性格の廃棄としてさながら蚕の営繭前の最後の脱皮であった。

――

前章の範囲を越えないようにするために、多くのことが飛ばされなければならないが、遂に老薬剤師は死の床で絹のナイトガウンを着て、いくらか真っ直ぐに座って、ニコラウスを目の前に呼びつける次第となった。「ニコラウス皇子」――と彼は呼びかけた――「貴方はこのような身分であり、私は全く貴方の尊き父親ではなく、別人であることを耳にしておられよう。それ故私は実際存命中の短い間、敬意から貴方を貴方と呼んで、貴方も私をこれまでそう好んで呼んでこられた。貴方の亡き母親はしかし私の妻であり、それに変わりはなかった」。――――

きっと誰も、ニクラス皇子が何の夢も抱かない若者の一人であったとか、舗石の多いせいで隕石の存在を信じ得ない余りに明敏冷静な哲学者や懐疑家であったと主張しないであろう。しかし、にもかかわらずこの皇子は奇妙な話しかけに接して、ヘーノッホは熱に浮かされていて、しばらくしたら死んでしまうと思い込まざるを得なかった、そして憂愁の念と愛情から一言も反駁しなかった。

老人は静かに語り続けた。「貴方の尊き父親が将来、貴方がこの親を見いだしたとき、貴方に私が身分に合った教育を施したか御下問された場合には、この原簿あるいは元帳を控帳と一緒に見せさえすればいい、この中には貴方の侯爵教育の全費用が証書や領収書と一緒に厳密に記載されている。貴方の知識や品行も大いに役立って、上述の教育の証拠となることだろう。勿論すべてが必ずしも宮廷同様に完全に行われたわけではない、小姓や上司の指示が欠けていたし、特に軍職に関しては部隊が全く欠けていたのだから」。

ニコラウスはこのとき原簿と控帳を手に取った。――何ということか。本当にそうで、最初めくってみると、様々な領収書の初めの上書きからこの話が今病床にある者の夢物語ではないことが分かった。「実際一文も多すぎることもなく、少なすぎることもなく記入されている、皇子殿」――とヘーノッホは全く別の考察に沈み込んでいるニコラウスに請け合った――「しかしともあれ畏くもここで貴方の認知の記録を嘉納し給え」。彼は、神父の前での妻の秘密懺悔を記述し、宣誓し、封印し、署名してある丁寧な一枚の羊皮紙を渡した。

多くのこの前章の主要点は一つもその中では忘れられていなかった、かくて彼はこのようにして皇子の認知を、彼がある侯爵の――自身また認知する必要のある侯爵の私生児であるという証明によって行おうとしていた。

侯爵証書をまだ黙って読んでいるとき、ニコラウスの顔の激しい動揺に正しい道筋を付けてやりたいと思った薬剤師は性急に語りかけた。

「皇子殿、お見受けしたところ貴方は敬虔な情緒にあるようですので、貴方の高貴な生まれにかけて私の哀れな三人の父《てて》無し子の面倒を見て下さるようお願いしたい、この子供達は、仕方なかったのですが、貴方のせいでなおざりにされてしまったのです」。

さて身分昇格を読んだ後、皇子の頭の中はどのような具合であったか、いかにその中では数百もの考えが一度に彼の心を得ようと互いに争ったことか、これについては実際ただ惨めな図しか描けないが――それ以上のものもなくて、――私は彼の頭の中の営みをある人間の頭に対する営みと比較することにする、この者はロンドンで自宅外の店で旧式の髪型に調えて貰っていて、四人の人間が同時に彼の髪にかかっている――一人は背後で彼の弁髪を作っており――二人目は右側の巻き毛を――三人目は左側の巻き毛を作っており――四人目は頭頂付近にかかっている――五人目も私は数えたいと思うが、彼は焼き鏝を熱している、しかし後で髭を剃る者は勘定に入れない、一切は全部で五ペンス要するのである。――かくて、より一層激しく、すべてがニコラウスの頭蓋の中で入り乱れた――様々な夢が様々な夢を押し潰し――両親や妹達、侯爵達、侯爵令嬢達が駆けめぐった――そして彼は多方面な未来という星の並木道に立っていて、自分の周囲に様々な花咲く通路が通っているのを見た。何ということか、何と多くの展望が地平線まで広がっていることか。

とうとう若いニコラウスは病人の手を取って、言った。「僕はとても狼狽していました――しかしすべてを信じなければなりません。いずれにせよ父上、僕は王侯らしい約束をして、将来僕は自分の父親を見つけたら、貴方のおよそ望まれることはすべて果たすことにしますし、それ以上のことをします。僕は将来の高い身分の有する義務はすべて承知していますし、これまでしばしば十分に稽古しています。信じて下さい、僕は史上の多くの侯爵達よりもはるかに穏やかに支配しますし、誰もが僕の王笏の下では幸福になるでしょう。僕は自分の食卓に何を載せるかまだ知りません。しかし僕の臣下の食卓には必要なものが上らなければなりません。アンリ四世治下の百姓達が日曜日には深鍋に鶏を得ていたとすれば、僕の百姓達は平日になお鶏のスープに卵を食することになります。僕の下では寵臣とか愛人は決して考えられません、僕の神々しい正夫人で十分で、当然、彼女が一緒に幸せを恵む手助けをし、万事が実際僕の下で栄えます――いやはや、多くの侯爵達が国々を締め付け、押し潰しているのは無責任です、彼らは僕同様に幸せに出来るはずなのです」。

「皇子殿」と薬剤師は始めた、彼にはこの気前の良さが大いに気に入っていた――「堅苦しい宮廷の作法は」とニコラウスが遮った「やめて下さい、僕がまだ貴方の息子であるかのように振る舞って下さい」――「それでは（と前者は続けた）「貴方は喜んで貴方のやんごとなき父親殿からすべての証拠ある支出への完全な支払いを得ようと尽力されるばかりでなく、更に特に負債を負うている私の家族と薬局にも配慮して下さいますな」。――「それはもう」とニコラウスは答えた、「実際僕がするであろうすべてのことをお話ししようとしたら、信じがたい自慢話に聞こえることでしょう」。

「それでは」――とヘーノッホは急いで答えた、彼は心のこのような輝かしい率直な豊かさほど素敵なものは何も知らなかった――「最後に貴方の慈善行為にちょっとしたことを加えて頂きたい。人生の十五年以上を貴方の王侯教育のために働きながら、これまで一銭の報いも得ていない男のために死後薬屋の紋章の付いた一種の墓碑を建てて頂きたい、特にせめて犬ドクトル(1)に私がいかほどの者であったか見せつけてやるために、彼は私の許では一スクルーペル［約一・三グラム］も処方箋を出さなかったのです、悪意のせいで」。――ニコラウスは目を湿らさずには肯う返事が出来なかった。彼は思いもよらぬほど感動していた。というのは吝嗇家が自分の墓のために墓碑を気にかけることはないからである。しかし吝嗇家がそうする場合、彼は自分が入る墓穴からもはや遠いところにはいない。

今や薬剤師は彼に手を差し出したが、しかし感動したせいではなく、何かを手に持っていたので握り締めたままであった。「大事なことが」と彼は言った「更になされなければならない、皇子殿はライプツィヒ大学に行かなければならない、尊き父親に、皇子にふさわしいものが何一つ欠けていると思われてはならない。それにこの件はどんなに急いでも十分ではない、父親を見いだせなかったら、薬局を継ぐのが早ければ早いに越したことがないのだから、私自身の命は三日以上は保たないだろう」。

ニコラウスは強く感動して口を挟もうとして、しかし前者は続けた。「大学時代の費用を十分以上に補うために」と彼は言った「皇子殿、私は、この意地悪な町では一つの奨学金も得られませんので、このまだ一つ残っているダイヤモンドを亡き母御の指輪から取り出して保管しておりました、しかしこれは一人分以上に足りると思っております」。

ダイヤモンドは疑いもなく――ここでは特別な証明は必要ないであろうから――二十四グルデン本位(2)の三五〇グ

ルデンに同胞の間で値し、ユダヤ人の間では言うまでもないことであった。以前この薬剤師は人間間の結び付きを、法律によれば贈与が禁じられているいわば親密な結婚生活と見なしたり、あるいは人間を、何かを与えることが警察によって禁じられている一種の乞食と見なしていたので、彼はこの思いがけない善意によって、けちな両親に対していつも子供が抱く冷淡な気持ちをすべてニコラウスの心から追い出したばかりでなく、また多くの愛を導くことになって、若者はこの上ない憂わしい感動を、これまで父ではないのに父らしく自分に対して振る舞ってきた極めて冷静な男の前で、禁じ得ず、それを恥ずかしいことと思わなかった。

「申したように」――とエリーアスは続けた――「この宝石は一人分以上に足りる。というのは私自身は、これまで希望してきたようには貴殿と一緒に、何らかの仕方で不可欠の皇子傅育官を、皇子を大学で学ばせるには欠かせないこの傅育官を務めるために大学へ行くことが出来ないので、別の者が代わりに捜されなければならないからです。しかし私はこのような者をいい年の、真面目な性質の、正直な、如才ない、落ち着いたある若者のうちに見いだしている、この若者は自分も大学へ行きたがっていて、貧しいので喜んで五十ターラーそこらで家庭教師役を行うであろう、殊に彼はこれまで貴方の気さくな付き合いに恵まれてきた者なのだから」。

ニコラウスは全くこの人間に思い当たらなかった。

「貴方の学友ペーター・ヴォルブレはいかがかな」と父親は尋ねた。

ローマではこのペーター以外のペーターならより容易に彼には思い浮かんだことだろう、このペーターは夙に我々が承知しているように前章で彼が足で踏みつけ、それ以来兄弟として抱き寄せた者であった。というのはペーターはまさにエリーアスが見なしている者の対蹠人、反対頭脳の者であったからである。しかしこれ程自然の思い違いもなかった。第一に彼は薬剤師の前を通り過ぎるとき、すべての学問の、化学や薬学にまで至るものの新造語を示して、それで薬剤学の男は、ペーターは自分の話す言語の国に通暁していると信じざるを得なかったからである、彼は単に当てこするために合い言葉を盗んできて使用していたのであるが。第二に彼の言及された真面目さに関しては、これは単に冗談であった。一つの諷刺的素質［血管］の代わりに彼は諷刺的な全動脈と静脈の組織を有し、いつも冗談を、主に単に――冗談のために行っていた。面白半分で、不快にさせるためではなかった、彼の冗談は上質の火薬に似ていたが、それは一つの黒い染みを残すことなく手の上で燃えてしまうものである。彼の顔には何の表情もなく、彼は自分が終生演ずる喜劇的仮面の上にいつも一つの悲劇的とは言えなくても英雄的仮面を被せていた。薬剤師が彼が話すときいつも目にしていたこの固く編まれた真面目な筋肉を、薬剤師は落ち着いた冷静な傅育官タイプと見なしたのであった。しかし冗談の後で（それ以前は何秒前でも見られなかったが）時にあばた面が破顔一笑し、それでたるんだ頬には多くの明かりが点され、灰色の目にはいくらか輝きが見られることになった。

前章で時間がありさえすれば、残念ながら全くないが、ことによると読者方に、自分達が冗談を言ったときいつ笑うべきか知りたいならば、冗談の前か、言いながらか、後か、それとも絶えず笑うべきかについて、有益な、しかし新しいヒントを与えることが出来るかもしれない。しかしそれでも、自分の冗談に先だってまさに長いこと自分の笑いを送って、他人の笑いの準備をさせる多数の者を評価するにやぶさかではない。これは例えばハンブルクである使用人が、客人を下に案内するときの明かりの上に自ら小さな金貨を、あたかも客人の一人が置いたかのように置いて、そうして他の者達が後から置く元気が出るようにするようなやり方である。――

皇子はびっくりして名目の父親を抱擁した。ペーターは彼の最良の最も面白い友ではなかったか、ペーターは極としての彼にとって、磁石の場合のように対極として生まれついており、鋳造されていなかったか。彼は彼にこれまで自分のすべての空中楼閣を打ち明け、そこにこの冗談屋を案内して、彼が自分の最大の怪しげな［スペインの］空中楼閣とボヘミアの村々の中で万事を、その建築様式や装飾を――その柱の並びや女像柱を――空中楼閣の坑内支保や基礎を――その扉や天井画、それの眺めに至るまで心から笑ったとしても少しも悪く思わなかったのではないか。――しかし彼はそれでもペーターが自分に強く愛着を感じていることを知っていた。それに彼自身この者の貧しさのせいでこの者を愛していた、ペーターは実際何も有せず、皇子の方は少なくとも幾らか有していたからである。ヴォルブレは――大学に行く準備はオランダで焼かれバターに詰められた野原鶫《つぐみ》が喜望峰へ出荷されるときのように整っていたけれども――金と風を待つためにすでに一年半港に停泊していた。彼の父親は――ローマの所謂フランス人植民地に属していて――単にやせ細った理髪師にすぎなかった、先の時代からの若干のパウダーの萎黄病が帽子や上着には今なお見られたが、すでに今の時代は人々の多くの巻き毛やトゥーペー、弁髪や髪を陪臣化し、世俗化してしまっていて、理髪師と学校教師は頭への二人の共働者として中国産の金魚の役割を果たしているが、この金魚は餌を与えなくても数年間生きていて、豪華な食卓に供されるのである。しかし夙にかなり前から丸々とした理髪師は見られなくなっていた、パウダー粉はいつも痩せさせるからで、それを振りかけると――労咳が生じ――それなしで済ませると――空腹が生ずるからである。

さてこのような父親から息子の方に移っていけば、彼が何も有していないことが分かり、誰もが彼に貧乏証明書(3)を持たせて、ライプツィヒへ送り出すことが出来よう、どこでも貧乏は富裕よりも容易に確実に証明出来るだけにより良心的にそう出来よう。ペーターはこれまで、ライプツィヒで自力の無料賄生、奨学生となるために、幾らか、様々な考えられる限りの、子供達に授ける学問でおよそ考えられる限りのすべてのレッスンを行って稼ごうと努めてきた(それを彼は再三浪費した)。その際それでも彼は暇な折には頭の外部にもっと気を遣う父親の手助けをしたが、女性の鬘の場合が多かった。

ニコラウスは父親の恩恵を知ると、喜びの余り自分が皇子であることを忘れて、自ら彼の許に走っていこうとした。しかし薬剤師は呼びつけることを作法に適っていると思った。ペーターは飛んできた。ヘーノッホは彼が黙っているという約束をし、約束を守るつもりがあるか尋ねた。ペーターは答えた。「私は狐です、これは狩り立てられると、猟師なら知っているように、いつも真っ直ぐに行きます。私は犬の前の兎のように、後に跳んだり、横に跳んだりはしません。私はあなたに千もの私に打ち明けられた秘密を明らかにするかもしれません、あなたの息子さんについての秘密さえそうするかもしれません、しかしお待ち下さい」。ニコラウスはそれを保証して熱を帯びて言った。「僕が今まで最も大事な友の約束を当てに出来たとすれば、今度は将来もそうであると確信しています」――この話しぶりをペーターは厳かな作法のせいで、まだニコラウスの出自を知らなかったので、厳かとは思わず、まことに滑稽であると思った。しかし遂に薬剤師が――その間には皇子が、自分の新たな地球を一気に好きな友の前に回して全き光を当てさせたくて——この者に過去の海と陸と空の奇蹟を語り——彼に原簿と教育証明とを覗かせ、瀕死の真面目な男が皇子を皇子と呼び——ヴォルブレが自分がライプツィヒでその傅育官になる予定であることまで耳にすると、彼は薬剤師に——自分の真面目さと顔の筋肉とをこの双頭の烏滸《おこ》の沙汰、そう見えたが、その前で集中させるための時間と力とを確保しようと——恐る恐る今まで耳にしたことの中で最も重要な申し出の一つを全く手短に概括して欲しい、万事をこのような重大さにふさわしく判断するためにそうして欲しいと頼んだ。

仮の父親と仮の息子はすべてを互いに概括した。最後に仮の父親は更にすべての角で輝いている未来の魔法の城の礎石、要石として小さなダイヤモンドまで見せた。そして皇子はヴォルブレが宝石のどの部分、破片を貰うかの知らせを付け加えた。ヴォルブレの目には食事と学問への長い飢えを経験して梁とも見えるに相違ない破片であった。

今や彼は長い恭しい話を始めて、二人の殿方に信頼されたことへの感謝を述べて、これに大いに報いるつもりだと言った。——最も熱い関心を——と彼は続けた、自分はとりわけ高貴な学友の高貴な出自に抱くが、いずれにせよ侯爵という者は自分の考えが及ぶ限り最高のものであるからであり、このような者はすでに揺り籠の中にいる子供の時分に勲章と廷臣を得ており、二人の侍従の他に傅育官長と給仕係、ドア番、暖炉番を有し——このような殿方なら甲状腺腫も治し、火事をも祓うこと、ほとんど信じられないことであるが、それにルイ十四世同様にユリウス・カエサルの他人の翻訳を自分の名前で出版出来ること、これはむしろ信じられるが、そして後には王座で、いや更にそれよりも早くにほとんど無謬であると見なされること、しかしそれだけ一層大臣の方は無謬であると見なされることが少なくなることを考えて見さえすれば、最高のものであることは明らかである。——ある者が一部は広めることが出来、一部は自ら享受している幸運を考えてみると、自分は驚きを禁じ得ない、それ故にこの者はしばしば父と呼ばれるのであり、シレヌスが専らその父性のためにすべてのドラマでパパと呼ばれるようなものであり[*1]——それにこのような者が得ている名誉と敬礼とを考えてみてもそうで、この者はいつも宮廷で模範とされ、この者が、例えばパリの国王アンリ二世がズボンの代わりにペチコートを着ると、皆がその真似をし、自分達のズボンを脱いで女性のような格好をするのである――「まことにお祝いを申し上げます、皇子殿」とペーターは結んで、幼い頃から親しんできた君、僕の馴れ馴れしさを避けた。

途方もなく薬剤師にはこの最初の忠誠の誓いと、ペーターが言葉の隅々に示した真面目さ全体が気に入った。「将来の傅育官殿」とヘーノッホは言った「見込んだ通りの男であったこと、貴方が傅育官の俸給を無駄に貰うことはないであろうことが分かって嬉しい」。――「当たり前です」(とヴォルブレは答えた)、「私の境遇ではそれが早速必要ですから。私はビーバーのようにただ外皮だけで、樹皮というわけではありませんが、生きているといっていいのです。人生が芝居であるならば、役者は舞台で本当に食してはならないと要求する趣味豊かな批評家は私に理想の男を見いだすことでしょう」。

――願わくばどの読者もヴォルブレの学的当てこすりをまず大学へ船出しようとしている若者には不自然すぎて、筆者から単に盗んだものであろうと論難しないで欲しい。この読者には他にまた思い出して頂きたいのであるが、ここにいる筆者自身千倍も多くの比喩を『グリーンランド訴訟』のためにすでにライプツィヒでの大学生活の一年目［実際は二年目］に、つまりもっと若い年齢のときに発行し、出版したのである。というのはヴォルブレは、ヘーノッホから皇子傅育官に就任させられたとき、まさに私より一年半だけ年長であって、つまり十九歳半であったからである。――まさにこうした全く懸け離れた学問分野からの落穂拾いのため、この分野のどれ一つとしてヴォルブレは有せず、播種したことがなかったのであるが――私の場合も同じであるか、世間の人は推し量ってみるといいが、――彼はヘーノッホの許で尊敬と家庭教師職とを容易に、あたかもヘーノッホがニコラウスの父親であったかのように獲得出来たのであった。

薬剤師が彼に傅育官として期待し、要求していること、つまり皇子にいつでも従ってお供をし、一緒に教授陣を訪ね、立派に学問を行って欲しい旨のことを打ち明けると、ペーターはささやかな、しかし厳かな即興演説を皇子に向かって行い、その演説の中で何ら親称も敬称も遣わずに侯爵のための学問の崇高さを十分巧みに表現した。

これまでどのような条項のためにも十分な時間を有して、利用してきた老遺言制作者は彼らに更に要点として最後の条項を起草したが、それはライプツィヒでは決して侯爵の品位を要求して振る舞ってはならない、これは王族年金の不足から決して十分に満たすことが出来ないし、高貴な父親が遅かれ早かれ出現し、それに対する言葉を述べたとき、父親の面目を潰すことになるであろうからである、そうではなく――とヘーノッホは遺言した――とうの昔にどんな偉大な支配者も守った微行《おしのび》といった状態の下で生活を続けるとよい、そのためにはこれまでの名前と称号を保つことが最も適当である、と。――「それでは私も人前では傅育官としての微行を保つことにしよう」――とペーターは言った――「それで僕らはライプツィヒの人々の前ではペアの馴染みの仲のよいローマからの同級生だ。しかし僕らが四つの壁の中で二人っきりになったら、勿論微行が登場し、僕らの正体が分かり、君は皇子で、僕は傅育官だ」。――「そんなのは御免だ、ヴォルブレ」と皇子は答えた。「誰もそばに居ないときでも、昔からの君、僕でいよう、僕は君から何ら特別なものとして扱われたくない、王座に就いてすらそう願いたいものだ、ペーター」。

ペーターはそこで薬剤師に恐る恐る謙虚に、両者がライプツィヒから高貴な父親殿を見いださずに再びローマに帰ることになった場合、どうしたらいいか尋ねた。「私の書き上げた遺言では」――とヘーノッホは答えた――「その場合も考慮されている、貴方は、皇子殿、その場合は、貴方の化学的植物学的知識を三人の妹達に対する愛から利用して、まだ統治を引き受けない限りは薬局を引き受けて頂きたい。勿論それまでは万事秘されなければならない」。――

以上が薬剤師の遺言で、これを述べることはことによると体に最も強い最後の緊張を与えたのかもしれない。というのはその後すぐに体は瓦解して、彼は心臓ポリープかあるいはホーンバウム博士[4]の理論による肺卒中で亡くなったからである。

前章では、すでに簡略を尊ぶために、いかに多くの愛をニコラウスが哀れな、希望で餓死した養父に今、これまで父に借りがあった分を後払いしたか、いかに多くの解釈や邪推を後悔して心から引き抜いたことか冗漫に記すことはふさわしくない。要するにヘーノッホは、墓石、つまり人間の最も厚いヴェールの下で目に見えなくなるという利点を味わった。勿論ニコラウスがもっと熱心に彼の母親の墓を訪ね、この上に王座への段の上のように腰を下ろして、遠い世界の自分の本当の父親を見ようとしたとしても、人々はこのことを凡百の他の事のように悪く考えないで欲しい。

彼が自分の将来の即位のことで利用した最初のことは、薬草乾燥室へ上がって行って、彼が夙に（自分の侯爵の血筋の予感であったが）盗んでいた皇女の住む大型箱時計のドアを開けたことであった。彼が蠟製の気高い恋人の前に初めて同等の皇子として立ち、彼女の愛の固い、忠実な微動もしない目、かつて公園でいとも好意的に、ほとんど全くすべてを予見しながら見つめていた目を眺めると、互いの身分の溝がかくも思いがけなく埋められた後、彼女と彼の身分の水平に近付け寄せる大地が――その溝の深さを彼は数日前驚愕して覗き込んだのであったが――愛の温かい楽園の河を彼の心のすべての部屋に流れ込むようにさせ、彼の心は喜びと愛の余り砕け散りかねないところであった。――どのように喜んで、また熱く彼は今一人っきりのアマンダの薔薇の唇に一つの接吻をしたかったことか、その接吻の際はただ彼の心だけが証人であったことだろう。――しかし蠟のためと恋人への敬意のために一つの接吻も出来なかった。彼は胸像に対するこの上なく優しいプラトニックな愛の極めて狭い境界に留まった。

彼が痘痕の鼻と後光を有する将来の父親をいつか見いだすであろうことは、彼にとっては多分万事の中で最も大事で、最も確実なことであったろう、ただ彼による認知と准嫡は別であったが、これは勿論（そう彼は見ていた）より一層確実なのであった、発見の場合のようにもはや外見と偶然に頼るのではなく、内面と心に頼るのであったから。かくて彼は下に着地しようと、大地と王座に落とすことのできる一つの錨を気球船隊全体のために有する楽しい成功者であった。というのはこれまで彼は錨を上のエーテルの方へ投げ込んでいて、そこでは深さのために着地出来ないでいたからである。彼が数日後学友にして家庭教師のペーターに再び会ったとき、彼は旧来の学校での君、僕の関係に一種のより気高い、自分の出生に合った品位をたやすく結び付けることが出来、それで家庭教師はそのことについて三十もの機知を述べた。ニコラウス皇子はその半分程も予期していなかった。彼はペーターの流儀を知っていたけれども、ペーターは病人の床で見せた真面目さを本当に有し、自分が言ったり耳にしたりしたことすべてを信じていると思い込んでいたからである。しかし彼は喜んでそれを許した。彼はいずれにせよ彼を手放せなかった、この変わり者がそのことについて存分に冗談を言おうとも、ペーターは彼が自分の王位継承について一緒に自由に話すことの出来るローマ中で唯一の男であったのである。皇子は傅育官が次のような質問を、真面目にというよりは冗談でしたとき、顔を変えなかった。「彼はそれでは――中国で王朝が消えて皇帝の座が空席になり、その空席に靴屋や料理人、いや盗賊すら名乗りを上げるとすれば――すでに自分の侯爵の血筋のせいで全く異なる正当な要求を有するのではないか。いやすでにただの薬剤師としてもアルジェーの一兵卒よりもましではないか、そこでは部隊の誰もが推定王位継承者と見られているのである」。

「結構」と上機嫌で皇子は答えた。「そのように冗談を続け給え」。

彼が――愛する皇女の許へ階段を上がるという最初の利用の後で――将来の即位のことで利用した第二のことは、彼が絶えずローマの通りをあちこち歩いては次々と人に挨拶をしたということであった。彼は自分の隣人愛に面目を施したかった。彼は数年前から挨拶と共にお辞儀を何よりも好んでいて、すべての人々にささやかな喜びを振舞いたかったからであるが、そのためには帽子による他なく、帽子で彼は人々に愛の精神的棒［帽子］砂糖を献じて差し出していて、それで彼は同時に皇子として身を落としながら、そうして帽子の灌水器で振りまく無数の贈り物に、将来明らかになるであろう重要な価値を付与することが出来ることを喜んだ。実際、彼が挨拶、口と帽子の最も短い運動の一つをかくも高く評価していることは正しいことであり、それはしかも露地の通行人に喜びの小花を移し、添えるに十分であって、この小花は彼が角を曲がったり、新たな挨拶の側を通り過ぎたりするまで新鮮に保たれた。現筆者はそれ故喜んで年中自分の帽子の兎の毛を、殊にそのようなことをもはや期待していない、いる限りの人々の前で引っ張るために用いているが、それは例えば老いぼれの寡夫の名士連や、総じて中年の婦人、並びに若い、まだお茶会に呼ばれない十四歳の娘、この娘達にとっては男性の礼儀は成年認知に当たるものであり、更にはどんな悪魔も知り合いになりたくないほったらかしの除け者の男達である。フェルトを若干節約するためにその代わりこのような捧げ銃を待ち受けている大胆な、高い樹のような官吏の前とか、誰にも挨拶の銃声を要求している士官の前では帽子を取らずにどんどん進むのである。

しかしニコラウス皇子は自分の将来の統治を、単に挨拶という即位貨幣をあらゆる露地でばらまく帽子の播種機をもって町を歩き回ることで始めたばかりでなく、彼の父親が与えることになる人々がどこにいようとも、いつかその人々を思いがけず幸せにしようと思う計画をも特に携えていた。そしてしばしば長い散歩の後ではローマの周りには、彼が心の中で歩きながら投げ与えた幸福の陽光をすっかり浴びた村々が彼の前にはあった。まだ私以外の誰からも承認をされていないとはいえ、君は幸せな皇子で、王室の借財や内務大臣が、どの袋小路であれ鐘が鳴るたびに、臣下におよそ臣下と君が望む限りのものを認可することを君に対して妨げることはなかった。そして君が頭の中で前もって統治している国は君の下でいつまでも栄えている。外部の敵が侵入してくることもなければ、内部の敵がくつがえすこともない。――このような諸国こそが大抵の侯爵に願わしいであろう。

しかし彼はますます頻繁に帽子の他に財布も取り出して国父らしく幾らか贈ろうとしたので――ただそれは彼にとっては十分すぎることはなく、彼は人が自分の素姓を知ったら恥ずかしくなるだろうと言っていた、――それに彼の愛という太陽の炎の中で大学用ダイヤモンドはますます揮発していったので、ペーターはすでにローマで皇子傅育官の職に就いて、すみやかに大学に進学して貫おうと（殊に彼が学業を終えた皇子として薬局に腰を下ろすために若干残しておきたいのであれば）最も強い理由を――より弱い、ペーター自身の利益に関する理由は一切述べずに、彼の心に訴えることを義務であると考えた。

私自身の利益も同じであって、というのは最後の前章に達するためにはどんなに急いでも十分ではないからである。

第五の前章の真面目な脱線。予言的な露の雫――病床の詩人――ワーテルローの戦場の上の虹――偉大な人間の死去に接した際の感情――新旧の国家

＊1　つまりパポス、クロイツァーとダウプ編『研究』の中のクロイツァーによる第一巻［むしろ第二巻、二四六頁］。

第六のそして最後の前章

ここでは皇子の大学での履歴が十分に、しかし短く記される

正当にも私は前章の後から二番目の章の末尾で言った。最後の前章に達するためにはどんなに急いでも十分ではない、と。というのは実際この章では、ようやく第一章に達するために、どんなに急いでも十分ではないからである。

私は次のように語っていけば、大学での履歴の話を快適なシロップの濃度に煮詰めることになる、あるいは十分に蒸発させることになると思う。

「皇子と傅育官は互いに微行でライプツィヒへ行き、そこで数年引き続き過ごして、再びローマへ帰った。ニコラウスはそこで、時折旅して来る高い血筋の父親達すべての中に自分自身の父親を見いだすことが出来ず、後光と十二の鼻の傷跡を手本のないまま、知られることなく過ごした。決して皇子は自分の品位と出自を忘れなかった。しかし彼は上手な薬剤師としてローマで腰を据えるために専ら植物学と化学に身を入れなければならなかった、殊に借金のせいでマークグラーフの薬局は直に競売にかけられそうになっていたからである。いずれにせよ彼は二つの理由から大学に長くは残れなかった、第一にダイヤモンドは彼とペーターによって、あたかも一方は集光鏡で他方は山羊の血[*1]であるかのように、幸せに揮発、融解してしまったからであり、第二に彼は愛する皇女に再会を許される時間が得られなかったからである、皇女とは彼は長いこと別れて、一行の手紙も貰えずにいた。というのは彼女はライプツィヒまで同行出来なかったからで、彼は彼女を確実に包む自信がなかったのであった、肉の刺し傷は

塞がっても、蠍はごく些細な刺し傷も再び塞がらなかったからである。そもそも大都市では夢想的空想はしぼむけれども、小都市では、偉大なものが辱めるような尺度で後込みさせることがなくて、栄えていくので、とりわけ商人的ライプツィヒはその高い家々でまことに彼を植物標本機のように下敷きにして、惨めにも平板に朽ち葉色に押さえつけ、彼はようやくまたローマで若干の花を咲かせることになった」。……

かくて思うに、ライプツィヒの学生時代がその全場面と共に表現されるべき第六のすべての最後の前章は全体的に圧縮され、十分エウトロピウス[1]的に、新たなエウトロピウスが古典古代のエウトロピウス、ローマ史の短縮者に短縮度で比較を許される限り、けりをつけられたのではないだろうか。

――今ようやく全体がいかなるものか、私がこれまで様々な術策を正直な女性読者の方々に対して用いながら記述してきたことを打ち明けてよかろう。――つまり真の話――ニコラウスと彼の友人達の本当の正式の茶々の入らない話は――やっと次の第一章から始まるのである。しかし勿論その代わり何の前章もなく厳密に日毎に一歩一歩進むのであり――六つの前章のように多くのことを、殊に些細なことを飛ばしていくのではなく、――それで私は時間と空間の一致を本当に守り、すべての歴史的道のりを抒情的天馬［翼馬］のようにではなく、上手な叙事的袖貝［翼蝸牛］のように進んで、海の博物学的蝸牛に似るのであるが、これは海の中を二つの皮膚状の翼に似た鰭を持った虫として泳ぎ、とても美しい色合いを有し、鯨の好物であり、博物学のクレイオと名付けられているものであって、これは史上のミューズの名前の一つであるが、この名前を私は詩的史実研究者として自分に海の虫から譲り受けたいと思っているのである。

本作の事情は主に次のようなものであるが、即ち私は六つの前章あるいはその物語上の断片を、私がすでに早速次に続くことになる十二の正式の章［本来は十三章］を完全に仕上げ、少しばかり磨きをかけることさえしたときにようやく手に入れたというものである。そこで他に仕様がなくて――長い断片は織り込むことが出来ず――それをいくらか器用に前に突き出して、作品に一種の予備作品［分農場］としてくっつける他なかった。そのためには熟練した軽快な筆さばきが要求された。読者というものは通常、本当の定まった物語を遠くに目にすると、少しも留めおき摑まえておくことが出来ない。それ故私は微塵も多人数、ヴォルケ[2]が丁重に巧みに翻訳している聴衆たる多人数に、物語上の中心事は後になってようやく次の章から始まると悟られてはならなかった――というのは幾分ばらしている上書きの「前章」は通常多人数は見過ごすからであるが、――しかし他面また私はほんの簡潔に叙することしか許されず、ドイツ式歩行の代わりにフランス式飛行をしなければならなかった、さもないと一冊の本を丸ごとすでに出来上がった本の前に置かなければならなかったであろうからであり、[*2]私自身本来の本当の物語作品に憧れたからである。

　かくて私は物語記述者の最も難しい課題の一つを幸い解き得て、読者の大部分は実際私と共に第一章の直前のここまで来ていると信ずる。すべての前章を飛び越えて早速ここの第一章の側に来ているような数少ない他の読者は私がここで十分間に合って摑まえ、追い返すかもしれない、この者達は自分の人生の三十八年間筆で贈り物をしている著者に対して、半時間と二十一分十二秒を惜しむ気か、と。というのは一般新報の計算に新報自身が公に矛盾しないかぎり、実際六つの前章[3]を読むことは何ほども要しないからであって、十六秒で印刷された八つ折り判の一頁を読み通す普通の人間は印刷全紙のアルファベット全体を一時間と四十二分二十四秒で終えることが出来るのである。

　かくて私は、幸運に六章を終えた後、満足して先に進み、読者が次の完了した十二章に目を通す間に、邪魔されずに落ち着いてその先の章に引き続き取りかかることにする。読者が各章を読み終えてやっと先の章の私を見いだす。すべての面で何と楽しい人生か。

　――それで最も得るものが多いのは私なのである。

　――しかしこれまでの六前章という平日を経てやっと第一章の日曜日に辿り着いた善良な、どんなに称賛しても足りない読者には、第一章がどの時代、状況について語り始めるのか早速知って頂くために、ここでそのことをお知らせしよう。ニコラウスはライプツィヒからの帰還以来一つには若干年を取った、一つには多くの金貨を失って貧しくなった（ダイヤモンドはいずれにせよとうに失せている）。皇子傅育官のペーター・ヴォルブレはほとんど何も有せず、それ以来いろんな者になったが、しかし大した者にはならなかった。——即位のことは差し当たり誰も考えていない、そして借財のかさむ薬局では、支配する代わりに何か食っていけるものがありさえすれば神に感謝する有様である。——ちなみにニコラウスは、まだ親知らずを有しないうちに、いくらか賢者の石に身を入れている。……しかし十分であろう。さもないとほとんど第一章を、始まらないうちに語ることになる、思うに第一章そのものでもその時間は十分にあるであろう。

読者のための
前章印刷後の製本工の報告(4)

まさに数ヵ月後ハイデルベルクからの郵便馬車が印刷された前章を持って来て、私はこの前章だけが、女性読者のための真面目な脱線が印刷機に後から送られさえすれば、『彗星』の第一巻全体を成すことになり、これまで大いに喋々してきた本来の物語の章はやっと第二巻で登場すると知って驚いた。私にはとてもうんざりさせられることであり、前もって前章の印刷物を手にしておれば、いろんなほのめかしのおしゃべりはしないで済んだであろうからである。——それに残念ながら女性読者は作品の神殿全体を幕屋によって判断することになるだろう。それで私が幸いまだ書くことになる序言の中でこの件のすべてを話して、第二巻を待つべきであるという覚悟を各人にして貰うより他に仕方はない。しかし他面では、私の判断するかぎり、自立した二巻の印刷物という偶然は、女性読者が物語への飢えから前章を飛び越さないように私自身が精一杯取ってきたどんな繊細な処置よりも私には有用であろう。というのは貸本屋から取り寄せた第一巻全体を彼女は飛び越せず、第二巻を得るまでは代価の分それを読まなければならないからである。——かくて万事めでたしである。

＊

第六の最後の前章の真面目な脱線。隠れた善行者――教会――苦しみと喜び――宇宙についての夢

＊1　ただ山羊の血だけが、レッシングがプリニウスからの古い手紙［第三十二］の中で述べているように、硬い石を溶かす。

＊2　私にはしかし、私が名を挙げる必要のない、この物語に登場する人物［ヴォルブレ］から――これまでの前史に対する私の従順さが知れたとき、――この前巻、あるいは前部に再び一つの前巻を、つまり原初の章に原原初の章を付け、前につなぐよう真面目に要求されたが、ちょうど例えば日々に後方に（前方ばかりにではなく）年を重ねる地球の前世のような具合であったが、しかし私ははなはだ真面目に断固と答えた。「ドイツ人の読者には多くのことを要求出来る、しかし必ずしもすべては要求出来ない、そもそも彼らに物語を何らかのやり方で長いこと拘留することは私の習慣ではない、脱線を許されてさえそうしない」。

女性の読者のための真面目な脱線の付録

女性の読者のための原初の章の真面目な脱線

人間の目標

「これが更になされて、あの事がうまくいって、万事が願い通りになれば、僕は港について、静かに休める」と人間は言う。そして実際、氷山に時に船乗りがそうするように、穴をあけて作った港に入り込む。そして事実港が先に進むか溶けてしまうまで、そこに留まる。

＊

覆いを掛けられた鳥の嘆き

「時折私に」と閉じ込められた鳥が言った、「遠くからの光線のように射し込み、私の暗闇の日中を明るくする美しい音色がなければ、何と私はこの永遠の夜の中で不幸であることだろう。——しかし私はやはりこの天上的メロディーを自分に刻み、自分で自らをこの暗闇の中で慰められるようになるまで木霊のようにメロディーを真似よう」。——そしてその小さな歌い手は手本として示されたメロディーを真似て歌うことを学んだ。すると掛けられていた布は取り払われた、習得するために暗くされていたからである。——君達人間よ、君達は何としばしば君達の日々の思いやりのある暗さを嘆いてきたことか。しかし君達が何も学ばなかったときだけ、君達の嘆きはもっともである。——地上の存在全体が魂の覆い隠しではないだろうか。覆いが外れたとき魂は新たなメロディーと共に飛び立たんことを。

＊

世界史

何世紀でもいいから人類を覗き給え。人類はいつも君達の前に罪人や堕落した者どもの優位や過剰を描き、純粋な者や最良の者達はただ例外として、さながら塩水の大洋の中で孤独に真水を保っている小さな氷塊として数えて見せることだろう。一体人類は時代と共に自らとその過重な罪人とが倍加したらどんなふうになるだろうかと人々は尋ねることだろう。はるかにましになるというのが答である。というのはそこでも濁った大洋と似たことになって、大洋からは単に澄んだ真水だけが上昇し、それで山々は我らの大地を潤すのである。それ故陰惨な世紀から明るい世紀が発展出来、ユダヤ教の世紀からキリスト教の世紀が発展出来たのである。結局悪は暗くなった夜の天体と同じくその影を単に空虚な淵に投げかけるだけで、ただ束の間だけ暗くするのである。

＊

瞬間の虚しさ

心にとって瞬間しかなければ、君はこう言って構わないだろう。私の周りと私の中はすべてが空虚であると。しかし長い過去が君の背後には横たわっていて、日々成長し、そして未来が君の前にはあって、君の冬を一つの春と一つの秋が囲んでいないだろうか。――かくてどのような空虚な人生もインドの大いなる砂漠に似ていて、その砂漠の周りには茂る森の岸辺が永遠に栄えているのである。[*1]

＊

死んでいく子供達
一つの伸展詩

かげろうは皆沈む夕日の中で死ぬ、一つとしてかつて昇る朝日の光線の中で戯れたものはない。——君達小さな人間のかげろう達はもっと幸せだ。君達はただ人生の昇る朝日の前で戯れて、花で一杯の瑞々しい世界の上を飛び、まだ朝露が消えないうちに沈んだ。

＊1　フンボルトの意見による。

女性の読者のための第一前章の真面目な脱線

逝った者達の思い出
伸展詩

死者は、と古代の人々は助言した、生者と一緒に旅してはならない、その灰でさえ波を呼び起こし、嵐と没落をもたらしかねない、と。しかしどんなに別様に、より美しく一人の逝った者は人生の旅でこの逝った者を自らの裡に有する者の心と一緒に、そして外部の喧噪と雑踏の中でいつもこの逝った者を見つめる者の心と一緒に進むことか。——愛する不死の者は死すべき定めの者を何と温め高めることか、さながら現世の者の胸の中の神々しい心のように。[*1]

＊

老人の慰め

高貴な人間の精神よ、君の力が衰えたとき、君のこの世の体が寄る年波で曲がり、色あせ、遂には床についたからといって臆するなかれ。夏の夜にはかつて花々は眩しい月の前、その露を浴びてほのかに光っていた、それぞれの花が銀色の真珠で飾られて。朝が近付くと、花々は悄然とし、真珠は輝きを失った、その月が褪せて、沈んだからである、そして冷たい涙だけが花に残った。御覧、太陽が昇った。そして花々が再び輝いた、しかし真珠の代わりに宝石が花々の中で戯れ、新たな朝を飾った。――嗚呼、御身老人にもいつか一つの太陽が昇り、御身の暗くなった露の雫を神々しくすることだろう。

＊

不屈の魂の貴族

魂の貴族というものがあって、これを生まれつき有する幸せ者は迷いに満ちた生を通じてさえ、これを失うことはない。そして常に輝く痕跡はたとえ青春の最も暑い日々であれ、老齢の最も冷え切った利己的な日々であれ、通常の魂とはその落下と上昇とを異にさせるであろう、ちょうど薄い金箔を巻かれた銅や銀の棒が、たとえ次第に細くなる穴を通じて一層細く引き出され、数マイルに伸びても常に金で覆われて出現するようなものである。

＊

倫理的完成

倫理の凱旋門はまだ死すべき定めの者が通り抜けたことのない虹、誰も自分の頭上に戴いたことのない虹である、自ら太陽として雲の下にあった者を除いて。

*

他の人間からの温かさと冷たさの発生

人間が温かさと冷たさを他人に伝え、自分と他人を陽気にさせたり、陰気にさせたりするためにはいかにそれは少なくて済むことか。朝は霜を露に変え、夕方は露を霜に変える。人間よ、君は朝でありたいか、それとも夕方でありたいか、宝石の間を行きたいか、雪の上を行きたいか。

*1　何ものにも代えがたい喪失を絶えず愛しながら心の裡に抱いていなければならない人間は、他のどのような者、より幸せな者に対しても行為においてより高い位置を占める。

第二前章の真面目な脱線

詩を欠いた人間

人生を単に内的詩を欠いた悟性だけで享受する人間は永遠に困窮した貧相な人生を得ることになる、たとえ運命がその人生を外面的にいかに輝かしいものに飾ろうとも。それは歌う小鳥という魔法の見られない果実と色彩で一杯の秋に似ている、あるいは一つの歌声の生気も見られない死んで陰気に静まり返っている大きな北アメリカの森に似ている。しかし現実を改造する詩的精神が君の中に住んでいるならば——他人のために紙の上にではなく、君の心の中に住んでいるならば、——君はこの世で永遠の春を有する。というのは君はどの梢の下、雲の下でも歌声を耳にするからであり、たとえ人生が粗く落葉して吹き荒れても、君の中にはどこから来るともしれぬ静かな歓喜があるからである。しかしそれは外の天候でも落葉した凍てつく立春以前に見られるのと同様に、天の歌声から生じている。

*

人間の魂の孤独

数千の者が君と一緒に働き、突撃する戦場で、君がこの稲光し雷鳴轟く人間世界の最中にいて、熱くなっているとき、君は何ら孤独を見ず、君の周囲に人類全体を見る。——しかし本来は君の側には君しかいないのである。暗い地球として君の天球儀、頭蓋に侵入してくるただ一個の鉛の球が君の周りの現在の音響界、火炎界全体を遠くの深みに投げ落とし、君は喧噪の中の隠者として横たわる、そして閉ざされた諸感覚の背後で世界は沈黙する。これと同じ孤独が、君の感覚を砕くのが離れた森の小屋の中であれ、死の豪華な市場、喧噪の市場であれ、君を包む。君の横では別の隠者が血を流す、それぞれが自分の塞がれた牢獄で血を流す。——しかしこのようにして、遠くでは人間同盟と見えたものが、近くでは単に人間離散となり、隠者界は、実は互いに宇宙空間で隔てられている合体した諸太陽の解きがたい一星雲というのであれば、そしてこうした人生の華麗な場で言えることが、同様に他のどの場でも言えるのであれば、では個別が個々に留まらず、一つの全体、一つの大いなるものに和合するように何か存在しているものはないのだろうか。いやある者［キリスト］が永遠に存在し、これが同時にすべての者の中に住み、すべての者を住まわせ、かくて皆を互いに近寄らせている。我々はアルプスの牧牛者で、各人が自分のアルプスの頂にいて他人と遠く隔たっているが、しかし歌声は深淵を越えて牧牛者達の許へ行き来し、山から山へ一つ心の中に同時に住んでいて語る。かくて我々は皆一人として孤独ではなく、いつもそれ自身がまた皆とおる者、その中にすべてのものが内部と外部から流入してくる者の許にいる。そしてこれは神であり、一つの神を通じてのみこの世で偉大であり愛であると見えるものが偉大なもの、愛となるのである。——かくて我々の最後の最も暗い最も閉ざされた瞬間でさえ決して孤独とはいえない。

＊

砂漠の無神論者

生きた神性の否認者は、彼にとって至高のものが落ちて見えなくなると直接に自分の内部の本性と向き合うことになるので、硬直して死んだ宇宙に立たざるを得ない、冷たく、灰色の、聾で、盲目の、唖の鉄の掟に閉じ込められたまま。実際彼にとってもはや自分の須臾の自我の他には活発で生気あるものはない。かくて周囲には、彼、つまり氷の海とスイスの氷の山の漂泊者同様に静寂が支配していて——どこにも動くものは見られず——万事が果てしなく硬直している——ただせいぜい時折薄い小雲が棚引くだけで、測りがたい不動性の中で動いているように見える。いや彼が信仰から神を失い、その上全く同時に不幸と罪とに陥ってしまうと、彼の孤独は薪小屋に処刑のためにつながれた放火犯のかの別様な、ほとんど単に想像するだけで痛々しくなる孤独に似ており、この者の周りにはますます高く広く薪が積まれ、並べられて、この者は今や小屋の中に全く一人っきりで鎖につながれたまま近寄る火勢のために死ぬのを待っているのである。

＊

詩　人

詩の中で詩人を人間として見ることがないならば、と一人の者が言う、私には偉人の彼の映像はすべて単なる見せかけにすぎない、と。詩の中で、と別な者が言う、それを作った生きた人間の他は何も見えなければ、そんな詩は必要ない、日常性はどこの市場でも売りに出されているのだから、と。しかし本当の詩人はこの二つを統合する、詩は多分に自分の流れている河床を見せる一つの奔流であるが、しかしそれを透明にし、河床の下にそれ自身より深いところに底の知れない天を広げ、映しながら、それと上の天をアーチ状にするのである。

＊

山々の精神的崇高さ

平地では山は崇高である。しかし山の上で平地は崇高になる。海の平面を崇高と思うためには勿論マストに登る必要はない。海は平地に対する自分の崇高さという長所を一部はより大きな拡がりと一部は波を一人の測りがたい生きた巨人の数百万の関節へと生気付けるその運動性によって得ている。見通せない平地はまずその遠さによって一つの結合された全体へと精神化し、人間の住まいによって一つの生き生きとした全体へと精神化する。——一つの山はまず遠さによってその崇高さを得る。近くでは切り立った山は単に塔の積み重なりとなって、そのロマンチックな偉大さを測るためには水平の尺度と頂の下の雲が欠けるということになろう。——ロマンチックに崇高なのは本来山というよりは山脈である。ただ山脈だけが長い庭園の壁として遠くの国々の広がる楽園の前に立つことになる、そして我々は我々の狭隘な地区から空想を持って上の隔壁に登り、下の象眼の国々の楽園を見下ろすことになる。しかし君自身が本当に自分の国と遠くの国とを分けるこの壁に立つと、高台のタボルの山では両者が共に神々しくなる、そして君の国は過去として、遠くの国は未来として上にほのかに光ってくる、そして君の足もとの床ほどに冷たく虚ろなものはない。——しかし何故遠くの森は山脈よりも我々を感動させ昂揚させることがはるかに少ないのか。いや何故、山脈が心を拡げるとき、森は、高台もそうであるが、時に心を拘束するのか。森がかなり低い一筋の雲として棚引くように見えるほどただ深く遠く視界から十分に退き沈んでしまうと、森は、いや平地ですら遠さの魔法を発揮する。これに対して近寄ってくると、森の並びは魂を昂揚させることが極めて少なくなるが、これには多くの互いに関連する副次的事情があって、例えばそれは一つの決まった頂上にまとまることがないからであり——それ故空想は見渡すために頂上に登ることがなく、狭い底に沈んでしまい、そこで単に散在する人間、炭焼き夫や、狩人、盗人だけを見いだすことになるからであり——それは単にむしろ丈だけで出現し、昂揚させるロマンチックな横幅なしにただの不透明な細い樹の線を見せているだけであるからである。逆にまた、それ自体は崇高ではない森から抜きんでている塔はロマンチックに昂揚させるように見える——山の上の塔にあっては感じられないことであるが、——しかしここでは何と多くの光線が一つの点に集中していることだろう。一つの森の中に隠され、森で柵を巡らされ陰影を付けられた人間の心のコレクション——長い森はまた支配された庭園として教区へ押しやられ——塔はむき出しの明るい、陰の中から上に祈りを上げている魂の同盟の日時計としてあり、森の荒地での食事の用意をした一行——影を投げかけられた者達の我々への憧れ、それはまた我々の中で彼らへの憧れとなっており——いやはや、何と多くの別の色素が、それが我々にとって一つの崇高な絵となるまでには、更にまず密かに混じり合わなければならないことだろう。——このように空想の偉大さ［量］の論は記されることだろう——数学の論同様に汲み尽くされることなく、——美学的偉大さを新たな方法でグループ化し、それについて感情の意見を聴取し、摂取しようとするならば。

第三前章の真面目な脱線

倫理的不作法についての仮定

青年や乙女に見られる多くの美しい正しい筆跡が数年後には歪んだ、読めない、逸脱した文字で一杯になっているのに気付くことがある。これは何のせいかというと——不注意のせいというのは最も少なくて——三つの事由があり、筆記者がまことに多くを、従ってまことに急いで省略して書くということ、彼らが多くの文字に対する偏愛からこれらをまことに羽目をはずして書くということ、遂には彼らが自分達自身の読みにくさに思い至らなくなってしまうことである。これは多くの美しい魂［人］が不作法に至る経緯と大して変わらない。同じ事情が頻繁に繰り返されて――取り扱いや仕上げの素早さ――ある種の表現への偏った好み――自分が変わったことに気付き、自分から次第に逸脱していることを知覚する、そのことが出来ないこと、これらの三つの事由から、穏やかな人間が知らず識らずのうちに怒りっぽい人間になったり、あるいは寛大な人間がけちな人間になったり等々するのである。

＊

ヤコービ、詩人にして哲学者(1)

心がかくも酔って愛に憧れ、愛が溢れている一方で、その精神は同時に鋭く切り込み哲学的に世界と、それ自身の心とを剝ぎ取るこの作家に続く者だけでも挙げてみるがいい。かくてこの忘れがたい人は我々に愛と真実とを同時に与え、磁石に似ていた、これは引き付けて運ぶと共に、天に従っており、羅針儀として働くのである。

＊

苦しむ子供達

教会は子供達をキリスト教界の最初の殉教者と呼んでいる、つまりヘロデ王に殺された殉教者である。しかし今でも子供達は彼らにキリスト教を説教するときの仕方での最初の殉教者である――更には肉体的にあるいは道徳的に病んだ夫婦間の結婚生活での殉教者であり――大抵の知識の殉教者である。――子供達の涙を除けてやることだ。花に長く雨が降るとははなはだ害がある。

＊

様々な観点からの現世の偉大さと卑小さの眺め

魂は高く昇るにつれ、魂にとって人生の華やかさ、社交の高貴さや、人々が拝跪し、怖懼するすべてのことが卑小なものとなる。しかし高く昇った精神は些細なことをより慈しむ、再び巡ってくるもの、人生のささやかな歓喜や、名誉、目標を慈しむ、かといってそれらに溺れることはない。かくてここでは物体的なことが精神的に繰り返されて、高い山並みにいる人間にとって高台は低くなるが、しかし逆に谷は広がるのである。

＊

政治家

彼らにとって、物体界の機械的諸力と有機的諸力の間の差異を精神界に移して、同一の強力な差異として認めることほど難しいものはない。それも彼らが権力と志操を区別せずに、志操が権力を与えるので、権力は志操を与えると思い込むからである。見給え、柔らかく甘い桃の真ん中に種の石の莢が形成される。この石を割るのは圧力ではなく、芽の穏やかな生長である。このように国家では世論が一つの権力を形成し、これが未来の芽を守り、そしてこれは破られるものではない。

＊

政治的比喩と反対比喩

「イギリスや北アメリカでは」——とある政治家が言った——「民衆の意見とかそれどころか時代精神が支配者達を支配出来るし、支配するべきであるというが、それは本の中での無駄話だ。上層部で支配者の言葉がその気になれば、全体を全能的に治めるのであり、民衆の奔流に逆らう場合すらある。というのはこの奔流は、これを時代精神と呼ぼうと民衆の意見と呼ぼうと、さながら二つに分かれて、自ら対立して流れたり、自ら互いに戦ったり、支配したりして一体どういう気なのか。船を見給え、国家というのは実に同時に旗艦、軍艦、教会内陣［船］であって、この船がいつか上層部からの援助なしに、つまり凪や風をつかまえる帆なしに、そしてそのためのマストなしに海の上を、海に対して進めるものか見守り給え」。

この話の間に奇妙な船が港に飛ぶように進んできた、マストも帆もなく、危険な煙を上げる高い防火壁を備えて、まさしく風に逆らって波に抗しながら来た。すると大臣は尋ねた。「しかしこれは一体何という家か、全く独りでに動き進み、その上に火事になりかねないものだ」。

幸い彼の横に反対比喩制作者がいて答えることが出来た。「これは蒸気船です。水は、火と結託している水によって征服され支配されるのです――風は必要ありません、巨大な蒸気によって回る車輪だけが必要で、それに櫂も静かな舵の他は必要ありません。いやこのただの火によって解き放たれた水の精の力は水に対してほとんど民衆に対する時代精神の力同様に威力があります」。これが反対比喩であった。

＊

誕生と埋葬の際の砲撃

侯爵達はその到着と退去を――それが町についての話であれ、人生についての話であれ――砲撃、つまり殺害と血の印で告げる。そのように太陽も雲の中でのその日の出と日没とを七色のうち他ならぬ赤色で表す。

第四前章の真面目な脱線

枯れることのない花嫁の花冠

ローザは婚礼の日に恋人が死ぬという目に遭った。しかし穏やかな狂気に襲われて、彼女の慰めとなった。彼女は毎日白い花を花冠のために捜しては、それを飾って彼の塚に立ち、周りを見渡し、言った。「あの人は私が月光の中花冠を付けているのを見たら、きっと来て、私を連れて行くわ」。——彼女は一日中白い花と共に歩き回ったが、夕方花が萎れ、花弁が落ちてしまうととても悲しくなった。「あの人は、私の花冠が保たないので、ただそのせいで来ないのだ」と彼女は言って、百合の代わりに白薔薇を取った。しかしこれも、彼女が塚に立って彼を捜すと、花弁が舞い落ちた、彼女は言った。「ただ茨だけが残ってしまう、恋人は来ないだろう」。——そこで一人の女友達が彼女の迷いを哀れんで、彼女の手に本物の薔薇の代わりに、絹製の、一滴の薔薇油で香付けされたものを、偶然を装って与えた。そこで彼女は一日中花弁の落ちない薔薇の冠を付けて、夕方には早くからもう喜びに胸を震わせて塚に赴き、周りを見渡し、言った。「今日はきっと、きっとあの人が来るわ、だって私の花冠は保っているから」。彼女は至福に信頼して見渡しながら長いこと立っていたので、疲れてしまい、気後れはなかったが半ば微睡《まどろ》んでくずおれた。とうとう満月が昇って、鋭い光線で彼女の目を射たとき、彼女は恍惚として身をすくめ、薔薇の冠に手を伸ばして言った。「私の花嫁の花冠を御覧になった、愛しい人」。そして歓喜の幸せの海の中で沈み、亡くなった。

＊

穏やかな乙女の強化

優しい柔軟な心を結婚させ、その心に子供を与えてみるといい、するとその心は抵抗の思いがけない力を見せることだろう、そして乙女の従順の代わりに命令を見せるかもしれない。桃の甘い果肉の中では種が防御の石のような外皮を自分の周りに造る。すると外部の打撃にではなく単に内からの温かく穏やかな芽の圧力にこの硬い甲冑は従って、自らを開ける。

＊

結婚生活における女性の魅力

肉体的あるいは精神的な単なる魅力だけで結婚生活をつなぎ止めようと願うことは、心と理性がなければ、これのみが結び合わせ、固定するのであって、花輪とか花冠をその茎なしで単なる花弁から作ろうとするようなものである。

第五前章の真面目な脱線

予言的な露の雫

ある余りに優しく賢い子供がある暑い朝の日に、哀れな露の雫は別の幸せな露の雫のようには[*1]少しも長く花の上で輝いておれなかった、この別な露の雫は一晩中月光の下生きて煌めき、朝になってもまだ昼まで花の中で輝き続けるというのに、と嘆いた。「怒りっぽい太陽が」と子供は言った、「その暑さで雫を花々から追いやったり、あるいは呑み込むことさえしたのだ」。するとこの日雨が虹を伴いながら降った、そして父親は上を示した。「御覧、おまえの露の雫は上の天にあって、華やかに輝いている、素晴らしく互いに並んでいて、それを踏みつける足はもはやない。いいかい、子供よ、おまえがこの世で亡くなったら、おまえは天に昇るからだ」と父親は言った。しかし彼は自分が予言したことを知らなかった。というのはその後すぐにその余りに優しく賢い子供は死んだからである。

＊

病床の詩人

すでに半ば生から離れた詩人が病床に横たわっていた、そして夜が彼の周囲にあって、ただ空にだけ星々がその遠くの昼と共に明るく輝いていた。あるとき彼は自分の埋葬を思い描いたが、それはこれまで自分と親しい者達をただ楽しい穏やかな散歩や憂愁の散歩に誘い同伴していた同じ鐘が突然親しい者達を自分のいない最後の歩行へと呼びかけ、鳴ることになったら、溢れ出るであろう涙と共に描いたのであった。すると彼は将来の葬礼の鐘によって余りに柔和に疲れて、自らを余りに大事に思うことになった。突然真夜中にあらゆる鐘が鳴り出して、彼は同時に、あたかも何かが揺さぶりながら自分の上と自分の中とを触れていくように思われた。不安の叫び声が上がった。地震でそれで鐘が鳴ったのであった。――すると詩人は自分の先ほどの悲しみが恥ずかしくなった。彼は心を奮い立たせ、自らに尋ねた。大地が引き裂かれ、一つの世界が自らと数千の住民とを埋葬する鐘を鳴らすとき、一人の卑小な逝った者の葬礼の鐘で自分を大した者に思うなんて、おまえはどうかしている。――地震は病人を癒す働きをしたのであった、それでまだ彼の葬礼の鐘は鳴らされていない。

＊

ワーテルローの戦場の上の虹

遂に殺人銃の代わりにただ引き裂かれた肢体のみが煙を出し、兵士の代わりにただ負傷者のみが声を上げ、痙攣の他には動くものがなくなったとき、そして死が自分の数マイルにわたる切り倒された収穫畑を、つまり一つの宿営の上での人間や動物の入り乱れた死を見つめたとき、そのとき東に一つの虹が出現した、あたかも天が血みどろの大地を色彩の穏やかな包帯で包もうとするかのように――末期の目には東の凱旋門はその花の色合いと天の青、地の緑、それに朝焼けで装われていた。天から渡され、半ば地に隠されている月桂冠であった。心臓が血を流したとき、心臓が越していく永遠の半円であった。そして以前ノアの洪水の後、この喜ばしいアーチは未来の思いやりの印として与えられたように、ヨーロッパでの長い血の雨の後、それは天に平和の使者として立っていた、今や人間の抹殺と流された同胞の血の干満は止むべし、と。国王達よ、この天の印を決して別様に解するなかれ。

＊

偉大な人間の死去に接した際の感情

永遠は偉大なものを、過去は偉大な人間を十分に有し、未来は偉大な人間を更に多く有する。しかし常に現在はどれも、この両精神の大洋間の狭い岬は何と偉大な人間を有することが少ないことか。地盤陥落や鉄砲水による民家の沈没の数は精神界ではしばしば、すべての偉大なもの同様に本来一度だけ出現する強力な人間の沈没よりも少ないと言っても過言ではないであろう。それ故フリードリヒ二世に対する唯一王という添え名は余計であり、いや曖昧であった。何人かの傑出した精神が次々に死去するのを体験せざるを得ないと、人生は面白くなくなり、地球は孤児となり、人々は父親を失って一人っきりになったと思う、傑出した精神は今や我々の与り知らぬ偉大な考えをもはや下界の我々の許では考えないからである。ヘルダーが亡くなったとき、筆者は――多くのドイツ人もそうだと信ずるが――次のような感情に襲われたが、旅する者が極めて高い山並みに立っているとき、自分の前の下の方に大地が過去の霧の平原として、黙した舞台としてあり、自分の上では濃青色の、輝く小雲ひとつない天があって、自分をその暗い深淵から煌めきながらただ唯一の鋭く冷たい太陽と共に眺めていて、自分を捕らえ、押さえ、持ち上げるかに思われるという感情である。――というのはそのように永遠の中で昇った精霊の目はあって、我々を見つめているからである。

我々のまだ若い十九世紀は我々ドイツ人には先の世紀の死去の年に見える、少なくとも、我々には詩人や賢者であった偉人達の死去の年に見える。というのは我々には両世紀の互いに接している端からはまだ代わりのものが生まれていない、即ち出現していないからである。――しかしこの考察全体は何のためか、あるいはそもそも失われた精神を悼むのはすべて何のためか、何の利益があるのか。——我々がまだ有する人々の利益のためであって、つまり我々は、新しい天体としてその弧をようやく生長していく明かりと共に上に描くことになるか、あるいは古い天体としてその弧をすでに下に描いていて、わずかに冷たい光を以前自分達によって暖められた大地に投げかけている諸精霊に対する思いやりと敬意とを我々の哀悼によって表しているのである。

＊

新旧の国家

新しい諸国家は、全体として余り倫理的な叢った根の上に安らうことは少なく、栄えるためには日々思い出して貰い、世話して貰うことを必要としていて、毎年新たに植え付けられる収益のある野菜園といったものである。しかし古い諸国家は果樹園で、これは一度植えられると、年々新たに種を蒔かなくてもより豊かな実を付けて、せいぜい剪定を必要としている。

＊1　日の出のときすぐに露が消えれば、午後には雨、雷雨となる。露が長いこと輝き続けるならば、その日は晴れである。

第六前章の真面目な脱線

隠れた善行者

仲展詩

御身がただ善行をなすときは、いつも御身は姿を隠すがいい。御身が姿を隠すことも一つの善行である。かくて御身は予言者の［六つの翼の］ケルビム(1)に似る、これは二つの翼でその顔を覆い、二つの翼でその足を覆っていたが、しかし両翼を広げて、それで飛んでいったのである。

＊

教　会

仲展詩

戦争で教会の神殿に負傷者が送られると、傷が神殿を汚《けが》すかのように教会は不愉快になる。教会は精神に深い傷を負うた者達、罪人達、迷妄者達には開かれていて、これらの者達が疲弊した兵士がその血で汚すよりも容易に教会を汚しているというのに。

＊

苦しみと喜び

我々は苦しみの量と数には喜びに対するよりも弱い記憶しか持たないので、どんな果実を苦しみの冬青《そよご》がもたらしたかも、苦しみと共に忘れてしまう。しかしこの果実は我々の頭には我々の心に対するよりももっと必要不可欠かもしれない。すべてを愛するには、人間や偉大なものを卑小なものに至るまで愛するには、喜ばしく生きておればすでに十分であろう。しかしすべてを把握するには、人間や人生、それ以上に自らを把握するには、苦痛が必要である。精神的目には肉体的目が手本であり、これは涙道が毎日湿らせておいて、涙が目に機動性を与え、光の強さを和らげ、目から異物や有害物を穏やかに押し出すようにする必要がある。我々は元来一日中泣いている——肉体上の目のことであるが——そのことに気付いていていない。

しかし苦しみを区別し給え。美しい魂の苦しみは五月の霜であり、これはより温かい季節に先行するものである。しかし頑なな堕落した魂の苦しみは秋の霜で、これは冬しか告知しない。

辛い苦しみの重荷はすべて我々には永遠の低下、沈下に見え、罪人を沈めることになる掛けられた墓石に見える。しかし重荷というものはしばしば単に潜水夫に掛けられる石であって、彼らが真珠を得るよう沈んで行き、それから豊かになって引き上げられるようにするためであったことを我々は忘れているのだろうか。

喜びは我々の周りを美しい色彩の、おもねるような、何も傷付けない黄金の蝶として舞う。単にしばしば貪欲な青虫になる卵を生み残して、これらは大いに長くむさぼって、遂にはまた軽やかな黄金の蝶に羽化する。

精神だけが時間を造る。多分そうだろう。だから喜びの最も短い一日は六十秒単位の時計で計り給え、悲しみの最も長い夜は一週間単位の時計で計り給え。

偉大な魂に苦しみは付いて行く、山々に雷雲が付いていくように。しかし山々で天候も分かれて、山々はその下の平原の天気境界となる。

我々は喜びの日の出には決して驚かない、喜びの日没に驚く。これに対して痛みの場合は我々はヒアデス星団(2)の出現には驚くが、「雨をもたらすという」プレアデス星団の消滅は当然のことと思う。いやはや、我々の心は何と奇妙な天文学を習っていることか。

目覚めたときの歓喜の涙よりも更に甘美な涙がある——夢の中での歓喜の涙である。

人間が赤面せずに天候について嘆いたり怒ったりするのは、感情がどんな明澄な洞察をも聞こえなくしている一つの証拠である。それは単に妄想に対するローザンヌの訴訟の繰り返しにすぎない、そして魔術的天気操作師に対する古代の起訴ほどにも良いものではない。どんな霧の空も地球や月、太陽の混合飲料であり――星空の星雲同様に絶えず発生するので、我々が我々の元気なく曇った太陽に怒ろうと、無数の銀河の諸太陽の更に元気のない陽光を嘆くのと同様に馬鹿げたことである。どの場合も我々は諸世界が我々に従うべきであり――我々が諸世界に従うべきではないと思っており、隕石は地球へのその長い旅で常にエピクロスの原子の曲折（Klinamen）により我々の頭頂から数歩離れて着地すべきなのである。その通りにならないと我々は罵り、非難するが、しかしただ我々だけが、強いられた外的自然を十分に計算に入れていないとか、余所の空の前兆に従うよりはやはり頑なに自らの願望に従っている[*1]と自由で先見の明のある者達に非難されるべきなのである。悪天候に対する、つまり互いに連鎖する大地のシステム全体に対するこのような短気を我々が自身に認めるならば、我々は勝手な人間の精神的熱さ、冷たさ、激しさに全く順応してしまうだろうということが結論付けられる。というのは我々の誰もここでは昔の天候への誤解を繰り返していると気付かないからであり、というのも第一に我々は他人の精神の勝手さに関しては直接には他人の物体の必然性に関するのと同様にまさしく無力であるからであり、第二に精神の勝手さは物体の必然性の中で出現するや、それは単に自然の新たな奴隷にもはやすぎないからである。

いつも君と同時に君の同胞にも襲いかかる本当の大いなる不幸はほんのまれにしか生じない、その分一層たびたび君の間違いや失敗は繰り返され、君の人生を暗くし、冷たくする。そのように地球上でも太陽はほんのまれにしか月による食を受けないが、しかしそれだけ一層頻繁に、忌々しくも自らの雲に覆われる。

人間で臆病げに大地に身をかがめて、自分はどんな種類の苦痛にも屈する、どんな苦痛とも戦ったり持ちこたえたりすることは出来ないと白状する者はいない。さてしかし君がいつか戦い抗おうとすると、どんな苦しみも避けることは許されない、君はすべての苦しみに対処しなければならず、同じ理由でどんなに偉大な苦しみにも、どんなに卑小な苦しみにも対しなければならず、すべてを思慮の明察で解決するか、感情の鍛錬で耐えなければならない、何が生じようと、雷鳴轟く雲であれ、雷のような大声を出す人間であれ、自らの目の中の大麦の穀粒であれ、他人の目の中の怪蛇バジリスクの毒視であれ。いやまた君が単に君の理性や宗教によって、ただの蜂の刺傷に香油を処方して、蛇による傷に対してそうしないならば、あるいは単に挫いた足をそれらで正しく回るようにして、折れた腕をそうしなければ、不合理なことになろう。――大抵の人々の人生は、単に一点にのみ陽光が当たっていて、その周りは暗い水面に似ている。その点の上に小さな雲がかかれば、すべてが暗い色合いになる。しかし君の人生はむしろダイヤモンドに似ていて欲しい、これは元来単に一点でのみ輝くものであるが、しかしこれには人工のカットであらゆる面に新しい光の面が与えられており、それでどこも暗くない。それで単に一つの状況でのみ陽気であってはならず、どのような運命に出合おうとも、どこで運命に隠されようとも、君は輝き続けることが出来なくてはならない。

＊

宇宙についての夢

私は普通の古代人の間違いについての考察[*2]を読んだが、それは一つの地球と太陽から別の地球と太陽への空間を空虚と見なすもので、従って太陽系と銀河から別のそれへ至る巨大な空間をそう見なすものである。太陽はそのすべての地球と共に別の太陽への空間のうち単に314946000000000番目の小部分を占めているにすぎない。いやはや、我々が惑星系と呼んでいる若干のほの白く輝く埃っぽい塵の他には何も一杯でないのであれば、何という空虚さが宇宙を呑み込むことかと私は考えた。

君達が世界の海を死滅していて生命がなく、海の中の人の住む島々は蝸牛の殻ほどの大きさであると考えるとしても、世界空虚の間違いと比べるならば尺度の間違いははるかに小さいと言える。そして海の生物が、生きたもの充実したものは単に海の中にいるだけで、海の上の大気圏を空虚な誰も住まない空間と見なすとしても、間違いは更に小さい。もし（ヘルシェルによれば）最も遠い銀河の距離は我々からすると、その今日我々の目に届いている光はすでに二百万年前に発せられたもので、まだほのかに輝いているのが見える星空全体がすでに消滅しているかもしれないほど遠くにあるとすれば、宇宙には何という広さ、深さ、高さが見られることか、これに対すれば宇宙そのものが、宇宙がこのような遠くの無によって貫かれ、結局囲まれているのであれば、一つの無となろう。——しかし我々はただかの最も遠くの世界の果てへの道のりが我々の目に届くようにするために流入、流出しているに違いない諸力を一瞬間であれ忘れることが出来ようか。君達は一つの地球か太陽への引力を閉じ込めることが出来るか。光は地球と最も懸け離れた星雲との間の途方もない空間を流れていないか、そしてこのような光の奔流の中に、脳のエーテルの雫の中に君の精神が住めるように、同様に一つの精霊世界が住めないだろうか。

このような考察や類似の考察の後、私には次のような夢が生じた。

私の肉体は——そう私は夢見た——私の中で沈んで、私の内部の姿が明るく出現した。私の横に類似の姿が立っていたが、しかしこれはほの白く輝く代わりに絶えず稲光りした。「二つの考えが」とその形姿は言った、「私の翼で、こちらという考えと、あちらという考えである。私はあちらである。私と一緒に考え、飛ぶがいい、私は君に宇宙を見せ、隠そう」。

そして私は一緒に飛んだ。素早く私の地球は引き裂くように飛行する背後の深淵に落下し、ただ若干の南アメリカの星座で青白く囲まれていて、最後に我々の天からはわずかに太陽だけが小さな星として間近で動く彗星の尾の若干の小炎と共に残っていた。地球太陽系から来てシリウスの方へ飛ぶ遠くの彗星の前を我々はさっと通り過ぎた。

今や我々は無数の諸太陽の間を急いで飛び抜けて、それで諸太陽は一瞬間もしないうちに月ほどの大きさになったかと思うと我々の背後で霧状の埃と消えた。そしてそれらの諸地球は素早い飛行のために少しも見えなかった。遂に我々の天の太陽とシリウス、すべての星座、銀河が我々の足もとにあって、小さなより深い小雲の下の中間に明るい星雲として見えた。このように我々は星の多い砂漠を飛び去った。天が次々に我々の前で広がり、我々の背後で狭まった——銀河が、無数の精神の凱旋門のように、遠方で列をなして並んでいた。

時折稲光りする形姿が私の疲れた考えを飛び越し、私の遠くで一つの星の横の一つの火花として輝き、私は今一度あちらだと考え、一緒になった。しかし我々が一つの星の多い淵から別の淵へ消え、我々の目の上の天がより虚ろになることもなく、目の下の天がより一杯になることもなく、絶えず諸太陽が太陽の大洋の中へ雷雨の土砂降りが大海に落ちるように降り続けたとき、満たされすぎた人間の心は疲れて、広大な諸太陽の神殿から敬虔な小さな部屋へと憧れて、私は形姿に言った。「精神よ、宇宙には終わりはないのか」――彼は答えた。「宇宙には始まりがない」。

しかし見給え、突然我々の上の天は空っぽになって、純然たる暗闇の中で小さな星一つ輝かなかった。稲光りする形姿はその中を飛び続けた――最後にすべての星空も我々の背後で薄い霧に後退し、遂には消滅した。――そこで私は考えた。「宇宙は終わったのだ」――そして私はここでその壁が始まる創造の果てしない夜の牢獄に驚き、その底のない暗闇の中で明るい宇宙の宝石が絶えず沈んでいく虚無の死んだ海に驚いた。私は稲光りする形姿のみを見て、孤独な自分を見なかったが、それが私を照らさなかったからである。

するとそれが私の黙した不安に答えた。「信仰心の薄い者よ。見上げよ。原初の明かりが来るぞ」。私は見上げた、素早く薄明が来、素早く一つの銀河が、素早く帆の白く輝く星空全体が来た。この三瞬間にはどんな考えも長すぎた。薄暗い数千年前からその星の明かりは我々の所への途上にあったのであり、果てのない高所からようやく届いたのであった。――我々は、新しい世紀を抜けるように、新しい星々の球の中を飛んだ。再び星のない夜の道になり、離れた星空の光線が我々に届く時間が一層長くなった。

しかし我々が昇りながら絶えず夜を空と取り換えて、我々の下で古い星空が一つの火花となって消える時間が一層長くなりながら暗闇の中を上昇して飛んでいったとき――我々が一度夜から突然、一緒に燃え上がりながら、諸地球を求めて戦う諸太陽の極光の前に出て、我々の周りではすべての地球上で最後の審判の日々が燃え上がったとき――そして我々が諸世界造成のすさまじい領域を突き進んでいったとき、そこでは我々の上でこの世のものではない水がざわめき、とてつもなく長い稲妻が生物の靄の中を痙攣し、暗く果てしのない鉛の太陽体が、ただ炎や太陽を、それらによって明るくなることはなく呑み込んでいたのであるが――そして私が、見通せない遠方に集まった諸太陽からの稲光りする雪を伴う一つの山脈があり、それでもその上には銀河が薄い三日月として懸かっているのを見たとき、私の精神は宇宙の重さの下で身を起こし、屈して、そして私は稲光りする形姿に向かって言った。「やめてくれ、案内はもういい。私は創造の中で余りに孤独だ、その砂漠では更に孤独になる。豊かな世界は大きい、しかし空虚な世界は更に大きい、宇宙と共に砂漠が増える」。

するとその形姿は温かい息のように私に触れて、これまでよりも穏やかに言った。「神の前では空虚はない。星々の周り、星々の間に真の宇宙があるのだ。しかし君の精神はこの世ならぬもののこの世の像にしか耐え得ない。それらの像を見るがいい」。

見よ、すると私の目が開いた、そして私は広大無辺の光の海を見たが、その中で諸太陽と諸地球は単なる黒い岩の島として点在しているにすぎなかった。私はその海の中にいて、上にはいなかった、どこにも底は見えなかった、岸辺も見えなかった。一つの銀河から別の銀河への空間はすべて光で満たされていた、そして鳴り響く海が海の上と海の下で動いているように見えた、そしてそれは満潮の轟きのような轟きであり、また飛んでいく白鳥からの笛のような歌声であった。しかしこの二つが混じり合うことはなかった。明かりと音色が穏やかに心を圧倒した。私は歓喜に、それがどこから来たかも知らずに一杯に包まれていた、存在し永遠にあることの一つの喜びであった。言いしれぬ愛が、私が周りの新しい光の宇宙を見たとき、何のためかも分からないまま私を捉えた。すると形姿が言った。「君の心は今精霊界を捉えている。目や耳で精霊界は捉えられない。それが支配し、創造している物体界しか目や耳は捉えない、哀れな人間よ、鋭くなった目で見るがいい。夢見る心で摑むがいい」。――すると目は最も間近なものと最も遠方のものとを同時に眺めた。私は我々がくぐり抜けたとてつもない空間とその中の小さな星空とを見た。明るいエーテルの空間の中で、諸太陽は単なる灰色の花として、諸地球は黒い種子として漂っていた。――夢見る心は摑んだ。不滅は諸空間の中にあって、死は単に諸世界［現世］にあった。――諸太陽では垂直な影が人間形姿となったが、それらはそこから出て、光の海の中に沈むとき神々しくなった、そして暗い諸惑星は明るい宇宙の子供の霊のための揺り籠にすぎなかった。――諸空間の中ではただ生命と創造とが宇宙の戸外で輝き、鳴り響き、翻り、息吹いた。諸太陽は単に回された糸車にすぎず、諸地球は単に、イシスのヴェール[4]の無限の織物のための通された梭にすぎなかった、ヴェールはこの創造の上に懸かっていて、一人の有限な者が持ち上げると長く延びるのであった。するとこの生きた広大無辺の前ではもはや大きな痛みはなくなっていて、ただ果てのない歓喜と喜びの祈禱だけがあった。

しかし宇宙が輝いているとき、稲光りする形姿は見えなくなった、あるいは目に見えない精霊界に単に戻ったのか。私は広大な生の最中で一人っきりとなって、一人の生命に憧れた。すると深みからすべての星々を抜けて一つの暗い惑星が飛びながら高い光の海を上に押し寄せて来た、子供のような一つの人間形姿がその上に立っていて、それは近寄っても変わらず大きくならなかった。遂に我々の地球が私の前にあって、その上に幼な子イエスがいた。その子供は私をとても明るく穏やかに優しく見つめたので、私は愛と歓喜の余り目覚めた。――

しかし目覚めた後も私の歓喜はなお残っていて、私は言った。「一杯の光り輝く創造の中で死ぬことと生きることとは何と素敵なことか」。――そして私は創造主にこの世での生と、この世の外での将来の生に対して感謝した。

＊1　本来我々の空想は平面とか上と下の中間のみをその日常的な現象故に物体的性質に数える。しかし空と地中には、つまり目に見えないものには空想は恣意の目に見えない精霊を移入してしまい、それ故雷雨と地震に対して精神的恣意に対するのと同様に非難してしまう。

＊2　原初世界からの諸発見の記録集におけるクリューガーの立派な論集[3]。バレンシュテットより、第一巻、第一冊。

第二小巻

第二小巻への序言

新しい夢操作教団についての重要な報告と共に[1]

新しい夢操作教団は我々皆にとってとても広範な、溢れ出る影響を有する現象であり、私は、この教団に世間の目を向けさせるのはどんなに急いでも十分ではないと思うので、そのためにこの序言全体を使うばかりでなく、いずれにせよこの序言では他に言うべきことがないからであるが、更にまた、この序言を『彗星』出版の数ヵ月前に提供できる『朝刊新聞』をも利用することにする。

まことにこの巻は一つの彗星、箒〔髭〕星であるが、しかし案ずるに、その髭は天体の髭がその極めて長い尾でもたらすよりも全く別の革命をもたらしかねないものである。

つまり私は動物磁気の最新の記録集[*1]の中で一通の手紙を読んだが、その中でデュッセルドルフのヴェーザーマン氏、政府試補で道路検査官、ロッテルダムとイエナとデュッセルドルフの学術会の会員である同氏が、エシェンマイヤー教授に、自分はただ念ずるだけで自分の考えているイメージを眠っている者に夢として送ることが出来、それを八分の一マイルから九マイルまでの距離ならば、自分の念ずるように夢見させるとの報告を述べている。それで彼は例えばある宮中参議官G[*2]に、この人物は十三年間彼のことも彼についての文も目にしたことはなかったのであるが、この人物への訪問の折自分の到着を夢の中で知らせるのに完璧に成功したそうである。また彼はドクトルBの眠っている頭に、この人物は彼からの夢の接種実験を熱望していたのであるが、八分の一マイル離れて夜の殴り合いを伝え、これをこの人物は本当に夢見たそうである。更に二人の友人に対して（と彼は語っている）、枢密顧問官Hと法学のW博士であるが、同様の試みがうまくいったが、[*3]しかし他の人物達に対しては余りうまくいかなかった、と。

誰であれこの夢造成の発明を読んだ人は、他人の魂が介入されるときの力に喜びよりもほとんどもっと不安を感じざるを得なかったであろうと私には思われる。これに比べれば気球船や飛行術の発明は何ほどのものであろう、これらは常にただ物体の領域で革命的であっただけで、魂の領域ではなかった。――恐らくこれについての私自身の考えが強く表現されているものは、某地に住む警視総監のザールパーター氏宛の手紙の他にはないであろう、[2]それ故私はこの手紙を、あたかも単に読者宛に書かれたかのように、二回印刷させることにする。[3]

もとよりこの如才ないザールパーター氏は単にある小国に務めているにすぎないが、この小国は現在三十九あるドイツの国々のうち四十番目の国であるばかりでなく、また最も小さい国であって、現在の復活祭見本市には、[4]これに我々バイエルンは一五二の作品を出しているというのに、ヘッセン選帝国ほどの作品を送ることが出来なかったのであり、この選帝国は周知のように（見本市カタログによれば）唯一の作品を――それは民衆の童話であった――世に送っているにすぎない。この小国家は全く何も出さずに済ませておかなければならなかったのである。

しかしそれでもこの小国は内務大臣と外務大臣を有することが出来、そのうちの一方、内務は単に一点であるので、格別多くのことを意味しないのであるが、しかし他方外務は――どこでもそれは内務よりも大きくて――ドイツ全体と、望む限りのヨーロッパの多くを抱えているので、それだけ多くを意味しているのである。さてこの偉い大臣と一緒に警視総監のザールパーターは小国とヨーロッパの安寧を自らこれまで巧みに協議してきて、それで両方とも存続し、すべては問題ないところである。ザールパーターは単にこの小国で書かれるすべての本の、それが出版を許されようと許されまいと、――それにいずれにせよ新聞の――下級と上級の検閲官であるばかりでなく、また新聞の自由と出版活動に反対する穏健というよりは徹底した作品の著者であって、この作品はまもなく出版される予定であり、すでに下級と上級の検閲官自身の検閲をすでに通っているのである。

さて私は、新しく出来るかもしれない夢同盟、あるいは夢操作同盟についての私の懸念をザールパーターのような男性より他にうまく伝えられる人物を知らない、この男は検閲官としてまた作家として比喩的に二つの海鳥の功績を重ねているのであり、つまり軍艦鳥（Pelicanus aquilus）として十四エレの幅の翼をごく高い所に広げていて、飛び上がるどんな小さな魚にも気付いて襲いかかりながら、また海燕としてマストにいて、船員に暴風を知らせるのである。——

このような男なら、真の政治的天気小男［湿度計に付いている人形］として、いや雷雨小男として、最も良く、どこで夢操作結社が栄えるのか、どのように仕事に取りかかるのか、どうこれを防ぐべきなのか言い当てることが出来る。というのはここでは、ささいな情報の入手、まれな些細事を我が物にすることがとても大事であって、こうしたことを通じて温かな頭脳はまさに黒電気石とか電気石に似てくる、これは熱く擦られると藁屑とか灰を、風に弄ばれるものを引き寄せ、身にまとうのであって、全く磁石とは違う、これは単に重いもの、自分と同様なものを引き寄せたり離したりするのである。その際私は更に副次的意図を有していたが、それは彼の愛国的であるが、しかし過剰な、時代精神に対する行動と著述とを——時代精神は詰め過ぎられた銃のように飛び散りながらもその弾薬を目標に近付けるのであるが——むしろ新たな危険に対して向けさせるということで、ここでは夢操作に対してもっと多くのことが、いや彼のような境遇にある男性のみが——というのはどんなザールパーターも外務大臣の支援を得ているわけではないからで——遂行出来ることすべてがなされるべきなのである。

ここにさて警視総監宛の私の手紙があるが、これは後にこの人物の返事によって世間に対する正しい評価を得るものである。

閣下

ここにまたエシェンマイヤー文書の一部を同封して送ります。このたびはしかし貴方が磁気療法の場合よりも重要な、いや強力な戦うべき敵を見いだされるであろうと案じております、磁気療法の鎮圧には貴国では貴方の手で遂に見事に成功されたのでした。これはかつて薬学ではまさしく簡単なことではなかったのです。というのは例えばハイデルベルクでは一五八〇年条例によってどの医者も決して水銀とアンチモニーを内服させないことを誓わなければならなかったけれども、[*4] あるいはディジョンでは人間の種痘の接種は三百リーブルの処罰があったけれども、[*5] 後には過去も現在も病人の許で頻繁に見られるのは水銀と種痘を措いてないのです――しかし全く新手の敵が――磁気療法の子孫にして後裔ではあるが、――すべてが失敗した後、新たに出現して来て、警視総監を悩ませています。我々はまことにいまわしい時代にいます。確かにすでにパラケルススが誰にでも自分が夢見たいと思っている人々を夢に出現させるということを約束したし、その術を心得ていました。しかしここでは眠る者の意志の協調が肝要でありました。[*6] しかしこれと、警視総監殿、道路検査官長官のヴェーザーマン氏の予告し、実行していることを比べてみてください。勿論彼自身は善良な男で、他人の頭に好き勝手な夢を単に外国の商品として人生の香料の島々から密輸入しているにすぎないのでしょう。私自身も手紙の末尾で貴方に若干の薬草と喜びの花を見せましょう、善意の夢操作人ならそれらの眠る芽［の目］を他人の眠りの中へ接種出来るのです。しかし――これを仕事のせいで老いたザールパーターのような人には尋ねるまでもありませんが――若干善意の使用の可能性があるからと言って、夢操作でなされる果てのない誤用の償いになりましょうか。ここで夢と言っているのは本のことと変わりがありましょうか。本もまた明かりや、喜び、道徳、心の鍛錬を見本市のたびに分かちます――そして私自身必ずしも最良のものではありませんが、毎年自分の作品を出しています。――しかし他面では、あらゆる種類の迷妄や侮辱、破廉恥な攻撃、心の弱体化や心への毒、要するにすべての悪をまさに本よりももっと容易にもっと広く広めることが出来るものがありましょうか。そしてこのことを、しばしば禁書をしなければならないザールパーターのような人の他に理解している人がいましょうか。

夢操作人がベッドにいる誰彼に及ぼす力は計り知れません。というのは夜の門も夜の明かりも安全ではなく、誰も操作人が頭の中へ夜の猛禽のように飛ばし、すべてを拉致しかねない夢に対して防御出来ないからです。夢形成者は誰からも、その人がナイトキャップを被るや、司教帽を――補佐司教帽を――ドクトル帽を――月桂冠を――王冠を奪うことが出来ます。そしてこの世のどんなに無垢な、どんなに声望のある人々でも、彼は自分の望むだけ、その人々が目を閉じている限り、ずっとからかうことが出来るのです。

例えばある者は、その者が意地悪な批評家で同時に夢建築士であれば、私のナイトキャップを死刑囚用フードに変換させて、私に毎晩次のような夢を見させ、読ませることが出来ます、つまり現在の最新の作品『彗星　ある喜劇的な話』は——古い作品のことは作家はさほど気にかけません——称賛が余りに弱く、悪評が余りに強くて、それは雑貨屋から四分割され、パイプの火皿によって焚書にされる、私がその中で——そう夢に見させることが出来るわけで——他の誰にも勝っても自分に勝っていないからというものです。これはキリスト教的に考えられているでしょうか。

夢のプロンプターは（寝台はそのプロンプト・ボックスで）、演劇新聞の第一級の熱烈なことこの上ない二枚目を舞台での単なるランプ掃除人として雇い、劇の監督や王侯を脇役として雇うことが出来ます。誰が防御出来ましょう。あるいは市民階級の夢形成人は身分を大したことに思わず、長い節の多い杖を持って、それで最も高い身分の参謀将校を叩きます、この将校は彼にその生涯で単なる侮辱を言ったり加えたりしたことしかないのですが、この侮辱はせいぜい貴族や将校なら悪く受けとめたり、気付いたりするものですが、しかし決して市民がそうすることのない類のもので、このような身分の高い侮辱者を卑しい被侮辱者はそのベッドで両手でもって脈に一滴の貴族の血もないのに叩きのめして、遂にはこの男は激昂してベッドから出ていくのですが、何の名誉回復も出来ないのです。

政府試補のヴェーザーマンがベッドのW夫人に、別の二人の人間とある秘密について語った会話全体を夢郵便で届けるならば、ザールパーターさん、どれほどまでに正規の夢操作教団ならこの件をしでかすか容易に察せられることでしょう。まことに情けない事態になります。二、三人の夢操作人が互いに数マイル離れて国家の機密を打ち明ける約束が出来ます。というのは一緒に夢遠隔通信のために互いの目覚めと睡眠の時間を取り決めるからです——あらゆる種類のスパイは数え上げることも摑むことも出来ません——将軍達がある夜そのテントに眠るとします、スパイ達は彼らに夢で敵の配置を教えます、すべては駄目になります。——この上なく危険な原理も、この上なく自由な本も禁じても無駄となります。それらは枕から枕へと広められ、最も熱烈な支持者を得ます。尼僧院の寝室は結局あらゆるものの布教となります。というのは夢は、しばしば十分に繰り返されると、勿論改宗させるからです、以前の異教徒や後の教父アルノビウスの例が示している通りです。[*7] いや――これについては申しますが――多くの上手な説教者は、アルノビウスの例に励まされて、聴衆をわざと眠らせて、そのときに必要な夢で彼らを改宗させようとしているとほとんど推測したくなります。

ここで更に一つの邪推を述べますが、ザールパーターのような方をもっと考え込ませることになるかもしれません。つまり私は文書を読んで以来――というのは現在もっと注意しているからで――夢操作人教団といったものが現実に存在し、そこからとても重要な現象が説明されるということを全く確信しています。即ち、国を万里の長城ばかりでなく、また教会のドームや鉛の屋根[軍]で外部に対して十分に覆うために何事も疎かにされていない多くの国家を見てみると、しかしそこでは毎年新たな光物質が漏れていて、というのは民衆は自分達の生誕の世紀の数を、人々が自分の誕生日の数をそうするように、ケーキの上の明かりの数によって、あるいは（国王の場合）砲撃の数によって、つまり明かりと炎によって同時に示しているからでありますが――申しているように、それでもかくも上手に保護された国家がかくも明るいのであれば、はじめ奇異の念にうたれます。人々がこう尋ねるのももっともです。じっと留まる境界石を、カピトル神殿の礎石であった真のテルミヌスを、[*8] 時代がサトゥルヌスとして石を再三呑み込むたびに、鵞ペンで見守る極めて洞察力のある有能な男達を有していることが一体何の役に立つのか、と。――そしてどんな優秀な公僕もザールパーターもこれでは遂に疲れて、この件に飽きることでしょう。

しかし私はまさにここで夢陰謀家達の足跡を嗅ぎつけるものでして、彼らは寝台枠を自分達の飛来する雑草の種の温床、苗床として、あらゆる検閲官、税官吏を目の前にしている人々に自分達の原理を夢で見させて、人々を毎晩もっと啓蒙するのです。啓蒙を後から夢見る者はそのことを北アメリカ人のように行い、目覚めてからは夢で見たすべての贈り物を現実に得ようと欲することでしょう、それで警察はこうした人々の眠りを、彼らをおとなしくさせるために、鷹に対するように、一切邪魔しなければならないことでしょう。

寝台では身分のある人々ほど真の煉獄の夢に襲われ、焼かれることはないということ、これらの人々にはまさに農夫達の夢のない快活な眠りが健康な民衆よりも必要であるということは周知のことであり、悲しいことです。ここで夢の薊の花の種子として発芽したのは扁豆[*9]であるとはほとんど言えません。偉い人々は、エサウが長子権と引き換えにしたよりもはるかに立派な豆料理と引き換えに自分達の再生を売り払うでしょうから。しかし自らは噛んだり飲み込んだりするのはわずかしか有しない意地悪な夢陰謀家達が、無垢な偉いさんに歪んだ夢の陳列模造料理でもてなしはしないか――これは、警視総監殿、少なくとも貴方の吟味に値する質問であります。

私は磁気療法の文書の最新の作品を読んで以来、推測することを禁じ得ないものがありますが、それは多くの僧侶は、彼らがしばしば最も罪深い、自分達の禁欲の誓いに適うよりは反する夢に耐えているとすれば、多分意地悪なプロテスタントの夢操作人に迫害されているのであろうというものです。――それ以上にそれは説明が出来ないでしょう。というのは神父はこの上なく純粋な道徳と、この上なく純粋な教養を持っていて――他の者達よりもはるかに頻繁に尼僧達と付き合いがあって、この尼僧達の例や姿を見るとそれだけで世俗の者達は別の考えを抱きますが――それにそもそも自分達の軽視する肉体の火夫というよりはランプ掃除人といえます、すでに清貧の誓いだけで彼らの肉体は十分に苦しんでいますから――――さて、教皇によるより先に民衆によって列聖される男達が、酔ったアレクサンダー[5]に似てちょうど眠っているときに人間はいかなるものか気付くこのような者達が、つまり彼らが全く自分自身の裡に狂信家ギヒテル[*10]のアダムについての意見を証明していること、このアダムはまず眠っているとき胃と内臓、肝臓、それに一切を自らの裡に得たそうであるが、このことはどこから来ているのでしょうか。誰によって、このような悪魔の夜の罠が敬虔な男達にかけられているのでしょうか。ルター教徒が、夢操作を理解していて、彼らを罠で釣っていると私は推測します。

けれども私は必ずしもすべてのカトリック教徒[7]が夢操作に無罪であると言いたくはありません。私は貴方同様に実直なプロテスタントです。例えばとても上手に、身分のあるカトリックの、しかし夢操作同盟からの告解者は、担うべき罪の荷が重すぎるとき（これに対して宮廷では国家の荷は何と軽いことでしょう）、自分達の敬虔な宮中聴罪師に前の晩、夢の中で自分達のすべての罪を自ら犯すようにさせ、翌日は優しさからより詳しい告解をしないで済ませたり、より厳しい悔悟の苦行を免じさせたりすることが出来ましょう。

——ただ私自身の口から白状したいと思いますが、立派な警視総監殿、私は道路検査官長官のヴェーザーマンと知り合って以来同じように私の脆弱な磁気療法力を二つの夢の接種のために試みましたが、善意の目的のためで、幸いうまく行きました。ある時はある夫婦喧嘩の調停をし、別の時はある軽騎兵と決闘をしました。つまり私はある夫婦が離婚の願望とその準備以外の点では何も一致していないと聞きましたので、全力を尽くして数夜にわたって、あらゆる顧問官や文書、費用、それに必要なものを含んだ完全な夢の中の宗教局全体として、夫婦を本式に別れさせました。私が繰り返し、ベッドを共にさせないというよりは、ベッドの中で別れさせて以来、あらゆるお茶の席で、この人達が互いに日中愛し始めていることを耳にしています。——このことは多分に、私の夢見せがうまくいったこと、彼らが実際に蠟の夢の翼で舞い上がり、互いにこの件を話し合ったことを最も良く証明しています。というのは周知のように離婚は立派な結婚生活の媚薬であり、離縁状は最初の恋文の再生であって、これは邪悪な配偶者に対して虫歯に対するように作用し[*11]、つまりこれを引き抜いて下顎に——ほとんど寝台と言いそうになったけれども——また植え付け、噛み合わせると、もはや少しも痛まず、単に飾りになるのです。

別の夢事件は軽騎兵大尉、知識人の敵と関わるもので、この男はすでに数年前から私に向かって打ちかかりたいと思っているのでした——どんな些細な諷刺的切り込みをも自分に引き付けて考えるからで、——彼が言うには、惨めな市民風情、三文文士の頭をサーベルで切り離したり、指を切り取ることが自分の名誉に反するのでなければそうしたいと言うことでした。私はこの騎士大尉に毎晩、私ども両人がナイトキャップを——さながら兜のように——被ると、挑戦しました。すると彼はベッドの中で私に立ち向かわざるを得ず、私の方は自分を決して貴族の身分に引き上げることはしませんでした、夢の中では容易なことでしたが。さて私がこの軽騎兵をサーベルでいたぶる様《さま》に立ち会い、見守るのは哀れなことでした——右、左、縦横に、四本の指、三本の指、二本の指に、一つの耳に彼は様々な夜、切り込まれました。ただ頭蓋だけは騎士帽と生命の下皿として残されました。その後私は彼に命乞いをさせて、私が畏れ多くも彼にサーベルで切り付けてやったことに対して一度ならず感謝を述べさせました——しかし私の夢の決闘は実際彼の中で生じたに違いありません——彼に尋ねるつもりはありませんが、——私が彼と出会い、勝者として幾らか得意気に彼の顔を覗くたびに、彼はものすごく憤慨して私を見つめるからです、これは彼が自分の屈辱に何の復讐も出来ないのである以上、辱めを受けたこの軽騎兵には大目に見るべきことであります。——

勿論貴方のような洞察力のある容赦ない男性は自ずと、夢操作はまさしく執筆創作と同様に善意の立派な目的のためにも（私は一、二の例を挙げたと自惚れたくなりますが）、利用され得るとお分かりでしょう。あるベネディクト会士は、とイシボルドは（聖務日課第二十六番）語っています、朝になったら下剤を飲もうと思っていたその前の夜に、自分はこの下剤をすでに服用しているという夢を見たところ、果たして朝には効果が現れて、買っていた実の丸薬を飲む必要はなかった、と。——かくて医者が患者に処方する下剤や吐剤を効果が生ずるまでずっと患者に夢見させるということが十分に考えられましょう。宮中医なら華奢な、より高貴な人物達に反吐の出る丸薬の代わりに夢を投与出来ましょうし、公の病院では、施療院下男や看護士が薬の夢操作人として採用され、薬局では何もすることがないということになれば、国家は多くの処方箋をポケットに収めておくことが出来ましょう。あるいはまた国庫に（すでに現在、病人の利にはならないけれども行われているように）少しも投与されずに、ただ夢見られただけの薬代を書き出せましょう。——多くの医者がしばしば目覚めている者に対して故意ではなく体を使ってしている反吐療法は、眠っている者に対しては必要ならば心を使って遂行出来ましょう。それですでにギリシア人達が夢伝達人と呼んでいたアスクレピオスの弟子達は、彼らが我々に直接、印刷用紙を使わずに見せる夢で名手たるにふさわしいことを示しましょう。いや船上とか城塞では、ここでは時に薬が不足しますが、薬の代わりに薬剤師自身を処方出来ないものでしょうか、彼らの立派な想像力はきっと薬草なしに上等の催吐剤や下剤を作り得るでしょうから。このことはやがて時が経てば、必要な夜と共に明らかになりましょう。

至るところでまた宮中や王座ではまさしく人生の半分のすべての時間が、あらゆる宮中の楽しみ事、活劇、祭事に欠けていると嘆かれ、ただ残りの半分、目覚めている時間だけがこうしたものを若干有します。つまり眠っている半分はまだ全く未発見のアメリカあるいは天球や幸運の女神の球の新世界となっています、高貴なお歴々はイッモ陽気ディル技[8]の点で毎日十時間、それ以上でないとしても失っているからです。これに対する手だてとしては、宮中では絶えず享楽のために目覚めているわけにいきませんので、眠っている敬虔な者達に享楽を贈る巧みな夢操作人の他にはありません。このような者が夜のために真の本当の喜びの師として採用されるべきで、この夜には誰もがベッドの天蓋への昇天を行い、静かに本物のライン地方の離宮安寧亭[9]に入ることになります。さて夜と夢の喜びの師、あるいは歓喜の代官は一グルデンも要しない全くの喜びを作りますので——すべてが脳から脳へ直接送られるからですが、——それで国会も議会も喜びの祭典、兵士のいないこの遊山のキャンプに何も含むところはないことでしょう。というのは何の借金も国はしないからで、喜びの師は安物の紅天狗茸というところです、カムチャッカ人達はこの煎じ汁を用いて本当の楽園の夢を紡ぎ、寝台を神酒の醸造鍋としているのです。

更に思いを巡らせば、警視総監殿、まことに人間を幸せにするという難関事は、ただ夢で喜ばせるという技を全く意のままに出来れば、余りにも容易なことになりましょう——目を閉じた後、傷を癒し、虐げられた人間を、少なくとも横になっている限り、立ち上がっているように出来るならば。実際私は睡眠中の者の口や胃に焼かれた鳩[*12]として飛び込みはしません、私はむしろ最も好ましい夢を生むという高価なルビーとなりましょう。盲人には彼が目を閉じている限り立派な目を授け、彼の周りに春と星空の立派な夜景画を掛けることにしましょう。夢は我々にまさしく我々の最も熱く憧れる消えた形姿を見せることを最も頑固に拒むので、私のまずすることは、憧れている母親の胸元により高い世界に生きている娘を再び導くこと、あるいは夜の間、遠くの戦場で眠りに就いている息子を家に連れてくることになりましょう。更に私がなすであろうことは神様も承知です。無実の囚人の鎖の輪を私はいずれにせよ夜にははずすことでしょう。優しい王女達には私は美しい結婚指輪をはめてやり、眠れるダイアナ女神には目覚めたエンディミオンを出現させましょう。私はそのようなことを致しましょう。

しかしながら真実にして危険なことと思われるのは——というのは私のような夢見をするのは少ないからで、

——夢操作の発明は、本の著述や印刷同様に、新たな世界の発見であり、そのために古い世界の倍加と転覆であるということです。——このことこそまさにザールパーターのような方に伺い、相談したいことです。貴方は将来の、通常の出版自由に反対する貴方の作品の中で、これに類する夢操作の危険を見過ごすことは出来ますまい。貴方はこの重要な件を考察しなければなりません、たとえ小さな付録の中であろうとも。このような希望を抱いて擱筆致します。

ジャン・パウル・Fr・リヒター博士(10)

私が四月一日にこの手紙を警視総監のザールパーターに送ると、私は彼から——このほとんど文書によって押し潰された仕事人から——早速この月［五月］に返事を貰った。それは思いがけない重要な返事で、それで私が『彗星』の第二巻の序言に至ってではなく、すでにそれより早い『朝刊新聞』紙上で、かくもゆゆしい夢同盟が本当に存在し、もう活動していることの証拠を世に伝えても私はきっと非難を受けないであろう。

ザールパーターの手紙を私はここでは文字通りに完全に読者に紹介し、ただそれが妥当と思えるところでのみ、重要なことを省くことにする。というのはザールパーターは立派な、長い、くだくだしく、冗漫なドイツの帝国文体で仕上げるからで、この文体は（私はそう希望するが）ドイツの公の会議や同盟の交渉(11)では、帝国そのものほどにはまだ没落していないものである。それで印刷された頁に同じものがあれば、心おきなく頁ごとに省くことが出来て、かくてただ復刻のみが省略され、強調部分はそうされないことになる。ここにその手紙がある。

やんごとなき

殊に尊敬措く能わざる公使館参事官殿

貴方はまもなく官報にて、貴方の四月一日付けの手紙がいかなる有益な効果をもたらすことになったか御理解頂けると存じます。即ちすでにかなり前からベルリン出身の五人の磁気睡眠の学生が私どもの国に単なる自分達の慰みのために、これは旅館の宿帳から分かることですが、滞在していまして、彼らが自分達を五つの母音と称し、他ならぬアー、エー、イー、オー、ウーと記名しましたので、すでにそれだけで私の注目を存分に引いていました。彼らが国に滞在して以来生じた数々の不思議な出来事は見誤りようのないことで、十分に説明出来ないでいたものです。と言いますのも極めて忌々しい類の夢が母音と称する者達が泊まって以来、夜、国中にはびこり始めたからで、そのうちの睡眠者の三人の例は他のすべての例の代わりに貴方の役に立つかと存じます。即ち外務大臣閣下におかせられては極めて不快な夢、あたかも御不興を買い、年金もなく解雇されて御一家が宮廷から追放されるかのような夢で、はなはだ迫害を受けられたのです。不肖私も次々と三晩襲われまして、私は大勢の歓呼の中、宮殿広場で頭を刎ねられ、その後刎ねられた頭を、まず高くて背後が刳り抜かれた半分の仮面を据えられた後、両手で宮殿の門まで運び、頭を耳のところで、釘付けにされた鳶[12]の隣に、釘付けにされたのでした。最後には陛下までが極めて無礼な夢で御不快な思いをされていますが、臣下の過ちや臣下の苦しみは国内では少なくて、これまで忠実な家臣は侯爵の前では全くの義務心からの思いやりでこれらを秘匿してきて、陛下にあられてはどのような夢にも生じ得なかったはずのものですが、これが母音どもが出現して以来変わり、あたかもこれらの放浪者は国会を気取っていて、それが真実であれば国王陛下にすべての惨状を語ってしまうのです、それが家臣のすべてを愛している侯爵にどのような苦しみを与えることになるか頓着しないで。

　さて私は五人の学生達をすでに長いこと政治策動の疑いがあるとにらんでいましたので、貴方の手紙によって知らされた御指摘の後では、これらの人物達が新たな夢結社に属していて、夢による策動を敢えて行っていることは疑い得ないものとなりました。そこで取りあえず五人の母音を逮捕し、彼らの書類を押収しました。――すると、早くも彼らの日記から彼らが夢同盟者の新たな秘密結社に属することが明々白々となりました。しかし就中このような陰謀は、夢同盟者が夜間強引に閉ざされた寝室に侵入して、どこでもその政治的な、あるいはその他の奇術をあらゆる頭脳内で行い、見張りによっても鍵によっても防ぐことが出来ないことを考えれば、最も危険な陰謀であり、最も処罰に値する陰謀であります。――その後ほどなくして五人の同盟者は調書を取られ、かつ日記からは極めて有効な抜粋が作られました、ここに貴方に尋問及び抜粋を同封致します。——

　　＊

しかし私はここで尋問を端折るのがいいかもしれない、法律家というのは、単語の自由放任主義者として、自分がその液果を飾る美しい葉と棘に満ちた灌木のために、朝刊紙や序言に許されるよりも多くの場を必要とするからである。しかしその調書の抜粋は次のようなものである。

五人の夢指導者達は調書に、自分達が途中様々な都市に滞在したこと、しかしそれは単にそこで宿泊し、目覚めるためであったと述べている。——また彼らは大臣と警視総監に意地悪な夢を見させたことを全く否認している。しかし彼らは頭を失ったり、名誉を失ったり、地位を失ったり等々の夢を生理学的連鎖による精神的自然と身体的自然の両方から十分に導くことが出来るとしている。——更に彼らは皆、誰かが恐ろしい夢を見たとき、まさに自分達が目覚めていたことを誰が証明出来るか、あるいは誰が自分達に世間を、説教によってではないが、しかし夢によって幸せにすること、あるいはそれどころか一晩幸せを恵まずに過ごしたとき、そのことを嘆くことを、ティトゥス[13]は一日分をそうしたのであるが、禁じようとするであろうかと尋ねている。——そして最後に彼らは、自分達は子音だらけのヘブライ語的点の付いていない諸国家のために他ならぬ五つの母音を代表しようと思っている、これらの国の内閣の一団、宗教裁判所、すべての大貴族や市長には立派な読書母［ヘブライ語の発音符代用文字］が見られるのだからと請け合っている。この言い回しをザールパーターは正当にもきわどいものであり、かつ分かりにくいものと見ている。

ここで私は調書上の小人的事実から豊かな美辞麗句の法律的膝当て付き半ズボン、短ズボンを抜いておくべきであったろう。しかし世間はきっと小人ということに満足されるであろう。

夢同盟者の日記のザールパーターによる抜粋からもここでそれらの五つを紹介する、学生のそれぞれに付きただ一つの夢呈示画、夜景画である。しかし世間はザールパーターと共に、これらの母音氏が、国と眠りの五度当たり籤と称している彼らがいつも単に空籤だけを睡眠者のことごとくに引かせていることをどんなに不思議に思っても十分ではないだろう。

磁気療法士で夢操作士の学生アーはその日記の中で、裕福でかつ用心深いけちん坊の眠りを、この者はいずれにせよ多くの眠りを楽しみはしないのであるが、その夢の中で絶えず贈り物をするよう強いて、少しばかり辛いものにしたと語っている。蟹に似て、自分自身の胃を消化することを最も好むこの男は、学生によって、他人の胃をことごとく満たし、町中の半分の人を、つまり飢えている者達を客人として招待し、すべて自分の良心の貴族位記としての遺言状に取っておいた最も素敵な資本を公共の施設、学校、労作場のために使うよう強制されていた。この際この慈善家は単に物を贈るという夜の苦悩に耐えたばかりでなく、日中にはこのようなことによって金に対して鍛えられ、最後には本当に金を渡し始めるのではないかという心配にもさいなまれることになった。

学生エーは日記の中で富裕な田舎牧師を一緒にいじめたと告白している。彼らは見せしめに牧師に三週続けて土曜日に自分の積み重なった二年間分の十分の一税の袋をベッドの中で今の安値でユダヤ人に売らせることにした、まだ不作になり、湿った夏になるという希望がすべて消えていない時期のことであった。――しかしこれははなはだ牧師にはこたえて、彼はそれ自体楽しい復活祭の説教をいとも惨めな声で、あたかも自分に判決が下されたかのように述べたのであった。実際、古い伝説によると蟻が眠っているミダスの口に穀物を運んだとすれば、学生達はむしろそれを牧師の口から運び去る蟻ではなかっただろうか。五人の母音は五つの「五千人分になった」大麦パン(14)であろうとし、このようにして民衆に食事をさせようとしているのであろうか。――前代未聞だ。

ベルリンからのすべての磁気療法の学生達はそもそも途中、高価でかつむき出しの服を着ている女性達とは実直に付き合っていない。彼らは五人の愚かな乙女達のために命じられた五人の賢い乙女達のように振る舞っている。こうした女達の何人かが、最初の両親は禁じられた林檎を味わった後自分達の裸を恥ずかしく思ったというのに、まさに自分達の裸を得意に思っており、喜んでいたとすれば、磁気療法の学生達は彼女達に対してこのことを根に持っていたのであるが、しかし彼らは、今日のイヴはまさに逆に禁じられた林檎を囓るように蛇を誘惑していることを考慮に入れてない、つまりエレガントな雄のコブラ［眼鏡蛇］のことで、この蛇は博物学の蛇のように眼鏡を背中に描いているのではなく、鼻の上にぴたっと付けているのである。学生達はことによると、胸と背中にはただ半分の服しか着ない流行に対して、コッツェブー[15]とフーフェラント[16]が、ゼルター鉱泉瓶がただ半分のコルクで閉められて送られて来ることを、そうすると水の精の半分が消失するというので怒っているのと同じ理由で面白く思わなかったのかもしれない。

　さて（日記によれば）学生イーはある首都でまさに一人の社交夫人にとりわけ腹を立てたが、彼女は若い四十六歳の女性で、その花の枝はトランプ台で二十歳にまで技巧的に曲げられて懸かっていて、彼女にあってはローマの多くの古い補完された彫像がほんのその六分の一のみが古くからのものであるように、むしろその六分の一だけが若いものであった。それ故この母音はその夫人を舞踏会の夜の前には毎夜つかまえて、夢の宮中舞踏会に案内したが、そこでは彼女が微笑むたびに彼女の口から義歯の真珠の紐が真珠の首飾りの上に転がり出た。そして彼女が若々しく頬を赤らめて鏡の前を通り過ぎると、――お化粧はまだ偽らずに塗られていたかもしれないが――彼女は真鍮細工師の女性［赤くなる女性］から黄銅鋳造師の女性［黄色くなる女性］になった。彼女の服に関しては、胸やうなじはむきだしのままで、それはその年で楽園の最古の流行を時代の最新の流行と融合させようとしていたからであるが、意地悪な学生イーは、このことを彼女に夢呈示の中では許さず、宮中舞踏会でこの夫人に長いことコルク栓をし、封印をし、皮殻で覆い、包装して、それで遂に彼女はオランダの娘に変わってしまった、この娘は美しさと健康のために通常シャツを着て、胸には綿の布を当て、その上胴着を、袖付きのチョッキと共に着[*13]――それからズボンと共に綿のバンドを付け――それから綿のスカートを――それからキャラコのスカートを――その上にはキャラコの肌着状ドレスを――そして詰め綿の外套を着――最後に三足の靴下を、その上には毛皮付きの一足の短靴を下部の締め括りとして履き、三つの帽子を上の締め括りとして被るのである。――いやはや、このようなものは私はオランダですら身に着けたくない。――いずれにせよようやく理解できることは、この立腹した夢の教師は、ヘルダーや他の人々の周知の観察に逆らって、つまり夢は最も美しい青春時代に連れ戻すという観察に逆らって、この夫人を舞踏会でまさにそれだけの年月分先に加齢させたということである。むごすぎる。——

いくらかおてやわらかに——しかし大いにではない——第四の磁気療法の学生オーによって、商人的な、それ自体良い行動はとるが、しかし口の悪い中都市、彼が他の者達と一緒に泊まった中都市の婦人達は一緒に捕らえられ、夢療法をされていた。町が小さくなるほど、一層陰口は卑小になる、そしてただ大きな町だけが偉大なことを大目に見る。女性達のお茶や飲み物のサークルはまず自分達自身を観察して——一切のことを次のサークルに伝えなければならず、——それから自分達が先のサークルやサークル接線で観察したことすべてを現在のサークルに伝えるので、それでかの中都市では婦人達の列は居ない者達に対する両耳と居合わせる者達に対する両目の四蝕糸と、至る所に痕跡を残す舌とを有していて——学生オーの奇妙な比喩を借りると——その大きく開け放たれた筌《うけ》の帽子の様は他ならぬ生きた貝類陳列棚に見えたのであり、大きな蝸牛の殻から四つの蝕糸を持った小さな頭が覗いていて、それから自分達がその上を越すすべてのものを「無駄口の」粘液下に隠してしまう。消えた名前、埋葬された名前、墓石の背後で自らを防ぎ、覆うことの出来る名前の他は全く容赦されなかった。すでに未亡人[17]は夫の灰から二番目の夫のための夫を白く洗う最良の灰汁を煮え立たせるように、いやそもそも故人は数千年前からさながら生きた人間の洗濯人、医師となるように、あるいはまた死体は石鹸[*14]に変わり、ミイラは以前薬局では薬へと削られたように、そのようにまた上述のサークルでも亡くなったものは巧みに球形石鹸や緩下剤、生者の洗濯剤や薬に加工されたのである。お茶は結局聖水に値しない名前にとっての冒瀆水であったり、あるいは罰ビールであった、これはその上、職人達の罰ビールとは異なって、罰された者によって支払われるのではなく、罰する者によって支払われるのである。——このような処罰の判決が広まっていることは信じられないほどであり、典型的なことであった。というのはどのようなお茶の湯のサークルも再び新たなサークルに流入して、かくて池の水輪が次々と広まるように、少しも止むことがなかったからである。さて学生オーが夢操作でしたことと言えばただ、処罰の判決文の著者あるいは出版者の女性をことごとくギゲスの指輪で見えなくしてサークルからサークルへ連れて行き、そこで出来上がった判決に対する多額の謝礼を（むしろ不名誉礼と名付けなければならないとしても）それぞれの女性に良心的に支払って貰うことだけであって――その際判決文記述女性の善意は自ずと前提されていて、ただ彼女の意地悪さだけが十分に表現され、披露された。――かくてこのように曇った太陽はお茶のサークルの輝かしい十二宮の獣帯を過ぎて行かなければならなかった。――――中都市の女性はことごとくベッドで我を忘れ、大いに苦しみ、自分の女友達の憎しみについてほとんど耳を信じたくない思いであった。というのはどの女性も――誰もが同じことをしたけれども――お茶のサークルでは、このサークルは欠席者に対する一種の軍法会議であるので（お茶の道具のエーテルの小炎は露営の篝火というところであろう）、この世のどんなに優しい者もフレンドリー諸島［友情島］の住人に似ていて、その意義をクックとフォルスターは称えて、我々皆を恥じ入らせているのであるが、しかしこの住民は自分達の敵を生きたまま喰うということを思い出していないからである。名を毀損されることは繊細な人喰い以外の何物であろうか。お茶はそのごった煮のためのソースや塩スープであるかもしれないのである。

五番目の磁気療法の学生、ウーという名前の者の日記では、彼がある国の侯爵夫人と教育係典侍に小夜曲の代わりに不快の夜の霜を与えていることが際立っている。国は平方マイルを顧慮して詳しくは特定できないが、そこでは自由と平等が立派に区別されていて、完全な平等は単に宮廷の外に見られ、真の自由は単に宮廷に見られるのみであり、それで国は一種のチェス盤で、石［駒］か成駒［婦人］で（比喩ではない）遊ぶ所であり、そこでは従ってすべての石がどこでも同一の価値を有するが、婦人に来るもの、即ち宮廷に来るものだけは別である。しかしこのように原始的な、いや貴族的に旧式な位階秩序は母音のウーにとって残念ながら気に入らず、彼は（日記の六六頁によれば）少なくとも――侯爵夫人と更に厳しい教育掛典侍の眠る夜にはその秩序を覆そうとした。つまり彼は彼女と灰色髪の教育係典侍に三晩あるいは五晩（数は読みにくすぎた）夢操作をして、両者が本当に、生来のただの市民の女性であるか、あるいは貴族女性として、市民の、会食の資格はある下僕と結婚した女性達と侯爵家の会食に座ることになるようにした。男性の役人を通じてすでに市民の混じる会食やもてなしに慣れていた侯爵に対しては母音は何も夢操作をする気はなかった。しかし侯爵夫人と老教育係典侍の場合には彼は明らかに、彼女たちを前もって眠りの中で市民の接近に対して鍛え、女性達を通じて宮廷を男性達に慣れさせようという意図を抱いていた。しかし勿論夢操作がうまくいった場合、レスペクト[敬意]が欠ければ宮廷とは一体何か私には分からなくなる。即ちレスペクト[余白]と銅版画商人が呼んでいるのは純然たる輝く余地で、それは灰色の見栄えのしない銅版画を囲み、浮き上がらせるもので、それが切られると版画は数グルデン価値が少なくなるのである。描かれた版画はここでは民衆を表していて、民衆は宮廷の輝く余地からは一定間隔離れていなければならない、この余地のお蔭で黄金の王冠枠から民衆が十分に離れるようにするためである。──結局、磁気療法の学生が貴族的あるいはイタリア的流派の内部を市民的あるいはネーデルランド的流派の画廊と混ぜたその結果は何であろうか。最初の結果は違いの欠如による相互の取り違えである。しかし第二の結果は市民にとってより重要なもので、市民は宮廷で昇進するにつれ、王笏や王座に依存している廷臣が証明しているように、ある種の共和主義的炎を失うのである。それ故多くの国で市民を扱うこと、フランス人が葡萄の木をそうするようであるのはまことに理にかなっている、彼らは葡萄の木[*15]を支えずに大地に這わせるのである、そうすると格子柵に支えさせるドイツの葡萄よりももっと強い炎が得られるからである。

＊

ここから日記の代わりに再びザールパーターが語っていて、最後にこう書いている。

ひょっとしたら単に磁気療法のせいで、これは残念ながらまだ多くの国家が公然と許しているけれども、新たな教団、夢結社というものが鼻先に出現して、有徳同盟[18]同様に、これが夢結社と同じでないと仮定しても確実に存在するほどに遂に栄えたのでありましょう、この際ただ最も嘆かわしいことは、この同盟者達に対して耳や目での証言によっても、目での検証によっても、半開きの証拠証明によっても、より強いかより弱い証拠証明によっても立ち向かうことが出来ないということです、彼らの思考は（あるいは夢操作は）逮捕出来ず、裁判所に連れ出せずに、同盟者達がたとえどのように危険な夢を仕掛けても、彼らは毎時間そのことを否認出来るからです。勿論最良のことは、遠慮なくこのような人間の仕事、つまり頭を足元に置かせることでしょう。貴方もきっと立派な法学者として、法律が、我々は善良な意図で行おうとしているのに、邪魔するのでなければ、そうなさることでしょう。私はまだよく覚えていますが、貴方はまだ貴方がライプツィヒで仕事をなさっていたとき、当時すでに二巻の『訴訟』を刊行されました――『グリーンランド訴訟』と思います、このようなものは目にしたことがなかったものですから、――覚えていると申しますのは、貴方が私を頻繁に冗談で当てこすってザールパーターの代わりに死刑場神父《ガルゲンパーター》と呼んだことです。しかし実際現状況では五人の磁気療法の母音を刑場に連れていくために、そのような者になりたいと切望します。――

しかし貴方はこうしたこと一切から判断して、私どもはそれでも五人の被告人を自由にし放免しなければならなかった、全く罰することなく、無傷のまま、いや大臣はパスポートを与え、私は（ここだけの話ですが）若干の路銀を添えてそうしなければならなかったということはお分かりいただけることでしょう。

と申しますのは被告人が逮捕されている間は、ベッドで我慢出来なかったからです、私は、私ごとき卑小な者から始めますと、横になるや、四つ裂きにされたり、あるいは袋詰溺死をさせられたり、やっとこで挟まれたり、あるいは少なくとも鞭で撫でられたりして、ベッドが全く自分自身の刑場となることを覚悟しなければならなかったのです。大臣閣下も大目に見られることはなくて、首枷やドイツ帝国国外追放を授けられ、更には比喩的に閣下御自身が絞殺されそうになり、その星形勲章は、「星の」標的を射るときのように、射撃されたのです。いや閣下には毎晩夢操作人達のペテンによって嘆いて騒ぐ新たな家臣達が紹介されたのですが、これらはその上、恐らく最も悲痛なことですが、これらを捜し求めるや実際国内で発見されたのです。しかし犯罪人どもはまず復讐断念の誓約をした後、つまり父親のように慈愛をもって接した国家に対して更なる夢操作で介入するつもりはないと誓った後、赦免されました。

貴方はもとより出版者や印刷業者と広範な交誼を有しておられるので、貴方が貴方の次作で世間の目を夢同盟者達に向けようとなされば、どのような裁きよりも効果がありましょう。敬白云々。

ザールパーター

次作というのは『彗星』の第二巻に他ならないので、私はここで、それもその序言の中で——いやもっと早くこの『朝刊新聞』紙上で、——世間に警告を発し、かくて自分の義務を果たした。
ちなみにマークグラーフの人生史のこの第二巻に関しては、私はすでにこの序言の冒頭で、私は元々序言を先に送ることはせず、ただ主人公の物語を後から供することになると述べた、その物語は実際ようやくここで登場する。——私自身は夢同盟者の一員となりたいが、それはしかし単に詩文の面であって、私の夢を追う読者の友人達にただ最も美しいこと、最も良いことを夢見させるために、この詩文という最初にして最後の夢操作教団の一員になりたいのである。

バイロイト、一八二〇年五月十二日

ジャン・パウル・Fr・リヒター

＊1　第六巻、第二冊、一八二〇年、一三五頁以下。
＊2　同、一三七頁。
＊3　一三八頁。
＊4　バルディンガーの雑誌等。第三巻、第六冊。
＊5　『一般ドイツ文庫』第一編、付録三七－五二。一八七頁。
＊6　『十六世紀末と十七世紀初頭の著名な物理学者の生活と説教』リクスナーとジーバーによる。第一冊。
＊7　ベール、ヒエロニムスの項『歴史批評辞典』一六九六年」。
＊8　サトゥルヌスがジュピターの代わりに飲み込んだ不格好な石テルミヌスは、タルクイヌスがカピトル神殿を造ったとき、鳥占い師達によればすべての神々の中でたった一人ジュピターに譲らなかった、それ故彼はそこで崇拝のために残された。ラクタンティウス[三世紀－四世紀]、『神の掟』の中の第一の書「誤った宗教について」、C21[むしろ20]。
＊9　扁豆はサンクトリウスによれば邪悪な夢を見せる。
＊10　ヴァルヒ(6)の『教会史』五五章。

＊11　ウンツァーの『医学ガイド』第二巻。
＊12　ハラーはその『生理学』の中でサンクトリウスから扁豆や鳩を食べると嫌な夢を見ると引いている。デルハムの物理神学によればルビーを身に付けると素敵な夢を見る。
＊13　オランダからの親しい書簡、一七九七年。
＊14　パリの無垢の者（無邪気な子供達）の墓地ではすべての層が鯨蠟に変化しているのが見付かった。クレルの『化学年代記』、一七九二年。
＊15　シュルターの『徒歩旅行でのフランスについての書簡』。

第一章

ユダヤ人露地、処方箋、開いた天で読者を緊張させるつもりの章

すべてのクラブ会員、ハルモニー会員、クラス会員はすでに集まっていた、つまりフリーメーソン、教戒牧師、宮中厩舎画家であった。ただ方策会員《ルスルス》だけはまだであった、つまり薬剤師のニコラウス・マークグラーフである。ようやく一時間遅れてこの若者は到着した、そしていくらか落ち窪んで青白い顔に同時に三つの天を見せていた。彼の友人のフリーメーソンのペーター・ヴォルブレが、何故ちょうど今日クラブの再開の時に最後になったのか、いつもは最初に駆けつけるのにと尋ねると薬剤師は答えた。「質問無用。――ただともあれ、ペーター、外へ行って、素晴らしいポンスを用意しておくれ。今日は実際、五グルデン半が小事に思える日なのだ」。

フリーメーソンのヴォルブレは三重の疑問符を浮かべて彼を見た、そして外に出て、ポンスの用意をしようとは少しも思わなかった。サークルの一同はびっくりした、気前の良さに驚いたのでは少しもなかったが、ただとてつ

もない富には驚いていた、そして六本の手〔三人〕はみな飲み物の無料賄いを当てにした。というのはサークルの一員には（いずれにせよ薬剤師も含めて）、何ほどか有する者はいなかったし、クラブ一同がいつでも支障なく雷に打たれたり、メスメル[1]に磁気療法される状態であった、それほど一同は絹物を着ていなかった。

「ただユダヤ人露地が」――とマークグラーフは付け加えた――「僕をいくらか支えてくれた。――でも今日こんなに素晴らしい日に物乞いの話はするべきではなかろう、単に惨めな借用や金の話だから。友人諸君。今日この朝、僕はとうとう多くの失敗の後で確固たる希望を、さながら両手の中に握ることが出来た、つまり僕を私人としては実際豊かすぎるほどにしてくれる焼き物を化学的窯から引き出すという希望だ。これが起きるのはその上きっと先々の週の年の市の最初の日なのだ」。

クラブ員のどの顔も驚きを見せず、誰もがもっと新しいことを知りたがっていた。「このような日には」――とニコラウスは続けた――「実際どんなに敬虔で、謙虚であっても十分ではない。僕はそこでユダヤ人露地を通って散歩したが、そこでは僕の大抵の債権者達が全く惨めな状態で鈴なりになっているのだ。先年から僕はまだ、ユダヤ人達は今日ハマンの日[2]あるいはプリム節会の日であって、だから彼らは、僕が両側の露地の人々に借金があっても、晴れ着のときには僕に何の手出しもしないことを覚えていた」。

――このとき教戒牧師のジュープティッツは両手で強い仕草をして――目はまっすぐ見つめて、――皆しばらくおしゃべりをやめて自分の話を待つよう指示した。というのは彼は口を差し挟みたかったのだが、くしゃみの長い準備にかかっていたからだった。「ただちょっと触れておくと」、と彼は二度くしゃみをした後始めた――「思索家として自分の内部と外部のすべてを省察すべき男性にとってくしゃみは一種の苦痛であります、鼻で破裂するまで内部で長いことその準備を見守っていなければならないからです、その上二回のくしゃみで、これはアリストテレスによれば（私はしかし保証しないが）、鼻の穴の数から来ているそうです。――しかし薬剤師殿、あなたの話を中断したかったのは、あなたがユダヤ人露地で大変な錯覚をしていたと述べたい点です。私は御存じのようにどんな些細な間違いも訂正せずには聞いておれません。つまりユダヤ人の祭日は我々のカレンダーでは日付が変わり、固定していません、プリム節会は今年は、早くはなく、はるかに後です。それにユダヤ人達はハマンの日には学校で激しく槌で打ちますが、いわば遠くから比喩的にハマンに当てるためなのです」。

「僕はそう感じたのだ」とニコラウスは答えた。そして三階いや六階からユダヤ人の半分が降りて来て、彼の周りに債権者達のコロナが出来て、自分が退くたびに行列は縄を綯うときのように次第に長くなったという暦を取り違えたことの成り行きを語った。

「その点で」――とペーター・ヴォルブレは言った――「誠実な、永続的な負債者ということが分かる。この負債者はいつも他人に先んじて、たとえすべての友人やすべての現世の財産が失われても、しかし債権者が自分の許に残り、自分に付いてくるという慰めを有する。多くの一文無しはこの点しばしば自慢屋よりも大きな従者を示すことが出来るというものだ。私自身、しばしば幾通りも一緒に付いてくる固定の信奉者がいない場合はめったにしかないと言っていい。フィリピン諸島[*1]では当地の信仰によれば、医師は病人をただ、すべて彼らを自分の後に従わせることによって治すそうだ。それ故そこでは上手な医師というのは露地に長く続く患者の列の尻尾で分かるのだ。そのように私も債権者を容易にこのような病人として想像するが、彼らも同様に破産者に郡医師に対するようにいつも従い、追いかけて、かくて彼によって治されたいと希望しているのだ。――――しかし結局、ニコラウスよ、君は正しかったのだ、それでユダヤ人のハマンの日にユダヤ人のアンティクリストとして彼らの槌の下に来てしまったのだ。で、それからどうなった」。

素晴らしい具合に、とマークグラーフは答えた、事は進んだ。というのは幸い自分の主要債権者の屠殺人兼歌手のホゼアスに露地で出会ったからで、彼に将来の年の市の最初の日か二日目に途方もない収入があると説明し誓うと、彼は、年の市に支払期限の百フローリンの手形を新たな二百フローリンのに――あるいはもっとそれ以上だったかもしれないが――書き換えることを許すような次第となって、そうしてユダヤ訛りのあるドイツ語数語でこのユダヤ人は債権者の叛乱を即刻鎮めてくれたのだ、と。

フリーメーソンとその後すぐに宮中厩舎画家のレノヴァンツ[3]は思いもよらぬ手形の強力化に驚いて頭の上で両手を叩いた。マークグラーフはしかし続けた。「変わり者の屠殺者は投げ捨てた二、三百グルデンをきっと冒険と見なしているのだ、彼は僕が家では、諸君、君達とまことに上機嫌で飲んでしまおうと思っている若干の現金の他には有しないことを承知しているのだから。しかしユダヤ人というのは臆病な羊だ。――ペーター、急いでポンスの用意をしておくれ。今日は一切を迅速に願いたいのだ」。

単に賢者の石に対する彼のこれまでの信仰と、それを信用した手形に関する一行の絶えざる驚きを彼は相変わらず別の驚きと勘違いして言った。「僕が五グルデン半有することに君達が驚くのはもっともだ。しかし聞き給え」。

彼はこの金の件に次のような明かりを点した。つまり彼は長いこと屋根裏部屋に祖父の四分の一ツェントナーの古い処方箋を有していた、祖父はこれらを薬剤師の習慣に従ってさながら医師の将来の裁判官に対する刑事文書のように保管していた。するとある香料商人が調べないまま生命の木のこの治療の紙［葉］一ポンドに対して――この処方箋の書き手が一度目のときしたように、彼が二度目に金に替えたいのであれば――二バッツェン払うと申し出たのであった。最初驚いた。このような香料取引であればナポレオン治下では本の取引の大半を盛んに出来よう。――しかし驚くことではなく、後にもっともなことと判明したのであるが、香料商人は何人かの村の理髪師［医師］、外科医の交渉者であって、彼らはこの二十五ポンドの生命保証箋を一括購入するために金を出し合って、処方箋を新たに書き、目的には適っていなくても、常に技術的に正しく処方しようとしたのであった。しかしこれらの実直な偽医師達がその反故紙の能力をうまく生かして、それで多くの処方箋が、これは薬局の医師の手で無知からカロンに対するウリヤの手紙[4]、運送状となったか、新しい第二世界の教皇の贈与証書となったものであるが、今や全ポンドの薬から都合のいい当たり籤を引くことになって、現世の贈与証書や舎営券と変わったのではないか、――このことを調べるのは、第一の章よりは別の章がふさわしいであろう、この点に関しては私は私見の通りであることを隠すものではないが。

「結構なこと」――とフリーメーソンは言った――「今日のポンスのナイルの源泉[5]が分かったのは。年の市の最初の日に発見されるという君の黄金海岸の別な秘密の方は私にはだいたい数年前から分かっている。錬金術や金酸、原料についての昔からの歌を皆の前で最後の一節に至るまでまた歌うがいい、その間私は外でポンスの用意をしよう。しかし私はポンスボールに熱いアイロンのヒーターを入れるつもりだ――材料費は要らない、立派なヒーター・ポンスが出来るぞ。――今は私の背後で君の歌を歌い始め給え。――まず若干のポンスを浴びて頭を熱くしたら、君に説教するつもりだ、君が無一文のくせにお金をユダヤ人街に投げ入れ、窓や煙道から投げ出して、トルコの撚り糸の代わりに金属を赤く染めようとしていることに対して」。

ニコラウスが傷付いたことのほんの些細な印を見せたというようなことは言えない。むしろニコラウスは彼に後ろから微笑み、画家に向かって言った。「彼は大いに的を外して射てくれる、我らのフリーメーソンは。でも彼を待っていて秘密を述べよう。――しかし単なる錬金術よりはもっと金儲けになる話なんだけど。この世では別の事だって出来るのだ」――そして彼は全く有頂天になって夕陽に見入った。

この作品の第一章の読者は御存じに違いないであろうが、ヴォルブレが彼の友人を抓ったり、彼の手を自分のざりがにの鋏で押したりするのは――身振りは単により小さなざりがにの足に過ぎなかったが――この者が――三ヵ月ごとに三回行う――次のような報告をする時を措いてなかった。――つまり今ようやく自分は偉大な仕事の完成までに後わずか一日あるいは一日半（数時間の多少は問題でなかった）要するだけで、心静かに黄金の出現を待つのみである、と。というのは黄金の至福の待降節の期間から薬剤師はどの錬金術師もそうするように、自分の心の敬虔なる典礼暦年の日付を記したからである（そのことをまさにヴォルブレは承知していた）。即ち彼は自分のはじける怒りの狼煙を大地に低く押さえて、湿らせ、偉大な仕事の制作者を少しも煽り立てないようにした。こうした縛られた炎の状態の中でヴォルブレは彼をけしかけるのを最も好んだが、それは自分の自制を見守るためであり、外的柔和さを内部の窒息した呪いと釣り合わせるためであった。

宮中厩舎画家のレノヴァンツは、自分に語りかけた薬剤師がとても好意的な気分であるのを見たので、現在マークグラーフの薬局の搗き係をしていて、ニコラウスのとても愛している男に関わる長いこと気にかけていて言葉に出すだけになっていた願いを述べた。彼はそこで述べ始めたが――しかしギリシア風の鼻を持つ美しく整った、いくらか盛りをすぎた顔とその灰色の目に願い事を述べるにふさわしいだけの愛情を込めて微笑むことが出来なかったが、それは彼が願い事を述べるよりはむしろ拒むことを好んだからだった。――マークグラーフ殿は、と彼は始めた、黄金が出来上がれば、ネーデルランド派の自分のスケッチを支援すると何度か約束なさった。しかし今すでに一文の費用もかけずに芸術に対して重要な貢献を果たすことが出来る、と。「殴り合いは」、と彼は言った、「画家の間では極めてまれで、画家達によって十分に調べられているとは言えません。しかし何故ネーデルランド派はこの点イタリア派に遅れを取っていなければならないか分かりません、イタリア派は極めてすぐれた子供達の殺害、戦争画、最後の審判を掲げていますが、その際配置や縮尺を言いようもなく真似ているのです。つとに御存じのように、私は殴り合いや喧嘩の絵に入れ込んでいまして、ことによると玄人の目に映る多くの戦争画以上に大事に思っているかもしれません。しかしながら私の描く殴り合いは筆先の技にすぎず、私には全く手本がありません。さてあなたは、薬剤師殿、搗き係のシュトースという（そうこの人間は言ったと思いますが）、立派な見本をお持ちで、その短く不恰好な、角張って、へとへとに疲れてぐらぐらしている姿と勢いよく愚かな炎のその見事な表情はどんな名手のオスターデ[6]すら歪められそうにないものです。いやはや。このような素材豊かな人間は、あなたがお望みなら、芸術のために何と利用価値のあることでしょう。オルロフ伯爵[7]は画家ハッケルトのためにスケッチさせようと船一艘を空中に吹きとばさせました。これに比べれば、あなたがシュトースを私の面前で殴られるようにさせ、私がその間彼をモデルとして利用し、素早くスケッチできるようにするくらいの御好意は何ほどのものでありましょう。――後生ですからこの件を反道徳的な面から見ないで下さい。――私が思っているのは実際に、搗き係自身が誰かと殴り合うことなのです。あなたは例えば、背の高い、ゆっくりした、氷のように冷たい、なまけもののような、まさに搗き係とは対照的な調合者[*2]を有しておられます。この男に私は三、四杯の勇気水をおごってやって、簡単に搗き係と――この男にも私は一杯差し上げないといけないでしょうが――口喧嘩するように仕向け、調合者があなたに敢然と爆発し――いずれにせよ彼はあなたを尊敬していませんので――そして搗き係の方はまた彼の方でそれ以上にあなたのために止めようもなく戦って、遂には私の側からのふざけた挑発で、両人が本当につかみ合いを始めるに至ります。すると疑いもなく短い足の［薬品］補充者は長い腕の調合者の足元に横たわることになって、……さて肢体をばたつかせ、熊手で刺し、刈り取り、面白い顔に千もの表情が浮かびます――――どうです、薬剤師殿」。

――

　搗き係のシュトースは限定された心のあらゆる情愛、誠実、信頼をもって薬剤師に寄りかかり、根付き、薬剤師のことを、考えられる限りでの、あるいはこの世での最も偉大な精神と見なしていて、ニコラウスは自分が自慢したいとき、シュトースほどに率直に自分のことを信じてくれる人間を他にこの世では有しなかったので、それでこのような善良な魂を辱める申し出に怒って、この申し出はこのような聖なる錬金術の日には極めて寛大に受け入れなければならないものであったが、気分としてはある大使、ある大きな宮廷で最初の謁見をし、同時に途方もない腹痛を抱えていて、それでも真っ直ぐに立っていなければならない――自分の宮廷の名誉のために、――本当はいつものように深くお辞儀をしたい、いやこのような場合は折り曲げていたいような大使に近かったのであった。

――「それ以上は結構、類い稀な芸術家殿」――と薬剤師は答えた、激しくあちこち動きながら、歪んだ身振りで、単に言葉だけごく穏やかに言えたからである。――「ただ年の市まで待ち給え。――すでに貴方には貴方の芸術に対して、従ってモデルに対してもかなりの額を約束したはずだ――それで今日は、立派なオスターデ殿、更に二倍を約束致そう」。――

「それでは私もちょっとしたラファエロの一人で嬉しく思います」と厩舎画家は答えた、そしてマークグラーフの自制を全く理解せずに搗き係を殴ることを押し通そうとしたが、教戒説教師のジュープティッツがとうとう、あなたは少しも心理学を解せず、すべての面から見て、いかにマークグラーフ氏が懸命に自制しているか少しも見て取れないのかと彼に尋ねた。

そのときようやくヴォルブレが炎の目をしてポンスの天水溜めの背後に出現した、このポンス鉢のために彼自身あらゆるものを擦り下ろし、搾り出し、添加し、煮立てて、彼の誓ったところによると、アーメンに至るまでのすべての時間、薬剤師がきっと自分の所謂偉大な仕事への――すべての金鉱脈の鼓動する金の心臓への――最接近について――そして彼がその後するであろうこと、すでに長いこと知られていることの一切について長い昔からの演説をきっとまたしたであろう時間をやり過ごしたのだ、と。いや自分は、と彼は付け加えた、せめてもっと長く座をはずすために、五、六杯のポンスを前もって飲んだ、そして切望するが自分はしゃべりたい、それも大いにしゃべりたいので、自分に酒を注いで、終わりまで話させて欲しい。つまり肝要なことは、金がなくて、それ故飲めないでいるペーターが、今や頭部に聖人ヤヌアリウスの血(8)を流せるように出来る何物かを有しているということだった。彼は早くから自分のペガサスに、散文的な馬にもよくするように、何か酒精分を飲ませて、より良く飛ぶようにさせる習慣があった。彼は、自分がどこかの便覧よりも、あるいは商人の手紙よりも、あるいはウィーンの官房の文書よりもそっけなくなるであろう時を承知している、それは自分が渇している時であると主張した。彼は始めた。「私は、私がポンスを煮立てているときに、ほんの一日半の旅で到着することになっている偉大な仕事について、それから十本の黄金［薬］指と（今は二本にすぎないが）、十本の黄金足指で計画しているすべてのことについて、私がポンスを煮立てているときに諸君皆に語った演説以外のことを話そうと思っているとすれば、煮立っているポンスを頭から浴びてよい」。——しかしクラブ員は否と頭を振った。このことはフリーメーソンにとっては確かに不都合なことであった。というのは彼は外でポンスを作りながらサイドボードの下で彼の名において全く入念に最も長い演説の一つを仕上げていて、ただ頭の中で句読点を外しているだけであったからである。しかし彼は続けた。「構わない。いずれにせよ彼がこう言ったのは間違いない。黄金の基本土は窒素とある種の酸から成り立っているので、発明する必要のあるものはただ——だって窒素は幸いすでに存在するから——ある種の酸だけで、それでゼーバルト・シュヴェルツァーが高貴な故ザクセン選帝侯アウグストゥスに一五八四年千二十四個の卑金属を純金に変える基となったコンスタンティヌスの粉末が出来るのだ」。

ここで薬剤師が口を挟んだ。「その事実そのものはもっとも有名なものの一つではないか。まさに十六世紀にはザクセンの宮廷では教会改良の傍ら同時に金属改良が盛んだったのだから。いやこのゼーバルト・シュヴェルツァーはアウグストの後継者、クリスティアン一世の下でも仕事を続けて、遂には皇帝ルドルフ二世を自らの存在で幸せにしたのではなかったか。そして人々が彼の仕事の他のどのような結果よりも最も好んで引くのは単に、庶民の労働者が、選帝侯は彼らに純然たる金塊や金貨で支払うけれども、金持ちはその釣り銭を得るという儲けがあると申し立てた苦情ではないか[*3]」。

「私はそう言わなかったかい」——とヴォルブレは答えた——「今の彼の話は全く三度目だ、彼の最初の話はちょうど私が二度目にしたから。しかし私は静かに君が話したであろう君の演説を続けるが（君が仮に比喩を使うならば）、今や金酸はもはや君が君の希望を放牧するすっぱい牧場ではなくて、君のすべての諸力にとっての強化する炭酸泉だ。君は数日したらその品を得るのだから。私自身ほとんど信ずるべきであろう。しかし君、黄金の息子

［愛息］、黄金の父親、黄金の料理人の君が、君の黄金時代に始めるつもりのことを、君が文字通り話すであろう（しかし私の付加する可愛い着想は欠けることになろうが）君の将来の演説の中で腹蔵なく表現するとこうなる。

『僕がいつかこれまでの薬局の金の代わりに比喩的でない砂金を得たら、そして僕が醸造炉の中で幸運の黄金の息子［愛息］に仕上がったら、僕は実際過剰の中で劣等な金属しか必要とせず、この卑俗な結晶母に金酸が天使祝詞を述べるようにし、僕は必要な救世主を得るようにしよう。すると僕はほとんど、自分がなりたい者になる。僕が百万長者、一兆長者、百京長者としてなしたいことのすべてを必ずしも』――と君は続ける――『ここでは述べない（びっくりさせたいから）。しかし仮に僕が侯爵となって、勿論、僕が多くの金を持つようになり（もっと詳しい権利のことは秘すことにしているから）あれかこれかの負債を負った辺境伯領をその二倍で請け出して、半ば冗談で例えばホーエンガイスを統治することになったら、僕は喜びの余り自分で何をするかほとんど分からない。いずれにせよ、誰もが幸福になる――貧民や――貧民代表――宮中や連隊の本部――その他の幹部の各人――僕の多くの教授団が――というのは、自分達の日中よりも更に高くつき長くなる夜の間に国の脂肪を吸い取り、ただ涙だけを国に残すかの侯爵達、常夜灯のように油を消費して、水だけは勘弁してやるようなこのような侯爵達とは僕は無限に異なっていて、僕の露地では一人の貧民よりは一個の財布の方がより簡単に見つかるに違いないのだ。僕の国では二マイルにわたって歓呼の声が聞こえる、今他の国では一大陸がうめいているのが聞こえるというのに。しかしこの件を理解するには、御覧の通り僕がどうして皆をかくも幸せにしているか考えてみさえすればいい。僕はポータブルのポトシ銀山として、ポケット版の金の立坑として、僕の黄金でどんな多量の輸入も支払うのだ。飢えて渇いている者達には単に自分の胃の港への私的輸入、部分輸入の責務があるだけであろう。いや僕は大いに費用を出してあらゆる国からの乞食に、彼らを金持ちとして国境を強制移送すると確約出来よう。僕にとって嫌な、まことに面白くないことは、僕が毎年、三つの崇高な聖なる祭典の代わりに、毎日曜日、すべて必要な祭典と共に一つの祭典を行わせるという僕の将来の、確固たる仕組みを、人々がそれでは余りに消化するものが少ないであろうと攻撃される場合のことで、それではまるで僕が祭典の一日だけで怠け者のハインツ[*4]によって、怠けた辺境伯領の半分よりも、いや汗を流している辺境伯領の半分よりももっと稼いでいるのではないかのようだ。この領には僕は好きなだけ贈ろう。どんなに素晴らしいことになるか、前もって分からないだろうから。すでに僕の聖名祝日、誕生日、復活日あるいは洗礼日のためだけに何という巨額の金を凱旋門、万歳の飲み物、金のばらまき、宝棒代として使うことだろう。——僕の国では他国では見られないほどの食事がある、つまり絶品で、インドの鶏をヴォルブレは』（彼はそれを感謝して受け入れる）『インドのその鳥の巣と共に取り出すことになる。ワインは輸入税の代わりに輸出税を支払うが、最も高いもので、つまり輸出の額と同じ金、あるいはワインであって、特にクロ・ド・ヴージョ、マデーラ・マルヴォワジー、ホッホハイマーの所謂ドーム・プレゼンツとその他の最良のものといったワインにかかる。

僕の国全体が名誉と、名誉の酒宴の大きな床となるべきだ。スイスのシュヴィッツでは裸足の乞食の少年が肥料車の上の百姓のように日傘をさして行くように、誰もが僕から十字勲章[9]を貰うが、ただひょっとしたら貴族はそのアンドレアスの十字勲章を前方に、民衆はそれを十字軍従軍者のように背中に帯びなければならないかもしれない、僕はすべての勲章の時宜を得た指揮官だ。いや僕は高額の金の代わりに褒賞メダルを、小銭の代わりに名誉ペニヒを導入して、国全体が人に見てもらえるようにするかもしれない。国と侯爵と宮中の饗宴の名誉のために僕はデザート用のナイフ、スプーン、フォークを、これは金で出来ているためにどこの宮廷でも比較的小さなものであるが、まさにそれ故に大きく作らせて配らせよう、銀製のものよりも大きくなるようにしよう、そして金製のサービス・スプーンでアイス・クリームを頂くことになる。

しかし侯爵は分別も』（と我らのマークグラーフは続けるであろう）『見せなければならず、侯爵的な分別以上のもので、危険をかぎつけ、いつも事情を察知していなければならない。それ故僕は熟考し尽くした法を作る用意があり、義務感を抱いている。僕の国法には例えば次のようなものがあろう。錬金術師は国内に存在してはならない——医師は薬を作ってはならない——薬剤師の身分は、医師が細分化しているように、獣薬剤師、侍従薬剤師、外科薬剤師、主要薬剤師等々となる——貧乏を作り出す巨万の富に対してはお金の大きな罰金によって剰余金税という名の下に、それも厳しく税が取り立てられ、それでこのような納税者は自分達の硬貨に、かなり長いこと教皇の硬貨に書かれていたこと、つまり〈金持チニ災イアレ〉を読む思いがして、その後彼らはこのような硬貨を一日も早く手放したいと思うに相違ない。しかし僕の素敵な辺境伯領内のこのような邪魔者はすでに僕は予見しており、いやもっとひどいものも予見しているが、これらはまさに、僕と国とが喜びそのものであり、喜びの余りどうしていいか分からないときに、呻いたり、泣いたりして、あたかも大いにこらえていて、いつも少ししか食していないかのような振りをする者である。しかしこのような忌々しい国の民、やくざな奴は襟首をつかんで、たとえ僕の辺境伯領全体がこれらから成り立っていても、彼らをしっかりと穴の中に押し込んでしまう。しかし何てことか。誰がこのようなことを僕の治世の下に予期しようか』。（私は勿論、薬剤師君、最初にそう予期する、だって君はいつも、自分の話していることの逆に話を変えるのだから、永遠の「ウロボロスの」蛇[10]では頭が尾を呑み込んでいるように。しかし君はまたその逆転を上手に逆転させる、君はもっと酔っぱらったら、思いがけない展開を見せるのだから）。『いずれにせよ、僕の辺境伯領では僕の前述の立派な親友達の他に立派な者はいないことだろう。僕のレノヴァンツは周知の通り宮中厩舎画家から愛玩動物画家、僕の教戒牧師は僕の内閣牧師、宮中牧師に、ヴォルブレときたら、フリーメーソンの類いないこの男は、僕が彼の妻からの離婚費用とすべての借財を支払ったら、これは彼の功績に報いるというよりは功績を証するだけのものであるが、僕の王座の第二位の者となる予定であり、ならなければならない。さもなければ乞食一同雷に打たれよだ、アーメン――以上』――と君は言った」。

ペーター・ヴォルブレは以前から楽しんで、熱くなった薬剤師を自分の誇張で怒らせ、かっとならせたが、それは彼が彼をすぐに冷やし、また熱くし、また風を当てることが出来たからである。しかし最も彼が、すでに述べたように、煽り、過度に煽り立てようとしたのは、ニコラウスがまさに賢者の石を、復活する救世主の墓石のように打ち上げようと考えていたときで、殊にこの者がすでに何度かおびき出された興奮のお蔭で間近の石を取り逃がしたと思っていたからであった。

しかしこのたびはペーターは撃ち損なった。薬剤師が彼に好意的にポンス鉢越しに手を差し出して、彼にこう言ったときの泰然たる様は記述しようがない。「親愛なる友よ、君は自分が承知している以上によく予言している。僕は本気で君が冗談で約束したよりもおそらく偉大なことを約束出来よう。誓って言えることは、僕は全く賢者の石とか単なる錬金術を発見したのではない――貴方達はひょっとしたら僕の陽気な気分からそう推論したくなるだろうが、――そうではなく実際全く別の発見をいわば手中にしており、これがあれば、単に中産階級の者とか百万長者を作り出すにすぎない錬金術と比較すれば、勿論一兆長者とか百京長者となるものだということだ」。

ペーターは答えた。「それでも不思議に思う。だってこれまでどんな分別ある人間も、賢者の石がたった一グランあれば三億四百万ターラーと五十万の金を供することになる、殊にそれの胡桃大の一片があれば、エルヴェシウス[11]の前の錬金術師が調べたのだが、すべての証言によれば、二十トン分の黄金に相当したそうだから[*5]」。

「友よ」とニコラウスは続けた、「今の化学界の出来事なのだ――しかしそれを知っているのは三人といない、僕もことによるとその一人かもしれない。黄金はこれまで、錬金術師として理解している者は誰でも作れた。しかし、まだ別の物があるのだ。さて、かの素晴らしい化学の年の市の日が来れば、その日は僕は自ら王冠を頭に戴いて、王笏を手にすることになるが、僕は当地の愚かなローマと地方政府の長官がまだ僕をぞんざいに扱ったというのに、すでに僕の見栄えのしない時代に敬意を表してくれたこのような友人達のクローバーの葉〔三人組〕を、僕のことによると輝かしすぎるかもしれない時分に忘れることは決してないだろう、いわんや軽視することはない。僕には貴方達と面識がないかのように振る舞うそうしたあの愚かな気位は見られない。まことに僕は常に――頭上に王座[13]を戴くことになったら――貴方達とは、ずっと昔からの友人であるかのような付き合いをしよう、実際これは本当のことだから。それ故、僕はここに貴方達の各人に手を差し出して」(彼は手をテーブルの周りに差し出して、グラスを倒してしまった、自ら涙を流して、目が曇るほどに感動していたからである)、「将来他の誰よりも貴方達の幸せを専らに考えると誓う――そしてヴォルブレよ、君と僕の間は、これからも以前同様に君付けだ、僕らの大学時代のある種の関係からこれについては確証を抱いていると思うけれども」。彼は皇子の身分での君付けを指していた。

ここでいつもはおしゃべりのフリーメーソンですら彼を黙って愚かに見つめていた、あたかも薬剤師が彼の化学的気球船、風船から軽くするために全く重すぎる脳をバラストとして投げ下ろし、ただ空の頭蓋をコルクの外皮として持っているかのようであった。「私が」とようやく、長く息を吸った後ヴォルブレが言った、「自分の頭が、あるいは君の頭がどこにあるか知っていたら、自分を喰いたいところだ」。

無秩序を見るといつもほとんど肉体的苦痛を感ずる説教師のジュープティッツは、それ故、倒れている飲み物グラスをそのままにしていることが出来ず、それらを立てて、言った。自分は万事について何か話す前は、前もってかなり長くそのことを考えることを義務と思っている、と。「私は」とレノヴァンツは言った。「何をそんなに考える必要があるか、さっぱり分からないと思う」。

しかしニコラウスは最初の二杯のポンスを飲み干すと、飛び上がって言った。今日はどこにも長居したくない——皆と一緒にいたいけれども一人でも居たい——それにヴォルブレの冗談めいた話で全く数十万もの真面目な考えが煽動され、心が全く着火された——自分は家に帰って、ソファーに横になって、前もって自分の未来を、それが現実となる前に誰にも邪魔されずに楽しみたい。こうした切れ切れの言葉を彼は男性の采邑保有者たる帽子とステッキを部屋の隅々まで探しながら、放った。ヴォルブレは黄金でなければ、何を彼は別物に変えるのか一同にせめて若干のヒントを与えてくれと懇願した。すると薬剤師はステッキで暖炉の下にある炭に触れて、極めて意味深い言葉を話した。「柔らかい炭は直に硬い炭となる、暗い炭は透明な炭になる——そして太陽と同じく長く輝く」。

しかし彼がダイアナ女神のエペソの神殿の礎石のように自分の記念堂の礎石とすると説明した炭からは何のことか分からなかった、当時の化学では炭は単に腐った水や、腐った肉、腐った空気を浄化する力があるとだけの評判であったからである。ヴォルブレがそのとき思った理性的なことは単に、炭が薬剤師にとって彼の腐っていく生活状況下の空気や肉、水を再び浄化するであろうというその象徴性だけであり、炭は希望のことだろうと思われた。しかしこれまで彼の錬金術の大事なお金は悪魔の金さながらいつもただ炭化しただけであった。ヴォルブレは最後に尋ねた。「それではともかく出て行く前に、何を黄金の代わりに作るのか教えてくれないか」。

揃った一同の機知的頭脳にとって、自分達の周りの事情がすべて長い射撃用意の出来たフォルティシモのスローガンの発射のために、例えば王宮［パレ・ロワイヤル］で陽光が集光レンズを通していつも十二時にカノン砲を放つように、素晴らしくかくも固唾を呑んでいるという恵まれた状況はめったにないであろう。しかしマークグラーフは、ちょうど帽子とステッキを取って園亭の戸口に立って、お休みと言い、溢れんばかりのキーワードを放ちながら向き直るという幸運に見舞われた。「僕が何を作るかって、聞いているのか——ダイヤモンドだ、ヴォルブレ」。その後彼は口とドアを閉じて、巧まざる品位と共に頭には枕を思い浮かべて家に帰った。

——彼が、自分は皇帝となる——あるいは皇帝の銀行券を発行する——あるいは英雄詩を作る——あるいは世界一周の旅をする——あるいは自動機械を作ると言っていたなら、クラブではダイヤモンドほどには驚かれなかったであろう。というのは当時はビオやペピス、デイヴィによって発見された炭とダイヤモンドの高貴な親戚関係はまだ秘密であったからである。「ダイヤモンドだって」と皆繰り返して、しかし誰もが別様に強調していた。——「心理学の原理に従えば」——とジュープティッツは始めた——「彼の新しい固定観念は（そうと私は考えざるを得ないが）次のように説明出来るだろう。愛では小さな試みの失敗の後ではもっと大胆な試みの運に賭けようとするように、毎日黄金を考えていたので、すでにダイヤモンドというより高い考えに馴染んでしまったのだ。……でもこのポンスはとても熱い。僕は生涯で、熱すぎるか冷たすぎるか以外の、ちょうど適当なポンスをまだ飲んだことがない。すべての液体を支配しているのは邪悪な精神だ。立派な頭脳がスープやコーヒー、ポンスのために使用可能なポケット判熱量計を発明してくれたら、人々はその人にとても滑稽なことではあるが結局感謝することになって、吹き冷ます必要はめったになくなることだろう」。

宮中厩舎画家は——彼は人が自ら自分を高く評価すると、感情的に全く自分の名誉が毀損されてしまうそんな人々の一人で、いや自分だけを頭脳と見なして、残りの世界を単にその胴体と見なしていた、すでに大地に休んでいるような、あるいは北アメリカにいるような村長に対し立腹してしまう人々の一人で——最もマークグラーフに対して激昂していた、殊に彼が搗き係を殴るという自分の案を断ったからである。——薬剤師は——と彼は勝手に説明した——自分にとってその僭越さ故に最後には重荷となる——自分は喜んで彼の芸術通ぶりを、他の芸術家ならば誰でもそのことで画家疝痛を覚えるであろうが、公正に大目に見る、とにかく彼の父親が何でも理解しようとする知ったかぶりに彼を誤って育てたのだから。——ただしかし彼の忌々しい思い上がった富豪やムガール皇帝ぶりは我慢ならない。改善された彼を見たいと思う正直な友人にとっては、屠殺者のホゼアスが本当に年の市に彼を逮捕させたら、そして彼が富豪として搗き係の代わりに牢獄に座っていなければならないとしたら、また座ったところで肖像画家が絵に描いてくれるわけではないということになったら、まさしく願ったり叶ったりだ、と。

フリーメーソンはまず飲み干して、そして注いで、全く満足げに言った。自分は、薬剤師が偽造ダイヤモンドのでっち上げを狙っていたら、有り難い。というのはこの宝石の素敵な光学的欺瞞はいずれにせよ少なくとも錬金術よりは確かであるからだ。薬剤師は化学者の一人として、所謂偽造ダイヤモンドあるいはアランソンの町の人工ダイヤモンドを、これは単なる水晶かあるいは輝くように火で脱色された、その他の透明な宝石でしかないのであるが、愚かな職人よりは本物のダイヤモンドとはるかに紛らわしいものを模造するであろうと実際期待出来る。――もとよりあの阿呆が、こんなことは御免だが、偽造する気はなくて、ただ本物を作る気ならば、困ったことになるぞ――そしたら奴はその緑の沼にますます深く踊りながら沈んで行くことになる。――

彼はそれ故一層強く、自分のためと彼のために同時に飲んだ。厩舎画家はしかし利己的にただ一人のために飲んだ、そして教戒説教師は、注ぐ人が一緒に飲むとき以外はもはや杯を手にしないことを義務と考えた、そして絶えずこっそりとポンス鉢の中身を四つに分けた。

＊1　ヴァイラントの『小冒険』第十二巻。Renouard de Sainte-Croix による。結局この信仰は、医師の体自身薬効の体として働くという新しい磁気療法の信仰と合致するであろう。

＊2　薬局では調剤室で働き、欠けた品物を補い、準備する助手は補充者と呼ばれる。調合者は処方台で処方箋に対応する。トゥロムスドルフは両者がいつもその仕事を交換するように要求している。

＊3　ヴィークレープの『錬金術の調査』二五〇頁。

＊4　あるいはアターノアとも。化学炉のことで、後から焚く必要がほとんどないことからそう呼ばれる。

＊5　バルディンガーの『医者のための雑誌』第三巻、六節。[12] メーゼンの『トゥルンアイゼンの人々の生活』より。

第二章

あるいはクラブのクラブあるいは結社の結社についての肝要なこと

立派な意見があって、それによると創作的物語［歴史］記述者は三つの箇所で始めることが出来る、結末（ホーマー[1]のように）か、中間（ホラチウス[2]に従って多くのドイツ人がそうしているように）か、あるいは冒頭（フランス人[3]かモーゼのように）かである。私は先の章の冒頭ではドイツ人にむしろ加担した、しかし諸前章ではいくらかモーゼに傾斜して、それ故話を始めるなりいきなり早く話が進むことになった。私はその際実生活の人間と創作の物語の人間との間の大きな違いをしっかり保ってきた。実生活の人間は、最も取るに足りない人間であれ、世間では二回しか注目を浴びない、つまり世間に入ってくるときと、世間から出ていくときで、要するに世間は、人間が洗礼盤か墓石の下に運ばれるときだけ、窓から覗くのである。誕生と死体は誰もが好んで見つめる。――しかしある所から別への長い中間の道を数千の日雇い、子供達、女達、書記、行商人、嫡男、長子相続者、伯爵は格別の注目も受けず、世間の多くの鐘が鳴ることも砲撃が轟くこともなく進んでいき、――それで実際世間にとって人間は一口の量の食物(bolus)であって、これを有機的体はただ二回感ずる、最初はそれが喉に入るときで、二番目はそれが肛門から出ていくときで、その間はしかし何も感じられずに下腹部を通過していくわけである。――しかし創作の物語の人間は何と異なることだろう。ここではその人や本が始まるときは、読者がその人を享受したり、賛美したりすることはまさに最も少ない、そしてその人や本が終わるときは、読者はそれを投げ出す。しかし恐らく最初の頁と最後の頁の間にあることが強く読者を喜ばせ、その心を捉える。その人自身が自分の誕生や埋葬をその間の生よりも感ずることが少ないようなものである。

そもそも万事が世間ではとても奇妙である。特に世間の主要事はそうで、私はしばしばそれらについて何の足しにもならないことを考える。

現在の創作的史実的作品をアルプス旅行と見なす人は――ここでは読者をあらゆる種類の珍しいこと偉大なこと、鋭峰、石楠花、降雪、滝が圧倒するというよりは容易に強化するのであるが、――クラブやフリーメーソン、教戒説教師、画家についての若干の予備知識を必要とするであろう、ちょうどスイスの登山家が地図やプフィファー将軍(4)のコルク製のアルプス、案内人、騾馬を必要とするように。

商都ローマでは四つの立派な花輪［サークル］が花咲いていて、これらはドイツの花輪として目立つために、四つの外国の民族にちなんで自らを名付けていたが、つまり英語、フランス語、ギリシア語、イタリア語で、即ちクラブ、方策《ルスルス》、ハルモニー、カジノであった。先の世紀の九〇年代の当初に上述のローマの花輪は全く萎れ、落花に至ったということはこの物語よりはドイツの諸クラブの一般史にはるかにふさわしいであろう。それ故私はここで、当時むしろマインツのクラブ会員(5)がローマの会員達に対し悪評を流し、そうして陰口をたたいたのか――殊にどこでも政治的追跡の地獄の番犬（ツェルベルス）が六つの鼻穴でもって嗅ぎ回り、尾を振っていたのだから、――あるいは当時のローマの地方政府長官が最も、哀れな四つの花輪を次第にばらばらに揺すり、四散させたのかと調べることはしない。私の個人的見解はむしろ後者である。というのは地方政府長官は、市民に日曜日を恵みたくなくて、六日の忙しい平日を恵みたい男であって、ただ一つの記念祝祭、奉公記念祭（奉公仕舞い）を愛する男だったからである。すべての玉突きポケット、髪粉袋を国家の編み物袋、床屋袋に編み込むために、彼は存命中になお領主や神に懇願したことだろう。死後にはいずれにせよ、彼は天国のエルサレムに行くに違いなかった、そこでは露地のどこにも仕事場はなくて、何千人もの完全な者達が多くの知識と、強い不死の肉体と朽ちることのない肢体を備えて、素晴らしい永遠を怠け者達と過ごすのである。優しい人間同様に、彼も一般的な陽気さの中では溜め息をつきがちであったが、勿論単に国家の「一般的財政学通信者」としてであった。クリスマスの樅の木にはマルチパンや胡桃がかかっているのよりも絞首刑に処せられた者を見る方がもっと楽しい、その方がまだ木が生きているからと彼が語ったことはローマの他でも知られている。そもそも彼は軽蔑すべき男ではなく、警察、財政、厳格さを体現していた。

それ故ローマでの彼の功績の一つはとりわけ、彼が上述の四つの社交（社会）諸島[6]をはなはだ透かし、根こぎにし、全く絶やしてしまう術を心得ていて、遂にはそれぞれの島にただ一人の島民が残ることになった、つまりクラブにヴォルブレが――ハルモニーにジュープティッツが――方策にマークグラーフが――そしてカジノにレノヴァンツが残ることになったということである。それ故、後に町では（数百万の旅行者には理解出来ないことであったが）ヴォルブレは単にクラブ会員――説教師はハルモニー会員――薬剤師は方策会員――画家はカジノ会員と呼ばれたのである。名前の件全体は些細なことであろう。しかし私はこのような偉大な創作的史実的作品の中で、賭け全体のこの四人のカルタの国王を用いて、時に彼らの綽名を利用しながら、カードを切らなければならないので、満足して綽名や敬称を記すことにする、ここで読者が、飛んでいく著者を果敢に追いかけるために名前を暗記すればいかに私の作品全体の研究に資することか私は承知しているからである。

住民の絶えた社交諸島の新たな状態は長く続かなかった。社交的な男、例えばハルモニー会員のジュープティッツにとって、自分が一人でハルモニーに座っていて、煙草を吸い、誰一人（自分自身の魂すら）目の前に調和《ハルモニー》のために有せず、パイプを叩き出した後、物静かなソロのハルモニー会員として誰も居ないところから家へこっそり帰らなければならないとしたら、格別楽しいことであろうか。あるいはクラブ会員ヴォルブレはましであったろうか。――思うに、はるかに面白くない。記述人間という者がいるように、会話人間という者もいて、彼らは（例えば廷臣）ただ二番目の人間がいて完全になるのであって、彼らは大いに機知、明敏、熱中を有するためには、どうしても聞き手を必要とする。しかしフリーメーソンはそのような者の一人で、彼は体系もなく、考えから考えへと、享楽の場合と同様にただその日暮らしで生きていた。彼が先の四つの全キリスト教徒の教会集合、あるいは祭具集合の四つの最後のこと［死、裁判、天国、地獄］から、つまり彼ら全員から全く新たな安定した、四人加盟の花輪を喜ばしい遅れ咲きとして作り、編み込むべきではないかという分別ある考えに陥ったことを世間は不思議に思うであろうか。

それは編み込まれた。四つの小さな花輪は一つの花輪となり、四人の島民は船出して、着陸のために新たな社交島を借りた、つまり素晴らしいライン河の見事な一角に可愛い園亭を借りたが、ライン河[7]はここの行楽地を、その威厳ある支流の一つの小指[耳指]を使って（というのは小川は見るよりも聞くべきものであるからで）触れ、魅惑していた。

勿論このようにして、四つの数の花輪から四人の嫡男や末っ子のこのような会合、立ち会いの後では、全クラブがいわば四角な堅牢さを得て、一会員が社交室――上述の園亭に足を踏み入れると、二番目、あるいは三番目、いやそれに四番目の会員、サークルの全員を締め括ることになる会員にきまって出会うことになり、すでに第一章の冒頭で一例を示した仕儀になることはもはや不思議なことではなかった。会議は好んで素晴らしい季節、天上に明かりと暖炉が懸かっていて、亭主の勘定の要らない季節になされた。

第三章

ここではヴォルブレについて肝要なことが話される、つまり尋常ならざる賛美歌、尋常ならざる料理人、類似の辺鄙な大学と食卓について

私は確かに第二章で、クラブやフリーメーソン領、教戒説教師、宮中厩舎画家について（私自身の言葉であるが）

若干の予備知識を与えると約束した。しかしそれを全面的に守る気はもはやない、私は単にフリーメーソンについて――それだけ一層早く、多くのことを約束している調剤室の薬剤師の許に戻るために――彼が学生であり皇子傅育官であったライプツィヒからの帰還後のことで補足すべきことを前もって語ることにしたい。画家と説教師はさしあたりただ彼らが行為したり逍遙したりしているときに読者の筆のモデルとなればよかろう。ヴォルブレはすでに『彗星』の第一の出現あるいは巻のときに登場しており、それ故日々星と共に大きくなった男であり、この男については主人公のどの友も、殊に彼の状況はとても惨めなので、後日のことを知りたいと思っていよう。更に私は先の章で、ハルモニー会員、方策会員、カジノ会員という名前をかくも大部の作品の中で使い続けると約束した。しかし私のドイツの耳は、このことをすでにこの章で感じているが――このような反ドイツ的木霊が基で死んでしまうであろうし、それに誰が私に、幾つかのドイツ語協会の会員(1)である私に、このような反言語的約束を守るよう強いることが出来るのか私には分からない。そもそも私はしばしば、守ることなく約束するという、あのまことに有益な、すでに日常生活で導入されている自由を史実的で創作的な作品では利用するつもりであって、ここでは結果と結実を欠いた極めて快適な約束を通じて読者にさながら華美な重弁の花を渡すことが出来るのであり、この花はまさにこの重弁故に周知のように実のなることがないのである。そもそも何故作家は自分達の約束を実行する義務があろう、作家達は約束を読者方に単に書面で与えているだけで、何の抵当担保も、抵当契約書も君主の同意も与えていないのである。読者はせいぜい作家達の手書きの債権者であり、従って何も得ることのない第五の階級に入る。

花輪紳士［花嫁の付き添い紳士］の中では――クラブ会員の代わりに花輪のことをそう記すことにするが、花輪乙女［花嫁の付き添い］の言葉に倣って――ヴォルブレは第二の価値の男で、（上述したように）フリーメーソンと言った。ただローマだけが彼をそう呼んでいた。それ以外には彼が本当に同志であったという証拠はない。重要な支部は、私は会員ではないが、彼のことを認知しようとはしない。というのは彼がしばしば自分は少しもフリーメーソンの秘密を知らないし、ばらさないと自慢したとしても、そして彼がいつも尋ねられもしないのにこの点については全く知らないふりをしたとしても、この装われた無知はフリーメーソン会員の確たる特徴とは言えない、殊に余りにしばしば笑い、本当に真面目な顔をめったにしなかった人間の場合はそうで、例外は眠るときであるが、彼はこのとき時折涙を浮かべているように見えたそうである。

しかし私は綽名の由来を、ある種の町では、殊に首都、例えばヴァイマルやパリではより高い圏の人は重要な人々を好んで単なる綽名や添え名で呼ぶことを好むことから説明することにする。それで例えばディドロはパリの大世界では単に藁詰め椅子[2]［シェーズ・ドゥ・パーユ］という名前で歩き回っていた。[*1] 古代ローマでは、ただ単に「偉大なる男」と呼び、それは当時の多くの精神的偉人の中で他ならぬ偉大なる男グナエウス・ポンペイウスのことであったということすら知られている。後には勿論この添え名は洗礼名なしには使えなくなったが、それはどの国にも偉大な男の侯爵がいるので、多くの偉人を何ものかで互いに区別しなければならなかったからである。——ヴォルブレが単純なローマからフリーメーソン会員の名前を得た最も信頼出来る理由は、ローマでは固定した性格を有せず、税関吏の性格を職員録ごとに変えるような男に洗礼名を付けられなかったからである。彼は、真面目で豊かではなくても、その他の点では大抵の者であり、ほとんど万事につき少なくとも半分は知っていた、ただ古典語はそれほど知らなかった。ミューズの馬から彼は大学では下馬し、法学の軍馬に乗った——軍馬から彼は医学的哀悼馬へと曲乗りのように乗り移った——そして最後に彼は聖職者の枝の主日の驢馬に乗った、それで無料賄いの聖餐、愛餐に駆けつけるためであった。しかし彼の入城の驢馬は直に彼をゴルゴタの丘［髑髏の地］に投げつけた。彼の生活に恵みはなかった、彼の陽気さといったものを除けば、というのはライプツィヒでの彼の皇子傅育官職はほとんど取るに足りなかったからである。勿論後年には幸運が最も暖かい陽光の一つを彼に放った。彼は自分の父なる町の一般的嫉妬を買ったが、それはその町でオルガン奏者にして最下級教師、あるいは五級教師を一身に兼ねることになったからであった。立派な最初のポストで、そこから彼は、彼が単に五つの［四つの］空腹の加減乗除あるいは五つの学校教職の断食の幕を通じてそれ同等の大麦パンを食べながら凌いでいきさえすれば、いずれにせよ、田舎牧師となり、金を得、その上妻に至るというこの上ない大きな展望を得ていたのであった。

しかし彼は余りにも早く職を解任された。千もの理由のうち私はここでは単に二つを挙げるが、そのうちの一つはオルガン奏者に関するもので、もう一つは五級教師に関するものである。

最初の理由は彼のイタリア喜劇的な変わることのない滑稽な性格で、これは人生の最も真面目な圏内にぶつぶつやぺちゃくちゃ[3]を、それも言葉のぶつくさばかりでなく行動のぶつくさをもたらすものであり、そして殊に――これはまさに次の事実の際まことに顕著なことであるが――個々人の代わりに人間の集合全体をお笑いぐさにするものであった。つまり彼は午後の教会で、一部は加線の付いた音符でオクターブ上がる賛美歌を演奏することになったとき、彼はそれを（例えば「怒って私を罰するなかれ」のコラール[4]を）早速およそ二、三度高い調子で始めた。最初は教区民は中間の音階でまだよくそれに耐えた。――多分耳慣れないものであったが、しかし我慢出来るものであった。――しかしその後、聖十字架称賛が音楽のダブルシャープ［二重十字架］で出現し、歌っている教区民が音階の最上段に集まって、働かなければならなくなると、教会の嘆きは弾けて、教会ははなはだ参ってしまった。――何人かのバス歌手やテノール歌手はやむなく活路を見いだして、急いで惨めなアルト歌手に去勢した。しかし他の者達は上の方にまっすぐ金切り声を上げたり、あるいは絶望して下の方に手当たり次第により低いオクターブに落ちていった、そして上の方では不安げな裏声が谷の上に宙づりになっていた。――しかし最も痛ましいのは歌っている女性席で、ここは男性席とは違って、屈服しようとはせず、むしろコラールの導きの綱で高く引き上げられて、一度の加線の付いたFから二度の加線の付いたAに、これから三度加線の付いたCへと移行し、それで女性教会参詣人で一杯のベンチ全体が、全く空しい歌へと損なわれたくなければ、はなはだかすれた声を上げるしかなく、かくてあたかも互いに罵り合って、憤激の余りそれ以上は出来ないというような響きになった。教会全体が声で戦う教会となった。ただ哀れな疲れ切った歌の混乱は、何故皆がひそかに平和の最中に互いにかくも野蛮なことになったのか、さっぱり理解出来ないでいた。ある著名な音楽の名手は――ひょっとしたら当世の立派な楽器、その天上的な名前は（例えばウラニオン、アポロニオン、エオロディコン）美しい響きの点でオルガンに勝っているが、そうした楽器に慣れすぎて、――単に、トランペットを吹くような教区民の前を彼らが金切り声の総奏をしている間に通り過ぎたというだけのことで一日半その声の耳鳴りを有していたそうである。しかし真面目に快活にフリーメーソンの会員はそのオルガンの椅子に座って鳴り響く演奏全体を指導していた。そもそも、彼の語るところによると、午後の教会のムジカ・フィグラータ［有飾歌曲］は余りに真面目なものと取られたくない、むしろ宗教上の羊舎を導いたり、鳴らして知らせる歌声の練習の音楽院と見なされたいということだった。

しかし真面目な裁判官には、この男の弁解のために次のことを考慮することを忘れて欲しくない、即ちヴォルブレは別な時、歌曲がまさに低い音調に傾斜したとき（例えば「堅固な城は我らの云々」のとき）、先の失敗に完全に逆行しようとして、コラールを通常よりも三度か四度低く打ち鳴らしたのである。ただ勿論彼はそのことによって（新たな災難）教会参詣人を低く暗いバスに引き下ろして、単に若干のビール［喉頭］バス、麦藁［弱い］バスの歌手達だけがその低さを保ち、うなることが出来たのであった。これに対し女性の教区民全体には彼はそのことで弱音器をかけることになって、初めて告解の娘達が告解の息子達に最後の言葉を語らせることになった。

教会の上層部はいずれにせよ逮捕したり聴取したりするわけにいかぬ音色の件に対しては最初大目に見た、しかし第二の理由は罷免ということになった。

即ち花輪紳士［花嫁付き添い］のヴォルブレは最下級教師として小太りの背の低い従者を有していたが、この者はすべての女性的仕事、特に彼にとって最も重要な仕事、料理を――それ故この人間は単にコック［男性料理人］と呼ばれていて、――十分にこなしていた。自分が重要な教職において示さなければならない典範のためにおそらく自分が女性の従者を得ることはゆるされないであろう、と彼は言った。というのは自分がいかに堅固に倫理の鞍に座っていると思っても（彼は自分の隠遁ぶりを引き合いに出した）、自分は肉と血を有し（六十の動脈と四十の静脈の中に）、それに四十四の神経対と更に肉体の他になお原罪で一杯の魂全体を有しているのだから。いや女中自身が聖母マリアで、自分が聖なる天使ガブリエルであっても、自分は何も保証出来ないだろう。というのは無垢の多くの量は、代数の文字と同じようなもので、これは単に傍に並ぶだけで互いに増える（乗ずる）のであるから、と。

ちなみにコックは自分のわずかな仕事を大変上手に果たし、それも金のためよりも愛情のためで、最も好んで家に残り、普段人々が、夏に川の水がそうなるように、最も暖かくなる夕方頃には誰の後をも付いていかなかった。通常料理人と肉屋は（互いにいずれにせよ殺害の点で近くて）肉を大いに喰らうことはないけれども、直に肉付きが良くなる、というのは肉の滋養分のある蒸気が彼らを太らせるからである。かくて五級教師のコックも日々肉付きが良くなった、しかし肉そのものはめったに台所に来なかったので、肉の滋養蒸気のせいではほとんどなかった。

しかしヴォルブレの誕生祝い［揺り籠祝い］の日に、この日コックは通常よりも多くの肉片を火にかけなければならず、普段になく働かなければならなかったが、この若い男は――陣痛を起こし始めて、本当にお産をし、我らの花輪紳士を元気な娘の幸せな父親となして、それでこの父親は一度に二つの誕生日、あるいは二つの揺り籠祝いを、それには単に一つの揺り籠が必要だったが、おごそかに行うことが出来た。――直に分娩の後フリーメーソン会員はコックと結婚の契りを祭壇で、静かな祭壇の番人として、あるいはアフロディテの祭壇での祭壇付きの役僧として公に交わした。

別な声調への移調（移行）よりもほとんどもっと強く、ここでの別の性への移調、つまりコックの女性コックへの移調は上層部を動かせたように見え、彼らは移調者（移す人［半円規］、ふだんは数学的道具であるが）を罷免し、彼に自身が新たに設立した女学校の他には学校を許さず、この女子校は現在彼とコックが送り込むただ一人の生徒から成り立つことになった。

その後この哀れな結婚した悪魔はいくらか厳しい目に遭って、自分の無分別を他人がその最も重い罪に対するよりも十倍長く消化し、通じをつけなければならないことになった。コックは今や毒や胆汁といったもの、夫に対する閨中説法や四旬節の説教を煮るしかなくなって、焼肉用の薪を褐色に焼くことすらなく、いわんやその上の焼肉はなかった。

しかしヴォルブレは軽薄さも陽気な色つやも失わず、煙突掃除人が自らを清め、洗ったときの日曜日の掃除人のように赤褐色に見えた。いや、彼は、自分は町を、つまり帽子屋、仕立屋、靴屋を養っている、自分はこれらにいつも何か染め直すべきもの、裏返すべきもの、繕うべきもの、底を張り替えるべきものを与えているから、と主張した。彼はしばしば、叱り付ける妻に――彼女が彼の破廉恥と呼ぶものでこの妻を罰するために、――質問をしたが、それは自分は他の裕福な商人同様に販売で暮らしていないか、自分の東インド会社の家では幸福な国同様にただ輸出取引、例えば道具類や相続物、衣服の取引で栄えていないかというものであった。いや彼は更に強く迫り、尋ねた。引き換えに若干の焼肉を得るコートはまさに本物の活動的（積極的）フロック〔焼肉〕コートではないか、同様な焼肉ズボン、焼肉ベッドがあるように、同じくまた夕方には類似の夜会食服、食事の準備のためには類似のテーブル・クロスがあるのではないか。いや説教本をただ売るだけで積極的な料理本に高めることが出来るのではないか、と。

自分の子供に乳を飲ませ、賄いを今や手よりも乳腺で用意しなければならない罷免されたコックのような人間にとっては、このようなおしゃべりは、もしヴォルブレが数百もの柄〔奸計〕、取っ手、松葉杖で自活するすべを知らなかったとすれば、ほとんど養分を与えるものではなかったであろう。殊に彼は自分の滑らかな、滑りやすい人生の坂を上等な登山杖を手にとって、つまり学のある羽茎〔ペン〕で登っていき、彼はこのペンで、あるときは即興詩を、あるときは匿名の説教を、あるときは菓子屋のための格言詩を、あるときは法学的論文を、あるときは辺境の新聞記者のために新聞記事を書いたのであった。

彼の町と彼の台所にとって、はるかに大事なことは、彼が片隅の大学を創立したことで、彼はこの学校の生徒には、聖禄所有者、王侯食卓列席者の子供達だけを、あるいはせいぜい市民階級の小さな銀行家の子供達だけを受け入れた。彼は貴族でない子弟を、自分の学校を箴言的百科教育の実科学校と呼んで排除したが、即ちそこではあらゆる専門学問、例えば天文学、民俗学、化学、植物学、動物学、政治学、医学、法学から最も肝要な支離滅裂な命題が、それも魅力的に交互に混ざり合って、フランスの百科辞典とかまたブロックハウスの百科辞典のように厳密なアルファベット的関連は何もなく教えられて、暗記される専門学校であったのである。それ故筆記、計算、宗教、言語は時間を食うまとまった知識として排除された。しかしそのことで若い七歳から九歳の貴族もはなはだ高度にねじを締められ、それでこの者は社交では、領主裁判所所長や記帳係、年老いた太った騎士領所有者、年老いて痩せた大商人の二階建ての脳室に前代未聞の博識をもって、少年が太陽の前で動かす鏡をもってするように、飛躍する明かりを送り、彼らはライデン瓶やボロニヤ瓶で――土星の輪や教皇の指輪で――オランダ出稼ぎ者やグリーンランド旅行者で――ヴェストファーレンの秘密裁判とフランクフルトの鳴り物入り開市権祝賀裁判で――トルソと残部議会で――普通の大気が我々を圧迫する二八〇ツェントナーの途方もない重荷で（宮中の空気や戦争の爆鳴気は少しも計算に入れずに）――地球が今でもいかなるときでも走り回るときの信じがたい一万四千七百マイルで――ハルツの高いブロッケンの七つの山で、これらが積み重なってようやくチンボラッソ山になるのだが――光が創造以来まだ我々の所に達する途次にある無限に遠くの恒星で、要するにこのような事柄で若い貴族は高貴な男達や商人達の顔に稲光を発して、向かうことが出来たのである。そして女性達に関しては、全く女性達をして我を忘れさせることが出来た。いやはや。このことによって若い貴族は所謂学のある貴族とは何と異なるものになったことだろう。そしていかに長く大学は栄えることが出来たことだろう。――

しかしヴォルブレはかつてJ・P[5]という者に生まれていた。――

――つまり略さずにはフランス語ではジャン・ポタージュと

――英語ではジャック・プリンあるいはジョン・ブル、

――あるいは要するにいつもPとかBで始まる人間に生まれていた、

――ポリチネロとかパッリァソあるいはバヤツォー、あるいはブッフォあるいはポルトガル語でボボ

――要するにおどけ者に、

――祭の道化師に、

――ピッケルヘーリング［イギリス喜劇の道化役］に。

それ故彼はいつも優美女神達に、滑稽の女神達に身を捧げた。最も身を捧げたのは、教育罰を、つまり単に屈辱的刑を分かち与えなければならないときであった。彼は日々最も新しい刑を考えた。教室のドアを開けると、はな

はだびっくりさせられることに、罰の帽子として青や菫色の棒砂糖の空袋を被った顔を──更にはズボン吊りのように背中に負った亜麻布の不名誉の勲章の綬を──毛髪にぎざぎざを押し付けている逆さまの紙の王冠を──それぞれが相手に吹きつけようとして口にパイプをくわえている二人の生徒を──右側に懸けられた不名誉のサーベルを──そして左手で支えられた木製の名誉の銃を──要するにおどけて哄笑とにやにや笑いに分割された教室を目にすることになった。

勿論こうしたことは由緒正しい人間にとっては、あたかも先祖がダースごと奪われたようなもので、それ故彼らは自分達の公使を大学から呼び戻した。

ヴォルブレは自分ではこうした不平を、並びにより長い不平、つまり彼の妻を──それが口頭で稲光りしたり、雪となっても、──男らしく耐えたので、彼は鷦鷯《みそさざい》に似て、まさしく最悪の天候のときに最も強く歌い跳ねた。ただ貧乏は彼の最も繊細で、最も敏感な側面を強く攻撃したが、それは彼の口蓋［味覚］のことである。つまり彼は習慣上最良のものしか飲まなかったが──この飲酒に彼は特に食事も数えていた、食事は純粋な生理学[*2]によれば、よりゆっくりした、より濃い、舌の上でようやく新鮮に唾液腺によって料理の麦芽から醸造される飲み物に他ならないからというものであった。──しかし、ただ貧乏故に彼は何も有しなかった、つまり飲み物も食べ物も有しなかった。この状況の中で、彼は可能なことをなし、存在する最も高価なワインのうち、競売の際であれ、ワイン商からであれ、正真正銘の一覧表か商品目録を手に入れ、それから籠かフーデル単位で多くの立派な産物を遠くから味わったが、それはその表をゆっくりと読み通し、素人として、ちょうどカトリックの聖杯略奪と同じく、単に想像の中にのみある最もスピリッツのあるものをまさに味わうことによってであった。彼は目を通す料理本によって、絶えず、これは（信ゼヨ、サレバ証明サレン）という意味であると絶えず考えることによって享受することが出来た。このような観照的（瞑想的）味覚生活はしばしばスペインの国王のように一回の昼食に百の料理を運ばせることを、いやヘリオガバルスのように百万の価値の宴会を開くことを彼に可能にした。料理本は金に頓着しないからである。しかし当時すでに『美食家の年鑑』(6)が手に入っていたならば、この哀れな奴はいかに立派に、宮中の食事よりも更にましなものをまず食していたことであろうか。――彼はその中で単に卵だけで五百四十三ものフランス料理法で調理して貰うだけではなかったのではないか。ドイツ女風――小母さん風――おしゃべり女風――ドイエ［ねんねこ］師風――女イエズス会士風――バシリスク［バジル］風に。いや彼は「美食のアカデミー」（即ち学的腹と胃の団体の）、これはグリモ・ドゥ・ラ・レニエール(7)が年鑑の背後で造り出したものであるが、その名誉会員に昇進して、単に文通によって何の皿の交換も行わずに極上の料理、私がせめて名前だけでも知りたいと思う料理を味わおうとしなかっただろうか。

本書の著者は喜んで白状するが、筆者はパリでアカデミーのこの本当の養育者、彼はアカデミーの単なる書記と称しているけれども、この彼の許でまず食して、彼の手を――どこかの女性の固すぎる石で一杯のごく柔らかい手よりも先に――握りたい、それも彼にただこう言うために握りたいと思う。「すでに長いこと、グリモ・ドゥ・ラ・レニエール殿、左手ではあっても、[*3]（貴方は右手をまだ有しておられるはずですが）、料理を立派に切って見せ、規定する手と握手したいと思っていました。私は喜んで、世紀を、つまりパリの世紀を官能性から高めようとしている男性、最も低い感覚、感情の感覚（六分の五の感覚）から世紀を穏やかに味覚のより高い感覚へ押し上げようとしている男性を抱擁したいのです。口から鼻への、そして耳と目、この翼のある精神の奉仕者への道はそうなると何と短いことでしょう。――貴方の手から偉大な民族、舌が最も美味しい部分である鯨に似ている民族が生じなくても、貴方の責任ではありません。舌のためにそれ故戦闘的めかじきは鯨を丸ごと殺してしまうのですが」。

舌は言葉の輸出と食べ物の輸入を司り、しかし聖書によると輸出だけが不浄であるというので、そして美食の年鑑はまさにこの輸出を禁じて、味わうときには黙るよう命じているので、恐らく時と共に美食家の書記、レニエールはより劣等な財産を宮中宴会用財産と貶め、いつも――諸鉢の古典的底を求め、相続するより純粋な、より高い人間の種族の創始者、形成者となることだろう。

しかし読者界はようやくパリから再びローマへと発って、花嫁付き添い紳士のヴォルブレの許に戻るべきであろう。

この者は——味覚と空腹の他には——何も有せず、美食家の書記がいないために半ば台所の上手な絵によって暮らしていたが、台所に彼は豚の姿全体やそのハム、ポメルンの鵞鳥、ハンブルクの牛肉を——全く立派な、画家レノヴァンツによって実物通りに描かれた台所絵を——掛けていて、それらを聖母の絵同様に燻し、崇拝し、プラトニックな愛を抱いて味わおうとした。彼が毎日飲み込む一ダースの白い胡椒の粒は、彼の駝鳥の胃を、それを満たすには彼には硬貨がなかったが、更に強めて食欲を増大させたばかりでなく——空腹は一種の前菜であるので、——更にこれらの粒は新たな色彩粒として食欲によってレノヴァンツの絵を特別に際立たせることになった、勿論レノヴァンツの焼肉は、まだドレスデンに保管されていて見ることの出来るラファエロの陶器の皿ほどには上手に描かれていなかったからである。かくてヴォルブレは物体的食物をもすでに精神的にイメージで摂取したが、ちょうど我々が精神的神々の食物（自由、祖国愛、高い道徳）を素晴らしい古代人のペン画のスケッチや偉大な祭壇画や上手な銅版画、石版刷りで本当に所有し、享受するようなものである。

——さて心優しい読者は、哀れな困窮した陽気なヴォルブレの空腹を考察するとき、彼の友人マークグラーフが出来れば賢者の石か他に宝石を発明して、それで断食節の幕にいる善良な年老いた齧歯類が何か食べられるよう贈ることが出来るようになって欲しいと衷心から願わずにおれようか。善良な薬剤師はおよそ薬局から与えることの出来るものは彼に与えた——殊に金酸の河がゴルトピゾンやパクトルス河(9)に落ち、それが楽園に流れると約束出来るような錬金術的予備楽園に彼が立つようなときにはそうであった。——勿論それは食料ではなく、単に消化剤やわずかな蒸留酒であったのであるが。両者はそもそも、ニコラウスが腰掛けようと考えていた王座が、地表陥没のようにすべての王座の段もろとも、細い先端に至るまで沈み込んで以来、互いにますます強く愛し合っていた。ヴォルブレは彼が少しも幸せにならず青白くなっていくのを見たので一層温かく彼を愛した。そしてニコラウスはヴォルブレを更に十倍愛した、自分がヘーノッホの臨終の床で約束したほどには彼を幸せにすることが出来なかったからである。しかし何故彼は冗談屋をそんなに愛したのか。それはヴォルブレが学校仲間であったからである。両者は交互に同じ学校教師の鞭を受け、同じ学校の席で初歩を、同じ教師から学問の中景や背景を、同じ大学総長から大学での市民権を得たのであった。

こうした青春の友情、学校の友情には何か不滅のものがあって、殊に後年土地を離れて、盟友の感情という青春の野火に冷たい隙間が入ることがない場合はそうである。互いにまだ人生の朝焼けと学問の曙光に照らされたことを知っており――その時には不安げに価値に対して価値を、類似しないもの、身分や才能の違いに類似するものを比較考量することがなく、学問の同じ太陽によって共通の軌道に運ばれ、学習を愛情に変え、戦友として真理への出征に陶然となったのであれば、君達は自分達がいかに愛しているか忘れることが出来ようか。というのは後年の冷たい人生においてすら、我々が人生の何らかの最初の現象で一緒になる人間はどの人も忘れがたい人になるのであれば――それが後年の最初の結婚であれ、同時代人との我らの最初の出征であれ、そうなるのであれば、――芸術や学問や青春の理想が結実するときにはいかにもっと心は心に根付くことであろう。青年は青年に対して、大人の男が大人の男に対するよりも類似している、蕾には蕾の方が花同士よりも似通っているようなものである。――それで誰もがこの遠くに退いた時代の鏡では自分のすでに［墓地に］寝ているか、あるいはまだ立っている青春の盟友を思い浮かべるがいい。

それ故ヴォルブレとマークグラーフの友情の絆はまさにその古い撚り糸のせいで、まことに固く、色褪せることがなかった。各自が相手のために都合良く出来ており、互いに好いていた。ヴォルブレが一面では、彼がさながら最良の専門知識の開けっぴろげの商品倉庫と穀物倉を提げて歩き、そこから薬剤師のように学者でありたいと思い、学者に見えたいとは思わない誰もが取って来て、脳室を詰めることが出来たという点でマークグラーフにお誂えの男であったとすれば、他面ではまたマークグラーフはヴォルブレにとって、彼が、このフリーメーソンが喜んで人間に投げかけようと思う、かの光に容易に収まる者であって、かの光とは日常生活では滑稽な光と呼ばれるものであるという点ではなはだ大事であった。いかに多くの彼の不安の時をマークグラーフは、ほとんどそれと自覚せずに見せる喜劇的側面、それを笑い飛ばしてしまうフリーメーソンを後にいつも愉快な気分にする側面で甘美なものにしてくれたことか。

――ちょうど今、路地で警察が鈴を鳴らして、無くなったダイヤモンドの指輪の返却を適宜の識別証明と引き替えに要求している、それはさながらこの本の劇場で、退場していたダイヤモンドの主人公が再び登場するよう鈴を鳴らしているという按配である偶然を私が自ら考案したのだと考える御仁がいないであろうか。というのは第四章の「あるいは侯爵のように埋葬されれば大変だ」では私は本当に薬剤師を再登場させるからである、第三章でのこれまでの脱線からの素直な帰還という私の意識の他には格別の感謝の祈りを要求しないけれども。

＊1　F・グリアーニ師の未刊の書簡、第一巻。
＊2　ヴォルブレの見解は全く正しい。というのは舌は固形物を味わうことは出来ないし、胃もそれが液体に溶かされないうちは利用出来ないからである。
＊3　私は注で彼が右手を失っていたこと(8)をはっきり言うのが一番良かろう。

第四章

あるいは侯爵のように埋葬されたり、同じく結婚したりしたら大変だ

薬剤師は、夙に読んだように、クラブから家に急いで帰った。彼はヴォルブレによって鍛造された酩酊するような王冠を頭に戴いて帰り着き、ともあれ自分のダイヤモンドの化学的孵卵器を覗いた。搗き係のシュトースが怠けもののハインツ＊1の前で、開いた炉の小扉の方に頭をかがめて休んでいて、眠っているように見えた。マークグラー

フが彼をそっと起こそうとすると、彼は飛び上がりもせず、避けもせず、見守り続けて叫んだ。「畜生。思う壺だ、明日の早朝には一個か二個の素敵なダイヤモンドが出来上がっているぞ。さもなければ、わしは空気袋《ほらふき》同然の嘘つき野郎だ」。

「補充係君」——と薬剤師は答えて、炭の燃える様をますます楽しげに見入った——「そうとも。極小のダイヤモンドを僕自身固く信じている。これまでそなたをおよそ主人に仕えている従者の中で最も気の利いた一人と見なしていたのだから」。

「親方、親方殿のことやこの炉を乏しいおつむのめぐる限りあんじょう世話して熱くするそんなまともな気の利いた従者でなけりゃ、家畜にも劣りまさ」、とシュトースは言った。

薬剤師が炉に対してダイヤモンド坑に対するように注いでいた長い喜びの視線は搗き係にとっては、その件が実際うまくいって確かであると証する上に伸ばされた誓いの指も同然であった。というのは彼は本来の炭焼き夫の信心[1]〔盲信〕で彼の主人の炭焼き窯を約束の金山と見なしていて、彼の言うことをすべて信じていたからである。それは彼がただ彼の搗き係にすぎないからであり——彼が主人を頼りとしていたからであり——彼が炉を暖めていたからであった。「そなたの」とマークグラーフはようやく言った、「坩堝鋏を離しておくれ。そなたの手を握りたいのが分からないのかい」。

「べらぼうめ」（とシュトースは握手の後言って、乾いた両手で顔を洗い、擦って、半ば喜びの余り我を忘れていた）「何故わしらがきっと月曜日にはダイヤモンドを、アーメンの中の父なる神同様に確実に手にすることになるか教えて進ぜよう。三人の阿呆が企んでわしに月曜日には金を是非貸したいと堅く誓ったんですぜ。——それでわしらには金に不自由しない週が来るというわけ」。即ち、迷信深い民衆は月曜日の借用を幸多い週への魔法と見なしていて、シュトースはそれを当てにしていた。貴族はひょっとしたらもっと正当なことにどの平日であれ魔法を仮定しているのかもしれない。

「僕は今」と薬剤師は言った、「このソファーに横になって、考えごとをする、少し黙っていておくれ」。即ちマークグラーフは、ヴォルブレによって単におどけた色合いを付けられた侯爵の椅子について真面目に空想し尽くし、描写し尽くすために横になり、その王座の天蓋を天井画や星座で覆いたいと思ったのである。あるいはもっとはっきり言うと、彼はエーテルの城の建築に取りかかった。

――私は読者方が空中楼閣とエーテル楼閣の違いを、忘れることなく、認識していることを前提に出来ればと思う。空中楼閣それ自体は誰もが知悉していて構築している、それは各離宮の最後にして最上の階であり――例えば聖ピエトロ教会の二重の円形《ドーム》建築のようなものである。――ただしかし、かなり高い空中楼閣ではしばしば建築費用のせいでより低い離宮部分は風化しており、砕けている。しかし我々臣下は希望によってこのような空中円形建築の若干の得がたい設計図を描こうとすることが許されよう。ただ侯爵達にだけスペインの城やボヘミアの村［いずれも空中楼閣］が残ることになる。自分の切妻や塔の上に新たなエルサレムを建てたいと思う者は、自分がその中へ建てようとする大気の圧力や貿易風に屈することになる。

逆に何と異なって、より高く、より軽やかにエーテル楼閣は建築主にとって出来上がることだろう。即ちこのような楼閣は何も願わず、求めず、ただ薬剤師のマークグラーフや、私の知っている多くの者、例えば私の如くすることによって、容易に構築され完成されるのである。

エーテル楼閣の万能な熱心な建築主が（思うに）、つまりとりわけ我らの薬剤師が、例えば尋常ならざる曲芸師を目にするとなれば、この建築主は見物しながら、自分がそれを十倍更に行ったら一体どういうことになるか思い描くのである。それから彼は秘かに自分の裡で門から門へ噴水を通って飛び越し、噴水からグラスを一杯にして持ってくる、いや彼は移りゆく雲の上を越えて、再び遠くの雲に乗って現れる。かくて彼は雲跳躍者に対する人々の驚きを思うが、この跳躍者と比すれば、哀れな綱渡師は後退していく綱作りの親方にすぎない。――彼が、万人に勝り、万人を感動させる偉大な歌姫を耳にすると、早速彼は腰を下ろして、はなはだ立派なマーラ(2)の声、デスカントの高さを出して、それも不思議にはなはだ低いバスの声から生長するもので、その際聞いたこともない技巧を見せて、それで彼は女性の聴衆一同が安楽椅子の上で温かい粥のように目の前で溶けているのを見、そして男性達でさえ癲癇を起こして互いに痙攣して、何人かの者は耳を澄まして息を吸ったまま止めていて窒息するほどであり、その後彼自身は何事もなかったかのように静かに家に帰り、そこで後を追ってきた知人達の鑽仰に取り巻かれることになるのである。――町を驚嘆させる様々な名声に包まれた軍が入場してくると、彼は早速（頭の中で）尋常ならざる巨人の英雄となり、息子のパンタグリュエルとか父ガルガンチュア、あるいは祖父グラングゥジエ、要するに世界の総指揮官となり、そしてそのような者として軍にたった一人で（アキレスの踵やジーグルトの肩は刺されても射られても大丈夫なようにし）全く平然と右手に刈り取る刀を持って向かい、それでもむしろ左手の方に限定して、それで兵を次々とある中隊から次の中隊へ投げ飛ばしていくのである。このようにしてエーテル楼閣の建築主はあらゆる偉大な絵画や本、狩り、巨人、小人に出会うたびに、自分が巨大なものを供するとき、そのときの効果を思い描くのであり、これに比すれば先のものは惨めなフッガー長屋に這いつくばってしまうのである。そしてこれを楽しむことマークグラーフに勝る者がいたであろうか。しかしこのようなエーテル楼閣は建築足場も、建築費用も要らずに、ただ自らのこの上なく拡張された建築助成だけで――建てられるもので、お望み通り高く出来る（というのは大気圏は地表より十五マイル上にあるので、すでに空中楼閣が山上楼閣よりも高いように、エーテル楼閣はそれ以上のものであるからである。エーテルは大気を包んでいて、際限もなく膨らんでいくのである）。――実現をしつこく願わずとも、嫉妬も欲望もなく――夢よりもいとも容易に、夢は再生出来ないものであるが、ある楼閣が飛び去るのを目にすることになるが、これはいつでも、より美しく再建築出来るのである。要するにこのようなエーテル建造物は建造者達によれば、すべての作品の中で最も無害なものであり、愛の作品や要塞の外塁さえも例外ではない。

薬剤師が寝椅子に横になると、上述したように彼はエーテル楼閣の建築に取りかかって、エーテル楼閣を（人々がよくそうするように）自分の堅牢堅固な空中楼閣、その礎石は夙にダイヤモンド坑の宝石によって置かれていた空中楼閣の上に置いた、大気はエーテルを容易に運び、両者は結局混じり合うからである。

「補充係君」とゆっくりマークグラーフは始めた、「今一体どんな昇天を僕が最高度に生き生きと描いているか、そなたが知っておればなあ、全く僕ら両人にとってこの世ならぬ生活で、それに現在欠けているものといっては、それがまだ存在しないということだけで、ダイヤモンドと共にようやく来ることになるのであるが。しかしシュトースよ、そなたには分からないだろう」。――

「ちぇ。わしが知ろうと知るまいと、おんしはこの世ならぬ生活をお求めで、それが先からわしの生きがいでさ」、とシュトースは答えて、薬剤師の前で透明な天についての八つか九つの物まねの恍惚に陥ったが、この天は名付けようのないもので、いわんや穹窿や星座は見られないものであった。

「シュトースよ」とニコラウスは言った、「そなたが特別に感嘆したければ、まず僕の話を聞くがいい、それは僕が支配する君主となって、王冠を得、それに王笏を得たら、僕が享受するであろう一切をはっきり描き尽くすものだ。それは不可能事では決してあり得ない。ボヘミアではプレミスラウス(3)どもから鋤を取り上げ、王侯に押し上げているのであれば、――少しも読み書きが出来ないピサロどもが豚の代わりにインカ帝国の番をし、支配することになり、リマを首都にしているのであれば、――いや僕が確かなこととして読んだように[*2]、従僕どもですら、以前は王侯の庶子であったけれども嫡子と認められたが故にそれだけで王侯にのし上がったのであれば、それよりもはるかに高貴な人間としての薬剤師にまず手が伸びて、王座に据えられることはもっと自然なことだ、この者はことによると一つ以上のもっともな理由があってそれにふさわしいかもしれないのだ。――しかしこんなことは大したことではない。そなたはディディウス・ユリアヌスを御存じかな」。

「泥棒め。そんなふざけた野郎をわしが知っていようといまいと、おんしが言おうとなさることはすべてごもっともでさ」。

「ディディウスは当時大ローマ帝国に暮らしていて、一万五千人の近衛歩兵隊[*3]が帝国を公然と競売にかけたとき、長い皇帝領全体を、一万五千のそれぞれの兵一人につき千三百ターラー支払うことで競り落とした。しかしすぐに王冠を戴いた頭もろとも刎ねられた。セプティミウス・セヴェルスが、更にそれ以上、つまり二千六百ターラー支払うことが出来たので、兵士達からローマの皇帝冠を認めて貰ったのだ。そなたが、いかにとてつもなくローマ帝国は――他の合併した大陸部分故に全ヨーロッパよりもはるかに広大で――僕がいつでもけなげなダイヤモンドで支払おうと思っているちっぽけなドイツの辺境伯領に比すれば大きかったか考えるならば、シュトースよ、何の話か察しがつこう。今は全く多くの王座が、その周りの下では皆が叛乱を起こしているので、金で手に入れられる時代なのだ、僕は金のない王様達に、そこの怠けもののハインツでちょっと成功すれば、幾らか代わりに差し出せるかもしれない」。

搗き係は激しく坩堝鋏を開閉し、恍惚となって言った。「畜生。きっとうまくいきまさ。おんしが三つの菓子で一度に豆入り菓子の王*4になるってことには、いろんな意味があるに違えねぇ。しかし何故長く待たねばならねぇんで。一文のダイヤモンドなしに王様となれるつうのに、だっておんしは、皆の願いでは、侯爵にまでなったという先の従僕同様に生粋の侯爵の私生児なんだから。――しかし勿論わしもおんし同様に先立つものがなくて。わしは靴から頭の先まで新調しなくちゃならねぇ。――わしの晴れ着ときたら、それに平日はルンペンも同じ。畜生。おんしが金や銀を手にしたら、わしのようなならず者に何と目をかけて下さることか考えた日にゃ――おんしは自分で食うものも少なく何もないというのに、今すでにわしに仰山こまごまと恵んで下さっている」。

「更に」――とニコラウスは言った――「足載せクッションを枕の下に置いておくれ、頭が低すぎる。――しかし後生だが、僕らのうち誰が、僕が今日か明日、いきなり支配者の侯爵になると話しているのかね。いいかい、僕が侯爵のマントをまとったら、どんな具合になるか存分に描いて見るから、もっと耳を澄まして聞くがいい。前もって白状しておきたいが、僕の見るところ、楽園は次々と通じ、僕が創立しかつ享受することになる善行は終わりが見えないのだ」。

ここでシュトースは両手を喜びの余り、空想の喜びの余り、擦り合わせた。

「しかし僕が侯爵のマント(4)のまま、侯爵を偉大なものにする些細なことのたびに、そなたを称えて歌うと早速思ってはいけない。例えば侯爵として揺り籠の中ですでにどんなに温かい思いをするだろうか。だって僕は子供のときに勲章と中隊と宮廷国家を有することになろうから――この国家はしかし一人の宮内庁長官と二人の従僕、一人のお抱え火夫、テーブル・クロス係、ドア番から成るのだ――」。

「すげぇ。そうなって欲しい」とシュトースは叫んだ。

「そうはいかない」とニコラウスは答えた、「僕は侯爵の子供時代をとうに過ぎているのだから。しかしこんなことを思ってみるのだが、僕が身を下々の市民一人ひとりの許に運んで、王座からは天への梯子でも届かないような哀れな奴らが間近で侯爵を見たとき、まさにあたかも高い恒星を下の窪んだ手につかんでいるかのように感ずるに相違ない言い知れぬ歓喜の目撃者となったとき、僕が侯爵としてどんなに楽しい思いをすることだろう、と。例えばそなたはどんなに飛び跳ねることだろう、僕がそなたと――グロッシェンもそなたには贈ろうとしないのだが――あたかも夙に昵懇であるかのように、まさしく打ち解けて談笑したら」。

「勿論でさ」とシュトースは答えた、「でもその後おんしはわしに十分の金をポケットに入れて下さるだろうて」。

「しかし侯爵が下々の許に行くことなんか、いいかい、侯爵の正式な微行「インコグニト」に比べれば物の数ではない、微行だけで侯爵になる価値があるというものだ、臣下は微行という僭越なことは出来ないからな、臣下は決して侯爵ほどにはどこでも知られているわけではない。――僕はすでに腕白時代に生き生きと思い描いたものだ、例えば僕が勲章も宝石もない単なる青い外套を着て（というのは侯爵の身分を隠したいからで）惨め極まる十一月の夜、狭い一階建ての乞食路地に忍んで行き、襤褸で繕われた窓越しに四分の一だけのシャツを着た子供達で一杯の湯気の立った部屋を覗き込んで、その子供達は塩のない馬鈴薯鉢に手を伸ばしていて、――いいかい、そなたも考えて見よ、そなたが侯爵の勲章のない外套を着て、卑しい部屋に入っていき、両手一杯の中のものを馬鈴薯に投げ与えるとしたら」。……

「勿論」――とシュトースは答えた――「しかしわしはわしのドゥカーテン金貨をすべて腹ぺこどもの前に投げ与えはしませんぜ、多くを自分のためにかすめて、その前に五枚か六枚乞食どものために両替させまさぁ」。

「何だって」――とマークグラーフは叫んだ――「誰もそなたやそなたのけちん坊のことは話していない。しかしそなたに侯爵としての僕を若干理解して貰うために、冗談で僕の侯爵としての葬儀の様を追ってみることにしよう。

すでに前もって宮廷全体が黒尽くめだ、すべての騎士から部屋や刀剣に至るまで、そして鬘には髪粉を振ってはならない。最も大きな諸宮廷には僕の残念ながら早すぎる逝去が書面で伝えられる。僕自身は高い棺台にビロードを着て横たわっている、横には指揮官の刀、王笏、司令杖がある、そして厳しく、全く長い葬儀用外套を着た最も身分の高い侍従達によって見守られている。その際まだ僕は肖像画として壁に掛かっており、蠟で象られて安楽椅子の上に立っている、その椅子にはしばしば十分に座ったものだ。そなたは容易に察すると思うが、このような悲しみの中の国中では、葬儀規定により射撃も、舞踏も、オルガン演奏も許されず、ただ鐘を鳴らすことが許されるだけで、それもそれぞれの村で一時間だ。誰の名誉のために、補充係君、そなたはこのような一般的な国中の喪が成されると思うかい。ただ僕のため、シュトースよ、故辺境伯の亡骸の僕のためなのだ」。

「畜生。――神様がおんしとおんしの亡骸にそのような日を用意なさるんなら、このわしの鼻はもげてしまえだ」。

「僕が棺台に両腕を伸ばして、顔全体がとても白く、幾分か落ち窪んで据えられて、勿論眠っている者のように目を閉ざしていて、しかし睡眠時とは全く変わっていて、つまり装飾的に髪をカールされ、髪粉を振り掛けられ、服を着せられているとき、僕の侯爵の壮麗さを眺めに来る臣下達の間にはきっと、何としばしば僕が今や硬くなって長く延びている腕でもって自分達のために贈り物をあれこれ握り、そしていかに今では不動の雪のように白い表情がかつては自分達に多くの幸せを微笑みながら約束し、王座から下りてきたかと考える者が幾人か、すべての者とは言えなくても現れることだろう。そして彼らがこうしたこと一切を心の中でまとめて考えると、多くの者はよよと泣き崩れることだろう、もはや自分達は哀れな亡骸に報いることが出来ないからである。そして僕自身ほとんどこうした忠実な者達のことを思うと貰い泣きして、棺台から身を起こしたくなるだろう、せめて辛い思いの者達を幾らか元気付け喜ばせるためにまだ余力があって分別があるならば」。

「これは石を感動させまっしょう、侯爵閣下」とシュトースは言って、涙を流した。主人の涙を見たからである。

――「まあ、そんなに感極まることはない」――とマークグラーフは言った――「すべて一言でも真実のことかい、ここではそなたと話しているのだ。もっと別のことを聞くがいい。

この後、僕はさて――というのは僕は長いこと埋葬されないので――入念に切り刻まれ、心臓と舌とそれに臓腑が体から取り出される」。……

「誰が」とシュトースは落ち着いて尋ねた、「そのようなことをしていいんです」。

「侍医と侍医外科医だ」とマークグラーフは答えた。

「無礼な犬どもだ。――おんしは一匹の家畜のように切り刻まれることを黙って見ているおつもりですか。――奴らが高貴な親方を、最近犯罪者どもをそうするように、腸詰の挽き肉のように切り刻むとすれば、こうした按配ではどこに敬意や名誉ある葬儀がありまっしょう。このような殿方は一日に百回もの名誉ある葬儀に値しましょう。そして誰が、殿方が死んだとき、更に致命的な傷を付けて良いんですかい、生前は誰にも許されず、耳朶一つ切り取れないというのに。――奴らは呪われてあれだ。――そんならわしは今すぐに、……」と彼は結んだ、そして後文を踏み付けられて曲がった長靴の踵で叩き出した。

「もう少し頭を高くして寝たい」（と薬剤師は答えた）――「外のベッドからもう一つ枕を取ってきておくれ。――しかしいいかい、分かっておくれ、宮廷で生ずることの一切は、僕を幾つかのより小さい部分にして、さながら分冊にして、幾つかの教会に埋葬するためなのだ。それ故に一ポンド半以上の重さもないただの僕の心臓を、これが収められて特別な栄誉を担うことになる教会へ運ぶために四頭馬車が仕立てられるのだ。ちなみにそれから脳と臓腑が特別に埋葬されたら、僕にとってはレオポルト皇帝に示された以上の栄誉はないのであって、この皇帝の心臓と舌[5]は、黄金の杯にこう記されて、つまり『一七〇五年五月逝去のローマ皇帝レオポルト一世の心臓』と記されてロレット礼拝堂に埋葬され、脳と臓腑は宮中礼拝堂で金鍍金の釜の中に『レオポルト云々の内臓』と銘打たれて収まることになるのだ」。

「いつか」と搗き係は思いついた、「特別な復活ということがあって、死者があらゆる土地の自分の七つの部分を引きずって集めなければならず、脳はある楽長の許にあって、心臓は別人の許にあることになったら。こりゃこりゃ」。

「今や僕はようやく（そなたは話の腰を折ってばかりだ）侯爵の廟に埋葬される用意がすっかり整っている。さて僕が、僕はとても素敵なことを選ぶ自由があるので、他の王侯の亡骸同様に腐敗の強い悪臭を放つことになったら、早速僕は幾人かの侯爵同様に二回埋葬される機会を得ることになる、ちょうどフランスの侯爵が二回洗礼を受けるように」。

「一体そもそも何回皇帝や帝国侯爵、他の選帝侯は、すでに心臓や脳がきちんと収められてから、埋葬されるんですかい」とシュトースは尋ねた。

「そうだ」、とマークグラーフは答えた、「この点ではむしろ棺についてよく話される。そのうちの内臓を欠いた空の体の詰まった一つの棺は静かに宮中騎士達によってナプキンを使って下に降ろされる。これは想像なんかではなく、フリードリヒ・カール・フォン・モーザーの『ドイツ荘園法』第一巻、一七六一年に根拠のあるもので、ナプキンが棺の握りに通され、侯爵の亡骸はゆっくりと殿方達の手で下に降ろされると語られているのだ。しかし肝腎なのは常に空の棺あるいは豪華棺台の方だ。これはかつてウィーンの錫製のものが（フォン・モーザー氏によれば）四十二ツェントナーの重さで、銅板に多くの銘を刻まれて出現したそうだ。しかし僕は今、そなたは僕を悼む深い悲しみを生き生きと目にしているだろうが、――八頭立ての郵便馬車たる霊柩車や――葬儀用外套や棺衣を引きずるように運ぶこと、それに王座の天蓋の棒が高貴な侍従達によって運ばれる様、更にはその紐がもっと高貴な侍従達によって運ばれること――馬は騎乗されることはなく、導かれて行くことを話したい」――

「ひょう、全く豪華だ」とシュトースは言って、膝を叩いた。

「それにそもそもフランネルの巻き付けられていないような蜜蠟の蠟燭や、伝令官棒、馬の尻尾等は何もないのだ――そしてそなたは実際の棺降ろしの際に弱音化された葬儀の響き、弱音化された太鼓叩きや大砲連射、礼砲を耳にすることになる」――

「どうやって大砲や礼砲を弱音化するんですかい」とシュトースは尋ねた。

「それは聞いてみなくては。――火薬の加減だろう、ひょっとしたら。しかしそなたはつまらぬことで、尾に豪奢なダイヤモンドを付けた哀悼馬と、それを引き連れている対の騎士のことを忘れている。更に一層注意深く行列の慶祝馬を見るがいい、これは立派な種馬で、すっかり黄金とダイヤモンドを織り込んだ赤い鞍敷を有し、その上の騎士は琺瑯引きの甲冑と金鍍金の兜と右手の剣とですべての人々の目を釘付けにし、クルベットを行う、……僕はその上に座ってパレードしたいと思うよ」。

「この野郎」とシュトースは言った、「それはわしの考えでさ。しかし何故金ぴかの男が弱音化された喪章を付けた人々の行事に飛び込んでくるんですかい」。

「それはただ馬上で僕の王位継承者の気持ちを表現し、そのような者がいかにそれを喜んでいるか示したいのだ」。

「そんなことはしかしその阿呆が」とシュトースは答えた、「こっそり自分の部屋で行えば済むことでっせ、哀悼中の喪の人々の邪魔せんで欲しいですな。馬に乗って地獄へ行くがいい、許しちゃおけねぇ」。

「シュトースよ、何も邪魔されてはいないのだ。際限もなく僕を悼む悲しみは国中で続くのだから、喜びはすべて僕と共に埋葬されたも同然なのだ。僕については四十六の弔辞が書架の二つ折り判で（それ程のものをザクセンのアウグスト一世選帝侯は逝去後頂戴した）銅版画とビロードの装丁が付いてすべての友好的宮廷に送られるのだ――僕が死後もいかに褒められ称えられているか読んで貰えるように、――そして生まれの良い宮廷の人々は皆、何週間も黒の靴下や刀を身に付け、曇った靴の留め金にし、新たな侯爵に対してはいわば単にゆっくりと白く燃えるのだ。いや先の領主たる僕への哀悼はいとも気高いもので、単に最も身分の高い高貴な貴族や役人だけが哀悼を許され、卑俗な市民の輩はずっと前から公に僕を哀悼することは許されないのだ」。

「何ですと。そうなんですかい。――わしはしかし、おんしが早まって詰まらぬことになったら、どこかのやくざな貴族と同じように悲しんでよいと思いまさ、誰にもそれは止められねぇ、わしが喉から踝まで真っ黒けになって行きたいという気になったら。正直者の補充係は試補と同じように腕に二、三エレの喪章を巻いていいのであって、留め金を黒く曇らせていい。一体分別のある搗き係というものは愚かな家畜の乗用馬、尻まで一杯喪章を付けていいけれどもしかし馬丁同様に亡くなった国王に対しては何の気持ちももたねぇ乗用馬よりも劣等なものですかい。お偉いさん達はわしから極上の楽しみ事を取り上げておきながら、その上更にわしらの二、三の悲しみまで奪うつもりなんですかえ。誰にもそうはさせねぇ。わしは公の家畜市場に出掛けて、激しくわめいて、帽子の長い喪章を揺すって、叫ぶとも。『いやいや、わしも悲しむぞ、遠慮はしない、わしはお前ら皆よりもおそらくもっと長く領主様を存じ上げているんだから、哀れな主人として安楽椅子にまだ寝ていた時分からの付き合いだ、まだ目に見えるような気がする』と」。

「いずれにせよ、そなたは目にしている。もっと枕を。はるかに頭を高くしなくては。遠慮しなくていいぞ――僕が逝去の前にそなたを貴族にし、どこかの血筋の良い男並みに黒い喪服で現れることが出来るようにすると思わないのか。それに僕が全く――誰にも分からぬことだが――カール大帝のように[*5]、現身で侯爵の葬儀を、それを幾分健康なうちに味わうために、営むことになったら、いずれにせよそなたを別格に扱い、そなたにそなたが望む限りのどのような宮中喪をも僕のために許すと約束しよう（そなたは僕の言葉を信ずるがよい）」。（ここで搗き係は自分の、口に置いた空の両手に接吻をした）。

「しかし友よ、これはすべて単に高貴な侯爵の葬儀にすぎない。今度はまず、それのはるか以前になされる高貴な侯爵の床入りの儀を考えて、それが先の葬儀と比してどんな思いがするか言うがいい。王座から下への僕の最初の視線は侯爵の初夜の寝床へ向けられるからだ。勿論それで侯爵の一つの幸せは僕には失われる、つまり僕には他の皇太子のようにすでに華奢な少年時代[7]に極端に幼い皇太子妃と結ばれている幸せはない。しかし搗き係よ、ようやく十二歳、十三歳の年の天上的な皇太子妃を崇拝することになっても、十分にまだ妃は魅力的であり、いや更に魅力的であって、恋人を愛してくれるのだ。このような妃は今や十九歳かも知れず、旅しているかもしれない、……搗き係よ、僕が言うことが分かると単純に言って貰っては困るぞ」、……「何かむずむずすると思っていやした」とシュトースが答えた。――「むしろ」とニコラウスは続けた、「枕を全部一度に下に置いておくれ、垂直に寝たいものだ。シュトース、何か描きたいことがあったのだ。――そう、王侯の床入りの儀だ。ほんの少しだけ披露しよう。今晩全部は紹介出来ないからな。実際王座とベッドの天蓋の下には天国は多すぎるほどあって、まず、高貴な一度も目にしたことのない新郎が、無数のダイヤモンドをちりばめて、同じく高貴な花嫁に贈らせる極めて豪華な絵から始まって、大使による新郎の予備床入りの儀に至る。——

僕は実際自ら自分の大使、全権使節となって、そのような者として（高貴な頭目の礼節に従って）、一方の腕と一方の足は甲冑を付けて、全く公然と新床の剣の横に寝るが、この剣は僕を然るべく別のやんごとなき方、高貴な花嫁と分かつもので、花嫁は剣の刃の横で屈託なく休んでいるのだ。さてその後すぐに僕が単なる自分の全権使節から突然高貴な頭目の真の請負師へと自ら変身し、執事あるいは複製として登場したら、——どうなると思うかい、静かにしろよ」。

「静かにしちゃいねぇですかい、この件全体一言だって理解できますかい」とシュトースは尋ねた。

「その後、そなたはすぐに理解出来ようが、ささやかな無邪気な祝典が始まる、これは高貴な頭目達が数世紀前から床入りの儀の後数日行う慣わしで、その中でも僕は特に所謂百姓の結婚式、営農を楽しみにしている。高貴な新郎は粗野な百姓のなりをする、そして愛らしい妃はその百姓の嫁のなりをし、宮廷人の誰もがそれに必要な百姓となる。そこでは木製の皿で食事が出され、木製のジョッキから飲まれる、勿論すべては仮装されたご馳走なのだ。デンマークの宮廷はコペンハーゲンの近くにアマクと呼ばれる特別な村すら有していなかっただろうか、そこでは王侯達はいつも北オランダの百姓となって、しょうもないポーランドの風笛、バグパイプに合わせて踊ったのだ[*6]」。

「おやま。バグパイプにならば領主じゃないどんな人間でもどんな雄山羊でも合わせられ跳ねられまっせ」。

「身をやつしたい侯爵の気持ちがそなたに分かろうか。僕はしかし」（——とここで薬剤師は両脚を安楽椅子からひねって降ろした）「心の中で高貴な侯爵の楽しみごとをもっと行おう。百姓の代わりに名士連の遊びをしてもいいし、それはもっと楽しい。例えば高貴な新郎新婦が営農の代わりに薬局経営を選んだらどうだろうか。僕は比較的新たなことをこの馴染みの分野では何も知らないんだ。思い描いてみるがいい、僕は侯爵として薬剤師を演じ、侯爵夫人は僕の妻を、そしてそなたは（そなたは僕の傍にいるのだから）搗き係を演ずるのだ。——いやはや、シュトース、僕らが皆そのようなものになったら」と薬剤師は叫んで、恍惚となって両足で立った。

「こん畜生［ゴッダム］」とシュトースは答えた、「すでにわしらは今そうなんで、勿論ただ本当にそうなんで、一度冗談でそうだったらと思いますぜ、べらぼうめ」。

マークグラーフは一度足で立っていたので、ベッドへ行き、もっと空虚な夢想に耽った。両者とも将来の年の市の第一日に最初のダイヤモンドを得ることをすでに両手の中にあるように確実なことと見ていた、両人ともダイヤモンドの消費については明瞭に喜んで了解し合っていたからである。善良な対の精神である。それが交互に相手の債権者であり、信者であった。薬剤師は熟しすぎた穂として存在し、その上で搗き係は種子としてすでに発芽しているのであるが、まさにその穂そのものの他には根付くべき土を他に有しないのであった。あるいはもっとヨーロッパ外的比喩で言えば、マークグラーフは攀援植物として搗き係を自らの枝として大地の下に押し込み、そしてこれが再び自分の許にそこから成長してきて、再び下に向かいまた上に向かうようにした。それぞれが相手の天の半球であって、両者から一つの完全な天がくっついて出来上がるのであった。——それだけに次章が待ち遠しい、そこでは本全体にとって、いや読書界全体にとって大事なことが決定されるに相違ないのである。

追伸。全く重要な出来事のためにほとんど我を忘れ、言葉の出ない後の頁でよりもここで、何故搗き係はかくもフランス語で呪い、誓うのか、私から明らかにするのがひょっとしたらより適切かもしれない。つまり彼は一切一言もフランス語を解しないのだが、しかし、一言も解しないくせに、日々手紙の写しや——訪問や別離の手紙（訪問したり、あるいは自ら別れたりするためのもの）——コンサートの案内状——玄関の上書き——これに類するものを立派なフランス語で書くドイツ人をいつも自分の周りに見ざるを得なかったので、それで彼はやつらに阿呆のように遅れを取りたくなく、奮発して、多くのフランス語を話して、書き手達をしのぎたかったのである。それ故彼は身分のあるドイツ系フランス人やドイツ語を話す卑俗なフランス人の口からもれる呪いや誓い、悪態を、耳にする限り最良の発音と共に丁寧に拾い上げ、啄み上げた、そして単語を日々の使用のために貯えたのである。まさしく悪態や呪詛の単語を選んだのは結構なことであった。というのは例えばヘルダー[8]といった何人かの哲学者によれば、すべての言語が叫び声と共に始まったのであり、そもそもこの叫び声が最も頻繁に織り込むことが出来るので――それ故すでに椋鳥も呪詛や悪態によって詩文から話術へ、小鳥の歌声から人間の散文へ移行せざるを得ないのであって――かくてシュトースはそれを通じて自らを表現する術を心得ているいっぱしの搗き係という声望を得ることになるからである。ただ彼は言語が豊富であるにもかかわらず呪詛や悪態で間違いを犯さざるを得ず、しばしば神様と言うべきときに畜生とか、ちぇっと言うべきときに見事にとか、何とおっしゃいましたかと期待されるときに泥棒と叫ぶことが多かったが、しかしこれは彼の心のせいと言うよりは、すべてのフランス語的語法に全く通じていないせいであった。しかしこん畜生［ゴッダム］の誤用は二重に弁解されるが、それは彼が英語とフランス語を二つとも同じく知らないことによる。彼はこの素敵な英語の呪詛をおそらく百回パリの革命の無神論者から聞いていたのであって、それでおそらくそれをフランス語の呪詛と見なす他なかったのであろう。

＊1　周知のように化学的炉で、その形状から絶えず火をかき立てることをしないで済むようになっている。

＊2　カルペニャー侯爵のある従僕は先の世紀の初頭に、嫡子の相続人のいなかったナポリのブランカッチョ侯爵に突然庶子として呼ばれ、それから嫡子と認められ、最後には侯爵と宣言された。Theatr. Europ. 第十七巻、三四六頁、一七〇五年。

＊3　彼は近衛兵と言いたいのである。

＊4　聖なる三国王の日［十二日節、一月六日］に焼かれた菓子の中で、豆の入った一個の菓子に当たった者は、祭日の王となる。何故豆が王冠の学位記に選ばれたのか、古代人がそれで呪ったからか、あるいは沈黙のピタゴラス派にはそれが我慢ならなかったからか、あるいは消化しがたく、思索者には鼓腸をもたらす害があるからか、これについては一切調査する必要はない、菓子を焼く者はこうしたことすべてを何も考えていないからである。

＊5　彼はカール五世のことを言っている。[6]

＊6　『偉い紳士達の儀式学への序』ユリオ・ベルンハルト・フォン・ロール、一七二九年、八二五頁。

第五章

この章では年の市の最初の日に、ダイヤモンドに関して――竜のドクトル達と彼らの調査された薬局に関して――ドクトルの学位記に関して最新のことが生ずる

所謂春の市の最初の市の日の朝早くマークグラーフの最良の計算によれば、化学炉の中に最初の完成したダイヤモンドが出現し、輝くはずであった、それも今までの奇蹟の中ではお目にかかったことのないような新たな奇蹟のはずであった。こうしたことすべては先の章をただ通りすがりに借りて読んだ者なら誰でも前もって知っている。ダイヤモンド発明の夕べに彼は自分の従兄弟・従姉妹の大半を豪勢な晩餐に招待して、一人新たな資本家としてお披露目をしようとしていた。賄いのための金は今日三人の妹達の手に宝石を売った後すぐにたっぷりと注ぐつもりであった。彼の妹のリベッテは、四日目か五日目の年の市の日を彼の栄誉の日、招待客の日に選ぶよう提案したが、無駄であった、それまでには彼の錬金術は失敗して、そうなればどっちみち炊事操作はすべて見送りになると彼女は願ったからである。しかし一枚のカードにより強く賭けることによって運命から勝利をもぎ取ろうとする一種の思い上がりのために、彼は以前小切手の振出人を引き止めたように、今や最初の年の市の日に固執した。

ここで私はかつてローマの年の市に行ったことがあり、ただ二日の市の日しかなかったと言いたい読者のために、ここで口を挟んで、読者の言い分は正しいが、しかし国の長官は年の市を増やし、かの祭日を減らす(1)ことによって出来るだけ時代の精神と体とに従ったのだと言わざるを得ない。今や一面では使徒の日や聖母マリアの日が日曜日についでに祝われるとすれば――これはこれらの日を真の日曜日同様に評価したいもののように見えはするが、

——そして祝日の三日目が一日目や二日目に繰り入れられて、いつのまにかそこで一緒に挙行されるとすれば——もっと過激に行って、諸魂日〔万霊節の日〕の例に倣って、一年に唯一の諸日曜日の日を設けることも可能であろうが、——他面では世俗的な年の市や取引所の日をそれだけ一層延長して、これらの日に一日や二日の後安息日や前安息日を付けて補強し、年の市の週や復活祭の前週あるいは受難週によって償うということでまた埋め合わせをしている、これらの週にはいずれにせよ単に時代の取引精神のみが磔にされ裏切られるという受難に遭うのであるが。

早朝マークグラーフはゆっくりと階段を化学的炉まで降りて行って、途中朝の鐘を聞きながら祈り、いたるところに自分の幸運か不運かの偶然のささやかな予言を捜した。炉の前には真夜中過ぎから搗き係が座っていて、偉大な作品を取り出すために彼に坩堝鋏を渡して、十分に期待しているように見えた。宝石は炉の母胎から冷却炉に移されて、薬剤師と搗き係は試験のための冷却を待った。遂に宝石は刀の試験を受けることになった。宝石は立派に見え、およそ本物のダイヤモンドの有し得るほとんどすべての欠陥を見せていた。それはダイヤモンドの中の所謂チーズ石のように不格好であった——多くの黄色の節を有し、一つ以上の割れ目があった——研磨を妨げる粒子や点を有していた——宝石商がダイヤモンドではジャンダルムと名付けている、かの灰色のくすんだ箇所があった。しかしこの出土品でそれほど快適でないことは、これがダイヤモンドの美徳の一つも見せようとしないことであった。——やすりはこれに刻み目を入れた——これはその角で何ものにも刻み目を入れなかった——発煙硫酸でこれを煮ることは出来たが、しかしこれは極めて甚大な害を受けた——これは第一級の透明度でもなければ、第二級、第三級の透明度でもなかった。——そしてマークグラーフが軽くこれをハンマーで叩こうとすると、以前のポーランド[2]のように多くの部分に砕け、ポーランドに似て、そして本物のダイヤモンドには似ず、それぞれ似通っていない部分に砕けた。[*1]

薬剤師は気力を失って、自らの不幸の時禱のハンマーを足先に落としたが、足先も同様に気力を失っていて、何も感じなかった。これまで宝石の投錨試験を黙って、ただ長いぴくつく万華鏡のような表情を浮かべて見守っていた搗き係のシュトースは、致命的なハンマー叩きを見て、自分のアギタケル（膏薬を混ぜるための木製の棍棒）を激しく上に持ち上げて（驚きを示そうとしたのである）、そして自分の主人のこめかみを危うくかすめて、言った。「これでわしらの栄光はすべてギリシアの白の犬の糞［焼いた犬の糞］だ」。

「補充係よ」――とニコラウスは落ち着いて始めた――「そなたが僕を今棍棒で打ち殺すか、あるいは他にこの世から抹消しようというのであれば、良い心掛けだ。すると意地悪な悪魔が僕に危害を加えることはもはやないだろう、僕は安らぎを得るわけだ。そなたが今や目にしているのは哀れな打ちのめされた男だ、千度も打ちのめされた男だ。町や国は今日徒党を組んで僕を口笛吹いて野次る。従兄弟・従姉妹が集まって、夕方には僕が惨めさの余り激昂する様を見守る。――僕が公に姿を見せたら、僕は世間の前に頭から足まで続く長いお尻そのものとして立つことになる。嗚呼、偉大なる天よ。まだほんの数日前までは僕は高い王座からローマの人やホーエンガイスの人を見下ろしていた――今や僕は座り込んでいる。……そなたが晴れ着を着て、襤褸から抜け出すのは、時間がかかることになった――――いやはや」（と彼は叫んで、握り締めた手を目の二滴の涙に押し当てた）「忌まわしいダイヤモンド造りが成功していたら、僕はすべての人間に名誉をもたらし、この上ない歓喜に酔わせたかったのだ。――まあ、なんてことだ。――そなたはハンカチを持っていないかい」。

シュトースは彼の上司に対しては大概のことを喜んで耐えた。怒りの突風であれ、それが叱りの言葉であろうと、本当にどやされることであろうと、気まぐれであれ、命令であれ、ともかく一切のことを耐え忍んだ。しかし主人の涙は我慢ならなかった。彼はその場合何ら斟酌しないで怒鳴りつけた。「ほら」――と彼は答えた――「襤褸ハンカチがある。――後生ですから、一文の分別を、つまり今この件に関して、分別を有しなさる男であるならば、とくとお考えになって、炉を御覧くだせぇ。わしらの中等のダイヤモンドが、いやそれどころか最大のダイヤモンドが出来たわけではありますまい。最大のダイヤモンドときた日には、それはこの襤褸のちっぽけな、その上偽物のものより、三倍以上の価値があるのでっせ。おんし自らがそれは夕方になってやっと焼けるといつも言っているつうのに――」。

「そのようなものが出来ると良いが」――とニコラウスは答えた、自分の激昂が罪としてその他のダイヤモンドの化学的過程を妨げかねないと考えて柔和になって――「差し当たってはそなたの砒素をそこでしっかりと搗き固めておくれ、そなたは今他にすることはないのだから」――そして彼は人知れず涙を流しながらかがんでダイヤモンドもどきの破片を拾い上げた。しかし従者は自分の主人をある特別な告白で元気付けようとした。「申し上げてぇことがあります」と彼は言った、「このどじ全体はただただしょうもねぇ驢馬のわしのせいであります。今日の朝方、もう宝石が輝いていたとき、わしは血迷って雌猫の左耳を（三月の雌猫は我慢ならねぇので）坩堝鋏でつかんで、思いきりつねってしまいやした（というのはこの猫は回れなかったからで）。今ではそれで大騒ぎです。だって朝猫に意地悪するとどんなことでも、一日中災難をもたらすってぇわけで。……畜生。また災難がやってきますぜ。今日は中にもぐれるものならば、自分のずぼんの中へ這い入った方が良いような按配だ」、とシュトースは叫んで、白い砒素の詰まった乳鉢を腹立ちまぎれに無分別に搗き固めたので、口と鼻とが飛び散る毒に対して全く無防備にさらされることになった。

　竜のドクトルが薬局を調べるために露地を上がって来た。

つまりローマでは（町では周知のことであったが）二つの薬局が開かれていて、犬薬局（これはまさに我々のマークグラーフの店で）と竜薬局であった。それぞれの店がその名前の動物を、橇のように、木で模写して前につないでいた。同様に町には二人の医師がいて、彼らは兄弟であったが、ただ竜薬局からの処方箋を書く医者は竜ドクトルと呼ばれ、別の（マークグラーフの薬局からの処方箋を出す医者）は犬ドクトルと呼ばれて区別されていた。さて国の長官は両薬局を年ごとに調査する際、次のように手配してそれぞれの党派性を予防していたが、それはいつもただ敵方の医者が自分にとって忌々しい薬局を調べ、薬局の秤にかけて見るようにすることで、そうすると人々が服用しなければならないすべてのエキス、水剤、抽出液、前剤、軟膏、テリアカ[万能薬]に対して、医者の胆汁が最良の隠顕インク、いや顕隠インク（偽造ワイン検出液）となり得ることが期待されたからであった。

　それ故史実によればまさに竜ドクトルが犬薬局の軍の、そして（蒸留の）兜の観閲を行ったが、犬薬局としては勿論犬ドクトルの試験坩堝に身を投じたいところであった、なぜなら犬ドクトルは犬と共に競って尻尾と舌とで愛婿を振りまいたのに、竜の方はしかし胆汁や毒と共に炎を吐いたからである。

不運は一人では来ない、偽のダイヤモンドの後には薬局に偽の竜のドクトルがやって来る——とそう諺は言っているが、しかしこれは二番目のことは一番目のことの結果であるという意味ではなく、むしろ二つの全く関係ない矢が東からと西から入れ違いにやって来て、当たるという意味である。心優しい誰かが居合わせれば、こう言うことだろう。「私は運命でありたい、私は確かに薬剤師に幾分かつらく当たるだろうが、しかし二つのことはしない、偽のダイヤモンドと竜のドクトルを一緒にはもたらさない。運命といえども人間的心情を有しなければならない」。——しかしまさにここで運命は一つの心を示している。むしろ開いた傷に二つ目の傷を穿つことが、かさぶたになった傷にようやく穿つよりはましであり、むしろ最初の指の部分の後すぐに第二の指の部分を切断する方がいい。というのは二つの痛みはほとんど一つの痛みになるからである。この点いかに私が正しいかは、薬剤師を見れば分かる。彼はその点に無関心な様子で、言った。「今日の僕には一切がどうでもいい、どんな悪魔の勝手にされてもいい」と。

竜のドクトルは悪魔の多くの部分を表情に浮かべていて、その顔はすでに将来の薬剤師の「借金の額を示す刻み目を入れた」割り符になっていた。丁重に、疲れた様子でマークグラーフは彼を迎えた。しかし搗き係は口と鼻とをねじって、ただ挨拶をしないで、一層有害に搗き固めようとした。マークグラーフの挨拶の後、ドクトルは薬の棚のところを行き来して、頭を振った。最後に杖でペパーミントの引き出しを示して、メンタ・ピペリタ・リンナエイ［リンネの薄荷］と言った。彼は手を差し入れ、引き出して、言った。「何だと。これはリンネの緑の薄荷の葉ではないか。ペテンだ。——これはリンネの水生の薄荷の二枚の葉ではないか。前代未聞だ。——これはリンネの野生の薄荷の三枚の葉ではないか。いかさまが果てしない」。

このとき搗き係は自分に近い小窓を開けて、風の流れが毒の粉末を自分の側から、竜のドクトルの気管と食道があって吸い込んでいる方の側にもっと吹き飛ばすようにした。しかし彼がドクトルを風の流れで元気付けるよりはむしろ毒しようと思っていたことは明らかである。思いがけずフリーメーソンのヴォルブレが入って来た。彼は新生のダイヤモンドの誕生日あるいはその最初の誕生祝に出席するために来たのであったが、しかしまさにますますひどく心の凍っていく薬剤師は何と言っていいか分からない状態であった。竜のドクトルは続けて言った。彼は余りに強く濃縮された牛の胆汁を嗅いで、地団駄を踏み、叫んだ。「焦げ臭い」。――彼は阿片を要求して、それを舐め、叫んだ。「甘草が入っている、糞ったれ」。――彼は樹皮や粉薬、薬草の詰まった幾つかの引き出しを引き出させては、それらをざっと調べ、何も非難すべき点がないと、笑い飛ばしていた。――彼は斑猫を触り、砕いて、言った。「古すぎるぞ」。――彼は手に根切り包丁と「みじん切り用」包丁（薬草を切るためのもの）を取って、刃の上に指球を当てて、言った。「何も切れないな」。――一度薬剤師は説明し、論駁しようとした。するとかの男は頭を高く上げて、ゆっくりした口調で命じた。「弁解無用」。――それから彼は更に進み、処方台に行き、没食子を要求し、一握りのものを秤に載せて叫んだ。「重すぎる、間違いだ」。その後秤皿から一個をつかみ、膏薬板で軽くそれを叩いた。予期に反して灰色の粘土の殻が砕けて、単なる石ころが（よくある偽造で）出て来た。「これが没食子かい」と彼は尋ね、石の果実と粘土の皮を自分のポケットに仕舞った。

不機嫌の涙が薬剤師の眼球の下で強く圧迫してねじるように上がってきた、そして彼はただどもりながら、自分の潔白を感じて叫んだ。「そう、それも没食子で、没食子なのかもしれない、でも僕は今日の市の日は不運の子で、至る所で頭と心とを叩かれている。しかし僕を受け入れる神様がまだいるかもしれない、遅すぎる時になってであろうが」。

フリーメーソンは夙にいてもたってもいられず、むしろドクトルをいたく恥じ入らせようと思っていて、引き出しの残りの没食子を指で確かめていたが、滑らかな没食子にも重い没食子にも当たらなかった。「おかしいな」と彼は言った、「引き出しの中には他に一個も偽物はない、すべて本物だ[3]」。

――竜のドクトルは、煙突に食料品を運んでくる、かのよりましな悪魔的な魔女の竜ではなくて、人間を拉致する、かの後代の竜で、何に対しても答えず、調べを続けた。

――搗き係は彼に対して布の背後で前代未聞の蛮行を働いたが、それは幸い耳に聞こえないものであった。――

だな、……」。

「いや」、とヴォルブレは再び始めた、「偽のソドムの林檎［没食子］は一つもその他の間には見当たらない、不思議

「一体ここで何を搗いているんだい」、と臼を調べながらドクトルは尋ねた。ファイト・シュトース(4)は一層強く搗いて、自分の口と鼻の格子は自分の耳も閉ざして、栓をしているかのような振りをした。「白い砒素です」、とマークグラーフは言った。「とうに前から灰色の白墨を忍び込ませていると分かっているぞ」と竜のドクトルは言って、証拠のために指先で一つまみの白い毒薬を取り――それをこすって――言った。「灰色のもの、白墨状のものが混じっている」。――数人の信頼出来る、私の目前にある歴史記述者によれば、彼の言は正しかったそうである。というのは没食子の白い粘土が若干彼の指先から砒素に混入したからである。何世紀といえども今シュトースの前面の頭部に見られたようなぎざぎざの一杯に書き込まれた顔が見られたことはない。しかしこの顔には自然が人為の前に細工していた。というのは彼の顔は、殊に口の周りは、激怒した冷淡さの中で笑おうとする顔のように絶えず見えたからである、泣き笑いの固まった大きな歪みである。この顔で、それに視線に熱い狂おしさを込めて彼は毒で一杯の手をドクトルに差し出した、あたかもそれが単に白墨ならなめるがいいと言いたげに。

マークグラーフは今や何も述べられず、差し出せず、仕留められた状態であったが、しかし不安からではなかった。意地悪さに驚嘆すると立派なものを驚嘆するのと同様に舌が萎える。優しい心は怒って冷たい心の前で致命的な血を流す。

ヴォルブレは――彼はまさしくこのようなどんよりした諍いの犬の洞窟(5)では新鮮に冷やされた感じがして、熱い炉の中の諍う男達に対しては雪男として立つことを最も好んでいて、こう始めた。「町と地方の医師殿。少なくとも我らの犬の薬剤師はこの件に関しては、元気付けることを目指さなくても、生きながらえることを目指す男であることを証しています。といいますのは、ここで欠けているように見えますものはすべて、殺人薬でして――阿片と殺鼠剤は無害化されており――斑猫は年代を経て無力となり――没食子とそれに包丁すらその鋭さがなくなって――何か苦いもので薬局で余りに純粋に余りに濃縮されていると思われるのは、私よりも貴方がよく御存じのよう

に、雄牛の胆汁です」。――彼がもっと早く来ておれば、悪し様に言われたペパーミントも上手に当てこすっていたことだろう。

その目的や精神が予告されていると分かっている文書においてもすでにイロニーは理解されることが少ない、日常生活においては更にそうで、更にもっと卑俗な者達によって理解されることは少ない。それ故竜のドクトルはかっとなって、それを言葉通りの弁解と取りながら、言った。「貴殿も薬剤師も皆目医術を理解していない。そのためにはまず医者でなくてはなりませんな」。

「もし私どもが医者であれば、どうします」とヴォルブレは答えて、いろいろな身振りをして躊躇う薬剤師の耳にしっかりとあることを命じた。ニコラウスはこのような屈辱にあってもそれを化学的実験の際の自分の怒りを鎮める試練と見なしていたこともあって、勿論腰を低くしていたが、しかしその上この地獄の中で半分焼け落ちていたので、その肉色の灰とは一陣の風が戯れることが出来、遂に彼は行動に移った。幅広の厚い羊皮紙と共に彼は戻ってきた。ヴォルブレはそれを薬剤師の死刑執行人の顔の前で広げた。

羊皮紙は薬剤師がエアフルトで得た医学のドクトル帽であった。

――一分少々の間、竜のドクトルは洗い立ての、しかし凍った外套のように見えた、それは物干し竿から広げられた袖を腕のように伸ばしていて、それで本物の人間に似て見えるものである。突然彼の凍っていた袖の腕は溶けて、それで太股を叩いて、長い高笑いをし、自ら風のようにガラスのドアから外へ出て行った。

半ば焼き尽くされていたマークグラーフは少なくとも今や、黒い［円錐状の］薫香の蠟燭に似るというささやかな幸せを享受することになった、これは子供達が水の入った容器の上にかけられた紙の上で円錐の灰になるまで燃やして、遂にはそれが紙の中を通って燃え、突然水の中で再び黒い蠟燭として、ただ前より小さな形で、蘇るのである。

――マークグラーフのドクトル帽といった重要な事柄については読書界は出来るだけ照明を当てて欲しいと思うだろう。

ニコラウスは黄金やダイヤモンドを求めるようになるずっと以前にすでに、病人達の町全体を苦しめる医師の料理人、食卓準備人でしかないことを極めて忌々しいことと思っていた。ドクトル達は高い位置にあって、――刈り手達が通り過ぎる貴人達への挨拶のためにそうするように――自分達の微光を放つサトゥルヌスの大鎌を研いでいて、そして貴賤を問わず誰もが医師達について話題にするのに対し、一方薬物の哀れな大鎌鍛冶師たる薬剤師は、名もなく（九十九パーセント儲け屋という曖昧な九約分を除けば）その半分のガラスのドアの背後にいて、医師達の轟音とどろく凱旋の仕事馬車を前にしてドアの木材のところまでお辞儀するのである。マークグラーフはそのようなことには、多くの講義を聴講した大学町のライプツィヒから帰った後、長くは耐えられなかった。むしろ独自に自分や他人に多くの処方をし、実際大胆すぎることであったが、このことを隠さなかった。というのはあるとき竜のドクトルが治療中の彼と出会うと、この治療は彼が、パリサイ人が安息日の救世主に対するように、彼に対して七日間の薬剤師の休日に行うことを禁じており、彼にきつくお灸をすえたからである。薬剤師がドクトル帽を、最良の、ミネルヴァの兜としてではなくとも、頭の悪い医師達のマンブリーノの兜[6]として被っていなかったせいであった。

この件に関しては結局ヴォルブレの他に気の利いた抜け道を見いだしたものはいなかった。ヴォルブレは薬剤師に、自分はマークグラーフの名前[7]でエアフルトで試験を受け、その後ドクトル帽、ドクトル頭巾を被るようにし、それからこの帽子を正式な名前の所有者に渡すようにしたいと提案した。これが成功する蓋然性は高い、と彼は言った。というのはニコラウスは学部のどのような質問に対しても一つ以上の答を、いや余りに多くの答を有し、その中には不適当なものさえあるので、彼の大きな空想力と不安のせいで、こうした答と観念のすべてが狩り立てられた梟の群れのように散ってしまい、混乱の中で何一つ解答をつかめない、いや最後に間違った答を見つける可能性があるからである。――しかし自分がドクトル試験を受ければ若干事情が違う、極めて落ち着いた冷静な状態で自分は座っていて答えることになろう、自分はマークグラーフの名前で話すので、他人の無知をさらけ出すことになるばかりであるからであり、それ故そもそも各人が他人の名前で受験し、自分の名前で合格するようにすればよい、と。――――マークグラーフはこの提案に反対すべき根拠のあることを何も全く知らなかったので、両手で彼を受け入れた。

両人はパスポートをもって（二百年間の放屁に関する議論が前もって清書された）エアフルトに出発した。

勿論私はここではっきりと、E―tと書く代わりにエアフルトと表現する。しかしこのせいでこの著名なミューズの地が私を法的に告訴したいというのであれば、それは、詩的な史実記述者は祭壇背後の画像に土地の色彩をしっかり塗りつけるものであり、私は周知のミューズの地を当てなければならないということを考慮していないのである、たとえ（これも証明して欲しいが）、私は時代設定を偽っているとしても。

エアフルトの門の下で両者はパスポートを交換して、各人はどこでも別人と称した。

しかし、いやはや、何と巧みにヴォルブレは試験を受け、博士号を得たことか。薬剤師が医学からただ学んでいたこと、いや学んですらいなかったこと、こうしたことすべてにフリーメーソンはすばやく、尋ねられるたびに的確に、戦いと法律事件の勝ち誇る代理人として学的決闘において返答するすべを心得ていたので、マークグラーフは生涯で初めて自分の皇帝代理大使を通じてこのアカデミックな帝国議会でいつにない手並みを見せて、耳証人として自らが栄冠を得るのを聞いた。勿論彼は精神的額《ひたい》計測器、つまり帽子を得て、ヴォルブレは彼の博士号の前扉［白紙の遊び紙］となった。

門の外で両者はパスポートを交換して元に戻し、そしてマークグラーフは学位記を得た。数百人の医者は、何故ヴォルブレは貧乏にもかかわらず自ら人々の前でドクトル帽を被って、呈示して見せ、それに患者達の遺産を集めなかったのかと尋ねることだろう。しかし彼は全く正当な返事をしている、自分は余りに著名なドクトルのプラトナーやハラー、彼らに類する偉大な医者達に似ていて、彼らはこの上なく立派な医術を有しながらも、それを応用する生来の技術を自分では有せず、それ故再び上手な医療技術者を（写字台を通じてであれ、講義台を通じてであれ、今の場合のようにパスポートの交換によってであれ）治癒した病人として後に残すことに価値を置かざるを得なかったのである、と。偉大な法学者でさえ（例えばカルプツォフ[8]）自分の遺言状を間違って作った。それで偉大な基礎理論的医者達はしばしばそれ以上に、遺言状を作るよう人々に強いるのである。かく言う筆者も弁護士を茶化したり、真似したりする自信はあるが、弁護士を演ずる自信はない。

私は大使を通じてのこうした学問の結婚を喜んで知らしめる。というのはこれはこの作品にとっての一般的重要性の他に更に特別な重要性を有するからで、それはこの結婚が多くの栄光ある大学やドクトル帽授与者の名誉を救うからで、何故あれこれの水頭、空気頭、土頭が、炎の頭は別として、アカデミックな選帝侯の冠を被っているのか最も容易に説明してくれるからである。つまり知られている以上に頻繁に無能な策士が自分の名で立派な精神的代替人を講壇の戦場に送り込んでいて、この代替人はやむを得ず補佐司教の帽子を持ち帰らなければならなかったのである。この帽子をその後発送人は精神的王位継承者として受け取り、それを立派に利用するのである。彼は自分の脳を、さながら、以前御婦人方が髪の間に入れて、その上に小さな帽子を固定していた軽やかな小さな枕として使えるからである。以前は容易に——現在ではパスポートは予備手配書として旅行者の体つきを記載しているので難しくなっているが——今日なお知られていないこうした種類の冗談がなされたことであろう。例えば——私はそう尋ねる若干の根拠を有するが、——いたずら好きの老カントがどこかのさえないカント主義者の名の下にこの者のために試験を受けて、その哲学上の采邑保有者として博士号を取得し、その後その免許状を若い男に送って、この男がそれから若干のカント的語彙と共に容易に欺瞞を続けるといったことが起こり得ないと誰が我々に保証するであろうか。

——我々は薬局に戻ることにする。シュトースは主人のドクトル帽に夢中になって口から砒素のマスクを外し、ただ毒を搗き固めながら頭の向きを変えて、言った。「とんでもない、畜生、くたばれ、うへぇ、万歳、こうしてられない」。——彼は早速、小さな脇の調剤室前の小部屋で働いている物静かな動じない調合係のところに飛んで行ったが、この調剤室は大抵動物の要素、狐の肺や、大山猫の脳、かわかますの小骨、蟇蛙の皮、それに多くの様々な常備の汚物から成り立っていて、これらを用いて彼は『新増補の汚物薬局』[*2]の手引きに従って静かに不思議極まる治療を行ってきたのであった。「おい、阿呆」とシュトースは言った、「ご主人はドクトルであらせられるぞ、それもエアフルトからのだ、今からは竜のドクトルを見下していい。しかしやつの方がおまえの汚物療法よりはうまいかもしれん」。――調合係はただこう答えた。「誰が嗅ぎ付けたんだい」。――彼はひたすら喜んで「ドクトル、ドクトル」と口ごもりながら再び薬局に戻った。この手放しの喜びは容易に許し、恵んでやるべきものである、それ以前はどうしようもなく主人の屈辱を聞いている他なかったのであるから。

　それだけにヴォルブレは新たに呼ばれたドクトルの次第に暗くなる顔に馴染めなかったが、ようやくその理由、つまりマークグラーフのエルサレムと言おうか、あるいはむしろ最初の神殿、あるいはダイヤモンドの破壊[9]のことを知った。というのは第二の神殿あるいはダイヤモンドはまだ建造中であって炭の中にあったからである。そこで再びヴォルブレの顔に影が差した。マークグラーフが偽の宝石に没頭しているという彼のこれまでの希望は、彼が単に本物の宝石を求め、固く目指しているという悲しい知らせで水泡に帰したからである。

　結末が処罰を科しているのであれば、処罰を更に言葉で鋭いものにすべきではない。沈黙や視線がすでに先鋭化である。――「仕方ない」。――とヴォルブレは始めた――「しかしいずれにせよ火にかけられている夕食のことはそのままにしておかなくてはならない。というのは君はドクトルの宴会を開き、学位記を皿に載せて披露するのだから、次からは君のこれまでの試みを打ち切らずについでに治療するといい。犬のドクトルはどんなに今日（彼は僕を通じての君の招待を本当に友好的に受け入れた）新たな同僚のことで喜ぶことだろう」。こう言うと彼は解けない文字謎として薬剤師から離れて飛び去った。ヴォルブレは不運よりも夕食のことをもっと考えていたのだろうか。あるいは夕食で薬剤師を慰めようと思っていたのだろうか、人間は飲み食いすると（そもそもユダヤ人がその際帽子を被るように）自由の帽子を被ることになるので。

　忙しい陽気な人間はそのより善い意図が注目されることは少ない。フリーメーソンは、マークグラーフの手形のユダヤ人達や債権者達の許で、明日満期の手形に包まれて、薬剤師を倒すことになるポケットに忍ばせた雷雨に対する一つの避雷針を出来る限り仕上げようという善良な意図を抱いて急いでいた。彼は屠殺者のホゼアスの許で尽力した――彼はホゼアスの両耳の前で、キリスト教的ユダヤ教的雄弁さのなし得る限りのことを述べて、二日目の年の市に手形のことで逮捕されないで済むようにした――彼は自らを持ち出して保証しようとし、いやもっと高い手形を振り出すようにしたり、どんな逮捕にも応じようとしたりした。――彼は、自分もユダヤ人もかつて話したことのない、従ってさっぱり分からないことを更に多く述べた。――しかし結局特別に生じたことは、一切に対して頭を振った屠殺者のホゼアスが一日早く、つまりまさに年の市の最初の日に薬剤師の許に出現し、薬剤師に対して自分の顔を直に開封されるべき逮捕命令として、そして勿論他の不快な副次的考えとして、提示するということであった。

ちなみにヴォルブレは実際マークグラーフのために牢獄に入ったことだろう、すでにそれが何か新しいことであったからであり、あるいは刑務所熱［悪性チフス］はひょっとしたらそれ自体不消化の彼のコック、あるいは妻への一種の消化熱となるかもしれなかったからであり、あるいは債務拘留所は他の債権者に対する気楽な塁壁の部屋、国境要塞となりえたからであり、あるいは彼は友人達に対して、自分の好みに対するのと同様に喜んで犠牲となり、彼らのためには多くを、他人の毒や攻撃さえも飲み込んだからである、ただ機知だけは一つも受け付けなかったが。しかしホゼアスはヴォルブレのような軽いほら吹きには頼ろうとしなかった。この男には、グレーハウンドと同じで、その短い毛のせいで蚤（不安）はほとんどかみつくことが出来なかったのである。このホゼアスは普段金のこと以外では立派な男で、十分に社交や言葉遣い等々は洗練されていた――彼は諸精神を評価し――情を有し――冗談を解し――冗談を述べたが――しかし金のない負債者だけは相手にしなかった。金はこのユダヤ人の透視家にとって、女性の透視家の場合と違って磁気療法や催眠術の妨げとはならず、むしろ促進するのであった。ユダヤ人の場合屠殺者の職と楽長の職は融合しているように、彼も両者を、本来的にも比喩的にも同時に良心的に管理していて、屠殺者の職は債務者の間で、楽長の職は社交で取り仕切った。かくて多くの人間が多面的な馬の尻尾というわけで、その毛はあるときは輪として絞殺し、あるときは綱の働きをする、あるいはバイオリンの弓の弦として腕の拷問具となったり、腕で音楽のために引かれたりする。

屠殺者にして楽長のホゼアスは満期日の前の薬剤師の許では丁重さそのものでありたいと思った――というのは

粗野な振る舞いにはまだ時間があったし、少なくとも満期日があったからで——それで質問による丁重な振りを行った、明日は何時に来たら最も都合がいいか、と。しかしマークグラーフは無愛想に答えた。何時でもいい、と。というのは手形債務の逮捕という強者の権利、手の権利は手形発行の発行人の権利に従うべきであるからである。前者はもっと丁重に続けようとして、彼の言葉が分からない振りをした。すると追い立てられた薬剤師は猟の雄鹿のように彼に対してほとんど突きかかって、激昂して言った、正規の満期日には姿を見せてよいが、今日は失せやがれ、と。かくて——私は詩人として歌うことが出来よう——火災に包まれた船では砲撃が自ずと生ずる、と。ホゼアスは、明日喜んでまた来ると十分穏やかに答え、そして付け加えた。「中国の皇帝といえど単に自分の耕地と鋤だけで生きていけるだろうか」と。

彼はこの言葉でひょっとしたらマークグラーフの黄金の坩堝もしくは彼のめったにしか手にしない薬局の鋤を当てこすっていたのではないか、両者とも中国の皇帝に対する年毎の飾りの耕地がそうであるように、彼に対してわずかのパンしか恵んでいないのであるからと私は推測している。しかし別な見解であれば、私には嬉しいことである。

少なくともその思いつきはユダヤ的であり、つまり機知的である。なぜユダヤ人は別の短い商品の他に機知という商品も度々扱うのかと自問してみれば、多くの答が得られるであろう。タルムードの簡潔さが機知へと先鋭化させる——売買人としての人間に対する彼らの冷たい関係が、別の冷たさ同様に、機知的極光に都合がいい——キリスト教徒やトルコ人、異教徒から封鎖状態に置かれて、彼らは最後の武器、冗談に、真面目な言葉を禁じられて手を出す——彼らの生涯は永遠の演説、説得であり、商品の穹窿は言語の穹窿である。そのことで彼らのオリエント的炎は電気的機知の火花に分散する、そして彼らの才能は長い学問の代理公使から瞬間の給仕人、飛脚となる。

更にユダヤ人の機知の二十もの他の母胎を挙げることを私に妨げるもの——例えば主に、ある種の適度の独立支配よりは適度の隷属状態の方が共和主義的弁舌の奔流を抑圧して機知の勃発や噴水のためにはなはだ役立つ、それは現在のギリシア人、最近のローマ人、以前のフランス人が示しているようなものであるという母胎を挙げること

――このことを私に妨げるものは薬剤師の三人の妹達で、彼女達はユダヤ人の退場の後、献立表を持って入って来て、その三叉の戟で若干ダイヤモンド製作者への責めを次の章へ継続させるのである――

＊1　ダイヤモンドが集光鏡の下で砕けるときの部分は、完全に全体の形象、角面、先端を保っている。クリュニッツの『百科辞典』、第九巻、ダイヤモンド。

＊2　『新増補の薬効ある汚物薬局、つまりいかに糞や小便で、ほとんどすべての、いや最も重い、最も有害な病気等々も治癒されるか云々』クリスティアン・フランツ・パウリニ、フランクフルト・アム・マイン、フリードリッヒ・クノッヘンと息子の出版社、一七一四年。

第六章

十二人の陽気な教会堂開基祭の客人達が、打ちのめされた薬剤師の許で更に陽気になるためになしたことが語られる

私は残念ながら史実記述者として――ただ歴史的に続けて行けるようにするために――静かに述べなければならないが、運命は私の目とペンの下で哀れな薬剤師をふくらはぎから鼻に至るまで大きなスペインの発疱硬膏、発疱膏に包み、巻くので、その下で彼はちょうど拷問のスペインのマントを着ているかのように巨大な水疱へと脹れることになる。にもかかわらず私は実直な男としてこの件を入念に物語らねばならない。

私はすでに述べたが、マークグラーフは彼のローマや周囲に在住の親戚を豪華な食事に招待したが、彼らが長い

こと十分に彼を見下ろしていた後、彼が発汗席、漕手席の代わりに突然高い宝箱、あるいは金鉱山に座れることになって、遂に彼を見上げるようにさせるためであった。特に彼は、自分の発明したダイヤモンドの光輝が温かい実を結ばせる陽光としてまずもって凍えた（冷淡さを自他に振りまくのではない）親族達に射すように、それも出来るだけ早く、自分の最初の善行の際、早速彼らを自分の目の前に有することになるようにしたいと狙い定めていた。いかに彼は一族を次々に夢中にさせ、餌を与えたかったことか。――しかし何故彼はまずは天から降って来なくてはならない宝石の隕石に対するかくも多くの宝石消化人、宝石カット工を招待したのか。それはあたかも自分が意図的に身を晒す窮境によって運命の援助を強いることが出来るかもしれないという自分の感情のせいで、ちょうど将軍が自分と自分の軍に退路を断って、勝利をより確実なものにするようなものであった。――その際彼にとって更に幸いなことは、彼の妹のリベッテが彼をはなはだ巧みに欺いていて、彼女が招待すべきであった最も高貴な四人の親族のことは少なくとも皆目念頭になく、それより望むことの少なく、より困窮していた貧乏人達だけに是非出席の栄を賜りたいと頼んでいたことであった。一方、逆に二人の別な妹達はまさに貧乏人を断りたいと思っていた。

さてとうとう曇りの午後が雷雨を内にはらんだ夕方と共にやって来た。大都会にいると、小都市では年の市がいかに大いなるものか、その際食事の招待ときたら全くどういうものか知らない。その上、金を有する場合、午後には喜びの祝典が顔に輝くことになっている時の午前中ほどうんざりした顔が見られることはないという事情がある。しかしこの天国の煉獄は――これについては市の貴族の方がダンテよりも上手に歌えることであろうが、――一文も金が得られずに、客人やキリスト教徒より先に債権者とユダヤ人に依頼しなければならないとすれば、もっと苦いものとなる。

丸一日中主人達がことによると財産を質に入れて、その他のあらゆる種類の祝典の陣痛に耐えた後、夕方客人達が喜んで正装して現れることになっているこのような物悲しい日に対してひょっとしたら楽しいタッチを与えられるとしたら、ただ次のような思い付きを述べることによってであろう、つまり同様に（少なくとも以前は）ウィーンでは[*1]、日中に皇帝か皇后かが下剤を服用したとか、催吐剤、あるいはその他の医療を受けた場合、夕方宮廷の一同は正装で現れなければならなかった。宮廷はそうして良い効果に対する自らの喜びを表明しなければならなかったからであるというものである。

しかし皇帝の催吐剤や塩類下剤は薬剤師の陣痛、彼の妹達によるヒステリックな発作に比べればいかほどのものであろう。つまり二人の妹が（しかし午後余りに遅くなってから）献立表を持って登場し、彼に打ち明けた。燻製の物、塩漬けの物、発酵物は出来る限りかき集めた。今ただ欠けているのは飲み食いするための新鮮なものだけである。彼が今日金が入り、渡すと約束していたので、すべて必要なものを市場で購入するちょうどの時である、ここに最も必要なものの表がある、と。――それには実際晩餐のために生きたまま買われ、むしり取られ、うろこを取られ、皮を剝がれ、削ぎ落とされ、焦がされ、焼かれるべきものすべてが忠実に書かれていた。……いやはや。いかに多くの動物の拷問の時間から人間は舌のための一分間の祝典を凝縮して燃やし、ハンダ付けすることだろう。

このとき三番目に妹のリベッテが入って来て、ニコラウスは言った。「ねえ、おまえ、本当に夕食は妹達が僕に請け合おうとしているようなものなのかい」。――「私は」とリベッテは言った、「あの人達が何を請け合ったか知りません」。――しかしニコラウスはただ、自分の嘆きを、あるいは受難の杯を、あるいは今日紛れもなく、水で薄められもせず飲み干そうと思っていた怒りの鉢だけを話題にした。この男は午前の四時から怠けもののハインツと――竜のドクトル――二人の妹、自らの自我によって狩り立てられ、熱せられていたのであった。だが彼は敬虔な錬金術師として、殊にまだ孵卵器の中にある二番目のダイヤモンドの傍らでは、激昂したり、弾けたり、憤懣の余り我を忘れてはならず、落ち着いた振る舞いを見せなければならなかった。そして彼はすぐにそうした。彼は一ショッペンの空気を丸ごと飲み干すと妹達に空の絹製の、真珠で飾られた財布を渡して言った。「この真珠の財布を質に入れて、これを抵当に二、三グロッシェン入手出来たら、饗宴を開けばいい。金そのものは今日僕の手許にない」。

二人の妹は――リベッテは黙っていたから――意地悪から付け加えた、自分達は炉からの今日の収入をすっかり当てにしていた（実際は誰も信じてなどいなかったが）、昨日もそれで自分達を慰めていたのだから、と。「優しい三叉の戟の妹達よ」、と彼は答えた、「僕は今朝医学のドクトル帽を被った、僕は今日の栄誉の日を子供を入れずに十二名の会食のために、これは貪食会ではなかろうが、食べ物の心配をせずにいくらか満足して過ごしたい。今日はこれが尚更好ましい。というのは僕は明日いずれにせよ手形の件で町の牢獄に連行され、そこに収監されるのだから。一行をすべて断って、もっと良い時期に招待するわけにいかないかい。――考えておくれ」。

ここで三叉の戟の三本の先端が怒って、一緒に誓った、そんなことは不可能で、そもそも作法に反する。哀れな貧乏人の一家はそのために遠くからやって来るのだから――それに高貴な方々は今市場のどこで見付かると言うのです、それに犬のドクトル、三人の花輪［サークル］紳士、身分のあるすべての人々、それに自分の家の名誉が侮辱されてしまう――いずれにせよ不可能なことだ、と。

「僕自身思うにそんな事情ならば」――とマークグラーフは全く平然と言った――「夕方にはすべての十二人の招待された使徒と、それにその他の者達が子供と一緒に現れるだろう、宮中ティンパニー奏者の従兄弟一人だけで十二人分食べるし、御者ときたら飲食のために二つの胃を有するケンタウロスだ、それに友人の犬のドクトルはワインを欲している。しかしワインは、三人の地獄の裁判官の妹達よ、家にはないことだろう――今日はまず真正な特選酒の栓を抜かせようと思っていたが、しかしそうはいかなかった――その上それは不足することになるかもしれない、それにおまえ達がほんの三十個か四十個のカッツェンドレッケン［猫の糞］やノネンフリュッツヒェン［尼僧のおなら］[*2]を出そうと思っても、アーモンドが欠けよう。ワインやアーモンドのないただの猫や尼僧の方が僕には容易に調達出来よう。その他はところで僕とおまえ達、三人の三圃式農法は、食事では面目を施すことになろう。客人達はそのテーブルが可愛い蹄鉄に思えるに違いない。蹄鉄を取り囲んでいる血縁の胃を僕らはいわば酢や塩や煙の中に入れることになる。つまり僕らはその中にただの発酵物、塩漬物、燻製を入れるのだ――家畜は新鮮なものはないけれども、しかし搗き係が下の地下室でざりがにをチーズで太らせている、いやこの良き人間は更に町の池でポタージュのための蛙の股を求めて這いずることが出来よう――プリューゲルクーヘン［棍棒菓子］[*3]やゼルヴィエッテンクレーセン［ナプキン団子］のためにはすでにナプキンや棍棒は手にしているけれども、ただ干し葡萄やアーモンドが欠けている。――「何てことだ、何てことだ」。（と彼は突然叫んで、激しく曲げた腕を彼女達の前で、あたかも子供をその中で揺すっているかのように、動かした）。「かくて今日僕は晩年蹄鉄の許での見せ物のために座り、頭にドクトル帽を被り、ボタン穴にナプキンを刺し、親族の者達がナプキンをして罪人の向かい側に座り、ナプキンを汚すかナプキンに滴を落とすことになる何か結構なものを捜すのだ。――かくて僕は実際悪魔の糞［阿魏］で汚れた鳩として鳩の群全体の中へ飛んでいき、親族を四散させるのだ――そして花輪［サークル］の紳士達は仕事に失敗した男の僕に高飛車に出る。……愛しい妹達よ、中止しておくれ。僕は出来ない、したくない、すべきではない――いや多分しなくちゃいけないだろう。無念。あちらの靴屋の止まり木ではすでに従兄弟のティンパニー奏者が家族と一緒に値切っている。どの屋台にも親戚の女性が見える。――近寄って来るぞ。迎えに出て、皆に言うがいい、夕方の正餐のとき、僕のドクトルの宴会のとき、僕は姿を見せる、と。今は盛装をして、喜んで自分の地獄に耐えよう。客室の香蠟燭を点して、親族の奔流の第一陣を丁重に僕の名前で受け入れておくれ。食事を最高に並べて、僕に一々尋ねないことだ」。

「お兄さん」――とようやくリベッテは始めた、彼女は他の妹達の流儀に反して喜んで彼にすべての不快なことを黙っていた、彼女はちなみに彼の心を軽くする自己鞭打ち、苦情讃歌に慣れていたし、また彼の黄金製作、宝石製作のすべての福音に対して注意を払っていなかった――「すでにすべてが焼かれ、砂糖をまぶされ、屠殺され、その上樽の栓も抜かれました――犬のドクトルは私どもの望んでいる以上にワインを気に入って下さることでしょう。――あなたとあなたの炉を待っているのは誰かしら。女達でも黄金は作れます。今大事なことは、あなたが服を着ることですよ」。

しかし奇妙なことに彼は自分の軽い悲嘆の中に留まっていたかった――自分はこの『悲歌』[1]を書くと全く陽気になる、これは自分によく利くと彼は述べた――そして着衣し、準備が済むまで新鮮な絶望の状態でいるようにした。

彼はこの絶望の中で支えられていると感じていたが、このとき旅館の前で一頭立ての半蓋馬車から親族の聖家族全員が飛び降りるのを見、犬のドクトルが近くの病院へ向かって行くのを見た、そこから彼は客として薬剤師の狩り立て猟の家へ入って来ると思われた。「搗き係よ」——と彼は叫んだ——「後生だから、万事大至急持って来ておくれ、靴に、チョッキに、時計だ——彼らがもう近寄って来る、僕はまだ一糸もまとっていない」。彼は部屋の中で行き来して、騒がしい市の広場全体とブロンズの辺境伯(2)に腹を立てた。この像はとても石のように冷たい様子で町の装飾として噴水の中の後足で立った馬に乗っていた。「搗き係のシュトースよ」（と彼は服を着せている従者に言った）「ともかくそんなに矢のように速く慌てなくてもいい。ほら、靴下の襠がちょうど上の脛骨のところまで来ている、踝の上まで引っ張っておくれ。思い違いをしていた、チョッキの三個のボタン、それも臍のところでとれかけて糸にぶらさがっている。ボタンはとめないでおくれ、僕は一晩中それを隠すために手を差し込んでいよう、無くなった腕の代わりにチョッキに袖を差し込んでいる者のように。——時計はポケットに収められない、家では誰も壊れた時計のガラスを修理に出していないのだから。僕の髭は手幅の高さに伸びている。しかし今急いで僕にサーベルを当てて、髭と喉とを断ち切ってよいと思っちゃいけない。——しかしそなたは、牢獄でお産をして、産褥に就いている女盗人のように、僕がドクトルの宴会のために困窮の厩舎内で行う一切からどんなことが生ずるかを見るだろう。僕らの哀れなむく犬でさえ哀れに毛を刈られて、その頭のトゥーペーと尻尾の袋鬘とを道化のように揺すって踊っている。着衣から判断して、僕が他の幸福な人間同様に市に行くと思っているからだ——そなた自身泣きべそをかいていて必ずしもこの上なく輝かしい教会開基祭の人物とは言えない。……何と市全体が愚かな歓声でどよめき、家畜の市がそれに割って入っていることか。——腕白小僧達は見上げ、僕に対し太鼓を叩き、トランペットを吹いて、恐らく僕の小躍りや悩み踊りを見守ることだろう。……いいかい、シュトース、そなたの主人は今日そんな目に遭っているのだ。しかし調剤室へ降りて行って、炭を見ておくれ」。——「すぐに行こうと思っていやした」と搗き係は極めて腹立たしげに言った。

——素早く彼は戻って来て、言いようもない顔つきで告げた。「ハインツの中の炭はすべて消えきって、黒ずんでおります。しかしその中には何かが神々しく輝いておりやす、ダイヤモンドてやつに違いありません」。「まさか」――と青ざめて小声でマークグラーフは答えた――「神様は罪人で犬の僕に御厚意を示されるのだろうか」そして下へ駈けて行った。

＊1　モーザーの『ドイツの荘園法』第二巻、四四四頁。
＊2　二つのクッキー類。最初のは干し葡萄やアーモンドで、一本の糸に通されて、ラードで焼かれ、砂糖をまぶされ、シロップがかけられる。――二番目のは林檎の切片で、小麦、牛乳、チーズ、卵、フランスブランデーの粥状のものに浸し、バターで焼き、砂糖をまぶされたもの。『女性百科』第一巻。
＊3　バウムクーヘン、プリューゲルクーヘンは特別にそのために切られた木に生地を塗って焼かれる、その木の上でクーヘンは火の上でぐるぐる回される。

第七章(1)

あるいは物語のための二十カラットの礎石が置かれる

本物のダイヤモンドが化学的炉の中で出来上がって、周囲に燦然と輝いた。これですでに第七章は終わるが、ここから一万もの新しい章が始まる。

第八章

あるいはいかにダイヤモンドが、同様に屠殺者のホゼアスが真正で硬いものと認められるか

薬剤師はやっとこで輝く鉱滓を取り出し、搗き係にハンマーでしたたかに叩かせた。宝石は残った。主人は彼に宝石をしっかり挟ませて、イギリスの鑢《やすり》で鑢をかけた。宝石は残った。彼とシュトースはその輝きに息を吐きかけた。輝きは残った。彼は宝石を金敷の上に置いて、鍛冶屋の槌で力一杯打ち込んだ。小さなへこみが出来たが、それは宝石ではなく、金敷の方だった。

結局あらゆる吟味によれば、彼は自分の最初のダイヤモンドを仕上げていた。

――奇妙な人間の生活よ。他ならぬ薄い、見通せない瞬間だけがしばしば汝の地獄を汝の天国と分かっている。我々が時折夢の中で骨の髄がなくなって、両手、両足を縛られていると感じていながら、しかし突然目覚めの動きが我々を力と運動とに満ちた新鮮な生命に送り込むように、運命は長い苦悩の夢の鎖を突然一分間で断ち切ってしまう、そして人間は再び自分の快活な自由を得て、そして――目覚める。――

心理学の助教授達はその様々な分離された講座で次のような公準を立てることだろう、つまりこれまで自分の希望の青白く描かれた天体図に眩惑されて、いわば我を忘れていた薬剤師は、今や天球儀の周りを転がっていく真の大熊座「天の馬車」にすっかり座っていて、歓喜のめまいの余りこれ以上じっとしておれないことだろう、と。私がこうした確信をもって提示された心理学者の文章をすべて破棄しても、それは私の罪ではない。というのは薬剤師

は感極まりながら一個の懐疑家、自らの非国教徒となろうとし、次のように考えようとしたからである。「このことはしかしほとんど信じられない、シュトース」と彼は言った。「――大変すぎる、一個のダイヤモンドだ――磨かれていない一カラットでもすでに二十五ターラーに相当する、四カラットは十六倍以上だ、だって宝石はその重さの平方数で支払われるのだから。しかしここのは一度に全くもう二十カラット以上ある、将来のダイヤモンドの大きさなど想像も付かない。――少なくとももっと試験をしてみなくてはならないだろう、宝石を煆焼法で試したり、硫酸で煮て調べたりしなければならないだろう。――いや、勿論これは本物で、まぎれもない、これらの弱い試験は強力極まる試験の後では今や茶番にすぎない。……シュトースよ、遂に神様の御厚意でこの栄誉を見た、僕らは今二人とも安泰だ。……怠け者のハインツの老火夫のそなたを抱擁させておくれ。……恭しく恐縮することはない。抱擁するのにそなた以上にふさわしい者がいようか。そなたこそ多くの炭火を掻き立て、吹き付け、やっとここでかき回し、夜起きて、数百ものことをした男ではないか」。

抱擁の間、搗き係は純一な天国に我を忘れた（マークグラーフのそれぞれの腕、それぞれの唇がすでに一つの天国であった）。彼は感激してむせび泣き、あたかも自分は与太者としてこのようなことには少しもふさわしくないかのように自らを罵倒した、そして長いこと仕えた主人の真っ先の抱擁に歓呼してほとんど薬剤師すら叱り付けるところであった。――いやはや。何としばしば一人の尊敬する男の一回の抱擁が生涯にわたる精神的生誕となって結実し、一人の肉体が一人の精神を一つの思想界で孕ませることか。

搗き係は乳鉢を（あるいは蒸発皿であったか）帽子として頭上に置いた――彼は思わず知らず金網篩をころがした――彼は窓から外に叫んだ、ヤッホー。――彼はそっけない、ちょうど洟をすすっている調合者の首筋に飛びついた、――この男は彼の顔にくしゃみしながら尋ねた。「一発くらったのか、怒っているのか、狂ったのか」。――しかし彼は答えた。「そうとも、世の中のもの全部貰った、後は幸せに死ぬだけだ、もう結構、わしゃ今日は何もしないぞ、好きなように万歳だ」。幸い彼の主人は彼を遂にユダヤ人のホゼアスの許に送った、貴重な宝石を手放し、金を手に入れるためであった。

先には新たな天国が押し寄せて来たために上述の心理学者達にマークグラーフの喜びの懐疑心について、意見を述べて説明することが出来なかったが、それを今ようやく続ける。幸福は、それが遠くから間近に来ると、ある大きさになって、そのためそれは幾分疑わしく、幾分魅力的に思えて、我々はそれの存在することを証明することにほとんど飽きない。このようにして、不幸の大きさが不幸を信じないでいることを妨げるように、幸福の大きさが幸福を信じていることを妨げる。

ホゼアスはまことに満足して現れた。古典的あるいは理想の[宝]石の商人的[宝]石学者（岩石学者）として彼は一瞥してすぐにそのダイヤモンドで薬剤師を真のダイヤモンドの羊毛の騎士として認め、密かに将来のこのような偉大なムガール皇帝に対して驚いた。それだけに、彼はその小宝石を偽と称し、最も強力な懐疑を投げかけて、自分の現金のために少なくとも、金の代わりにただ炭を使っただけの薬剤師同様に儲けるようにする必要性を感じていた。薬剤師がすべての試験を繰り返すことを、さながら貴族の石の兜の観閲式をするように始めると、彼は優しさから大抵を断り、自分は最も彼の心をあてにしていると請け合った。ただ最後に、ダイヤモンドがすっかり吟味されたとき、ようやくユダヤ人は完膚なきまでにやっつけた――いずれにせよこれは粗雑なダイヤモンドだ――羽状のもの、節が一杯中にあり――それに面皰が多い、つまりカットしにくい――濁った箇所、あるいはジャンダルムと呼ばれるものは全く考慮に入れなくても。

薬剤師は自分が食べるために捕らえた宝石の立派な鯨が身近な料理魚のようにその胆嚢が潰されて苦くなってしまうことを好まなかった。それ故彼は怒り、噛みついて、ちょうど市のあいだ居合わせている宮中宝石商と合同で作られる委員会の設置を提案した。しかしすでにまたホゼアスはあるべき男(1)となって、宝石の競売で二番目の入札者を隣に見るよりはむしろ薬剤師に立派な信頼を見せようと思い、それ故先の男を排除して、自ら取り引きに介入した。

私の前にある史的書類によると、そして通常のダイヤモンドの査定に従えば、この査定では磨かれたダイヤモンドの一カラットに対して五十帝国ターラーが支払われ――磨かれていないものに対してはただその半分だけであり

——そしてジェファリー(2)の定めた規則によれば宝石の重さはそれ自身二乗される（それ故五カラットの宝石は二十五カラットに相当する）のであって、この額がまた支払い金と掛けられる（それで五カラットのダイヤモンドは千二百五十ターラーとなる）とすれば、こうした見解すべてに従うと屠殺者のホゼアスは幾らか半分以上ごまかすことは不可能であった。というのはダイヤモンドは（磨かれてなくて）二十カラットあり、それで真の価格はほんの一万ターラーちょうどになったけれども、しかしこのユダヤ人は彼に四千六百と半ターラー喜んで払った。取り引きでは賭博同様に兄弟を認めない者すべてに対して、またこのユダヤ人はここでは余りに少なく奪い、儲けが少なすぎると思う者すべてに対して、私は容易に彼を正当化するが、それは将来の宝石の販売の際にこの損失を埋め合わせられる自信があるので、自分は薬剤師に幾らか高すぎる程支払うのだと彼自身述べていることを考えて貰えば済むであろう。マークグラーフが手形を満期日の一日半前に支払金で差し引いて貰ったことも、気前のいいホゼアスを証している。ユダヤ人は金を一分間遅く出し、一分間早く取り戻すことを好むが、一分間は六十秒からなり、この六十秒のそれぞれが六パーセントの利子を——単に空想であれ——生じさせるからである。各人はそれぞれ別の利率を有しており、ある者は月ごとに利子を得、別の者は未成年の利子を得る。ある者は瞬間ごとのより良い利子を得、別の者は永遠からの最良の利子を得る。

第九章

ここでは最も肝要なものが食べられ説明される

至急便、強行軍でマークグラーフは彼の三人のクラブ会員、とりわけフリーメーソンのヴォルブレを呼び寄せて、早速彼らを自分のエデンの門の門番、庭師として受け入れたかったであろうが、――彼らは皆それよりも早く来た。彼は彼らに金袋を見せて言った。「こうなった、神様の思し召しで僕は祝福された。勿論今とても裕福だ。今朝はこれらの偽のダイヤモンドの破片で始まったのだが」。

ヴォルブレは――真相が若干解明されると――きちんと二滴の喜びの涙を（それぞれの目に一滴）流して、両手でマークグラーフの肩を握って、言った。「本当なのかい、ドクトル、すごい、話しておくれ。――あるいはユダヤ人達がただ金を貸してやったのかい。――しかし本当にその発明で報われたのだろう、これまで大層惨めにダイヤを隠さないよう裸でダイヤモンドを探さなければならないブラジルの黒人さながら素寒貧で歩き回らなければならなかったのだから――――この譬えはここでは全く場違いかもしれないが、何構うものか。衷心からお祝いを述べる、私が将来君の費用で二十七年もの、三十六年もの、四十八年もの、あるいはまあ六十六年もの以外のワインを飲もうものなら、ヴォルブレと名乗りたくないね。ダイヤモンド製造を続けるがいいさ、君がすでにそうであるものに君がなるまで、君がライプツィヒ時代から承知しているように」。――彼は上手に皇子傅育官と侯爵就任をほのめかしていた。

厩舎画家のレノヴァンツはマークグラーフの僥倖への喜びを少しも表現出来ずに、ただこう述べるに留まった。

「それはすごい、特に偽のダイヤモンドの破片がまた生じなかったのはすごい。ダイヤモンドかあるいは喜びが貴方の特別な顔の造りに立派な輝きをもたらしていますぞ」。彼は正しく、熱烈に幸せを祈ることの出来ない数少ない人間の一人であった。教戒師はとても真面目にマークグラーフの手を握って言った。「この握手だけで何の祝辞や言葉も要らずに貴方の喜びへの私の真の関与を明らかにしています。すでに私の顔が貴方にそのことを十分すぎるほどに表現しておりますが」。――すると彼は部屋全体で最もうんざりした顔をして、こう叫んで、左手をマークグラーフの手から引き抜いた。「畜生――右手にして欲しい」。この日の上気した主人公が握手に懇ろに応えるために説教師の太った指をはなはだ強くその痩せた指で厚い結婚指輪(1)の箇所で、指締めのように圧迫したのであった。畜生と言ったのは薬剤師に対してではなく、悪魔という畜生そのものに対してで、悪魔については説教師は独自の体系を持っているのであった。

　私の読者が同じような歓喜のバベル、嬉しさ極まる状況にあって、例えば思いがけず玉座に据えられたとか、あるいはただ聖人の間に、あるいは（生きたローマの皇帝のように）それどころか神々の間に、あるいは何らかの祝福を受けた者達の座に据えられたということがあれば、それは第九章全体にとって大変な利点があって、私は読者に長ったらしく、薬剤師のような貧しい男にとって、歓喜や人間の渦が自分を持ち上げ、回し、揺するとき、その渦の中でどんな気がするか描く必要は少しもないであろう。このような王冠を戴いた、あるいは列聖された、あるいは神格化された読者は最も容易に、自分の周りでは未来のあらゆる高みで喜びの火が燃え、そこから牛乳と蜜とがバター週〔四旬節前の週間〕、蜜週の形をして流れているカナンの地を眺めることの出来るマークグラーフのような男を生き生きと思い描くことだろう。

　――しかし何という力、何という秩序で、私は到着者や質問の喜びの無秩序や混乱を、要するに次に続き、今描写していることの一切を描写していることか。描写の無秩序はひょっとしたら無秩序の描写かもしれない、私はそう願わざるを得ない。

　すべてのことがその男に、彼の内面と外面とに流入、突入してきた。

三人の妹達が現れた。彼はそれぞれに財布を投げ与え、彼女達を地獄の川から黄金の川へ移した。その際彼女達の驚きの大波がざわめくのを彼は耳にしなければならなかった。彼女達は少しもこの件が呑み込めず、敵愾心に満ちた搗き係は彼の流儀で彼女達に何の説明もしなかったからである。

犬のドクトルが現れた。彼は最もドクトル帽について不思議がっており、それについて適当な解明を望んでいた。——

様々な薬局［養父方］の親戚が現れた。最も遠縁の者から最も高貴な者まで、子供達ばかりで、母親達に連れられて——

ホーエンガイス出身の貸し馬車の御者、単なる名親が現れた。彼は三人のローマ人に教会堂開基祭の客を乗せてきたのだが、自ら薬剤師の客として降りるためであった。——

辺境伯の厨房から副料理人が現れた。マークグラーフの料理は自分のよりも十倍劣っていると期待して味わうためであった。

従兄弟の宮廷ティンパニー奏者が現れた。彼はまずは長いこと一昨日、昨日の分を補い、食い尽くしてから、胃に今日の分を入れようと思い、いわんや明日の分は後回しで、このように彼の腹膜は彼のティンパニーの張り革同様に、空で物音を立てていた——

痩せて、貧しい叔父が現れた。金細工師で、輝くばかりの、しかし禿の頭で、毛に覆われているのは、その熱気のために、料理人に焼かれた兎と同じく、足の部分だけで、後にそのうちの前足がテーブルに見られるはずであった——

更に何人かが現れた（例えば銀器管理女、金細工師の二番目の妻）、そして皆が（私は請け合う）、独自の個人的驚きと喜びに陥り、この二つを出来るだけ知らせたいと欲していた——

これよりも大きな客人の寄せ集めや質問と返事の混乱が今まで私の物語の中で生じたことはまだほとんどなく、今この行に至るまで現在の物語でも、決してなかった。というのは後に次の所でこの混乱はさらに拡大しさえするからである――

田舎町から色とりどりの血縁の婦人達が現れた。本来花そのものよりももっと美しい色の花卉支えの棒で――勿論どの棒も娘という名で巻き付いている若い花と自らを見なしてはいるのだが、――これらのラックを塗られた棒は皆この家の没落と三人の姉妹の衣服を自ら見、嘆くために、それだけのために招待に応じて家に足を踏み入れたのであった――

屠殺者にして楽長のホゼアスはまた現れた、彼はマークグラーフがまだ生産に取りかかっているより大きなダイヤモンドの場合にも目をかけてくれるよう二回目の依頼をしていた――

搗き係のシュトースはどこにも留まらず、至る所に現れたが、新しい緑色の狩猟服を着ていた（急いでいたのでユダヤ人の許で別の入質された服を買えなかったのである）、そして喜びの余り、分別の代わりに大いに熱気を見せていたが、少年が花火を吐くようなもので、この少年は前方で燃えている木片に後ろの歯の間から息を吹きかけるのである――彼の助手、調合者が現れた、そして冷淡に、懐疑的に留まり、何に対しても驚かないつもりでいた。私は何でこののろまのことを書くのか分からない――

要するに悪魔とその曽祖母が現れた（祖母はフランスで仕事があった）。――

マークグラーフはこの婚礼の前晩のような大騒ぎに際しては、差し当たっては何か善行を施したかったことであろう、そして格別に喜んで暗闇の中変装して、貧乏がその遊山のキャンプを人々で一杯のごく小さい家々に[*1]張っている郊外に忍び出て行って、幸運の女神としてみすぼらしい人々の壁龕を一つの夕焼けで黄金色に照らしたかったことだろう。――実際は時間が切迫しているためクロイツァー貨幣で一杯の六本か七本の手に倹約せざるを得ず、窓から急いで黄金の、つまり銅製の雨を大いに分別を働かせて、拾い上げる少年や乞食が駆け寄ったり、駆け戻ったりして打撲や打擲を受けないよう反対の隅に投げることになった。

しかし更に別のつむじ風がエーテルの中にいる彼に吹きかかった、これはすでにしばしば私を、多分に読者をも、小規模ながら苦しめてきた風である。例えば私ども両人が真実ではあるが、しかし大いなる称賛に満ちたこの上なく素敵な手紙の一つを得た場合、我々は大急ぎでその手紙に目を通し、副次的なものを抜きにただ肝腎のことのみを記憶に留めるか、あるいは肝腎のことを抜きに副次的なことを留め、後になってようやく全く別様に、分別ある人間のようにそれを享受しようと欲する。というのは現時点では手紙を友人に見せようと慌ただしく急いでいるからである。立派な深い本の場合もこれよりはるかにましとはいえない。その本を私は大至急ざっと読み、友人から返して貰ってはじめてゆっくりと味わい尽くそうと思って、それ故友人にどんなに急いで貸しても十分とは言えないのである。――

ただなお千倍も苛立たしくマークグラーフは二つの正反対の至福の極に引きずられた。一つの極は彼を食卓仲間に引き寄せ、別の極は夢想の孤独に引き寄せた、つまり彼は同時に革前掛けでは前方に、革後ろ掛けでは後方に導かれたのである。親戚や敵、友人、パトロン、嫉妬者達を自分の今の［ギリシア神話の］浄福者の島に案内し――そこまでの自分の旅をすべての嵐や砂州と共に温かく描写し、それだからといってすべてを打ち明けるわけではなく――そして多くが空のままに残されていた海図を見せて――自分の島について自ら小さな地図を開くことが彼の最大の欲望、至福ではなかったか。それが初めからいくらかより好ましく、より快適ではなかったか。――これが一つの極の引力であった。しかし別の面からは別の極が後ろの尻当て革の所で同様に強くエーテルの楼閣で一杯の孤独へと引き寄せた。彼は尻当て革に乗って静かな縦坑の中へ入って行き、そこで地下の宝の輝きを見守ることが出来なかっただろうか。つまり彼はソファーに寝て、自分の果てしない天国を心ゆくまで夢見て（彼は何の邪魔も受けずに寝ていた）そして空想の足で或る葡萄畑の頂とタボルの山から次のそれへとアルプスのかもしかのように跳ねて、下の辺りの無限の眺望を見てさわやかな気分になることが出来なかったか。

勿論彼は数分間この夢想三昧をより正確に考え、一時没頭して覗いていると、すでに下の居間にいるときに、自分は上にいたらまた下の聞き手の許を憧れて、聞き手達が自分の描写を聞き尽くしてくれることによって自分が重い歓喜の天を負うその手助けをしてくれるようにするだろうと前もって予想した。ただそうなると――このことをまた彼はこの予想から予想したが――このような描写がまた他面夢想のベッドへの衝動にはなはだ火を付けて、薬剤師は懐疑の余りどこにいたらいいか分からなくなり、結局これまで丁重さの念から留まっていた所にいるしかなかった。かくて彼はいた所に留まった。

諸歓喜を喜ぶということは集光鏡のあちこちずれた焦点で暖まるということに等しい。人間は喜びを丸ごと得ることは出来ない。画家がドレスデンの美術館では名作をすっかりコピーすることは許されず、常にある部分を残さなければならないようなもので、例えば（政治的作家のように）〔驢馬の耳の〕ミダスの場合、耳を残さなければならない。――

饗宴が遂に調えられた。私が入手できたすべての情報によればそれはかつて物語の中で輝き、湯気を立てた饗宴の中の最良の一つであった。そしてティンパニー奏者、御者、すべての子供が満腹になった。

マークグラーフはいかにしてリベッテが薬局の乏しい黄金と信用にもかかわらず、かくも思いがけず料理の準備が出来たのかさっぱり分からず、彼女が幾つかの放蕩息子の焼肉をダイヤモンドの発見後一時間して初めて調理済みで買ったこと、それは色とりどりの婦人方に、先から貧しくはなかったと示したかったからであるということを全く見過ごしていた。

いつもは自分の分が精一杯の蝸牛同様に客を厚遇することの出来なかったこの薬剤師の許で程に、生涯でヴォルブレがかくも楽しく食事し――飲んだことは――今までなかった。彼は怠けもののハインツがすべてを弁済し保証することを知っていた。それに第二に彼は皆の中で喜びの男に対して最も喜んでいた。友人の大いなる幸せに対する心からの喜びはその不幸に対する同じ関与よりもより高い愛を語っている。

ただ残念なことであるが、教戒師は――彼はローマで最大の哲学者であったばかりでなく、唯一の哲学者でもあったが――ちょうどレノヴァンツがそこでの最大にして唯一の画家であったように――酔っ払わなかった。しかし世の中の最良のワイングラスがあっても彼は酔っ払わなかっただろう。自分はそうなったら余りに利発になって、殴り、冷やかし、罵るかもしれない、要するに含むところのあるどこかの男と張り合うかもしれない、それどころか今日の薬剤師のような百万長者と張り合うかもしれないという彼の不安は余りに大きなものであった。自分の機知を彼自身ほどに恐れているものはいなかった。彼はローマ中で自分ほど多くの機知的思い付きを――読んだ者はいないと知っていたからである。しかし私は彼の不安をむしろ憂鬱症と見る。私は年中最も機知的で辛辣な作品や人間達の間で暮らしている何人かの立派な男達や、それにすべてのフランス文学を諳んじている身分の高い外交官達が、それだからといって少しも自分達のドイツ語の文体がより短くなることもなければ、自分達自身の思いつきが塩辛くなることも、他に機知の味がすることもないでいるということを知っている。そんなわけで海の魚も、例えば鰊も、塩辛い大洋に生まれ、そこで育てられているけれども、上手に分解することが出来、その身は塩味がなく、死んではじめて海の外で、味を良くするために塩漬けされなければならないことになる――このことはある程度比喩的に諷刺の上述の男達に当てはまることである。彼は自分の職務の威厳のために頭を上の方に、天の方に遠く反らして、十分崇高に、神聖に見えるようにしたかった。ヴァティカンのラファエロの桟敷やその他の天井画を鑑賞しなければならない時のようなわずらわしい頭の姿勢である。

厩舎画家は、好きなだけ飲んだ、彼はただ空にすることは出来たけれども、腹一杯にとか熱烈に飲むことは出来なかったからである。彼の最大の食卓での喜びは夢中に振る舞っているシュトースで、彼は相変わらず、彼が描きたくなるような顔の表情をしていた。

食事の間、人々は最も大事なこと、つまり詳しいダイヤモンドの製造過程を期待していた。内も外も貧しい何人かの薬剤師のより素朴な血縁の者達は、自分達自身そのような宝石が作れるよう、ただそのためにこの件の正確な話を聞きたいと進んで告白した。

本来我々は皆、つまり私と読者は、本当のところこの血縁の者達と同じで、衷心よりこのような高貴な石化の過程を我々の利益のために知りたいし、聞きたい、殊に私はそうである。

問い合わせの熱意と苦労とを私はそれ故存外用いて、マークグラーフの卓話の中の、世紀の最も輝かしい息子の――正しくダイヤモンドのことであるが――先在する芽や精虫、らっぱ管、分娩椅子、分娩鉗子についてのごく些細な小単語をも、自分のために収集し、他の人達に実直に渡すように努めた。しかし今までのところ一個の宝石もうまく行きそうにない。読者がもっと幸運にも一個仕上げられるか、この喜劇的作品の出版の後、はなはだ緊張して期待している。

マークグラーフはそこで始めた。すでに自分は子供の時分からすべての学問を愛し、かなり励んだこと、統治学や宮廷学すら学んだことを。ヴォルブレ殿が座っておられるが、自分がライプツィヒ(2)でほとんどすべての教授達を聴講したこと、勝手気ままな、あるいは道化のブルシャー博士から哲学的医師のプラトナーに至るまで聴講したことを証言して下さるだろう、と。

「何たって」と彼は叫んだ、「人間に時間と手段とがあって、あるいはその意欲があるときに、人間になれないものがあるでしょうか。——勿論しかし僕の状況に間近な学問がいつもある種の優先権を持っていました。そうしたものの一つが、同僚殿」(彼は犬のドクトルのことを言っていた)、「まずは医学だったのです。それ故僕はエアフルトでドクトル帽を得ました」。——

「私は」とヴォルブレが口を挟んだ、「彼が帽子を被るとき居合わせました、それで今日ようやく彼は私の長い請願を容れて、帽子ケースから取り出して来たのです」。

マークグラーフ以外の者ならば本来の名誉所有者、戴帽者のヴォルブレを前にしてはこの件を述べなかったであろう。しかし彼は自ら黒い炭から輝く宝石に焼きあがって以来、彼にとってはドクトル帽は一枚の名誉のフェルト、いや単に兎の毛、羊の毛程度のものでしかなかった——勿論彼はここで少しも脱毛[不利益]を受けたくなかったけれども。

「しかし今は、同僚殿」——と丸く太った楽しげな犬のドクトルは言った、彼は乾杯人間で、薬瓶や血液検査グラスよりも保存瓶や蓋付きコップの方をより深く、好んで覗く人間であった——「ダイヤモンドを得ていらっしゃるので、私ども貧しい町医者から患者を奪うことはなさらないでしょう」。

このときヴォルブレが、ニコラウスが答えもしないうちに、記憶[記念]菓子の詰まった紙袋を開けて差し出し、自分自身しばしば試験の直前に、試験に受かるよう一ダースすべてを噛み砕くが、そのように若干飲み込むよう彼に頼んだ。「大いなる幸運は」、と彼は続けた、「記憶を大いなる不運同様にひどく穴だらけにします。薄荷入り小片は記憶を信じられないほど強化します。貴殿の周りの私ども皆が何と称するか、将来容易に分かって頂けましょう。私はつまりヴォルブレで、教戒牧師殿はジュープティッツ、宮中厩舎画家殿はレノヴァンツ、こちらはマークグラーフ殿、このように各人がそれぞれに称しております」。

ニコラウスは三個の記憶〔記念〕菓子を飲み込むや、自分はたった今、自分がエアフルトでは代わりにフリーメーソンを受験させ、自分はようやく彼からドクトル帽を得たことを思い出したと述べた。要するに彼は、ヴォルブレと犬のドクトルが驚いたことに帽子交換の詳細を率直に正直に語ったが、それはこのような幸運の日への感謝とダイヤモンド王座の意識のみが要求出来、容易化出来るような正直さであった。しかしジュープティッツは驚いた。――さてそこで彼は、自分がドクトル帽を受け入れたのは単に、自分が以前発明する予定であった黄金のチンキ剤で障害や異議を受けずに自分の治療をすべて施すことが出来るようにするためであったと腹蔵なく打ち明けた。「しかし僕は喜んで白状するが、真正な黄金を化学的に製造するという高級な技法を、ダイヤモンド製造のはるかにより高度な技法と引き換えに十分な根拠があって――たとえその点ほとんど他人の真似出来ないほど進歩していたとしても――直にやめてしまった。隠しておけないことであるが、ほんの小規模のダイヤモンド製造と比べて、黄金は実際わずかな収入にしかならない。こちらの一個のヘーゼルナット大のダイヤモンドが、あちらでは金の棒に値する。すでにドイツ人として誰もが、黄金よりもダイヤモンドを造るべきだ。いやヨーロッパ人としてすらそうだ。僕らのヨーロッパの金はアメリカの金と遜色がない。しかしシュレージエンやハンガリー、ボヘミアのヨーロッパのダイヤモンドは南アメリカのものと比べたら何と惨めなものか。ヨーロッパは、と僕は自分自身に語った、自分の力量を見せなければならない、と。しかしそれ以上は何も望んでいなかった。

僕がすでに子供の時分、露の滴を見てダイヤモンドのことを考え、両者が互いに光輝の点で、一級、二級、三級の光度の点で似ているが、ただ滴は丸味を帯びていて柔らかいだけだと思っていたとき、これはまだ大したことではなかった。しかし僕はニュートンの著作で、ダイヤモンドではどんなに顕著な光の屈折力が出現するか読むと、僕は即座に彼と共に水素を、勿論はるかにより密度の高い水素を推測した。水素を金属から、と僕は自分に言った、奪えば、金属はもろい石灰になって砕ける。金属に水素を再び付与すれば、見よ、金属は輝き、硬くなる。さてそこで僕は別の立派な物体に遭遇した——僕は毎日これに関して研究していたのだから、——これは燃やすとダイヤモンドと同じだけの炭酸ガスを発生させるものだ。この別な物体とは何か。炭だ。それだけに一層第三の物体の発見が重要になった、それは炭によってこれまで最も強く引きつけられていた酸素をそれよりも強く引きつけ、酸素を炭から引き離すものだ。すると炭の代わりにダイヤモンドを手にすることになる。僕はそれ故、この第三の物体が全過程の中でいかに重要なものか言えないほどだ」。

　今や宴会の一同は第三の物体に憧れて注目した、そして禿頭の金細工師は鼓室小骨そのものになった。

「しかしこの物体は」とニコラウスは続けた、「僕は名付けようがないだろう、殊に本当に名付け方を少しも知らないのだから。ダイヤモンドの製造に至った乾いた方法がすでに、それ以上に湿った方法は曲折していて、ジグザグの道であって、僕は最良の友にも道案内が出来ないだろう。僕の怠けもののハインツの横には小さなバビロンの塔があって、それは僕の火柱、煙柱、僕の灯台であり、エトナの真の哲学者の塔[3]である。しかしこれまで僕はほんの銅貨をそれに使ってきたのであるけれども、しかしこれは王子金属[4]を作り出してくれた。僕自身はっきり語っていないと分かっている。[*2] しかしこれは僕の意図ではない。この件の錯綜した副次的方法は数え上げることが難しく、それで僕らの概念の及ばない、より高い精霊が透明なまま介入しているという考えが浮かぶかもしれない。しかしそうでないと誰が断定出来よう。ダイヤモンド製造の時に気付かないままなされている千もの気付かない介入が実際存在するのであれば、あるいはそれどころか（これは最もありそうなことであるが、しかしまさにかくも広範に見える操作では最も伝えられそうにないことであって）僕の体の何らかの磁気的関連（ラポール）が僕が化学的に加工する導体、非導体と共に僕をさながら宝石の唯一人の創作者に押し上げているのであれば、いやたとえ他ならぬ日常的な奇蹟が作用していて、この件では播種と植付けはただ、ある種の人間にだけうまくいき、ある種の状況では女性の前でワインを詰めるとワインが変質するとしても、僕自身にとって最初のダイヤモンドがすっかり変質したようにそのようになるとしても、僕は僕の試みを少なくともまだ何度か、同じ立派な結果になるよう繰り返さなくては、ダイヤモンド製作のためにある立派な処方箋を教えるわけにいかない。

しかしそれをようやく得ても、僕は勿論誰にも知らせない。僕が王冠の宝石をヘアピンのように卑近なものにしたら、男性女性のすべての王冠を戴いた顔はどのように見えることだろう。すでにボルネオ、ベンガル、ゴルコンダではその例を見せていて、高値を維持するために常にほんのわずかなダイヤモンド坑しか掘らせていない。[*3] 少なくとも僕は、最大七七九カラットのダイヤモンドを有するロシアの宮廷や、大サンシあるいは本来百六[5]［サンシ］が少なくとも百六と二分の一カラットになるフランス宮廷もが顔色を失うような羽目にするつもりはない。宮廷顧問官のバイライス[6]の宝石ですら僕は尊重するつもりだ。しかしそれから僕一人で秘密を守って、僕の作る大きなダイヤモンドについては、これらを必要な場合隠すために完全に管理しなくてはならない。しかし実際ヨーロッパで僕ほど宝石を優しく使用する者はいないことだろう。薬指にはそれらを嵌めずに（ただ若干の最も必要なものだけに限る）、手一杯に、それも銀貨に換えて有し、早速すべての困窮者、並びにすべての学問、芸術家、それに一切の者を支援しようとするだろう。というのは人々に、殊に哀れな者達に僕ほど好意的な者はいないからだ。市場にすべて援助すべき多くの乞食を見つけて、僕は今日本当に喜んだものだ。僕は愛する余り泣きそうだ、善良な紳士、淑女の皆様」。

禿頭の金細工師は二、三人の別の客の隣ではなはだ深く多くのことについて熟考した。

――私はこの章の出来事を終わりまで描きさえしたら早速立派なダイヤモンド製造法について重要な追伸を設けよう。――

今や彼は話を終えるともう待ちきれなくなって、何人かのとても貧しい縁者を食卓から台所へ誘って、彼らに差し当たって贈り物をし、食事の間にも彼らの至福の感謝の念に向き合えるようにした。というのは例えば敷居からの別れの際にようやく彼らを胸一杯に充塡してベッドの枕の下へと別れさせるのでは、彼の得るところは少なくなるであろうからで、彼らの浄福の突発を十分に長く目の前にすることが出来なかったであろう。考えたり、熟慮したりすることは彼は今日少しも出来なかった、そして例えば、立派な正確な罫入り下敷きを、陶酔的な歓喜の翼が生えてきて、飛んでいて足では立てないそのような状態の中で、内面で描くことは、高速帆船上で髭を剃ることや気球船の中で穀物を脱穀することよりも、食卓では容易でなかったことだろう。

それだけに一層上手に彼は話せた、そして実際そうした。特別にセント・ヘレナ島の砒素の王〔ナポレオン〕の幸運を享受出来る人間は少ない、この王はテーブルでは発言者であるばかりでなく、発言奪取者でもあって、彼の元帥達には卓話の際には聴取しか許さなかったのである。しかし薬剤師はダイヤモンドの王あるいは融塊〔レギュラス〕として一切合切話すことが許された、そして彼はその気になれば、二掛け二は四以上であるか、四以下であると主張出来たばかりでなく、身分の高い所ではしばしば好まれないことであるが、まさしく四となることも主張出来た。そもそも富裕な主人は食卓では数学に反する多くのことを言い張れるのである。

薬剤師にとっては自分についてのお喋りはますます甘美に思われ、それで彼はフリーメーソンの聞いている耳元で再び率直な自己称賛と共に自らの青春と、青春の計画に陥った——私はむしろ各人にまだ話して論駁するわけにいかない未来のことに関して自慢することを、話を拒むわけにいかない過去のことに関して自慢することよりも勧めるものであるが。——恐らく自己描写によってはなはだ感動するものは自分自身の心の他にはないと思われる。残念ながらヴォルブレはニコラウスが自らに余儀なくさせる喝采の間に絶えずペパーミントの菓子あるいは記念〔記憶〕菓子を食べていて、彼にも何度かそれを差し出した。私はこれを他人の自己称賛に対する真の不寛容と見なす。高貴な長達が外国の貨幣製造所を——例えばパリのそれを——訪ねて栄誉をもたらすと、貨幣長官は思いがけず型押し機の下からこの長達に対する多くの月桂冠と伝説の刻印された新しい輝かしい記念メダルを取り出して、不意に渡すことがよく見られる。しかし同様なやり方で、更に密接な権利があって成金達は、他の者達に自らの貨幣の家を案内するとき、即座に自分自身に対する記念貨幣を作って、それらを示し、人々はその技術にびっくりすることになる。

突然マークグラーフの話に外のトルコの音楽が割り込んできた、この音楽は通常市の日に十時頃人々で一杯の通りに響き、散文的な歓喜を若干の詩的な歓喜で神々しくするものである。彼は自分の狭小の時分、まさにこのような市の夜には両親の監視の目が緩やかになって、大抵客人や余所の人の子供達と一緒に家の中できらびやかな音色を追って少年時の奔流の中を泳いだものであったので、今や彼の前で幼少時全体が緑に輝き、今日かくも動揺した心は音色の揺れから新たな震動を得た。劇場で豪華な部屋から素早くカーテンが上がると突然そこの床に一つの庭が出現するように、今や彼の輝く広間に子供時代の遊戯の牧草地が広がった。彼はすべての客人に、自分がいかにかつて楽しく、未来の奇妙に重苦しい予感の下、子供時代走り回っていたかよく分かると話した。そしてこの至福の古い音楽はまさにこのような素晴らしいまさに今日の日に特別心に沁みると告白した。

しかし彼がそのことについて話しているときにもう、彼の心は一杯になって――自分の意志に逆らって――目も一杯になった。彼は立ち上がって、一杯まことに威勢良く飲み干して、確固たる様子に見えるようにし、そしてそこから去った。撓き係は、社交の場での自分の主人をいつも見張って見守っている犬どもに似て、尾を振りながらこっそり後を追い、最後にドアの隙間から掛け布団の上に腹這いになっている主人を目にした。シュトースには主人が溜め息をついているかのように思われた、そしてそれを疝痛かそれに類したもののせいにした。しかし単に音色と歓喜の過剰、それに涙の過剰、優しさ極まる溶解とが薬剤師を一見病床にあるように見せたのであった。すると撓き係ははっきりと、主人がゆっくりと起き上がって、ベッドの上で跪こうとするのを見ることになったが、ベッドで彼は、見たところ、指で十字を切った他に祈りとしてただ次の言葉を洩らしただけであった。「いとも心優しい、愛しい神様」。相変わらず腹痛のことが頭にあったシュトースは感謝の祈り、過剰の心が幾らか軽快になるための祈りのことは少しも思い浮かばず、部屋の中へ入って、困って祈りを上げるとは一体どんなつまらぬことになったのかと尋ねた。「嗚呼」――とマークグラーフはとぎれとぎれの声で言った――「知っての通り、良い事ばかりではないか、だから神に感謝しているのだ。――しかしここを出て、客人達をもてなしておくれ。何故後を付けてきたのかい」。――「勿論、聞かれたら」（と撓き係は答えた）「ベッドのことは言うものですかい」。

激しい喜びは稲光であって、これは敬虔な志操の黄金と感動の水の中を最も無害に下って行くものである。

しかしシュトースに祈りを邪魔された後マークグラーフは彼の歓喜の炎の別の避雷針を得なければならなかった。いやはや、人間は何と幸運の中で不安を考えるばかりでなく、感動の中で制限を考える必要のあることか。というのはマークグラーフは少しばかりこのことを考えていて、そしてそもそも、いかに悪魔がいかなる機会をも窺っていて、人間にすべての砂糖を、それどころか通常の塩も（砂糖も一つの塩であるからで）塩辛くするものであるか思い出していたならば、このような日の主人公は夜、露地に出掛けて、読者の誰一人として――私は後に続く追悼全体を賭けるが――思いつかないような結果になることはなかったであろう。

しかし――まさに彼は何も考えなかったので――彼はベッドからピゼッケンドルフ出身の下級徴税官シュライフェンハイマーの許に行った。これは前章で東屋の窓から身を乗り出して、少年時代の我々の主人公の髪の毛をつかんで引き上げた当の男である。

真正なダイヤモンドのための立派な処方の追悼

私は恥ずかしげもなく白状するが、私はマークグラーフの最初のダイヤモンド製造の話から真似て製造するに足るものをほとんど引き出せず、その話で一層賢くなるというよりはむしろ一層愚かになった。錬金術の宝箱、装身具箱はそれが文字合わせ錠、組み合わせ錠で閉ざされているとき、その鍵はお手上げである。――立派な読者といえども私同様にマークグラーフの処方をどんなに長く研究したところで煮ても焼いてもガラス屋の親方のこぶしのためのダイヤモンド一粒すらも生み出せないだろうし、いわんや侯爵の指輪のためのは出来ないだろう。――この事情は、読者自身がすでに薬剤師によって製造された多くのダイヤモンドを実際手にしているだけに、それも一七八九年と九〇年のことであるが、一層やるせなく思われる。というのは当時宝石が顕著に多く出現し、この理由の一つにフランス人の移住者の流入を見ようとする者もあったが、これは今や容易に説明されるからで、読者が私のお蔭で知っているように、マークグラーフの話の始まりはまさしくかの年月に当たるのである。

その上更にもっとはるかに人目を惹き、傷つけることになるようなことがある。即ち、教会堂開基祭の饗宴の何年か後に——従ってマークグラーフは自らの手でより早く発明し、決して盗用したものではなかったのに相違なかったのであるが——イギリスのデイヴィーが炭をダイヤモンドに、ただこの宝石は幾らか黄色っぽく暗く見えたそうであるが、ヴォルタの電堆を使って石化したと主張したのである。勿論これは後に判明したことであるが、彼は炭を単に我々が化学で通常無煙炭とかアントラツィートと呼んでいる物体に硬化させただけであった。[*4] しかし後のイギリス人は明らかに先のドイツ人と重なるということは十分に注目されることであり、何らかの類似点が、例えばより高度な解析の発明という点でのライプニッツとニュートンの間のようなものが、金属に対してやはり一つの無限な量であるダイヤモンドの発明に関してここでマークグラーフとデイヴィーの間に見られるという推測を禁じ得ない、特に卓話がすでに注意深い金細工師によって広められた可能性があったのだから。デイヴィーのヴォルタの電堆も私の説を補強してくれる。というのは怠けもののハインツの側の塔は多分一つの電堆であって、それが宝石の真の産みの親であったからで、ハインツは単にこの卵のための孵卵器にすぎなかったであろう。

しかし化学的素人に——特に女性の素人に——薬剤師が点火したような重大な件について若干の明かりを点すために、私は炭とダイヤモンドの関係について言いようもない一週間の苦労の末に（というのは化学を私は解さないからで）次のような化学的表を描いた。

ギトンによる

100個の炭酸ガスの粒子
- 28個の炭の粒子
  - ダイヤ17個
  - 酸素　11個
  - 28個
- 82[72?]個の酸素の粒子

ビヨとアラゴによればダイヤモンドは炭素と水素から成る。ダイヤモンドが燃えれば、炭素は酸素と炭酸ガスを作り、水素は酸素と水を作る、次の表の通りである。

100個の炭酸ガスの粒子
- 17個のダイヤモンドの粒子
- 83個の酸素の粒子

ダイヤモンド

炭酸ガス｛炭素　酸素｝　｛水素　酸素｝水

ただ水素はダイヤモンドに残りたがり、従って燃やしても水はまだ発見されない。しかし水素はこの宝石の光の大きな屈折力からつとに推測されていた。

ペピーとアレンの実験によると炭は燃えるのにダイヤモンドと同量の酸素を必要とする——というのは二十八、四十六の炭素あるいはダイヤモンドは七十一［七十二?］、五十四の酸素と共に百の炭酸ガス（固定空気）を生ずるからであると今私が追記すれば、すでに化学の素人でもこの実験ははなはだマークグラーフの実験と一致する、しかしビヨとアラゴのそれにははるかに一致するものが少ないということが分かろう。勿論時間が両者の間に決定を下すに違いない。ただ時間はいつも多くのことに対して全く多くの時間を要するものである。

＊1　家々の大きさは住人の数と反比例する。薔薇の木にはその木の庭師によりも多くの虱が住みつく。

＊2　彼は明らかに塔をヴォルタの電堆の謂で遣っている。これをイギリスのデイヴィーも炭をダイヤモンドに変えるために使っていたが、ただこれ程成功していない。その証明のために彼が先に銅貨のことを話していることを挙げる。銅貨からは銀の欠如のために、それに亜鉛からガルヴァーニの層［電堆］が出来る。王子金属は周知のように銅と亜鉛（わずかの錫と共に）で出来ている。しかしその際私は、彼が十分密かに、獲得したダイヤモンドのことを王子になるための金属として説明していることを見逃さない。

＊3　クリュニッツの『百科事典』、ダイヤモンドの項。

＊4　フレルケの『枢要な知識等々の参考書』第一巻。

第十章

ここでは贈り物がなされ、叩き出される――他にローマ近郊での戦い

下級徴税官のシュライフェンハイマーは（そうホーエンガイスではバイエルンと同様に税を徴収する者はドイツ語で呼ばれていた）以前からマークグラーフ家のトルコ人の仇敵、アンティクリストであった。しかしある検査による現金残高調べの後、彼自身の墜落が続いて以来、今は薬剤師が祈りの後、彼のことを思い出したほどに強く彼のことを思い出した者は薬局全体の中にいなかった。

この男はかなり早期に罷免されたが、それはただ彼が侯爵の収入に対して去勢された支出を行うことを好んだからであり、国家に対してあたかもそれが自らの体であるかのように、裁可による秘かな別除を立派に行ったからである。特に彼が好んだのは、高貴な客人があるとき、公の天水桶を、祭のときマルリーの噴水装置(1)もそんな目に遭うが、絶えず噴き出させることで、そのために彼は自分の意志に反して、辺境伯の委員会が介入し、装置の栓をひねったとき、何も噴き出ようとしない事態を招いた。そもそも彼は自分の家を余りにカトリックの神殿風に保ち、つまりいつも誰彼に開放しており、遂に彼自身共に出ていく羽目になった。

シュライフェンハイマーは直に施しを受けようとしない貧者の性格を帯び、郊外の屋根裏部屋に落ち着き、自分の空腹の他には誰も忠実な客人はいない状態となった。シャツは彼の夏服となり、ベッドは彼がめったに脱ぐことのない冬の毛皮となった。彼の晴れ着、大礼服は緑の絹製のナイトガウンで、それを彼は、天窓から下の露地へ胸部を見せてさながら訪問を行うたびに着用した。

喜びに酔ったマークグラーフにとって、上下を封印された二十四クロイツァー貨幣による百フローリンの金のロールをポケットに入れ、窮迫し侮蔑された敵にこっそりとこのような弦のロールの贈り物によって再び彼の弦のない共鳴板の弦のための金属を与えるという思い付きほどに時宜にかなった思い付きが有り得たであろうか。彼は途中、自分が聖者達の貧しい悪魔に捧げる金の長い蠟燭に対するこの者の喜びと、金が紙製の明かりの縁飾りの中で下に燃え落ちるであろうときのこの者の屋根裏部屋の綺麗な照明とを少しも十分に制御して思い描くことが出来なかった。

ただ施しを受けようとしない貧者に夜近付くことは、いや何かを与えることは、薬剤師が閉ざされた家の下の方でさながら天の梯子に乗って最良の考えの一つを思いつかなければ、難しいことであっただろう。つまり一つの建築用梯子がただ貧者ばかり住む家で（それは町の外にあった）シュライフェンハイマーの天窓から数エレ離れて置かれてあった。マークグラーフはさほど躊躇わずに早速、梯子を窓に寄せて、登り、その上で光っていない金「九柱戯の」柱《ピン》を投げ入れる計画を立てた。窓は開いていなかったが、しかし数枚のガラスは開いていた。眠っている貧民の家全体で明かりの点されている窓は一つもなかった。

しかし現世の一般の夜警人として留まり、働いている悪魔の仕業で、ローマの夜警人が建築用梯子の前に導かれ、遠くから、まさにマークグラーフが梯子をずらし、押す様を目にすることになった。夜警人はほとんど自分の目が信じられなかった——殊に目の一つはガラス製であったからである。——しかし盗人がまだ長く梯子を動かすのを確実と見た彼は、静かにそこから忍び出て、夜の泥棒を摑まえるために一人の捕吏兼助手を呼びに行った。

彼が最寄りの酒場からちょうど酔っぱらった捕吏と戻ってきたとき——彼はこの男に棒を差し出して、それでこの男がこれに手をかけて立っていることが出来るようにしていたが、——マークグラーフは窓の前の最上段にいて、手に銀色の鈍い、下級徴税官の避雷針を持っていた、しかしそれを物音のせいで早速しまい込んだ。しかしただ品物の盗みと、その後に人間の捕り物だけを解して、薬剤師はすでに部屋から盗んだ袋の十分の一税と共に下降にかかっていると思った捕吏の同志達は建築用梯子を包囲し、取り囲んで、交互に叫んだ。「盗賊だ、シュライフェンハイマー、盗賊だ」。
梯子の上にいる者ほど恐らく容易に捕らえられる人間はいないであろう。薬剤師は梯子と共に投げ飛ばされたくなければ、まさしく退却にかかり、尻から二人の押し上げている者どもの待ち構えた腕の中に落ちなければならなかった。「一体上で何をしまい込んだのか」、というのが酔った廷吏の最初の質問であった。しかし彼は自らマークグラーフのポケットに手をつっこみ、その答えを得た、つまり銀の［九柱戯の］柱《ピン》であった。「シュライフェンハイマー殿」（とあまねく叫ばれた）「盗まれています」。

最初下級徴税官は「シュライフェンハイマー、盗賊だ」という叫び声を混合法によって大いに自分だけに引き寄せていて、それで少しも自分の存在を見せなかった——ある種の人間が、ちょうど正統派によれば悪魔がそうであるように、好んで自分の実在を否認して貰いたがるようなものである。——しかし盗むことと盗まれることの素敵な違いをベッドで耳にすると、彼は絹のナイトガウンのまま窓辺に寄って、金の円筒を持ち上げて、悪漢が彼のこの千グルデンを盗んだのではないかと尋ねる捕吏に対して、うなずきながら、夜着を着ているけれどすぐに行くと上から答えた。彼は早速絹の翼で舞い下りてきた。薬剤師は最初まだ冷静に構えていて、自分はこの方にロールのちょっとした贈り物をしたかったのだと反論した。この言い逃れには二人の追っ手は心底笑わざるを得なかった。捕吏は、自分は彼がそれを持って降りてくるのを見たと誓い、夜警人は自分は彼が金をしまい込むのを見たと請け合った。捕吏にロールを差し出されたシュライフェンハイマーは答えた。「勿論私のです。私自身の手でその上に記されているはずです。二十四クロイツァーによる百フローリン、ピゼッケンドルフの下級徴税局、と」。——「何という卑劣漢」とマークグラーフは叫んで、捕吏の手から怒って、絹のナイトガウンをまとった男が自分の大きな鐘を鳴らすために使おうと思っていた銀色の［鐘の］舌を奪った。「盗賊」と三和音が叫んだ。捕吏は棒を持ち上げようとし、夜警人はホルンを構えた。

するとユダヤ人のホゼアスが自分のダイヤモンドの主人が争っているのを見て、ちょうどわずかな金を貸して担保とした上等の軽い夏用の剣を持って駆けて来た。捕吏達は中断して、立派な服を着た紳士に報告しようとした。

しかしこの紳士はとりわけマークグラーフの肩を持って、ただ彼の言い分だけを聞き、その後下級徴税官に、彼自身自分に対し先年のピゼッケンドルフの収入をすべて納める必要があったのではないか、この金の円筒が自分のものであると言い張る勇気があるのかと尋ねた。

この件では半分の面は周知であった。つまりホーエンガイスの辺境伯領は、金は有するが、しかし決して十分に有しない、税を取り立て借金をすることは出来たが、しかしそれも決して十分ではないという忌まわしい不運に見舞われていたのである。そして——このことがまずその罪をもたらすことになるのであるが——上級国家財務官から侯爵に至るまで、ペンテウス[2]が神々によってバッカスの神秘に対する好奇心故に襲われることになった眼疾、つまりすべてが二重に見える不運に襲われていて——これはしかしバッカスの最良の友人達には処罰ではなくても見舞われるものであるが、——主に二重に個人とローマの財布の中身を見ることになって、従ってその一方の者は徴収の二重化を、他の者は支出の二重化を行う仕儀となったのである、これは官房の誤算という名で知られている事柄である。——さてそこで——第二に——金の流通が金の下痢、排出によってはなはだ弱まったのであるが、これは誰もが、(私のように)ホーエンガイスの領民でない者は、何のおとがめもなく宮中の乱費と呼んでよいものである。全くホーエンガイスでは両汲み水車と注ぐ水車はかみ合っていた、死滅寸前の侯爵の家系は、倒れる前の樹のように勢いよく花咲こうとするからである。

しかしある国が金の下痢、この神経の消耗性疾患に陥ると、政府は正当にもガレヌスの規則に従って、病気の間は邪悪な習慣ですら、それがたとえ病気の原因であっても、それをやめることはしない、そんなわけで貧しくなりながらも医学的に浪費を続けるのである。この場合財務顧問官や大臣は——ローマ的に言って——穏やかに金属鉱山労働者となるよう判決を下され、至る所で金属を発掘しなければならない。

さてここ辺境伯領内では、新スペインと同じように、軽侮されたユダヤ教界が以前宗教でもそうであったように財政でもキリスト教界の基礎であることが見てとれた。——ユダヤ人達は立派に与え、奪った——財政の新約聖書と福音書はヘブライ語風に書かれていた——門内のユダヤ教改宗者[3]たる大臣達にとってはユダヤ人のガウンは立派な浮き水着、コルク服であった——国家の時計では確かにキリスト教徒は打鍾であったが、しかしユダヤ人が作動鍾であった——要するに実情は私の描写よりもはるかに素敵で、私はいつかこのような国を旅したいと願っている。

——

金の円筒の供出についてのユダヤ人の質問を理解していたシュライフェンハイマーは自分の職務の名誉を再度失いたくなくて、答えた。「自分が言っているのはこの金のことではない、薬剤師が、昔からのこの仇敵が、梯子に乗って侵入して来て、まだポケットに有しているに違いない別な金のことだ」。

このポケットに捕吏は向かおうとした。しかしマークグラーフはこの酔っ払いが立つための頼りとしようとしていたアルプス用杖を左手で引っ張って、彼の額に長い金の棒でひっくり返るに十分な一撃をくらわせた。今や戦いが始まった。私は今までこれほど熱い戦いを書いた覚えがないし、報知紙のナポレオンも覚えはないであろう。しかし人間の力が起動すればどんなことが出来るか分かるであろう。

ローマ近郊の戦いの始めは——そう戦いは一般に呼ばれるが——敵は三倍で、夜警人と下級徴税官と捕吏から成り立っており、捕吏は体あるいは軍団全体を投げ出して大地を占領していた、あるいは覆っていた。マークグラーフはただ自分一人きりの勢力であった。というのは軽い夏用の剣を持った屠殺者はほとんど武装した中立勢力とは見なし得なかったからである。左翼では薬剤師は、単に左手にそれを持っていたからであるが、つまりアルプス用杖では単に弱々しい作戦行動に出られるだけで、杖をほとんど、あるいは少しも動かせなかった。いやそれで夜警人の雄牛のホルンを見守り、防ぐことで精一杯であったに相違ない、夜警人はホルンの先で、その最初の所有者の雄牛の額のように突きかかってくるのではなく、その尖っていない広い先端で突きかかり、とても巧みに切りかかると同時に押してきて、従って肩と腹とを攻めてきた。

しかし右翼、右手では、クロイツァーの棒では彼は素早くシュライフェンハイマーの顔のすべての部分に絶えずこう叫びながら殴りかかった。「さあ、さあ、金を取れ、金を盗め、嘘つきめ、何という卑劣漢」。——シュライフェンハイマーは静かにただ薬剤師の右手を武装解除しようとして、突き具の先端を破ろうと絶えず突き具に手を伸ばしていた。捕吏は薬剤師の背中ではなく、何と踵を襲い、そうして彼を倒そうとした。夜警人は杖を振り回していた薬剤師の左腕を押さえ込んで（左翼全体そのために動けなくなった）、彼を捕虜として連れ去ろうとした、そのときマークグラーフは二つの炎――つまり下の捕吏の坑道の軍と上の夜警人の斜進行の間で勇敢に戦い、それで夜警人は片方のガラスの眼を失い、ツィスカ、ハンニバル、バヤジット、フィリップスといった最大の軍司令官同様にただ片目で司令した――そして金の円筒の棒状タバコ籠に最も強烈にさらされていた下級徴税官の両鼻穴からは血の小川が流れ出て、それは顎のところで一つの赤いユダヤ人の先の尖った髭を形成した――そして彼自身は捕吏のどこを踏みつけているか構わずに足で進んで行ったが、その際憤激にかられて叫んだ。「皆罪人ばかりだ。僕は今日善いことをしようと思い、神に感謝しようとしたのに――それなのに僕をこんなに荒れ狂わせている、悪魔どもめ、非人間どもめ、非キリスト教徒め」。

まだ勝敗の行方は全く決していなかった。その軽い夏用の剣で戦いに決着を付けることが出来ると思われていた屠殺者のホゼアスは、担保の武器を人間の血で汚したくなくて、少しも参戦しようとしなかった。鞘ですら真剣に切り込み、打とうとしなかった、敵ではなく、パリ製のものを傷つけたくなかったからである。いや彼がとうとう、下の方ですべてを摑み――ユダヤ人の靴の締め金まで摑んだ捕吏の怒りで――はなはだ苛立った状態になると、彼は自分の足を守るために夏用の剣の先の方を握って突然柄を振り回して、この敵の手に振り下ろした。この遅い遠征、後からの進軍の顕著な結果は何であったか。我々に知られている軍事記録はすべて、捕吏が憤激して剣の柄を手でつかみ、鞘の先を強引にホゼアスのコール天のズボンに押し込んだので、ユダヤ人が「刺されてしまった」と叫んだばかりでなく、捕吏も下の方で愚かに「助けてくれ、ホゼアスに切られた」と叫んだと伝えていないだろうか。――しかしこれはマークグラーフのような者がそのダイヤモンドの凱旋の日に名誉と共に頼りとする勝利と言えようか。

幸い夙にローマ近郊の戦いが始まったという噂は薬局に届いていた。搗き係は予備軍として出発した。もっと落ち着いて宮中厩舎画家は後に続いたが、彼はむく犬に前もってランタンを付け、火を点した、犬は通常それを持って先駆けなければならないのであった。

ジュープティッツもかなり泰然として離れて後を追ったが、しかし薬剤師に対する多くの者の攻撃に気付き、これでは薬剤師が過度に防衛し、激しく打ちまくるに違いないという結論を得ると、彼に対する思いやりから遁走した。薬剤師が誰かの肢体の毀損者となった場合、この恩人を非難する証人として召喚されないようにするためであった。

シュトースはこの上なくひどい戦闘のどさくさの中に突入して行き、その戦火の中の野火となった――オサムシ――チェスの桂馬――急テンポの舞踏者――速歩馬（殊に横たわっている捕吏にとって）――跳ねる点（主眼点）となった。――彼は極めて迅速にあちこち飛ぶ一軍であった、他に別の勢力を有しなかったからである。厩舎画家が次のように発して勇壮極まる行動へと鼓舞したときの熱意も称えられるべきものである。「搗き係よ、突いてしまえ――のしてしまえ――容赦するのじゃないぞ」。というのは画家はまことに長いことこの得がたい見もの、つまりランタンの明かりを照明弾のように戦場に投げかけていたむく犬が首にかけたその夜の太陽の低い位置のためにすべての交差した戦う脚や、並びに中景の捕吏に尋常ならざる絵画的光線を放つという見ものを確保したかったからである。――レノヴァンツはこれ以上に素敵なものを見たことがなかった、まだどの絵でも見たことがなかった。

しかしシュトースは――弱すぎる性質と短すぎる体躯のために、高い両翼、夜警人と下級徴税官に一向にかなわず、（というのは突破された、つまり倒された軍の中央、捕吏については問題にならないからで）――直に自分が策略の代わりに全く戦略的に行動しなければ戦いに望みはないであろうと気付いた。そんなわけで彼が夜警人の背後に回って、彼の背中を襲い、その後ろ髪を襲って、この髪を思い切り引っ張り、それで同時に手の側面で鼻から口にかかるあたりをしたたかに殴りながら、素早く引き倒したのは純然たる戦略であった。戦略的計画は立派に遂行された。一方下級徴税官の方は、その絹のナイトガウンがはだけて、ひらひら舞っていたが、彼はただこのガウンをつかみ、この長いガウンを木こりが半分のこぎりを入れた樅の木を一定の方向に倒すときに用いる綱のように巧みに利用して、彼を夜警人の横に仰向けに倒そうとした。――しかし余りに素早くうまく行なって、彼自身が続いて倒れさえしたのは、この時、薬剤師が幸い再び二十四クロイツァー貨幣の爆破砲材で徴税官の額に突撃したればこそであった。戦いに詳しい人は私の注解がなくても、それは全く先の戦略であったとお分かりであろう。

しかしまだ勝利は全く確定してはいなかったが、そのとき素晴らしいことに、そしてまことに思いがけず紙製の爆破砲材が砕けて、その詰められていたすべての貨幣が、二十四クロイツァー貨幣が、兵士達の倒れている郵便馬車の列に撒かれた。また戦いに新たな戦いが生じた。皆が、自分のことを除いて、すべてを忘れた、そして――朝の時のように開いた口に若干の黄金あるいは金を得ている［早起きは三文の得の］捕吏が――夜警人が――特に下級徴税官が――敵に何も恵まない搗き係さえもつかみかかり――ズボンを刺されたホゼアスも背をかがめて持ち上げ――何人かの見物人達が自らはいつくばって、そして横たわる戦場は、立っている［常設の］戦場を越えて続いた――マークグラーフは二十四クロイツァーの残りを無造作に銀婚式の客人達に振りまき、そして触れられることなく急いでそこから去った。

かくて彼の公債証券の落下は彼に勝利と平和をもたらした。その後生じた後の戦い、あるいはクロイツァー貨幣の継承戦争に関しては、それはローマの重要な会戦という私の話には属さない、その遂行がいかに巧みで、まだもって続くその結果がいかに広範なものであろうとも。

わずかに語られるべきことは、マークグラーフは疲れ、青白く、黙って帰宅すると、閉じこもってすべての客人を避けたということである。彼が戦場の地から程遠からぬ所で出会ったフリーメーソンのヴォルブレには、彼の冗談の祝辞に対して何の返事もしなかったと言われている。私はことさらにこの戦役には取るに足らぬ事情に触れるが、それはこのことから彼の中立と臆病さに対するマークグラーフの非難を引き出し、かくて薬剤師の友人を影に置こうとするフリーメーソンの敵達にここで率直にこう言いたいからである、マークグラーフは単に今日の最初の（本来は二度目の）自分の名誉への侮辱に対する深い痛みから、それに自分のこの上なく優しい感情への引き裂くようなごく冷たい中断に対する深い痛みからヴォルブレの冗談に黙っていたのだ。戦いの間この者が臆病に傍観していたことに対して傷付いたからでは全くないのだ、と。薬剤師は我々同様に、ただ我々よりも早くから、フリーメーソンがこの世でとりわけ格別に——打擲を避け、怖がるということを承知していた。それも打擲で傷を受けることがあるかもしれないからにすぎなかった。というのはその他の点では彼は十分勇敢であったからである。彼はしばしば自らこう言わなかっただろうか。「男として自分は幾百ものことに耐えよう、罵詈雑言、空財布、暑さ寒さ、若干の空腹や喉の渇きもかなり耐えよう。このようなものは絶えず感ずるものではない、あるいは眠れば済む。——これに対して忌々しい傷となると昼も夜も刺し続け、かみ続け、これに耐えられるのはわずかで、英雄は好まない。——その上、傷を受けるのは他人からあっと言う間で、いくらの幅で、いくらの深さで、どこにという何の協定もなしに他人の気まぐれで決まる。——それ故、普段は詩人的喜劇的頭脳の者が皆、芸術の描写の中では好んで享受する殴り合いも、窓からちょこっと見えるだけでも、自分が自らその体で経験するとなると、即座に詩人にとってのすべての詩的価値を失うのだ(4)」。

第十一章

ここではやんごとない親書がついにこの物語の開始への真面目な準備をし、そして分別を失うも、もっと多くのものを得る

私は知りたいところであるが、その翌朝ローマ人で薬剤師のことが理解できたものがあったろうか、特にまさに歓喜の最大の教会堂開基祭後日を固く期待していた妹達はどうであったか——あるいは彼の友人ヴォルブレはどう

であったか。彼は何度も、いとも虚しく、いとも激しく、閉ざされたダイヤモンドの仕事部屋、産室をノックし、マークグラーフは内から嫌々三日しないと誰にも会わないと強く叫ばなければならなかった——あるいは彼と全く心を通い合わせたと思っている彼の純朴な血縁の者、四、五人が、自分達の別れに別れを告げないのを真の野蛮と見るとき、この者達はどうであったか——あるいは鋭く見つめているシュトースでさえどうであったか、彼は怠けもののハインツの所で最大のダイヤモンドのようになりつつある物の前に座って、二晩必要もないのに火を眺めていた。彼の主人はベッドに行くよう、そして自分のように絶えず見張ることはないと命じていたのではあったが。

——しかし無論事情はそうであった——それ故に誰もその理由が分からなかった。——薬剤師を同じ日に拷問のようにまさに名誉の高みに引き上げて、素早く盗人と呼ばれる恥辱という堅い悪徳の石の上に落とすという運命の二重奏は転落によって彼の心全体を揺さぶり、そうしてその上頭脳を揺さぶった。いずれにせよその夜の最後の幕は、彼のすでに日中の他の様々な幕で一杯擦られ、疲弊した心がもはや耐えて、摑めるものではなかった。——そもそも、いかに些細な、しかも不当な名誉の火傷が消えることのない、さながらギリシア風の火炎弾によって出来るものか——いかに意識というものは、例えば些細な、公の恥辱を、時にロンドンの晒し台で見られるように、観客が腐った卵の代わりに、より良い裁判官として新鮮な花を投げるという按配に耐えない限り、恥辱を全く消すことも、冷やすことも出来ないかと、より丁寧に考えてみさえすれば、一つの服用量で困窮の悩みから救出したいと考える善良な心は、更に熱心に恥辱を受けた者にあらゆる感謝の念の合図を送って救いの手を差し伸べたいと思うであろう。人間というものは他人の非難を容易に信ずるし、従ってもっと容易にその称賛を信ずるからである。——どんな人間でもしばしば、少なくとも数回は我慢したことがない痛み、そのため耐え忍ぶ術を学んだことがないという痛みは少ない。しかし公の恥辱という痛みは大抵の幸せ者には知られていない、そして一人の不幸な者がこの痛みに、この痛みは全く新たな最初のものであるので、属することになる。

マークグラーフはこの最後の場合であった。それ故彼は自らを救出し、復讐したかった。彼はローマを恥じ入らせなければならなかった。彼は最大の創造の日、六番目の創造の日、つまり最大のダイヤモンドの生誕の日を体験したかった、そしてどの手足にも長い黄金の袋を下げて、ローマの前に進み出て、質問したかった。「僕を知っているかい、粗雑なねぐらよ。――僕から奪うがいい、大鴉のねぐらよ」。

つまり彼の中には、聖なる［東方の］三人の王のうち（そう呼ぶのは簡単である、ダイヤモンドは、金属王であるように、結晶王であるからである）、偽の宝石、あるいは王の後（三賢人の中でも一人はムーア人であった）本物が成功していたので、いよいよ第三の、最も輝く宝石、百三十六と四分の三カラット以下ではない宝石［王］を作りたいという意欲と希望があったのである。

要するに彼は本当にレゲント［支配者］を作りたかったのである。

勿論支配者《レゲント》は怠けもののハインツやボルタの電堆(1)よりも容易に侯爵家で作られよう。しかしここで話されているのは明らかに単に大きなあのダイヤモンド、レゲントとかあるいはピットとも呼ばれているもので、これを最後に所有していたのはピットの敵にして犠牲者のボナパルトとされている。

重苦しく黙って自分自身の裡に沈み込んで、彼は熱心な従者の最良の仕事を奪っていた。従者はこの仕事で自分から同様に奪われ、禁じられていた会話の埋め合わせをしたかったのであるが。というのは搗き係は幾つかの、主人の勇敢さのための凱旋門と従者の勇敢さのための小凱旋門の楽しい建造物をやめなければならなかったからである。マークグラーフは夜警人の夜のことは何も聞こうとしなかった。飲食も彼はわずかしか欲しなかった。この小事は忠実な従者にははなはだ心痛を与えて、従者は自らの飲食を強化して、胃の断食に耐えると同時に一滴、一口の――言葉も載せてはならないという自らの舌の空腹と渇きに耐えようとした。彼はまことに真面目に薬局で言った。「従者は、断食している主人を、自分で大いにかっ喰らわないかぎり、長く辛抱できるものではない」。

すでに最初の夜警のときマークグラーフの頭脳は炉と共に燃え続け、自らの怠けもののハインツとなった。というのはいつもは大気と頭を冷やす朝が彼にとってはむしろ、その熱さをガラス職人が承知している真のガラス冷ましの炉となったからである。時折彼はつぶやいた。「生来の皇子は盗みはしない、全くもって盗みはしない」。

二日目の夜警のとき彼の精神の炎は全く明るく燃え出した。これまで閉じ込められていた皇女で恋人のアマンダの蠟人形を、これは自分の最初の唯一の秘密として親しいシュトースにすら隠していたのであるが、自ら屋根の下の聖者の壁龕から大型時計に入れたまま下ろして、そして箱時計を開け放ち、その前に二本の蠟燭を置いて、優しい頭部を一つの慰めのように、また一人の天使のように、絶えず見つめようとした。

すでに真夜中であったが、彼は炎でくらんだ自分の目で長いこと見上げていた不動の、ただ聾の花々であるが明暗によって神々しいその顔に対して厳かに話しかけ始めた、半ば夢うつつで、内部と外部とを溶かしつくしながら。

「アマンダよ。助けておくれ、そして再会するという印を見せておくれ。――何と」と彼は叫んだ、「目と手が動いた、助けてくれるのだ」。しかし蠟像は目を有するだけで手は有していなかったので、疑いもなく彼は夢うつつに彼の前の外部にあるものとは別の現象を見ていたのであった。シュトースは幻視者しか見えなかった。

「アマンダよ、天上的な姿よ」――と彼は憧れて懇請した――「僕が父親を見つけるという確かな印をおくれ。――シュトースよ、見ろ、彼女はうなずいたぞ」。――シュトースは見上げ、自らただ不安の余り見始めて言った。

「嗚呼、神様」。

「大事な、最愛の父上、御身は息子を受け入れようとなさるのですか――ほら、ほら、父上は僕の方に両腕を広げておられる」とマークグラーフは叫んで、自分の両腕を差し出した。つまり彼は遠くの鏡に自分自身の姿を見ていて、それを彼は類似のせいで父親の姿と思い、そこにただ自ら広げた両腕と自身の電気的髪の後光を認めていたのであった。しかし自分の本性全体がこれまで輝き続けていたので、彼は本来の意味で自ら磁化し［催眠術をかけられ］、そして内部がすべて容易に外在化したのであった。「親父殿は見えませぬ」――と老薬剤師のヘーノッホが出現したと思ったシュトースは答えた――「わしはやはり幸運児ではない」。

マークグラーフはまたアマンダを見上げて、頼んだ。「天上的な者よ、僕に僕の仕事は成就する、成就したという印をおくれ。――何と彼女は僕に手を差し出した、すでにダイヤモンドを指にはめている」と彼は炉の方を見ずに叫んだ。

「わしもそんな気がする」、とシュトースは言った、「そうならば、宝石は出来上がっていて、取り出せるかもしれない」。従者の脳は、主人の頭の腐った箇所にふれて、ちょうど林檎が別の林檎とふれあっているところから腐るように、腐敗を受けた。マークグラーフが相変わらず像の青い目を目で見つめていて、頼むのではなく、単に祈っているように見えたとき、搗き係は信心深くやっとこでピットを、つまり支配者「レゲント」を、ダイヤモンドのことであるが、摑んで、持ち上げて回しながら叫んだ。「畜生。光り輝いていまっせ、嘘偽りなく」。

この磁器が取り出され、輝き続けたとき、すでに朝は白みはじめていた。やっとのことでシュトースは透視者を、夢の宝石を眺めている状態から本物の宝石を眺めるように導き、起こした、するとマークグラーフは尋ねた。「これはちょっと験してみたかい」。――黙って遂にこの宝石に対する若干の肝要な錨強度試験、水裁判がなされた。

宝石はすべての試験をパスした――そして私はそのことをここで私の言葉にかけて、全世界に保証する。

関心の強い、せっかちな読者方よ、息をのまれるがよろしい。――マークグラーフは最後に静かに言った。「本物だ」そして顔色を変えなかった。シュトースは貪欲に彼の顔を見て、すべての歓呼の危険号砲を放ち、歓喜の火災報知太鼓を叩く合図をただそこに読み取ろうとした。しかしマークグラーフは支度をして、一緒にユダヤ人のホゼアスの許に行くようにという合図しか与えなかった。そしてそれでも搗き係が自分の喜びを若干解き放とうとし、フランス語で、「そっと、よろしい、畜生」と酩酊し始めると、マークグラーフは手を振って小声でそれを禁じた。「静かに、一言も言わないで」。シュトースはしぶしぶ従ったが、しかし問いただすために彼を追いかけてきた妹に対しては、沈黙するに必要なだけの粗野なにやにや笑いの顔をして見せた。薬剤師は広大な、事によると数十年続く喜びの最中、分別を少しも失わず、皇女の大型箱時計とその部屋とを入念に封鎖したので、その像は奇蹟を起こす聖女かもしれないと勘の鋭いシュトースは推測するに至った――そして点火された蠟燭、マークグラーフの頭で燐光を発する後光、それに数日前に大きな犠牲のターラーを祭壇に捧げるように中に入れていたガルヴァーニの電堆というものが、（彼はそれを不可能なこととも不当なこととも思わなかったが）、カトリックの聖人像はプロテスタントにも奇蹟を生じさせ、これを金持ちにさせる、それはキリストが異教徒を元気にさせるようなものであるというふうに彼を考えさせた――そして彼は聖女に対するカトリックの祈りにふさわしい分だけ自分の信条から離れていようと威勢良く感じた。

屠殺者にして歌手のホゼアスにレゲントが、つまり王侯、皇帝「インペリアル」判のダイヤモンドが提示された。……ここで一方は屠殺者の嘆声、驚きの身振り、言葉の流れ、購入の剣闘士試合、青い靄「目くらまし」を有し、他方は薬剤師の全く新たな簡潔さ、堅牢さ、品位を有し、また並びに呼び寄せられたユダヤ人や公証人や宝石、法律の専門家達の高等参事会、衆議所を有する絵画を披露することは私の力を越えることではないであろう。——というのは私は単に、このレゲントは（というのはこれは著名なレゲントに劣らぬカラットを有していたばかりでなく、更にその上七カラットあったのであるから）、これはジャンダルム[*1]によって尋常ならざる甲冑を付けており、内に斑点や藁を有し、それにこれは磨くのに難しい所謂天然ダイヤモンドであり、彫工やダイヤモンド細工人が残してくれる価値の大半は、優にその三分の二が同志の間で失われるというユダヤ人の誓いを追記しさえすれば済むからである——かくて、すでに述べたように、ユダヤ人や法律の面は描写されたことになるであろう。しかし他方は、マークグラーフの新たな侯爵らしさが、いかにも容易に彼の次の表明で描写されるであろう。利を求めることも、それ故に争うことも自分の品位にもとる、ただ自分の善意の犠牲を商いの無知と混同しないで欲しい、と。——私は、現前にある通りにダイヤモンドの売買契約書の全部を寸分も漏らさずここでこの全紙に満足して挿入したいところである——殊にこうした取り引き文書で私の少なくとも史的に重要な作品に対して、疑い深い若干の法律通の読者にとって信憑性がもっと増すことになるかもしれないからである。——しかし私は（そうでなければ喜んで行うが）多くの無邪気な読者を法学的藪の中に追い込むのは適切でないと思う、この方々は活発な、確かに非難されるいわれのない焦慮の念を抱いて、ダイヤモンドのピットがその礎となる巨大なパレ・ロワイヤルとエスコリアル宮の前に突然立ちたいと思っているのである。

早速ただ次のことを知るだけで、我々にとっては十分でないだろうか。つまり薬剤師は宝石の販売に当たり、度々半分以上けちを付けられ、（テキストの半分以上の傷害のために）、それ故単に即金で数万、あるいは幾万フローリン貨幣が支払われた——というのはユダヤ人街の大半が醸出したからで、——そして同様の額が文書で保証されたということである。——勿論彼が単に一週間待つ気があったなら（しかしどんな種類であれ閉じ込められた灼熱は彼の本性のすべての歯車を激しく回転させた）、いや五日待つ気があったなら、首都ホーエンガイスの宮廷宝石商が喜んでその二倍を彼に用意したであろうが、それはいつかはそのやせこけた宝石商の人生で自分のはなはだしい損失だとひたすら誓いながら五十パーセントの利益を自分の財布の張り網の中に引き入れるためであった。

マークグラーフは新たな親衛隊（数千の王冠を戴く頭部の数だけの軍）を自分の部屋のテーブルの上に有すると——というのは勿論様々に整列した金の円筒のことで、——彼は腰を下ろして、次のような高貴な回覧の親書をヴォルブレとジュープティッツとレノヴァンツに宛てて書いた。

臣民に告ぐ。ここで余は、神が夙に余に、余の生まれによって貸与された侯爵の威厳を以後公然と然るべき手段を用いて主張する能力と意欲を有することを汝らに知らしめるものである。余が薬剤師という貧しい下賤の身分で育ち、教育を受けることになったのは賢い意図の神慮によるものであり、それは一つには従者の身分の多くの苦しみを知ることによって、より高い出自という不遜からすべて——この生まれというせいで侯爵は容易に他の同様に同じアダムに由来する人間達との血縁性を忘れてしまうのであるが——身を守るためであり、もう一つには余の心を、その血筋がどのように温かく優しいものであろうとも、更にもっと、惨めな状態にあり慰めを必要とするすべての人間同胞のために柔らかくさせ開かせるためであることを承知している。——こうしたことすべてを承知しており、そして余がこのようにしてドイツと現実の中で幸い私人としての余の教育と同時に皇子としても時々東洋や特に長編小説に、例えばヴィーラントの『黄金の鏡』[2]に見られるような教育を受けたことを実際感謝して認めている——これはそもそもかなり頻繁に見られる出来事であろう、さもなければかくも多くの者が狂気から自分を皇子と見なすことはないであろう。——かくて余は来週中に町を去ることにした。この町は余の不興をはなはだ買っており、最近ではある大事な日に朝早くから深夜に至るまで不愉快であった。

それ故余は来週、多くの他の皇子と同様に王侯の旅に出たい——外国の国々を見るためであり——それらの宮廷を視察し——長い仕事から解放されて——学者や芸術家を探し出し、激励し——主に余が遊山の途次公に出合うであろう多くの傷を癒すためである。
余は外面的には差し当たり微行《おしのび》の状態に留まろうと思うが、しかし間近では余の威厳を失いたくない。しかし余は旅の随行員と宮廷人にはその忠誠の心服の念がすでに早くから験されている者達を最優先したいので、ここに余は所謂フリーメーソンのヴォルブレを余の旅行世話人に、孤児院説教師のジュープティッツを宮廷牧師に、芸術家のレノヴァンツを宮廷画家に任命し、それぞれに半年分の給金として千フローリンを、これはお抱え小姓のシュトースが親書と共に手渡すことになるが、つまりは旅行費用を特別に余が面倒を見るべく、前払いすることにしたい。残りの宮廷職は未定であり、途中有能な者が現れ次第任命することにする。ここでは以上のことを定めたい。

ローマ、一七九〇年　　　　ニコラウス

何人かの依頼を受けた枢密顧問官や書記官がこの手ずからの親書、閣議書をはなはだ混乱し、ねじれ、冗漫で、短く、長いと思い、それで誰もがただ自分の名前を下に署名することをためらうならば、いわんや王侯の名前は記したくないと思うならば、それはマークグラーフがそのための書記官を自分自身の他には有せず、使っていないということを考慮に入れてないからであろう。それ故この自らの皇帝選挙協定も彼が自らの政府の下で行なった最初の枢要な行為と見なされなければならない。しかしそれでも彼は——普通は一つの手で王笏と筆とを握ることは難しいことであるが——筆を巧みに操って、少なくとも自らの自我をすべての従格を通じて、最小の侯爵がするように、手ずから「余と」大文字で書き始めている。
先にはシュトースはお抱え小姓と述べられていた。即ちマークグラーフは、彼が給金を運び出す前に、彼に口頭で言ったのであった。「同時にそなたには侯爵の近習、お抱え軽騎兵、お抱え小姓の地位を授けよう。金のモールの帽子とモールの上着は自明のことだ。主人に敬意を表するために服はどのように高価なものであっても構わない。――嬉しくないかい。好きなようにしておくれ。相手が自分の喜びを隠さなければ、どんなに僕が喜ぶか承知しているだろう」。「わしは哀れな犬ころで」――と今日はじめて嬉しさの余り泣いたシュトースは答えた――「今それは出来ません、明日か夕方だ」。――「言っておくが」――とマークグラーフは続けた――「侯爵の許でのそなたの職は思っているよりもはるかに大事だぞ――そなたは侯爵の着衣、脱衣の仕事をする、そなたは病気のときや夜中、そしていつも侯爵の許で仕事しなければならない。そなたはまさに洗練したやり方で機会をとらえて、人々に対する僕の好悪を導いていけるのだ、いつも僕に聞いて貰える。実際そなたの影響には抗しがたいものがある。そなたに好意を寄せているだけに、まさしくそなたに対して用心しなければならない多くの理由を事実僕は有している」。――「何てことだ。わしのような悪漢に対してはそうして下され、わしは正直そのものですが」。

＊1　そのように宝石商は大きな斑点や曇った箇所を呼ぶ

第十二章

ここでは第十一章から生じたことがまず分かり、会議とその報告が見られる

三人の新たな官吏はどのようにマークグラーフについて考えようとも、少なくとも給金で一杯の袋が自分達の前にあることは分かり、そしてそれを搗き係が階段を登ってきて運び込み、置いたということは容易に思い出すこと

が出来た。三人ともそれを受け取るべきか否か分からなかったが、皆差し当たりそれを手許に置いた。

ヴォルブレはまず驚いて薬局に駆けつけ、そこで三人の妹達がすでに第二、第三、第四の驚きの状態にあるのを見た——というのは今や侯爵の前より遠縁になった彼女達がまずは皇女輿入税、寡婦年金、小遣銭、要するにニコラウスが贈った金の最中に座っていて、まだ黄金の俄雨がしたたっていたからである。更に搗き係は走り過ぎながら、自分の信じている愚事と自分の考え出した別の愚事とを一緒にして撒き散らし、途中何と名付けたら良いか分からないという聖女と奇蹟の女についての燦然たる情報を誓い上げ、洩らしていた。薬剤師自身も二度目の外出をする前、一度目のとき三つの大きなショールを腕に抱えて戻って来て、三人の妹達に贈りながら、手短に、自分は来週旅に出て、それ故そもそも侯爵として一つの意味以上の意味で彼女達から離れなければならないと遺憾の意を述べた。

彼はまさしく妹達に対して自分の出自についてただ大胆に簡潔に公表したが、その理由は勿論調べられるべきであろう。

二度目、彼は金を持って人々と共に外出したが、あたかも一日後には客馬車も馬もなくなるかのように、大急ぎで、馬と御者、並びになお他の数千の品を購入するためであった。

本当の裕福がある——と皆は見た——しかし愚行も考えられた。ただ彼の妹の一人か二人は——彼女達は復活の際、自分達の骨よりも衣装を探し、選ぶような女性で——贈られたショールを正しい分別の明白な証と見た。

ヴォルブレがこの上ない驚きを発し、それを耳にするや、更に説教師と画家が遅れてやって来て、驚きの加勢をした、特に妹達の驚きを加勢したが、彼女達は彼らからマークグラーフが自己戴冠をし、金をばらまいたという最新のことを知った。

いずれにせよローマ中を搗き係は震撼させたが、彼が通り過ぎる露地ごとに彼の報告という蝸牛の粘液と卵とを残したからである。そこの瀕死の者達は（ヴォルブレを信じてよければ）ニュースのせいで半時間長く永らえたそうである——自分の妻を足蹴にしていた、それも鋭い木製の義足でそうしていた功績ある老兵士は彼女から下りて、ひたすらその件のより詳しいことを静かに聞こうとしたそうである。——およそドイツ語の出来るものは、レトリックの規則を守り、尋ねたそうである。誰が、何が、何処で、誰の助けで、何故、いかに、いつ、と。イタリアのローマのすべてのサン・ピエトロ大聖堂のドームもカピトルの丘もホーエンガイスの宝石に較べれば「インク乾かしの」撒き砂であった。——あらゆる侯爵家の支配者達《レゲント》が様々な王座にあちこち立ち、そびえていた、しかし誰も見上げなかった、誰もがただ宝石の硬いピット、あるいはレゲントに執心していた——しかし何故、人間は宇宙史と宇宙の全体を収めることの出来る広大な胸を片隅の蜘蛛の巣で満たし、劣悪な借家人に対するように住まいの断りを通知し、切れ端の物が舎営するようにするのか、私は尋ねたい。——しかし何故、と私は質問を続ける、私自身惨めな小都市の騒ぎについての質問続行にかくもとらわれて、物語の偉大さを忘れ、かろうじて次のように続ける羽目になるのか。

「このような大金に対しては」——とリベッテは二人の紳士に話しかけた——「私どもは私どものない智恵を絞って、このような善良な男をいかに助けたらいいかについて相談したらいいでしょう」。

教戒師は学的会議の筆頭幹部として調子を合わせ始めて、次のような鋭さに欠けていないことを述べた。自分としてはマークグラーフ氏の発狂程に容易に理解出来るものはない——様々な理由による彼の早期の教育については言うまでもなく、大きな幸運の代わりに、最大の幸運を得て、それで他の幸運も得られるようになるという、とてつもない運そのものがすでにどんなに立派な頭をも毀してしまうに違いない。この飛翔には更に梯子からの落下の影響も考えられて、その落差で脳は二重の震撼を受けたのであろう——寝ずの番で、これを行うと鷹といった動物ですら分別を忘れ、先の自分の本性を思い出せなくなるが、彼がこの二つを新たに喪失するということがなければ、それでもまだ正気はなお残っていたことであろう、もっともこの場合ですら、レゲントのダイヤモンドの発見ということなしに彼が支配者という観念に至ったかという疑問が残るのであるが。——「そんなわけで、お嬢さん方、どんな心理学者が見てもここに予期されたのは真の固定観念に他なりません。本当の狂気といったものです。どんな人間でもはるかにこれより弱いきっかけで侯爵よりももっと途方もないものに自分を見なすに至っていないでしょうか、ある者は自らを神の息子と、別の者は聖霊の神、三番目の者はガラス製のもの、第四の者はバター製のもの、第五の者は（オックスフォードの偉大な神学者ですが）一本の瓶、あるいは第六の者は単に深鍋と、更に他の者達は、雄鶏やかぶら、大麦の粒は言うまでもなく、こうしたものに自分を見なしていて、これはすべて侯爵程には人間として可能ではないものです、侯爵は存在しますから」。

「博学の説教師殿」――とリベッテは叫んだ――「私の兄が何かを頭に捉えたということは私ども皆に異存はありません、それでここに座っているわけです。ただ私どもが知りたいのは、何をなすべきかで、阿呆のように阿呆を眺めていていいかということです」。

「さて、この件で都合のいいのは」――とジュープティッツは続けた――「彼が実際自分を侯爵と見なしていて、その点でイエナの御存じティテル教授に似ているということです。――この教授も同様に自分を侯爵と見なしていまして、それもローマの皇帝とすら見なしていました。――人々が遠くから一軍を呼びますと、早速ティテルは自分の軍を戦場に進めました。――しかし彼は他のすべての点で、殊に講壇では、あたかも王座なんかには座っていないかのように、分別があって、講義しました。マークグラーフ氏がまだ有しておられる、かの分別でもってまず始めれば、失われた分別は、大きな棒鱈を小さな棒鱈で釣るような按配にまた摑まえられましょう」。これらの理由からジュープティッツは、彼を旅立たせ、好きなようにさせる意見に賛成であった。というのはここローマで最初に案じられる文字通りの抵抗は、固定観念をただ一層深く強固に彼の脳へ詰め込み、穿つであろうからで――旅による陽気な気散じ、新しい観念の交替は肉体と精神を癒し――彼に従う巧みな心理教師がいればいつのまにか、ある時は眼差しで、ある時は言葉で、今日は忍び歩きながら、明日はひたすら馬を飛ばしながら、彼の観念のオルゴールの円筒をうまくずらすことが出来て、全く別の歌を演奏するようにさせることが出来るだろうと言うのであった。

「それでは貴方は」とヴォルブレは言った、「心理教師にして宮廷牧師として旅に付いて行き、この男を世話し、彼を治して下さるのだな」。――予期に反して説教師は、自分の教会区の懲役囚をなおざりにすることに強い疑念を表明した――単なる狂人よりも悪漢に対して精神的に手助けすることがより大きな義務であるからで――しばしば警察は懲役囚と瘋癲とを同じ屋根の下に置いているけれども、と述べた。――しかし彼はこの疑念にまた幾つかの旅に同行したいという自分の無邪気な願望を対置した（そして先の疑念を十分に弱めた）、ことによると厄介な肥満と絶えざる精神の緊張に若干歯止めがかかるかもしれないというのであった。

　彼にヴォルブレが脂肪細胞と脳室のこの排泄を本気で勧めて、何としばしば彼自身が自分に以前から、教会の説教壇に対して（殊に激しく活用する際に）遂に余りに太って丸々となること、及び薬指が結婚指輪に対して余りに太ることを、指輪にやすりをかけることは気が進まないのだと、嘆いていたことかと彼に思い出させると、ジュープティッツはまたこう答えた。「それはそうだ。――しかし私はここに宣言する、旅費のために、旅の途次薬剤師殿を侯爵と見なさなければならないというのなら、むしろ家に残りたい。せいぜい私は彼の苗字マークグラーフに、南ドイツの流儀で定冠詞を付けて、人々の間ではあの辺境伯《マークグラーフ》と呼ぶことにしよう」。

　このフローアウフ・ジュープティッツに対して――この者をヴォルブレは生きた賛成・反対あるいは諾否と呼んだが――同様に反対を表明するためにレノヴァンツが答えた。「ともかく私を煩わしい条件を付けて同行させるのであれば、そんなことをすることでさえ、私は嫌だ、条件がなくても私は父の遺言でいずれにせよ旅は出来ない」。

　「あら」とリベッテは言った、「あなたの空想の兄をあなた同様に喜んで連れていくはずよ。おかしな浪費家にとって今や道化の一人や二人何でもないわ」。

　――善良な読者氏には、この氏のために私は出来る限りのことをし、この氏だけのために（そしてその他の誰のためでもなく）私はかくも長い話を彫琢しているのであるが、実際近々、画家のこの兄について完璧な解明がなされる章が手許に届くはずである。ただ今は何はともあれ話を進めなければならない。

　「それは構わない」――とレノヴァンツは続けた――「しかし画家達は以前から侯爵には従わないものだ――ホルバインとか他の者は、自分達が描く王侯の前で煙草を吸った――ティツィアーノ達は、ただ見守っている皇帝達[1]に絵筆を拾い上げる手伝いをさせたものだ。――これはまだ生粋の血筋上の侯爵の話だ。……しかしここで芸術家にとって侯爵が本物かが問題になろうか。——いずれにせよ、私は旅の途次薬剤師殿に対してかの芸術家達が侯爵に対して為したよりも本質的な貢献をしたい——というのは彼を描くことは十分すぎるほど度々しなければならないであろうからで——今や彼は侯爵として、犬の薬局屋としてよりも絵画の理解者ぶりを示したいであろうから、彼が調べる様々な芸術収集の際に下さなければならない肝腎要の芸術判定の力量で援助したい。少なくとも私はそう考える」。

「だから誰も」とリベッテは割り込んだ、「自分のことを考えるだけで、私の兄のことを考えていないわ」。——「私は例外です」と画家は答えた、「というのは私の判断ではローマから一歩も出るべきではないからです。彼は気の変な者、愚かな者、真の道化として、彼の財産を見守る後見人や管財人を有しなければなりません、——浪費家とさえ宣言していいでしょう」。

するとヴォルブレは反論し、激怒した。「何だって、膀胱のように毎日［宝］石を造れる男が、それも最も高貴な宝石を造れる男が束縛されなければならないのか。生きたダイヤモンド採石場、小さなヨーロッパのブラジル全体、少なくとも我々に西インド諸島のダイヤモンドのネックレスを砕いてくれるようなブラジルにその仕事をやめさせようというのか。——とんでもない、彼が今日から座り込んで、何も造らなくなったら。——あるいはそれとも彼は輝きながらこのかび臭い巣の中でかびるべきなのか、紐サボテンのように砂漠でしぼむべきなのか。——私は彼が自分を聖なる門(2)と見なそうが、聖なる椅子と見なそうが構わない。私は彼の頭の中の位に合わせて彼に語りかけよう、彼がアフリカのダルフールの支配者と自分を見なしたいのであれば、これは大層なことに[*1]自分のことを雄牛、雄牛の息子、すべての雄牛の中の雄牛と署名するそうだが、私はためらわずに、これまでの彼との君、僕の関係をやめにして、彼にその称号を認めよう。——畜生。向こうからちょうど殿下が新しい馬車と御者とで下って来られる。シュトースが後ろに立っている」。

実際彼であった。

二人の妹は、彼女達は単に頭飾りに頭がめぐるだけであったが、素早く、マークグラーフ家の名誉にとって勿論最も好ましいのは、気の触れた兄が自分達と町に対して何の恥辱も加えずに、異郷で好きなことをすることであるという短い意見を述べた。――「おや、おや」とリベッテは答えた。「私だけは同行させて。私がズボンと靴を履いて男達の従者の間で唯一人の女性として一緒に行くことになったら」――（ここでヴォルブレはちょうど賛同の意を表してうなずき、それは素晴らしいと言った）――「私の優しい盲目同然の兄には賢い妹が、少しばかり見守ってくれる妹が同行することになるわ。途中には悪漢が沢山いるのだから、ヴォルブレさん」。

　そのとき薬剤師が入って来た。軽快な落ち着いた作法、極めて愛想のよい微笑、ある種の威厳が侯爵であることを告げていた。「殿下に私どもは」とヴォルブレは始めた、「皆全員感謝申し上げたいと存じます。それに先ほど旅の同行について今日簡単な会議を致しました、これについて陛下に手短な報告を致したく存じます」――このように彼は始めたが、薬剤師が、君、僕の馴れた関係をすっかり離れた話しぶりから自分の部下を知るであろうと彼は固く期待していた。しかし薬剤師は答えた。「それははなはだ忝のう存ずる、旅の世話人殿」――そして当惑した世話人にその役割をほとんど忘れさせるところだった、自分の冗談半分が全く真面目に受け取られているのを見たからである。その際マークグラーフは自分のいつもは叫ぶような語調にかなりの弱音器をかけていて（高貴な人間はほとんど聞き取れない話し方をすると彼は聞いていた）、彼の言葉を理解することはとても難しく、返事することさえそうであった。

　フリーメーソンは今や簡潔な報告を述べたが、それには二人の共に給金を貰った者達に対する軽い意地悪さが見られないでもなかった。「どうして貴方は」――と薬剤師はその後、殊の外気さくに優美にまずレノヴァンツの方を向いた――「我が宮廷画家殿、ほんの一瞬たりといえど、僕が貴方の兄をこの上なく満足してすべて僕の費用持ちで伴の者に加えるであろうことに疑念を抱けたのです、そうすれば貴方のような立派な芸術家を獲得出来、自分の周りに置けるのですから。これは十分好意的に考えられたことではないでしょうか」。レノヴァンツは黙ってお辞儀した、しかしいつもより二パリ・リーニエ分低かった。

「貴方も、世話人殿、御夫人を同道してよろしい」とニコラウスは続けた。――「殿下」、――とヴォルブレは顔にプトレマイオス的円や螺旋、転換点を浮かべて答えた――「妻は家に残すのが最良だろうと存じます。しばらく彼女から離れるとなると、そうしますが、それは主に私が二つのことを目指しているからで、これは恐らく多くの雷雲が生ずる結婚生活ではとても大事なことです。つまり私は私の旅立ちによって、私ども二人が互いに強く憧れるように、単に彼女が私に憧れるばかりでなく、私も彼女に憧れるようになるようもって行きたいのです、この二つは今考えられない雲行きなのです。結婚生活は――私の結婚生活も――独特なものがあって、人は――妻の方は全くそうですが――結婚生活の中で確かに強く愛するものの、同時に途方もなく文句を言います。かくて人は、かの敬虔な男[*2]に似てくる仕儀となって、この男は、とても信心深かったのですが、神を呼ぶとき気鬱病のためにいつも神を冒瀆するよう強いられ、自分自身ぞっとするほどだったのです。夫婦の愛そのものは夫婦の諍いという雪の覆いの下でも全く温かさを保っています。――第二に私は私の不在をもっと何かに仕上げたい、つまり互いの徳操と忠実さのハーネマン式ワイン真贋試験に仕上げたいのです。私は彼女が長い不在の間、私に対して、また私が旅での大きな誘惑の下、彼女に対して忠実でいられるか試したいのです。これは私が沢山述べたかった中のわずかなことです、殿下。他にもまだ旅の同行への別な理由が十分にありますが、これ程整然としたものではありません」。

　薬剤師は自分の面前での大胆な冗談を好意的に受け入れたが、大きな声では微笑まず、素早くジュープティッツの方を向いた。「説教師殿、貴方も、御夫人同様に、私の旅に歓迎致します。旅は貴方の健康にとって、私の健康にとって良いように同様に役立つと期待しています」。――後の書類からようやく明らかになったのだが、ニコラウスは旅の目的の一つに、自分の化学的炎で黄ばんだ青春の薔薇を野外で赤く元気付かせて、より美しくなって最も美しい女性の許に達したいということも考えていた。「無論」――と彼は自分に言った――「誰もが旅の後ではるかに元気になると考える、それに再会の喜びが加わる」。

　「マークグラーフ殿」――（とジュープティッツは答えた）――「ホーエンガイスの我が辺境伯《マークグラーフ》氏にはいずれにせよ私はまず休暇を願い出なければなりません。それ故私はまず数日してから間接的に――直接的にと言いたかったのですが、しかしこの二つは、言下にが言外にと響きが同じせいで間違いやすいようなもので、恐らく人間の知らざる悩みの一つでありましょうが――決定のすべてを申し上げることにしましょう」。

――しかし私は私の大切な読者や購入者が半全紙にわたってジュープティッツのような男をマークグラーフの旅で失うかもしれないという不安を抱かないようにするために、次の章で述べなければならないことを、すぐこの章で伝えることにしよう。即ちフローアウフ・ジュープティッツには独自な点があって、神にも比すべき点があった。この神というのは、短い時間を創るために――それだけの時間であろうと、――前もって生まれる以前に全永遠を、哲学者達によれば有しなければならないのである。――かくて彼は長いこと自分自身と妻とに相談した。妻はしかし今やまずひたすら尊敬する余り――というのは彼女の結婚生活の頭目は彼女にとってはキリスト教の頭目であり、知識におけるキリストの頭であったからで、――第二にひたすら愛する余り――というのは自分と自分の安寧のためには一グロッシェンも使わなかったが、しかし結婚の頭目の彼のためには一切を使ったからで――彼がすでに悩んでいたよりも更に大きな逡巡に導いた。彼女は一つには家に残りたかったからであり、これに対しては彼は健康を管理し、病気のときに世話する看護婦が欠けることになると反論した、そして一つには男性の一隊と行きたかったからである、これには彼は終わりが見通せないほど一隊は補強されるかもしれず、彼女が唯一女性として、そして牧師の妻として品位を保つことになると述べた。「私の眼目はただ、あなたがそんなに考え込まずに、幾らかもっと痩せることよ」と彼女は言った。

フローアウフがまだこの時に至るまでそこに座って、吟味し、概算し続けているわけでないのは、彼の盗人どものお蔭である。彼らがある夜、このゴルディアスの結び目［難問］を断ち切った。即ちどの党派にとっても有り難いことに、刑務所の悪漢一同は半ズボンなし［サンキュロット］同盟、あるいは結社を形成し、そして悪漢の教皇選挙会全体は――厳しく枢機卿達のように閉じ込められ、つましい食事を出されていたのは、単に誰もが自ら聖なる教皇に昇進するようにするためで――より良いことを思い付き、幸い牢を破り、一人の男も、子供殺害の母すらも見失うことなく退却を開始した。刑務所に正直な男がいたとしても、悪漢達はその男を決して残さなかったことだろう。しかし幸い刑務所の管理者本人が正直な人間ではなく、この哀れな合併者達のためにこの個人の自由保護法

［一六七九年］を認可し、彼らと一緒に盗賊の首領としてずらかった。自己隷農制のこの廃止に向けて、即ち内部からのバスチーユのこの襲撃に向けて、外部からの当時のフランスの襲撃が主に悪漢達を動かせたのではないかという疑問はまだ歴史的に解明されていない。ただ読者に思い出して欲しいのは――これを忘れると手ひどい損害を受けるが、――ここで読者が私を源泉として汲み出さなければならない現在のこの話はまさにフランス革命の勃発時に起きたということである。盗人一同は当局からフランス同様に束縛され、抑圧されていた、いや一同は数人のフランス人達と（これを私は、フランスの受難の学校で自ら卒業認可を出した当時の亡命者と見なしているが）一緒に大理石用鋸を手に持つことさえした。しかしこれについては別の箇所がふさわしいであろう。我々にとってより重要なことは、懲役囚は彼らの小さなバスチーユを破るというよりは、これに火を放ったという事情である。これは我々の話に思いもよらぬ影響をもたらして、刑務所共々その教会も煙に包まれ、そのため我らのジュープティッツは、年に休暇が八ヵ月しか続かないコインブラ大学で見られるよりも長い休暇を得ることになったのである。というのは今や彼は町が魂の羊飼い［牧師］のために羊小屋とそれに必要な雄羊とをまた工面するまで数年待たされることになったからで、とりわけローマはむしろ、教会参詣人達が自己移送の苦労と費用とを強いられずに引き受けてくれれば、これ幸いと考えていたからである。かつては刑務所教会にも聴きに来ていた町の、より小さな罪人達、正直な者どもはこれから先、より上品な教会で、町の教会、宮殿の教会、カトリックの教会で回心し、改善すればよくなった。

要するに教戒師のフローアウフ・ジュープティッツは薬剤師の宮廷牧師となって、招聘とパスポートを受け取った、このことこそまさに立証されて、読者に早期に話されるべきことである。……

さて我々はまた部屋に戻る、ここでは先に述べたように、会議が開かれ票決されていた。――侯爵は遂に会議を終結させたが、しかし、はなはだ率直な様子で面倒を見ると申し出ながら、彼らの皆にとって、それにまた誰が列に加わろうと、旅の道を全くの喜びで短いものにしたいと自分の希望をはなはだ心を込めて述べながら、各人から離れて行ったので、彼の妹のリベッテの目には彼の善良な心と病んだ頭に対してまさしく涙が浮かび、そして彼女はこの心と頭とが何かをもたらすことになる旅の一同を全く忌々しそうに見つめた。

　旅の同行者達が去るとリベッテは、皆と同様に何か言うべきことがあるので、妹達に部屋から出ていくように命じた。というのは上申する顧問官のヴォルブレが彼女を（彼はそれ故いつもよりもっと優しく見えるようにした）その票決の記録からすっかり除いていたからであった。「お兄さん」――と彼女は始めた、「だってお母さんは有り難いことに同じはずですから――私は同行したいと思います。私の言うことをすっかり聞いて下さい」。今や彼女は彼に――彼女は「フリーメーソンの」雄弁の同志、いや女性説教師と言えたであろう――穏やかに強調しながら、自分がこれまで最も彼のために、世話をし、喜ぶよう務めてきたこと、人々に自分は荒っぽく騒々しいループレヒトと呼ばれているけれども、彼をいつも優しく鶩の卵のように手と指とで運んで来たことの次第を説明し――そして長く一緒に暮らしてきた自分以外に誰が彼の欲求や必要、嗜好を知っていようかと彼に尋ね――（「そのことは身に沁みて感ずることだろうが」、と彼は口を挾んだ、「強いて我慢することにしよう」）――遠縁の者であろうとこの者が彼と彼の金を、赤の他人の貪欲な宮廷のならず者達、彼に対して栓を次々と差し込み、ねじ込もうとしている者達に対して少しばかり引き受けるのが良くはないか自ら決定を下して欲しいと彼に頼んだ。「彼らは盗めばいい」と彼は言った、「僕はダイヤモンドを造る、そして満足している」。――「本当に満足ですか、お兄さん」と彼女は答えた、そして両手を組み合わせ、はなはだ心の籠もった、うるんだ目で彼の方を見つめたので、彼の目そのものが曇ってきて、両手で彼女の組み合わされた手を長いこと包み込んで、その後でようやく問いを発した。「しかし女性という微妙な問題を考えると、男どもだけの中に唯一人のレディーがさながら森林の一本の花のようにいることが許されようか。ここに特に動かぬ難点がある」。――「それだけが難点ならば、まだ救いようがあります」と彼女は答えた。「私はあんたさんの宮廷道化になります、マークグラーフさん、そしてズボンを着用し、あなたに、あなたの他の道化達皆に対するようにあんたさんよの調子で語ります。貴方はとにかくいつも私をチロル人のヴァステルと呼んで下さい」。

　大胆な女性を男性が見抜くことはほとんどない。というのはその失策はその策謀同様に賢さの領域を越えているからである。――この予見されていなかった衣装と役割とで彼女はすでに長いこと常置されていたマークグラーフの反論の軍勢を一挙に打ち砕いた。彼女の女性という性や――市民階級の出自――彼女の陽気な男らしい騒々しさは――若干の無教養――それにあんたさんよの調子というすべての反論は消失した。そして彼は彼女の同行を受け入れた。それは、彼が述べたように、大きな宮廷では侯爵の血筋の宮廷女道化さえも耳にしたことのないことではなかったので、*3 一層容易なことであった。ただ、彼女は彼の数日前に薬局を離れて、それからチロル人の服装で彼の許に現れて、決して彼の友人達が、ましてや従者の他の者が、彼女が誰であるか察することのないようにする手筈が決められた。彼女はそのことを友人達に伝え、黙って見逃すよう頼むつもりであったので、一層気楽にその約束をした。

――しかし旅の準備は何と敏捷に急がれたことか。マークグラーフはローマから旅立つというよりは飛び立ちたかったことであろう。これ程の妊婦の反吐、これ程の恐水病を彼はこの町に対して、自分を長いこと市民の息子、気違い、いや最近では悪漢と見なした町に対して抱いていて、彼は一つか二つかの貧乏人の露地に贈り物をするといった喜びを味わおうとは決して思わなかった。――ここでこの現象についてちょっと哲学をしてみよう。何としばしばこの土地嫌悪は多くの侯爵や大臣の生活で見られることか。何と些細なことで、王冠の紋章の付いた馬車の扉が永久にある町の前では閉ざされ、あるいは遠くの迂回路へとそらされることになり、上述の町への最寄りの道を改修する必要もないほどになることか。――しかもこのような土地への反吐には独自な点があって、私が先にこのような土地嫌悪について、何か根本的憎しみを含む妊婦とか狂犬に噛まれた者達の比喩を使ったのはまことに当を得ていて、この件の有する問題は更にはるかに広い。というのはマークグラーフのように善良な人間はすべてのローマ人を呼び寄せて、皆をかなり愛することが出来ただろうが、しかし自分の頭に有する町の残りの部分だけは我慢ならなかったからである。

これまで確かに入念に語られたことすべてから判断すると、次章ではローマからの脱出が間違いなく行われ、マークグラーフが友人皆と一緒に――それに付け加えるならば読者と共に――新しい国々の境にまで来ていることを私が見落とすようであれば、私は社会的事件を理解することがはなはだ少なすぎると言わざるを得ないであろう。――必要不可欠というので、次章で登場しなければならないすべての貴重なものはすでにすべて予約され、支払われていないだろうか、そしてマークグラーフは然るべきものを買わなかっただろうか。いや屠殺者のホゼアスでさえ、――わずかな旅費とささやかな給金と引き換えに――自らマークグラーフの宮廷宝石商となり、一緒に旅するつもりではなかったか、輝く宝石を、電気の火花のように、自分の手から他人の手へと引き渡す誠実なダイヤモンド商としていつもただ薬剤師の許に控えていようとして。

＊1　ブラウンの『アフリカ紀行』［一八〇〇年］。
＊2　ズルツァー[3]の『著作集』第一巻、一〇五頁。
＊3　例えばエカテリーナ女帝が一七一七年ベルリンへ旅立ったとき、彼女はガリツィン侯爵夫人を宮廷女道化師として採用し、連れて行った。

第十三章

ここではエジプトからの脱出がなされる、その前に約束の地が荷造りされ、共に運ばれる、そしてその後乞食の群れと神学の聖職候補生が現れる

ある高台の国境に立つと、実際、以前にこれよりも豪華な行列、あるいは珍しい行列が見られたことはほとんどなかった。

皆が馬車で行くか、騎乗するか、あるいは徒で行った。しかし随意にであって――旅行世話人のヴォルブレは口笛を吹きながら痘痕のある先駆けの騎乗者となって――次に立派な君主の乗った豪華な［国の］馬車、これはほとんど控えの間を半分にした程の上品なもので、多くの備え付けがあり、中には侯爵マークグラーフ自身が、大型箱時計の中の蠟製の花嫁の皇女に向かい合って座っていた――両側にはマークグラーフの連隊が騎乗しており、十二人の一部は傷痍軍人の、一部は新兵の健気な近衛兵であり、将来の悪漢に対する強力な護衛となっていた――薬剤師の豪華な［国の］馬車のすぐ後には搗き係の変わった護衛の馬車があって、彼は荷造りされた怠けもののハインツとヴォルタの電堆の前に座って仕事をしており、彼の横には調合者がうんざりした顔をしていて、座席下の荷箱には汚物の薬剤を一通り備えていた――それに宮廷画家のレノヴァンツの可愛い対面馬車、彼は眠っている自分の天上的な蠟人形のように綺麗な兄と向かい合って座っていた――すぐその後には宮廷牧師の軽快な四輪馬車――それから屠殺者のホゼアスの重い御者台下の荷箱、彼はユダヤ人の料理皿と介添えのユダヤ人料理人を伴っていた――その後には更に将来の女性に備えての空の式典用馬車までがあり――こうしたものすべてをすっかり締め括るのは料理と貯蔵用馬車と荷車で、その上にはマークグラーフ連隊の多くの女房達がしゃがんでいた。……

豪華さときたらそれ自体すべてに勝っていた。しかしこれは皆の陽気さと活発さに較べれば何ほどのこともない。幾人かの騎乗者が別々に列を離れて、護衛し、視察するかと思うと、ジュープティッツは馬車の後に付いて、歩いて痩せようとしていた――侯爵は右や左の馬車の扉から晴れやかな顔を突き出して、他の各人が微笑んでいるか見ようとした――旅の世話人は、述べたように、口笛を吹いていた――連隊の多くの者がホルンを吹いて――二、三頭の馬がいななき――春の風が吹き――調合者は鼻をかみ――レノヴァンツの兄は眠り、こっくりしており――そして遂に旅の列の背後に雄牛の二台の収穫車が追いかけてきたが、これには不具者、浮浪者、乞食どもが積まれていた。

これを見て薬剤師は一人の侍従武官を収穫車に、見たところ追い付きそうにない収穫車に急いで送って、何が欲しいのか問い合わせさせた。この車の一同は声を合わせて下に叫んだ。自分達はただローマから来て、彼に物乞いをしたいのだ、と。

即ち当地の貧しい黒人どもはマークグラーフの喜捨流出を多く耳にし、以前に若干得てもいたのだが、しかし世の孤児達のこのような全能の父親のかくも早い旅立ちを予想していなかったので、彼らは皆一致して二台の雄牛車を借りることにして、黄金の雨の雲といったものに追い付き、それが国境を越えないうちに領地内で若干の滴を浴びたいと思い立ったのであった。計画は立派なものであった。

侍従武官が収穫車の一行の返事を持って来ると、侯爵にして薬剤師の彼は一行をもっと近寄せるために即刻止まるよう命じた。そして一行に遠くからはなはだ好意的に合図がなされた。一行はマークグラーフの馬車まで前進してきた――そして彼は今や本当に国境で最後のローマの人々、善良な申し分ないサンキュロット達、あるいは政治的自由存在にただ耐えているだけで、それを広げていない半ズボンなしども、靴下なしども、袖なしども、シャツなしども、そしてその他の服と呼べるものを欠いている者どもを見た。かなり遠くから彼が乞食棒を持った者どもの連隊本部に向かって投げたり、その背に投げたりするのが――つまり余りに多くを投げるのが見られた。というのは一、二本の棒義足の者達はまだ自分達の有する本物の膝で苦労して跪いたからである。女達は「イエス様」と叫び、両腕を高く上げ、子供達はその小さな両腕を上げた。ただ一人の者がこのコンスタンティヌス帝的贈与(1)の際もっと多く贈れば良かったのにと信じていた。これはマークグラーフ本人で、彼はローマに対する怒りと、最近貧民に対して自分の手を閉ざしてきたことの償いをきちんと国境でしようとしていた。

ヴォルブレがある高台の国境の宿の前に止まって、その前で皆に朝食を摂らせようとしたとき、向かい合った路上を一人の痩せた青年が胸をはだけて、髪を振り乱して、手にはメモ帳を持って、歌いながら速歩で歩いているのを見た。この男も同様に上の宿の前で止まり、貧乏人達の新たな収穫祭を身じろぎもせず見守っていた。彼はますます喜ばしげに見え、遂にはその光景に泣き出しさえした。物質的関与者に対するこの精神的関与者は旅行世話人の気に入った。そこで彼は質問をして会話の糸口を摑んだ。「好天はこのまま続きますかな」。――「季節や下の場面同様に結構なものです」(と、この人間は答えた)――「五分後には風が吹きますから」。ヴォルブレが頭を振ると、この青年は試みに向かい側の朝の雲から頭を五分間だけそむけて、その後また向き直るように頼んだ、すると雲が溶け始める印として雲が穴だらけになっているのが見えるだろう、その時は月がまさにアメリカの上に南中(2)するからということだった。

ヴォルブレが驚いたことに、すべては時間通りに当たった。しかしこれは当然のことであった、この若者は、後でもっと詳しく分かるように、天気予報師であったからで、従って私同様に、月は日に四回小さな天気変動と共に、それは雲が薄くなることであれ、新たな別の風が生ずることであれ、その軌道を描くということ、つまりそれはまず月の出の際であり、第二に月の入りの際であり、第三に我々の上での南中の際であり、第四にアメリカの上での別の南中の際であるということを承知していたのである。

ヴォルブレは旅行世話人として本物の天気予報師は申し分のない旅行具という点で最も必要なものであると即刻気付いて、媚びるような驚きを隠さずに、天気予報師に名前を尋ねた。「私は他ならぬ」――と予報師は答えた――「フォークトラントのホーフ出身のリヒター聖職候補生です」。

私の読者は驚かれるだろうが、聖職候補生は従って、ここに座って書いている私本人――に他ならなかったのである。ヴォルブレは名前を聞くや、聖職候補生のハムレット風のむき出しの首にすがって、彼を『悪魔の文書からの抜粋(3)』の立派な著者として歓迎した。彼はこの隠された名前をゲーラの出版者のベックマンから聞いていたし、この名前こそは今よく知られているように、私自身の名前である。出版者はすでに当時私の名前を秘密にする必要はなかった、私の本そのものが秘密のもので、反古に属していたし、少なくとも後の生きた同胞のぬくもりでようやくまた目を開ける、そうした凍えた仮死体に属したからである。

旅行世話人は聖職候補生から、この候補生は自分の本の三番目か四番目の読者に対する喜びをどんなにくだくだしく話しても十分ではないと思っていたが、苦労して、マークグラーフ・ニコラウス氏の費用で漫遊を一緒にする気はないか聞きだした。世話人は彼に、殿下はいずれにせよ偉大な作家と専門的気象学者を随員に有しないので、侯爵が居酒屋の前で止まって、馬どもに水を飲ませる時になりさえすれば――即刻彼に職を授けるであろうと約束した。――誰がこの言葉を聞いて、道端の菫の代わりにサービス・スプーン一杯の菫糖蜜を手にしたであろうか。他ならぬ哀れな聖職候補生のリヒター以外に誰がいようか、彼は突然、長年ホーフの商人や法律家に混じって開けっぴろげの襟首と長いひらひらの髪の毛でもって埃だらけでみすぼらしい状態で忍んで過ごした後、侯爵のお供、広げた孔雀の尾の中にあって、自分が一本の長い鵞ペンとして評価されているのを知り、廷臣達とだけの日々親密な付き合いをすることになったのである。彼はすでに当時この廷臣達との付き合いを求めて飢えており、後になってようやく『ヘスペルス』とか『巨人』等々の作品を世に供することになるのだが、これらは実際世間が現に有し、評価しているものであって、そこにはまさに宮廷が忠実に、見まごうほどに再現されているのである。

薬剤師は馬車を止めて、下りた――旅行世話人は聖職候補生を彼に紹介した――侯爵は彼を鋭く見つめた、しかし無限に優しく見つめた――世話人は筆記並びに予想に関するリヒターの才能を称えた――しかしヴォルブレの依頼状が半分も終わらないうちに、侯爵による予報官職への任命がホーフ出身の神学の候補生に対して口頭で、この官職のあらゆる用益権や特権と共に、これらが実際いかなる名前であろうとも、なされたのであった。

――聖職候補生の脳室内での喜びの結末や婚礼前夜の騒ぎに関しては、これらがけたたましく混乱していたので、そのため私はこの若者が侯爵に謝意を述べようと思っていたときの機知的気まぐれの一切をすべて失念してしまった。この若者は当時どの文も短く、鋭い、ぴかぴかの薄い対立物に研ぎすますことを社交上の義務と見なしていたのであった。勿論いかにホーフのこの聖職候補生が、腐った木さながら圧迫され、潰されながら、消え失せることはなく、細かく砕かれながらも、多くの水の下で輝き続けたかを知っている者は、彼の半分程にも好意的に考えて見さえすれば、この輝かしい幸運の転換を私同様に喜んで彼に認めたに相違なかった。それだけに彼自身が数時間後に、現在の、思うに、飛翔する昇天は以前の地獄巡りの後では詩人の歩み、パルナッソスの階梯[4]から眩暈を誘い、落下させはしないかという旅行世話人の問いかけに対して決然とこう答えたのはより素晴らしいことである。「旅行世話人殿、不幸な時にミューズに忠実である詩人を私は必ずしも高く評価しません。幸福なとき、閑暇なときに、ミューズに忠実な詩人を最も評価します。フォン・ヴォルブレ殿、全くありきたりの人間、書き手とは風であって、風の音は壁や部屋の片隅が崩れてはじめて聞こえるようになるものですが、格別のものではありません。これに対して真正の詩人や人間は音であって、これは外部の抵抗ではじめて生み出されるのではなく、ただ二重化して、美しいエコーになるのです」。これは実際聖職候補生が現在まで実直に守ってきたことである。現在彼は公使館参事官[5]の肩書きと年収を有し、相変わらず、一クロイツァーも財産を有しないかのように書き続けているけれども。

――

――――ただ残念なことにここですでに第二巻は終わりである。しかし勿論、ここではむしろ第三巻を仕上げていて、それで終わりに出来ればといかに私が願っているかは言えないほどである。というのは私がこの私どもの歴史的カナンの地のモーゼ的丘陵[6]に立って、覗き込み、将来の巻ではいかなる事件が生じ――そしていかなる国々が一部は牛乳と蜜とを有して、一部は硫黄乳と酒石クリーム、酢蜜を有して広がっているかを見れば――そしてすでに先の両巻が何という人間と事物の孵化液、雀蜂の巣、孵化箱、温室、産院を築いてきたか、考えて見さえすれば、これらは皆第三巻の春の中で生き生きと躍動して、ざわざわ、ぶんぶんとうなるに相違ないもので、中でもレノヴァンツの兄や聖職候補生のリヒター、宮廷女道化のリベッテ、それに様々な都市でのマークグラーフの宮廷作法や家庭訪問、宮廷訪問、それに諸都市、教戒師とその奇妙な受難と教理がそうであって――そしてそれでもこうした一切は新たな、起き上がって来て列に加わる人々に比すれば、無であり、単なる屑にすぎないのであれば、これらの人々のうち永遠のユダヤ人だけですでにどんな期待にも叶い、一章以上になるのであるが――いや、またまだ後の巻のための素敵な孵化箱、温室、産院ですら、第三巻の最大の魅力のために木組みが張られ、色が塗られるのであるとすれば、多くの読者がこの第二巻の終わりよりは自分自身の終わりを体験したいと思っても、それはさほど不思議なことではなかろう、特に自分の終わりはまさに一つの天国を開くのに対して、この巻の終わりは天国を先に延ばすのであるから。

　しかし一八二一年[7]のミカエルの市の日にようやく第三巻あるいは天国は貨物馬車でうずたかい梱「バレン」となってライプツィヒへ運ばれることになる。私がここで若干の将来の章から導かれる教訓を述べようとすれば、それは勿論微量ではあるが前もっていささか試食することになろう。教訓は何であれ常にそれ以前の寓話や物語よりも短く終わるので、簡単にまた手短に作れるものであり、喜んで私は紹介したい。第十七章からの教訓はこうである。諸世紀や諸民族の梃子は利用された瞬間である。ただ分針を回すことによってのみ時針を傷めずに動かすことが出来る。——第十八章から流れ出る教訓はこうである。然りか否かはっきりさせること、その中間ではいけない。僧侶やユダヤ人の長い髭も、髭を剃った顎も目に厭わしくない、ただ日雇いや囚人の数週間のばしっぱなしの不精髭だけが厭わしい。——第二十章からはこうである。政治家や商人の諸君、哲学や詩が重商主義的重さを見せないからといって、これを無用なものと見なしてはいけない、物質的不可量物に似た精神的不可量物とまさに見なすべきである、物質的不可量物は、例えば量れない炎や明かり、引力や反発力のように、それのみがまず重いものや物体的なものを合成したり、分解したり、支配したりするのである。——第二十七章からは、君達、冷静な堅苦しい、騎士的な人間よ、スリッパにまで拍車を付けるべきではない——君達、炎の人間よ、霊柩車に雄馬をつなぐべきではない。——間近の三つの章からはこうである。民族は真っ直ぐな幹である、しかし国家の木工旋盤職人が幹を分割して作り出す木屑は皆曲がってしまう。——

そして最後に終章からは、「終わり良ければ、すべて良し、従ってまた始めもそうである」。

第三小巻

備忘録

——私の各章は長すぎる。いや小冊子の揃いが製本出来そうなくらいである。これに対して当世の作家達の可愛い小章を見ていると——しばしば一頁に二章が珍しい矮樹としてあり、その上そこには何も見当たらず、小さな果実もなくて、——かくて私は私の長い挿入の各章が気に入らないのであるが、しかし私は短い商品の作家達にその目指す然るべきより大きな功労金を喜んで認めるものである。各章は芸術作品の長い舗装道路上での石のベンチであり、そこで休んだり、眺めたりするためのものである。しかしベンチは宿場ごとという長さで離れて置かれてはならない。前もっての内容紹介にほとんど注目しない読者は長い内容となるとそれをすっかり忘れてしまう。それ故私はこの第三巻においては読書界全体の利益のために、一般的な内容紹介を伴う各章がまたある内容紹介を伴う短い下部章に分割されるよう講ずることにした。この下部章はコースと名付けたら最も適切であり、好評であろう。例えば第十四章の第一コース、第二コース等々である。これでは宴会や製粉機を考える者がいるかもしれなくて、これは確かに幾つのコース［組］があると言える。しかし何故むしろ主人公の単なる旅の方を考えようとしないのだろう、これはコースなしにはいずれにせよありえないものである。どこの章であれ、コースと言えない唯一のものは、ただ後ずさり［蟹のコース］であり、骨折り損［肉屋のコース］である。

第十四章

税関——フローアウフ・ジュープティッツの悲歌——教会財産購入——箱時計を有する砲兵ポイク——リーベナウ村——動産首都の建設——アマンダへの恋文——やんごとなき浣腸受容と執行

その第一コース

小ドイツ——春のさきがけ——税関——説教師の天候の不平——聖職候補生の天候の称賛

侯爵薬剤師の大いなる旅はホーエンガイスの辺境伯領——この周辺国家の小ドイツの最も外の先端から、その両焦点を経由して、第二の先端に至るまで続くことになろう。ただ残念ながら現在の時刻とこの行に至るまで小ドイツは大ドイツとは対照的に信じがたいほどわずかしか知られておらず、記述もされていなくて、ドイツ人なら千倍も大ポーランドや小ロシアについて知っているのに、実際ビュシングやファブリ、ガスパリといった人の手になる分厚い国々の記述を読んでも国の名前すら捜し出せないし、(1)従って立派な地図上でそれを見つけることはもっと少ない。——この件を説明することは容易で、いかに我々ドイツ人は昔から地理学上の「汝自身と汝の巣を知れ」の代わりに、むしろ最も余所の、最も懸け離れた国々についての知識を追い求めているか思い出してみればよい、それで例えばオーストリアの国々は、イタリアの前にあってそこへ通じている単なる道路として知っているだけである。傾斜の急なスイスへの大切な巡礼の折、ザルツブルクの親しみやすい美しさを無視するようなものである。我々は自国を、他国へ旅するために、ただ通過するだけである。それ故私は大胆にこう主張してよかろう、この旅行記では我々がその最初の完全な描写や最初の地図での書評を今日でも一般的な地理学的雑誌で入手すべきである幾つかの土地や国々が見られる、と。それともシェーラウやフラクセンフィンゲン、ホーエンフリースの侯爵領やペスティッツ、クーシュナッペル、フレッツ、ローマ［以上ジャン・パウルの小説中の地名］その他の多くの諸都市は、これらについては私が（それも乏しい私の読書で知る限りでは最初に）若干の報告を小ドイツの地理学への寄与として行ったのであるが、これらはほんの少しでもより詳しく、かくも多くの旅行者や地理学者によって調査され、報告されてきただろうか。

ただ田舎町のクレーヴィンケルだけは私は例外とする、これは小ドイツのフラクセンフィンゲン侯爵領内に（北ドイツのある村とは全く異なる）あるもので、これについては私が最初の報告[*1]をそこを舞台とする物語の折、行ったのであった。そこへコッツェブーが愛想のいいことをして、私が最初に描写したこの小都市に彼の小都市民を住まわせ、彼らをあたかもそこで生まれた者であるかのように振る舞わせたのであった。しかし彼は——少なくとも北ドイツの他の同名の者達がそのことで周知のように苦情を印刷しており——どこかで私がまず彼をその小都市に案内したことを注記しておればよかったであろう。これはそれ自体コッツェブーの死後の名声にとっても、私の死後の名声にとっても本当の些事であるが、しかし批判的地理学界は我々両人のうち誰がまずアメリカを発見したか、そもそもコロンブスか、ドイツ語ではエメリヒというヴェスプティウス・アメリクスか正確に知りたいところであろう。そこで私はここで、自ら実際発見した船長コッツェブー氏を引き合いに出しておく。

全体的に見て私の諸作品には少なくとも次の点で心安まるものがあるが、それは諸作品、特に現在のこの作品には、詩的収穫物が余りに少ないとしても、しかし地理学的収穫物が十分に残っておるということで、これが作品を現在の世界から後世へ導くことであろう。現在の世界ではあらゆるカルタの中で友好的平和交渉の間に地図ほどに巧みないかさま切りで混ぜ合わせられるものはないのである。私にとっては将来ポンポニウス・メラ[2]とも言うべき人が――(アディソンの『観客』[3]によれば)、ヴェルギリウスの英雄詩を注意深く辿っていて、それは詩的美を釣り上げるためではなく、そこでのイタリアの地理学的情報を釣り上げるためであったという、かの地理学者に似て――同様に『彗星』の長い散文叙事詩をはるかに、私が小ドイツについて知らせている無味乾燥な注釈のせいで、私が途中絶えず、地理学的舗装道路から所謂無味乾燥なものを取り去るために撒き散らしている詩的な美しさや花々のせいでよりも好きになって、調べ尽くしてくれるならば、このことは相変わらず十分なお追従と言えるであろう。

かくていよいよ遂に真に重要な旅が始まるべし。

旅行日はこれ以上良い日は選べなかった。それは春の始まりの日であったからで、つまり三月二十一日であった。三月に旅することは、とても得がたいもので、殊に花粉の余り自分の馬車や車輪や長靴がほとんど見えないくらいの時はそうである。何と晴れ渡った心がマークグラーフ・ニコラウスから聖職候補生と搗き係に至るまで鼓動していたことか――何と両人は楽しみの余り全く静かに酔っていたことか。――というのは欠けるものは何もなかったし、天も地も欠けていなかったからである。

空の青は若い季節のように見えた。別様に塗られたかのように、すべて最古のものが新たに見えた――樅の森は冬とは別であるかのようにその雪の冠の下で陽気に緑色に萌え出ていた――黄色の雛菊と黄色の蝶々は、いつも最初に出現して来て、新しい中国の皇帝の威光の色をこれまでの土色をした大地に塗っていた――茂みの枯れた秋の葉が生き生きとした乙女のような蕾の間でざわめいていたが、しかしこのざわめきは秋のまだかなり新しい、落下していく葉のざわめきよりもはるかに素敵であった。春のさきがけは晩夏のように人間達に立ちはだかって、こう言うことは出来ない、「私が小枝の腕に抱えているものを御覧、それを投げ与えることにしよう」――春のさきがけはむしろ自分が衣装や果実を必要としている。しかし君達はこれを、君達に微笑みかける裸の子供のように愛することだろう。

天気の候補生リヒターはこのことについて適切に旅行世話人に対して語った、世話人は彼の横に座って、進んで行った。即ちヴォルブレは、少なくとも侯爵のお供の中の一人が侯爵を薬剤師などと見ていないことにこの上ない満足感を覚えたので、リヒターと一緒に空の儀仗車に腰を下ろしたのであった――空いた馬は後から付いて来させた、――そして彼をたぶらかしにくい者というよりはたぶらかしやすい者として半分嘘混じりの、虚偽と真理との特別な身分違いの結婚から生み出された、マークグラーフの青春時代の報告で丸め込もうとした。この話に関してはいとも容易に彼は供の一同を証人として立てることが出来た。侯爵の父親殿は、と彼は話した、侯爵殿を意図的に厳密なお忍びの形で、ある薬剤師の許に教育のために預けられたのです。宮廷での心身面での害毒を受けずに健康な有能な名士へと大きく成長するようにとの配慮からでした。「この状態からは」、と彼は続けた、「支配の君主への道はほんの一っ飛びです、一方百姓からとなると、この身分に多くの長編作家が、例えばヴィーラント[4]が、侯爵の子弟を滑稽千万なことに蛹化させていますが、君主の風習や知識へ至るには道のりがかかりすぎます。侯爵たる者が直接付き合いが多いのはどちらでしょう、農民でしょうか、市民でしょうか。それでいて、どちらの風習や状況を――真面目に考えて欲しいですが――知るのがより肝要でしょうか、農民でしょうか、これはしばしば侯爵が野良仕事や教会、市場で目に出来るものです、それともむしろ家に囲い込まれた名士達、薬剤師や出納係、養老院書記の隠れた面ではないでしょうか。――そんなわけで侯爵の父親殿が、息子を薬剤学まで学ばせ、ライプツィヒでは大学生活を送るようにさせた（私はその際微力を尽くして家庭教師係を務めましたが）ことは、智恵のないことだったでしょうか、それともそのことを父親に、私の知人の多くの者と同様に、非難なさいますか、それはいかなる理由からでと、聖職候補生殿、伺いたい」――（私はここで読者に、ここで、あるいは他でも、私にあらゆる横合いからの返事をして、自ら答えて欲しいと思う。）――「それだけに、侯爵が遂に自分の長いこと会っていない父親殿への旅に就かれたことを、厳しいお忍びの形ではありますが――というのは自分の名前も父親の名前もはっきり仰有らないからで、――そしてまさに貴方の天候がそれにふさわしいことを、貴方は一層喜ばしいことにお思いでしょう」。

「いやまことに」とリヒターは答えた、「鳥達の姿がまだ目に著《しる》く、[葉の]花綵装飾なしに、蕾で一杯の裸の小枝の上にあらわに止まっているのはむしろ四季の新たな魅力ではないでしょうか。それに新しくやって来た鳥達の軽快な飛行も見られます、これは私どもに、私どもの庭のためのものである昔からの歌声を遠くの国々から再びもたらしているものです。――それにまた鳥達は今裸の枝の上で歌っているのと同じ音色をひょっとしたら数週間前アジアの常緑樹の梢で響かせていたのかもしれないと考えることも素敵なものです。新しい音色に何千もの過ぎ去った春を一度に耳にしないでしょうか」。

「とても天候は素晴らしく思えます」――とヴォルブレは答えた、――「それで殿下は野外で、向こうの税関の横の高台で食されるのです。我々はきっと夕方は、その上すべてがもっと暖かくて、春がもっと近付いているある村で泊まることになります。私も樹の上に昔馴染みの歌鳥を目にするのは好きです。しかし啼鳥達に関しては覆いのない前年のベッドの巣はそれほど好きになれません。向こうのあの鳥の巣はすべてフォークで落としたいくらいです」。――

一行は小さな税関の前に着いた。徴税係は、太った小男で、うっとりとした顔をして、何の必要もないのに、建物の入口の下に飛んで行った――というのは彼は単に窓から外を眺めて、部屋の中で遮断棒を上げれば良かったはずだからである。――彼は高価そうな一行を、彼に多くのグルデンを納めるべき一行を目にした。関税法によれば彼自身の手にほとんどその半分が入るはずであった。それだけに従者の一部が遮断棒の下の方を進んで行き、その他の部分が棒のこちら側を下って、キャンプを設営するのを見たとき、この件をどうしたらいいか一層分からなくなった。というのは彼の頭の脳室の掲示板にはただ二つの外国語が記されていたからである。職務不能（これは彼であった）と脱税者（これは他の者達であった）であった。ようやく彼は旅行世話人がこう触れ回っているのを耳にした。侯爵はここで、食堂での朝食の直後、簡単なキャンプを設営して、小昼を（ニコラウスはこのようなフランス語の帽章、あるいは偉い方々のこの言葉の金箔がはなはだ気に入っていた）摂る御意向だ、と。そこで徴収者は自分は騙されることはなく、敬意を表されるであろうと気付いた。マークグラーフは馬車から下りて建物の窓に一瞥を与えたのみならず、それは単に瓦に覆われた小部屋ひとつにすぎなかったが、この兵士にその個人生活について若干の質問をした。「やんごとなき殿下」とこの男は言った。「つましいものです。でも生活していけます。土曜日ごとにわしの妻が一週間分の食事を持って来ます、それでわしは何も要りません。また土曜日ごとに妻は関税を町の会計局に運びます、わしがこの街道の建物から離れられないものですから。忌々しい脱税者さえいなければ、年に二十五から二十七ライン・グルデン見積もれるのですが、街道での一グルデンごとに二ペニヒがわしの取り分だから、皇子のように暮らせるところなんです。わしの子供達は皆健気に紡いだり、羊毛を梳いたりしているんです。しかし脱税者どもは皆雷に打たれてしまえばいい、やつらときたらわしの鼻先で下の谷の方を通り過ぎていきます。追っかけていって差し押さえるわけにいきません、そんなことをしたらその間に正直な通行人達が上の方を無料で過ぎ去ってしまうのです」。

このときニコラウスは自ら馬車から小部屋、あるいは小家屋に入り、そこで目にするもの、一個の椅子の付いた折り畳みテーブル、印刷された関税証や必要なインク、大きな水かめが二、三の皿と共に収まっている小さな戸棚を見た。早速彼は、税関の窓から覗き込んでいた旅行世話人に入室するよう合図して、その後倍のソヴリン金貨を、これで徴税係に払うようにとの二度目の合図をして渡した。偉い侯爵達は勿論他人の手を通して与えたり奪ったりするのを好む。そうでなければニコラウスは一切をより身近に、より手短に済ませていたことであろう。――兵士は早速このソヴリン金貨を突き返して、この領主の金庫全体の中に今両替するに十分な銀貨がないと誓った。しかしヴォルブレは何の返事もせず税関手数料を特別に支払った。徴税係はこれを正確に数え上げたが、数えながらこう言った。「多すぎるものは多すぎます。妻と子供達はこのことで気絶してしまうことでしょう。やつらが居合わせたらいいのですが、やつらに陛下のお恵みに対して、わしの忝ねえ感謝の気持ちを申し上げさせたいところです」。彼はこの件を、つまり感謝をくしゃみして請け合った。喜びの涙が鼻にまで達していたからである。

しかしこれは全く当然のことである。金貨は、同一の価値のものを多くの銀貨に分割されてのみ得ていた男、今やただ一枚の無言の貨幣で上品に代理されているけれども、いつもは何枚かの音のする貨幣で支払いを受けていた男、この男には多すぎるものであり、重要すぎるものである。――金貨というのは一つの黄金の恒星で、その周りを銀の惑星が運行し、それらがまとまってはじめて一つの恒星を形成するのである――それはすべてのしがない徴税係、支出係にとって代父からの洗礼祝い金、首都貨幣、一つの総計である。

それ故侯爵達はグルデンやクロイツァー、ヘラーをその名前で、ルイとかフレデリック、ナポレオンとは呼ばず、単に金貨と呼ぶ。それでニコラウスが苦労してローマで金貨で一杯の財布を両替して、身軽な他の侯爵同様に手許にはそれ自体前より重い金貨しか有しないようにしたのは勿論王侯らしい考えであった。侯爵というものはかつて一度も一クロイツァーを財布に有したことがないのに豪華揺り籠から豪華棺台に移ることがあり得る。侯爵夫人ときたら一クラウン銀貨すら手にしたことがない。というのは手許には何も持たないからで、財布すら持たない。しかし侯爵夫人が、彼女を愛する者どもの心を即座に満足させるために、侍従から借りずに――というのは女官も一ヘラーも有しないからで、――金粉で一杯の嗅ぎ煙草入れとか、小粒の真珠のロザリオを手許に持っていて、施しを哀訴する穴だらけの財布の、襤褸を着た乞食にちょっとした一つまみや小真珠を与えることが出来るならば、この彼女を愛する心ははなはだ高鳴ることだろう。

今や朝食の食卓となった、あるいはむしろ様々な卓で朝食となり、平たい大地、両大腿、大きな石、［馬車の座席下の］荷箱、皿、手のひら、すべてが卓というわけで、徴税役人の家の折り畳みテーブルだけが卓であったわけではない。というのはこのテーブルとその隣の椅子には侯爵がこのテーブル上での初めてのハムと初めてのワインを前にして座っていて、そして優しく聖職候補生に対して、遠慮なく同じ食卓に着席するよう招待したからである。自分は旅の途中では自分の身分のあらゆる煩わしい束縛からすっかり放たれていて、大いに喜んでいるのだと侯爵薬剤師は語った。しかし他の学者達は、ヴォルブレとジュープティッツ、それに厩舎画家は、脇食卓、つまり暖炉そばの腰掛けに座らなければならなかった、手には単なる手のひらの皿を持って。私は聖職候補生のこの顕彰を主にそのへつらいのない温かい素朴さのせいと見ている、この素朴さのために彼はマークグラーフの侯爵帽のすべてのフェルトを真正のボヘミアの兎の毛と見なし、良くなめされて、搗き晒されていると見なしていて、それで彼は薬剤師のすべての将来の臣民の中で、彼に確信を持って忠誠心を抱いたそもそも最初の臣民だったのである。というのは脇食卓に座っている学者達は（少なくとも最近までは）侯爵自身を臣民と思っていて、この点では概して信用出来ず、策動がないわけではなかったからである。それ故リヒターが数分前に、他人の心への善行の甘美さを共感を込めて追感しながら、全く陶然として叫んだ言葉はいたく彼の気に入った。「侯爵たる者にとっては貧しい小屋を通っての大旅行ほどに教訓豊かなものはありますまい。大君はどこで小君が、例えば地方裁判所判事が靴の痛みを感ずるか、自らが靴でないかぎり決して分からないものです、いわんや地方裁判所判事の加える痛みをどこで臣民が感じているかは分かりません。欠乏を本当に和らげるには、その欠乏を本当に自ら追って感じなければなりません」。――これはマークグラーフが喜んで肯った言葉であるが、彼はこのことをしばしば噛むものはキナ皮しかない、あるいは煮るものは下剤の薬草しかない薬局で十分に前もって感じていたのであった。

徴税役人［狂人の響きも感じられる］は聖職候補生に次いで、無条件で薬剤師を侯爵と認知した第二の勢力であったが、勿論倍のソヴリン金貨という保証があってより容易にただの君主［ソヴリン］を正当なものと認知出来たのであった。折り畳みテーブルに侯爵を迎える栄誉と、領主の余りの残飯に対する彼の兵士としての喜びと、この件について自分の妻が全く知らないでいることに対する彼の悲しみとが侯爵をはなはだ愉快な気分にさせ、彼は早速調合者、つまり汚物薬局(5)の所有者に、税関の町へ馬で行って、徴税係の妻に喜ばしい知らせを、いや金貨を自らもたらすように命じた。しかし金貨を徴税係から取り上げることは出来なかった。彼は自分の妻と使者に対する自分の不信を倍のソヴリン金貨へのこの上ない愛着という形でごまかそうとした。言いようもなく自分の裡で満足している者の存在ほどに好意的にニコラウスの心に取り入るものはなかった。そして使者をただ送るだけで、すでに彼の頭には、徴税係の妻が両手を打ち合わせて、ただ明らかな喜びのために涙を溢れさせる様が描き出されるのであった。そしてこの生き生きとした妻を彼は、急使が戻って来て、すべてを新たに詳しく描くことになる宿舎の中に至るまで自分の脳室内に保っていることが出来た。というのは元来ただこう思い描くために彼は使いの者を出したからである。

「多分に今日は、徴税係殿」――と楽しげにニコラウスは言った――「素晴らしい一日で、そもそも旅するには素敵な春となりましょう、私がいくらか天候について理解しているとすれば」。

徴税役人は大声でこの予言を是認し、踝の古くからの自分の銃創が耐え難く痛むということで裏書きした、そして天候候補生のリヒターは同じことを自分はすでに朝言った、旅行世話人殿がそのことをまだ覚えておられるだろうと請け合った。ここでいくらか唐突に宮廷説教師、教戒師のフローアウフ・ジュープティッツが脇食卓（本来は脇ベンチであるが）から立ち上がって、皆に、普段なら諸宮廷で他人に接近したり、他人から辞去したりするときに見せる、かのお愛想の香りという精神的芳香を用いずに、ドイツの天候についての本当の不機嫌を言い始めた。自分はドイツの五月についてはいずれにせよ話したくない。この歓喜の月がカトリック教徒の許ではエレミアスの日を最初に有するのはもっともなことだ、この祭日を彼らは一日に祝う。しかし実に幾分長持ちする春というものすら自分は経験したことがない、空であれ、大地であれ――上の方が若干明るくても、下の方は冷たく風があって、しかも通常はいつも濡れて、泥まみれだ。遠くから春を思い出させそうな幾本かの花が咲いていても、これらは凍えてしまうか、あるいは雨に打たれて白と赤の庭は泥一杯になって萎んでしまう――そしていずれにせよ夜には若干の霜とか五月の氷結が見られるものだ。内陸の立派な春というものはまだ実現したことのないもので、ドイツの一つの敬虔な願い[6]だ。「何てことだ」（と彼は熱中してより一層高い調子になった）「こちらに唯一日の古典的褒賞の日[7]がありさえすればいい、それは通常二十四時間と計算して、朝も夕方も冷ややか過ぎず、昼も蒸し暑すぎず、邪魔っ気な雲とか風のない一日だ。しかしそれがどこにある、とこの世に生をうけて物心ついて以来尋ね続けている。こうした徒労やこれに類した徒労の理由については無論私は独自の新しい体系を立てている」。

これに対して聖職候補生は幾分ワインをかけられて炎を大きくしながら、しかしほんの遠くからでも宮廷牧師の尊厳を傷付けないようにして答えた。「ことによると他面では全く惨めな一日というのはなくて、せいぜい、素晴らしすぎる一日の後の一日があるのかもしれません。だっていつも多くの壮大に重なった雲が見られますし――夕方と朝方には若干の焼けた空が――あれこれの星が――長い一片の青空さえもがひょっとしたらあり――そしてこうしたもので、こうした手製のパンの後で真の天国のパン「マナ」、神の食物が下に授けられるまできっとまかなっていけます。同様に誓って申し上げたいのですが、全く惨めな、哀れな、無用な一帯があるとはほとんど信じられません。空そのものをきっと――つまり最も素晴らしいもの、どの大地の塊にとってもお家の王冠であり、輝く王冠であるものを――どの地も有し、また一帯で最も小さな、最もぬかるんだ穴と共に広大な平原をも有します。というのは穴は必然的に周囲に山々を有するからで、かくて人々は山に登って、周りを眺めます。いたるところでほのかに光る星々については話すまでもありません、星々は太陽でさえ眺められないのです。私を、宮廷説教師殿、どこかの砂っぽい低地の辺境に吹き飛ばしてみて下さい、私は喜んでそうされましょう。そこの春が私には消え去ったり、砂の海でおぼれてしまうことはないでしょう。何か緑色のものが、それには何か花々の白さが斑点となって、きっと見付かることでしょう、例えば橉木《りんぼく》といったものが。茂みに私は寄りかかります、すると何とそこに巣を作っている何らかの渡り鳥が私に春を歌いかけます。何らかの新鮮な色合いの、いや多彩な小花を私はいずれにせよ見つけるに相違なく、私はそれを手折って、長いこと見つめて、こう尋ねることでしょう。『こんなに厚く、固い雪の下にかくも華奢な優美なゆきのはなを予想出来たであろうか』。――それが新しい香りの菫ともなると、それに南風が吹いていて、空もこの花の色を幾らか帯びていたら、そのときには春の気分を味わう心地がすることでしょう。貴方が私をもっと遠くに、案に相違なく、追い散らしたい、例えばリューネブルクの荒原に追い散らしたいとお望みであれば、自ら大変な損をなさると案じられます。と申しますのも、私はそこで余りに立派な、余りに豊饒な生活を得るかもしれないからです、荒原で蜂や羊との生活を送るであろうからというのではなくて――これも十分豊かにみられますが、――そこでは平原の真ん中に郵便宿駅ごとに旅館兼郵便局があるからで、そこには一本以上の木とそこで歌う小鳥の群全体が見られ、動物どもは数マイルにわたって木々が少ないために勿論郵便局のわずかな木々の周囲に集まってくるからです。もとより私の住んでいるフォークトラントのホーフ周辺はリューネブルクの荒原よりもはるかに勝っていて、そばを流れていくザーレ川があり、間近に樅の森が、遠くに山々があって、私は当地の自然の中で十分天上的な思いをして暮らしてきました。勿論殿下はベルネックに遊ばされますと、ここはバイロイトの天国の前庭といったところですが、もっと多くバイロイトの天国を見いださ れることでしょう。全体的には誰でも自分の国に、それがどんなに劣悪なものであろうと、満足しますが、しかし天候となるとたとえどんなに素敵なものであろうと、満足することは少ないものです。これは単に国は自ら変わらないけれども、各人を変えるからで、一方天候はいつも自らを変えるけれども、各人を変えないからです。それでこうした人間が気まぐれに旅することを思いつくと、空も即座に気まぐれに思いついて晴れます。私個人といたしましては、自分に気に入らないような天気に出合うたびに、これをまさに誰かある者が自分の仕事のために幸いなことにちょうど予約したまことに願わしい天気と見なすことにしています、例えば高い所の砂地の畑にいる農夫とか鰻をつかまえる漁師が鰻をつかまえるのに都合のよい天気と思うわけです。残念ながら多くの者がその遊山やライン紀行に際してトビケラ［ラインのケラ］を自ら案出しますが、しかし私はこれを逆にして、ただケラがいさえすれば、ライン河はなくても、それに至る何らかの楽園の小川を導き出します、たとえそれがざりがにの穴ほどの小さなものであれ。この意味で私はことによったら、喜びの半噴水仕掛人と見なされるかもしれません」。

話の流れの間ずっと——それ故それはますます長くなったが、侯爵はじっと前を見据えたまま自分の内部に沈潜していた、それが彼の水車全体への極上の水だったからである。遂に宮廷説教師の思考と教義の体系はこの水で全く空洞化されてしまった。それ故この説教師は噛むのを中断して、口を開けて、大声で言った。「しかし聖職候補生殿」。——しかしすぐその後で小声で、「パンを、ヴォルブレ殿、パンを」。しかしヴォルブレは自分のを平らげていた——宮廷説教師は口一杯にハムの脂身を入れて、パンを入れていないのであった。私は意図的に多くの哲学者同志に警告するためにはなはだ詳細に述べるが、鋭い思索家のジュープティッツは戦闘準備の最中——彼は同時に外部の聖職候補生と内部の自分自身に耳を傾けなければならなかったので——指幅のハムの脂身の一切れを口の中に押し込み、思索に熱中するというよりは話に熱中して脂身に必要なパンを追加しないでいた、このパンがあれば、拮抗剤としてどんな脂身も嚥下出来るもので、そのときは脂身自身がまた絡み付いた解毒剤となるはずであった。かくてフローアウフは咽頭腔を脂身貯蔵室にして、対極のパン屑を有せずに座っていて——そして何も出来ず、ましてや論駁は出来ず、最良の友人でさえ、最も簡明にして不作法なこと、つまり宮廷全体の前で脂身を吐き出すということを助言出来ないでいた。かくて彼は耐えていたが、ようやくパンが来て、彼はそれをきちんと（彼は必要な時間ずっと静かに皆の前で嚙み続け）ハムと一緒に然るべく飲み込めるようにした。

さて彼は泰然と、しかし力強く不平を言い始めた。自分が返事することを妨げるこの惨めな出来事に類した数千の事故や偶然が自分には日々起こって、それが自分の日々の糧となっており、自分はそれに関して熟考の末にある体系を得ている――例えば自分が一昨日旅のために風見を見ると、賭けてもいいが、風見はその刃先を自分に向けていて、どんなに目を凝らしても南風か北風か分からなかった。――そしてその後の夜、鳴り止む鐘の音から十一時か十二時か聞き分けようとしたところ、いつものことだが、そのために四十五分前から待っていたのに、ローマの三個の町の時計は、これはいつもは小さな時刻のときには公平な休止を取って順次鳴り止むのに、大きな数字のときには混じり合ってしまい、互いに狂ったように口を挾んでしまった。――それに例えば命にかかわるような薬を細心に注意してスプーンに垂らす必要に迫られると、後できっとすべてをこぼす羽目になる、まさに垂らしている間にどこかの間の悪い者がノックして、当然自分は計っている間に、お入りと叫ぶことになるからだ。それ故自分は、あらゆる種類の失敗にとても馴染んでおり、それ自体些細な失敗には一層動ずることが少なく、例えばかつて次のような目に遭ったことがあるが、極めて丁寧に急ぎ、極めて冷静に着衣することが不可欠の状況のとき、晴れ着のチョッキのボタンをはめるとき、下の方で一つのボタンが一つの穴を飛び越してしまい、それで一方のチョッキの端が不作法に首のところで突き出すことのないようにするには、すべてを指先で（不運なことに最も上等な穴やボタンであって）また外して、はめ込む必要にせまられ、その結果宗教局評定官の許に着いたときには、この方はもう食卓に着いておられたのだった。

ヴォルブレは――彼は、教戒師が聖職候補生のように侯爵薬剤師の気に入られたいと考えていながら、まさにその逆の気分しか引き起こしていないことを見てとったが――ヴォルブレは話を続けるよう彼を督励し、当の宗教局評定官とはすでにその日の朝不運な目に遭ったのではと語った。まさにその通りで、とフローアウフは答えた、この上司がまさに自分の部屋に訪ねて来られたとき、読書中の自分の右脚ははなはだしびれていた。自分はそこで萎えて股に掛かっている引きずりの脚で惨めな格好で足を後ろに引くお辞儀をしなければならなかったばかりでなく、敏捷な紳士然とした宗教局評定官の横で、化石化した脚で――血が巡るよう密かに足を蹴り上げても無駄であって――あちこち動き回らなければならなかった。しかし勿論太い柱脚での歩行ははなはだ無様な、のろのろしたものとなった。――ただ残念ながら悪魔はより重要な事柄の際にも自分を手ひどく扱ってくれる。自分は全く――と彼は続けた――あるとき戸外の告解者の東屋で本当に楽しみ、味わい尽くそうと思って、それ故自然の歓喜といったそれにうまく合った説教の主題を選んだのであるが、当然なことに美しい自然を満喫して描写しているときに、押し込められた犬が近くで吠えたり、あるいはぶたれた子供が近くで泣いたり、あるいは何ということか、雌牛が連れ去られた子牛を求めて、長い休止をつけながら呻り、この休止というのがまさに最も情けない代物で、その休止の間ずっと新たな呻り声に注目する仕儀になるのである。

しかし無論、自分が例えば、ある重要な説教に、新年や懺悔日や収穫日の説教に出来るだけ完璧さを与えようとして、あたかも聖ピエトロ教会にドームを載せる具合にしようとして、そのために特別の日を選んで決めると、自分は罰当たりな目に遭うことが分かっている。はっきりと前もって誓って言えることだが、所謂ドーム上棟のこのような日には、およそ世に考えられるかぎりの邪魔者、妨害者、寺男、監獄所長、洗礼証明書や結婚証明書、数千の証明書を買い求める者達が皆ノックをして入って来ることになり、それで自分が強く望んでいた説教のドームは永遠に妨害され続けて、アレゴリーにこだわって言えば、滑稽な屋根裏部屋か風見のように尖ってしまうか、あるいは棺の蓋のように広がってしまう。

さてフローアウフはようやく演説の目標に達して、言った。「私が度々、長い事実描写の際に約束していたことを、手短に、旅立つ前に申しますと、つまりこうした永遠の失敗をすべて説明する理論あるいは仮説のことで、忌々しい悪魔の基礎の上にあるものです」。

――すると突然このようにしてリヒターの昇天からフローアウフの地獄巡りに付き合わされることになったマークグラーフは喜びと旅に飢えていて、もはや陰気な教義の竣工を待っていることは出来なかった。「途中で、教戒師殿」と彼は言った、「あるいは夜営の折に話の続きを聞こう。魅惑の小村リーベナウにはどんなに早く着いても構わない、少なくとも日没の数時間前に着いて、そこで都合良く夕食にしたい」。奇妙なことに、かくて思索家のジュープティッツは自分の教義の陸揚げを再度止められることになった。

＊1　一八〇一年ヴィルマンスから出た『男達の密かな嘆きの歌』の中で。コッツェブーの『小都市民』は数年後にようやく出版された。

第二コース

最も美しい地名──教会の動産──槍と鉄砲の間の戦い──早馬の急使の帰還──リーベナウ

「リーベナウか」──と若干ワインと侯爵の拍手が頭に残っていた聖職候補生は屈託なく答えた──「然り、リーベナウは──このような名前はこちらでは心の東側を指しています──リーベ［愛］という名前の付いた町や村を聞くことほど好ましいものはありません。かくてドイツには他に六つのリーベナウがあり、正規の六都市(8)というわけです──更にはマイニンゲンの立派な薬効あるリーベンシュタイン温泉──ヒルシュベルク州のシュレージエンのリーベンタール──ヴュルテンベルク州のスプーン鍛冶で一杯のリーベンツェルもあり──マイセンのリーベローゼははなはだ響きがよろしい、ここは砂岩採石場でありますが、不義は採石されまい──ただオーバー・イーゼンブルク伯爵領の小都市リープロースは響きがよくないけれど、多くの毛糸の靴下が織られます」。

マークグラーフは天候と──それに自分が──春に恵まれていることを感じた。主に天候は、聖職候補生が予告したように、すっかり春であった。この若者は予告の試射と試験作品の立派な的中弾に成功したのだった。ニコラウスの心の中では税官吏の歓喜が甘美に震えながら生き続けていたが、これに加えて急使が夕方税関吏の妻の喜びの報告を約束していた。感謝は、旅では、そして晴れた空の下では長く心に留まる。まさしく青空によって善行を、あるいは善行によって青空を美化出来る者は幸せである。

一時間後一行は干し馬車に出会ったが、それには数人のユダヤ人と家畜商が一個の説教壇と一個の告解席、一個の洗礼盤の天使、その他の教会の道具を載せていた、これはあるカトリックの礼拝堂が壊され、競売に出された際に彼らが競り落としたものであった。マークグラーフは止めさせて、若干の物を自分の旅の礼拝堂のために賄えるかもしれないと馬車から下りた。取り引きは直に旅行世話人のヴォルブレを通じて上品な、砂時計まで付いた説教壇に関して結ばれたが、ヴォルブレはまず宮廷説教師を、彼に狭すぎてはいけないと検査のために呼び寄せた。しかしそれは太った説教師にあつらえたように出来ていた。ニコラウスがそれを買い求めようとするときの熱望は宮廷説教師に対する真の友情と心遣いを示していた。説教師はどこでも、教会の生活であれ、日常の生活であれ、極く繊細な測微計で計る者で、従って聖職者の演説の精髄に説教壇の木製の骨を要求する者、あるいは木の半球を精神的生誕の卵の殻の半分、あるいは頭蓋と見なす者であった。しかしマークグラーフのような優しい人間にあってはジュープティッツの報告すべき理論の『中断された奉納祭』[9]への思い出が密かに説教壇購入のために働いていなかったか、熟考の余地はあろう。更に洗礼盤の天使もユダヤ人から買い上げられた。美しく彫られて、色彩が施され、それほど重くなかったからである。告解席とか祭壇といった重い品は、荷車の負担にならないよう、買われなかったのである。それに洗礼盤の天使は誰の役に立ち、誰に手と腕を差し出すことになるのか、一緒のユダヤ人達自身が背教し回心するときといった場合を除いては、誰にも分からないことであった。しかし天使はやはり軽やかで美しかった、そしてこのような条件で恐らく他のより生き生きとした天使達は旅の同行を許されたのであろう。

天使を購入する間にニコラウスは王家の紋章の二台の馬車が通り過ぎて行くのを見た、その裏側には何人かの女官が座っていた。その馬車は彼同様に首都ルカの町への道を取っていたので、旅行世話人に言った。「皇女達が中に座っていたに違いないと思う——さもないと女官が裏側にいるはずがない。——しかし僕のアマンダの高貴な知人が中にいたとは思わない。知人がおれば何らかの仕方で、僕のローマからの出立は天下周知のことだから、僕を知っていると知らせたことだろう」。——「知られていることは」とヴォルブレは答えた、「金輪際ありますまい。しかし侯爵令嬢方が私どもとまさに同じ日に同じ首都を目指していることは顕著なことです」。

一行がある丘の上のきらびやかなひっそりした旅館の前に着くと、ヴォルブレの助言で再びまた止められて、ちょっとしたフォークのディナー、あるいはフォークの昼食を摂って、皆がナイフの昼食(リーベナウでの夕べ)までもっと楽に保てるようにすることになった。歴史記述者としての私にとって、このただのフォークの食卓は取るに足りないものではない。ここでヴォルブレが真の勇敢さの奇蹟を演出し、それも単なる吹き筒で見せてくれたからである。即ちフォン・ポイクとかいう砲兵将校が屋外の他の客の間にいて、さかんに法螺を吹いていた。貴人達は、わずかしか食べず、わずかしか支払わないことを恥としない。極めて無関心に、微笑みながら、他の客達のように、帽子を侯爵薬剤師の勧めを得てようやくまた被るということはしないで——というのは彼は帽子にほとんど触れなかったからで——ポイクはマークグラーフのお供の一同や、傷病兵、馬、馬車を見つめ、そしてお供の者は旅館の主人から[果実の]ポモナ女神の果樹園のように、あらゆる種類の溢れる皿とグラスの給仕を受けていたけれども、あたかも宮廷全体を愉快なジプシーやその他のならず者と見なしているかのように、冷たい上品な顔をしていた。

旅行世話人は以上のことをざっくばらんに実直な主人から聞き知っていた。主人は将校をさほど評価していなかったが、それは彼を化石化した吝嗇家として長い間知っていたからで、この者は、主人の言うには、自分の許で一年に半グルデンの純益ももたらさず、それで自分はこの者を単に他の客達のために、その話と自慢のせいで、それに一人でも多くの客を見せるために、というのはこの裕福なけちん坊はただ利子で生きているからで、好むと好まざるとにかかわらず客として扱っているということだった。「この欲張りは神かけて」と主人は言った、「閏日には自分の特別の利子を要求して譲りません、それにその他の特徴も承知しております」。

吝嗇家達についてはあらゆる信じがたいことが容易に信じられるものである。喜劇詩人の詩的過剰にすら彼らはその散文的過剰で後を追い、いや先を行く。このことが最も当てはまるのは、けちん坊が仕事によってではなく、利子によって生きているときである。利子という教会禄受領者(10)は元金を、利子のさわってはならない抱卵中の雌鶏として絶えず肥育して、もっと卵を生むようにしなければならない。雌鶏そのものは、利子の卵を産み落としてくれるならば、月の上であろうと同様に安全に、むしり取られずに座っていてよかろう。しかし一度はっきりとこの利子の食事付き下宿人が、自分は結局きっと利子の利子でやっていけると前もって気付くことがあれば、生涯で最後に腹一杯食べることになるだろうが、しかしそれだけ一層時間を享受することになろう。時間はその経過によって他人から奪った分をまさに彼に残すのである。毎晩彼は自分にこう言えるであろう。やれやれ、今日また利子を生む一日を体験した、一日はアペレスのように、わしのために一タッチを、あるいはティトゥスのように善行を恵んでくれた。

ヴォルブレは、以前からあらゆる倹約の敵対者であり、また軍隊を憎む者であって、無為と無知をほとんど軍隊のせいにし、また自分自身の、自分にはるかに有益な勇敢さに対立する未熟な勇敢さも軍隊のせいにしていて、このような気分でいるのにこの上更にこの兵士の法螺話に耳を貸さなければならなかった。爆発は不可避であった。ポイクは黄金の小さな時鐘付き懐中時計を取り出し、それを鳴らし、自分は勇敢な将軍を取り押さえてそれを取り上げたと述べた。誰もそれに格別注目しなかったが、マークグラーフの人々だけは別で、彼はその伝説をまだ他の人達のようには、彼らにすでに千回も話したわけではなかった。自分の勇気を証明する物として彼は先に棘の付いた杖を取り出し、自分はこれだけで、この中に収まっている小さな刀以外の武器は用いずに近くの悪評高い森を通って見せると言った。「森で出会って、わしに胡散臭く思える奴は百年目だ」と彼は付け加えて、ヴォルブレの平然とした顔をほとんど憤慨して見つめた。

ヴォルブレはようやくこう答えた。自分は全く彼に賛意を表する、というのは自分の経験から勇気があれば人間どんなことが出来るか承知しているからで、自分は実際このような短躯ではあるが、ただの平服で、素手で、一軍以上を褐色と青色のあざになるほどさんざん殴ったことがある、これは二つの調和しない色合いで、勿論誰も、そのどぎつい無趣味な色合い故に好まない。しかし自分がそれだけ一層好んで良心の痛みを覚えずに肩章の下の肩甲骨や制服の袖の中の刺繍付きの肘を打ち砕くというのは、こうした骨の部位は当世の調査[*1]によれば、傷付けられた名誉心そのものよりも早く回復するからである、と。将校は彼に何の返事もしなかった、そのようなことに何の興味もなかったからで、ただ無関心な視線を送って、冷淡に接していたが、しかし上述の自分の勇敢さを一層強く証明するために、悪漢の森へ出掛ける用意をした。彼は勘定を支払いに旅館の主人の許へ入っていき、帽子を残していったが、しかし杖は携えていた、そしてヴォルブレは隅の方で、彼が空の太い杖の柄頭をねじってはずし、時鐘付き懐中時計をしっかりと内に入れる様を見守った。柄頭は彼が前にその賛美歌《テデウム》を鳴らさせた時計にとって、単なるズボンのポケットよりも偵察の森では要塞とかケーニヒシュタイン城といった何かより安全なものとなるはずであった。率直な宿の主人は能弁な時計の展示の前にすでに世話人にこのような工芸品の保管と輸送船のことを暴露していた。

　フォン・ポイクはまた戻って来て、軽蔑心から挨拶せずに出て行った。彼は先に棘の付いた杖を――蜂の針が本来の突き具の鞘だけをそうするように水平に運んでいた。そして獅子や猫がその鋭い鉤爪を、歩く間は引っ込めて大事にするように、彼も同じ理由で杖を刺し込まなかった。このときヴォルブレは侯爵薬剤師の許に出掛けて、無礼な振る舞いをいつも何よりもつらく思っていた侯爵の耳にこっそりと誓った。自分は一週間魚の鱗を噛み、それに魚の胆嚢を飲む羽目になってもよい、仮に自分が砲兵将校をその杖と共に、これが丘から下りて来たとたん、皆の前で宿の主人の息子の吹き筒でもって森の中へ遁走させることが出来ないのであれば、それでただ二分間の辛抱をお願いしたい、と。「そう、そうしてみせますよ」と彼は多くの者の前で、より大きな声で言った。

　この件は実際信じがたいことに見えた、その上、杖の時計あるいは時計のストックについては訳があって彼は一言も洩らしていなかった。

　さて彼は砲兵の後を追った。大砲置き場はただ一本の吹き筒だけで武装して――ポケットは砲弾工廠であって、――そして幾らか近付くと二、三の湿冷の弾を祝砲のようにポイクの背中に射た。砲兵は荒々しく向き直ると、はなはだ本気になって世話人に吹きつけるとき、自分の姿を目にしなかったのかと尋ねた。しかしヴォルブレはすでにまた第二の汚れた弾を彼のチョッキに当てていたが、それはこう返事するいとまもないうちであった。自分は通常真っ直ぐに射て、斜めに射ないことを楽しみにしている、例えば諷刺に当たるように当たったと思う者は別の道に逃げればいいのだ、自分としては吹き続ける、と。

「それではそなたに行儀を教えて進ぜよう、無礼な侯爵の犬め」と、名誉とチョッキが同時に汚されてしまったポイクは叫び、憤激して杖の刀を持ち上げた、一つには内部の刀をねじって取り出すかのような戦闘の示威をするためで、一つにはこのような攻撃の振りをしながら巧みに何はともあれ杖の柄頭の王室御物、造幣料である時鐘付き懐中時計を避難させ隠すためであった。しかしこのため、自分の橋頭堡を掛けるため、つまり杖の柄頭をはずすための余裕をヴォルブレは与えず、叫びながら吹き筒を持ち上げて、さながらこの鉄砲を銃剣とするかのように、杖に迫った、すると砲兵には少しも熟考する時間はなくて、悲しい選択しか残されていず、自分は棘付き杖ですでに振られている吹き筒を受け流し、横に払うことか、つまり従って自分の杖、この持続的精神的帯電体への一撃によって、さながら時鐘時計への時計電撃によって、時計を震動のせいで永久に壊してしまうか——

あるいはそれとも——これが別の選択肢であった——むしろ恥辱を選び、生涯で見たことのないこの男から恥も外聞もなく森の中へ走り込むかであった。

フォン・ポイクは恥辱を選んだ——五つあるいは八つの極めて勇敢な恐ろしい呪いを発しながら——それは彼の白鳥の歌となった、旅行世話人が彼の死の天使となったように——彼は近くの森に身を投じ、かくてわずかな跳躍で、およそ自分の有するもので最も貴重なもの、時計を救った。

世話人は名誉心と怒りの治まるまで、彼を追いかけて、彼に呼びかけた、詰まらぬ吹き筒が怖いのか、と。しかしその後すぐ月桂冠を戴いて森から戻ってきた。

ローマ近郊の戦いの際にはほとんど見せられなかった勇敢さのこの官職記念祭の最中に、記念祝祭者にして顕官の彼は、私自身がすでにこの描写の導入部で割らなければならなかった同一の硬い胡桃を噛み割る羽目になった。

つまりある男が二つの長所、あるいは勝利を同時に得意に思おうとするとき、自分はそれらの長所のうち、一方は他方を否認するので、ただ一方のあれか、これかを選ぶしかないというときほど忌々しくて、どうしていいか分からないものはない。「やんぬるかな」とヴォルブレは自分に言った。「私がお供に時鐘付き懐中時計のフリーズや軒蛇腹のことを知っていたことを語り、抜け目なさを明らかにすれば、勇敢さは目立たない。勇敢さを明るみに出せば、勘の良さが消える。どちらも同様に忌々しい」。

すでに述べたように、私自身単なる歴史記述者として最初同様な疑問を解かねばならず、即ち私は読者に（読者はここでお供を思って欲しい）戦闘記録の冒頭で時計のケースとしての杖の柄頭の事情を賢く隠すべきであるか——そうしたら期待の緊張感を増したであろう、——それとも読者に率直に事情を前もって報じ、そうして砲兵をより一層滑稽にした方がいいかであった。世間は勿論数頁前から、私はここで、いつものように、全く実直で、何の策謀もなく記して、すべてを打ち明けていたことを御承知であろう。

しかし相反する（矛盾する）光輝の王冠を同時に被りたいという願いは我々の多くの者を情けなく苦しめ、自分を自分の対立皇帝にしてしまう。例えば詩人は描写の中で一切を忘れる者に見えたいと思うが、同時にまた描写の中で何事も見逃さない者にも見えたいと思う。——対の青い目は同時に対の黒い目に、ブロンドの女性はブリュネットの女性に見えたいと心から思うだろう。首都の女性ならば精神的半陰陽者と見えたいことだろう、同時に女性らしい優しさと男性らしい力強さを賛美したいだろう。——そもそも一度に数千の人間でありたい、少なくとも数百の人間でありたいと願わない者があろうか。——しかしユダヤ人達がすでに一日に二つの歓喜の日を祝うことを、例えば安息日と結婚式を祝うことを禁じている。いやイタリア人はその耳に二つの情熱的アリアが直接続いて聞こえてくることを禁じている、まさに二つのオクターブのような扱いである。かくてしばしば我々の誰もがその光輝をかなり制限しなければならない。

しかし旅行世話人は犬と狼の間に薄明かりをもたらして、若干凌いだ。まず彼は自ら自分の目で彼の大胆な剣士の一撃を見守っていた供の者達に勇気を大いに賛嘆させた。しかしそれから、若干の堅固な輝かしい沈殿物を沈殿させずには、彼の大胆さへの以前の称賛が全く揮発してしまうことはない（と彼は知っていた）ので、率直に――時計のケースの件を打ち明けた、これを嗅ぎ出したことに対しても彼はいずれにせよ自分の頭髪への若干の月桂樹の若枝を期待出来た。彼はそもそも自分が幾らか大胆に行動したことを宮廷と侯爵に対して少しも隠さなかった。自分がわざとその度胸をじわじわと上げていった砲兵は、刀の柄頭の時計で斬りかかったかもしれないし、あるいはその代わりに森で棒きれを拾ってそれを持って登場したかもしれないからである。――「しかしそうであっても」と彼は結んだ、「私は恐らく我々皆を惨めな奴から殿下に至るまで笑い者にしたこの阿呆に倍の仕返しをしたことでしょう、片手には吹き筒を持ち、もう一方には奴の棘付き杖を持って、そして奴はその旅で殿下の旅行世話人を忘れることが出来なくなったことでしょう、陛下」。――

ちなみにこの戦い全体は、私が高貴な頭目やもっと低い頭脳のために引き出す教訓のせいですでに十分に重要なものである。即ち教訓はこうである。諸君の武器の杖や棒の柄頭や柱頭を諸君の時鐘付き懐中時計の砦や城にしてはいけない、仮に一突きも一刺しもしないのに、単なる一吹きの風で惨めにも打ち負かされてしまいたくなければ。同様に、安全にと諸君は重要な商業の町を重要な国境の砦に収めてしまうことがありうる。

マークグラーフの治下、勇敢な世話人によって戦われたこの最初の勝利の後、より素晴らしい手ずからの勝利の知らせを持って早速調合者が駆けて来た、彼は夙に高い鞍から下の静かな馬車の席へ座りたいと憧れていた。ニコラウスはまっすぐに彼に向かって行き、口の周りにこの上なく親しげな筋を浮かべて、騎乗者に、困窮した妻にとって思いがけない贈り物は気に入って貰えたか、彼女は何と言い、何をしたかと尋ねた。「古女房は」と調合者は言った、「私が借金のせいでいじめて、摑まえるために来たと思い、びっくりして糸車を蹴倒しました」。――「しかしきっと」とシュトースが言った、「喜んで飛び跳ねたろうぜ」――「違いねえ」と騎乗者は答えた、彼は多言を好まず、その鈍重な塊から何らかの話の輪郭を彫り上げるにはただ一撃、一撃加えていく他なかった。そして搗き係は彼に絶えず兵士の妻の歓喜を自分自身の歓喜の集光鏡に映して差し出し、調合者の「違いねえ」という答を引き出さなければならなかった。

マークグラーフにとっては貰い手の感情やその際の決議や希望についてまことに詳細に尋問することほど善行のよりよい後味はなかった。ただ一日がかくも豊かな旅に恵まれていたので騎乗者の一言、三言の無口ぶりに我慢していることが出来たが、しかし遂には騎乗者が冗長そのものになって、こう言った。「無分別な女のこの標本は陽気になって私の鞍にまたがって、ただ一刻も早く夫の許で黄金の金を見たいと言いやした。そうでなければもっと早く着いたのですが」。

客人ポイクを毎週もてなしている宿の主人は今やあらゆる面から、真の客や真の領主はどういうものか理解した、そして彼は旅行世話人の耳元で大胆にこう言った。自分が旅館を荷造り出来るのであれば、一緒に、誓って、付いて行き、この赤貧者の国から出ていくのだが、と。――そうすればきっとうまくいくことだろう。しかし前もってうまくいくように、彼は旅の領主の宿代として領主自身に臣下のすべての税を払って貰うことにした、人頭税――サービス税――相続税――負債税――皇女嫁資税――馬税――ユダヤ人税、トルコ人税、追加税――それに多くの経費、飲食費、窓税金、転出税、更に細かい金、粉挽き料、筆耕料、教皇への献金、かくてマークグラーフの金消費は消費税のおよそ十分の一に達した。

このようにあらゆる隅から、あらゆる心によって豊かにされ、満たされて、ニコラウスは蜜に満ちてリーベナウへ出発した、夕方ちょうど都合良く正餐を摂るためで、殊に彼は食欲は少なかったが、お供は大いに腹が減っていたからである。何と喜びに満ちて彼は自分のはるかな旅の世界を覗いたことか。リーベナウの響きはアマンダの余韻であり、予感であった。彼女が彼にその小村を差し向けたのであった。とうとうそれは遠くの方に美しい花々の平原のはずれに、果樹に隠れて見えた、格子垣の背後の少女のような按配であった。しかし近くでは一人の羊飼いがシャルマイを持って、街道を近づいてきて、彼に美しい小品を吹いて聞かせた。彼は黙りこくって、吹くことによって喜捨を受けたかったからである。この南ドイツの調和的な野の物乞いはヘラー貨幣を求めての調子はずれの意味のないがらがら声祈禱の通常のカトリックの物乞いよりも何とはるかに感銘を与えることか。いつもは単に溜め息に慣れている口から何と感動的に喜んでいる者にとってただ喜びの調子だけが響いてきて、物乞いの貧しさを希望的に語ることか。——物乞いのホルンを持ったカールスバートの塔の番人や新年の町の奏者、［回教の］托鉢僧を私はシャルマイを吹く羊飼いのはるか下に置く。——マークグラーフは自分のアマンダや夢想のためのセレナードに対して一握りの白い金を投げ与えた、そしてその場で一歩ずつ馬車を進めさせた、平原の至る所に笛を持った目のいい羊飼いの群れが街道に飛んできて、旅の者に短い演奏をして、即金で響きのいい硬貨で施しをして貰おうとする様が見えたからである。彼らはやって来て、皆きちんと吹いた。リーベナウへの通りの曲がり角の上の方ですら前もってこうした牧童の何人かがしっかりと占拠していて、殿方を最後の審判のラッパではなく、春の開始の最初のラッパで迎えた、そしてニコラウスは言い続けた。「本当に今日は春の開始だ」。

リーベナウの村は、小村というよりは村であるという感じで、彼の前で開けてきた。羊の鐘の音や、すべての羊飼いの吹奏の下ほどに素晴らしい入場は考えられなかった。羊飼い達は白い硬貨に魅せられて、彼らの白い羊を皆時間前に追い込み、彼の後を付けさせていたが、この羊達は可愛いことに、白衣を着て、二本足で立っている侯爵歓迎の娘達を模していた。

＊1　下顎は再生した（ジーボルトによる）——肘の部分も（レイスによる）——鎖骨も（モローによる）——肩甲骨も（ショパールによる）。

第三コース

小さな土地の描写 ―― ポータブルの首都ニコロポリス ―― 恋文

今や優しい村リーベナウが控えている。すべての世界がその中にあった。しかし諸君は、それがベルギーの、可愛い、多彩な、広い村と思っていないだろうか。家は隣家に接してはいず、単に小さな庭同士がくっついていた。それぞれの庭の中にまず家が建っていて、それぞれの木は、別の木とは（特に夏には）葉や果実によって隔てられていた。二本の堂々たる菩提樹が王座として村を支配していた。一本の、幅広く長い枝の、実の成っている木は、五月柱からほど遠からぬ所で、小さな階段が付けられていたが、幹のところで、幹を取り巻く踊りのギャラリーへと上昇していた。教会の近くのもう一方の菩提樹はベンチが周りにあり、教会参詣人達はそこに座って牧師をより楽に待っていることが出来た。塔の鐘は皆の到着、乗りつけの際に六時を告げた。しかし最も温かい人間の時間の金属的に冷たい音さえもリーベナウの鐘は慌ただしい人生に母親らしい声を添えて伝える。というのは我々にさながら過去の全体を提示し、模倣して鳴る鐘があるからで、同様に筆者は、ニュルンベルク(11)で夕方の鐘を聞いたときに、さながら中世全体の哀愁の音であるかのように過去を耳にしたことがある。

牧師館の上にはすでに二羽の白い帰郷の鸛がいて、村を見渡していた。そして学校教師の庭の生垣にはうぐいすまでが歌っていて、外では白い鳩が苗の緑の上の絵画的色合いとして飛んでおり、幾らか低く沈んだ太陽がその丘の上でまだ全く暖かく白樺の小森の半ば金鍍金された銀色の幹越しに燃え上がり、どの頬もどの丘も赤く染めていた。「本当の春の始まりだ」とまたしても侯爵は言った。しかし彼に対しては素晴らしい一日、更に夕方によって美化された一日についてのすべての歓喜を大目に見るべきであろう、貧しい、これまでの狭小なローマと薬局で乾燥したミイラへと味付けされ、紐で縛られ、包帯を巻かれた薬剤師を考えてみればよい、この彼が今や自由と様々な国々、王笏、それに花嫁と共に一人の父親を目前にしているのである。

しかし豊かな村には（あたかもジュープティッツがまた正しいかのように）何かが欠ける羽目になった——それもまさに宇宙では最も安いもので（同様にパリでは最も高いもので）あって、どの太陽であれ、その最大の惑星群を従えていても余分なものと見なしていて、それで必要とする量の百万倍が残ってしまうもの、つまり空間が欠けることになった。私は旅館での席のことを言っている。

不運なことに、そう見えたのであるが、村の真ん中には一都市というべきものが宿泊していた、十二頭の雄牛と四人のユダヤ人、三台の馬車と可愛い町となる一個のパイの生地から成り立っていたが、つまり生地が然るべく麺棒の下で伸ばされ、捏ねられ、丸められて、然るべき住人の中身を得たら町となろうという意味である。すでに周知の事実であるが、モスクワやロンドン、フィラデルフィア[*1]では木造の家全体が、つまり家のための板が組み立てられずに市場で売り出されていて、この板をもって例えばフィラデルフィアでは路地から路地へと移り、そして定住出来るもので、これは家々の行商と呼ばれるかもしれないものである。このような旅する移動部屋に対してちゃんとした大工を有する男がいれば、数時間後には彼は自分の受動的な、あるいは家庭的な入植地に腰を据え、外を覗くことだろう。

これに類するもの、あるいは百倍もより美しいものを四人のユダヤ人はその干し馬車に載せており、馬車のそれぞれが上品な家の温室であった。彼らはすなわちある若い侯爵、自分の統治就任に際して換羽し、新しい毛に変わり、脱皮し、父親のものすべてを、両親の壁紙や部屋のあらゆる卵の殻や繭に至るまで剝ぎ取りたいと思っているある侯爵から、父親の慰みの隠者の庵、あるいはエルミタージュ[12]の全体を、この庵は多数の廷臣のためにまことに多くの家屋として造られていたのであるが、通例のように半額で買い取り、遊園地と共にこの小家屋を巧みに壊したのであった。さて彼らはこの可愛い御座所を、家屋を購入したい者がその場で家のモデルを見たいと所望したとき、すぐさま嵌め込み建てることが出来るよう一人の棟梁を連れて、長いこと市に連れ回していたが、一向に売れずに、本当の損になっていた。というのは彼らの遍歴の町はどこでも遍歴の王座、遍歴の侯爵、移民の臣下そのものに出会って、それで彼らは粗野な市門の下で自分達の可愛い小都市のために高い金を払わなければならなかったからである。

これは善良なユダヤ人にとってためになることではなかった。

彼らの心にとっては毎日エルサレムがまた破壊されるようなもので、彼らは神殿破壊の祝日を得た。そのとき彼らは聖なる町を建てる救世主に出会った。よく分かる言葉で言えば、高貴なマークグラーフは彼らから小都市全体を買い上げた、しかもそれは昔のように一ポンドにつきヘラー貨幣ではなく、一ポンドにつきグルデン貨幣であった。しかしユダヤ人達には要求以上の金は一ペニヒも払われなかった。その際彼は棟梁も共に購入しており、この者を途中すでに臣下として使い尽くすことが出来た。

今やニコラウスには早速自分の統治と旅の開始とを町の建設で表したいという真に侯爵的な考えが生じた。彼はいつもの性急さでお供の者に予期に反して少なくとも町の一角、あるいは八分の一角を瞬時に建設するよう命じた。「日没前あるいは日没後すぐに」と彼は言った、「居城と若干の従者の家が出来上がれば、今日のところは十分で、まことに結構、諸君」。早速取りかかって、隠者の庵の一部が荷ほどきされなければならなかった。ただ旅行世話人だけは思いがけず建設に取りかかることには乗り気にならなかった。旅の一日の後ではゆっくりと優しく空気のいい、香り高いリーベナウで休み、美しい顔を求めてさまよいたかったし、その前に早い夕食を予期していたからである。実際今日は従者の家への建設的助成金全体よりも一時的不興を優先させたかったことだろう。

「ある町への礎石を据える前に」とニコラウスはお供の何人かの学者に言った、「僕が町に贈ろうと思う名前を決める必要がある、僕の最初の町であるし、この町を旅の途次どこへでも持ち運ぶのだから」。

「ニコラスルーエを、殿下、提案したいと存じます、カールスルーエとかこれに類するものがありますから」と格別上機嫌ではないヴォルブレは答えた。――「僕の名前はニコラウスであり、あるいはギリシア語ではニコロだ、だからニコロポリスあるいは縮めてニコロペルが僕の町に最もふさわしいことだろう」と侯爵は答えた、自分の語彙力を臆することなく喜んで。教戒師はまた彼の喜びに割り込んでこう述べた。ニコロは全くイタリア風で、逆にニコラウスがギリシア風であると、すると正直な聖職候補生のリヒターが付け加えた。二つあるいはそれ以上の名前を洗礼名同様に町にも与えることが出来ましょう、ビザンチン、コンスタンチノープル、イスタンブールの例にあるように、これらは複数の名というよりは単一の名です。この実直な人間は――この者は長く付き合えば一層好きになる者であり――ニコラウス・マークグラーフにひたすら傾倒する余り、マークグラーフ自身と同様に――これこそまことの愛情であるが――ほんの遠くからでも、ヴォルブレがニコラスルーエを挙げたのは同名の子供用睡眠散薬、その上にマークグラーフ散薬(13)とも呼ばれるものを当てこすっていたのではないかと考えることは出来なかった。で、私は尋ねるが、やはりそんなことが当てこすられていたのであろうか。――

しかし侯爵はニコロポリスという名前に決定して、言った。ポリスが十分にギリシア語であると。

――さて彼は手ずからニコロポリス、あるいはむしろ彼の居城のための、いやもっと正確には居城の部屋のための礎石を置いた、そして勿論石の代わりに板を手に取った。キリスト教徒やユダヤ人は荷を下ろし、並べ立て、嵌め込み、まとめ上げ、それで棟梁、親方の指揮の下、新しい首都ニコロポリスが数時間で出来上がった、勿論最初は単にその枢要なものだけで、つまり居城が宮廷の四人の紳士のための四軒の従者の家と共に出来た。人間にとっても母胎内ではその所在地、つまり頭がまず四つの心室と共に作られるようなものである。将来もっと暇な折、別の地にもっと長く滞在する時にすべての馬車、全都市の荷が下ろされ、造営されることだろう、すべてのその都市法、市門、市の紋章を備えて、必要ならば、幕屋［移動神殿］から成るユダヤ人の袋小路までも有するものが。

そもそも万事が我々の侯爵薬剤師の許では偉大に始まって、その将来の帝国のための礎石はカピトル神殿のように卑俗な石、テルミヌス(14)と呼ばれるもので据えられるのではなく、レゲントと呼ばれる真正なダイヤモンドで据えられているように、旅でもそんな具合であったことは当然なこと、喜ばしいことであって、彼と彼の町の場合は早速居城と従者の家とで始められており、一方ヴェニス全体は若干漁師小屋、ペテルスブルクは単に一軒の漁師小屋から世に生まれており、モスクワときたらドルゴルキー皇帝が愛人を有していた木造の家という卵の殻から這い出てきたものである。[*2]

誰もがすでに住んでいるこのような新しいニコロポリスは何と別な眺めを見せていることか、つまりポチョムキンの、かの描かれたただの村の正面に比べて、何と全く別の眺めを見せていることか、この正面ではすべてが見せかけのもので、窓ばかりでなく壁もそうで、しかしこれを（コッツェブー[15]によれば）将軍は偉大なエカテリーナにタウリスを通っての彼女の旅の折、遠くの街道から見下ろさせたのである。エカテリーナの場合はすべてが単に見せかけであるが、ここではただ真実である。

侯爵の居城の部屋は完成後見れば十分に広く、侯爵とテーブル、宮廷の四人の紳士、リヒター、ヴォルブレ、ジュープティッツ、レノヴァンツを、彼らはそこで食することになっており――その従者の家は食事の間に出来上がりさえしたが――立派に収容出来た。食事の間に侯爵は述べた。「思うに僕と見物人は、僕の最初の日に、そして僕のなしたことに、満足していることだろう。僕の新しいニコロポリスは他の町から容易に規模の点で凌駕されるかもしれない、しかしその可愛い輝きや趣味の点ではほとんど負けないだろう、しかも全く別様に成功するかもしれないのだ、僕が次の機会にもっと時間をかけて、首都を完全に造り上げたらね。だってそのための施設、建築材、建築設計図やすべての準備はすでに完了しているのだから」。彼が言ったのは、町としてまだ水平に馬車に積まれていたものを指していた。彼は四人の廷臣から称賛を搾り出したかった、しかし世話人だけが口を挟んだ。「ここで私は嬉しくも思い出しますが、貴方はかつてライプツィヒの劇場で、私が幸い貴方の傅育官を仰せつかっていたとき、私に対してこう述べられました、自分は言いようもなく高い宮殿の内部に憧れる、と。それは当時上手に劇場画家によって造られ、保たれている長い上方へ向かう道路の上に立っている宮殿でした。殿下は空想でまことにその中の住人を訪ねて、一緒にその描かれた窓から外を見ようとなさったのでした。私も同じような気分になりました。しかし、かのようなことは立派なエルミタージュのニコロポリスの部屋によって十分以上に実現していないでしょうか、ここで実際まことに住み、食べているのですから」。

「でも」とニコラウスは答えた、「僕は単にいわば木造のローマで始めているにすぎない――ホーエンガイスの木造の小さなローマのことではなくて、イタリアの大きなローマのことだが――しかし僕は、何と、かの周知のローマ人[16]同様に大理石のローマで終えるのだ。――しかし親愛なる友人諸君、信じて欲しいが、僕は今日完成させたこうした無機物のすべて、ことによると輝かしいものを、およそ侯爵のなし得る限り最大の二重の幸運であるものと比べると無限に低く評価している、つまりフリードリヒ大王同様に何人かの人間を町に連れて来た、例えば今日建築の親方を連れて来たという幸運であり、それに僕の許ではすべての宗教が自由に演習して欲しいので、二、三のユダヤ人も更に同行するよう獲得出来たという幸運だ。それに僕はきっと最初の旅の日の途次ティトゥス[17]のようには一日を無駄にしなかったと思う。多くの困窮者にとって楽しい一日を仕上げたのだから。……見て御覧、外の皆の喜ぶ様を、皆が窓から中を覗いている、ほとんど村の住人の半分だ、そして向こうでは木陰道で皆が踊って歓声を上げている。というのは僕は僕の臣下やリーベナウの人々にビールを十分振る舞ったのだから」。

するると今や彼が窓に向かって挨拶し、ことによると中を覗いている者達も彼が言っていることが分かったので、窓ガラスのところから下の懸け離れたビールグラスのところまでリーベナウでは広範囲の万歳の声が響き渡った。そこで侯爵薬剤師は食事を終わらせ、紳士達に下がるようにとの合図として軽い一揖をした。

聖職候補生は、身分の違いが余りに大きいものでなければ、お休みとどんなに彼の手を握りたかったことであろう。

しかし聖職候補生は、紳士達が去った後、ニコラウスが早速何をしたか知っていたら、この晩何とはじめて更になお彼に惚れ込んだことだろう。というのは私にはよく分かっているが、彼にとって、この好意的な、ただのぼせる質の侯爵は、この侯爵は駝鳥のように飛行への拍車をかけるために翼に自らまた棘を付ける者であるが、次のことを行って、心に抱き寄せたい男となったであろうからである、つまり彼は夜遅くそのあらゆる迷妄を伴う極めて人好きな心を更にある未知の心に向けて、自分のアマンダの小神殿を開けて、長いことほっておいた恋人をまた目にし、彼女の目の下で次のような手紙を彼女宛に書いたのである。

何と優しく、確固として君はまた僕を見つめてくれることか、アマンダ、その静かな青い目で、静かな青空のように。——御覧、僕はようやく君の許への聖なる巡礼に出掛けている、君を若いときから敬虔に抱いていた心が、ようやく君の近くに運ばれる。だって僕は数百の僕の同類よりも千倍幸せなのだから、これらときたら外交上結婚させられ、強制された皇女についていては前もって平板な肖像画しか見ていないのだから、その上肖像画の色は間違っているのだ。僕は毎日身近に君の中身の詰まった忠実な蠟人形を有しており、これはすべてが真実だ、そしてその美しさのすべてを君は自ら有している。いや新しい思いがけない美しさ、あれ以来時が君に、花に贈るように贈った美しささえも有している。——君が僕のために落下させたオレンジの花は未だにその昔の、十五分間の決して枯れることのない春の香りを放っている。君のハルモニカの声についてはほんのわずかな言葉が公園から私の心に飛来しただけであったけれども、これらの小夜啼鳥は僕の心の奥底で絶えず歌い続けている、そして君の声は木霊としてあらゆる僕の人生の廃墟の中へ身を隠して、僕に愛らしげに呼びかける。この声ときたら。——アマンダよ、何としばしば僕は僕らの将来の出会いを思い描いたことか、それもその度ごとにもっと素敵な出会いを思い描いたことか言えさえしたらいいのだが。しかし多分君はすぐには僕と見分けはつかないことだろう、君が公園でのたった一回の出会いのときに君の目に焼き付けたあの若々しく熱狂した顔からは人生が全く多くのものを抹消したり、色落ちさせたのだから。——でもきっと僕はまた自分の思春期に戻って、今は白い薔薇が咲いているけれども、また赤い薔薇が萌え出ることだろう——そしてアマンダよ、花咲く僕を目にすることだろう。

僕の旅はすぐ最初の日に、ほとんど一時間ごとに他の何人かの人を幸せにしたり、喜ばせたりすることが出来るような具合に始まったので、僕はきっと毎日素晴らしく喜んで生活することになって、また青年に若返り、ローマでの傷、いや傷痕を失うことだろう。——何と君は君の周りの幸せにされた者達を見て、今日幸せに喜ぶことだろう。——今までは僕は王座から喜びだけを摘んできた。もし君が残念ながら君の王座でこんな具合でないのであれば、どんなに僕は飛んでいって、王冠で傷つけられているどんな些細な痛みであれ、その君の痛みの上に優しい包帯を巻きたいことか。——どんなに僕は自分の胸を、君の周りでざわめいていて、今や僕の周りにある春の大気で満たすことだろう。僕は君の所への長い道のりを出掛ける、そして憧れは一時間ごとに大きくなる、しかし道のりで疲れることはあるまい、旅の馬車はひょっとしたら多くの粗野な添え物を僕から振り落とすかもしれないし、あるいは（僕の旅行世話人の追従的な言葉を遣ってよければ）馬車の車輪はさながら研磨車となり得るかもしれないからで、これはダイヤモンドに普段輝く切り子面を入れるものなのだ。嗚呼、僕は僕の汚点や薄暗い箇所に軽々と目が向き、痛む。しかしある光点が僕の許でダイヤモンドの炎のように輝く、君への愛だ。

全く自由に君への愛と溜め息とを温かく熱く吹きかけてよい人を、その方にとって一人の男の温かく震える胸と、涙の震える目とがまことに真面目なさわやかな眺めであるような人を持っていさえすればいいのだが。——しかしこうした幸せはそもそも男性達には女性達よりも恵まれることが少ない。女性達は誰一人として愛を黙って抱え込むことがどんなに辛く苦しいものであるか知らない、女性は誰でも自分が最も熱烈な告白をしても滑稽に思わない優しい女友達を有するのだから。男性はこれに対して男性の前ではほとんど自分の心を恥ずかしく思う。——残念ながら僕はローマ、僕のお供の者達の成育の町から、共に絶えず君と僕のことについて話せるような幸せ者を自分の周りに見いだすことが出来なかった。そもそもこのローマ人達は厚く心臓を胸骨で覆っている、あらゆるチョッキや上着の垂れ蓋を用いて。それ故僕が、これまで活動する僕を青年としてよりも大人として見ることに慣れている者達の前へ、青春の胸の一切の感動した鼓動と熱情とを携えて出現することをまだ許されていないとしても、連れて来た者達をそのことで悪しく考えるようなことは少しもない。

彼らは何といっても善人なのだ。

僕にもきっとすべてを愛する神が長い旅の途次どこかのまことに立派な人間と引き合わせることだろう。愛そのものである人で、僕がひたすらよどみなくすべてを打ち明けられる人で、それでこの人は遂にはあたかも自分が僕本人であるかのように温かく愛することになろう。

僕が君に単に今日すでに（春分の日に）手紙を書いているばかりでなく、また初めて僕の町ニコロポリスから書いているのは何と素晴らしいことであろう。この町は、その発端や中心部に関しては数時間前に僕が建てさせたものである。

次の町に着く前にすでに僕の町はその多くが完成する見込みである。礎石あるいはむしろ素敵な板は置かれている。

高貴なレディー達の今日の馬車は僕の先を行って、君の所に行くのだろうか。しかし僕は実際余りに多く望みすぎる。しかし何と思いがけずすべてはうまくかみ合っていることか、僕は僕の最初の町を、ちょうど僕の最初の手紙同様にリーベナウ近郊で仕上げている。ちょうど感動的なリーベナウの時計が僕の最初の春の一日を打ち終わった、そして二日目の最初の朝の時が明るい星々の許でほの白く光っている。

君のニコラウス

リーベナウの近郊のニコロポリスにて
春分の日

この後、彼はイギリス製の、押し刷りされた心臓と花とで縁取りされた便箋をきちんと折り畳み、それをすでに膠付けさせている青色の封筒に入れて、封印をし、上書きを書いた。……私には彼が座っているのがまだ目に見える、しかし実際私は彼に、つまり彼の恋に関心を寄せている。読者の方々は彼が黙った冷たい蠟人形を前にしており、有機体の温かい肉体を前にしていないことをとても大変な違いと見なして私を驚かさないで欲しい、それではあたかもそれ自体肉体がより精神的であるかのようであり、あるいは肉体の中の愛された自我は愛する自我以外のどこかに見られるようなものではないか。何故読者はむしろ、一人の人間が何か愛すべきものを見いだしたとき、たとえこの人間が即刻また愛されずとも、あるいは決して愛されずとも、そのたびに神に感謝することをしないのか。自己の愛にはすでに他者の愛が含まれている。ニコラウスはある像の蠟製の翼に乗って十分に高く自分の温かい太陽に飛んで行ける。その光線が若干彼の羽を溶かす前に、その前に光線は長く彼を暖め続けよう。――当時聖職候補生のリヒターが後年のようにすべてを承知していたら、彼は蠟製のアマンダをかのフランスの侯爵の木製のシャルロットよりもはるかに高く評価していたことであろう。即ちこの侯爵は花嫁が亡くなったとき、最も高価な木材から動く模写像を作らせ――季節ごとに流行に従って服を着せ――寝巻きまで用意し――食事は言うまでもなく――二人の侍女を付けて――あるときは金をつかませ、あるときは本を読ませ――本当のシャルロットの命日にはそれに白いヴェールを被らせ、自分自身の、十九年後の死去の日には、それに経帷子を着せて、自分の許、真の花嫁の納骨堂に埋葬させたのである。[*3] 亡き花嫁の模写よりは、将来の花嫁の像と共に生きることは何と別様で、より素敵なことか。

その際せいぜい我々に不思議に思われるのは、その生き写しの模造は花婿が手紙を書いて愛している時の視線に特に生き生きとなることはなかったということである。蠟人形のそっくりの様はすでに取るに足りない像であっても我々にはぞっとする眼差しを感じさせるものであるが。実際ニコラウスは自分が原像に向かってまさに旅しているのでなければ、そしてアマンダの遠くの像が自分の近くの像よりも手紙を書いている心の中でもっと多くを占めているのでなければ、ピグマリオンの運命に陥っていたことだろう。

かくて彼は青年時代の幾多の準備の日々の後、遂に最初の自分の祭日を体験し、祝ったのであった。しかし他の人々はどんな具合であったたか。

＊1　ヴァイラントの『旅の冒険』第四巻。最近ストックホルムではブロム少佐がこのようなポータブルの家を考案した。
＊2　ミュラーの『二十四篇の一般歴史』第二巻。
＊3　詳細は『気晴らし』参照のこと。ハノーヴァー、ハーン兄弟社、一八一〇年。

第四コース

聖職候補生の夕べ ― 更には宮廷説教師の ― 最後には旅行世話人の夕べ ― やんごとなき人の浣腸受容と執行

聖職候補生は自分の宮廷の住まいに行った、可愛い、天使ではないがユダヤ人によってもたらされたロレートの家[18]に、そして彼自身の他には何故かは誰にも分からないことであったが、喜びの余り我を忘れた。どこにでも数週間だけ住むことがすでに長いこと彼のお好みの夢だったのである ― あるときは奔流の傍の丘の上の住まいに ― あるときは広大な草原の真ん中の住まいに ― あるときは白樺の小森の中に狭小に ― いや外の方は十五分もしないほど、かの諸庭園で囲まれた小都市から離れた所に ― 要するに蝸牛に似るということで、蝸牛はその家と共に自分の気に入ったどんな小枝、芝草にも落ち着き、それから眠り終わると別の葉に移住し固着する。「何と素晴らしい眺望を」と彼は言った、「毎週私は得ることだろう。 ― 違う眺めは豪華なものだから。 ― でもどうしてこんなことが出来るのだろう」。しかし彼はこうした状況にあり、そして自分の蝸牛の小屋は将来あらゆる可能な楽園の苗床に腰を落ち着け、自分を這わせることだろうと予知出来たので、彼は述べたように勿論夕方全く我を忘れており、窓から外の月光を眺めて、いろいろなことに憧れた。この哀れな悪魔はこの春分の日がニコロポリスの町の誕生日の他に自分の誕生日でもあることを少しも知らなかった。彼も他の者達も ― 彼が一、二冊本を出すまでは ― 地上の大いなる発行地への彼の登場の日に一向に気付かなかった。

田舎では、特にリヒターの属する貧乏人の間では、誕生日はトルコ人の許同様にほとんど考慮されなかった。トルコ人はそれ故（マインハルトによれば）自分が何歳かめったに知らない。ただ母親だけが覚えていて、例えば父親に前日、誕生日プレゼントはなしにこう言ったりする。「ちょうど明日の一時にフリッツを生んだのよ」。しかし私は時々貧しい職人や女中が全くさりげなく仕事をしながら、「今日は自分の誕生日だ」というのを聞き、それから彼らが格別お祝いをせずにベッドに就くまで働き続けるたびに、私の心は痛む、あたかも自分が、このような一日はお祝いやお祝いの贈り物、舞踏会なしには考えられない皇女であるかのように痛む。――というのは（聖職候補生にまた戻ると）この男は一、二冊の傑作の後はじめて、そして自分の最初の日よりは最後の日に近いときに一層最初の日が祝われたのであって、それはそもそも、インドの辞書のように最初の活字に従ってではなく、末尾の活字に従って並べて、立てられている人間のような扱いである。――人間の心を考察すると、人間は晩年の業績に従ってよりも勿論青春の感情に従って評価すべきであろう。人間はまさに青春の感情の面でその完成を見せるのであって、後年にはまさに最良のものよりは何か別なものが増大する。ちょうど人間の場合は生涯を通じてますます大きくなっていく魚や蛇とは逆に、後年には爪と髪しかましなものは何も成長しなくなるようなものである。幸い人間は致命的な年次を経ての劣化に対して改善のための適切な速効手段、その効果の手短さ故にどんなに褒めても十分でない手段を発明したが、それは所謂絞首台の改心で、これは正直な人間の場合臨終の床での改心に他ならないものであり、それで、実際人間はブラウンシュヴァイクのムンメ［黒ビール］のように手順の間に下で何度も酸っぱくなりながら、最後にはムンメのように全くおいしいものとなって上に上がるのである。――

しかし何と遠くへリヒターの誕生祝いは我々をニコロポリスから押し流したことか。

宮廷と監獄の説教師［教戒師］は次の路地、つまり次のこざっぱりとした家に住んでいた。ジュープティッツは以前から旅館を使えなかった、彼にとって十分に清潔と思える人間や事物はなかったからである。彼は――摘む手のせいで――桜桃や木の実は梨や胡桃のように皮がよくむけたらいいと願っていたし、どの食器もまず自分の目の前で綺麗にして欲しかった。しかし彼の体が旅館のベッド[19]ほどに不安を感じて逃げ出したものはない。「私が欲するのはただ」と彼は言った、「人間、殊に説教家は、千人もの者が眠った臥所に入る前に、その前に立って、何百人もの寝たっきりの者がそこに寝たかざっと考えてみることだ、そのうちの一人でも、そもそもあらゆる不治の病を、大抵はかの不名誉な病、そんな病気に罹ったら牧師の祭服を着て無垢な夫として説教壇に立つことが恐ろしくなる病を移すに十分なのだ。というのは新鮮なカバーがあっても、それを何人かの者は信用するだろうが、しかしそれは昔感染した羽毛に対しては何のペスト非常線にもならないからだ」。

幸い宮廷説教師は、極楽鳥のように、ただ空気の上には眠ることが出来た。というのはニコラウスは旅立ちの前日に宮廷銀行家のホゼアスに全権を与えて、旅行のためにすべての用具を金に糸目をつけず購入させ、必要なものの購入が少なすぎるというよりは不必要なものの購入が多すぎる状態であったからで、そしてまさしくマークグラーフとホゼアスの双方に都合の良かったことに、ローマで良質のクラークスの気密の寝具[*1]が売られていて、これを宮廷銀行家は長いユダヤ人らしい取り引きはしないで購入し、これが全くジュープティッツに誂え向きであった。これは新鮮なカバーが掛けられるのではなく、新鮮に詰められたもので、羽毛の代わりに単にいつも新鮮な大気圏からの空気の小球が詰められていたからである。

しかし旅行世話人は、最後にこの世話人の話をすると、屈託なく何事も案じていなかった、旅館のベッドのことも案ぜず（むしろ他人のベッドの方を案じて）、自分の無垢の見せかけ、いや罪のことも案じていなかった。それで彼はリーベナウの旅館を宮廷の宿営よりもひいきにしていた。彼はそこで、村中でもよかったが、誰か相手がいたならば、自分の夫婦間の貞節さえも最も厳しい試練の一つにかけたいところであったろう。彼はこの点で確かに中産階級の者というよりは身分のある者の一人に数えてよかった。というのは彼の心は結婚生活では、中国の紙なんかとは違って単に片面にのみ記述されるのではなく、裏面にも多くの女性の手を握るための場があったからである。あるいはもっとぴったりとした比喩で言えば、彼はノルウェー人が一回だけ自分の全生涯のためのパンを焼く「運命を決する」といったのとは違って、主婦の手製のパンをいつも炉から取り出すのではなく、彼はパン種を取って、時々数個の新鮮に焼けたパンを作るために火を入れた、これは例えばトルコ人が、ノルウェー人とは対照的に酵母を入れず、それ故毎日新鮮に焼くようなものである。

夕方遅くヴォルブレが――多分別の意味で、村で自分のパンが焼けてしまって――強く聖職候補生の窓をノックして、外を覗くようにさせた。彼は小部屋の中に入る気はなく、こう言った、自分は窓の外でも自分の喜び、あるいは歓喜の夜の想いを打ち明けることは出来る、と。これは恐らくニコラウスとこの夕べの苦い後味から来ているものであった。彼は町の一角をかくも遅くなってから建設することに最良の理由を述べて――それはすべて自らの休息に関係していたからで――反対したが、全く効果なく、自分の予期通りにならなかったのであった、皇子が初めて皇子として出現し、自分がすでに有していた以外の理性的理由を採択しなかったからである。

彼はニコラウスについて話し始めた。ニコラウスの価値を聖職候補生が素晴らしいものに感得しているのは同慶の至りだ、と。「彼はとにかく」と彼は続けた、「血管に侯爵の血を有しており、これは当然いつもいくらか速く、熱を帯びて脈打つものだ。ゆっくりしたことには――今日の建設でお分かりであろうが――我慢出来ない。すべての侯爵同様に彼は喜んでいるときただ弾み車、拍車の歯車を有したいのだ。まさにそれ故に彼の少しばかりの激昂も大目に見てやらなければならない。侯爵達は皆激怒する、ただ彼だけがその中で最も素晴らしい怒り方をする。真のヴェスヴィオ火山であって、しかもヴェルリッツの庭[20]で唾を吐くような高貴な人物を私は知っている、この庭は外に窓があって、中には全く可愛い、すね者のひきこもりの部屋を有するのだ。――殿下もそうだ。殿下が発砲する前に、導火線は燃え尽きている」。

聖職候補生にはこのような侯爵の従者の率直さとこのような侯爵の性格とが同時にはなはだ気に入って、彼は両者に対する二重の称賛をどんなに頻繁に繰り返し、倍加しても十分でなかった。旅行世話人はそれに注意を払わずに続けた。「少なくともそのことから彼がいかに高貴な出か分かるだろう。しかし彼が何の金も持たず、自分が求めて旅している父上について何の情報も持たないときに真の侯爵として感じていたことをもっと良く証明する或る特徴をお話し致そう。――それは彼が浣腸を施したときのことだ。これは滑稽なことに聞こえようが、その件での品位を奪うものでは決してない。

すでに朝方申したように、殿下に対して侯爵の父上が守り通された微行は厳しく苛酷なものだった。誰もまだその名前を知らない、ことによると殿下だけが御存じかもしれないが、殿下自身もそれを知ったのは、この方のダイヤモンドを密かに手にして以来のことにすぎないだろう。というのは殿下が宝石を自ら焼き、仕上げるということは、ほとんど宮廷では信じられていないのだから。さて殿下と私、つまり殿下の当時の傅育官は劣悪な状況のライプツィヒから更に劣悪な状況の下へ戻ってきた。私の当時の空腹は、聖職候補生殿、貴方にとってはるかにもっと大きなものに相違なかった殿下の空腹の見本となろう、というのはさもなければ殿下は私の空腹を鎮めておられたはずだから。聖職候補生殿、まだ御存じではないかもしれないが、名誉を重んずる人間がその空腹の胃を世間にあらゆることをして技巧的に粉飾することは、ちょうど園芸家が公園でその秘密の便所を——比喩はそれほど懸け離れたものではなく——上手に壁龕や材木の堆積に、あるいは小神殿の中に隠すようなものだ。薬局［薬箱］で、つまり最も手近なもので殿下はその空っぽの胃を粉飾された——私の空腹のドミノの仮面は別の手であるが、——かくて殿下はこの点ではヘーノッホ・エリーアス・マークグラーフ氏がしたことと全く同じことをなさっており、これについては薬局の職人の証言も見られよう。

さてこうした惨めな時代に——私はまだ逸話に達しないが——今日でも支配しているホーエンガイスの辺境伯《マークグラーフ》がローマに来て、彼が生涯でまだ見たことのない——一度、夜通り過ぎた時を除いてであるが、——この田舎町を自分の滞在で輝かせるために、立ち上がるということが生じた、肝要なことはしかし焼け落ちた聖霊教会の礎石を手ずから置くためであった。御承知のように王冠を戴く者達は重い切石よりもこの最初の軽い石を置きたがるものである。

我らの新たなローマの歓声、光輝、音響、陶酔は貴方に描ききれない。昔のイタリアのローマでそれに類するものがしばしば見られよう。自らの世間知からいずれにせよ御存じであろうが、侯爵というものは田舎町でほどに長く、さながら豪華棺台の中でのように、あるいは豪華揺り籠の中でのように身を伸ばすことはない、これは首都ではあり得ないことだ。首都では侯爵は平日に過ぎない、週の勤めをしているのだから。田舎町の他には日曜日はなく、田舎町では彼の名前のすべてを日曜日文字(21)で書くのである。

言葉を尽くす必要が何であろう。要するに領主と聖霊教会の栄誉のためにローマの町中が飲んだ。しかしその後同じことを、またローマと新しい教会建設の栄誉のために領主自身が、はじめは節度を持って、後には節度なしに行った。誰かと飲んだとき、聖職候補生殿、このようなことを私よりもよく知っている者はいますまい。最後には我々のホーエンガイスの領主は、空きがなくて垂直に立っているミュンスターの墓石のようにはもはやいかず、横たわっている当地の墓石のような具合になり、そして遂には彼自身、浣腸器の梃子で彼をまた起こさなければ、墓石の下へ行きそうな雲行きになった。

急使が宮殿薬剤師に送られた。しかし彼自身浣腸器を使うよりは、それを必要とする状態にあって、姿を現すことが出来なかった。名誉と金への裏門をいたずらに開けているのを見ることになったこの不幸のせいで、多分にこの男は単なる二日酔のときよりも長く、傷心のあまり床に寝ていることになった。

今や第二の薬剤師の許に使者が遣わされることになった、当時の殿下の許である。そこで侯爵のような男については、この者は宮廷の経験がなくて、突然浣腸器を持って、つまり王冠を戴く者への半導体としての、あるいは国家の舵への非常権としての浣腸器を持って宮廷へ呼ばれることになって、支配の君主のまさに王座に座るとき用いるその方面のものを見ることに——さながらカルタやカルタの王の下部を見ることに、一部は臆するあまり、一部は喜ぶあまり分別を失いやしないかと案じられたことであろう。——彼を育てた老薬剤師の二人の娘は実際、身を助ける芸の幸せに、領主の気前の良さを知っていて、すでにもう我を忘れていた。——そして我らの侯爵が踏み越えていく宮殿薬剤師を、我らの侯爵はきっともう見下ろすことだろうと思いやられたことであろう。

——殿下はもっと高貴に考えていた。『僕の下に履く靴下と絹の靴下を』と殿下は冷静に人々に言われた。

その後、侯爵は亜麻布の下に履く靴下の上に上等の上に履く靴下をはなはだ沈着に器用に身に着けられて、それで侯爵は——舞踏会の前に足の身づくろいのためにかがむ者は誰でも知っているようにとても難しいことだが——靴下一足を間違ってぐちゃぐちゃに捩じることもなく皺もなく骨膜のように滑らかに着用された、要するにいつもの性急さに似合わぬ沈着さで、あたかも自分にとっては浣腸器と共に王座の分割など、自分のを除けば、存在しないかのようであった。——宮廷の顕彰に対する素敵な珍しい冷淡さであって、この顕彰は勿論今となっては、彼自身が侯爵なので、滑稽なものとまでは言えないにしても、我々にはほんの取るに足りないものに見えざるを得ないのであるが。

さて殿下は薬草と共に浣腸器とふいごを持って宮廷に赴き、鋭い目つきの廷臣で一杯の広間を、あたかも殿下自身一員であるかのように、泰然と進んで行かれた。——これをしたのは侯爵の血筋を予感している侯爵であって、彼は薬局中でも、恐らくは父上の侯爵自身に命じられた養父のマークグラーフの命令で、決して殿様とか殿下と呼びかけられたことがなかったのである、ちょうどアウグストゥスが自らの命令で（勿論別な理由からであるが）、決して自分の孫達にさえ、殿とか上様と呼ばれるのを許さなかったように。

その他のことは自ずと理解できる、つまり彼が見たところ自分を支配している領主の人間的一階部分、ニコラウスのような者にとっては貴族の一階席とは言えない部分、あるいは政治的王座の天蓋を支えているアトラスの根本の地球を処理し、見つめるときの無関心な作法のことであり、つまりは単に医療技術の面のことで、何ら卑屈な平民的尊敬の念は交えなかったのである。——それはあたかも自分が自ら浣腸を施すよりも施されるような、あるいはあたかも——フリードリヒ大王が指揮棒の横にクヴァンツのフルートを置かせたのであれば——逆に浣腸器の横に王笏を置いているようなものではなかったか、勿論この王笏もしばしば開き、運び去るものである。——このように無意識に——それ自体としては本来、カルデーニオの横のドン・キホーテ[22]のように崇高に——一人の侯爵が別の侯爵を援助の同盟者として助けた。——その他のことは私には関係ない。では御機嫌よう、お休み」。

しかしこのときヴォルブレは長いこと我慢していた哄笑に弾け、走り去った。

副次的事情として私は更に、主要なこの物語は単なる嘘であったと述べておく。一方の侯爵の飲酒と別の侯爵の宮廷への浣腸の招聘までの話は本当であった。しかしニコラウスは、妹達がどんなに勧めても、この儲かる招聘を受けなかった。「市民の患者には」と彼は言った、「手助けしていい、しかし身分のある者の腹詰まりには、自分の名誉にかけて、御免だ」——多くの者に大変誤解された言葉である。

ちなみに私は、弁護士や書評家が――この二つの職業が悲劇作家のミュルナー(23)のように一身に兼任されていると、それだけ密な同盟となるが――このヴォルブレの冗談の例を見て、いかに真実の道と平行を保っていても、遠くから見ると全くの嘘の脇道へ逸れてしまうものであるかという、より重要な真面目な例として欲しいと願うものである。真理と嘘との立派な化学的融合というものがあって、そこでは嘘は真理とのより強い親和のせいで、潜在的なもの、結合したものとなる。

ただ善良な聖職候補生リヒターのことを、彼はまったく愚かな子羊としてヴォルブレの言うことすべてを信じて受け入れたと思わないで欲しい。彼はむしろ若干の角と脳を持った老羊であって、絶えず冗談っぽいヴォルブレの真実の描写の中に喜劇的悪さを十分によく嗅ぎつけていたのであって、まさにそれ故自分にこう言っていた。「この洗練された奴さんは多分私の『悪魔の文書』の作風を真似て私を買収し籠絡しようとしたのだろう、そう見える。しかし彼は私が冗談と真面目さをいつも分けて、特に善良な侯爵を本当に真面目に好いていることをほとんど承知していない」。――しかしこの聖職候補生は我々にとって、いかに人は自ら皮肉を言い、その理解を求めながら、同時に他人の皮肉を余りに真面目に考えるものかの新たな例となろう。策略家が策におぼれて他人の策を見過ごすようなものである。しかし私が、彼は実際、読者が数年前から二巻本によってちゃんと暗記しているマークグラーフの以前の薬剤師としての事情を一頁も前もって見たことがなく、従ってすべてをただ侯爵としての面からのみ見なければならなかったということを付言しようとしなければ、私は自分のことをこの若者に若干肩入れしていると非難せざるを得ないであろう。しかしこのため事情が大いに異なるのである。

＊1　『すべての新しい発明の雑誌』第六四号。これはふいごで満たされるもので、一つの弁が空気を漏らさないようにしている。これは固めにあるいは柔らかめに詰めることが出来る。フランスでは（クニッゲによると）夙に革製の敷き布団で密閉した縫い目の付いたものがあるそうで、この縫い目から朝方には空気がまた抜かれるそうである。

第十五章
三コースから成る

新しい家臣——ニコロポリスへの到着——微行についての会議——紋章の選択——旅券制度

第一コース

旅行についての正しい話し方——煙突掃除人

私はここ第十五章でまことに上機嫌で筆を進める。体験され、語られるべきであったことすべてに対して私は喜びを感じているのだから。千もの旅行、例えば北極あるいはその反対極、赤道への旅行ははるかに忌々しい。中庸のとれた地帯でさえ、しばしばまずは節度が欠けていて、旅行者は大地の棘の地帯［ベルト］によって、フランシスコ会士の綱や［空腹に耐えるための］腹帯によってされるように明らかに絞り上げられて、さながら中心部で絞め殺されてしまう。それだけにまずルカの町へ旅立つ侯爵に幸あれ。

短時間でニコロポリスは撤収され、皆出発した。旅する遊山のキャンプの一同は皆歓声を上げて、馬さえもすべてそれに和していないた。目指して進んで行く異郷の侯爵の首都ルカの町はとりわけその塔が、宝棒のように遠くの方でそびえていたが、ただ各人に応じて特別の、例えば精神的食料を飾ってそびえていた。

町は全ドイツに芸術の地、詩人の地として著名であって、そのどの路地も絵画や詩がひしめいていたので、宮廷厩舎画家のレノヴァンツは自分のカナーンの地が目前に広がっているように思った。宮廷説教師は当地の宮廷説教師や学者に最も学的な訪問を行うことが出来た。旅行世話人はどの町でも好物の他になお百もの他のつまみ食いを楽しむことが出来た。村ではなくて、町が彼の領分であったからである。私は聖職候補生がそこで何を期待していたか知らない、いつものように、少なくともすべてのことを期待していたであろう。確かなことは、マークグラーフのすべての家臣、国の市民は舎営するために少しばかり普通の市壁の背後に逗留することを心から願っているということだった。

しかしこのことを主人公その人ほどに熱心に望んでいる者はいなかった。「僕は首都に」——と彼は着衣の際旅行世話人に言った——「何でも期待しているわけではないが、しかし多くのことを期待している。僕が旅する最初の首都だ。——僕の遠縁の高貴な親戚達が、侯爵は謁見を賜るから、当地で予期に反して僕に出会うかもしれない、その後僕の接待が生じよう。それに僕らに先立って同じ目的地の市門を目指していた皇女達の馬車は僕が永遠に敬おうと思う、かの高貴な方ときっと何の関係もないと思わないことにしよう。

しかし僕はそこでどのような天国に移住することになろうと、そこからこの活気ある芸術の町の多くの画家や詩人を捜し出すことにしよう、その中の多くのものはきっと僕を大いに必要としており、僕は彼らの力になりたいのだ。……しかしそこまではほぼ一日半の旅程だろう、世話人殿」。

「軽く二日はかかります」、とヴォルブレは答えた。

さて皆の駆け足、乗馬が始まった、村から村へ——小さな市場町から小さな市場町へ——村から小さな市場町へ——この町から小都市へ——この小都市から小さな村へ。首都へとにかく一日半で着かなければならず、着きたいと思っていた。マークグラーフは憑かれたようであった。彼は食物と飲み物を与え、金に糸目を付けず、更に食物と飲み物を与えた。——自らの首都ニコロペルは全く荷下ろしされず、建てられなかった、住民もほとんど住めないような惨めな村々の前であってもそうであった。

——さてここの書類に、ニコラウスがルカの町へ急いだときのすべての土地が克明に次々と記されている。しかしマークグラーフのはるかな旅の途次、その度に私はこう報告し、叫ばなければならないだろうか。ゲシュヴェント[1]からヴェルフィスへ向かった——そこからトレプセンへ——ホーエンフェーラからニーダーフェーラへ（ミッテルフェーラは外れていたから）——ザービッツからツァービッツへ——そこからフュアベルクへ——そこから多くの、名前を聞かずに飛び過ぎた襤褸の村へ——最後にシャイトヴァイラーからシュトラーラウとニコロポリスへ、と。……

しかし今回そうなったのである。まさに生じたことなのである。ニコラウスとお供の者は本当に上述の土地を通って、シュトラーラウ、首都からわずか十五分程の土地に着き、ニコロポリスに着いた、これは勿論先に荷下ろしされて、建てられたものであるが、しかしはなはだ豪華に、つまり全体が建てられたのである。——

しかし将来的には、私が私のまだ残っている人生の切れ端を——そこでは一日は一年に当たり、一方旧約聖書の何も記さないエノク[2]の許では一年は単に一日で、それは彼が三六五年経ってから天国へ行ったからであるが——次のように使い果たすことを世間の人々が望んでも不可能であろう、つまり私が読者に旅の馬車道のすべて、居酒屋のすべて、通関税取立人のすべて、酒場の主人のすべてを取り上げ、このような緯度や経度の無限小の部分を上述したザービッツやツァービッツ等々の村々のように名前を挙げて並べ立て、あたかも侯爵が家臣や馬と一緒に雲の中を通ってルカの町への間近な空路を取りたくなければ、隠蔽された村々を通っていくわけにいかないかのように記述することである。

ちなみに私がこのような土地を本当によく知っていて、まずもって創作する必要はないということは、私が聖職候補生の詳細な日記を目の前に置いているということを思い出して頂ける方ならどなたも信用して下さるであろう。いずれにせよ私は、私が彼本人であった以上、ここで私自身の原典として登場していることは別としても、私はこの日記からどの行や時刻も汲み出せるのである。搬出や遠乗り——滞留や搬入——騎馬での出発や運送——河——旅館の亭主や小屋を、従って私はカットする。しかしそれだけ一層多くの史的コロッセウムのための立派な席を得ることになる。しかし私は格別呪いを発せず地理学的なものを、その中で史実的なものが生ずる限り、物語に編入したい。というのは史実的なものだけが大事な我が主であるからである。それ故生じたどんな半端な意義のもの、半端な公のもの、主人公が使った大事なうがい水や脚浴はすべて忠実に読者に報告されるし、同様に行列に加わったどんな新しい旅客や家臣もその所業や功績、冗談と共に報告される。というのは、そもそも私は理性的人間としてお尋ねするが、このような作品が史実的なものの他に何かまだ報ずべきことがあるかのように史実的なものを無視しようとするならば、本やその章やコースのすべての瑣事は何のためかということになるからである。

このようなことを私はほとんど捏造しないということは、私がこの脱線から再び旅の話に戻って、ルカの町へ飛ぶように急いでいたとき生じたことを満足げに報ずるのを見て頂ければ最も納得がいこう。ツァービッツ近郊で夜、ニコラウスは十一時頃月明かりの春の宵、散歩に出掛けて、近くの小森からの猟笛の音を聞いた、それはただ二つの三和音で高く低く嘆いていた。近寄ってみるとある切り株に聖職候補生が座っているのに出くわしたが、この者は自分が音楽に対していつも無防御で、殊に地震のように自分を揺さぶる単純な音色に対してそうであることを少なくとも声に出ないよう隠すことが出来ないでいた。ニコラウスもまた吹奏された音色には心動かされやすかった、さながらアマンダの遠くの声に伴奏しているように思えたからである。

両者は森の中に入った。ホルン奏者は間近の木の背後で吹いているに相違なかった。しかし何も見えず、吹奏は消えた。更に数歩森の中へ足を進めると、元の場所で元の嘆きが始まった。両者はこっそりとそこに忍んで行ったので、奏者が自分のホルンの間近でそれを耳にしたはずはなかった。しかしそこには音楽の他には何もなく、音楽は樹上に巣くっているように見えたが、樹上には何も見えなかった。「誰かい」と大声でニコラウスは尋ねた。「あっしです」――と樹上で答えた――「あっしはここの上に寝ています、しかしひもじさの余り眠れねぇんで」。――「友よ」とニコラウスは答えた、「そなたの姿が一向に見えない、出来れば降りてきて頂けないか。十分に食べ物は進ぜよう」。――突然丸っこい、太った、黒い肉体が転がり落ちて来て、言った。「今晩は、あっしです」。太った煙突掃除人であった。「そなたの猟笛はどこだい」とニコラウスは言った。――「ここです」と黒い男は答えて、自分の口を指した、口そのものが歌口であって、嘆きや問いかけの音色を冷たい大気を通じて心の温かい深部へと送っていたのであった。

マークグラーフに樹上に寝る理由を問いただされると煙突掃除人は月光の中に身を出し、自らを指して言った。彼は答えて、そして信じられないほど痩せた聖職候補生を指し示した。ニコラウスと聖職候補生はいぶかしげに彼の健康な肥満した体を見つめた。彼は当時自分の脊椎や腕の筒よりも大して太っているわけではなく、鰹節虫のように堅く、皮だけであった。「嗚呼、このような体で一生掃除したいものだ」。――ようよう彼がすでに何ヵ月も前からこのような脂身貯蔵室へと建て増しされ、それで通常の煙突にはもはや這い上がることも押し上がることも出来なくなったという展開が明らかになった。それ故自分はいかに長く歩いてまた登れるほどに痩せるか試さなければならないし、自分は、燻製肉のように、大気中で干からびて、日光に当たって焼けたいのである。――しかし自分の次の道はルクス町（こう人々はルカの町を縮めて言う）で、ひょっとしたら自分が入れるようなもっと大きな煙突や祈禱外衣〔煙外衣〕はないか行くことにする、ということだった。

しかしニコラウスは彼を自分の最初のお抱え猟笛手に昇格させ、給料を払うことによって、彼が自らの縮小の凹面鏡になるという目論見を全く台無しにしてしまった。勿論煙突掃除人に差し当たり掃除させるものは何もなかった、怠けもののハインツ全体すら出来なかった。この炉は煙突掃除人がこの炉に入るよりも容易に掃除人の中に入るものだったからである。ただ単なる近習のモール人といった者として将来肌色の面が使えそうであった。

朝方新たなマークグラーフの国民はお供の者に紹介され、彼の帰化が皆に知られた。ただ聖職候補生リヒターの素晴らしい面を語るために、ここで旅行世話人が宮廷説教家の面前で説教家と煙突掃除人の間に見て、紡ぎだした気の抜けた比較を差し挟むことにする、つまり彼はそのために、さながら自らの織物の亜麻の糸巻き竿のために、両人が煙突や説教壇で紐で縛り、両人が汗と共に放出するために旅立つことになった両人の脂肪を取り上げ――更には苦労して説教壇の階段と煙突掃除の梯子との間の、法の槌と掃除人の箒との間の比較に至り、最後には防火壁の上と説教壇の前での両者の歌にまで強引にもっていき、それから、すでに聖職候補生のときに前もってあちこち煙突掃除人のように黒く打ち出す楽しみ、例えば襟飾りや上着のボタン、ズボンで終えた。「黒いものは従って」、と思いがけず大胆に聖職候補生は答えた、「白い円盤の最良の目標となりますから、長靴と帽子を是非それに加えて下さい、この両方を私は聖職候補生として黒く着用に及んでいます。――しかし誓って。考えてみて下さい、ほとんど色とは言えず、どの色も駄目にしてしまう最も劣悪な色への聖職候補生のあらゆるプロテスタント的努力は、赤色への、この多くの意味で枢要な［枢機卿的］色への僧侶達のカトリック的努力に比べれば何ほどのものでしょう。何千という僧侶が、せめてその修道服を着て修道院にいる状態に耐えられるよう頭の中や目の前に赤い靴下や帽子を有していないでしょうか。それ故私はこのような菫色愛好者をおしゃべりの鳥ジャコー[*1]と比べたくなります、この鳥にはどの鳥籠の中でもいつも赤い襤褸切れを、そうしないと痙攣して死んでしまいますので、あてがわなくてはならないのです」。

これはリヒターが宮廷に、つまり二人の廷臣の前に自らをお披露目した最初の時であった。――すでに午後にはニコラウスは――その新たな国民や市民と共に――ニコロペルに入営したが、それ以前に彼はニコロペルをルカの町からほど遠からぬ所に完全に建設していた、それはリーベナウ近郊のときよりもはるかに美しいものであった。

この温室の、あるいは本来この温室町の最初の果実と共に、すべての建築物は十分に重要なものであり、早速また新たな章を始めるわけにいかないので、少なくとも新たなコースでそれを紹介するに値すると私は思う。幸いそのコースは間近である、即ち、

＊1　『パリとロンドン』第八巻、三号。

第二コース

首都の建設——侯爵薬剤師の採用すべき微行についての会議

ニコラウスがなぜかくも近く、まさに首都の目の前でまた新たな首都を建設したかについては、大雑把な世間が承知しているよりも全く別の二つの理由があった。首都は馬車に乗せたままこの首都に入った方がはるかに快適であったろうにと思われたからである。最初の、ただより弱い方の動機はもとより、ルカの町民達に侯爵の威力のほんの一端を、彼らの目の前で十二軒の町を——テントで出来た郊外や袋小路は全く別にして——いとも容易に大地から出現させて、ちょうどアンフィオン[3]がリラを奏でながら町を、あるいはポンペイウス[4]が足で大地を踏んで一軍を、あるいは子供達が遊びでトランプカードの家の通りを出現させるような按配にして垣間見せるということであった。むしろユダヤ人街に滞在したい者でさえ——このことを同行のユダヤ人達は望んでいたが、——露地が荷ほどきされたテントの杭やテントの棒、亜麻布の壁からきちんと築かれ置かれると、この露地へ入って行った。宮廷建設局は建築のせいで静かであった。建築参事官達は動きだし、皆が建築に取りかかっていた。

　夕方には輝かしい成果が見られた。あらゆる階層の人々が首都ルカの町からニコロポリスの首都へ巡礼に来て、ひっきりなしに称賛した。ヴォルブレは、フリーメーソンとして（夙にローマでそう呼ばれていたように）言うべきことを承知していて、公然と建築は大工の秘密の仕事であり、ニコラウスは「スコットランドの椅子の親方」「フリーメーソン支部の役職」であり、その家は「高い光へ至る親方の結社《ロッジ》」「フリーメーソン支部」であると説明した。——自分、ヴォルブレ自身は、すでに教団の前掛けの薔薇が告げているように、より高い位階にあって、大抵のことについては沈黙する。——普通は確かに、と彼は続けた、結社《ロッジ》はユダヤ人を受け入れない、しかし宮廷銀行家のホゼアスは半ばヒラム、(5)あるいはソロモンと見なすことが出来る、この両ユダヤ人から実際すべての左官［フリーメーソン］は由来するのである。——結社の話し方に関しては、同様に十二軒の小家のすべてで話されており、そこの労働者の飲み方は結社の食事と変わらない、ただ結社では（ザルゼナによれば）コップはカノン砲と呼ばれ、飲むことは発砲と呼ばれるが、これは本来発砲よりも発火と呼ばれるべきものである、と。

物語に戻ることにしよう。最も重要な理由が一つあって——一人の読者も思いつかないことであったが——宿営の建設をやむを得ないものとした。つまりルカの町では前もって必要な将来の宿営を予約しなければならなかったが、しかしこの宿営への入場許可のためには多くの者にとってまた町そのものへの入場許可が必要であった。侯爵は侯爵たるものとして入門出来たであろうか。殊に彼は侯爵としての父親殿の名前を挙げることが全く出来なかったし、挙げる気がなかったのであるから。——これは明らかに不可能であった。皆のパスポートはどうであったか。ニコラウスは幾つ携帯しており、他の者は自らのために幾つ有していたか。

彼はそもそも一つのパスポートも有しなかった。

かくてまた私が実感することは、侯爵薬剤師は何百人かの炎の女性達(6)に似ているということであって、彼女達は単に遠くの山として横たわっている未来の生の営みを選ぶが、その際遠くから見て、彼女達はいとも容易に真っ直ぐに緑色の舗装道路を上がっていくと思う、というのも近くではじめて峡谷や丘、藪が歩くたびに出現するからである。しかし誰もが未来を一括して一塊りで購入することには慎重であるべきである、未来は個々の数時間に分解するとき、そこに介入する分ごとの判然としない計画を嘘や錯覚としてしまうのである。自分の人生が地方別地図に従って取らなければならない駅逓コースを世界地図に従って計画するべきではない。それ故空想において——それだけに一層人生そのものがここに映し出されて欲しいが——しばしば最初の方の章で大胆かつ軽率に後の章の何らかの出来事を出まかせに借りて来て——出来事の——手形を、決済の日、つまり章が来たら、どこからその事件を引き受け、返済するべきか前もって何も分からないまま振り出すような長編作家は何とも惨めなものではないか。

そのときには執筆者は苦悶してどうしたらいいかさっぱり分からないのである。

しかし実際ニコラウスにとっては現実においてさえ、ルカの町への自分の入場という重要な事柄が、すべての未来の首都へ至る行列の事柄同様に、目前に迫って来たとき、事は少しもましにならなかった。しかしどうすべきであったか。

確かに最も有効なのは会議であった。——そしてこの会議を実際四人の廷臣達は、ニコラウスを囲んで行った。しかしここで旅行世話人は、自分こそはすべての廷臣の中でルカの町へ騎行して、すべての宿営を予約するのに最もふさわしい者であることを示した、彼の宮廷についての知識ははなはだ燦然としていて器用であるかのように見えた。彼はまずマークグラーフをわざと長いこと、一体どんな侯爵としての家名と紋章を用いて登場するつもりかはっきり問いただして苦しめた後、近寄って、全体何ら正しい知識を有せず、ただ混乱している侯爵の前で、以前から旅する侯爵達が微行から得ている無限の利点について事細かに説明した。それ故申し分のない皇帝達でさえ、例えばヨゼフ皇帝は、ただのファルケンシュタイン伯爵としてフランスや至る所を回ったのである、と。「微行を致しますれば」と彼は言った、「殿下は少なくともどの町でも、おごそかな歓迎を受けない、退屈な軍事的栄典や忌まわしい高貴な表敬訪問、これにはまたお返しの表敬訪問がなされなければなりませんが、これを予期しないで済むという利点を得られ、すべてのうんざりさせられる儀式や詮索、忍び歩き、発汗はなくて済みます。殿下は首都で下々の者をまず訪問なさっても、そのことで少しも高貴な方々の反感を買いません。そしてこのこと、このような天上的自由のせいで、以前から最も偉い皇帝がたから下の最も卑小な、ほとんどすでに微行の状態で生まれてきた侯爵がたに至るまで、この得がたい特権を決して手放さず、自らをその偉大さを保ったまま卑俗な貴族の背後に隠したのです、それは例えば恒星がその一切の太陽の大きさを保ったまま衛星の地球の背後に隠れるようなものです。それでも主君は、当人であり続けるのです。世間の人々はその人を全くよく存じていて、殿下はいずれにせよ従者がその身分を自慢心からしゃべってしまうのを防ぐことはできないのです」。

ローマでは——あるいはダイヤモンド発見の二日後、あるいはそれ以前でも——ニコラウス程微行に反対意見を表する者はいなかったであろう。——しかしここ旅の途次、ルカの町から遠からぬ地にあっては、彼は数百ものことを考え——数千の障害を考え——あらゆる、未来の多くの首都における回転木戸、境界線、生きた垣根を考えた。しかもニコラウスはすべてのこうした邪魔や妨害を前もってはなはだ鋭く見てとったので、彼は会議に臨む廷臣達の前ではこう宣言した、自分は単なる貴族の名前を採ることに決めた、ただ貴族の家柄の選択に関してまだ未定である、と。

「それは消えた家柄が」とヴォルブレは言った、「最も都合がいいでしょう。しかしその家柄の印章はいつでも手に有していなくてはならないでしょう。私自身が数年前から立派な珍しいものを時計の鎖に付けています——殿下は御存じのはずです」。（ニコラウスは首を振った、彼はこうした些細なことを思い出せなかった。）「三つの兎の頭［ハーゼンコプフ］を有する古い印章です」、（と彼はそれを鎖からねじってはずしながら続けた）——「私は自分が貴族の身分に昇格するまでは、単なる市民としてこのような印章を押して見ようという気にならず、またそれは許されることでなかったのです。ハーゼンコプフ家は古いメクレンブルクの一族で、夙に絶えています、そして一四六六年から一四九八年まで存命であったパシェダーク・ハーゼンコプが最後の男です。しかし私の印章は三つの兎の頭を有するボルト・デ・ハーゼンコプのもので、マルツァーンのそれのように二頭ではありません。とにかく私はこのように珍しい印章を持っていましたので、貴族の紋章についてのメーディング氏の報告[*1]からハーゼンコプフに関する覚え書きを（第一巻、第三三六節）書き写しました、ここに有するこの小紙片です」。

ここでヴォルブレは二三〇頁の章を逐一読み上げた。

ハーゼンコプフ

メクレンブルクの一族で、ハーゼンコプ、ハーゼコプ、ハーツェンコッペン、ハーツェンコプとも称している。この一族がモルツァーンの人々と同じ家系であるかどうかは、学者間では一致を見ていない。メクレンブルクの貴族についての草稿の中でラトムスはそのことを否認している、とりわけ紋章の違いを挙げている、ハーゼンコプフ家は兜なしの二つの兎の頭を［紋章の］盾に有していたのである。同一の家系であるとする人々はこう述べている、オットー・デ・ハーゼンコプが一三一六年使用した盾は一三七〇年のハインリヒ・フォン・モルツァーンの印章と全く同形であったし、またボルト・デ・ハーゼンコプは二つではなく、三つの兎の頭を有していたと。

フリデリクス・デ・ハーゼンコプは一二二一年に生きていた、そしてこの一門の最後の男パシェダーク・ハーゼンコプは一四六六年生まれ、一四九八年逝去。

絶えたメクレンブルクの一族の草稿

これから少なくとも、ハーゼンコプフの人々は二つか三つの兎の頭をその盾に有していたことが分かる。しかし私がモルツァーンの紋章を上述の情報と比べてみると、ラトムスも彼に反論する者もその証明の仕方で矛盾していると思わざるを得ない、というのはモルツァーンの紋章の第一分割区画には二つの兎の頭があるからである。従ってラトムスがいかにしてハーゼンコプフの人々は二つの兎の頭を使用していたということから違いを証明するつもりなのか分からないし、またその反論者が、ボルト・ハーゼンコプフは三つの兎の頭を有していたとされることから両紋章の一致を主張出来るのか分からない。――

「実際そう書かれている」――とヴォルブレは付け加えた。――「しかし私はモルツァーンあるいはマルツァーンの人々についての節を（多分第五五五節であろう）、彼らはギュストロー公爵領の地方侍従の職を代々継いでいたけれども、書き写さなかった。彼らの紋章は単に二つの兎の頭であったし、私はその印章を持っていないのだから。ちなみに私は喜んで、ゲープハルディ教授が司教座聖堂参事会員のフォン・メーディングを称えるために述べた序言の言葉をすべて是認するし、同様にまたフォン・メーディングがその序言で教授に述べた第二の称賛も是認する。実際ある作品には（予約者名簿から分かるように）ほとんどドイツの貴族ばかりが、つまり我々の貴族席が、高貴な平士間席として前もって支払う目的となる何物かがなければならない、何人かの数少ない低俗な者達、ヴァイマルの聖職候補生ヴルピウス[7]や若干の書籍商、騎士の貸本屋は例外としても」。

ここで彼はねじ取ったハーゼンコプフの紋章を注意深くマークグラーフに渡して、彼がそれを自分の微行のために使い、ただのハーツェンコッペン、あるいはハーツェンコプ、あるいはハーゼコプ、あるいはハーゼンコップ、あるいはハーゼンコプフ伯爵として旅するつもりであれば、この上なく満足してそれを任せると請け合った。

「ただ二つの兎の頭が紋章にあったら」と――ニコラウスは答えた――「もっといいだろうに。そうしたらフォン・モルツァーン伯爵として正式に旅出来るだろうに」。――「でも頭が二つなのか三つなのかは大した違いではない」と突然宮廷画家のレノヴァンツが口を挟んだ。ことによるともはやマークグラーフの伯爵の肩書きの問題で頭を悩ます必要がもはやなくなって大いに喜んでいるのかもしれなかった。単純な聖職候補生のリヒターは、ひたすら、広い心、優しい心のマークグラーフへの愛の余り、びっくりして、グロテスクな微行の名前に何ら不快なものを感じず、まことに何か素敵なものを感じた。珍しいもの、異様なものは、この若者にとってはまさに常食であって、直に読み進めていくと分かるように彼は彗星の尾を尊敬するパシャの馬の尾として抱いていた。

ただ一人の宮廷説教師ジューブティッツがハーゼンコプフに反対を表明した。「頭について話題になっている紋章の動物の余りに卑俗な名前にはひっかかるものがありますし、更に多くの者がそれに抵抗を感ずることでしょう。我らの立派なマークグラーフ氏が他人の称号で姿を現し、姿を隠したいのであれば、好きに選べるのですから――印章のことは別にして、――むしろ好まれる、いやきらびやかな名前を採用されたら結構かと存じます、きっと多くの栄誉ある一族から選び出せますから、例えばファルケンシュタイン、……あるいは、……あるいは、……」(しかしこのとき彼は心の中であらゆる痛々しい跳躍を行っても第二の栄誉の名前は思い出せなかった、例えばオストハイムとか、ヴェスターホルト、シュパンゲンベルク、プロトー、ゾンネンフェルス、レーヴェンシュテルン(8)等々である)――「私はしばしば」と彼は続けた、「最も必要とするまさにそのような名前を、少しも、命を縮めても思いつかないということは、それらは私の四つの脳室の中に確かにあって、きちんと遠くから聞き取ってはいるのですが、たとえようもない苦しみです」。

「その通りだけれども」――とヴォルブレは言った――「しかしまさにいかに輝かしい名前は貴族には少ないか

示している。それ故に私なら微行のために名前は選ばない、単なる見せかけと疑われはしないかと案じられるから。——しかし誓って、宮廷説教師殿、この件は全く別様に、逆なふうに考えられないでしょうか。ハーゼ〔兎〕、ハーゼンコプフ〔兎の頭〕は貴族の称号として十分に高貴ではないでしょうか。——誓って、お願いです、オクス〔雄牛〕、エーゼル〔驢馬〕、ボック〔雄山羊〕、シュヴァイン〔豚〕、ガンス〔鵞鳥〕、シャーフ〔羊〕、トイフェル〔悪魔〕は突然、一気に、代々伝えられている古い称号としてもはや認められないということがあるでしょうか。ビーベレルンの人々は、フランケンの一族ですが、銀の地に驢馬の頭[*2]を有しています——ザックエーゼルあるいはガルテン[*3]の人々は荷を積んだ驢馬の姿全体を——リートハイムの人々は脚の間に尾のある跳ねる驢馬まで有しています。[*4]有名なリートエーゼルの人々とその紋章は言うまでもありません。貴族の紋章学的雄牛についても同じです。それらのうちただ絶えたフォン・オスレーヴェッセン家[*5]の単なる雄牛の頭とフォン・シュプリンツェンシュタイン伯爵[*6]の雄牛の姿全体を挙げておきます。——さて更にフォン・シャーフ家、フォン・シュヴァインとフォン・シュヴァイニッヒェン家[*7]、ガンス・フォン・プットリッツ家、フォン・フント家、フォン・ボック家、すべて兜に様々な名付け親でもある家畜を有する人々が参考になります。トイフェル・フォン・グンダーストルフ男爵に至っては悪魔〔トイフェル〕そのものを有し、まさに最強のもので、皆紋章学で言うところの文字通りの紋章[*8]なのです。

　しかしこうした猟場あるいはこうした貴族的動物の先引きの馬は貴族の太陽が他の星々と共に入り、交わる紋章学的獣帯〔十二宮〕と別なものでありましょうか。——市民階級の者でさえ、このエジプト的あるいは紋章学的動物礼拝には、エジプト人はまさに動物の姿の中に、それに身を変えた神々を再び見いだし崇拝していたということを考えるならば、容易に納得のいくものがあることでしょう」。

「ここで、旅行世話人殿、ネリンガーの一族のことが思い浮かびます」と聖職候補生が述べた、「彼らは紋章にまぎれもない道化役〔ハーレキン〕を有しています」[*9]……不幸なことにリヒターはこれを差し挟んだ、しかし私は彼の名において請け合うが、彼はこの言葉でヴォルブレの道化ぶりを当てこするつもりはなかった。しかし宮廷厩舎画家のレノヴァンツはそれを非難と取った——というのはこの和平を愛する、決して居合わせる者に矢を放ったことのない男は終生こんな目に遭ったからで――そして世話人に向かって言った。「素敵な諷刺だ」。「確かに」とヴォルブレはそれに答えずに続けた、「我らの天気予報師にして聖職候補生のリヒターがここに生身のまま座っておられ、市民階級の者として自発的に、微行を要求せずに、その素晴らしい『悪魔の文書からの抜粋』の序言の下にJ. P. F. Hasus［兎］と署名しています*10」。

――「随分後になってはじめて」――とリヒターは口を挟んだ――「私はある古い本『とびきりのおどけ話』の中で所謂兎と兎らしい性質についての論考と更には兎性という単語まで読みました。しかし実際これが少しでも面白かったとは覚えていませんし、何故今こんなことを言っているかほとんど分かりません*11」。

「実にすべてのことが」とヴォルブレは続けた、「一語、一語ますます多く兎の肩を持っています、兎はその上――これを山羊や驢馬、悪魔と比べますと――輝かしい『紋章』の一つになりましょう、兎は猟師に対してずる賢いと同時に猟師の許での学習能力もあります、それにいつも目を開けていて、まずはすでに生まれる時そうですが、眠っているときもそうであります、それに山を下るよりもはるかに容易に山を登り――これが誰にとっても自分の繁栄のために願わしいことでありましょう。そもそも紋章たるにふさわしい生き物で、勇敢であり、太鼓を恐れず、自ら叩き、大胆に同類に対して前足で（ちょうど我々人間も我々の手でそうするように）音高く殴り合って、それでベヒシュタインによれば何フィート先からも聞こえる程です。……しかしもう十分でしょう、私はこうしたことすべてが殿下と、それから私が立派な理由から微行のために提案し、差し出した兎の頭の印章にとって何の関係があろうかと訊きたいくらいです」。

ニコラウス・マークグラーフは印章と共に微行を承認した――そしてそのことを一人以上の者が喜んだと言ってよいであろう――しかし侯爵は、立派に理性を働かせて、モダンすぎるハーゼンコプフの紋章の称号よりも、一般の賛同を得て、より古い厳かな称号ハーツェンコッペンを選んだ。

早速旅行世話人は命じられて、ニコロペルからこの日の午後のうちにルカの町へ旅立って、伯爵とお供の者のために、幾らかかろうとも、ホテルを借りてくることになった。彼は通常すべての持たされた金を払いさえすればよく、前もって勘定する必要はなかった。

私がこの際、彼は、いかにも料理や飲み物、容貌に目がなかったが、決して一ヘラーも侯爵を騙さなかったと満足して述べれば、多くの旅行世話人達は不思議に思い、奇妙な奴と言うことだろう。

さて彼はローマ館で――これは町の最大の最も高価な旅館であるが――このヴァティカンのすべての部屋を借りた。私は一部は真面目にこの旅館のことをこう呼ぶ。というのは所有者は本当にパプスト［教皇］という名前で、それ故聖なる雄牛を――以前旅館の看板はこう呼ばれていた、福音史家ルカの雄牛を有する市の紋章にちなむものである――ローマ館へと高めていたからである。

びっくりしたパプストはハーツェンコッペン伯爵の宿泊の知らせとふんだんの前払いとを純然と喜んで受け入れた、この喜びは天が長いこと彼の心に恵んでくれたことのないものであった。というのは数年前からすべての偉い頭目達は通り過ぎていたからで、彼らは以前は、タヒチの国王達とは対照的に[*12]、この国王達が余所の家に行くと、タヒチの帝国法では、その家の取り壊しをもたらすそうだが、彼のローマ館をまさに彼ら自身の手でより繁栄させたものだった、彼は偉い者達に彼の宿代、ダタリア文書[10]を置き、かくていわば彼らを翼の付いた状態に、ごく一般的な語法では放り投げ、跳ね飛ばし、むしり取るとしか呼ぶことの出来ないような仕方で、そうした状態に置けばよかった。勿論、善良なパプストがこのような仕方で故郷へ送った侯爵達は故郷でもそうした状態であった。

それだけに一層熱心に、各人同様、私もハーツェンコッペンがローマ館で体験するすべての世界史を待ち望んでいる。

しかしその前にヴォルブレはより固い、全く緑の胡桃［無理難題］をニコラウスのために割らなければならなかった。しかし幸い彼はそのための顎骨、胡桃割り器を持参していた。

パスポートが胡桃であった。

＊1　三巻からなる作品は次のような表題である。貴族の紋章についての報告、収集と序言はゲープハルディ教授、編集はシュネレンベルクの荘園主にして、ナウムブルクの参事会員兼司教座聖堂校長、大英王国のブラウンシュヴァイクとリューネブルクの選帝侯の地方委員、クリスティアン・フリードリヒ・アウグスト・フォン・メーディング、自由なナウムブルクの孤児院の福祉のために、ヨーハン・フィリップ・クリスティアン・ロイスによって印刷。一七八六年。

＊2　『メーディングの報告』第三巻、第五十六節。

＊3　第二巻、第七四六節。

＊4　第二巻、第七一二節。

＊5　第三巻、第五八九節。

＊6　第三巻、第八〇一節。

＊7　第一巻、第七九三節。

＊8　文字通りの紋章というのは、その有する名前と同一である紋章のことである。

＊9　メーディング、第二巻、第五九〇節。

＊10　この名前ハーズスを、この名は全く趣味が悪いとは言われないだろうが、当筆者は当時アルヘンホルツの『文芸学と民族学』のための論考でも、『ドイツ博物館』でも使用していた。――同様に『百科辞典』(9)でもこの名の下に詳しいことが記されている。

＊11　私は全くそうした状態にある。小品としてそれはかなり珍しい本の一つで一六四五年に印刷された。

＊12　ターンブルの『世界旅行』。

章内の第三コース

身分証明書の素敵な利用――ルカの町への出発のための素敵な準備の晩

実際、別な具合に進んでいたら、そして幸いヴォルブレが十万ものことを考えていなかったら、全くうまく行かなかったことだろう。というのはそれ以外に、いかにしてマークグラーフ伯爵とその供の者がただ芸術批評家達の前だけを通り過ぎてよいことになるのか、いわんや地方裁判所判事達の前ではどうなるか、分からないことだからである。パスポートというものは国外での唯一の倫理的信用状、魂の受洗証明書、そして順風のときにのみ畳んだり、収めたり出来る真の陸の帆ではないだろうか。――そしてどの国境でも人は推定上の悪漢、あるいはその他の犯罪者として到着するのではないか、外国の境界石はどれも名誉ある名前の絞首台となるし、あるいは外国の国境の柱はその名の晒し柱となり、境界の柱はキルケー[11]の杖に似て、正直な旅人が自分のパスポートを免罪符として取り出して、そこから神々しい似姿をまた新たにするまでは、低俗な姿に変えてしまうのだから。そのため、旅行者が手形のように国から国へと裏書きされていき、自分の名誉のために二十もの署名や証明を得ても、二十一番目の国境では、その書類が短すぎれば、支払いを拒否されたり、本人が弾劾される。

しかしこのことをヴォルブレは考えていた。彼と力強い妹のリベッテは――ローマでは金で、つまり多くの金で何でも出来、従ってパスポートと呼ばれる人間の表題紙も出来たので――警察へ行き、薬剤師は突然の幸運で頭が変になり、自らを領主に劣らぬ者と見なし、それ故領国を探す旅に出るという当地の犬ドクトルの医学的証明書を提出した。かくてローマ出身の薬剤師ニコラウス・マークグラーフを、この者をペーター・ヴォルブレ・ドクトルが医師兼監視人として彼の弱った分別力の回復のためにドイツ中の旅に連れ出すが、邪魔せずに通行、再通行させるようにと上級官庁からすべての役所に請願してある完全なパスポートが求められ、入手されたのであった。パスポートの特別な人相書きとして次のことが物分かり良く記載されたが、つまり躁状態の薬剤師は、侯爵の出自という自分の信念に従って、あらゆる町で、所謂微行を僭称するためにハーゼンコプフあるいはハーツェンコッペン伯爵と自称するであろうし、ハーゼンコプフ一族の印章を、あたかも一族は絶えていないかのように、そのため見せるであろう、……と。

我々はパスポートを持ってほんの三歩も進まないうちに、述べておかなければならないことであるが、それは犬ドクトルと旅行世話人はこの件で少しも極悪人として振る舞ったわけではないということである。ドクトルはかの有名な教会堂開基祭とダイヤモンドの宴会のとき、ヴォルブレからマークグラーフへのドクトルの輪廻と治療帽の転移とをマークグラーフ自身の口から聞いていた。いずれにせよ昔からの親友の世話人は、たとえ医学の帽子はなくても、そのただの明晰な頭だけでも温かいニコラウスの治療者と言えたであろう。

ハーツェンコッペンの先日付に関しては、頻繁に彼に印章を見せていた世話人は、そのような微行を選ぶようにと――もっと良い名はないのであるから、――殊に壁の間近では彼を説得し、強制するであろうことを確かに確定的なこととして知っていた。

そもそも全世界に尋ねたいが、ニコラウスを連れて町々を通るには他にどう仕様があったであろうか。その際私を喜ばさずにおかないことは、妹のリベッテさえもすべてに介入し、いや多くの点で先んじていたことである。――にもかかわらず、ここで私がまさに書き写すために目の前に広げているそのパスポートに再びざっと目を通し、そこに信じやすいニコラウスを支配者としてではなく、ヴォルブレの患者として見いだささるを得ないとなると、私はこう叫びたくなるのを禁じ得ない。「嗚呼、君達哀れな紡ぎ包まれた侯爵達よ。――実際君達は自分達が欺かれるほどに、強くまたしばしば君達が欺くことはほとんどない、かくも多くの経験の後では君達には信用することよりも不信感を抱くことをもっと勧めたくなる、そのように強くまたしばしば、私の見るところでは、君達の王座の先端は遠くからではただの蜃気楼に覆われており、近くでは雲雀罠の鏡と張り網に囲まれている、そしてどの系統樹ももち竿を枝として突き出している」。

その日の夕方のうちにヴォルブレはルカの町の警察の部屋でパスポートに関するすべてを片付けた、パスポートは笑いのうちに署名された。この素早さには少しばかり、刻み目の付いた分針の歯車として有益に利用される縁飾り付きの金貨の助けもあったかもしれない。しかし肝腎な点はこうである。当時ナポレオンはまだドイツの火柱（戦争での）として、そしてドイツの雲柱（平和時での）として遠征に出ておらず、我々すべてに、なすべきこと、やめるべきこと、殊にパスポートにおけるそうしたことを示しても命じてもいなかったということである。[*1] かのボナパルト以前の時代には誰もが何の人相書きがなくても、現在自国で一つのパスポートを持ってするよりも容易に邪魔されずに、余所の国々で正直な男のように遇せられた。

それだけに次のことは結構なことであり、その証明のためにただ述べておきたい。

現在のより高度なパスポート学についての短いささやかな称賛

称賛は結局、パスポート学が以前よりも人間の尊厳をもっと認め、大文字で書き、正直な男をより読みやすく特徴付けていることに行き着く。

以前は誰もが旅では悪漢と取り違えられる可能性があった、誰も完全に規定してある紙を、自分が何者であるか記されているものを――下手に描かれた像でさえその口に一枚有するものであるが――手に有していなかったからである。旅行者は添付の紙のない薬瓶やワイン瓶であって、国境を越えると誰も自分が何を飲むか分かっていなかった。しかし今や例えば私は外国で世のすべての悪漢から区別される。というのは私は印を押されたパスポートを出すことになるからで、その中では（私の筆跡の他に）私が五フィートと十ツォルの身長であり、五十九歳で、ヴンジーデル生まれである云々とか、私の額は広くて高く、口は小さいと記されている。それとも万事私とそっくりな悪漢がまさに存在していて、互いに幾何学的図形のように合致するとか、割り符のようにぴったり合うといったことが考えられるであろうか。あり得ない。――私のパスポートは、私ははなはだスウィフトやスターンを模して盗んだけれども、私に最も近い私の模倣者や盗人でさえ即座に私と区別することだろう。

そしてこのこと、つまりパスポートはただ一枚の二つ折り判の紙に、個人の真正のモノグラフィーを供することが今日のパスポートのまさに計り知れない長所である。それが他に何で置き換えられるものか私には分からない、パスポート所有者の旅立つ外国に向けてではなく、ただ国内に向けて書かれる厚い大理石上の墓碑銘というパスポートでは決して置き換えられるものではない。

そもそも、パスポートが半ば先日付の指名手配書のように思え、誠実さや信用を十分に前提としていないからとパスポートに立腹することは、多分に優しさの誇張であって、優しさを間違った場所、つまり警察の部屋に持ち込むことに他ならない。私はここで盗賊団そのもので皆を打ち負かし、恥じ入らせたい。というのはまさにこの者達は、彼らにとっては正直さの評判や見せかけは我々同様に、あるいはそれ以上に大事なものに違いなく――それは彼らの外国での仕事がすべてそれに懸かっており、いや国内での仕事も大部分そうであるからであり、他方国内の彼らの小さな挿入小都市、あるいは飛び領土の小都市ではまさに盗み行為こそ最も強く、憲法全体に対する一つの不敬罪として人々の間で非難されるのであって、――まさしくこの一味、黒い同盟者達は、申し上げるが、パスポートを自分達の評判や見せかけを傷付けるものではない、品位を損なうものではないと見ており、自分の許に、偽造パスポートを（彼らにとっては本物を）作ってくれる独自の役人を雇っているのである。[*3]苦心して手際よく市の印を我々の身分証明書からはがして、自分のにくっつけたり、あるいはまず我々の印を模して彫らなければならない――それ故更に亜鉛彫刻師とも呼ばれている――身分証明書制作者、あるいはパスポート制作者はすべての盗人どもの間で最も声望があり、それぞれのパスポート代の他になお獲物があるたびに特別の収穫ターラーを徴収するのである。

勿論我々の国家憲法のせいで、我々がここで必ずしも盗賊団に追い付けない面があるが、それは盗賊団はパスポートや身分証明書をいつもただ自分達の盗賊の巣窟の外部でのみ外国人に対して見せるのに、自分達自身の許ではパスポートも滞在カード（パスポートの遺言補足書）も要求しないということである。我々のはるかに住民の多い憲法では一般的安全のために警察署で記入された身分証明書の他になお滞在カードを出さなければならない。記入された私の身分証明書でさえ自分の国では、国が大きいので、正当にも古里の郡の町へ行くたびに新たに〈査証〉して貰わなければならない。

これは真面目な提案というよりは思い付きや夢と考えて欲しいが、警察は一般的なパスポートを――およそ最初の告解の後に――すべての成人の背中に第二の洗礼証書として、誕生地や両親等々を、感ずるというよりは見えるほどに焼き入れることは出来ないものか質問したい。これは可能であろう。テオフィルス皇帝は二人の僧侶の顔にそれぞれ十二のギリシアの詩を腐刻《エッチング》させたということを考える人にとっては、このような短いパスポートの入墨は騎士の馬の尻や羊の毛にその動物の印を付けることと大して変わらない、いやはるかにましであると思われることだろう。このような常緑の、永続的背中のパスポートは正直な男の名誉にとって背中の判決、ポータブルの背もたれとなろう、そしてこの者はどこでも、座ろうと思うところで、単に脱いで、自らの後列兵として立ちさえすればいい。というのはこのような者は勝利を得るには、自分の内容の裏面として、ただ背中を見せればいいからである。……しかし思い付きを述べるのはもう十分であろう、これは単に、腐刻されたパスポート人物あるいは身分証明書人物はいかに極上の名誉心にも（烙印というどうしようもない外見にもかかわらず）適い、筆記代、時間消費等々の節約にも適っているか見せようと思ってのことにすぎない。――

旅行世話人は夕方折りよくニコロポリスに戻って来て、自分はローマ館を借りた、そして侯爵はいつでもハーツェンコッペン伯爵として何の警察の嫌疑も受けずに入れるという嬉しい知らせで町中を喜ばせた。（ローマからルクス町に持って来、そして警察署で記載された身分証明書については彼は一言も言わなかった。）

「そもそもルクス町あるいはルカの町は何事かを特に待ち構えている」と彼は付け加えた、「しかし何事かは明らかにしたくない」。

次の章で人々が何を待ち構えているかは読者の方々自身に明らかになるであろう。彼が述べている間に侯爵の馬車がルカの町からニコロポリスの前を四頭のギャロップする馬と共に飛びすぎていった。裏の席には誰もいなかった。

今やニコラウスは至福の気持ちで町の通りを歩き、すべてのニコロポリスの人々に、自分は明日、それにそもそもルカの町に滞在する間、その他当分単なるハーツェンコッペン伯爵の名を名乗る、それ故自分を当地では単に伯爵様と呼び、殿下と呼ぶことのないよう命ずると言った。町を残しながら、早朝、日の出前にもうニコロポリスから出発することが特別に指示された。お抱え軽騎兵のシュトースは早速五時には待機するように、しかしそれは侯爵の小姓としてではなく、伯爵の近習としてであると口頭で命じられた。この者だけが身分の自発的降格に何か異議があって、言った。「勿論。殿下がまた単なる伯爵になりなら、馬から驢馬に乗り移るわけだ。伯爵か辺境伯か、そうだとも、その間にはえらい違いがあるぞ。あの情けない汚物薬剤師（調合者）はその上ハーツェンコッペンはハーゼンコプフに見えると言いたがっている。すんでのところでそのことで殴り合うところだった。わしは事情をよく知っているのだ」。──「ジャンよ」、と伯爵は微笑んで答えた。「それはそう見えるだけではなく、本当に同じなのだ。ただハーゼンコプフの方がより新しいだけだ。しかし紋章学ではそのようなことは余り意味はない。即座には飲み込めないだろうが、ジャン」。

伯爵は更に夜遅く天気予報師のリヒターを自分の許に呼び寄せて、翌朝の天候を知ろうとした。彼は人間がよくそうするように、自分のすでに熟した希望に更に全く若い未熟な希望を付け加えようと欲していた。しかし聖職候補生の確固たる保証は何と嬉しかったことか。「夕方の涼しさと東風を別にしても、これは普段二つの素晴らしい天候保証ですが、上昇する蟹座にある月の位置だけで、自分がかつてハーズスと筆名にしたことと同様確実なこととして、明日は空自体が空に見えて、古代ドイツ人の目のように青くて、人間には青い靄「目くらまし」の他には靄を見せないと予言出来るようなシュレージジェン担保証券となっています」。かくて伯爵にとって朝の空はこの予言の保険会社で保証されたも同然になった。

この喜ばしき予言の後すぐに上述の侯爵の馬車が——あたかも予言の一部であるかのように——ルカの町への帰路、通り過ぎた。その後ろの席には二人のレディが見えた。当然、とニコラウスは言った、前の席には更にもっと大いに高貴な女性が座っている。

かくてニコラウスは春の宵、本当に幸せな気分になった。移るものは何も見えなかった——いずれにせよ小雲はなかった、七等星のごく小さな恒星が曇らずに輝いていた——ただ繰り返し十回大きな供と成果を引き連れて最初の首都に自分が入場する様を見た、そこでは自分と同等のものが王座に就いていて、画家や詩人達を享受し、給金を払い、いやまとめて積み込むことが出来、様々な王座の皇女達の中には彼のアマンダの友人という者までもが軽い理由で訪問に来ているかもしれなかった。さて今や十時になって、なお月が雪のように白く、雪のように輝きながら、風景の上にちょうどローマの上に、かの晩、ニコラウスが初めてアマンダの像を月の輪光の中で見いだしたときのように昇ったとき、そして半時間も離れていないルカの町にはっきりと避雷針の金鍍金された先端が月光の中に、あたかもアモールの黄金の矢のように輝くのを見たとき、多分ニコロポリスの中でかくも美しい色彩の夢を眠りの中に招じ入れたのは彼の他にはいなかったであろう。……しかし誰もこのように無邪気な人間の希望、愛されたい、そして愛してよいというただ恥ずかしげに仮装されたこうした願いや喜びを笑うべきではあるまい。愛こそは人間が空想するのではない唯一のもの、あるいは最良のものなのだから。

＊1　例えばバイエルンの中でバイエルンからバイエルンに旅して回る者は、第二、第三の郡の町のたびに、余所の国の場合と同様にパスポートを査証して貰い、署名して貰わなければならない。勿論これは更に推し進められて、パスポートの提示がどの村でも、いやどの郊外でも必要ということになろう。しかし人々は名誉心を大事にして、それ故法律家が日々そうしているようにむしろ正直さを前提とし、予想し、仮定したいと思っているように見える。

＊2　どうしてこのような外部から守られていない通過国家がただの三週間であれ存続出来ようか、オーストリアの再版者組合でさえ、それ自体正直で、守られたものであるが、それでも互いの間で再版してはならず、各自が外国の本の再版を他の国内の再版者に対して合法的な正直な所有物として主張しているのである。

＊3　ファルケンベルク『様々の盗賊等々の描写』第二巻。――私は我々にまだほとんど知られていない、悪漢や盗賊の憲法や掟、風習についての作品を読むのがとても好きである。それらは我々の多くを照らし出し、我々に欠けているものを見せてくれる。

第十六章
一コースから成る

霧――双子の祝い――不思議な人物――そして入場

唯一のコース

霧の苦しみと喜び――新しい皇子達の合朔――旅行世話人の喜び――不思議な人物――そして入場

朝は青と赤の服を着て現れた――行列が始まった――旅行世話人は夙に出発していた――遠くから素敵な猟笛の音が聞こえた、つまり近くの煙突掃除人であった――華奢なラファエル（レノヴァンツの兄）はその上の楽園からか細い、優しいうぐいすの歌を下に歌っていた――そしてハーツェンコッペン伯爵は特に上機嫌で、良い服を着ていた。突然とんでもない霧が生じた。

それは疑いもなく前世紀すべての中で最も濃い霧であった。というのは、一七九七年十一月十七日パリでのかなりの霧、このときには人々は藤の杖をメガホンとして舗石を叩いて、霧の海の中で互いに額をぶつけないようにし、馬車が間近を、しかし目には見えずに転がり過ぎて行き、生まれながらの盲人といった者の他には誰も道が分からなかったのであるが、こうした霧、それにアムステルダムの多くの他の霧も、この場合オランダ人は飛蝗のように、あるいはカール大帝治下の洗礼を受けていないザクセン人のように河川に落下したのであるが、こうした霧はそれでもルカの町とそこへの舗装道路上に沈下した霧に比べると透明なもので、単なる潜伏の夜としか言いようのないものである。ルカの町の霧は放出された夜であった。ただ灰色なばかりで闇そのものさえも、ミルトンの場合(1)のように、見えず、その他の黒いものも見えなかった。それ故ハーツェンコッペンとお供の一同は馬車から降りた、今にも馬車や馬が国道で墓穴を掘りかねなかったからである。ジャンとリヒターはまさかの場合の救援者として、ハーツェンコッペンを取り囲んだ――というのは基幹道路に通ずる様々な脇道から目に見えない馬車や砲車の転がる音が聞こえたからである。腕と腕を組んで広がって進むことは命の危険があったので、何人かの廷臣達、レノヴァンツとジュープティッツ、ホゼアスは手に手を取って縦に交互に並んだ――そして上着の裾を互いに結ぶ者もわずかながらいた。四方八方から「避けろ」という叫び声がした、しかし一体誰をどこに避けたものか分からなかった。

――

ハーゼンコプフ伯爵の一行は遂に――ただ先に通じている舗装道路に導かれて――市門の下に着いた。しかしここでもまた新たな混乱があった。彼らは確かに妨害されず、尋問されずに通過した――霧の中では人々は線虫や葉捲蛾よりも更に小さく、いや目に止まらなかった。――しかし目に見えない太鼓が一斉に突然叩かれ、目に見えないささげ銃の音がし、「執れ銃」の声が叫ばれた（そうでなければ伯爵の一行はどこを通っているのか分かったであろうか）、そして同時に塔の上では町の奏者達が霧のヴェールの背後でらっぱを吹き始め、鐘を鳴らし、カノン砲を轟かせ始めた。

「王子様だぞ」と霧の中から叫び声がした。――「大変だ、新しい王子様だ、今日は飲むぞ」と向かいで声がした。――「立派な体で背丈があるが、しかし痩せているそうだ」――「いやに長いこと待たせたなあ」――と交互に聞こえてきた。侯爵薬剤師はこのような栄誉礼に接し、また自分の事情もあって当然ながら、彼が町に入るとき同時にこの世に生まれた長いこと待たれた世継ぎの王子の誕生を思いつくことは金輪際出来なかった。彼はそれ故、十分に正しく推測したとしても、侯爵の紋章の馬車の中に、夕方たまたま早く、あるいは自分のために先行して行ったとまで思った何人かの皇女達を想定する代わりに、侯爵家のお産のために至急近隣から呼ばれた産婆、助産婦といった者を考えることが出来なかった。それで彼は理性的な分別ある男としてあらゆる蓋然性を総合して――ローマ館での自分の借り上げ予約――町へ前もって送った侯爵の微行――自分のお供――自分の首都、ニクラスの町を考え――そしてすべてのことからただ、人々は自分のことを嗅ぎつけ、彼を侯爵として町へ招ずるために太鼓を叩き、らっぱを吹き、鐘を鳴らし、大砲を放ち、叫び声を上げようとしているのだという結論しか引き出せなかった。――こうしたことは副次的には前もって騎行したヴォルブレが霧全体の中でどこにも見えないということでも証明された、というのは彼はそれで一層隠れて、実際に指揮しなくても、入場の鳴り物入りの演奏全体を指揮出来るように見えたからである。

「聖職候補生殿、霧だ」――と今や伯爵が発した――「貴方が霧のことを幾らか予告していたら、ニコロポリスの家で待機していただろうに。しかし今は霧の中で姿を見せることが出来ないし、栄誉礼を拒めない。――金を投げ与えたい人々の姿が見えない、けれどどこでも万歳の叫び声が聞こえる。――今日に限っては霧はまことに不都合」。――彼ははなはだ優しく自分の不機嫌を抑えたが、お抱え軽騎兵のシュトースは遠慮なく言い放った。「畜生、青い靄だ。うへぇ。これが良い天候か」。――

――「これは、これは、素晴らしい一日になります、何も立ち昇ってはいないのですから」――とリヒターは、霧のことを思いながら請け合った。――「確かに昼夜平分時をもとにしてのみ予言出来ますが、しかし昼夜平分時には出来ません。しかし今日はそんな具合です」。

町そのものの中では混乱の極みであった。距離、眺望、背景等々というものは靄の町全体の中ではもはや存在しなかった――駕籠かきは、「気をつけろ」と荒々しく叫びながら、老婆を倒して進んでいった。――近くの陶工の市では戦争と戦争の叫び声が生じた、というのは歩行者達は鉢の上を滑らかな舗石の上同様に歩き過ぎて行き、それらを国道の石として出来るだけ小さくしていたからである。――教戒師はギャロップで来る馬の音を耳にし、馬だけというのではなく、人が乗っているよう騎乗者の存在を神に祈った。――車大工は自分が素手で転がしていた馬車の車輪が転がって行き、叫んだ。「私の車輪を知らないか」、そして鵞鳥番の女は一人っきりで雲の中の五羽の鵞鳥の間にいたが、夜と霧にまぎれて離反し、逃走した家禽の一群に驚いて手を頭上で打ち合わせていた。石膏の頭部で一杯の板を頭に乗せていた男はもっと機転が利いていたが、彼は露地を横切って街灯の柱に釘付けになって、絶えず「当たって落とすなよ」とシオンの守備兵[2]の声を発しながら長い棒で露地の上下を叩いて、それにたまたま当たった者が皆自分から遠ざかるようにした。――赤い頬の早朝説教師は不安げに司祭の外套をたなびかせながら、あちこち走り、白い海の中から叫んだ。「キリスト教徒の諸君、私の教会はどこだ、三度鐘が鳴った、もうとっくに説教壇にいなければならないのに」。

絹の靴下のせかせかした宮中従僕が寝椅子の枕を振り回していて、「宮殿に行かなければ、宮殿はどこだ、小さな王子様万歳」と叫びながら枕をお抱え軽騎兵のシュトースの腹に当てた。ジャンは一突き《シュトース》と王子の小さいという言葉に激昂して、急いで自分の腕を固い枕として突き出し、その先端あるいは柄頭をわざと強く従僕の額に当てて、言った。「いかさま師め、わしの王子は小さくないわい」、そして脇の霧の海へ飛んだ。

倦むことなく聖職候補生は慰めの言葉を続けていた。「すぐに収まります」、霧のことであった。「下司どもめ、そんなことをしてはならない、誰か験して、わしを突いてみろ」とある男が叫んだが、それはバロメーターのことであった、それを彼は両手で水平に水銀が飛び出ないよう固く握り締めていた。

時々、霧の空から小さな水の弧や、棒や隕石が飛んできた。しかしこの多分近所の若者が投げたものを単なる石ではなくて凱旋門と見なす者、単なる支柱ではなく投げ込まれた花と見なす者、それに水鉄砲を噴水と思いたい者は、冗談からそうしているに違いなく、それも入場して来るハーツェンコッペン伯爵に対してそうしているのである。

霧全体の中で最も至福の者は多分ヴォルブレであって、彼はそれで隠された真の天国の住人［故人］であった。私はわざとすでにここで彼のことを引くが——彼が再びお供に加わらないうちに、——それは世間と私とが濃い霧の池から何か楽しいもの、自由なものを釣り上げたいからである。しかし彼自身に語って貰おう、多分彼は真実を全く純粋に区別することはなくて、幾らか嘘っぽく歪めるからで、私としてはそのようなことは自分よりは他人に任せたい。彼は委曲を尽くして、自分の霧の遠足を宮中説教師のジュープティッツに語った、彼が女性に対する臆病さから最もそのことに不快を感ずるであろうと知っていたからである。「私は」と彼は始めた、「あなたが私の代りに霧の中にいて、あちこち動いていたらいいと思っていました。あなたが私同様に多くの高貴な女性の顔を抱きしめて、それからすばやく霧の藪の中に飛び込んだらよかったろうにというわけです。この点が霧が夜と違って結構な点です。通人は、聖者同様に、いや偽善者ですら、常に霧を結構なものと思うことでしょう。霧の中ではほんの間近では美しいものが見えますが、夜では見えませんから。いや遠慮せずに申しましょう。霧の許す（一パリ・シューにもなりませんが）短い眺望の中で、美しい顔や心に出会ったら、即刻私はその傍に行きました、その顔や心が叫んだら、私はまた去って、藪に行きました。叫び声が上がると私は霊に守られる高尚な財宝のように瞬時に消えたのです。かくて私はある時はかの路地に、ある時はこの路地に行き、ある時はかの心を、ある時はこの心を抱きしめました、ショールを着ていようが、単にスカーフをまとっていようが、目や頬や唇が十分に天上的で愛らしく見えさえすれば。

——宮廷説教師殿、私はほとんど許された一夫多妻の状態でした。広場は私にとってハーレムではなかったにしろ、尼僧院、女子修道会、女学校で、私は霧の［目に見えなくする］ギゲスの指輪を体にはめた女学校教師でした。誓っていいですが、私は内部は賀詞で、外部は造花で一杯の、宮廷へ向かっている女官の頭部を明白に私の頭の傍にしっかりと（余りに愛らしい人で）二十五秒ほど有していました、というのはその後ようやく後から駆けてくる従者が私どもに叫び声を上げたからで、私どもは二人の高貴なホメロス風な神として霧の中ですべての死すべき定めの者の目から隠されていて、ただ私ども本人にだけ見えていたのです。ただ一人の女性だけは若干不機嫌にしてしまいました、彼女は何の分別もなく叫んだのです。『お巡りさん、助けて。宮殿からの小間使い「特別女」を触る人がいます』、というのはその後すぐに、私が通り過ぎながら彼女の称号にもっと近付こうとしたとき、ある人間、兄弟か恋人かが散歩杖を余計な法の槌として私に向かって振り上げ、ために私は水の中へ勢いよく飛び込んだのです。私は好んで霧のことを水と呼びます。霧は本来精製された、上品な水に他なりませんし、まさにそのために濡れてしまいます。それ故霧の中で男性に出会う湯治客の女性らしい者はすべて、海の女神、あるいはヴィーナスに他なりませんし、それから私が手許に引き寄せる海の乙女、あるいは水の精に他なりません。――しかし宮廷説教師殿、私自身の告白からお気付きでしょうが、霧は乙女達にとっては夜よりもはるかに危険なものです、夜は黒い夜ですが、霧は白い夜です。――白夜からはどの女性もまずは逃げ去って欲しい――私のような思いがけない女学校教師であってさえそれから逃げ去って欲しい。しかし貴方はこれに対して何とおっしゃいますかな」。――「ヴォルブレ殿」、と彼は答えた、「霧のこうした一切の仕事にかかわらず、貴方の報告なさりたかったことの他には何も非難すべきことがなければ、私は喜ばざるを得ないでしょう」。――「時代が」とヴォルブレは答えた、「悩んだのはそれだけのことです。以前は勿論他の侯爵達の入場の際には、この侯爵達は我らのマークグラーフ、伯爵《グラーフ》の半分も気前が良くなかったのですが、ヴェールで覆われることはもっと少ないものでした。むしろ国王や皇帝の入場の際には、例えばパリのルイ十一世の入場やアントワープへのカール皇帝の入場の際には、何もまとっていない、織られた霧や織られていない霧すらまとっていない少女達が歓迎しなければならないという習慣[*1]すらあったのです。当今の侯爵達は勿論そのようなことはお預けです」。――

さてまた我々は霧の中、真面目なニコラウスの後を追って行くことにするが、この霧はリヒターの度々繰り返された断言によると今にも晴れるに違いないもので、かくてとうとうもう一度ルカの町に到着することになり、町が見えた。突然ますます濃くなる霧の銀河の明るいちょっとした道のりを、全身革を着て、肉付きのない、色つやのない、背丈の高い人間が、角のような髪の毛と長く黒い髭をたくわえて、何歩も霧の中に戻って行ったかと思うと、また出て来た。何度か姿を消し、現れて、遂には炎のような目と死人のように青ざめた顔をして、ニコラウスの間近に立ち止まった。するとちょうど通りかかった臨時雇いが「王子様万歳」と叫んだとき――ゆっくりと言った。「王子はくたばれ。人間どもは統治してはならない、世界の侯爵が統治すべきだ」。――「おまえなのかい、永遠のユダヤ人よ」と臨時雇いが答えた。――「わしはカインという、蛇が見えないのか」とこの人物は額を指差して言った。額には飛び上がろうとする、赤い蛇が描かれていた。「おまえは悪魔そのものだ。今まで生涯一口も食べていないし、飲んでいない」と白い闇から臨時雇いは叫び返した。

その後掲き係の戦慄ははなはだ強く募って、彼は以前には枕運びの頭を「小さな王子様」の形容詞のせいで大胆に叩いたのであったが、「万歳」の代わりに「くたばれ」とまで叫んだ人物を叩きのめすことは出来なかった。しかしこの人物はちょうどニコラウスの前に立って、早口で目に見えない臨時雇いに答えた。「世界の侯爵はおまえらの冷たい世界の中では、おまえらの厚い皮膚の他は何も欲していない。猿の皮の代わりに人間の皮をわしのズボンや上着のために鞣したらよかったのだ。わしはこの世では寒気がする」。――

このとき伯爵自身にも幾らか戦慄が走ったが、しかし消えた。二人の少女が腕を組んで明るい所を行くと、その人物は突然ごく穏やかな目つきになり、若干頰を赤く染めて、そして彼女達が互いに「ねえ、新しい王子様は可愛いいね」と言うと、極めて柔和な声で叫び返したからである。「そんなことは言わないでおくれ、可愛いのはおまえ達だけだ」。

彼女達とその人物が大勢の中に消えると、空が上方で青く裂けて、重い霧は四方、八方で沈んだ――ちょうど折良く聖職候補生が予言した通りであった。――極めて濃い青が空全体から下に輝いた。ローマ館、つまり旅館が伯爵とその供の前に燦然と市の広場に立っていた、そして旅館の向かい側には侯爵の宮殿が光り輝いていた。その宮殿にも今朝新しい王子が出現したのだが、この王子は勿論さしあたりダイヤモンドを作ることはなく、その他重要な役を演ずることもなかった。世継ぎの王子がぴいぴい泣けたことを人々は神に感謝するばかりであった。

＊1　フレーゲル『喜劇文学史』第一巻。

第十七章
三コースから成る

侯爵がルカの町で敬意を表されたこと――侯爵がそこで偉大な画家の流派を見いだしたこと――侯爵が夕方散歩に出掛けたこと――最後に搗き係と話したこと

第一コース

ローマ館の丁重さ――ネーデルランド派とイタリア派の名人達と肖像画家

どのようにへりくだって丁重に好意的パプストがローマ館の全員と共に我々の侯爵とお供を迎えて受け入れたか、そしていかに脚のある者皆がハーツェンコッペンの周りに集まって来て、立ち、足で床を擦り、駆けたか話すことは心地良いことである。太い、長雨ではらぺこの片隅の蜘蛛が十分に高貴であるのであれば、私は主人が、到着の伯爵に駆け寄る様を蜘蛛が網にかかった蚊に飛びつく様で説明することだろう。というのは貧しいローマ館は数年前から侯爵を迎えることはなくなって、侯爵から教皇月［教皇が年貢を徴収する月］を吸い上げられなくなっていたからで、ローマ館は以前の侯爵達から、ユダヤ人がその貨幣に対するように、いつも多すぎるほどの縁を削り落とし、ビアホールの主人が劣悪なビールを脱酸するのと同じ白墨を倍も使用して、客人にすっぱい思いをさせていたのであった。

ようやく我らのパプストは長い雄魚が彼のペテロの一網[1]の際そのたも網にはねるのを見た。魚は口一杯に金貨を有していた。つまり亭主は永遠の相互関係にある警察の許でマークグラーフのパスポートの中身全体を調べ、その結果ニコラウスは自分を単に伯爵と称しているけれども、実際は侯爵と思っているということを知ったのであった。そこで亭主は、彼に対して伯爵としてではなく侯爵としての勘定をし、彼をすっかり侯爵として処遇することに決めた。そこで後に私も満足して、我らの侯爵薬剤師が初めてローマ館で侯爵と認知されたことの証拠として勘定と処遇を引き合いに出せるのである。

ニコラウスの宮廷は旅館全体を占めた。怠けもののハインツとボルタの電堆は覆いを掛けられてシュトースの指揮と運搬指示の下、伯爵のキャビネットに運び上げられた。皇女のアマンダは旅行世話人ヴォルブレの命令で、赤い絹のカーテンで包まれた大型箱時計という微行で駕籠とその担ぎ屋とによってマークグラーフの最も綺麗な部屋に運び入れられた。必要な歩哨がすでに最重要のドアの所に立っていた。

早速ローマ館に入るとニコラウスは、人々がどんなによく自分の微行を見抜いていて、彼がどんなに努力して単なる伯爵に見えるようにしても彼の中に十分はっきりと侯爵を認めていることにすぐに気付かざるを得なかった。「旅館では」――と彼は階段で世話人に向かって言った――「このようなことは甘受しなければならないだろう、旅館「宮廷」では私の微行は分かっていて、すべての侯爵としてのわずらわしい儀礼は省略されると期待出来るのであれば。それとも世話人よ、その逆がいいだろうか、自由に述べて欲しい」。――「忌々しい旅館ですな」――とヴォルブレは答えた――「しかし何ら案ずることはありません。そのようなことをする旅館「宮廷」は自らまだ旅館の経験がないのです、それでそこには最も大事なこと、儀式、宮廷の風習、作法、礼儀、すべてのことが欠けていることを真っ先に示しています」。――

しかしそれでもニコラウスはローマ館の従者達、給仕人、ボーイ、服たたき人、臨時雇いからはなはだおずおずした敬意を受けて、それで自分は伯爵より何か別な者に見られていることがよく分かった。この点やはり彼は正しかった。というのはへりくだった召使達や従僕達は主人から、高貴な客人は頭が正常でないと聞いていて、それ故彼を侯爵としての妄想に合わせて扱わない者の首を狂人のとんでもない力でひねりかねないと絶えず恐れていたからである。

マークグラーフが自分の長い、一人以上の指物師のユダヤ人の手で飾られた部屋の露地を満足して逍遥し、遂に初めて侯爵としてのスウィートルームに行き当たると、走り回っているシュトースに向かって言った。「ジャン。ほれ、これが僕の侯爵スウィートルーム。しかし選帝侯や侯爵達、大公や公爵、辺境伯、伯爵が皆一度に団体でここに集まり、僕の前で段々にこの侯爵としてのスウィートルームに入ると考えてみるがいい、軽騎兵」。――「畜生」とジャンは答えた、「豪華なものだ。最初の殿方達がしっかり払いなさったに違いねえ、こんなに立派に仕上がるまでには。亭主はわしらをすっかりむしり取るつもりだと聞きましたぜ、わしは羽根を抜かれたくねえ。しかしおんしは分別ある殿下としてちゃんと見抜いて、全くキリスト教徒と言えない勘定を突きつけるこんな悪党に対しては言うべきですぞ、これはしたり、我が友よ、と」。

このときちょうどパプストが入って来た。宿の主人がよくそうするように、高貴な客人に最初の公使訪問をするためであった。善良なパプストに対して称えるべきことであるが、彼は夙に丁重であって、常にへりくだった諧音そのもの、お辞儀そのものであって、自分の帽子は何回取っても十分でなく、一度に一回以上取るために三つの帽子を段々に被りかねない男であった。

確かにヴェニスの漁師は魚を無帽の頭で売らなければならない、[*1] 日射のため、より安い値段で売り払いたくなるように仕向けるためである。しかし自らいつも頭をさらして、無帽で現れる者は、まず魚を獲得して、自分よりも他人を別様に剝ぎ取りたいと思っているのである。

主人は早速敷居のところで自分が追従と思うニュースの雑貨屋を開いた。追従と期待して彼は、ハーツェンコッペン伯爵が長いこと望まれていた国の世継ぎの王子と一緒に到来されたことは何と魅力的なことか、それ故伯爵殿はいかに多くの祝典にその御臨席で栄を賜うことになろうかと語った。「そのことはまだ決まっていない」とニコラウスは答えた。——ここで多分、ほんの少し前にマークグラーフの王子誕生と自分の侯爵としての入場との喜ばしい取り違えを頭に留めている読者は皆、ニコラウスはこの返事を、およそ聞こえるかぎり最もうんざりした声でしたことだろうと予見されるであろう。

しかし彼はまさにその反対のことをした。彼は極めて喜ばしげな声で返事した。

しかしそれは他でもなかった。とにかく彼は取り違えられた歓迎に有頂天になっていて、これは、どの感情も熱も、そのきっかけを越えて続くようなものであった。それに彼の結論も全く正しいものであった。世継ぎの王子が僕の後全くすぐに生まれたのであれば、いずれにせよ大抵は僕に関係したものだ。あるいは僕のすぐ前に生まれたのであれば、宮廷では——自分はよく承知している——世継ぎの誕生のせいで、入場とこの誕生の祝いを一緒くたにする口実が出来た上に、少しも自らの体面も微行の体面も傷つけずに済んで本当に喜んだことだろう。後にニコラウスは率直に請け合った。「僕の場合はかのドイツの侯爵の滑稽な場合とは全く別だ、この侯爵は自分がロンドンに入場したとき、毎晩の素晴らしいアーチの照明をただ自分のために催されたイルミネーションと見なしたがったのであった。この照明は、例えば僕の入場の際の祝典と同様に初めて行われていると想像したからなのだ」。

町と旅の朝はその輝かしい空の青さとマルクト広場の歓呼の騒ぎで何と喜ばしかったことか。向かい側からは白い宮殿が、そこでは新生児の彼の侯爵としての従兄弟が横たわっていて、泣き声を上げていたが、きらめく窓の目と共に伯爵を見つめていた、そして馬車が次々と宮殿の門内に転がって行き、従兄弟に（これの声はすべての廷臣に勝っていた）祝いを申し上げた。およそ広場に立っている者は、宮殿の窓の中を見、向き直って、旅館の窓の上の方にいる彼を見上げた。伯爵にとっては、祝いを述べる祝祭の馬車はすべて彼の許へ乗り付けて、丁重に彼に忠誠を誓っているかのように思われた。

さて彼はとうとう有名な芸術の町に来ていた。そこには一人のレノヴァンツの代わりに千人ものレノヴァンツ達がいて、そこで彼は侯爵たる者はいかにして芸術を保護するか見せることが出来るのであった。実際ルカの町は画家達の福音書のパトロン(2)にちなんで呼ばれていると言ってよかった。——ルクス町というのはそれ故、いかに皆が着色し、筆で描き、描写し、一つには描くために、一つには描かれるために座っているかということが話題になるときに、はなはだ単純に縮めた呼び方に他ならなかった。侯爵までもが王笏を製図用ペンに尖らせていた。

ネーデルランドや下部イタリア、中部イタリアからは小さな侯爵のネーデルランド派やイタリア派とそれらの画廊に必要なだけの、いやそれよりもはるかに多いものがつとに注文され、運び込まれていた。人々は犠牲を厭わず、幾つもの忠実な写しを一枚の原画のために喜んで払い、オランダやイタリアから、好んで板とカンバスの上の風景や百姓小屋や人間や家畜を、絵が大地の上の自然のすべてのその原像の費用しか要しない限り、取り寄せた。それ故その小国ではしばしば大いに金や金目のものが欠けることになった。幾つかの土地での所謂揺れ射的の際に射手はいつも絵画で当たったものを現物で得るように、それとは逆に絵画で得たものを現物では失ったからである。要するにその小国はさながら豊穣な色彩の周りの薄いスペクトルとして横たわっていた。それ故町と侯爵は、自分達の毎年の、ほとんど過剰な芸術の陳列は、ベルリンやヴァイマルといったところで出合う作品を供給していると確信することが出来た。こうした新しいベルリンや新しいヴァイマルという誇りは一般に見られた。というのはこの誇りは、自分の絵の枠に単なる絞首台の柱を選んで、その中に人形の何らかの原像を掛ける奴にまで及んでいたからで、これはそれで国家が幾らか得るもののある唯一の絵であった。勿論このような何ダースもの画家の中には、何ダースもの［へぼ］画家がいるに相違なく、実際ルカの守護の福音史家はここではまたほとんど、自分が染物師の守護をしているペルシアの状況に陥りかねなかった。着色は彼らの手には我々の頭にとって宝石の場合がそうであるように簡単なことで、我々は宝石を別様に染めるには頭を軽く動かすだけでいいのである。――真実を言うと、確かに芸術家達はいばって歩いていたが、しかしはなはだぞんざいに塗って、そして何人かのネーデルランド派の者は写実家というよりは写し《コピー》の存在に近かった。――しかしまた他面では、ルカの町では多くの芸術家が本来一ヘラーにも値しなかったとすれば、大抵の芸術家がまた一ヘラーも有せず、自ら出来るだけ自活していたということも確かである。それ故勿論この素敵な芸術の町では多くの者が空腹という画家の疝痛に罹っており――そして普通は衣装画家がスケッチとしてモデルにかける襤褸を多くの者は自ら着用して、鏡を見て仕事をした――そして人物や華美な容器のないネーデルランド派の静物は、ルカの町のネーデルランド人にとっては自らの部屋の床上に置くよりもカンバスに描くことの方がはるかに難しいことだった。

立派な芸術の町のこうしたさえない、しかし忠実な絵のために――他にまだ場があれば、この町をもっと称えられるであろうが――私は最も美しい色彩を旅行世話人が侯爵薬剤師に描いてみせたとき、彼から借りてきた。「僕は」――と侯爵はヴォルブレが予期していたよりも大きな熱意に満ちて言った――「芸術の役に立ちたい。どれほどの画家の流派があるのか」。――「互いに反対の描き方をする対の流派だと思います」と自身そのことについて何も承知していなかったヴォルブレは言った。「それではひょっとしたらネーデルランド派とイタリア派だろうか」。まさに都合よくこの会話の間に背の高い、上着と顔の擦り切れた男が来意を告げて、伯爵殿の肖像を描きたいという頼みと共に名乗り出た。彼は更にとりわけ、自分の場合単についでのときに、例えば食事の際や、理髪のとき、髭剃りのとき、化粧のときモデルになりさえすればいいと告げて自分を売り込もうとし、ローマ館のすべての高貴な客はこれまで、忝や、皆自分の筆に満足してきたと付け加えた。つまり旅館の髭剃り人がいるように、これは旅館の画家であって、彼は旅人の顔全体を、髭剃り人が顔の一部を取り去るよりもより美しい意味で写し取っていたのである。「僕は芸術を見いだしさえすれば、それを支援している」、とニコラウスは言った、「貴方には五ルイ金貨を与えよう」。

半時間後に主人が入って来て、述べた。町の最大のネーデルランド派の画家達にして自分の最も親しい友人達が、彼らはほとんど毎晩自分の許でパイプをくゆらすのであるが、デンナー(3)とかツァフト・レーベン(4)、パウル・ポッター(5)、ヴァン・オスターデ(6)、ダイクといった方々で、自分達と芸術にとってハーツェンコッペン伯爵を描くという幸福ほどに大きな幸福を知らないし、それを願っている、と。「何ですと。そのように著名な、すべての画廊に鎮座している芸術家達を貴方の幸福な町は一度に」、とニコラウスは答えた、「抱えておられるのか、パプスト殿。――これは驚いた。このような芸術の英雄達に対して私の絵につき十ルイ金貨が失礼でなければ、喜んでモデルとなりましょう。芸術家を督励すること、これが以前から私の務めです」。――ここで主人は謝辞の放出を少しばかり詰まらせ、単に滴として垂らした。五人の画家一同に十枚の金貨というのはただ一人の旅館の肖像画家に対する五枚の金貨と比べていくらか少ないかのように思われたからであるが、――そのときニコラウスがより明確に付言した。「僕はもっと多くの芸術家のために、その中には貴方の芸術の町では多くの貧しい者がいるはずで、モデルとして座りたい、そして各人に、特に困っている者に十ルイ金貨の僕の激励を差し上げたい」。ここで喜んで主人は自分の勘違いを察した。というのは伯爵が急いでいた上に無知のせいでデンナーとかポッター等々の上述の、しかし夙に亡くなった芸術家達をまだ存命の、ルクス町に居住している芸術家と見なしたということは誰も思いつかないことであり、パプストも思いつかないことであったからである。しかしそれでもこの男はこのような芸術のパトロンに対する喜びの感嘆符や挙手を抑えた、これらは普通、誤解がなければ弾けていたであろうものである。

しかしこのような価格顕示は、殊にルカの町を駆け巡った。一時間後また宿の亭主が現れた。更に一層深く、ゆっくりとしたお辞儀をしながら言い始めた。「勿論、不思議なことではありませんが、やんごとない伯爵様――神聖にして有益な絵画の理解者は少のうございます――絵画の保護者は更に少なく、私が旅館を守ってきて以来そう言えます――しかし閣下のような理解者にして保護者という方には、喜んで誓いますが、私の旅館では、雄牛の［紋章の］盾以来ローマ館に至るまで、ささやかな、ほんの微力を尽くして、恭しくまだお仕え申したことがございません。――しかしこのことはすでに首都中に知れわたっていまして、私どもの著名なオクス［雄牛］、著名なラウス［虱］、著名なエーゼル［驢馬］、同様にそれに劣らず著名な大家達、シュネッケ［蝸牛］、ベットラー［乞食］、フレッサー［大食い］、ゾイファー［飲んだくれ］、それに老マンが、こうした真正な芸術家が皆（彼らはどんな痘痕やどんな鼻も的確に描きます）、閣下のような芸術家の保護者にして理解者を正確に写すことほど大きな名誉はないと――と言いますのは金は彼らにとって副次的目的にして最も入用なものだからですが――思っており、夢見ております――彼ら大家達が皆、外の控えの間におります」。

「僕は喜んで彼ら皆のモデルになろう」、とニコラウスは言った。「その他のことはすでにパプスト殿に説明した。僕は彼らを先の画家達同様に扱おう、そして僕の芸術の旅ではどこでも、彼ら同様に後の画家達も扱おう」。――

「閣下、私がただの芸術愛好家として知っている限りでは」、と亭主が口を挾んだ、「私どものベルギーの大家達の間ではここのこの広間にかの有名なバルタザル・デンナーをいくらか凌ぐ者がいます。デンナーは老人の顔を繊細に描いて、この繊細な部分はすべて顕微鏡でようやくはっきり分かるほどであったと言われております。しかし私どものルクス町のデンナーはそれより進んでいます。彼は老人の頭を描くときその手に拡大鏡を持たせて、それで頭の汗腺が拡大されているのを見ることが出来たのです」。

すべての従僕達の従僕として感謝するパプストの新たに高められた低頭を再び生き生きと描写しようとすることは、単に退屈でうんざりしたものになろう。殊に私には彼がもう一度来て、更に一層驚くことが前もって分かっているのだから。

というのは実際また彼は二時間後に新たに来たからである。控えの間で後ろに従えた画家達全員の教皇選挙会の先頭に立って来て、後退りしながら、ほとんど幾らか震えながら始めた。「やんごとない伯爵閣下に勇気を振り絞って申しますが、自分ではどうしようもないことであります——勿論以前に、ハーツェンコッペン伯爵様のごときすべての最高の芸術家の保護者にして理解者を凌駕するようなどこかの伯爵や偉人と面識があって、自分の屋根の下でお仕えしたことがありさえすれば、ここで申し上げますようなそのような名前の偉大なイタリアの大家は夙に別な境遇にあったことでありましょう。サルヴァトール・ローザ(7)とか、アントン・ラファエル・メングス、ラファエル・フォン・ウルビノも含め、パオロ・ヴェロネーゼ、フラ・バルトロメオ・ディ・サン・マルコ、ティツィアーノとかも含め、そういった人々のことです——着色、肉色、投影図、遠近法の前景、グループ化、理想主義、崇高な絵のような美しさ、深い襞、すべての面でのより高い魂、こうした点こそはこれらの真の魂の画家達がその肖像画ではなはだ傑出している点でして、それで妃殿下、今日の世継ぎの王子の気高い母親が、彼らの保護者となられたのでした。そしてまさに出産という今日の良き日のために、この高貴な産婦の被保護者達に対して、閣下が同様にモデルになるという先の画家達の恵みを得させたいと私は熱望しているわけであります。——彼らの何人かが夕食分の残高清算のために描いた私自身の顔から判断しますと、彼らは微細な特徴をも立派に理想化して昇華して描いており、前もって知っていなければ、自分とほとんど分からないほどでして、それで伯爵様の肖像画がこのような理想化の大家達によって昇華されるならば、この肖像画よりも美しいもの、理想的なものは何もないだろうと存じます」。

伯爵は極めて丁重に答えた。「諸君、僕を描きたいという願いに対しては勿論格別の喜びを抱いて手を差し出そう。そしてかくも著名な昔の名前を得ている大家達からは大いに気高いもの、最高のものを期待してよかろう。しかし僕の原則は以前から一つの流派だけを専ら度外視したり、あるいは激励することではない、どの流派もひいきにすることだ。それ故貴方達のどの人にも各肖像画につき、以前ネーデルランド派の芸術家に対してしただけの分を、つまり十ルイ金貨を保証しよう。モデルの時間は後にもっと詳しく決めることにしよう」。

人々はこの話しぶりから、今やニコラウスは格別外から教えられずに、あたかもポッターとかデンナーといった人々はルカの町で存命であるかのような最初の錯誤から自力で美術史の知識によって抜け出したことが分かるであろう。主人はニコラウスの間違いには何も気付かなかったので、その間違いをこっそり取り消すことが出来た。このように百もの錯誤が、思いつき同様に社交の驟雨の中では理解されない。ようやく後になって、余計なことに、あることを訂正したり、別なことを説明したりしようと思ったときに、我々自身の他には誰も我々のことに耳を傾けていなかったことに気付くことになる。

私は先に、再び熱くなって描かないと約束した。この言葉を守ることにして、イタリア派の人々の階段を下りるときの歓喜の跳躍については何も述べないことにする。旅館の亭主は皆の歓喜を自分自身の歓喜の焦点に集めて、イタリア派に自分の旅館での夕方のネーデルランド派の飲み会に出るよう提案した。彼は芸術と芸術家と伯爵と自分とを本当に愛していたからである。そして伯爵の顔の多様さから、豊かなニコラウスが画家達を前にして自分の旅館でモデルとして座らなければならない時間の更に大きな多様さを期待した。

こうした画家達すべての後でニコラウスの許にかなり遅くなって自らの宮廷画家レノヴァンツが現れた。というのは侯爵や伯爵も何ら手綱とか障害の鎖とならない彼の芸術衝動のせいで彼は画家の町を駆けずり回っていて、芸術家仲間や、画廊の監督官、画廊そのものに行っていたからである。ニコラウスはどんなに急いでも十分ではないという調子で、この画家に自分が午前中芸術のためにしたことのすべてを語って最大の喜びを贈り、すべての画家の流派のために一度にモデルとなる約束をしたことの次第を話そうとした。レノヴァンツは今まで伯爵に対してその若々しい額にこれ以上多くの、これ以上深い額の皺を見せたことがなかった。自分はそのことは幾らか怪訝に思う、と彼は自由に言い放った――奴らはならず者であって、誰一人まともな者はいない、しかしイタリア派の悪漢どもが最も劣悪である――それに皆がすべて、より強力な芸術家に対して妬み一杯である――自分自身は今日画廊の監督官の許で、こいつは真の芸術の驢馬、枝の主日の驢馬と思われて、こいつに乗って芸術の救世主は苦労しながら画廊のエルサレムに入るのだが、結局は王となるよりも十字架にかけられてしまうもので、やっとの思いで自分の美術品のうち三作を次の展覧会へ押し込むことが出来た、それは外国からの仲間の闘争家が彼らの脆弱なイタリア派の闘技練成所に登場するのを見たくないためかもしれない、と。

「それでも監督官は貴方を」――と侯爵薬剤師は尋ねた、自分の誇りが若干傷付けられて怒った気持ちがないわけではなかった、「貴方が僕の宮廷画家であると聞いて、すぐに採用しなかったかい」。――「そんなことは知らせていません。芸術家は単に自分の作品を見せるだけです、それに自らの浮沈がかかっています」、とホーエンガイスの厩舎画家は言って、憤慨してこう説明した。イタリア派のルクス町の染物師達はいつも、自分達が模写している昔の模写の大家達の名前を代父代わりに拝借しており、それは例えばウィーンで侯爵や伯爵の従者どもがこれらの名前を自ら名乗って、それでしばしば例えば何人かのメッテルニヒやカウニッツが一軒のビアホールで一緒にトランプをして自分達の主人を待つようなものである、と。最も厩舎画家が腹を立てたのは二人のルクス町のラファエル、ドレスデン出身のそれとウルビノ出身のそれで、彼らも、このような輝かしい名前を額に頂いて、腰を下ろして、やはりローマ館で肖像画を描きたがっていた。「私の兄は」――と彼は付け加えた、この『彗星』の史実研究家達はこの物語の第二巻からラファエルという名前の同行の華奢な、美しい、空想的な若者をまだ覚えておられるであろう――「月光の下でのその極めて絵画的な幻視の故に恐らくもっとラファエルの名前に値しましょう。兄が実際に肖像画を描くことに加わらないのであれば、私が致しましょう、しかし私は全く無造作にレノヴァンツと称します——全く忌まわしい高慢な画家どもだ」。

ニコラウスはこのいらついた自尊心に同情して、ネーデルランド派の画家と侯爵の支援について話をそらす質問をした。しかしレノヴァンツの嫉妬した厳しい描写はこの著名な芸術の町の名声にけちを付けかねないので、むしろ私自身が描くことにしたい。ベルギー派の——ここではネーデルランド派はそう称していたが——大家達は通常自分が弟子であった故人に、各人が例えば有名なバルタザル・デンナーに代父となって貰っていて、ある者は例えばバルタザル・デンナーと称した。庶民が侯爵に代父依頼状を書いて、可愛らしい代父の贈り物を期待するようなものである。別のベルギー派の大家達、例えばハーゼ［兎］とかザウ［雌豚］、ラウス［虱］はその作品にちなんで称しており、日常生活においてもその称賛動物の協定貨幣金位に基づいて走り回っていて、それらに乗って彼らは、マホメットが驢馬[8]に乗って、あるいはローマでは皇帝の魂は薪の山から放たれた鷲に乗って天国に運ばれたように、同じように運ばれていた。亭主が肖像画描きのために連れてきた他の大家達、例えば所謂ゾイファー［大酒飲み］、ベットラー［乞食］、フレッサー［大食い］はこの名の傑作から、さながら父親がその子供達から呼ばれるように、名付けられていた、彼らがこのようなものを実生活から、つまり自身の生活から描いたことは疑い得なかったからである。

もし両派、ベルギー派とイタリア派とが互いに不倶戴天の敵でなかったり、互いに毒を与え、ペストを伝染させ、烙印を押すことを願っていなかったら、それは勿論人間のすべての本性、全世界史に反することであったろう。彼らを連れて行ける唯一の帽子状のものは、ローマ館の屋根で、そこでのみ彼らは二、三グロッシェン借りて飲み食い出来た。かつてパリではピッチーニ[9]派は国王の桟敷の一角に立っていて、グルック派は王妃の一角に立っていたように、ここでもルカの町の侯爵はベルギー派のパトロンで、王妃はイタリア派のパトロンであった。というのは当然ながら男性は自然らしさを好んで守り、女性は神々しくすることを好んで守るからである。

実際庇護を画家達は豊かに得て、称賛を十分に得ていた。しかし金はわずかかあるいは皆無であった。小さな侯爵達を悩ましている紙幣の不足のためで、これはただ大きな金持ちだけが過剰に有するだけである。パンの中身は、これで普段はパステル画家達は自分達の絵の失敗を消し取っているけれども、きっと画家達にとって美の創作をするために役立ったことであろう。というのは実際芸術家は——ちょうど紋章学の規則に従って紋章では色彩の後にはいつも金属［金色か銀色］が来て、また色彩が来てはならないように——同様に何か貨幣のようなものが置かれているのを見たいからである。

さてレノヴァンツはかなり強い言葉でニコラウスの許でこう続けるのを好んだ。「こうした空腹の苦しみが、何故ルクス町の画家のならず者すべてが肖像画を描かなければならないかの動機なのです。財布に二、三ペニヒ持っていたら、写し取られ、剽窃されます、そしてモデルを得られない者は、自らモデルとなって、鏡を覗きます。一ターラー半で誰でも膝まで描いて貰えて、ほとんどこちらのどの家でも、生きて床に立っているのにほとんど値しない各人が壁に掛かっています。芸術家としての私を信用して頂きたいが、貴方に極めて無知な、極めて利己心の強いパプスト（亭主）の推薦した奴らすべての中に、今日食べ物のある者は一人もいないかもしれません。全くのルンペンどもで、今や貴方の顔を火事による物乞い認可のようにして借りるのです」。

厩舎画家の驚いたことに伯爵はこう答えた。衷心より時宜を得たこの知らせに感謝したい。一言一言が哀れな金のない芸術家達の代弁者となっている。ここでひょっとしたら利害のある亭主よりも彼の方に信頼が置けるからである。両貧乏流派から描いて貰い、一方だけに目立って肩入れしない二重の理由を自分は得たことになる。自分は今やすでに自分の約束ではなはだ晴れやかなものにした哀れな奴らの両派の痩せこけた顔を生き生きと思い描いているが、自分がモデルとなって座り、彼らが金ばかりを得ることになったら、何と彼らは素晴らしく見え、微笑むことだろうか。「いやはや」——と彼は夢中になって付け加えた——「ほんの一人の芸術家に対してであれ、僕の肖像画を、例えばその筆遣いのせいで、断るようなことをしたら、この者は僕の旅中ずっとその陰気な顔で追って来て、そのことをはっきりと非難するであろうことは目に見えている。——僕の原則は生涯同じで、旅を通じても変わらない、レノヴァンツ殿。つまり侯爵は互いに補完しなければならない、より貧しい侯爵が出来ないことは、より豊かな侯爵が償うべきだ、だから僕はモデルとして座るつもりだ」。

その後宮廷画家には自分の胆汁［怒り］を消化するしかなかった——胆汁は本来いつもは消化の加勢をするものであるが——そしてその上への流入を飲み込んで戻すしかなかった。ニコラウスの場合、善行の温かい決議はどんな異議を申し立てても、ただ焚き付けることになって、妨げることは出来なかったからである。そして彼にとって快適なことは、伯爵が自分は勿論時間がないので個々の画家のモデルになるわけにはいかず、いつもある流派全体に同時にモデルとなると言い添えたときの客あしらいのいい亭主にとってほぼ不快なことを耳にすることだけであった。

＊1　イェーガーの『新聞辞典』。

第二コース

散歩

夕方、日没前に、彼は単なるフォン・ハーゼンコプフ伯爵として少しばかり、祝祭気分の町をさまよった、簡素に、ただお抱え軽騎兵のシュトースと三人の学者、リヒターとヴォルブレ、ジュープティッツに伴われて。太陽は夕焼けの赤く輝く壁紙を、祭日のときのように家々に掛けていた、そして彼の外部と内部とには多くの喜びがあった。すべての世界が彼を見つめ、そして微行をしていても全くよく知られていて、フォン・ハーツェンコッペンの前で帽子や縁なし帽を取った。しかしこの世界というのは一部は肖像画を描くアカデミー会員とその縁者達から、一部はその債権者達から、最後にはまた何人かの臆病兎から、つまりひょっとして帽子を被ったままでいたら彼が狂気の発作にかられて、自分達の頭を押さえるかもしれないと案ずる兎［臆病者］から成り立っていた。伯爵は分別を見せて、早速帽子を脇にかかえて旅館から出た、すでに永遠の挨拶に備えていた。お供の者が、歓迎された偉人の感謝の独唱に調子を合わせるときの義務的帽子の振り方からこの偉人について多くの推論がなされるが、そのようにこの侯爵の人気とあらゆる気位の除去を証するものとして、彼を模する随行員が、とりわけリヒターとシュトースが各人に一緒に挨拶するときの極めて親切な流儀の他に立派なものはない。そして宮廷説教師は倦むことなく帽子に手をやっていたが、かくも多くの奇妙な出来事の最中でいつも自分と他人のフェルト帽を思い出すよう強いる敏感な良心に若干うんざりもしていた。ただ旅行世話人については、彼が自らを隠し、帽子を被るために絶えず見回していたことを記しておく。

夕方と祭日の喧噪は立派なかなりのものであった。ごく小さな少年達が叫んでいた、「幼君万歳」、世継ぎの王子のことであった。交代兵となった城の番人は途中大声で言った。「我らの老君は、ほとんどもはや立つこと能わじだったぞ、昼間沢山祝杯を上げられたからなあ。むべなるかな。毎日健康な世継ぎの王子を得るわけにはいかんから」。――この世ではおそらく女性自身ほど女性に対してつれない者はないので、伯爵は至る所で女性達の歓呼を耳にした、女性達は神がこの国に王女を賜わなかった恩恵を神に感謝していた。侯爵は少しも世継ぎの王子とその両親に嫉妬しないで、あたかも自分自身のことが言われているかのように、心から皆の喜びに和して楽しんでいた。朝霧のとき頭上に水平な板を石膏の神々で一杯のオリンポスとして持ち運んでいた美術商人はまたこの神々の住居を持って露地を歩いていた、そしてニコラウスは彼が霧の中で一人の神も頭部を失ったり、廃したりしていなかったことを喜んだ。

伯爵の町を通っての散歩全体は本来、自分の旅館の向かい側の侯爵の宮殿の前を、帰り際に頻繁に十分間近に、――しかし近すぎたり、あるいは射撃や挨拶の届く距離にならないほどに一通り過ぎるという意図を有していたので、彼は数回通り過ぎた。そして三回目のとき彼には、かつて最古の百年前の長編小説に現れた皇女達の中で最も優美で最も輝かしい皇女達の一人が、高い宮殿の窓辺に立って、その短い、金鍍金の小型望遠鏡を（きっと珍しいラムスデン望遠鏡で）ある騎士、ハーツェンコッペンには余り見えない騎士の方に向けているのが見えた。その騎士は、高く上がった馬の足から判断するに、ちょうど短いギャロップに移っていて、自分がブロンズ像[10]として立っている噴水から宮殿の中へ飛び込もうとしていた、あるいは宮殿の前でパレードしようとしていた。この男は、容易に察せられるように、馬上の輝かしい彫像に他ならず、鋳型と鋳造炉の許すかぎり、軍人らしく、支配している領主の亡き父親に似せて、領主その人に似せてではなくても、写し取られていた。

ニコラウスはその場で、すぐには分からなかったけれども、何か夙に馴染みのものを見ているかのように、不思議にこの皇女の美しさに心打たれた。彼は、旅では万事承知していなければならない旅行世話人に尋ねた。しかしそれは単に見知らぬ皇女で、従って、産婆の代わりに宮廷馬車に乗っていると彼が思った皇女ではなく、ことによると高貴な産婦の看護のために夙に以前から到着していた皇女であった。この時ラムスデン望遠鏡を覗いていた顔は突然左目を開けた。左目はこれまで人差し指によってではなく、ただ瞼で閉じられており、しかも美しい面貌が少しも損なわれていなかった。――この際ついでに請け合っておきたいが、この片目の瞼の面貌をしてその美しさに顕著な欠点をもたらさない、閉じた目の所に意地悪な皺縁の見えない、そもそも世にも情けない容貌とならないような読者は少ないことだろう。誓って。何と魅力的な顔か。――私の言っているのは数少ない読者の顔ではなく、皇女の顔のことである。

しかし彼女がすっかり片目を開けると、突然伯爵の夜の青春時代から当時最もヴィーナスに似ているように見えた、四人のアマンダの女友達の中の一人の像が浮かび上がってきた。彼は再認のために自分の対の目の代わりに、更に他人の美しい対の目を必要とした。未熟な青春から完全な青春に移って花開いた女性はさながら花一杯の春の谷で、以前は夜、単に月光の下で眠れる花と共に見えたのであるが、今や陽光を浴びていた。――彼は――家の蠟の胸像に対する恋情で我を忘れた。満開の皇女はアマンダの胸の魔法の薔薇であった。常に彼は――彼はその性分であった——反省や反照の中で燃え上がり、愛さなければならなかった。

とうとう見知らぬ皇女は露地で見上げている紳士達に気付いた。そして当然背を向けた後に行った最初のことは、彼も向き直って、彼女が見つめていた騎士を眺めたことであった。伯爵が彼女が背を向けさせられ、波打ち続けた——石［先にはブロンズ］の侯爵は彼にはますます将来の父親に見え、その両腕による最初の抱擁をして見せるように思われた、そして彼を長いこと眺めていると、最後には一層、彼が素早く馬から飛び下りて、見つけ出してまずは父親らしく感動して、その膝をかき抱こうとしている火と燃える息子の心にまさにくずおれるかもしれないかのように思われた。彼は——自分の身分が許せば——噴水の中に入り、彫像の所まで徒渉して行って、ただ火照りを冷まし、手を像の足に置きたかったことであろう。

かくて彼は夕陽の前を言いようもなく、穏やかに喜んで泳いでいたが、アカデミーの学者達に何と名付けたものか正しく言えないでいた。戯れる陽光の中の塵や夕方の蚊の間で、温かい黄金の塵の雨を浴びながら、長吻虻《つりあぶ》が大気中の何もない所に止まっているように、動かずにいて、しかしある時は宮殿の窓の方を見、ある時は騎士の方を見ていた。しかし彼が今そのような気分でいれば、私が本当のアマンダや本当の父親の発見を自ら描写する羽目になったら、その際の彼の感激を絵筆で写すことは十分難しいことになってしまうことだろう。——「ジャンよ」と彼は言って、シュトースの方を向いた、「今晩はいつもより早く現れて、僕の服を脱がせておくれ」。——「脱がせるのですか、殿下——分かりました」とシュトースは答えた。というのは彼はどんな命令も疑問形で繰り返し、それから後に肯定の返事を添えたからで、あたかも何か異議を思い出しているかのようであったが、事実はしかし、従順に従うことの満足を味わい尽くしたいからであった。

ちょうど通りすがりの少女達が旅行世話人をまじまじと見つめて、「この人は朝の悪漢、嫌な星雲、彗星ではないかしら」と言いたげであったとき——突然シュトースが叫んだ。「おや、まあ。下の方から忌々しい永遠のユダヤ人が革の服を着てやって来る、我々を見ているぞ」、それでお供の者は皆ローマ館の旅館へ入って行った。——

シュトースは、永遠のユダヤ人とは、朝全身革の服に包まれて、伯爵の前で世界の侯爵と名乗った奇妙な男のことを言っていた。

第三コース

夕食——長靴用靴脱ぎ器——そしてシュトース

問題は従者が高貴な紳士の魂を覗きたいか、それともむしろ高貴な夫人の魂を覗きたいかによる。前者の場合には従者は脱衣の手伝いをし、後者の場合には着衣の手伝いをする。侍女の場合から始めよう。侍女の前で女主人の魂は、肉体を隠す覆いのたびごとに明らかになる、そしてそれぞれの装飾品、特にそれを身に着けるときのやり方や、その際の急ぎ具合や間合いはその夫人の内部の透明な窓カーテン、ブラインド窓である。それで私はどの飾りピンも（どの留め針も同じであるが）、心の極を示す磁針と名付けている。——要するに侍女達は着衣の女性という本を仮綴じしたり、折り畳んだり、装丁したりしながら、快適に頁そのものを覗き込むことが出来るのであり、その上製本女工への知らせから（それらは本そのものの半分の厚さにもなり）十分に読んだり、見て取れるのである。

かくてレディーは侍女に着衣の際自分とすべての内部を見せるのであって、侍女はそこに、私の願いを言えば、時に傲慢や、不機嫌、挑発、媚態、冷酷、偏狭さというものを見いだすことがなければ幸いである。しかし私はそれでもそのことを信じざるを得ない。気高いレディー達の最も熱心な崇拝者達でさえこう請け合っているのだから、つまり自分達は洗面盤の前の女性やあらゆる化粧水を使っている最中の女性よりも浴槽の中の女性を見るのが好ましい（女性は間違いを示すことがより少ない）と。私は侍女の前の勇婦よりも侍従の前の英雄にむしろなりたいと思う。

これに対して夜半過ぎの脱衣となると侍女には心的なことはほんのわずかしか分からない。その前の着飾るときに要したほどには脱衣のために十五分も要しないレディー達の素早さを特に考慮してみればそうであって、とりわけ未来についての前もっての夢想とつながった（このことを私は少しも考えていなかった）過去についての後からの夢想の場合とか――レディーが自分のベッドを求めるような状況の場合は、レディーが再びベッドから出てくるまでは、ほとんど分からない。

高貴な紳士の場合は全く別である。紳士は心と頭を一杯にして家に帰ってきて、その日の重荷や歓喜を乗り越えてきており、ことにまだ話せるときには、少なすぎるというよりは多すぎるほどに語る。――これを侍従は拾い上げることが出来、かくてその体と心とを互いに明らかに出来る、ことに我々男性の場合脱衣は着衣ほど手短に済むわけではないので。

侯爵薬剤師の起床も就寝もこれまでのところ他の侯爵達のように多くの通常の奉仕の侍従者や小姓達がいたわけではない――この点ハーツェンコッペンは他の君主とは比較にならなかった、――すべてを取り仕切っていたのは独自の誇りを持った搗き係のシュトースであった。それだけに、直に伺い、靴脱ぎ器よりもはるかに早く控えてよいと言われて一層喜んでいた。

その前に食事がなされた。食事とサロンの従僕、つまり亭主はスープ鉢と一緒に下で飲んでいる画家達の一派の、ベルギー派の依頼を運んできた。「ハーツェンコッペン伯爵殿にはモデルとしての時間を決めて頂きたい、早ければ早いほど結構です。と申しますのは、世継ぎの王子の誕生のため、大展覧会が余りに引き寄せられてしまって、どの芸術家も、伯爵殿の肖像画を一般の画家コンテストに一緒に出品したいと切望しています」。――「明日の午前中にその流派全体のモデルとなると約束しよう」、とニコラウスは定めた。パプストは丁重に、しかし大胆に、ベルギー派は十六名の数で、それぞれがたっぷり一時間要するだろうと述べた。「しかし僕は」――と侯爵は威勢よく答えた――「皆のために一緒にモデルになりたい。前面、左手、右手、正面の顔、横顔、半横顔、三分の一横顔、四分の一横顔だ、それにそれ以上出来ないときは、他の者達は僕の背後で鏡から僕の肖像画を描けばよい。以前から最大の画家達は自分の肖像画を描くときにはそうしなければならなかった。芸術が幾らかでも分かりさえすれば、この件は簡単だ」。

この上ない謝辞と称賛を述べ、この上なく密かに忌々しさを抑えて（モデルの時間が一緒くたにされたことで）、亭主は空になった皿とそれに――見込みを下の流派に運んだが、しかし灰色がかったかわかますの背後に――これはその尾を、最良の品として、自ら歯の間に噛んでいたが――また新たなお詫びと新たな依頼を運び上げてきた。「伯爵殿、勿論ベルギー派は」――と彼は始めた――「尋常ならず評価されるべきものです、この流派は忠実に自然からどのように小さな、いや目にすら見えない特徴をも模写し、どのような対象にも、最も厭わしい対象であっても、カンバスに絵筆で永遠の生命を注ぐものです、それ故永遠にこの流派は真の保護者、理解者から評価され支援されています。しかしこの同じ真の理解者も、更には対立する芸術家ベンチの理解者も、芸術の広大な幅広い国はまだまだそれで汲み尽くせるものではないと認めることでありましょう――気高い形式があります――偉大な役があります――高貴なスタイル――理想――機知的取り扱い――うっとりとさせられる色調――そもそも輪郭における何か超現世的なものがあります、要するに貴方、ハーツェンコッペン伯爵殿が理解者として最も称賛されるもので、私が千万言費やす代わりにいつも最も好んで第一人者のラファエル・フォン・ウルビノを例に挙げることにしているものです。――しかしこうした絵画の神的才能はすべてただイタリア派以外のどこにまとまっているでしょうか、この流派はそのために出来たのです。さてこの派の十五人の大家が、彼らは今日下の私の第二の酒場に座っていますが、同じように衷心からの、いや理想からの、閣下を出来るだけ早く肖像画に描きたいという願いにかられています。と言いますのは彼らは実際――私はこのことをコルクを抜くたびごとに耳にしていますが――第二の流派だけが絵画室にいて、展覧会で貴方の立派な絵を売り出す栄誉を担うことになるのを認めるわけにいかないと息巻いているからです。彼らも居合わせて、力を示したいのです」。

ニコラウスは答えた。「喜んで公平に早速明日の午後別な大家達に対しても一度にモデルとなろう」。万事をすみやかに把握し、決済するという侯爵らしい習慣の他に、これは王冠がなくても彼の性分であったが、ここでは更に自らの他の習慣、人を何事かで待たせておくことが出来ない、すでに自らのせっかちさの故にそうであるという習慣に従っていた。——そしてこのとき彼にとっては、イタリア派がベルギー派を、あるいはベルギー派がイタリア派を待たなければならないということは、もう沢山のことであった。

亭主のパプストは空になった皿と収穫の見通しとを下の第二のあるいはイタリア派の酒場へ運んだが、しかしそこから伯爵の許へ追い返された、そしてその前に、そこでは大いに彼からの借りがあったのであるが、芸術愛から、彼が余りに単純であって、絵画の知識が少ないために、朝方の光の代わりに夕方の光を押し付けられる羽目になったと強く非難された。彼はそこで伯爵に画家達の千ものお詫びと、これを彼は飲み物同様に彼らに貸し出すことにして、そしてより良い光線のために午前中のモデルへの恭しい依頼状を運び上げた。——「僕は」——と伯爵は答えた——「下の方ではすぐにモデルとなって欲しい旨切望したことをまだ覚えていると思うのだが。ただそのために僕は、多くの楽しみのある町にいて一日中モデルとして座っていることは好きではないけれども同意したのだった」。——

さて侯爵たる者がただ一日のうちに多くの希望を叶えたり、満たしたりし、時には自ら抱いたりしたら、幾らか疲れてきて、正当にもベッドに行く前に脱衣のために搗き係を呼びたくなる。この者を彼は前もって腹一杯になって自ら待機するよう下の食堂へ送っていたのであった。

——「ジャン。後生だから靴を持っておくれ」、と彼は入ってくる搗き係に向かって叫んだ。彼はほとんど他にはもはや身に着けていなかった。確かに彼は毎晩上品に正式に脱ぎたかった、しかし侯爵らしい、薬剤師らしい性急さのため、それを待ち受けるまでに至らなかった。

「後生だから靴を持っておくれ」と彼は叫んだのであった。……私はこの作品全体の中でここでほど[11]、一度折りを見て、ある対象について、つまり上手なペンが他の多くのものについてよりも早く『一般ゴータ新報』上で考慮すべきであったろう対象について、即ちドイツの旅館における劣悪な靴脱ぎ器について発言するのにより良い機会はほとんどないように思う。相変わらず靴脱ぎ器はかなり完成の域を下回っている。これに対してヨーロッパの他の道具は、例えば靴ブラシ、靴ベラ、靴型、靴墨でさえ夙に完成の域に達しているのである。ほとんど足を乗せられない狭い靴脱ぎ器や、床と同じ平面にあるようなものは触れようとすら思わない。しかしその一方は余りに狭く、他方は余りに広いような靴脱ぎ器の両奇形児を旅館で見かけると、ある結論が導き出される。

しかし結局余りに狭すぎる靴脱ぎ器のペンチややっとこ部分に、特に編み上げ靴のときに当たることがあるかもしれない。しかし眠たくて、あるいは急いでいて靴脱ぎ器に轅《ながえ》付き車に立つように立って、自分の足を馬として轅に入れて、それで引き抜こうとして、しかし当たらずに軽く、自由港からのように、また抜き出すことになって——飛脚用の靴や足覆いを有しないものだから、——そしてこのような足の殉教者がこの最下層の靴脱ぎ器［従僕］のそばで生きた副従僕や従僕長を有せずに、結局部屋のドアと側柱の間で脚を挟んで、そして（力学の法則に従って数インチ分錠の下でドアを激しく自分の足に押し当てる）このような仕方で自らの磁性の蹄鉄として引っ張り、脱がなければならなくなると、私が旅行者であって私の脚を持ち上げ、披露して、こう尋ねることを不思議に思って欲しくない。つまり幾らか可愛らしくて、それでいて十分に頑強で、協定貨幣金位としてすべての靴脱ぎ器に設定出来るような男性の足をもはやこの世では前提としていないのだろうかと。木材へ一般的に合法的な円錐曲線を考えれば、ここではうまく行くと思われる。——しかしこうした悩みはそもそもすべての従僕や使者、奴隷全員に対する嘆きにつながるもので、彼らは今や余りに分不相応に暮らしていて、いや彼らのうちますます多くの者が参っていて——例えば浴場の下男や傭兵等々で、——それでギリシアやローマ、西インド諸島領では通常自由民よりも奴隷が多かったとすれば、我々の場合は結局自由民の数が奴隷の数よりすっかり勝るに違いない。——

欠伸している靴脱ぎ器の上で、すでに述べたようにニコラウスは生きた従僕を待っていた——これは勿論亭主のパプスト［教皇］があらゆる従僕の従僕として本来生まれついていたのであるが、——そのときお抱え軽騎兵のシュトースが入って来て、早速彼の先端、つまり長靴を持った。シュトースは幾らか不機嫌に言った、侯爵から脱ぐものはそれ以上何もなかったからである。「その他のことも私どもが出来ましたのに」、そして彼がベッドの中へではなく、ベッドの上に行くのを手伝った――「腰を下ろすがいい、お抱え軽騎兵」、――と伯爵は始めた――「こうした一切に対して何と言うかい。ローマの寝椅子で僕の侯爵らしさについてかつて予言したことは一語一語当たっていないかい。しかしまずは僕らはルカの町にいる。しかし単なる僕の微行に対するこのような輝かしい歓迎を想像していたかい、鐘の音に、射撃、それにどこでも僕らを見送る人々を。――あるいは僕同様に、一人の皇女がこちらの宮廷に、立派な理由があって、僕より先に急ぐであろうことを想定したかい。皇女は僕には一種本当の天国の前庭なのだ」（搗き係は喜びの余り、広げた両腕を上に挙げた）。――「落ち着け。――で、そなたは単純だが、当地のすべての画家の流派があらゆる顔の中で僕の顔だけを展覧会に出品しようとしていることをどう思うかい。――まさしく僕の顔に僕のすべての未来と王冠はかかっていないだろうか。――どうだい、ジャン。率直に言うがいい」。

（この者は早速両手を突っ込んで、それでポケットと頭と上半身とを前方に揺すった、さながら一般的な身体のうなずきを示すためのようであった。）――「ローマがどんなに恥ずかしく思うか、どのように振る舞うか知りたいところだ、ローマは僕を先だっては誤解して苦しめ、僕はそのことをただ忘れるため[12]にいつもそのことを思い出さざるを得ないほどだ」。（ここでシュトースは椅子から飛び上がって、拳を固めて真面目にローマの町へ脅しをかけて、町めと言った。）

「軽騎兵よ。今一度思い出したい、そんなに話さないでおくれ。――今日は本当に心の願い通りになって、期待以上に幸せになった。ただ、僕の人生行路、競争路に従って僕の後を追ってきたすべての善良な人々が希望通りに行っていて、特に老ジャンよ、そなたがそうであることを本当に信用して十分に聞き取ることが出来れば、僕は一層幸せになるだろう。そなたがようやく口を開けて、何かそれに対して返事しようと思ってくれさえすれば、それはささやかな感謝の印になることだろう」。――

「ありゃまあ。朝が白むまで話すまいことか。町であっしほど幸せな者がありましょうか。一日中町中を金モールを付けて歩き回りましょう、平日であっても、そして身をさらしましょう。他の殿方はとりわけ上機嫌で、好きなだけ飲んでらして、食事を運ばせています。特に不思議でならないのは、下の二部屋に一杯ペンキ屋や画家が座っていて、貴方を祝ってひどく喜んでいることです。奴らは私どものお供ですかい。全部で半ショック［三十人］ですぜ」。——シュトースはニコラウスが画家達について言ったことを皆目理解していなかったし、それに注意していなかった。

「ジャンよ」——とニコラウスは世界と部屋で最も喜ばしげな顔をして答えた——「明日は僕を一度に一方の十六人が写生する、明後日はもう一方の十五人で、そのことを善良な人々はとても楽しみにしているのだ」。——「一人でおんしの顔を仕上げることは出来ないのですかい」とシュトースは尋ねた、彼は半ショックはそれを一緒に仕上げ、部分を絵筆のために分け合うと思っていた。自分の単純な仮定が訂正されると、彼はもっと単純な質問をして、一体自分の三十一の肖像画で何を始めるつもりか、ことに自分の顔をまだ有する場合に、と尋ねた。——「小姓よ」、とニコラウスは真面目に重々しく始めた、「侯爵という者は芸術を支援するものだ、それもいろいろなやり方で、最も好むのは肖像画を通じてだ。そうしたものなのだ。先に進めよう、小姓よ。——多くのことがそなたには分かっていないな——うなずかないで、尋ねておくれ——従って僕が三万の肖像画を仕上げさせて、それも銀貨の上とかあるいは金貨の上にまでそうして、そして肖像画を配ったら、実際誰ももう沢山とは言わないだろう。——しかしもっと別なふうに尋ねてみよう、誰だって金は好きなのだから、しかしこの件で変わらないことは、侯爵の頭部は、侯爵が支配しなければならない数千の他の頭部を侯爵自身は代表しているので、どんなに頻繁に模写され、代表とされても十分ではないということだ。肖像画のある貨幣でさえ、侯爵が誰かに自らを贈ろうとするときには、少しも十分ではなく、侯爵は自分の肖像が大きく描かれている嗅ぎ煙草入れといったもので栄を賜るのだ、もっともその下にはしばしばかなりの量の縮小された自分の顔が金貨という形で収まっているかもしれないけれども。——僕の場合には更に極めて重要な事情があって、ジャンよ、僕は僕を貨幣に、あるいは貨幣を僕に刻印させる前に、前もってこの世で最も偉大な最も愛する人物達のうち二人に、つまり僕のやんごとなき父親と僕のやんごとなき恋人とに、今や三十一人の画家によって数百のものに広がる僕の肖像画をひょっとしたらこっそり渡せるかもしれないということを考えなければならないのだ。――最愛の者達が突然僕の肖像画を見ることになったらと考えるのだ。……」

「なんとまあ」とシュトースは答えた、「きっと生きておいでで、殿下御自身が来られて登場されたら、誰を目の前にしているかすぐに分かることでしょう」。

「そして芸術家達は当然彼らの朝の芸術作品を大きな展覧会に共に出品するから、宮殿にいる見知らぬ皇女が、僕がローマで高貴な彼女の女友達の一人の横にいるのを見たことを思い出し、その後多くのことを女友達や僕に伝えることは大いにあり得ることだ」。

「畜生」とシュトースは答えた、「誓って。皇女はおんしをいずれにせよ今日宮殿の窓辺で望遠鏡越しに覗いていたのでは」。ニコラウスは、すでに述べたように、万事を反映の中で見、反響の中で聞き取ったので、ひたすら将来のことを思って少しも今日のことを考えていなかった。

「そもそも」――と彼は落ち着いて続けた――「当地の宮廷《ホーフ》［旅館］がどう僕のことを考えているか一層よく知らなければならない」。

「いやさ、そのことは旅館《ホーフ》自体まだ知りませんぜ」――と単にローマ館のことを考えていた搗き係は言った。――「亭主は確かにわしの前や後ろで聞き耳を立てていましたが、その手に乗るものか。ただ実直な給仕だけには打ち明けました、わしが自分の耳で聞いたことを、そして殿下の父親が薬局でおんしを、いつか折を見て王座の許に訪ねて来るよう招待されたとき、父親その人を目にしたときのことを。そして父親殿はおんしと瓜二つであって、特に鼻の所がそうであることを。そしてハーゼンコプフ伯爵なんてことはおんしの件全体では少しも考えられないことを」。

「そのことは大したことではない、政治の分からぬジャンよ」と伯爵は答えた、「僕の当地での微行はいずれにせよ単に見せかけで、誰もが僕が誰であるかよく承知している。今はとにかくまた怠けもののハインツの面倒を見て、夕べの祈りのとき今日すでに起こったこと、これから起こるであろうことすべてに対して神に感謝するがいい」。

「ただ革袋のあの忌まわしい永遠のユダヤ人にだけは会いたくない。あいつは侯爵やそのような方に何か含むところがありますぜ、あの悪魔には今日すでに三回会っています」。

「彼にはきっと援助しよう」と横になっているニコラウスは言った、彼は今日の夕焼けに不運の霧を引き寄せたくなく、過去のことの後からの夢想と将来のことの前もっての夢想に長いこと浸って、ようやく夜から現在の最も素晴らしい夢想の中の一つを得られるようにし——遂にその一つに襲われて、自分が一人の画家を前に自ら十六の体と三十二本の腕を持って座っている姿を見た。これらはすべて一つの可愛い群像に組み合わさっていた。

第十八章
三コースから成る
二回モデルとなって座り、一回道に迷う

第一コース
ベルギー派とニュルンベルク派の仕事(1)——ヴォルブレの卓話

十六名のベルギー派は時間通りに来て、芸術が、つまり彼らの各人が十ルイ金貨で輝かしく侯爵のモデルによって支援されるようにした。ルカの町全体の最も偉大なネーデルランド派の大家達、デンナーとか、ポッター、オクス、エーゼル、ラウス等々の人々は仕事箱をかかえて階段を上ってきた。亭主のパプストが先頭で、彼らのレオ十世(2)として——彼らのモンテ・ディ・ピエタ(3)と破産債権者として——彼らを伯爵の前に案内する侍従長としてやって来た。この流派はまた四つの素材に分かれていて、細密画と、黒いチョーク、赤いチョーク、それに中国の墨であった。ちなみに彼らの自らのドレープは彼らの画像のネーデルランド派のドレープのように輝かしいものではなく、幾らかもっと乞食めいていた。彼らは襤褸と習作とを掛けた自らのモデル人形であった。そして彼らの身に着けた衣装に、人々は、人々がラファエロの衣装で称えるものを見た、つまり現在の動作の襞に単に近き過去の痕跡といっ

たものを見るだけでなく、本来とうに過ぎ去った動作の痕跡に他ならないものを見た。

これについては私は少しも驚かない。偉大な衣装画家が惨めな格好をしていれば、それは名手の画家の筆跡は、ラーヴァーターの意見によれば通常読めない筆跡であるという事情に等しい。というのはこのことはまた立派な詩人や説教家の場合と異ならないからである。――立派なスイスチーズはスイスの旅館では手に入らず、外国で得られるように、あるいは立派なラインワインはラインでは得られないように、あるいは最上のフランスワインはフランスで得られず、その栽培地外で得られるように、倫理的な詩人や説教家そのものの許でも立派な性質や穏やかさ、愛情、宗教、気品は得られず、むしろこの者がすべてを送る外国の読者の間で得られる。そしてある英国人は絞首台の下で著名なドッド博士の説教によってまことに立派に教化されたのであるが、他方人々はこの説教家自身を絞首台に結び付けていたのである。

伯爵は前もって肝要な適切な言葉を述べたが、それは芸術の理解者というよりは――より正しい――芸術の保護者を示すものであった、そして各人と彼自身にとって追従的なことであったが、彼は自分を第二のカール五世と呼んだ。この皇帝は旅のときはいつも一人の画家を連れて行き、ティツィアーノから、三度描いて貰った後、三回不滅性を得たと請け合った人物である。そして彼は付け加えた、自分はひょっとしたらもっと多くの不滅性を当てにしてよかろう、と。着席と光のカットは大いに難しかった。ただハーツェンコッペンだけは容易に広間の中央に、大きな鏡に向かい合って座った――彼の周りに様々な大家の小さな机が置かれた、しかし彼の正面の顔が見えたのはほんの数人だけで――他の者はただ四分の三プロフィール――何人かは顔半分――数人は四分の一顔、そして彼の背後の多くの者は全く前面が見えなかった。――しかしこの者達には鏡が対置されて、それで鏡からまた正面の顔、四分の三や片面の顔を極めて快適に写し取ることが出来た。

かくて模写があらゆる角や隅で熱心に始まった。というのは午前中だけに彼の顔の六日の創造日は圧縮されたからである。同一の十五分間に彼は十六の頭となって――彼自身の頭を勘定に入れなければ――そして十六の額を得た、黒いチョークや赤のチョーク、あるいは墨やその他のものから。

人々が彼の十六の鼻にかかったとき、彼は——まだ先の額のときであったが——肖像画についての正しい原則について述べた。一つにはモデルとなりながら話をして、この負担を軽くするためであり、一つにはそれを話すまさに十分な根拠、つまり十二の痘痕があったからである。彼は、まさしく彼らの流派が、いかに自分や誰かを別様に描いて貰う通人を満足させるか述べた。彼らからは本来自分自身の見せかけの像を得ずに、真実の、筆で粉飾されたのでもなく、際立たせられたのでもなく、隠蔽されたのでもなく、まさに自分自身のものであるものだけを得るから、と。——そしてこの自己こそは、愛する者が他人の像に求める唯一のものである。——誰も現実の父よりも美化された父を選ぶことはないだろう、まさに父の像の場合も同じである。スウィフトやデカルトといった人が恋人の斜視ですら、あるいは他の者達が（『新エロイーズ』のサン・プルーが恋人ジュリの）痘痕ですら魅力的であると思うのであれば、当然単なる肖像画の場合いかにそれはより容易であることか。自分が遺憾に思うのはただ、まさしく無邪気な侯爵達が単に上辺の美化によって自分の貨幣にいとも容易に、いとも平板に、特徴なく現れていることだ。——「諸君、さあ大胆にやって欲しい、実直に一つの痘痕も見逃さないことだ。それらが一ダースあっても」と彼は十分上手に終えた。というのはまさしくこの十二の痘痕は彼の太陽の軌道時に父親が彼を見いだすときの十二宮の星座となるはずであるからである。

それ故彼がその正面をまさに、かの素晴らしいルカの町中で著名なバルタザル・デンナーに向けて座ったのは賢明なことであった。彼はすでに述べたようにある像の上に自ら顕微鏡で描き込んでいて、それを通して人々は最も微細な目に見えない特徴まではっきりと拡大して見ることが出来たのであった。ハーツェンコッペンは彼に要求した、自分の肖像画にも描かれた拡大鏡を添えて欲しいが、しかしそれは鼻の上に持って来て欲しい、しかも鼻が無限に拡大されるような具合にではなく、これは規則的顔面では不恰好に見えるであろうから、——痘痕も拡大されるべきではなく——そうしたら十二の心窩や水平な鼻の穴やダイヤモンド坑よりも体裁悪く見えるだろうから、——すべては顕微鏡下でも自然のままに見えるようにして欲しい、つまり普通の、分別ある人間の鼻のように、一ダースの痘痕を添えて描いて欲しい、「僕がその数を正しく数えているならば」、とニコラウスは言った。

かくて彼はほぼ一時間で他人がその全奉公で得るよりも多くの顔を得ることになった。というのは彼の顔は色彩の波の中で十六回屈折したからである。これは多いと呼びたくない。というのは小さなドレスデンの桜桃の種[4]は百八十の彫り込まれた顔を有しているのに比べて、彼のは勿論百少ない顔を芽生えさせているからで、これはイタリア派の朝の温室の分を勘定に入れてもはっきりと異なる。十二の痘痕を、これより多くも少なくもなく、それぞれ生来の順に、バルタザル・デンナーは坑夫のように――これは推測上のことであるが、しかしやはり彼を称えるためにここで広く知らしめるが――拡大鏡の下の鼻に彫り込んだ、ただ芸術に忠実に、ただ自然に従って、この痘痕が侯爵の金鉱にして銀鉱であるとか、侯爵は痘痕点がなければその父親にとって侯爵のその他のすべての読書母［発音符代用文字］にもかかわらず点のない旧約聖書に留まるであろうということは皆目予感せずに描いた。

しかし私はデンナーにかまけてオクスのことを忘れて欲しくない、つまりスイスへの以前のフランスの大使のことではなく、ルカの町の第二のパウル・ポッターのことである。即ち第一のパウル・ポッターが小便をする雌牛を、ミーロン[5]が乳を飲ませる雌牛をそうするように、さながら不滅の契約の櫃として前につないでいて、そしてそれぞれの雌牛がピス・ヴァッシュ［雌牛の小便］のように著名であるが、しかしそれほど崇高でも気取ってもいないとすれば――スイス人はその牧場言葉で周知の滝を十分壮麗に呼んでいて、――ルカの町のポッターは小便する雌牛を福音史家ルカの横にはなはだ完璧に描いていて、それで人々はその動物にかまけて福音史家を忘れるだけでなく（しばしば聖者の伝説では逆になるが）、また画家に家畜の名前を付けるに至っている。画廊の監督官は先年の展覧会のプログラムの中で、まさにこの褒賞の雌牛を公然と審美的に評価して、はなはだ称賛してこう述べている。「素晴らしい家畜の脚が支柱として形成している一つの壁龕であり、一つの宝物である」と。これはほとんど厳か過ぎる言い回しであって、単にゲーテ[6]のような人が、それもミーロンの子牛を伴った雌牛の描写の場合にのみ、敢えて文字通りに言えるようなものである。

しかしまさにこの天才的な雄牛《オクス》の創造者にして同名者がハーツェンコッペンの鼻に、単に細密画の模倣であったが、すべての痘痕の十二の星を――冗談に伯爵を六星のてんとう虫［コッキネラ］との二重の類似性からそう呼んでよければ——純粋に美しく表現した。しかしオクスはつむじの上の半円によって伯爵に全く思いがけない喜びを与えた、それは伯爵の周知の頭蓋の燐光あるいは伯爵の聖なる拡散空間をきちんと暗示出来るものであった。聖なるこの縁飾りは、痘痕の句読法同様に常に何か素晴らしいものであった。ポッターは、推測されるように、痘痕と光線のこの高貴な侯爵らしい領主らしい意義については何も耳にしたことはなかったのであるが。それで多分彼はこの半円を習慣から上に描いたのであって、彼には聖なる福音史家のルカを度々描くかあるいは彼の横にまたその雄牛を描く習慣があって、雄牛の二つの弦月のように互いにアーチを描く角は一種の聖なる後光として彼には馴染み深いものであったのである。

十分であろう。ハーツェンコッペンはオクスにとても満足していた。

しかしその他は、別の画家達は単に出来の悪いデンナーやポッターであって、多くの者が十二以上の、何人かは十二以下の痘痕を、数人に至っては合体した痘痕を孵化させ、そこに見られる鼻のことは言うまでもないことであったというのは隠さないことが史実的義務であろう。いや画家の中には、先の男達が画家の名声の神殿に置かれるべきであったとすれば、その墓地に置かれるのがふさわしいものさえいた。私は愛情の念からその名前は世に明かさない。まったく下手くそに描かれたものが眼前にあるけれども。

アカデミーでは、アカデミー［ここではモデルの意］を除いて、つまり伯爵自身を除いて、モデルの座姿の終わりを待ち焦がれている者はいなかった。画家達も少しも望んでいなかった。一人としてそこそこに太っている者がいない十六人の写生家の顔に絶えず目を縦横に走らせることほど退屈なことは考えられなかった。——生気ある表情の者も一人もいなかったが、細密画家達のわずかな唇が例外で、彼らはそこで絵筆の先をしめらせていた。座姿がすでに侯爵を疲れさせているとすれば、マークグラーフのような者が、自分が立ち上がって、十六の痩せたチェスの駒に対して——その中の三人だけが金や銀を十分豊かに有していたが、つまり細密画家が金泥と銀泥を有していたが——十ルイ金貨を（つまり各駒に対して）その机上に置くという瞬間を全く待ちきれずに、ただ焦燥の余りそわそわして、学校教師のように、家事的勤勉さが最も大事で、そうして自分を描き切れると考えているときは、幾層倍疲れることか。

ようやく彼は立ち上がって支払うことが出来た。

上述したように、それぞれの（ここでは指されたというよりは指している）チェスの駒は十の金貨を得た。——この場景は余りに抒情的詩文に属していて、静的で平明な歴史、模範的にはアーデルング[7]が『ヨーロッパの実用的国家史』の中で記述したような歴史に属することが余りに少なく、それで私は次のような願い以上に何か強いものを抱けない、即ち貧しいコレッジオ[8]が惨めな銅貨の謝礼で一杯の財布を持ってその中に混じっていさえしたら、彼は財布を落として、こう言うことだろう。私も画家だ、つまりルカの町の住民だ、と。

大家達が金貨をしまいながらした誓いの数は数え切れない——私は六十と仮定するが、——つまり、自分達は作品を家に持って帰って、そこで立派に仕事をし、公開展覧会までに日々通り過ぎる際に盗み見する新たな特徴で立派に改善し、それで展覧会の際には数千人の間に千歩離れていてもすぐに彼だと分かるようにしようと誓ったのである。

「広間の皆の中で誰が伯爵殿に最も良く、最も似ているように描いたのは誰か、私には分かる。——彼本人だ、その支払いで」、と旅行世話人は夕方、伯爵と自分自身の件で一日中ニコロポリスとルカの町の間を行き来した後、やっと食卓に来て、国庫からの十六人分の年金と建築助成金の話を聞いたとき言った。彼は早速自分を同行の階級代表と見なしていた。というのはかなり以前には侯爵達は旅に階級代表達を自ら同道させていたからで、この代表達は今ではまず侯爵達の許に旅している。

それに彼はまさに一日中、若干の階級代表的熱意と大胆さとで侯爵にその法外の善意へ注意を向けさせようと夢見ていた。階級代表のヴォルブレはへりくだって忠誠ぶって、このようなやり方では次の未来のダイヤモンドが炉から出て来もしないうちに消え去るようなものだとか、こんなでは国庫の壁は、空腹の胃のそれのように、ゆるんでしなびてしまいかねないといったふうに意見を述べることは出来なかった。しかしことに一日中しっかりと飲んでいたのでこう意見出来た、自分は美術は理解出来ないけれども、――この点彼は正しく、美術に対するセンスはなかった、――しかし自分は宮廷画家レノヴァンツに賛意を表さなければならない。彼はルクス町のベルギー派全体をロンドンの学校に喩えていて、そこでは老婆が子供達にしかめ面と乞食の姿勢を教えているのだそうだ、と。――「私はルクス町の安ワインを貴方のホテルではもはや一滴も飲みたくない、パプスト殿」、――階級代表は、亭主に向き直りながら続けた、亭主はハーツェンコッペンの侯爵の椅子の後ろに祭典幹事として仕えていた――「このような画家の報酬で町のすべての乞食どもが納得して景気よくならなかったら、この件は写生家による手洗いというよりは貧乏人による洗足木曜日の教皇の足洗いということであったであろう」。

「十六人の芸術家そのものは」――とパプスト［教皇］は答えた――「まさに、神よ憐れみ給え、すでに貧乏人でして、誰もが私に借りがあります」。――

「それ故に」、とヴォルブレは続けた、「貴方は彼らの芸術よりは勘定の理解者として、決して観相の理想を、レノヴァンツの言を借りれば、解しない、ましてや描けない散文画家達、へボ芸術家を薦めたわけですな」。

亭主は請け合い――ニコラウスを引き合いに出し――言った、自分は「理想化」の流派、イタリア派も同様に強く薦めた、明日は彼らが来ることになっている、伯爵閣下はモデルになられるのです、と。

今やヴォルブレは我を忘れたように叫んだ。「教皇《パプスト》よ、すべての神々よ。こいつらは屑ですぜ、殿下。我らの宮廷画家のレノヴァンツは言っています――彼がここにいればと思いますよ。彼は昼も夜も展覧会のために仕事をしています。――自分の足の爪で、それが十分尖って切られていたら、町の彼ら皆よりも上手な理想的な卵形を紙に引っかいて描いてやるつもりだ、と。しかし彼らの絵筆の金箔押し歯にかかる顔に恵みのあらんことを。この絵筆が掃いて除け、食いちぎる最初のものはドイツ国内の鼻で、ギリシアの鼻を載せるためであり、少なくとも［小説の］ローマの鼻の代わりに、［古代］ローマの鼻を載せるためであります。そして最も力強い最も角張った顔は七面鳥の胃の中の酸っぱい貨幣の顔のように滑らかにこすられます。私は私の顔を一オックスホフトのワイン分も彼らの色彩で塗られたくありません。――伯爵、こいつらはねつけて、階段の下へ押し戻すべきと存じます、きっとべルギー派の平面鏡ども同様に同じような慈善興行を期待しているでしょうから」。

ここでようやく伯爵は微笑みながら穏やかに口に出して言った。「自分は約束してしまった、だからどうしても約束を守らなければならない。――ルカの町の侯爵のように侯爵が芸術を自分の経済を犠牲にしてまで隆盛のために尽くしたのであれば、自分自身はこの隆盛を保ち、更に栄えさせること以下のことは出来ない。――それに自分の多面的な趣味に対して、ただ一方の流派だけが専らにひいきされ、別な流派のそれに劣ると非難を受けたくない」と。


ここで好意的パプストはうっとりとして口を挟んだ。自分はこの機会に、明日はイタリア派の十五人だけが予約されていて、ハーツェンコッペン伯爵殿はその公平な趣味を永遠に称えるために両派にその慈悲の眼差しを賜っているが、今日の午後ほとんど泣きながら名乗り出てきた十六番目の男を推薦し、送り込みたい。――生来この男の生業はイタリア派の画家で、恐らく疑いもなく最良の聖人をルカの町で描いてきた。それ故彼も単に一般には聖人画家としてのみ知られている。特に彼の一万一千人のケルンの乙女は可愛くて、敬虔なもので、彼はそのうちの二、三ダースを提供してきた。――しかし町は両性の聖人で夙に過剰になっているので、この者は売上不足から銅版画家となり、今ではまさに極めて淫らな長編小説の二、三の銅版画を彫っている。しかしこの痩せた、空腹の、背丈の高い男が余りに不謹慎な像を忌々しそうに彫刻刀で引き続き彫り進めている様を傍で見守っているのはまことに悲しいことである。この男にとっては以前の専門では少しも射撃練習をしたことのない本当に馴染みのない専門なのである、と。「卑賤の身ながら」と芸術と客人を大事にするパプストは結んだ、「困窮している猥褻な聖人画家のために言上仕りたく存じます、今日宮廷説教師のジュープティッツ殿はこう発言されました。閣下の顔が一枚あればその謝金と共に聖人画家は悪魔の爪から逃れられる、と」。

「いやはや」とニコラウスは叫んだ、「その男には顔を描いて貰おう、しかしひょっとしたらその男の予期以上の謝礼になるかもしれない」。

するとヴォルブレは亭主の方を向いて言った。「パプスト殿、私の話しぶりから分かることですが、今日はほとんど半ば酩酊して見えるはずです、いつもはルカの町中で最も醒めた飲み手の一人なのですが。貴方にとっては、はなはだ醒めたパプスト殿、貴方みたいでない者がより一層好ましく、ことに貴方の酒場では、日々を、盃サナダムシの場合のように[*1]、盃の形で交互にはめ込んでいる者がより好ましいことでしょう。これは一種の、私には忌まわしい瓶オルガン人間[*2]で、まずは瓶を空にしなければ、聞こえるようにならず、大口をたたけない人間です。要するに自らの例でバッカス神を九柱戯遊び[*3]の発明者として示し、敬う人々で、この遊びは単に倒れることにあるのです。――勿論今の私が、あたかも立っておれないようであれば、これはかなり事情が違います。と申しますのは、貴方のけなげな華麗なグラーブ・ワインは、青春の花盛りで、ほとんど秋を閲していず、立派なレスラーで、プラウトゥス(9)によればなぎ倒すからです。――このワインは、しばしば半世紀後にようやく樽から出てきて瓶やグラスに注がれるという、かの古い店晒しのもの、地下室に置きっぱなしのものではありません――このような新鮮な、若い、幼い血は、自ら酒精によっていっぱし機知的になり、あるいは成年認知を得ますが、私ども若い飲み手もこれで件の如しです――要するに全体このようなものです。――同じことを私は貴方のバルザックやオ・ソーテルヌや他のボルドー・ワインについても称えたいと思います、これらは立派に潔白を証明したもの、つまり黄色に洗ったものです」。

ここで亭主は、ソクラテスがアリストファネスの『雲』の中で自分のことを笑っているように、これらの洒落にまことに喜んで笑ったので、世話人は続けた。「しかし切に願わしいことは、パプスト殿、どの教皇もカリクスティン派の者達に快く純粋なワインをすべて、貴方が私に対してそうされましたように、また私が貴方に対してそうしましたように、振る舞って欲しかったということです。貴方は（私が話し終えたら、もう一本の瓶をお願いしますよ）、私が全く、健康な純然たる硫黄の雨あるいは硫黄浴と同一視するような珍しいフランス・ワインを有しておられませんか。これは硫黄分が大変に豊かで、それでこのワインでまた他のワインを調べ、鉛の添加をことごとく沈殿させることが出来、いわばこれまたやはり硫黄で行うハーネマンの試験液と同じになります。頭の中でさえ、この純粋な飲み物は鉛をすべて沈殿させ、それで頭は朝には大いに前より重くなります」。

亭主は伯爵の領主らしい顔に、彼はそれをじっと見続けていたが、楽しい意見だという保証の色が見えなかったので、軽く、うぬぼれて微笑んだ。しかしこの厚顔さが更にヴォルブレの［決闘用］太刀と［稽古用］試合刀を鋭くさせた。「ワイン商の」と彼は続けた、「ワイン顧客に対する子供らしい愛は、ツンキンでの子供達の父親に対する愛と同じようなものではないでしょうか。──子供達は密かにツンキンの父親のそれぞれに好みの家具──可愛らしい棺を注文して──それを父親の誕生日に贈ってびっくりさせます、それでワイン樽は、内部に鉛糖を有して、十分に甘美な薄い棺となります、そしてその上それは木製の枠の中の王侯らしい鉛製の棺というわけです。ただこの場合当然ながら棺の方が先に、飲み手が棺に収まるより先に飲み手の中に来ます。──しかし人生を延ばすと共にすっぱくする立派な渋いドイツ・ワインを有するときに、鉛のように甘いフランス・ワインが私に何の関係がありましょうか。若いワインが古いワインと混じるように、好んで若者も最長老に注がれ、混じるがいいのです。あるいは古い貴族が容易に新しい貴族とつながり、みずみずしくなるがいいのです。ここでは、この肝腎なこと、ワインの宗派混合教会は、高貴な、新旧両教同権の亭主達のお蔭をこうむっています。亭主達が最後に樽の和合のために第三身分も何も有しなくなると、彼らは貴族の真似をして、著名な川、ライン川、ネッカー川、モーゼル川にちなんで命名されているワインを新たな岸辺、ヨルダンに近付けて、それで再命名します」。

パプストは笑いを収めることが出来ず、何度も請け合った。「素晴らしい、利発な洒落です。これを当てはめたくなる二、三の同僚を知っています。彼らのひどいワインではフォン・ヴォルブレ殿はこのような機知を思いつかれなかったでしょうから」、そして注文の最後の瓶を自ら取りに急いで去った。しかしヴォルブレの諷刺の更に高まることを知っていて恐れていた伯爵は、瓶を彼の部屋へ後から届けるよう頼んだ。

ヴォルブレは瓶にさえ先回りして行った──彼にはその理由があった、それも多くの理由があって、単に飲んだ瓶のせいでもなく、飲める瓶のせいでもなく、彼の夜のアヴァンチュールのせいであった。私がそのようなことを読者に語ったら、それが読者に良いことかほとんど分からない、それがある具合に、この侯爵の鑑とは言わなくても、この侯爵の物語の真面目さを中断させるからである。しかしまずは第二のコースを本当に読んで、読者が皆自ら判断して欲しい。

＊1　盃状につながったサナダムシ（T. Cyathiformis）はただ盃から出来ていて、これをムシは、盃の上の方は下の方より広いので、出し入れすることが出来る。

＊2　ヴィルヘルム・エンゲルはベルリンの盲人施設で瓶オルガンを発明した、それは空の瓶がうつろな鍵のように送風機によって吹き付けられるのである。『すべての新発明の雑誌』第六六号。

＊3　ヤーコプソンの『技術辞典』。

第二コース

ヴォルブレの歩み、あるいは夜のアヴァンチュール⑩

すでに話したことだが、ヴォルブレは朝の霧のとき多くの美人を腕に抱くに値すると思い、とびきりの美人も抱擁したが、この女性とは後、霧が晴れたとき、すでにローマ館の門の下で出会った。彼女はパプストの娘であった。両者は澄んだ大気の中で即座にまた分かり合えた。ジャネットは少しも怒らずに微笑んでいた。彼はおよそ旅館で見いだせるかぎり、最も親切で、気さくな旅行世話人であった。彼は愛の綱を、綱作りが綱をそうするように、通常恭しく後ずさりしながら、十分な長さにまでねじって作った。それからそれを手にまた戻って来て、相手がからまれるまで、その周りを回った。他の、ジャネットのような軽い人物の場合、彼は単に冗談の話の糸、蜘蛛の糸を取り出して、その美しい蚊が自分の無垢の織物の中で固くすべての足や羽がくるまれてしまうまで長く巻いてしまい、それからその蚊を一本の糸で軽く引っ張っていった。……

しかし実際、私は単に惨めな寓意《アレゴリー》を技巧的に紡ぎだすために、読者方に哀れな旅行世話人を表面そう見えるよりも十倍もひどく描いてはいないだろうか。全体は明らかに、ただ彼が自分の妻に全面的に忠実だというわけではなく、単に半分だけ、四分の一だけ、八分の一だけ忠実で、かくて法的に言って、「違反」に陥っているにすぎないのであった。彼は何度か自分の結婚生活と両人の結婚指輪を——並びに他の千以上の結婚生活を——土星の両リングと比べ、そして結婚生活を、最初は黄金時代を呈するが、しかしそれから鉛の印となった土星そのものとし、そこでは一年間が三十年に延びる土星そのものと比べた。

彼は仕事で絶えずジャネットの前を通り過ぎた最初の日にすでに彼女に提案して、自分は彼女と自分の仕事がなくなった二日目の夕方に彼女の許に行き、侯爵に関する幾多の件で話をしたい、自分の耳にしているところでは、彼女はパプスト氏の許での究極の存在、真の女教皇ヨハンナ(11)であるから、と言った。彼女は言った、自分はすっかり遅くなってから、一時にようやく一人になり、自分の小部屋で暇になるので、この件には応じたくないが、しかし彼のために明かりを点して、待つことにしようと言った。ちなみに自分の小部屋は、と彼女は付け加えた、簡単に分かる、階段を上ったら廊下のちょうど十三番目、あるいは最後から二番目であり、日中ただドアを数えておけばよい、と。「でも」と彼女は素敵に乙女らしく結んだ、「万事話をすべて簡潔にまとめて下さい」。私はほんの短い蠟燭の燃えさしを点しているだけで、これが燃え尽きたら、容赦なく出て行って貰います」。彼は世にも短い提案を約束した。

自分の約束を正直に守るために、彼は日中階段を上って、すべての部屋のドアを二回数えあげた、その中には塗り込められた、装飾のドアもあったが、遂に最後から二番目の、十三番目のドアを見つけ、それを少しだけ開けて、ここが家の娘の小部屋であることを容易に察した。

ちょうど夜の一時に彼はグラーブ・ワインを飲み干し——というのは急いでいたからで——そしておぼつかない足取りで、こっそりドアの取っ手から取っ手へと数えて進み、遂に十三番目のを握った。不運だったのは、彼がジャネットのようには描かれたドアとその描かれたドアの取っ手も含めて数えずに、従って十三番目のドアの代わりに十四番目のドアを開けたことであった。しかし中は真っ暗であった、殊に彼の、ワインによってまさに明るく洗われていなかった目の窓にとっては暗く、そしてすべてのカーテンが下に引かれていた。しかし彼はジャネットの美しい魂を真に喜んで信じていた、そして彼女は自分同様に実直に約束を守ったが、しかしただ明かりが短すぎたのだと思った。

暗い部屋では人間を容易に見つけられるのはベッドを措いてないので、彼はベッドの方に手探りで行き、遂に彼の手は冷たい死んだ頬の上を滑った、頬はその上つるりと落ち、彼の両手に残った。このとき生きた者が女性らしい叫び声を発してベッドから起き、その後ドアから出て行った。世話人は枕の前に、何か冷たいものを手にして立っていて、万事を了解したが、ただ肉だけは分からなかった。カーテンの背後の窓前でそれをもっとよく調べるために、それを持って窓のカーテンの所に行くとき、二つ目の肉片に当たり、それも携えて行った。それは直に立派な、まだ新鮮な子牛の肉と分かったが、それは彼がよく女性の魅力の昇華術、濾過術を知っていたので直に使い道が察せられた。それは対の夜の頬で、ベッドさえも華奢な膚の蠟の青白さのために利用するものだった。あるいは顔の美しく彫りつけられた表題紙のための遊び紙であった。しかし彼は今や自分が耕す子牛から容易に、このような化粧の小片は魅力と若さに溢れるジャネットのものではなく、どこかの、時と共に色褪せつつある美人のものであると謎解きが出来た――要するに、自分は間違った部屋に来たことが分かった。

こうした理性的推定をしている間に外ではドアの錠がパチンと閉められることになって、推定が完全に証明された。それは繊細な上品な銅版画の吸い取り紙の下、ベッドに寝ていたある未亡人であった。彼女は隣の明るい部屋に走って行き、そこでジャネットに自分の部屋とベッドへの侵入を思ったより落ち着いて笑いながら説明した。しかしより感じやすい亭主の娘は我を忘れたかのようであった。かようなことは、ローマ館では前代未聞だと彼女は言った。「凌辱者は部屋を間違えて、私の所に来たかもしれないわ。神様、私は卒倒していたかもしれない」。――「それがただの凌辱者で」と未亡人は答えた、「もっとひどい盗人ではないと、どうして分かるのよ」。――いずれにせよ最もいいのは、とジャネットが答えた、朝までここの私の部屋に留まったらいい、隣の部屋の鍵を閉めて、鍵を錠に差したままにして、このようにして——私自身の安全も考えて、——朝になったとき、この危険な人間をつかまえ、明るい光の許でこの者を見ることにしよう、ことにこの悪漢は、今暗闇の中で外に出したら、婦人の最良のものを、いやすべてを懐に入れかねないから、と。かくて世話人の上には夜の網が引かれ、彼はその下に座り、翼をばたつかせていた。——

——ここで読者は、芸術批評家がジャネットの思いがけない封鎖命令、穀物禁輸をあれこれの流儀で、しかし常に鋭利に説明するために分離する様々な党派のうちの一つに加担せずには私の話を更に聞こうとは思わないだろう。ある党派はすべてを失敗とヴォルブレの愚かさに対する乙女の嫌悪から導き出そうとするかもしれない。——二つ目の党派は彼がわざと間違ったのではないかという彼に対する不信感からそうするかもしれない。——第三の党派は、第二の党派に近いが、未亡人に対する彼女の嫉妬と用心からそうして、未亡人が彼を結局受け入れかねないと推測していると思うかもしれない。——第四の党派は上品な乙女らしい名誉心を利用して、名誉心が損なわれる恐れがほんの少しでもあるとそれを避けるジャネットの義務から封鎖を説明するかもしれない。——第五の党派はこの点に強い、しかし亭主の娘にとっては少しも欠点とならない取り澄ましを見て、根本的には先の党派と余り変わらないことになろう。——第六の党派は、これは私自身であるが、電気的に考え、すべての五つの流派と自分のとを結び付け、波打つ女性の心の中でこうした五つの感情をすべて互いにあちらこちらに帆走させ、反応させるであろう。

——話がまた始まる。

シオンの二人の女守備兵、女番人の退場の後、女性の寝室というサンタンジェロ城の囚人はあちこち歩き回った。しかし出られないと気付くと、格別騒がずに中に入った、つまりベッドの中に、上着のポケットには頬の肉片を、頭にはグラーブ・ワインを入れて、そしてさっさと眠った。

かくて朝方、両女性は旅行世話人に最も早い訪問の一つを行う羽目になった。彼女達は開ける前に、悪人が服を着るよう強くノックした。しかしすでに服を着たまま彼はカーテンから出て部屋の中を目を潰された花鶏《アトリ》のように荒々しく動き回り、叫んだ。朝早く起こすのは誰か、と。というのは彼は即ち瞼の疾患があって――これに対してはゲッティンゲンのリヒターの[12]『外科医術』がその手段を講じているが――それも特に旅で罹患しており――朝方――大臣も多分に、しかしこれは単に政治的朝方に――眠りのため閉じた目をしばらくはどのようにもがいても開けることが出来ないのであった。この度はその上新たな災難が加わっていて、彼の頭からは一切が消え去っていた、酩酊、寝ている場所、アヴァンチュール、頬の鞘翅、自分のいたずらの計画まで消えていて、それで彼は最初自分の不利となったことに全く罪の意識を抱かずに立っていた。このような気持ちでいて、かような目の閉ざされた状態のときに無邪気な旅行世話人は自分が上品なレディーの眠りを妨げ、驚かせ、彼女を部屋から追い出したと聞かなければならなかった。――絶えず彼は、あちこち走りながら、自分が彼女達の姿が見えないと許しを請うた。自分は誰を目の前にしているか分かったら即座に返事したいと。しかしそのとき目のせいでポケットのハンカチを探って、ハンカチと共に化粧の子牛の肉も引き出したとき、突然肉のお蔭で真夜中過ぎのこと全体が照らし出され、瞼がぱっと開いた――すると原告の未亡人が彼の前に、花咲いて、というよりもほとんど萎れて立っていた。というのは多くの顔は真の美しいテンペの谷であるからで、ギリシアのこの谷が歴史や目から離れたところでは無限に魅力的であるが、しかし旅するウォールポウルやバルトルディ[13]の間近では単に荒れた素っ気ない狭路にすぎないように、最も美しい顔も、その魅力は夕方の明かりの人為的距離によって最も良く見えるが、日の明かりでは実際魅力が奪われてしまう、日の明かりは余りに強く近付けてしまうからである。

しかしヴォルブレがこのような場合ほど容易に自らを救い出す術を心得ている場合はなかった。「ここに」と彼は始めた、「私は私の弁解を手にしています、私の情けない目の証拠で、目の上に私は毎晩肉片を置いて、目を強くしようとしているのです。しかし残念ながらこれでより良くなりましょうか。――私は手探りをしないでしょうか――御覧の通りです、――部屋で明るい明かりが点されていないと、どの部屋にでも入って行き、最も美しいレディー達の邪魔をしないでしょうか。――このせいだけでも美人は誰でもほのかな夜の明かりを点すべきで、若いほど明かりは長いものでなければなりません。——それにこのホテルのワインは実際私の弱い頭には強すぎます、ジャネットお嬢様」。

このとき彼は二つ目の頬当てを床から拾い上げ、しまい込んだ。未亡人は全く当惑したが、しかしこのようなお道化た洗練さとお巫山戯に同時にうっとりとして、幾らかこの男のことを買った。しかしジャネットは彼女の容易な許しと彼の嘘っぽい弁解に少しも馴染めず、いつか次に出会った時に解明し、復讐すると期待し、純然たるヨハンナ・パプスト［教皇］として彼から別れた。

しかしながらこの事件の四分の一は、ローマ館同様に、ニコラウスの宮廷全体でも噂となった。四分の一の残りの部分も多くは推測された。ただ聖職候補生のリヒターだけが、旅行世話人が、率直にではなかったが、好意的に彼に説明したことだけを推し量り、信じた。

第三コース

ここでは新たにすべての高尚な大家達と淫らな聖人画家に対してモデルとなる

ちょうど朝早くにルカの町の十五人の大家が階段を上って来て、続いて十六人目の淫らな銅版画家がやって来た。ティツィアーノとかフラ・バルトロメオ・ディ・サン・マルコ、ローザ、レーニといった名前は自負と死後の名声を感じ、ベルギー派の先行者達の生前の名声に若干の不満を感じていた。

満足して侯爵らしい思いやりを記すことが出来るが、つまりニコラウスはイタリア派を全く先日の流派に対するのと変わらぬ愛想の良さで遇し、かくて芸術家の間で見られるかぎりの嫉妬に対して備えたのであった。彼はまた、自分や皆が座る前に、先日同様に若干の短い見解を先に示して、述べた。芸術そのものは常に美化するものである。芸術は顔の単なるシルエット板ではない、あるいは形姿のイギリス風模写機ではない、むしろ自ら孕む聖母のようなものである――芸術はどこにでも掛けられる顔の単なる平面鏡であるべきではなく、拡大して映す崇高な鏡であるべきである。――単なる肖像画でも、類似性を損なうことなく美化する術を心得ている点がまさに偉大な名手のイタリア派である。――きっと、特にこの広間では理解して頂けるであろうが、聖なる永遠の内面を人間から取り出して顔や肖像に描くことである。本来、必ずしも行為や顔つきには現れない精神全体について、あるいは単に劣等なもの、顔色とか表情、視線のみに現れる精神全体について、真の純粋な閃光を肖像画を通じて描くことである、と。――――「芸術家諸君、これ以上何を述べる必要があろう。始め給え」。

このスピーチではハーツェンコッペンは自分自身よりもイタリア派におもねっているように見え、ベルギー派への先の自分のスピーチにほとんど矛盾しているように見える。しかし彼は意見の半ばと多くの言い回しを宮廷厩舎画家のレノヴァンツから得ていることを考慮すれば我々には納得がいこう、レノヴァンツは全くイタリア派のために生まれたと思っていて、しばしば馬小屋で、そこの――聞き手達の美点を、果てしなく熱く雄弁に語りながら描いていた。侯爵の馬小屋に、模して産むために掛けられている自分の最良の馬と、最も力強い戦闘と殴り合いの自分の作品を彼は、美術界に出そうと思っている聖人画や聖母像のはるか下位に置いていた。

今やすべての大家達が動き出して、椅子に座った――ティツィアーノとかフラ・バルトロメオ・ディ・サン・マルコとか、ダ・ヴィンチとか、カウフマンとか（多分カウフマン・アンゲリーカ）[14]が前や横や脇や後ろや、諸鏡の前に移った。しかし彼の後の、中央鏡のところには聖人画家、あるいは淫らな銅版画家が座っていて、それから彼の正面の顔を捉えていた。――素晴らしく、束縛されずに、偉大な自由な様式で皆は描き、スケッチした。――鼻は顔へのついでに考えられた、しかしどの絵筆も、天然痘を消したジェンナーであった。というのは皆は一般的に独自な鼻やハーツェンコッペンの鼻よりもギリシア風の鼻に従ったからである。――ギリシア風の彫刻プロフィールの高い雪前線の上にすべての芸術家は立っていて、そこに輝かしい滑らかな雪像を、従って彼の雪像をも立てた——彼らの色彩は健全な下剤、洗濯水で、肖像画の肌のどのような不純物も、どのような染みもうまく洗い流し、それで目の前にいるのは別の頭部であると後に人は誓いたくなるものであった。というのはルカの町やその他のイタリア派はモデルの顔を、より美しく見せるために足を切断する極楽鳥といったものにし、その唇や耳、肉に絵画的割礼[15]が例外なく見られるのがまさに以前からこの派の傑出した点であったからである。——古代人の胸像が、ヘルダーによれば単なる理想であって、それらに、実際見られるように、個々人のそれにふさわしい名前が添えられたように——例えばエウリピデスの胸像は例外であるが、——そのようにイタリア派が創る滑らかなギリシア風の美しい肖像画にはいつもまさにモデルとなった人物の名前が付けられた。

ハーツェンコッペンは天使のように見えた、ほとんど彼と分からなかった。

しかしそれでいて顔の真の多様性が見られ、どの大家も彼自身の独自性の絵を出した。誰も他人のを盗人のように真似て描いたり刷ったりせずに、誰もが特有のハーツェンコッペンを供した。それで自ずといったふうに、十六のニコラウスの顔の伯爵席、あるいは侯爵席がきちんと出来上がった。

それでもある顔が残りの十五の顔に勝った、つまり淫らな銅版画家あるいは聖人画家による十六番目の顔であった。彼が自画像画家のように覗いて描いた鏡の貢献はきっと大きなものがあったろう。原像との二重の距離によって銅版画家はすでに頭部の半ばの理想的な穏和化を得ていた、そして銅版彫刻のせいで募っていた近視のために次の半ばの穏和化を収めていた。このようにして鏡にはほとんど見えないニコラウスが、以前彫刻する前自ら二、三枚の聖ニコラウスを描いたことのある聖人画家によって、はなはだ理想化されて描かれることになり、ハーツェンコッペンはほとんど自分に似て見えず、彼自身が子供時代同名の聖人について思い描いた像にむしろ似ていると思うことになった。

淫らな銅版画家は頭のてっぺんに昔からの習慣で更に一種の後光を付け加えた、これはたとえ伯爵が幼年時代から燐光を発していなくても、容易に説明のつくことであった。この男はこう言ってよかった、自分はこの半円、あるいはこのトルコ的キリスト教的三日月には昔から聖人を描く際に慣れていて、そもそもこの小鎌の弓形は自分の花押と見なされてよい、それ故自分は自分の銅版画では女性の頭部の飾り櫛や天冠には思わず何かこうした薄い後光の点を付けることがある、と。

――しかし皆の衆一同、画家が自分の羊皮紙に教皇がその羊皮紙にするように聖人を創ったからといって、それも頭のてっぺんの半円や全円によって容易に、ただしかし教皇よりもはるかに安く、すべてのカトリックの三十二のヴェンド族からの十万グルデンの補助金もなしに創ったからといって、そもそも何の問題があろう。――教皇は自らシュピットラー[16]の『教会史』[*1]を開けて、十世紀まではどの司教も聖人を自分の司教区で創り、同地で崇拝させる権利を有していて、実行しなかったか調べてみるといいのだ。これは聖人化の権利で、十二世紀にはじめてアレクサンダー三世によって司教達に禁止されたもので、この三世は聖なる父〔教皇〕だけを聖人達の父親としたのである。教皇達がただ一つのベネディクト教団で五万五千人の聖人となるパン生地を創り、それを捏ね回し、焼き上げたのであれば――カシンの修道院だけで五千五百五十五出した[*2]――教皇達は、一人の淫らな銅版画家がこのような聖人の群れに、この中にはきっと多くの悪漢が紛れ込んでいるものであるが、自分の側からも格別の振る舞いのない二、三の聖人を募って、これらを頭部の円形の輪のカラーや赤いスカーフによって軍勢の中に登録するとしても、きっと甘受出来ることだろう。この世では聖人という者は多過ぎてはいけないということはほとんどなくて、仮にすべての人間がかような者になって、それで仕舞いに皆がただ互いに崇拝し合わなければならなくなり、悪魔の弁護人ですら別の悪魔の弁護人をそうせざるを得ないとしても、それで何の実害があるのか分からない。教皇自身にとって最も害はないであろう。というのはこうした教皇の漁夫の指輪によって頭上で封印された聖人の輪こそが数百年前から教皇が諸大陸を統合するときの長い櫂のための輪の鎖を保持してきているのであって、かくも多くの奇蹟の聖人の許では二、三百の不思議な聖人達は妨害するよりはるかに結実させることだろう。そもそも我々は、枢機卿達の教皇選挙会が、枢機卿の中には何人かの罪深い者さえしばしば見られるが、教皇を、従って聖人達の創造者を、自ら創れるのであれば、それも自分達自身の中から創れるのであれば、一人の淫らな銅版画家が一人の聖人の父親や聖人を創る父親の代わりに教会の一人の聖人の息子を創れるのではないかという問題に長々と付き合いたくない。

——しかしそれは大したことではない。つまり彼は衷心から喜んで全イタリア派に現金で支払い、その後ようやく、彼らが彼の出発前に展覧会に彼を掛けることが出来るようにするために彼らの聖なる作品をすみやかに倍の早さで完成させるよう頼んだのであり——そして十六枚の絵をざっと見た後、それらの絵の中では各人が各様に彼をとらえており、全体的には悪意あるものというより好意的活写であるとして金貨を渡してから更に言葉で感謝の意を表したのであった。彼は自分が十六枚の絵を一緒にしたように見えるということ、ただ自分は聖人画家の絵を最も美しくて最も似ていると思わざるを得ないことを隠さなかった。

勿論この最後の絵が画廊にかかって、アマンダの女友達が喜んでその前に立ったとき、いかにこの絵がこの余所の皇女の心を捉え、とうに過ぎ去ったローマの日々の数百の思い出と共に今の春に種をまくことになることか、彼女がこの絵に最初驚いてアマンダ自身に贈るということはともかく措いて——こうしたことすべてを体験することにニコラウスは自分がイタリア派の大家のモデルとなった日に待ち切れない思いであった。

＊1　第二巻。
＊2　『修練期の書簡』第二巻［Joh. Pezzl 著、一七八〇－八二年］。

第十九章
一コースから成る

宮廷への参内についての協議

侯爵の史実記録者は紙上で、自分達が侯爵を遂にその同輩の前に列することが出来るとき、格別の満足を覚えるものである。かくて今私には、ニコラウスが生涯で初めて侯爵の身分の者の前に、それもそれ以上の者、つまり女性のそうした身分の者の前に達するであろうという希望が与えられている。この件は本当に起きれば、彼自身に最大の影響を及ぼすであろう。というのは侯爵との最初の会話は信じられないほど長く人生に反響し、その後も残るからである。いやどのような人間であれ、最初の会話は、例えば最初の将軍――最初の大臣――最初の宮中従僕――作家あるいは黒人奴隷、これも作家同様にヨーロッパの白[紙]の上の黒[活字]であり――それに最初のオランウータンとの会話でさえそうである。

伯爵が宮殿の中庭の窓でアマンダの同伴者の一人の女性を見かけてから、旅行世話人と宮廷説教師は、彼をどうしていいか分からなくなっていた。というのは彼は彼女に自己紹介をしたがっていたからである。「彼女が自分を部分的にまだ覚えていることに」、と彼は言った、「自分は確信を持てる。それが単にあの神々しいアマンダを通じてであれ、多分アマンダは公園での最初の決定的な出会いについて微細なことを再三彼女に吹き込んだことだろう。――しかしこの女友達を措いて、恋しい彼女の居場所と王座とをよりよく、より早く知るすべのある人がいようか。――そしてその際自分が皇女の胸像の恋する盗人としてすべての証拠と共に出頭し、かくてこれまでの恋の外套をはねのけ、明らかにするとしたら、びっくりさせるにふさわしい女性として彼女の他に誰がいようか」。フローアウフ・ジュープティッツは勇敢な男としてどのような危機をもすでに遠くから察知して、ローマのヴィクトリア[1]のように敗北の前には予言的に汗をかいた。「殿下の盗みは」、と彼はヴォルブレに言った、「マークグラーフ氏の分別盛りの頃にあたるので、それに残念ながら自分自身とヴォルブレ氏はこの件について幾らか承知しているので、自分達皆にとって、牢獄とは言わないまでも、不名誉な処罰よりましなものは予見されないのだから」。

不幸なことにマークグラーフの熱意を更に搗き係が歓声を上げてかきたてた。それはニコロポリスから彼が持ち帰った歓声で、この小都市に止まった「最高に貴族的で黄金の」客馬車について、そしてそこから降りて、幾つかの窓を散歩しながら覗き込んだ最高に高貴な皇女達について発せられたものであった。「何と」、とニコラウスは言った、「忠実な女友達の方はすべてを、どんなに取るに足りないことも、アマンデンルストへ――多分立派なあの方の春の居住地はそういう名であろうが――こと細かに伝えて下さることだろうか、それなのに僕はここに座っていなければならず、何も知っていない」。

今や成り行きを左右することになった旅行世話人は侯爵に特別な傾聴を請うた。侯爵が今すぐにも彼の所に現れそうであったからである。「殿下」、――と彼は始めた――「ひょっとしたら私は私の意志に反して、真面目すぎるほどにならざるを得ないのかもしれません。殿は一般に理解されているところによれば、まだ御自分の肖像画の展覧会以前にルカの町の宮廷に御自身の展覧、紹介の栄を与えたいと希望されています――――若干それには面倒なことがあります、率直に申しますが。当地の小さな宮廷は多くの他の宮廷や殊に大きな宮廷に見られる独自な点を有していて――例えば金を別とすれば――立ち入り許可ほどに許可の難しいものはありません。すべての官職の中で多分古来の帝国相続門衛局ほどに最も立派に厳しく管理されているものはありません、入場許可に関しまして。――そして、かのアウクスブルク[2]の工芸的入場許可は、今ではアウクスブルクではもはや使用されていませんが、宮廷では多分に現役です。侍従章の鍵というものは単に閉めるだけで、ルカの町の宮廷のすべてのドアには文字合わせ錠や組み合わせ錠がかかっています。私がこの宮廷について聞いたこと、並びに更に若干のドイツの宮廷について聞いたことは、すべての想像を、特に殿の想像を越えています。殿下は勿論別なふうに、もっと高く考えておられます。

私は、不作法というのでなければ、ルカの町という国の体には、人間の体同様に括約筋（Sphincter）がいつも閉ざしている箇所、つまり宮廷があると申し上げたいと思います。しかしそれでも日本の天皇や宮廷[*1]、ここに宛てて手紙を書くこと自体すでに大逆罪だそうですが（地方長官に宛ててすべては書かれなければならない）、あるいは食事の姿を、いや存在することすら目にされてはならない多くのオリエントの領主やダライラマとルクス町や他の所の宮廷とを比べますと、勿論後者が大いに勝っていて、すべての中身を見通せる、閉じているグラスの栓を通じてさえも見通せる真のグラス瓶に見えます。それでも何と苦労してルカの町の侍従長の許に乗り入れ――来訪を告げ――迎えに行き――招待し――控えの間で待ち、そして部屋で待って、そしてやっと一人のキリスト教徒が靴底と共に侯爵の食卓の下に足を踏み入れるに至ることでしょう。

これは単にルカの町の侯爵の場合です――つまり卓上祭壇へ至る千もの祭壇の段のことです。

しかし侯爵夫人［令嬢］となると収拾がつきません。この方々は全く祭壇の上に祭壇画として掛かっています。彼女達の描かれた手に接吻するには祭壇そのものに登らなければなりません。厄介至極でない皇女達がいるとは思えません。それ程に彼女達は宮殿拘留、王座拘留、首都拘留、いやソファー拘留を有しています。身分が高くなるにつれ、一層狭くなります。最も束縛のない王国で私としては最も束縛された王妃を求めます。代表者のいる国々では引き合わせはもっと楽かもしれません。ルクス町の王妃の許では議長や枢密顧問官や貴族といった人以外の者が茶さじを持てるとは私には思えませんが、しかし殿下が私をまだ貴族に列せられないのであれば、そのことを少しも要求しようとは思いません。――一体当地の宮廷の余所の皇女に接近するには何という細目が必要なことでしょう。宮廷ではその上まさにやんごとない王妃がお産の床にあって、このことは私にはさっぱり様子が分かりません。ただ新聞を通して知っていることを申し上げますと、私が侯爵としての新郎ならば高貴な花嫁を現身としてよりも早く描かれた姿を目にするのであって、いわんや手に触れることはないということです――しかし私は別なことを申したかったのですが、しかし急いでいると人間はこんがらがってしまいます」。

彼は宮廷画を描きながら色彩を幾らか冗漫に濁らせた、彼自身まだ宮廷を見たことがなかったからで——例外はライプツィヒの劇場で平土間席から見たわずかな宮廷で、——そして彼は、何千人の者同様に、侯爵についてはお供や付録の者以外には目にしたことがなかったからである、ちょうど一七〇二年の大彗星に関してイタリア人とスペイン人は単に長い尾しか目にしなかったようなものである。しかしヴォルブレは自分のタッチを大胆に絵に描き込んだ。自分の伯爵も自分と同様にほとんど知らないと知っていたからである。かくて無知な者が話すとき、聞き手の無知を計算出来るならばそれは真の利点となる。

しかし伯爵に関しては彼の想像を駆逐することほど難しいことはなかった、この想像を彼はいつも新たな想像で補強していた——この度はローマ館とモデルの際に得られた一軍があった、——それで彼は旅行世話人の尚早の不安に微笑みながら、世話人に単純な質問を発した。自分はハーツェンコッペン伯爵ではないか、従ってすでにそのような者としてすぐにレセプションは可能ではないか、と。パリでは性病の乳呑児には性病の乳母を選んで、乳母に乳呑児のための薬を服薬させ、渡そうとする。——そこでヴォルブレは患者に転じて、自己錯覚で他人の錯覚を攻撃しようとし、決然と説明した。「かくも長い黙った微行の後では自己紹介は遅すぎます、宮廷は空しく長く待たされたことに報復するかもしれません。しかし自分はその前に第五の手、第六の手で侍従長に探りを入れましょう」。

「しかしたった今」と彼は突然言った、「名案、極上の抜け道が浮かんだ。展覧会の日に、ちょうど宮廷とそれに皇女の居合わせる時刻に画廊を訪問されるよう伯爵に提案したい。その後伯爵は同時に絵の中と自らの体でそこに存在するので、万事うまく進行するに違いない」と。

しかしただヴォルブレだけが知っていて、それなくしては万事がとんでもないことになりかねないある特別な秘密の条項が取り決めの際にあって、こうであった。宮廷でのやりとりの末、二、三ターラーと引き換えに、ハーツェンコッペンは宮廷がまた退出したちょうどその時画廊に入るよう万事を定める、と。

伯爵は即座に皇女と、銅版画家による自分の絵と、自分自身の顔を、その成功と共に思い描き、こう答えた。

「貴方の提案は、世話人殿、僕には思いがけないものであると同時に、極めて快適なものだ、全面的に承認しよう」。

「と申しますのも私がついでにこう愚考しますれば」、――とヴォルブレは、ニコラウスが皇女と宮廷とはきっと行き違いになるだろうという素敵な見込みに全く勇気づけられて続けた――「いかに立派なその余所の皇女は、宮廷は勿論のこと、画家のパトロンを、芸術家達へのその保護をすでに大いに耳にされていて、画家達や肖像画の間に見てみたいとおぼされることでしょうか、殊に的確に描かれているか比べるために――その際彼女自身ニコロポリスを視察されていて、建築上のパトロンということも決して見過ごさないことでしょう――そしてこのような高貴な華奢な皇女は皇女としては殿を単に横目で御覧になって（見せかけのために）、しかし殿の肖像画をそれだけ一層御覧になって、立派な微妙な諸理由から、それは単にどこかの女友達に最も似た殿の絵を選ぶためかもしれませんが――――殿下、最後までは申せませんが、しかしこのような手順があらゆる教育係典侍達による千もの紹介より千倍も豊かなものとなって結実しなければ――――私はしかし、既に述べましたように、わざと最後までは申しませんが」。

――しかし十分であった、というのはそれは伯爵を余りに強く刺激したからである。彼は即座にアマンダ宛の長い火急の手紙を書き上げた――インクやペンをそのためには使わなかった、ただ考えだけを使った――そして前もって彼女に書いた、彼女の女友達が展覧会で彼の前に花の女神として立っている様を、ローマの公園でのすみやかに過ぎ去った楽園でのあらゆるオレンジの花をまとっている様を、そして彼女の隣にいると、かくも長い別れの後であたかも彼女自身を見ているような気になることを――そして自分が書くつもりであった手紙を次の言葉で終えた。「いや彼女は僕のことをすべて察して、御身に自ら書くことだろう、御身がかの夕べに僕の空虚な人生の砂漠に種を蒔いたかのオレンジの花粉は一つの庭にまで栄えて、砂漠をすっかり花咲くオレンジで覆っている、と」。

――――かくてハーツェンコッペンはすっかり天国にいた。しかし私は彼と彼の天国を笑わない。彼が自分に、あるいはヴォルブレが彼に青い天国を信じ込ませたにしろ、肝腎なことは彼がそこへの昇天を続けているということである。そして展覧会への一日一日が彼を一段ずつ高めた。

——私が彼の幸福を信じようとしないときには、私がこのことを書いている庭園[3]で小さな娘達を振り返って見れば十分であろう。彼女達は私の隣で遊んでいて、次のように互いに言いながら同様に偉大な楽園を得ている。「イーダ、これが小麦粉のつもりよ（つまり春の花粉）、でもその夫人には三ドゥカーテン（かけら）以上は渡さないで——これがトルテ用フライパンよ（つまり貝殻）、ファニー——マールちゃんあんたの前掛けはカーテンよ——ここは客間、イエッテ、あんた達はまずすべての豆の蔓用の棒を運んで頂戴、それからレディーが皆来るのよ、ティー・パーティーの用意が出来たわ」。

　この茶会では短すぎる若干のフィートと、ここには欠けている退屈を別にすれば、この茶会はどんな大人の茶会ともひけを取らない、おしゃべりや陰口、肉体的享受すらその一部であるすべての精神的享受の面でさえも。

　かようにニコラウスが覗き、向かう天国には非難すべき点は少ない。このような天は間近な人間の天、我々の頭上の大気圏の天に似ているのであって、それは結局我々が吸い込み、吐き出している積み上げられた大気の青い色でしかないけれども、そこに対して我々は視線と溜め息を送っているのである。——しかし青い空は本来まさにそれを見上げる空色の目の中に住んでいる。

＊1　ラングスドルフの『世界一周旅行での見聞』第一巻。

第二十章
二コースから成る

革男——画廊

第一コース

夢遊病者——公安委員会(1)——宮殿の番兵

ある男が絶えず朝から晩まで他人及び自分の称賛で高められているとき——彼が王座や皇女への最良の見込みを享受しているとき——自分の顔が三十二倍になって、絵の展覧会で飾られるとき、いや自ら自分の三十三番目の顔と共に後からそこに行こうと計画しているとき、誰もがこの男にとって具合の悪いものがあろうかと考えることだろう。しかし楽園の散歩道にいる伯爵の顔の上には致命的な雀蜂がぶんぶんとうなり声を上げていて、今にも顔を襲いかねなかった。——これはルカの町のかの所謂永遠のユダヤ人であった。我々はここで長々と、世の高貴な人々にも悩みがあって、凡人と変わらないとか、王座にさえその高さにもかかわらず未来の山上には更に雪崩が用意されているといった敬虔で単純な考察を行おうとは思わない。むしろ我々はすぐに、ニコラウスが、霧の中でさながら彼に語りかけてきた猿の革で覆われた人物によって格別興奮させられたことを思い出しておきたい。彼の一度動揺させられた空想の波の中でその人物はますます不恰好に屈折し、歪曲した。そしてその人物が鼻の先や耳まで動かせたことは彼にとってあたかもライオンが尾を振っているのを見るかのように、あるいは蛇が舌を動かしているのを見るかのように一層恐ろしいことだった。入場から五日目の朝に思慮深いシュトースは次のような恐ろしい知らせをもたらした、つまり永遠のユダヤ人は夜ニコロペルに火を放とうとして、イタリア風の屋根の上に大きな殺人放火の松明を持って辺りを窺っているのを目撃された、しかし夜警人のラッパの吹き鳴らしによって妨げられ、引きずり下ろされた、と。

侯爵は、自分の首都と首都の住民の領主として、至急使いの者をそこに送り込もうとしたが、その時太った煙突掃除人が名乗り出て来た。彼は早速面会を許されると一枚の腐った板を携えて入って来た。自分は――と彼は報告した――夜、郊外のその町にいて、慰みに猟笛を吹いていた。すると革人間が、家々の上で松明のように振り回していた腐った材木と共に突然自分の前に立って、この材木を伯爵殿宛の手紙として渡すようにと差し出した。これは多分近くの教会墓地からの古い棺の板であって、塗られた色とまだ読みとれる文字、「私は主であって、主に他ならないから」から分かることである、と。

今やシュトースの殺人放火はすべて燐光を発する腐食の板、棺の板に消えて、噂の全体は、夜警人のホルンの代わりに唇による猟笛で下に追われた一人の屋根徘徊者に変わったけれども、伯爵にとってこの生き物はまさにその冒険的葛藤の解決で一層身の毛のよだつものとなった。彼は町の話では欠かせないパプストを呼び寄せて、解明を求めた。パプストは自分の有する限りの純粋なワインを彼に注いだ。即ち、革人間は――これは亭主に従えば全市に周知のことであったが――誰にとっても不思議な動物で、特に彼は（千もの証人がいる）空気以外の何物にもよらず生きていて、決して一切れも食べず、一滴も飲まず、その他の自然の欲求も見せていない。それでも彼は巨大な筋肉で最強の男どもを襲うのであるが、しかし一人の女性の一言でおとなしくなる、彼は男性に憎しみを抱くのと同様に、女性には好意を抱いているからである、と。「今週はしかし」――とパプストは述べた――「彼は格別に忌々しいほどに元気である。彼はいつもより多く屋根上を徘徊していて、すでにローマ館の煙突からさえ三回覗きこんでいる。しかしこのような発作に陥るのはいつものことで、特に偉大な殿方が町に入って来るとそうで、この殿方全員に彼は我慢がならない。自分だけが、その全く哀れな馬鹿な頭の中で世界を支配する侯爵であると思っているものだから。しかし彼の今の狼藉のひどさからは、彼を刺激しているのは一人の単に侯爵として生まれて来た者以上の者であるとほとんど判断しないわけにいかない」。――

ハーツェンコッペンはまことによく、自分の位階に対する上品なほのめかしを理解した。しかし搗き係は革幽霊が三度覗いていたという旅館の煙突のことで炎を発した。そして何度か畜生、糞食らえの呪いを部屋の中に発し、このドラゴンがきっと次の夜にも煙道を下りて暖炉に来て、仕舞いには主君、大事な主人を絞殺しかねないと明らかにした。「忌々しい」と彼は言った、「こやつは、二本足で立っている自分にかけて、地獄の魔法使いだ。それでは亭主殿は毎晩一本の箒を暖炉に置かなければなるまいて、その上を通って来れないように」。――つまりシュトースは『老婆の哲学』〔一七〇九年〕の周知の一節、魔女は道に置かれた箒の上は、気絶せずには通れないということを主張しているのである。自由思想の一節で、魔法の乗馬である同じ箒を魔女の逆茂木、遮断棒にしているのである。

恭しいパプストは全くの冗談で、箒の代わりに煙突掃除人そのものを暖炉に入れたらいいと提案した、外のニコロポリスの首都では防火壁の欠如から何も掃除することがないが、ここの下では暖炉の中でその脂肪と共に全く快適に待ち伏せ出来て、夢遊病者が上の煙道から下りて来たとき出迎えたらいい、と。

侯爵が決定したのは差し当たり、次の重要な問いだけであった。何故狂人を、侯爵の宮殿にさえ侵入しかねないのに野放しにしておくのか。しかし亭主は説明した。「すでに番人への命令でその備えはなされています。――ハーツェンコッペン伯爵殿も」――と若干思いを巡らせた後、付け加えた――「下の門に二、三人の番人を置かれるとよろしい、この永遠のユダヤ人と自称する世界の侯爵を中に入れないようにするために、いずれにせよホテルで求めるものは何もないのですから」――「勿論」、――シュトースは、諷刺の意図はなく、言い添えた――「その幽霊は何も必要とせず、ただ客人だけを追い散らすのだから」。

外交官達はきっと私の指摘がなくても先の箇所で気付いたことだろう。侯爵はさながら他の侯爵達と神聖な同盟を結んでいるかのように、ルカの町の侯爵の例がなければ、防御や戦争の用意をしようとしない、と、つまりローマ館のドア番の番人や暖炉への煙突掃除人の追い剝ぎを置こうとしない、と。しかし彼は差し当たりドア番も猟笛者による暖炉の追い剝ぎも承認しなかった。しかし彼は昼食の食卓が待ちきれない思いであった。この奇妙な星雲を自分の望遠鏡で、即ち自分の学者達を通じて観察し、より一層近くに引き寄せるためで、よしこの星座が彼にとって結局ゆゆしい箒星へと長く延びても構わないことであった。何人かの人間は正規の敵を持つことに耐えられない、臆病からではなく、心の不快さからである。——今や全くハーツェンコッペン伯爵がそうで、愛の温かい海から別の海へ泳いでいた。一人の敵は彼にとって、あたかも海の中で氷の島にぶつかるようなものだった。

しかし彼は直に、昼食までの時間が、遅くなってはじめて、つまり廷臣と一緒に食事するので半ば永遠に近いことに気付いた。少なくとも宮廷銀行家で屠殺者のホゼアスが急ぎ現れなければならなかった。彼は現世のユダヤ人として多分永遠のユダヤ人に偶然出会っていたはずであった。彼は何かもっとましなこと、つまりユダヤ人ではなくダイヤモンドを査定することを期待して走ってきた。しかし彼は伯爵に、一つの魔女の秤、肉の秤となった自分の黄金の秤で、革人間は生粋のイスラエル人なんかではなく、ユダヤ人の反キリストであるとして量ってみせた。というのはこう彼は言ったからである、この人間はユダヤ人が我慢ならず、ユダヤ人を皆自分が撲殺したいと願っているハベルとかアベルと呼んでいる、同様にこの者は、この者の信じているところによれば、カインとして最初のハベルを殺しており、キリスト教徒も彼は自分のハベルと呼んでいる、と。

合唱指揮者のホゼアスは伯爵に自分の大事な命を是非とも守って欲しいと頼み、補強のために付け加えた。自分はあれこれのことを知って以来、自らこの瘋癲を路上では避けている、残念ながら警察はこの男が余所者の後を追うけれどもつかまえてくれない、と。というのはユダヤ人としてホゼアスは勇気の点でライオンを凌駕しているからで、このはなはだ礼賛される百獣の王は（シュパルマン[2]と博物学者によれば）ただ空腹のときにのみ攻撃し、戦うが、しかし腹一杯食べているときは臆病に逃げるそうである。ところがホゼアスはまさに自分が金や貴重品で十分に満たされているとき、最も勇敢に防御するのである。——

今や伯爵にとって昼食までの時間は、実際は幾らか短くなったけれども、更に一層長く感じられることになった。旅行世話人が呼ばれた。この者は次のような報告をした。「革人間は私のパトロンとはとても言えません。少なくとも彼は私に毒を飲まそうと思っています。彼は昨日ようやく、私どもの間で或る種の不和が見られたとき、率直に公言しました。自分はすでに長いこと、長くて元気のいい毒蛇を求めているが見付からない、その尻尾を何の害も受けずに握ってぶらさげ、それをおまえの顔に上手に投げつけ、この毒蛇が致命的におまえを切り裂き、片付けてしまうようにするためである。自分が額にカインの印を付けているのは伊達ではないのだ。自分の長い棍棒の王笏を——彼はそう呼んでいますが——おまえを見かけると、すでに遠くからでもノッカーとしてあるいは打鐘として高く振り上げ、おまえの鐘の頭にこの打鐘装置を働かせたいと思っている。しかし私は彼が私と話をするために彼の引き上げ橋を跳ね橋として落とそうとする度に、遠くから空気中ですべての指先を使ってただ数ライン下の方へもって行き、それからまた指先を上の方で横に切ります——すると彼は王笏の棍棒を真っ直ぐに保っておれず、それを下ろします。彼の瞼は眠るときのように垂れ下がり、彼の顔は全く萎れ始め、彼は去って行きます。多分私は遠くから催眠術をかけているのでしょう。と申しますのは、そうでなければ、思うにこのいくらか遅れてやって来たカインは恐らくその羊飼いの杖、あるいは王笏の棍棒で私を彼のアベルへと変えていたことでしょうから」。

——

伯爵は、どうしてその奇妙な生き物が自分に対して憤慨するよう仕向けたのか不思議がって尋ねた。「上様」、とヴォルブレは答えた、「ただ愛のためです、こやつに対する愛ではなく、善良な女性達に対する愛のためです。彼はすべての女性をヘヴァとかヘブ、イブと呼び、自分を彼女達に林檎と善悪の認識を与えた実直な蛇と呼んでいます。しかしこの生物は男どもをすべて悪漢と呼んでいて、その中でも私を大変な悪漢としています。上様、私をです——あたかも私が樹上で彼と同じことを計画していて、彼女達が自己を見つめ、葉陰で化粧するよう仕向けるために上の方に座っているかのようではありませんか。即ち革人間は女性に対する特別な敬意を抱いています——一人の視線、一人の声で彼はおとなしくなります——それ故彼女達からほんのわずかなワインを試飲して、それだからといって樽全体とは結婚する気のない者が我慢ならないのです。ただホーフ人の聖職候補生リヒターだけを彼は放免しています。しかし私と私の頭には彼の長い磁針の傾角が落ちることになっています。ロシア人が特別に結婚したい愛を抱く女性に対して棒を落とさせるようなものです」。——

今やハーツェンコッペンにとって新たに短縮された食事までの時間がまたしても長すぎるものにならなかったとは考えられないことであったろう。——すみやかにジュープティッツの許に使いが出された。

しかし宮廷説教師はニコロポリスにいて、食事時間にようやく現れるとのことであった。

習慣に反して彼はいつもよりはるかに遅く現れ、そして顔中に興奮の波が見られたが、それはニコラウスが革人間への質問をしたとき更に急に互いに寄せ合い始めた。というのはこの人間の許からちょうど彼は来たからである。彼は語った。自分はリーベナウ近郊で味わったニコロポリスの自分の可愛い小部屋に思い出を新たにするために行ったが、突然永遠のユダヤ人が長い杖を持ってドアの前に立ち、自分を再び外に出さなかった。「窓から外には」と彼は言った、「太っているため飛び出せなかったのです、呼び寄せられるキリスト教徒は一人もこの小都市にはおりませんでした。このような危機のとき、狂人を前にして掘らなければならない、肝腎の非常用隠れ穴は、猟師言葉ですが、今や狂人固有の観念に従って話すことで、あたかも自らその狂気を有するかのように行動することで、これは若干の哲学にあっては、キケロ(3)によれば、難しくないことです。『立派な方』と私は始めました。

『ハベルよ』、と彼は私をさえぎりました、『わしは立派な者ではない。わしの父、世界の侯爵は降臨し、わしをヘヴァと共に蛇として創った、そして彼女はわしを、神の息子として、カインと名付け、そして我エホバによりて、一人の男を得たり、と（創世記、第四章第一行）言った。わしの額には蛇が家の定紋として見えないかい。その後わしの母は堕ち、単なる人間のアダムと交わって、最初のハベルを生んだが、わしはこれを畑で打ち殺した。彼が二、三のわしの臣下、動物を殺して、犠牲として焼いたからだ。わしは世界の侯爵として動物達を支配しているのであって、同様におまえ達ハベルも支配している。ハベルよ、わしは間違っているか、思い上がった侯爵の思い上がった宮廷説教師よ』。

私はこの思い上がった世界の侯爵に答えました。『立派なカインよ、そなたの主張は私には全く目新しいものではない。すでにベールの辞書においてもソラーンの聖書の論文においても何人かのラビ達の信仰が引かれていて、イヴはまず所謂蛇と全く親密な関係に陥ったとされている。ミヒァエーリス[4]の「オリエント文庫」[*1]においても夙に長いことイギリス人パイの意見が引用されていて、論駁されてはいないが、それは額の蛇はカインの印であったというものである。しかしこうした事情の中でどうして、立派なカインよ、愚かな人々に永遠のユダヤ人と呼ばれる羽目になったのか』。

『何だと』――と彼は叫びました――『わしがそうでないというのか、思い上がった侯爵の思い上がった宮廷説教師よ。――わしは例えばハベルの死以来死んだことがあるか。おまえらの古い書にすでに、わしが七回の報いを受けることになると、そしてわしが不死身の印を得ていると書かれている。しかし思い上がった宮廷説教師よ、おまえらの古い書のどこにわしが死んだと書かれているか。わしは千もの戦闘に行って、十万ものハベルを殺していないか、わしの紋章は不死身だったのではないか。――即座に答えよ、思い上がった宮廷説教師よ』。

このように実際この思い上がったカインは話しました。しかし幸い私は真実の返事をすることが出来て、自分自身不思議に思ってきたのであるが、何故モーゼの第五章では、そこではアダムの子孫の享年が定められているのに、どこにもカインの年齢が、いわんやその死が語られていないのかと尋ねました。

『わしは』――と彼は強い声で続けました――『没することなく、疲れることなく、強いられることなく、おまえ達の動物的な噛み砕きや飲み下しを必要とせず現世をさまよう。というのはわしはわしの父親である反キリストの到着を待っているからで、父と一緒におまえ達ハベルを、特に王冠を戴く簒奪者達を、その背信故に罰するためだ、ちょうど父がエルサレムでおまえ達の神人に、高い山で父の前でひれ伏そうとしなかった神人に、十字架上の死を見舞ったように』。

するとまさに抑えがたい精霊がこの狂人を襲いましたが、彼は正確な、しかしすさまじい雄弁さでもって、この雄弁さというものは心理学者がしばしば固定観念にとりつかれた人間の中に見いだしているものですが、即座に辛辣な、多方面の読書と多方面の経験と歴史的知識の満ち溢れたお説教を発しました。これは人間に対する誹謗ではなかったのですが、しかし特に人間の臣従癖と永遠の愚かさについて、神や人間、悪魔を前にしての永遠の臆病について、毛皮愛好について、つまり人間の化粧癖について発したもので、私はまったく硬直したようになりました、殊に彼がその際鼻をひくつかせ、両耳を左右に振り、後ろに曲げた二束のてっぺんの髪をほとんど白い角のように立てたものですから。ますます私は心の中で、生きた悪魔を目にしている気分になりました、そして心の奥底で救助手段を、（十字架にかけることではなく）このような事情のときキリスト教徒達に許される手段をすべて講じました。多くの哲学者が自分の死でさえも観察しようとするように、もっともこの観察は当人一人にしか有用ではありませんが、私は自分の危機の最中で天文台にいるようにこの狂人を克明に観察していました。すると我らの煙突掃除人の口での猟笛が彼の耳に届くや、彼が即座に逃げ出す様を目撃することになりましたが、しかし私がまだ戸口に立って彼が消え失せるのを待っている間に、遠くから棒でなお押し戻そうと脅しているのでした」。――――

さて宮廷説教師は述べた、自分はこの人間について自分の率直な意見を腹蔵なく語りたい――これは宮廷説教師にとっては恐らく最も難しいことであろうが、というのは誰もが廷臣のように右顧左眄して語るからで、ただ勿論カトリック教徒の方がプロテスタント教徒よりも三十倍もそうである――それも自分は自分の説明を何の関連もなく――薬剤師への関連は別にして、それは直に分かることだが――語りたい、と――「自分としては」と彼は続けた、「この謎の解明のために二つの学問を挙げたい、心理学と神学で、もっと正確に語れば、自然的なものと超自然的なものである。固定観念は――心理学的に始めると――本当に存在しており、これはこの狂人が、多くの学識を有することを明らかにしているこの狂人が、多分カインについてのユダヤ教や教父達の意見を読むことによって得たもので、これらの上に永遠のユダヤ人についての中世の伝説が全く接ぎ木されたもので、狂人なら簡単に出来るように、実際ある程度関連付けられている。夜の徘徊や屋根の徘徊は狂気の発作であり、同時に滋養である。そして食事しないこと（狂気の滋養も含め）に関しては、これについては皆が一致しており、狂人達が最も強い緩下剤や最大の寒さと暑さに、最も長い不眠に支障なく耐えるということ、従ってまた空腹も耐えるということは今日の生理学や心理学の本でなくても多くの例が示されてきている」。

　確かに彼に対しては食事のときに反論が出されて、革人間は町のすべての証言によるとすでに数年にわたりルカの町で何も摂取していないし、嘔吐もしていないと述べられた。しかしジュープティッツは答えた。「その点には第二の学問、神学を約束通りに援用して触れることにする。自分は次のような大胆な私見を抱くが、しかしそれを押し付けるつもりはないのであって、即ち、我々の時代にも使徒の時代同様に悪魔が憑かれた者として出現する可能性はあり、この奇妙な人物が旅行世話人の空中での十字切りに対して明らかにした臆病さは多くのことを証している。女性に対するその偏愛も同様で、これは悪魔が以前からまず従順な人間の母親への思い出から、魔女の多数が示しているように、専ら求め、借り出したものである」。――「かくて革人間は」、とヴォルブレが口を挾んだ、「邪悪とかアリーマンがまだ我らの間に生きて働いているという貴方の仮説の支柱とか結論となることが出来よう、だってそれは些細な点で我ら各人の後を追っており、いつも我らのバターパンのバターを塗った面を落下させているのであり、積み重ねられたところでは、探している紙に限って、いつも全く下の方で見付かるようにしており、あるいはペンの割れ目を長く押した後、最後は指の長さになるほどに裂いているのである」。――

　「私がまだ話す時間がなかったことで、少なくとも奇妙な点は」、とジュープティッツは答えた、「この人物は地獄に行くことを憧れているということです、これは、そこには自分に近しい魂、つまり亡くなった動物の魂に再会出来ると思っているからです。つまり動物界は、本来的により高い世界であって、若いまだ未熟な小悪魔によって生気を吹き込まれると信じているのです。それ故動物界にはより大きな認識や技法があり――本能と呼ばれていますが、――より大きな怒り、より大きな不制御があり、そしてこの国は結局、猿、この最も完全なる動物、所謂悪魔の似姿で、全く飼い慣らされず、策略的に、技巧豊かに、大胆に、そしてその他の仕方で完結しているそうです。実際人間もそれ自体立派な猿をジーミア・ベルゼブブと呼んでいるとかで、それは多分にむしろその黒さ、その咆哮、その恐ろしい姿のせいでしょう。しかし人間はより弱い、退化した、未完成の猿でしかなく、（ビュフォンによれば）馬が退化した驢馬であるようなものだそうです、それ故人間はより良いエジプトの時代には猿とすべての動物を自分達の真の神々として崇拝していたのだそうです。――このようにこの人物は語っています。しかし皆さん、私は多くのことをこの人物の許で考えました、多くが実際驚くに足ります。しかしすべての心理学的なこと、神学的なことを脇に置くと、いずれにせよこの人物は不幸を招きかねない、すでに人間的な筋力でもそうですから、いわんや別な筋力では申すまでもありません。特に私が不思議でならないのは、誰もルカの町の侯爵に、このような全く自由に露地や屋根を歩き回る人物のせいで直面している危険性について真面目に咎めていないことです。この人物は世界の、それどころかより高い動物界の、ましてやそれより低い人間どもの、唯一の侯爵であると思い込んでいて、従ってこの人物はルカの町の侯爵の命の明かりを、他のどの侯爵のであれ同様に、簒奪者の命として、これまでおとなしかった怪物、あるいは非人間の発作が思いがけず生ずる瞬間ごとに無分別に吹き消しかねません。――そして私のこの叱責を」（と彼は亭主の方を向きながら言った）、「今日のうちにも宮廷に届けて頂きたい。ホテルの亭主殿、私は叱責を義務と考えています」。

このようにしてジュープティッツは革人間への自分の心理学で本当は伯爵を叩き出そうとしていた、かつてペルシアでは罪人の代わりにその上着を鞭打っていたように。――彼は更に急いで医学的心理学的講義室から、どのようにしてこの人物は侯爵たる者であるという想像に馴染むようになったのかという最良の蓋然性を導き出していた。「ニコラウスが何も密かに」と宮廷説教師は考えた、「気付かず、自分に関連付けなかったら、極めて不思議なことだ。結局彼はもっと早く町を去るか、あるいは多分自分の――愚行をやめるだろう」。

しかしニコラウスのような空想の人間は、空想そのものの中ですでに空しい治療手段で空想を押さえ込もうとするすべての動きに静かな防御を見いだす。彼らは頭のてっぺんや――顎を傷付けられた者に似ていて、そこでは後から生える毛が押し付けられた膏薬を再三持ち上げ、跳ね返すのである、外科医にとって苛立たしいことに。

ハーツェンコッペン伯爵は亭主を去らせた。「ようやく明らかになったが」と彼はあちこち歩きながら始めた、「ゆゆしい事態だ。この呪われた者は僕の微行全体を見通しており、絶えず僕を迫害している、多分郊外の僕自身の首都で僕に会い、僕を攻撃したいのだ。——僕とか他の男にとって」、と彼は一層激しく叫んだ、「彼が自分のことをカインとか永遠のユダヤ人とか、いや悪魔そのものと見なしていることが何の足しになろう。いやそのような人間はまさに一層危険だ、良心に想像上の兄弟の殺害とキリストへの憎悪を抱いているのだから。——こやつは自分の気に入らない者をすべて殺すだろう。しかし真っ先に、善良な人間に対する悪魔的憤慨を有する以上、まさに、善良な人間に好意を抱き、善行を施そうと思っている者、自らのより高くより広い影響力故にそのことを最も良く為すことの出来る者にことごとく飛びかかるに違いない」。

彼はますます急いであちこち動き、言葉を続けた。「追跡して来るこの者は、長く考えれば考えるほどますます危険な者に思える、自分には、これまで安穏にこのような奴から逃れて来たことが驚きだ。——間近の高貴な侯爵像に（彼はアマンダの胸像のことを言っていた）こやつは襲いかかりかねず、そもそも重大な不敬罪を犯しかねない」。——「何てことです、第二のアンリ四世に対する第二のラヴァイヤック[5]を考えなければならないとは」と聖職候補生のリヒターはただ一見馬鹿げた口の挟み方をした。自分に関しては何も恐れていないまさにその時に他人に関して恐れていたからである。

「理性的に考えてみれば」とより落ち着いてニコラウスは続けた、「どのような偉大な侯爵達であっても、自分の愛する民衆や軍の最中でさえ、無数の歩哨を立ててきちんと囲まれているのだから、侯爵達が、侯爵達に対して、あるいは王座簒奪者や僭望者に対して、あるいは別な言葉では戦争に対して更に十分に備えることは一層自然なことだ」。

——突然彼は立ち止まった。「そうだ、護衛兵を置こう」と彼は言った。「何のために馬車一台に一杯連れて来ているのか」。

かくて彼は戦時体制に入り、彼の陸軍を動員し、つまり常備軍とし、即ち歩哨とした。彼は多くの傷痍軍人を有していたので——彼らは勇敢さの自らの記念碑であり、十字勲章であった——そもそも立つことの出来る者、狂気の敵に対して立つことの出来る者のみがその日のうちに部屋のドアの南京錠として命令を受けた。座ることの出来る他の者達は馬上の騎兵として使われることになった。そこで彼は亭主を呼んで、包み隠さず、自分、ハーツェンコッペンは今日からローマ館の門の前に騎乗の番人を置く、この者が所謂革人間の侵入を全く阻止するのだと語った。

「これはまあ」――とパプストは答えた――「思い上がった想像上の世界の侯爵は私のホテルではいずれにせよ何も求めるものはありません」。――「私自身にも分からない」――とヴォルブレは賛同した――「殊にこの男は、聞くところでは、何も食べたり飲んだりしない、いわんや浴びるほど飲むことはないのだから、亭主殿」。

さてこの旅行世話人のお蔭で――彼がここで総指揮官となれる旅の侯国では唯一の男であったので――歩哨のパレードは正しく編成されて、騎士の馬は旅館の門前で時々他の騎士によって乗り換えられて、この騎士がさながら生きた逆茂木[スペインの騎士]として控え、暴力的に侵入してくるような強い革人間を容易に踏み倒すことが出来ることになった。汚物薬局の所有者兼調合者ですら、余儀なく一度交代して、うんざりして馬上に座っていた。満足心のないわけではない気持ちでハーツェンコッペンはアーチ形の窓から次の並行を見ていたが、それは噴水の中の（すでに述べた）ギャロップ状態の、騎士を乗せた馬とまたローマ館からの騎乗者のいる馬が見えるということで、後の方はその上引っ掻く音やいななく声という長所を有していて、青銅の宮殿の馬はそんなことは一切ないのであった。

煙突掃除人にして猟笛手は高いものを見張り、場合によっては占拠することになったが、それはつまり煙道のことで、夜、革人間がこの岸辺への敵意ある上陸といったものを試みる場合のことだった。

侯爵は外出するとき、十分な数のお供に守られていた。聖職候補生リヒターと宮廷説教師ジュープティッツ、旅行世話人のヴォルブレであった。「僕は実際貴方にはいくら感謝しても十分ではない、宮廷説教師殿」と彼は自分の取り巻きを十分に享受する気持ちを抱いて言った、「貴方がまずその生彩ある描写で僕に僕の状況を気付かせてくれたのだ」。説教者にとっては勿論ちょうど逆の結果であった。革人間が伯爵をまさにその侯爵としての金の額縁の性質から押し出す予定だったのである。「聖職者の腕は」――とヴォルブレは言った、聖職候補生と宮廷説教師を指していた――「予想出来ないようなもっと大きな勇気の必要な際には、ハーツェンコッペン伯爵殿を世俗の腕ほどには決して幅広く、筋肉たくましく、男性的に守れないことでしょう。この世俗の腕は自らの腋に根付いていますが、それには六番目の指、つまり六倍儲けの指の付いた手があって、これが悪魔カインに対しては、祝福や悪魔祓いの指で一杯の教皇の拳よりももっと効き目があるのです」。

ヴォルブレがここで言おうとしていること、この点ジュープティッツが間違ったこと――しかもジュープティッツははなはだはずれて、ヴォルブレの催眠術としての空中での指遣いを悪魔を祓う手の十字切りと見ようとしたのであったが、――このことを自らの頭で調べてみること、こうしたことのためには読者はこの『彗星』全巻の中で最初のヴォルブレの催眠術の宴会の箇所を読んでいたら済むであろう。すると読者は言うだろう、そのことはとうに考えていた、と。しかし宮廷説教師は自分のすべての説教者仲間同様にうたぐり深く、洗練されていて、簡単に見抜いたが、それは旅行世話人は、侯爵を自分の近くで見守り、侯爵に影響力を行使するには、いつも侯爵の傍らで革人間に対する催眠術的武装者として、催眠術的救助の避雷針として、大市《おおいち》保証として、あるいはその他の何でも素晴らしく防御する者として称する他に、ましな約束の手段、脅迫の手段を見いだせないということだった。

――

しかし推測されるまでもないことは、聖職候補生のリヒターが今やますます親密に伯爵を好きになっていた。伯爵が危機を乗り切らなければならなかったからであり、そして本当にいつも伯爵の周りに残っていたがっていたということが見てとれたことである。

宮中厩舎画家については私はこれまで少しも触れなかった。彼は単に自分自身につぶやいていた。すべての茶番劇と阿呆どもは悪魔にさらわれてしまえ、と。しかし更に大声で語った。「必要な時にこの阿呆の腕と脚をへし折って、それから放免してやれば済むではないか」。

天は我らの良き侯爵を、この少ない守護人達の許で守り給え。――というのは彼は彼を他の侯爵達と比べると、我々に対し勿論用心深いというよりは勇敢に振る舞っているからである。他の侯爵達ときたら、首都の真ん中で首都に対して武装しているのであり、自分の宮殿を町に対する国境要塞として武装し、要員を配しているのである。歩哨は彼らの生きた甲冑で、兜は国の女王蜂としての蜂の帽子である。王座は椰子酒で一杯のその椰子の樹冠で一つの椰子を表していて、それは上の方まで登ってくるのを防ぐために長い棘でもって——ために銃剣と比べることが出来ようが——囲まれているのである。その上侯爵達は戦闘的志操と軍服に関与し、様々に武具を付け、防備施設を固めている。要するに、英雄や征服者であって、最大の外国の敵に勝利の奇蹟を見せるが、それはしばしば単に将軍宛の二、三の、あるいは若干の書状を通じてである。上等に立派に出来た戦争国というものは靴下編機に似ざるを得ないからで、これは力学の傑作としてその無数の精妙な動き故に二、三の機械的な、親方による握りと足踏みの他には必要としないのである。すると靴下あるいは（上述の場合）勝利は出来上がっている。

＊1　第一巻、五二頁。

第二コース

画廊——レノヴァンツの兄——パオロ・ヴェロネーゼ——あらゆる隅での錯誤——チロルの道化師——進発令

遂に朝焼けと共に、ニコラウスが絵画と肖像画の展示と皇女の展示、自分自身の展示を体験する予定の日がやって来た。旅行世話人は、我々の誰もがまだ知っているように、伯爵がすぐに皇女の入場を知って、その後すぐに、偶然のように彼女の後から行き、登場するよう最良の手配をすると約束していた。しかし世話人は一つの惑星の家でのこの両侯爵的星の合朔ほどに熱心に妨害したいものはなかったので、彼は一日中画廊に滞在する宮廷画家にして厩舎画家のレノヴァンツと共に、伯爵には、皆が再び立ち去った後、遅れて参上することになるまで、宮廷の到着については何も知らせないようにとの極めて目的にかなった手段を講じた。

厩舎画家は喜んでこの件を引き受けた。彼は世話人には少しの好意も見せたくなかったけれども、肖像画を描いて貰ったハーツェンコッペンにはむしろその逆を見せたかったからで、それは伯爵が彼の絵筆、彼がイタリア派とネーデルランド派の教会統合、あるいは同時のイタリアの真珠生息地帯とベルギーの牡蠣の生息地帯と見なしていた絵筆を使わずに三十二回肖像画を描いて貰ったからであった。「私だって」――と彼は言った――「どこかの阿呆同様に立派に彼を飾って、高貴に描きたかった。勿論その頃は展覧会への自分の三つの傑作の完成のために彼の顔を描く時間は一秒もなかったであろうけれども。しかしだからといって彼を許すことは出来ない」。

侯爵はさて、その伯爵の微行姿で――彼の上着には賢者の星形勲章はなくて、他の国王や侯爵にとって、彼らがこの簡素な服を見たとき探して、報いるようなものは何もなかった――一時間も前から身なりを整えて立っていた、そして彼の廷臣達、聖職候補生と宮廷説教師、世話人が彼の周りにいた。皆が侯爵の宮廷の到着を待っていた。伯爵の宮廷でこの宮廷を増強するためであった。しかし誰も来なかった。

ヴォルブレはちょっとの間部屋から出て、先駆者ヨハネとしてルカの町の侯爵家の観察のために雇っていた彼の女友達のヨハンナ・パピッサから、自分は皆が画廊に乗りつけて降りるのを見たという確かな知らせを得た。すると彼はまた飛んで戻り、そして――伯爵の待機時間を厩舎画家が侯爵家の人物の退去について約束の合図をするまで引き延ばすために――侯爵の遅参について思いつく限りの洒落を述べた。「すべての新聞が」（と彼は中でも上手なことを言った）「諸国の皇女達の尊い出発や到着については何月も前から日時を予告出来ますのに、しかしニュルンベルクやハンブルクの報知紙もアルトナの飛脚新報[6]も皇女が次の時間にはその部屋からどの部屋に入るか予告出来ません。ちょうど太陽の部分日食や皆既日食は数世紀も前から計算出来るのに、一月前でも太陽面での小さな、目に見えない斑点は計算出来ないようなものです。すでに貴族の婦人でさえ御者や理髪師を、余所の従者をことごとく、それにすべての世間を待たせるのですから、侯爵令嬢ときたらどれほどのことになるやら」。

　相変わらず厩舎画家の使者は来なかった、そしてヴォルブレの心の中では恐怖像の画廊全体が次第に出来上がり、一杯になった。というのは、いかに小さな宮廷が、特にルクス町のような宮廷が大きな宮廷より千倍も容易に、かつ危険に侮辱を感じやすいか心の中で思い描いてみると、なぜなら小宮廷はまさに自らと、従って自らに対する犯罪とを拡大して考えるからで――ガラスの滴は小さくなるほど、それは一層強力な拡大鏡となるので、――それで旅行世話人は画廊にいる伯爵を思い浮かべると、伯爵が大胆な足取りで余所の皇女に近付き、彼女に親しげに、アマンダ皇女の許でのロマンチックな以前の世のことを熱く語りかける様を描くと、嘆きの余りどうしていいか分からなかったからである。――そして実際、極めて平静にここ自分の部屋で夙にこの過去全体をやり過ごして座っており、過去を観察している私自身の髪の毛も山ほどに逆立つのである。激しく侮辱された宮廷というものを考えてみれば、伯爵を一人の阿呆として追い出し、世話人をその監督官、後見人として拘禁し、恐らくは宮廷の人物も何人か拘禁し、その上ひょっとしたら無邪気な聖職候補生のリヒターまで拘禁するかもしれないのであって、リヒターは当時まだ少ししか分かっていず、目を開けたまま（後にようやく目をつむって）すべての網に向かっていたのである。――というのは小さな侯爵領、スイスの町、修道院の建物の中の小部屋、牢獄、監獄というものはまことにシュパンダウの城塞、サンタンジェロ城[7]、或る王国の塔よりもひどいからである。というのはこちらの高い世界の先端では遠隔通信施設上と同じで、すべての動きはどこでも見られており、日々の通信者によって容易に伝達されるからである。しかし小さな宮廷は目に見えず、谷や竪穴にあって、新聞記者がその宮廷国家やその露見された人物を知ったり告げたりすることはなく、ましてやその囚人や隠蔽された人物をそうすることはないままに、そこでは強力な仕事がなされる。それ故人々は正当にすさまじきこと、身の毛のよだつことを（シェリング[8]の意見によれば）小人族に押し付けているのである。

　ヴォルブレとニコラウスの相対立する期待の最中で――つまり侯爵家の退出と侯爵家の到来の告げられる期待の

最中――そしてすでに正午が近付いているのにまだ皇女は着衣のために去ってはいない、あるいは絵を見に来ていないという謎に面してどの方面も動揺している高い波の上に、幸い亭主が入って来て、この善良なパプストは伯爵に真実を、格別な意志も知識もないまま告げた、つまり侯爵家の人々がすでに長いこと絵を目にしている、と。

早速伯爵はお供と一緒に立ち上がった。

旅行世話人は処刑場への死刑囚の道を一緒に進み、自らの鳥肌と共に雌牛皮、パプスト皮、雄牛皮に乗って「処刑場に」引かれて行くのを感じた。「万事休す」、これが彼の静かな溜め息であった。

実際伯爵とお供の者は画廊で何か雷雲に似たものを見いだした。――ぶんぶん言う蜂の群れが一本の花の枝の周りに集まっていた、つまり厩舎画家レノヴァンツの美しい兄、青白い、華奢な、青い目のラファエルの周りに一群の精通者達がいた。

ひょっとしたらまだ覚えておられるであろうか、少なくとも忘れられたかであろうが、厩舎画家にはラファエルという名の夢想的な兄がいて、遺産についての父の遺言条件によっていつも彼の傍にいて、彼を見張っていなければならなかった。見張りは簡単であった。ほとんど一日中この男は目を閉じていて、彼の脳室はラファエル的桟敷席で、これは周囲が星座のような天上的光輝の絵で並べられていた。彼の魂は天使のようにこの星座のパンテオンの中で漂っていた。彼が自分の中から世界を覗き、彼の弟が――制作するのではなく、借り出してくる完成された立派な芸術作品に出合うと、この作品はその熱い光線で彼の華奢な傷付いた目に侵入して、彼は夜、月光の中でその絵が壁の自身の絵として、ただはるかにより神々しくなって輝くのを見るのであった。それ故彼は後からの想像の絵を原画と見なして、他人の絵を自分の絵の平板な模写と見なしていた。同じような方法でユストゥス・メーザー[9]は花が空中に漂うのを見たし、更に一層似た方法で（ボネによると）[10]*1ある男は毎日自分の見開いた目の前で美しい建物が浮き上がり、虚ろな壁紙が絵で満たされるのを見た。汝、陽気な狂気のラファエルよ。おまえは最も美しい制作物以外の物は目にせず、生気を吹き込まないし、その制作物の前ではすべての他の物は色褪せる、そしておまえにとってはどのような珍しい画家の花粉も単に新たなフェニックスのための蘇るフェニックスの灰にすぎない。

他人の芸術の最も聖なるものはことごとくおまえにとって創造の結婚の部屋となるし、色彩からなるどの天使もおまえにより美しい天使の受胎を告知してくれる。そしておまえが同名の者の桟敷を通って行く幸運に一度見舞われれば、おまえは家で自分のための神々の小部屋、パンテオンを見いだすことだろう。

厩舎画家の彼の弟は、自らを密かにイタリアの芸術の国でのブロッケンと見なしていて——つまりブロッケンという人物ではなく、ブロッケンの山と見なしていて、——怠惰な夢想家が何の絵筆の労も経験しないまま、自分を月光の夜のたびに最も偉大なイタリア派の大家の一人と見なし得るということにどんなに腹を立てても十分ではないと思っていたが、一方、彼、ラファエルの方は、弟の作品を自分の目の前で見るという、少なくとも原画の劣等な模写と見なすという好意すら見せないのであった。

両者がルカの町に入る以前、すべてはこのような状態であった。さてここで、この画家や絵の活動の場でレノヴァンツはすでに前もってラファエルの大胆な論難からただ多くの立腹した顔が生ずるのを目にしていた。というのは兄を全く閉じ込め、垣で仕切ることは出来なかったからである。さてちょうどその当時書籍商のニコライ[11]はベルリンで、自分自身の部屋の中で自分を包囲し、自分の周りを踊る致命的な謎の人間達に対するおまわりさん、外国人権利法として肛門に水蛭を置いて貰って、しかもそれは成功を収めて彼は何も見なくなり、そのことを科学アカデミーに報告するほどであったので、それでレノヴァンツも、ニコライの許で厚い立方体の人間全体の名声高い鷂《ハイタカ》、大和鵲《カササギ》となった水蛭を、思い上がったラファエルと同名の者の肛門に、その夕方の諸理想に抗する死刑執行人として嚙みつかせれば、この水蛭で壁やカンバスの単なる平面の人間達を処理するのに更に十倍以上の成功を収めるのではないかと、若干の根拠と共に希望するに至った。——「衰弱で」——と彼は生理学的に自らに勧めて語った、「この阿呆の愚かな思い上がった想像や空想は、誓っていいが、自ずと直に消えることだろう、そして彼は私の本当の諸理想を全く別な目で見ることだろう」。

さてこうした希望を抱いて厩舎画家は数晩ルカの町で数匹の水蛭を眠っている兄の脊椎の先端に置いて、しかしまた目覚める前に取り除いて、その後無邪気な兄に必要なことを信じ込ませた。しかしまさに逆のことしか出現しそうになかった。そして水蛭は血を取られたラファエルから——かつてフランスの将軍がイタリアに対してしたように——傑作を運び去り、巻き上げる代わりに、このニコライの、天上的炎に対する避雷針はむしろ雷雨を本格的に引き寄せた。失血は虚弱の熱によって彼の夢想を一層激しく点火した。彼は今や月光なくして、ほとんどすでに日光の下で絵を見た——彼は脱皮してネーデルランド派に対して傷つき、もはやレノヴァンツの厩舎房には我慢ならず、ましてやレノヴァンツの天使や聖人の場には我慢ならなかった。——

不幸なことに彼は絵画展示の日を耳にしていた——今やレノヴァンツによる制止は考えられなかった。絵に酔い、絵に餓えたこの夢想家は、厩舎画家が魂消たことに画廊に侵入し、ために彼は旅行世話人に実直に約束していたすべての情報や嘘を送るという手筈を忘れてしまった。

私は世の人に保証するが、ラファエルは最初夢想的に行き来し、すべての絵の前で顔に一つの歓喜を浮かべていたが、それは外部からの反照や反映ではなく、内部からのものであった。というのは彼はルクス町のイタリア派の絵を次々に急いで後にし、ネーデルランド派の壁の入門書の前は頭を向けることすらせず通り過ぎてしまったからである。自分の弟の三つの審査申請の絵すらほんのちらと視線をすべらせただけであった、これを画廊の監督はただ制作中のこれらの絵と馴染んでいたことのせいにした。しかしこれらの習作はまず第一に四つの立派な馬の尾から成り立っており、レノヴァンツはこれらに象徴的添え物として二人の必要なパシャを配していた、彼の唯一のベルギー派の家畜の作品であった。第二は殴り合いの作品で、これはニコラウスとシュライフェンハイマーとのローマでの周知の戦いを描いたものである。第三はイタリア派の作品、つまり礼拝している三人の国王のいる厩舎の絵で、そこで多くの喝采を得、名手の存在を明らかにしているのは驢馬と雄牛の像の他にはなかった。

しかし突然ラファエルはヴェニス派の、パオロ・ヴェロネーゼの絵の前で立ち止まった、カタリーナの結婚(12)を描いたものである。聖母マリアは王座に座っていて、聖アグネスは棕櫚の枝を手に持って跪いている。百合を持った一人の天使が花嫁のカタリーナに腕を出している。そして幼子イエスが彼女の指に指輪を嵌めている。多分ルカの町全体と宮廷と——まだ購入価格を悲しんでいる——議会と画廊には——その中では例えば画廊監督は例外である

パオロ・ファリナート作「聖カタリーナの結婚」

が——この作品を真のパオロ・ヴェロネーゼのものと認めない者は一人もいなかったであろう。人々はそれをこの画廊の王冠、聖ピエトロ教会のドームと呼んでいて、そして絵に対して、ゲーテ[13]がティッシュバインの素描に対してしたのと全く同じように詩を付けるある詩人が、中心人物のカタリーナの頭部について、それはジュピターの頭部のように、ただしかし、もっと美しく、もっと穏やかに、眉毛で、つまり目そのもので、世間と心とを感動させ、震撼させると歌っている。——現著者[14]は、通過中にすでに一つ以上の（つまり二つの）画廊を見たが（実は三つ）、実際この素晴らしいパオロにはどこの画廊でも出合わなかった、その限りでそれを本物と見なしたい。ただウィーンの帝国画廊では二階の第二のヴェニス派の名手を収めている部屋の第二の壁には同じカタリーナが掛かっていると、ただ本の中で読んだことがある。[*2]

　これまで平静であったラファエルはこの絵の前で——この絵から若干離れて更に模写中の美術生の足場があったけれども——頭をいつになく激しく振って、指でカタリーナの目を示した。この前奏の意味を知っていたレノヴァンツは彼を連れ出そうとしたが無駄であった。「わがアマンダ・アマータ〔最愛の可愛い娘〕よ、何と模写され、色褪せ、歪んでいることか、おまえの目は消えうせ、おまえの唇には血の気がない」（と彼は叫んだ）「何故この広間には模写ばかりあって、原画がないのか。観客の方々、晩に私の許へ来られるがいい、そなたも、模写中のそなたも——」（彼は紳士達や精通者達の半円に向き直った）——「今日は私の部屋では良い月光の明かりが見られる。ここには気の抜けた模写が掛かっているが、これらの最良の原画を御覧に入れよう。わがアマンダ・アマータよ、私の所とはここでは何と違って見えることか。これは実に悲しいことだ」。——痩せた画廊監督は彼に答えた。「夕方きっと参ります、友の方」。

　このときハーツェンコッペン伯爵、ニコラウス侯爵は供と一緒に入った。しかしラファエルの傍の精通者の群れとルクス町の宮廷は画廊の最も遠い極に立っていた。宮廷は、芸術に目を向け、耳をラファエルの近隣に傾けていて、見たところ、微行の侯爵の入場には気付かないように見えたがっていた。この侯爵には、さながら三十二名のラッパ吹きの御者として、三十二名の黙った静かな先祖が、三十二の掛けられた顔をそう呼んでよければ、先駆けとなっていた。彼は自らの顔でその先祖となっているからで、もっともその中には（どの先祖もそうであるように）多くの自分に似ない先祖もいたし、全く高尚な者は単に十六名イタリア派から数えるのみであった。――実際このローマの侯爵はルクス町の侯爵に匹敵すると信じていたし、私もそれは全く正当と主張する。

旅行世話人は途中まことに切実に、ルクス町の宮廷の前では少しも品位を損なってはならない、いや出迎えてはならない、いわんや話しかけてはならないと彼に頼んだ。宮廷はこれまで明らかに彼を全く無視してきたからであり、そもそも伯爵自身（ひょっとしたら宮廷を幾らか許す根拠となるが）まだ少しも紹介されず、承認されていないからだというのであった。ヴォルブレの示唆は時宜を得たものであった。というのはハーツェンコッペンはある種の度胸を抱いて余所の侯爵家の前に到着しており、自らの優しい思いやりだけが控え目にさせていたからである。

いずれにせよ今や芸術の精通者にして保護者という退屈な仕事が彼の肩にかかっていて、絵をはなはだ注意深く見、うっとりと味わうことになった。――時折、彼は中間色やドレープ、色合いについて、同様にまた大きな部分や大胆な絵筆のタッチについて一言述べなければならず、あるいは多くの絵の前で意味ありげな沈黙を守って、他人に解釈をゆだねなければならなかった。

画廊では上品極まる精通者達が百人以上あちこちぶらつき、眼鏡をかけていた。女性の精通者達は除くが。そして判断の度胸故にしばしばより深い洞察が欠けることになった。画廊の批評家達はそもそも最良の作品に王冠を戴かせる選択と任命の点でローマの枢機卿達と同列に置くのが最も良かろう。彼らは教皇を選ぶ際に実際聖霊に駆れ吹き込まれていると信じているのである。ただ枢機卿達は、しばしば自分自身の教皇選挙会議から、いや自分自身を教皇として選ぶので、単に一人や二人の他人を名手、ポリクレトス[15]の基準として規範化する極めて熱い絵の精通者達よりももっと自らを偉く見せているだけである。あちこち歩いている芸術批評家席の者達にとっては――彼らは単にある絵の前にしばらく立つだけでその絵の裁判籍を確保しており――模写と原画についてきちんと裁判的に判断し、模写を原画に高め、すべての画人の手に対する愛と敬意から、例えばロンドンで、ブリュヒァー侯爵[16]が、新聞によれば自らの生身の手を大事にするために馬車から垂れさせた詰め物の手を本物の手同様に温かく握り、抱きしめて貰うようにすることはいとも容易なことで、いや遊びですらある。全体的に観客は、特に侯爵家の輪の近くでうっとりとなって話していた観客は、はなはだすべてに対して、主に両ルカの町の流派の新しい展示に満足しており、惨め極まるものにすら満足していて、このことを私はそれ自体としては観客として立派な特徴と見ている。というのはこの観客はクレタの人々[*3]と一緒で、この人々には他の神々のように特定の動物を捧げるべきではなく、彼らにはすべての犠牲が気に入っており、通常雄牛で始まり、鳥で終わったのである。

ただラファエルは称賛を求める者達に、籠［ひじ鉄］を月桂冠の代わりに編んで、せいぜい若干の絵の前にちょっと立ち止まっては月桂樹の葉を落下させた。しかしこの立ち止まりに、痩せた、策略的に皺深い画廊の監督はある芸術作品の儀杖隊に対するように注目していた、そしてこの奇妙な立ち止まりは彼自身の大多数の者に対する密かな軽視と一致しているように見えた。というのは公には彼は買われたものをすべて強く称えたからである。——

しかしハーツェンコッペン伯爵にとっては、自分をしばらく芸術精通者として見せるには、三分以上の猶予はなかった。というのはラファエルは彼の姿を見ると、彼の所に飛んできたからで、遠くの数人のレディーに付き添われていて、彼女達はこの夢想家の穏やかな顔と神々しい顔とに尽きぬ新鮮な思いを味わっていた。彼は叫んだ。
「マークグラーフ、マークグラーフ。向こうの盗まれたアマンダを見て御覧。あんたの蠟の像の方がもっと可愛くないかい。——諸君、今日月明かりのとき私の許に来給え、すると見れよう、天上的アマンダが、聖母マリアが、アグネスが、天使が、子供が」。画廊監督は言った。「きっと参上する、とすでに言いましたよ」。

しかしこの時、伯爵はこのような全く新しい啓示に対して、いずれにせよ、当惑しきった顔あるいは三十四番目の顔以外の別な顔が出来たであろうか。彼は両派の画家達によって壁に掛けられた三十二の顔に原初の三十三番目の顔を持参してきていたのであるから。ラファエルは確かに——この考えが彼の脳と彼の顔面とを飛ぶように互いに射抜いたが——彼のアマンダの蠟像を見て、そのすべての魅力に従順な脳の中でかたどっていたのかもしれなかった。しかしいつどこで彼はその五人の皇女達を、特にアマンダを一つの絵に収めたのであろう。彼女達が公園で天上的な蠟の頭部として立っていたローマでのことだろうか。

混乱は広間では彼の頭の中でよりも小さくなかった。一ダースの観客が数ダースの模写された彼の顔から彼自身の顔へ向きを変えた。――ラファエルは中でも宮廷を驚愕させた。彼の大胆さは並みの人間のではなかったからである。――余所の皇女あるいはローマのヴェーヌス・ウラニアは第一侍従と一人の女官と一緒にパオロ・ヴェロネーゼの前に立っていた。――ハーツェンコッペン伯爵はその絵に突進して行った。夢想家が彼の前を飛んで行った。

「これはあんたの天上的アマンダに似ているだろう、マークグラーフ」とラファエルは絵の前で、余所の皇女には頓着しないで尋ねた。……

――さてここは実際、私が――私はフォン・ハーツェンコッペンの修史家であり、先の同行者、伯爵の予報官であるけれども――我を忘れて、怒ってこう尋ねたい史実的箇所である。一体全体、重要な物語の主人公が、パオロのカタリーナの結婚の人物像は公園の五人の皇女達を表していると、カンバスには鼻先に子供と天使がいるというのに、そう想像することが出来るというのであれば、彼の展望や洞察、彼の珍しく過剰な空想はどのような結実をもたらすであろうか、と。――勿論彼のためには多少は性急であったためと弁ずることが出来ようが、彼は皇女の前で深くお辞儀をして――ラファエルの代わりに――彼女に熱い眼差しで話しかけた。「女友達の方が上手に描かれたかは王座の聖母マリア以外誰が決定出来ましょう」。――この件でまだしも幸いであったのは、ニコラウスが幼子イエスが花嫁のカタリーナあるいはアマンダに当て嵌めている指輪のことを少しも思い出さなかったことであり、幼子を自分に暗示することもしなかったことである。――「せめて質問することをお許し下さい」――と彼は、彼の間近で輝く皇女の穏やかな沈黙に夢中になって続けた――「ローマで素晴らしい明かりの下、妃殿下の前にあったあの原物は今どこなのでしょう」。彼女は思いに耽って視線を落とした。彼女は、彼が先年の彼女のイタリアのローマ滞在のことを話していると思って、パオロの絵を思い出そうとしたからである。ラファエルは口を挟んで、更に全く彼女を混乱させた。原物は彼自身の許、旅館にある、と。「当時は何と、美しい大きな花々の傍のオレンジの花が私を幸せにしたことでしょう」、とニコラウスは続けた。皇女は勿論誤解から抜け出せなかった――というのは彼女は、彼がローマで自分がかつて拾い上げたオレンジの花束を思い出しているときに、単にイタリアの庭園やローマの芸術作品の美しさ、そして絵画の代わりに画家自身を黄金に縁取る彼の芸術愛好のことを考えざるを得なかったからである。――彼女はそこで単に侍従に向けた返事をした。「ローマは忘れられないわ」。――「別なローマとすれば話は別です」（と侍従は皮肉に答えた、彼は狂気のパスポートを持った伯爵が話しかけてくる厚かましさに怒っていた）、「そこから多くの異常なことが生じています」、そして彼はまたホーエンガイスのローマのことを言っていたが、ニコラウスはイタリアのローマを思っていた。

もとよりこれは情けない話である、しかも、いかにしばしば人間は互いに半分しか聞き取らず、全く誤解してしまうかと思うとはなはだ情けないことで、これは私がここ伝記の紙上で初めて体験することではなく、しばしばお茶の席で体験したことで、私が発声し生み出した考えがその後失敗だったと気付いて、聞き手の前で撤回し、それを改善して再び出しても、私の他には一人として失敗した考えを聞いていなかったものである。

伯爵は高貴な側からのすべてのこのような一致で次第に勇気を得ていって、長いあいだ彼の顔に浮かんでいた歓喜の朝焼けの背後で遂に愛の太陽全体が明るく昇った。神々しい遠くの恋人のこのように美しく間近な女友達を前にしていて、彼は彼女に声高に言った。「私は彼女〔貴女〕をローマでの夕べ以来決して忘れたことがありません、妃殿下――私は彼女〔貴女〕を求めています――僕の旅はこの目的と、心のこれに類した目的以外にはありません――このことを永遠の秘密にしていなくてはならないでしょうか――そんなことはありますまい、神々しいアマンダ」。

ハーツェンコッペンがこの語りを、口頭で行う代わりに、文書で渡して、従って「彼女」を「貴女」と区別出来るようにしていたならば、皇女は「貴女」と取り違えることはなく、彼の雅歌を自分に引き寄せることはなかったであろう。――しかし我々哀れなドイツ人は、ドイツ人のおしゃべりが続くかぎり、四重の多義性の嘆きを自らの裡に飲み込まなければならない、この「sie」を語るときである。まず「彼女はした」、第二は「そなたはした」、第三は「彼らはした」、第四は「貴方〔女〕はした」である。

皇女達はそもそも演習の驚きに慣れていず、当惑させるのと同様に簡単に（より簡単にとは言わなくても）当惑してしまうので、善良な余所のルカの町の皇女は、すでに長いことハーツェンコッペンの有頂天から狂った愛の告白以外の分別あるものを何も聞き取ることが出来ずに、それに対してただ分別ある愛の告白に対するのと同じように答えた、つまり飽きる程見ることと見ぬふりをすること、そして飽きる程聞くことと聞かぬふりをすることであった。殊にすでに市民階級の乙女達でさえ、自分の恋人の名前を発声してはいけないとされているのだから。これは日本で[*4]支配している天皇の名前は秘密として黙っていないと罰せられるようなものである。

上手に様式化された狂気に対する皇女マリアの赤面を喜びと温かさのとても望ましい赤みと伯爵は見たので、彼はまさに――更に現著者は平静な状態にもかかわらずこのことに驚いてしまうが、――この皇女を自分の掛けられた顔の展示の方に誘い、彼女にそれらを遠くにいる自分の恋人のために何らかの役に立てて欲しいとほのめかそうとしたのであるが、そのとき幸い旅行世話人が彼に歩み寄って、自分はホテルで彼に侯爵からの何か大事なことを伝えなければならないと告げた。同じ時に貴族の公使顧問が侍従に伝えるため至急便を持って到着した。陛下におかれては、皇女妃殿下が今侯爵陛下の昼食への案内を受けるに都合が良いか女官を通じて尋ねるよう希望されている、と。――

――そしてその後この魅力的人物は立ち去ったが、しかし全く好意的な別れの表情をしていた、これはひょっとしたら、急いで命じられて去らなければならなかったので、一層募ったのかもしれない。事情通の者達はその表情を全体容易に説明し、こう言っている。皇女にとっては、いずれにせよ王座では愛の狂気は稀なので、いつだって少しは狂気の単なる愛は気に入るものだ、と。

しかし我々はとりわけ、より正しい、王座でのむしろ戦闘的動きに目を向けなければならない。支配者の、幾らか老齢の君主はハーツェンコッペンの遠くから照らし出す愛の炎に確かに我を忘れたような状態にあった。あからさまな憎しみの炎、いわんや愛の炎には宮廷は我慢ならない。そのようなものは公の図書館での燃える明かりであり、火薬工場での鉄を張った長靴である。老齢の君主にとって宮廷の作法に対するハーツェンコッペンのこのような計算違反を見せられれば、彼がルクス町の画家達の単純な懸賞作品に、惨めな奉納画や聖人画に対するように掛けた金貨は、模造貨幣や無価値なもの以上のものであり得たであろうか。彼はそれ故、早速第二あるいは最後の侍従に（というのは自ら、侮辱された君主の犯罪者に近付くことは、余りに品位を損なうことであった）、口頭での内閣令を出して、旅行世話人に、彼、フォン・ヴォルブレが、所謂ハーツェンコッペンと共に、パスポートによれば脳障害故にその者の案内人であると称しているが、高貴な現在の宮廷を煩わしていることへの極めて強い侯爵の不審の念を包み隠さず申し渡すようにと伝えていた。——

「その通りです」とヴォルブレは答えた、「広間には道化達が多すぎるほどいます。——おや、あそこには新しい道化が何と、チロル人の帽子を被って、そこもとの殿下の許に行きますぞ、ほとんど宮廷道化師を気取って。しかしその他になお広間でふざけていると見なされている者、これは早速連れ去りましょう、私自身決してその中に含まれないようにしましょう」。

このようにヴォルブレは語った、内閣令の雷神の石矢に少しも縮み上がったり、逃げ去ったりすることなく。しかし第二の、あるいは最後の侍従はこの人間への驚きの余り、侯爵の前で冗談をするというチロル人の方を見ることすらせず、この宮廷ソドムのロトを前にして全くロトの妻のように、塩にではなかったが、石化してしまった。というのは彼はすでに前から糊で強張った輝くような白生地の布製品であったからである。——しかしそれだけ容易に石化した男からその支配者への結論を、それが老齢の、全く滑らかになった顔をしていると導き出すことが出来る。侍従はその君主の指針盤、気質盤であるからである。侍従がより快活で、より自由主義的に見えるほど、一層君主はそうである、逆にまた強張った侍従は、——強張った君主を告げている。

しかし、小さな諸宮廷のちょっとした正当化として、ここで次のような観察が許されるであろう、つまりそれらは大きな宮廷ではなく、小さな数の廷臣達や客人達は、その他には支配すべきことは少ないので、それだけ一層正確に厳密な作法によって支配すべきであるということである。しかし空気は大きな宮廷でよりも小さな宮廷で一層強く——ちょうど小さな湖では大きな湖でよりも船酔いが激しいように——宮廷鼓腸へと膨らますとすれば、この高山病は、船酔いと同じで、すべての異物の吐き気と嘔吐となるが、他面ではまた威厳の上昇によってそれが生ずるのである。小さな宮廷ではわずかな同僚しか持たずに控えていて輝く侍従という者はどんな称号の類似者とも違って自分を見なしたがるが、これは大きな宮廷では厚い侍従幹部の束の中で半ば姿の見えない状態で仕えなければならないことになる。かくて宮廷は毛細管で、そこでは細く、狭いほど水は高く上がるのである。――

今ようやく、皇女が去った後に、伯爵は自分の背後で上の侯爵の許で行われていることに気付いた。侯爵とは着飾った、しかし背の高くない一人のチロル人が大胆な会話を交わしていた。「侯爵、あんたは多くの綺麗な絵を購入なさったが」、――とこの男はクエーカー教徒の「あんた」を使って侯爵に話しかけた――「自分の金の使い道をよく御存じではない。――外《そと》の、あんたの畑やあんたの臣下達はそこの壁の着色された百姓ほどにも少しも綺麗に見えない。私があんたの立場なら、絵の二ショック〔一ショックは六十〕を金に換えて、代わりに穀種や仕事着の揃いを買わせて、これらを外の臣下に贈ることだろう――やつらは高く飛び上がりますぜ」。侯爵の宮廷では毎年同じようなチロル人がそのちょっとした品物とちょっとした演説を広げるのであったが、侯爵はこれには笑わなかった、しかし怒ることなく耳を傾けていた。――「私はお気に召しましたかな」――とチロル人は続けた――「私をあんたの宮廷道化師に雇って頂きたい。そうしたらあんたとあんたの周りの高官に毎日歯に衣着せず甘くはない真実をお話ししよう――あんた達が他に真実を得るのは、ただ教会で諸魂日のときに魂のお下げパン[*5]として、それに受難週に種無しブレーツェルとして得るだけだ。しかし私はいつでも立派な親方昇進祝膳を用意いたそう。――差し当たり私が手付金として要求するのは、ただあそこの劣等な半ショックの絵で、何ということか、それらは結局一つの顔が三十二回描かれているにすぎないようで、口の中の歯のようなものだ」。――

一人の廷臣が、それらの作品は画廊のものではないと言った、そして侯爵はチロル人に去るようにと手で合図した、「食事の後そなたを呼ぼう」と言いながら。ちょうどそのとき皇女がやって来て、ハーツェンコッペンは顔を侯爵家の人々に向けることになった。「おやおや、あそこに描かれた阿呆本人が立っている」とチロル人は叫んで、真っ直ぐ伯爵に向かって行った。

「伯爵、こんちわ。今一度本人のお出ましだ。何で顔をあんたはそんなに頻繁に描かせて、一中隊として壁に掛かっているのかい。自分の鼻で十分ではないかい、三十以上の鼻一式をお笑い種に供するなんて。これらはおそろしく費用のかかったことだろう――そしてしょんぼりした鼻で引き下がることになる。――画家の奴らはそれぞれがあんたの頭を別々の髪型にしている。何か別々のものというわけで、あんたはそれぞれの理髪師の前掛けの二つのポケットに一杯差し入れなきゃならなかった。そうして下さるんなら構わないけど、あんたをからかう宮廷道化師は要らないかい。ここの年取った偉い君主殿はいずれにせよ私を雇う気はない、だから私は伯爵で結構」。

「若干言葉が多すぎる、陽気な男よ。喜んでそなたを僕のお供に加えよう」と伯爵は周りの者達が若干驚いたことに大声で答えた。

――ここで数十万の者が（私の読者界は数百万と考えている）自分達には私同様にチロル人の名前は周知のものである、それは侯爵薬剤師の妹のリベッテに他ならないからで、彼女は第二巻[*6]で宮廷道化師という男性的な性格仮面を付けて彼の後を追うと約束していたということを断言しようとしないならば、私ははなはだ思い違いをしていることになろう。実際彼女だったのである。――

侯爵薬剤師は画廊を半ば戴冠式の広間として大いに満足して去った。というのはこうだからである。皇女は思いがけず彼を受け入れなかっただろうか。――不機嫌な侯爵はヴォルブレを通じて、後に何か伝えることがあると、伝えていなかっただろうか。――彼の妹リベッテは彼が皇女の許に立っているのを、そして彼自身はまた妹が侯爵の許に立っているのを見なかっただろうか。そして彼は自分の微行の侯爵領内で妹に宮廷職を公然と認めなかっただろうか、この職はルカの町の君主が多分金がなくて拒絶せざるを得なかったものである――そしてこうしたくすぐったい件でリベッテは――もとよりただ一人彼女の仮装のことを知っていたヴォルブレとの、彼には分からない行動の取り決めで――兄の侯爵としての心への花一杯の迂回路を取っていなかったか。――――勿論ニコラウスはこのような出来事の後ではそれだけ一層自己高揚を感じて御殿の階段を下りて行った――しかし路上ではすでにまた更に新しい珍しいことに出合うことになった。これらが次の章全体を占め、終えることになる。……いやはや、そのように現世では珍しいことがやむことはない、人生でも読書でも。――

＊1　その『魂についての分析的試論』第十八章。
＊2　五八頁『帝国兼王室画廊の絵画』第一篇、イタリア派。ウィーン。一七九六年。マティアス・アンドレアス・シュミット刊行、帝国兼王室宮廷印刷。
＊3　パウサニウス、第四章三十一。
＊4　ラングスドルフ『世界一周旅行』第一巻。
＊5　バイエルンでは諸魂日に教父が子供に贈らなければならないお下げの形の白パンを魂のお下げパン、あるいは魂のヴェッケンパンと呼んでいる。ヤーコプソンの『技術辞典』。
＊6　第二巻、二四五頁［第十二章］。

第二十一章
一コースから成る

ここでは各人がますます多く驚き、びっくりする

コース

路上での出来事と講演――前方と後方への奇妙な変身

先の章でやっと追いついた宮廷道化師が早速今ただちに筋の中に登場し、彼がそれまで何をし、体験したか、どこにいてどこを旅したかという退屈なパスポート検査や尋問をしないでいるということをまさに考えてみると、――私は自分をある話の幸運児として、この話の中では、普段ははなはだ捏造出来る長編作家さえも尻目に懸けることの出来る幸運児としてほとんど若干の自負心を抱いて仰ぎ見る。――私はこの点ではウォルター・スコットさえも幾らか凌駕している。というのは読者の生活で、読者が――まさにスコットの場合よく見られるように――突然主人公の親しい慣れ合った現在から（主人公はそのままで）新旧の新参者の行き当たりばったりの過去に連れ戻されて、楽園の最中でアダム以前の時代を体験させられること程に何かうんざりさせられるものがあろうかと思われるからである。――スコットでは一瞬たりとも極上のブリュヒァーの前進の傍らスコットの後退から守られること

がないのであって、その結果、新旧のあれこれの人物が主人公の許への到着までの次第を伝えても、得られるものはただ私が失ったもの、つまり話のこれから先への進行だけである。——誓って、私の希望しているように、すべての人間の中で、読んでいる人間ほど静かに説得され、嘘をつかれる人間はないのであれば、諸君、長編作家諸氏よ、諸君に懇願するが、一体何故諸君はこの信じやすい者達にあけすけに、彼女はこうだった、彼はこうなったと、あるいは好き勝手に請け合わないのか、あるいは読者に対して諸君の蟹を——自ら蟹のように歩くためではなく——立派な茹で上がった、実際フライパンの中で赤く煮られた蟹として食卓に出さないのか、たとえそれらがまだ足をばたつかせ、這い回るとしても、ちょうどゾロツルンの小川の蟹や火酒の蟹が調理されずに生きていても赤く見えるように。

いや私の木組建築の「専門の」男達、つまり史実記述者達でさえその描写に同様な長編小説の失敗を犯しているが、これは私自身にはとがめる必要のないものである。それとも、私は例えば偉大なトゥキディデスのように、ミティレン人達から彼らの話の終わらないうちにスパルタ人達に飛んで——そしてまたこれが終わらないうちにプラテーエ人達の包囲に飛び、最後にまた最初の人々の許に戻り——そして最後にまたそれからコルキュラへ行き、それでもその後でアテネ人達と共にシチリア島を攻めているだろうか。そしてハリカルナスのディオニシウス[1]といった人は、この人は先のことをこの老ギリシア人に対して非難しているが、その非難を続けて、五十代の私に対して、先の七十代の人に対してしたように、私がその後ペロポネソス半島やドーリス——そしてレウカス——そしてナウパクトゥス——そして云々と飛んでいると指摘して責めるだろうか。……しかしこうしたことや、私がトゥキディデスとは異なっている他の類似しない点をこれ以上得意気に披露しないで、私はむしろ脱線することなく私の話に戻ることにする。——

ハーツェンコッペンは早速舗装道路で旅行世話人に、ルカの町の侯爵は彼にどんな重要なことを伝言させているか報告を求めた。ヴォルブレは素っ気なく、あからさまに答えた。「ルカの町の侯爵はただ、ハーツェンコッペン伯爵殿は自分と自分の宮廷に将来もはや近付いて欲しくない、去って欲しいと望んでおられます」。——伯爵は——

自らの天上的雲から石畳の上に落ちながら、輝く隕石としてエーテルから大地へ数フィート深く沈みながら――百億もの推測に散って行こうとした。しかし世話人は早すぎるほどに続けた。「つまり幾らか恋に陥ったルカの町の侯爵は伯爵に対する嫉妬を余り隠せないという不幸な状態にあるのです」。――これだけの話だと伯爵はまた、更に一層強く我を忘れることになったであろうが、というのも侯爵に関してアマンダについての面識あるいは間近さ、あるいは居合わせることまで推測せざるを得なかったからで、しかしもっと急いで、それでいてはなはだ落ち着いてヴォルブレがこう続けたのであった。「この嫉妬は多分にアマンダ皇女に向けられたのではなくマリア皇女に向けられたものです。伯爵殿がマリア皇女と長いこと、侯爵と全宮廷の見守る中、芸術について談笑され、彼女自身いわば絵画と伯爵殿への第一歩をなしたからです。怒りの眼差しを多くルカの町の侯爵は貴方達、両侯爵身分に放っておられ、ために侯爵はちょうどちょこちょこやって来た私どもの将来の宮廷道化師殿の冗談にきちんとお笑いになることを忘れてしまわれた。しかし一人以上の頭が保証しますことは、侯爵はすべてを天上的マリアに不忠、堕落、脇見として、そのような前兆として指摘出来さえすれば、告げるであろうということです」。

ここでニコラウスは一切のことを挙げて、この種のどんな些細な嫌疑をも免れようとした。「肝腎だと思うことは、邪推深い者でさえあの短い会談で自分と皇女の間に温かい心情関係の痕跡を証明出来るかどうかだ」。主にこの件全体で彼が重要な点として支えにしたのは、そもそも侯爵はいま皇太子の領国の父としての素晴らしい関係にありながら、自分の奥方に不誠実でいることはあり得ない、極めてねんごろな愛情を抱くとしてもということであった。

すると世話人はほとんど笑い声を立てて、言った。「何人かの偉い君主とか幾人かの者は気位の高い鷺の羽で一杯の高貴な婦人とは高く漂う鷺そのものと同じような付き合い方をし、両方を狩り立てるもので、しかし狩った後では好んでまた、狩の君主の名前の書かれた金属のリングを付けて野に放して戻します、それでこのような鳥はしばしば多くの君主のリングを付けることになります。両者の側での侯爵家の結婚とか、一方の側での侯爵家の分娩というものは、その際わずかな支障しかもたらしません。しかし結婚生活での磁針は常に奥方の北を示していて、たとえ緯度でずれようが、深さで沈もうが、そうで、それ故指針では磁気偏差計と磁気傾角計とで計られます。そのようなものは単に結婚生活の一時中止の予約購読、あるいはオードブル、過分の善行で、これには若干の偽善故に市民階級の者も惹かれています。ルカの町の侯爵夫人の分娩に関しては、この余所の皇女はそれ以前すでに長いこと滞在されており、今またその後滞在されていると申し上げることが出来ます。確かに皇女陛下が伯爵殿の長い顔の隊列の前を通り過ぎたと言うよりは、落ち着いて通り過ぎて行かれたとき、侯爵陛下は彼女の後を少しばかり目で追っていらして、勿論お考えになられたのです。と申しますのは単に絵画的な高価な価値のせいだけで皇女は肖像画を御覧になっているのではないと多分陛下は御存じでしたから」。

　ここでヴォルブレは夙に価格のことを恐ろしい思いで聞いていたリベッテをわざと刺激した、すると宮廷道化師はしゃべり始めた。「伯爵殿、あんたが絵の具代以上のものを支払ったとしても、悪く考えないこと。肖像画家達はあんたをさっぱりと剪定し、あんたの立派な作物全体を新鮮なものに、向こうの宮殿の庭で黄楊をそうするように片付けたのだ」。――「伯爵殿は」とヴォルブレは言った、「自発的に、ただ芸術愛好心から十ルイ金貨をどの絵にもお与えになった」。――すると宮廷道化師は両手を叩いて、叫んだ。「触れられたこふきこがねが液を出すように、あんたの金も流れ出すのであれば、私にもちょっとおくれ。あんたの内部がどんなふうに見えるか、指であんたを描いてお見せしよう、上の画廊でよりも似たものが出来るはず」。――ここで道化師は指を使い、それを巧みに彼の頭に置いて、輪郭として二頭のよく知られた動物とそれに自分の道化帽の外形らしきものを十分上手に描いた。

　ハーツェンコッペンは仕舞いには自らの頭がいくらかそのことでかっとなりそうだったが――道化服の下の妹の心をよく知ってはいたけれども、――そのとき旅館ローマ館へのこの凱旋の行列[2]の途次再び何か新しいことが生じた。

　――実際まことにその日は四人の所謂道化の珍しい惑星の合が――天の四つの惑星の更に無限により珍しい合の数に従って言うと――生ずるかのような按配であった。というのは宮廷道化師に、ラファエルに、ニコラウスに加えて旅館の門の所で何か第四のもの、革人間が戦いながら加わったからである。

伯爵の指示は夙に知られていて、自分の宮殿の門の下ではいつも馬上の城の番人が侵入して来るような革人間に対して備えていなければならないというものであった。このとき見張りの騎乗者は不幸なことに鈍重な調合者、あるいは所謂汚物薬剤師で、まさにちょうど永遠のユダヤ人が必死に侵入しようとしていた。騎乗者が両手と両脚に所有していた武器は常備の猟馬そのものしかなく、これで彼はユダヤ人が門の封鎖を破ろうとするものならば、ユダヤ人に襲いかからなければならなかった。しかし馬は門の敷居の長さはなくて、それで彼は絶えず向きを変えなければならなかった、殊にこの敵も悪意から、隙間を隘路として静かに通り抜けようと同じことをしていたからである。すでに人間ならば分かって頂けようが、このようなタッチと逆タッチとは、短時間のうちに、かくも短い道で行われれば、仕舞いには重い動物には一部は煩わしく、一部は全く訳《わけ》がわからないことに思われるに違いなく、それ故実際この馬はその夏至[冬至]の方へはますます動きが鈍くなったのである。汚物薬剤師でさえこの側対歩の馬とその急速な野火——これは点火された導火線の火より速くて——それに馬をあちこち変えること全体にすっかり飽いてしまった。そしてただ次のことだけで彼はいくらか元気を保っていたが、それは革人間が地球全体の侯爵の意識を有していて、たまたま開いた箇所から侵入することを自分の品位にもとることと思い、それでただ静かに、より広い門を要求しながら棍棒の王笏を持って左右に動いていたということである。

侯爵とお供が路上で近寄る以前はこのような状況であった。

このときまさに調合者は馬から降りて——馬の拍車[の刺輪]で画策することに全く疲れて——馬の手綱を遮断鎖として、自分は確固として馬の向かい側に立って、入口の上に張った。入口全体がこのようにして塞がれた。

突然このとき革人間は頭を近寄って来る伯爵とお供の方に向けて、自分の曲がった髪の毛の角、厚い髪の覆いの下の鋭いまばたき、怒りかあるいは歩行で赤くなった額の上の蛇を見せたので、実際彼が旅館に入ることを誰も欲しないと思われた。

ただ宮廷道化師だけは笑った。「何故、この馬に乗ることも歩くことも出来ない強張った男が陽気な男の通り道を塞ぐのか」とリベッテは言った。「彼は私に用があるのだ、私自身彼を家の中へ呼んだのだ。――黒い男よ」と彼女は彼に呼びかけた、「入りなさい。――御覧、入るだろう。私は彼と私の欲することを行う、賢者は別の賢者を理解するのだから。私は昨日小さな家々で」（彼女は精神病院の小部屋のことを言っていず、ニコロポリスのことを言っていた）「彼と一緒にその痩身やその黒さや革のことについて詳しく話したのだ」。

人々は普段束縛を受けないカインに対する宮廷道化師の影響力に驚いた。ただ、リベッテについてすべてを承知していた旅行世話人だけは自分でこの件は、この狂人は彼女の性別を予感していて、女性を前にしたらこの男はいつも自分の人間嫌いを甘く抑えるものだと仮定して納得していた。ちなみにヴォルブレは鋭く勘を働かせて――ひょっとして我々の各人もそうかもしれないが、――彼はリベッテの、世界支配というこの全くの狂人への接近を政治的接近と見なして、かくて全面的狂人を通じて半分の狂人、自分の兄に治癒的影響を与えようと彼女は考えていると見ていた。

いずれにせよハーツェンコッペンとお供の者は、リベッテのように大胆になって、このような占領状態では敵に城塞を開ける以外になかった。カインは静かに黙って一行の許に寄って来たが、リベッテの冗談には何も答えなかった。同様に穏やかに落ち着いて騎士の前を歩いて通り過ぎ、階段を上っていった。しかし伯爵の部屋に着くと、彼の固い角は動いて、頭部では耳と鼻がぴくついた。彼は狂人達のいつもの狡猾さで自分の発作を延ばしていた。「かくてわしはおまえ達を」と彼は始めた、「生きたまま目の前の四つ壁の間に有している、おまえ達は皆わしに耳を傾けなければならない。わしが終わったら出て行ってよろしい。それより先に行くものは、お陀仏だ。誰もわしを殺せない、しかしわしは次々に殺せる。おまえ達はわしの領民、猿どもの真似をしようとしている、おまえ達、猿以下の者どもよ。しかしおまえ達はそれがよく分かっていない――おまえ達は反キリストから離反した、それでおまえ達の臆病な信心とおまえ達の愚鈍によって数千年の経験をしながら地獄に値しないものとなっている。わしの猿どもはもっと賢く、おまえ達のようには、おまえ達に支配されていない、おまえ達の同類にすら支配されていない。おまえ達がやつらの幾たりかに多くの肢体の点で似ているからといって、完全な猿であると自惚れてはいけない。犬も、ライオンも、豚も多くの猿のように見えるが、しかし全くそうではない[*1]、森の人間はおまえ達との親近さを嘆いているのだ[*2]――二本の手に対するエルヴェシウス(3)の人間の誇りを猿は四本の手で恥じ入らせている。おまえ達の所謂高貴な姿はホラチウスやヘルダーによるその景気づけの最中で楽園の巨大な蛇を前にして屈み、折れている。蛇が直立でさまよい、塔越しに覗くとな。

一度おまえ達の皮膚を剝いで、覆いを取り、中を開けて覗くがいい。おまえ達の魅力や人間的表情の代わりに、脳の球や心臓の塊、胃袋、腸がおまえ達の前に掛かっており、うようよしているのだ。それだからおまえ達は更に動物の皮をおまえ達の両足、両手にまとい、動物の毛をおまえ達の薄い毛の上につける、そして黒い脚や頭、おまえ達の禿げて、むしり取られた下着の体の上の多彩な上着の体を自慢して語っている。

その上おまえ達の永遠に惨めな死が加わる。おまえ達は決して大理石の中のひきがえるほどに長く生きることすら出来ない、いわんやわしのようにおまえ達の楽園からのように長くは生きられない。おまえ達はすべて単に色付きの気体人間ではないか、木製の人形ですらなく、単に気体の人形で、書籍商のニコライ(4)がベルリンで最近長いこと自分の周りで踊り話すのを見たというような代物ではないか。彼はようやく自分の周りのこの者達の自家用屠殺を企て、尻に蛭を当てることによって、この者達に死の天使を送って、かくて彼はただ自分本人を除いて、部屋全体を間伐し、伐採した、このニコライは動物や虫どもにではなく、この人間達に自分が死後に与えるものを与えたのだ」。――

全く確かなことは革男はこの比較を単にニコライとニコラウスの同名故にかくも長く引き延ばしていたということだった。しかし彼のひきさらう語の奔流に逆向きの話で飛び込むことは出来なかった。このひきさらうということは全く思いがけないものだった。落ち着いた教戒師はいつも自分の以前の説教を単に冗漫に、流れを単に沼として家に持ち帰らせていたからである。

「一度おまえ達の様々な夜を一年に圧縮して、三六五日目の夜に一体枕の上の長い夢物語のうち、戦争や、娯楽や人間の社交や会話や長く不安な話のうち何が残っているか考えてみるがいい。一つの羽毛も、一つの微風も残っていない。――その上に更におまえ達の三六五の日中を数えてみろ、同じことで、悪魔がおまえ達の夜とおまえ達の日中には笑い、支配しているのだ。しかしおまえ達はそれを知らない。

　しかしそれでもおまえ達は悪魔よりも気の抜けた、薄い、透明な人間達に支配されたがっている。悪魔はおまえ達皆よりも千倍以上の分別と生命を有し、単に同情しておまえ達の支配者を支配しているのだ。――一体おまえ達はどんな生き物で、人間か。おまえ達の母親がおまえ達の宗教を生み、おまえ達をユダヤ人かキリスト教徒かトルコ人か異教徒にしている。胎盤がおまえ達の信仰のプロパガンダであり、製陶用ろくろだ。――王座は分娩椅子の上に築かれている。おまえ達がだれを支配者として崇拝すべきか、あるいはだれに臣下として恵みを垂れるべきかは、デルフォイの母なる神託が決める。五歳と七ヵ月のある少年、ルイ十五世は議会を前にしてオルレアン公爵を自分が未成年の間の摂政に任命し、[*3] 公爵はこの少年にすべての国家の決議と最終承認のために具申している。そして彼の未成年の先祖、十四世は議会に、自分本人を即刻成年と見なして、自分に従うよう命じている。――二人の王位のならず者、カラカラ兄弟[5]は、そのどちらもローマの奴隷としてさえ役立たないのに、どちらも両世界の自由民と奴隷に命令を与えているが、当時の全世界を分割し、一方は単にヨーロッパを、他方は単にアジアを支配し、管理しようと欲した。[*4] おまえ達は以前からそのようなものだった、そして時代はおまえ達を単に不安から青白くし、邪悪さから黒くし、その後にようやく羞恥心から赤くしている。おまえ達の世代は地下での虫によるカプリフィケーション「虫媒による無花果の品種改良」によって成熟する他なく、おまえ達は、時間が更におまえ達を導き、駆り立てることはないので、ちょうど棺に横たわっているおまえ達の兵士の死体の靴に拍車を付ける。――――より頻繁に殺し合うがいい。……おまえ達は戦場に命じられるたびに、それに従うがいい。……相手を殺さないときは、更にそれ以上のことを幾らか為し、少なくとも自ら死ぬがいい。……今わしが話すのを妨げているものは何か。何かを感じているが、瞼が垂れてくる――わしはこの愚かな陰気な地上でもはや長いこと見ていたくない。地獄はもっと明るい」。――

　勿論革男は何かを感じていて、というのはヴォルブレがこれまで彼の背中であらゆる催眠術「磁気療法」の指遣いで彼を覚醒から睡眠へ変えようとし、その際女性や患者の群れを片づけ、眠らせるような一塊の意志を放っていたからである。ただカインの奔流に対して自分の逆流でせき止め、逆に押し戻すことは難しいことだった。すべての者に対する炎を若干の者に対する炎で制御することだったからである。

カインは続けた。「わしは確かにすでに長いこと永遠から抜け出ていて、無常の細かい諸瞬間の間を泳ぎ、死ぬのを見ていなくてはならない――現世にあるのは馬鹿げている――今すぐわしは眠り込む」。

ヴォルブレはまさに彼の後頭部で組んだ指で電気的な炎の束を使うかのように触れて、稲妻のように当たり、彼を突然極度の催眠危機に追い込んだのであった。いつも夢遊病者がそうするように、この患者は目を閉じたままよじ登ろうとし、[*5]近くの暖炉の中に入って、その中の突き出た小さな支点を頼りに簡単に登っていった。

しかし皆は聞き慣れない、愛らしい、情愛のある声に仰天した。今やその声が隠れて彼らに語りかけた。「おまえ達、大事な愛しい人間よ、わしが逃げ出したことを許しておくれ、わしはおまえ達の目の前では自分の罪とおまえ達の善意に耐えられない。わしにはおまえ達皆が見える。汝は皆の前で感謝されてあれ、汝はわしの黒いエーテルを青く、明るくなさり、わしをわしの燃え上がる砂漠から数分間だけ夕焼けの涼しげな国に案内された。何とわしの陰気な、滔々たる心臓は今や静まり、明るく、純になったことか。わしは今やあたかも一人の子供であるかのように、全世界を愛する。わしはおまえ達に喜んでわしのすべてを、ただ真実だけを話すことにしよう。

夜になるとわしはこれまで夢遊病者として薄暗く閉じられた感覚と共に憤慨して歩き回り、屋根の上をさまよった。しかしわしはいつでも自分を養い、喉を潤すために侵入したのだ。そしていつでも夢遊状態で、自分を扶養するために行ってきた。しかし目覚めると、自分の盗みと養いのことは何も覚えていず、それからは自分を不滅のカインと見なして、また人間達と神とに背を向けた。わしはわしの千もの罪のために、孤独故の純然たる罪のために罰せられて然るべきなのだ。わしの書斎ではわしは思考による一切の悪――殺人放火犯――毒混入者――無神論者――すべての諸国とすべての精神の上に就任する支配者――不義密通者――自分自身信じ込んでしまい、抜け出せないと思っている悪魔の役割や大抵は狂人の役目の内的俳優だった。――そこでわしは思考に次ぐ思考で罰せられ、罰せられ続けている。わしはさらに多くを悩まなければならない。――おまえ達、わしの周りの幸せな者達よ、おまえ達は無限の者を愛することが出来る、しかしわしは目覚めたら、この者を冒瀆しなければならない。三時に、幼児洗礼の最初の小鐘の音と共にわしは再び目覚め、悪魔的になる。そうなったらおまえ達はこの不幸な者に用心することだ。というのはわしの地獄は、それがこの涼しい天の雲の背後にまた出現したら、より熱く刺し、燃えるだろうし、わしの額の蛇はより毒々しく赤くなるだろうからだ。そしてわしは邪悪な本性の休戦の後で殺すことが出来れば、そうすることだろう。――穏やかなマークグラーフよ、後光がおまえの頭に差すとき、特におまえはわしを恐れなければならない。わしはある真夜中、屋根の上に立って、後光を発しているおまえを見て、内心憎んだ。しかしわしが目覚めたら、おまえの動揺した心を通じてまた周りに後光が輝くことだろう、そしてわしを怒らせることだろう。

今わしは心から子供のようにおまえ達死すべき定めの者を皆愛している、そしてこの世の誰をも憎んでいない。――わしは心の中に汝、愛の無限の神を得ている。この神は人間のすべての千もの深い傷を温めながら見下ろしになって、遂には傷口を、あるいは負傷者を引き受けられるのだ。愛の神よ、わしが目覚めてからも、わしから引き続き愛されて欲しい。恐ろしい時刻が近付いている、そしてわしにわしの復讐の女神を運び寄せ、それでわしの顔を覆う。――人間の父親よ、わしも汝の息子であり、汝に永遠に従いたい。父上、小鐘が鳴っても、わしから離れないで欲しい」。……

ちょうど三時が鳴った、そして人々はただわずかに彼の泣き声を聞いた、どの人も心の中で共に泣いた。突然幼児洗礼の小鐘が響いた、そしてこの不幸な男は目覚めて駆け下りて来た。顔と両手は黒くなって、髪の束は怒って逆立っており、膨れた額の皮膚には赤い蛇が飛びかからんばかりにとぐろを巻いていた、そして彼は喜んで叫んだ。「父なるベルゼブブよ、わしは再び汝の下だ。何故わしの許を去られたのか」。

皆、彼から遠く離れた、恐れからではなく、驚きの余りであった。

＊1　犬猿や豚猿、ライオン猿、熊狒々、尾長猿は、人間との類似性に共通する動物類似性によって、人間は動物界のエキスであり、頂上の花であるという生理学的命題を思い出させる。
＊2　オランウータンは周知のように他の猿達とは対照的に真面目で悲しげである。
＊3　『リシュリュー公爵の回想』第一巻。
＊4　ヘロディアヌス、第四章、[l. IV c. 3]。
＊5　壁やどこでも動物のように小さな手がかりを頼りに高く上がっていくという何人かの夢遊病者の器用さは周知のことであり、証明されている。

前記の二十章［二十一章］への二十の飛び領土

弁　解

私は第三巻の二十章〔実は二十一章〕すべての中で一つの脱線もしなかったので、第三巻が出たときホメロスに似てくるのを恐れている。何人かの芸術批評家は『蛙と鼠戦争』(1)を彼がその中で、他の英雄詩のように脱線していないので彼の作品ではないとしているのである。*1 ――そこで私は――この巻が他の著者のものとされないように、――いつもの脱線を飛び領土という名前で次の彗星の尾の付録に、少なくとも各章につき一つを書き加えることにした。しかし本の延期と肥大――それにその他の多くの悲しいことのため(2)――三つ以上書くことは出来ない。そうでなければ更に聖職候補生リヒターの日記――ハーツェンコッペンの宮廷での女達や廷臣についての彼の見解――それに千ものより良い事柄を読者は贈られていたことだろう。しかし一冊の本に若干の全紙が欠けようと、何の損害があろうか、――それらを書き加える時間や場所はいつだってこの世には十分に残っているのだから。

バイロイト、一八二二年九月

*1　フールマン『ギリシア人の古典文学案内』第一巻、一一八頁。

第一の飛び領土

宮廷説教師、教戒師フローアウフ・ジュープティッツの若干の旅の悩み。その日記からの同氏の率直な崇拝者にして同室者「ヴォルブレ」による引用

正直なジュープティッツはあるとき私と他の者に対してこう意見を述べた。「諸君、私はいたずらの手仕事をしようとすると、こっそりとしなければならない悪事のたびに、決まって激しい咳とか長いくしゃみに襲われたり、さらされたりするのだ。私が狩りの助手として待ち伏せて、触れられた鰹節虫のように静かに死んだ振りをしなければならないとき、ちょうど大雷鳥の雄が雌を求めず静かにしているときに、考えられる限りの昆虫が至る所私を刺して、それで私は騒ぎ、雄は逃げるということ以外にはならないのだ。とにかく悪魔は私に対してそんな調子である」。

――十分に知られたことだが、宮廷説教師、教戒師殿はきちんとした教義を有していて、その中で次のような命題を打ち立てている、つまりアリーマンあるいは悪魔、即ち小悪魔あるいは意地悪な被造物が人間を、分別ある立派な天使なら魂の底まで恥ずかしいと思うような顕微鏡的な傷、惨めな卑小事で狩り立てるというものである。「私がベルゼブブから」――と彼は続けた――「肉体的力を借りているかのように思わないで欲しい、例えば肉体や機械や本やそうした物を動かすために――実際そうなったら時計の針や風見、閉じ込められた一枚の金への信頼が揺らぐではないか――そうではなく私がただ認めるのは、この蠅の神は、これは蠅程の肉体的力すら有せずに、蠅のようにほんの一本の蜘蛛の糸や蠅そのものすら運んで行くことが出来ないけれども、しかしその有機的覆いで

（どの精神も一つの覆いを有しなければならない）どのような人間の魂とも催眠術的関係に移れて、この魂に催眠術師が透視者に対するように、自分の考えを考えさせて、そして何事も行えるのだ。というのは自分に影響を及ぼし、互いに影響を及ぼす一連の人間を通じて彼は極上の計算をしながら（悪魔は十分に分別を有する）物体的経過の千ものリングを一つの技巧的連鎖に鍛造し、編み込んで、それでまさに、例えば私が髭を剃っていて、まだシャボンを付けた髭を半分剃り残しているとき、その鎖で昔からの熱く愛している、数年来姿を見ていなかった友人を私の部屋へ導き、友人は私の胸とシャボンを塗った顔に接吻しながら駆け寄り、私は不安から後ろにそらしたかみそりを手で上に高く掲げることになるのだ。――しかし多分蠅の神はまさにこのこと、このような滑稽な光景、白い短い髭とそのことの当惑とを喜んでいるのだ。このような堕ちた天使は休むよりは冗談をしたがっていて、上からの大きな介入は妨げられているので、少なくとも卑小な介入をし、陽気ないたずらをすることになる。ルターはこれを神の猿と呼んでいる。かなり昔のキリスト教の茶番劇では通常四人の悪魔が出現し、単に悪ふざけをする。ちなみに私はこの千もの体験に裏打ちされた、そしてそれを逆照射する教義を全く自由にすべての人の目の前に紹介する。というのは数年前からローマのあらゆる階層で私が余りに精緻な哲学者として受けている評判故に、私は狂信者と疑われる恐れはないだろうと思うからである」。

さて私どもはこの立派な哲学者、ヨブ、あるいは悩みで一杯のヴェルターの日記を目前に置いて、それから忠実に何頁かを文字通りに伝えることにする――描写の同質性故に彼が共に写しておいた妻宛の手紙全文さえも伝えることにする、――私どもは三日間ローマ館の旅館で彼の同室者となり、この素敵な関係の中で彼の言葉と著述から彼のことをもっとよく知るという栄誉に浴しているものである。日記の紙は全く綴じられてなくて、単に番号が打たれている。それぞれの紙には通常ただ一つの注が付いている。私どもはいらくさ草紙の名の下に番号を割り振っている。残念ながら彼の日記は撫子の花弁のカタログというよりはいらくさのそれだからである。私ども自身彼に以前、君は自分の人生を好んで悲痛と悲哀のフルートで吹いており、悲痛の添加が君にとっては好みの新しいフルートの吹き始めの口構となっていると語った。しかしそれにもかかわらず、私どもはここに最初の（いらくさの）草紙を書かれている通り、全くの文字通りに提供する、私どもがいつでもここ同様に正直に利己心なく作品に対しているることを出来るだけ示すためである。

いらくさ草紙一

私が軽快な所謂旅行世話人のヴォルブレを少なくとも数日間同室人としなければならないのは、まさに自分の旅の喜びとなるものではない。殊にこの諷刺的人間は屏風を我が物としており、これは確かに彼を私に対して彼のベッドに隠すものであるが、しかし彼はその背後で、私がちょうどベッドからやっと起き出るときにはいつでも出現し、私を見、私の邪魔をすることが出来るからである。私が夜眠っているとき極めて不謹慎な言葉を発しないか聞き取るために彼は全くこの近隣関係を利用しているのではないか――悪魔ときたら私の極めて敬虔な目覚めたときの振る舞いにもかかわらず、眠って横になっている私を最も罪深い夢に引き込むからであるが、――この点に関してはヴォルブレのような軽薄な奴の場合は疑い得ないものである。この者は喜んで純潔な男がそのエピキュリアン的厩舎の動物とその同類に変貌するのを聞きたがっている。私はこの人の不幸を喜ぶ男に朝の挨拶をするとき時折全く赤面することだろう。

いらくさ草紙二

旅館の人が枕を頭にとって十分な高さに調整するようにすることは、多くの前もっての教示と指の指示とで――いつもこれは分別ある聖職者にとって旅館の女中との半ば滑稽なコロキウムであるけれども――ひょっとしたら可能かもしれない。しかし掛け布団を何年も前から馴染んでいるものとは手の幅ほども更に狭かったり、短かったりしないよう、あるいは一ポンドも更に軽くならないようにすることは決して出来ない。そうではなくて甘受しなければならないことは一晩中あるときは前の方で、あるときは後ろの方で、何か吹き寄せるもの、冷たくなった部位や肢体を感じ、そしてその冷たさを交互に掛け布団の下、ベッドの中で転々としながら分配するということである。

その際こうした夜の悩みは、太りすぎた人物の場合いくらか痩せるようにするという見込みが得られて、これにはただ慰められる。——遂にこの転々が終わり、新鮮な朝焼けとなると、太った男にはベッドの革紐が欠けることになる——というのはこれより確実に旅館ではもつれ髪や灌水器に出合うであろうからで、——かくて私はベッド起き上がり紐なしに重い体を起こさなければならず、そして惨めに起き上がれず、どのような旋回も覚悟してベッドから転がり出なければならず、滑稽な、他人の不幸を喜ぶ主がその屏風の背後から突然顔を出しては引っ込める振りをすることになる。

草紙三

いつもは三月には家蠅の来襲を受けることはない。しかし旅では蠅の神は少なくとも一匹あるいは二、三匹の蠅を送ってくれて、それをこの神は精神を強壮にする朝の微睡みを全く欠かすわけにいかない学者の顔に放つ。このような悪魔の同盟に対して昨日私は、むしろ蒸し風呂がましと、口と鼻を除いてナイトキャップと掛け布団の中にもぐり込んだ。——いずれにせよ手で千回追い払っても何の役にも立たない。それ故すでにホメロス[(1)]が蠅の厚顔を歌っている——しかし蠅とかかわる者、あるいは蠅がかかわってくれる者は、夙に彼らの吸吻に肌をさらしてはならない。吸吻で利用されたくなかったら、靴下にどんな小さな穴があってもいけないということを承知している。私の蠅は好んでいつも鼻とその周辺に止まる。そのため私は私の性質に全く反して、というのは私はいつもはすべての動物を思いやるからで、ボネ[(2)][*1]と共に葉の霊魂と不滅を、いわんや油虫のそれを信じているからであるが、憤慨し、血に飢えてしまった。私は口を鼠取り器として開け、敵を偶然といった具合に唇でぱくりとつかまえようと思った。それで朝の微睡みは多く望めなくなったが、敵が七分半後にまだ私の然るべき箇所を攻めてこなかったので、私はむしろ起きて座り、動かずにいて、同時にこの平安を乱すものが私の頰に来たら一発お見舞いする周到な準備をしていた。しかし私は五回ほど打ち損なっただろうか。すると私の横で何か笑い声を耳にした——というのはベッド屏風の間諜はずっと観察していたからで、——私は答えた。「結局、悪魔のお蔭で自分自身の手で自分の頰を叩いているという貴方の笑いに私自身加わることになる」。――実際ヴォルブレ氏が私のベッドへ出て来て、全く親しげに言った。「お早う。奴は私がつかまえて見せましょう」。しかし私は、十匹の互い違いに来た蝿を一匹の再度来た蝿と思うきっと他の人にも無縁ではない錯覚に陥っていたのであった。私が、この道化師［冗談鳥］が私の猛禽類、銛撃ちを――（彼についてのこの最後の比喩は、刺す点と並びに漁師と鯨の相対的大きさの関係の点で適切なものである）――全部摑まえて潰してしまうまで、私が、今一度申し上げると、それまでベッドに残っていたら、そして更に朝の微睡みを待ち受けていたら、これは恐らく他人の不幸を喜ぶ主が今回の非フローアウフ［喜んでの起床］の許で喜んで見てみたかったものであろうが、勿論私は滑稽なことになっていただろう。しかし私は早速ベッドから降りた。

草紙四

朝の眠りは容易に午後の眠りをもたらす。しかしこれが旅行で可能であろうか。すでに家であっても私は眠りを単に新聞のように小片ごとにしか、あるいは一枚ごとにしか取れないのであれば、そのとき私は私の部屋の前を通り過ぎようとするどんな小さな物音も許さず、私の歌鶫さえも私の最初の微睡みを妨げるので閉じ込めてしまうのであるが、旅館では御者の馬車を走らす音や給仕が階段を走る音がして、それでかなつんぼしか目を閉じられない、あるいはテーブルの下の酩酊者といった者しかそう出来ないということほど自然なものはないし、避けがたいものはないであろう。ようやく頑張って半ばの微睡みに入っても、すでにその中で遠くの方で馬丁が馬をつなぐために引き出すのを見るし、給仕が私の目覚ましとして階段を駆け上がるのを見ることになる。――しかし私はささやかな心理学的技巧を（私の真似が出来る人は少ないだろうが）二回ほど上手に使って、それで私は決心して、目覚めの前に自由なものとして残っていた四、五分間を大胆にも自由な微睡みのために使うことにし、頭をちゃんと微睡みの中へ、レテの沼にするように深く陥らせて、ドアが開いたときにようやく浮かび上がるようにした。この短い眠り、強制の眠りには二つの独自の味わいがあった、しかしその理由については、これはすでに遠くから見当がついているが、閑な折りもっと詳しく容易に解くことにする。

草紙五

孤児院説教師ジュープティッツの、ローマの妻宛の手紙

旅の悩みは自分自身の妻宛の手紙の中で程に元来うまく日記として記載されることはないだろう。妻はいずれにせよ家での悩みに慣れていて、それだけに一層好んで冗漫に尋常でない悩みを告げられるからで、殊に善良な妻は外での夫の惨めな近況でほとんど家での近況に対してお世辞を言われている気になるだろうと夫が思うときそうである。しかし私の妻はもっとましで、それで、私が遠方でも全くの幸福者であれば、妻には最も好ましいであろう。それ故私は妻の前では私の旅の多くの薊は折り曲げた、その代わり多くの薔薇を高く掲げた。それ故私は手紙の忠実な写しを、二、三枚の日記としてまことに都合良く用いることが出来よう。

私の大事な妻へ

勿論私は相変わらず太っている、しかし――私が最近の手紙の中で十分詳しく計って見せた――諸影響で私はきっと痩せることだろう。善良なマークグラーフには残念ながらどんなにうっとりとなっても十分ではない。しかし私はおまえに一昨日の多くの素晴らしいことを本当に共に味わって貰えるよう食卓に載せることにする、そうしたら一層容易に後で述べることになる昨日の後味の悪いひどい食事のことをおまえは凌げることだろう。

ただ――このことは一昨日の聖なる愛餐や聖餐のことを語る前にまず頼んでおかなくてはならないが――一昨日の手紙のときのひどい悪筆は許して欲しい。いつも私の場合そうだが、悪魔は実によく自分の仕事を弁えている。つまりおまえへの愛を最も喜んで綴っている最中に圧力でペンの嘴が半ツォル分はじけてしまい、一滴も一字ももはや書けなくなったのだ。旅館では（インクといったものは除いて）ペンほどないがしろにされているものはない。一本のペンでしばしば――十人の国営馬車の御者が手紙を書かなければならない――いずれにせよペンナイフはな

い。そこで私は自分のケースの鋏を取り出し（しっかり予感しておまえは裁縫道具を準備してくれた）、ペンの長いこうのとりの嘴を削って――これをまた短くしたが、しかし残念ながら広すぎるペリカンの嘴にしてしまい――これをまた鋏で小さくしなければならず――するとまた割れ目が余りに短くなって――しかしまた新たに割れ目を入れることはまたとても心配に思われて――そこで幅広いペンの鋤でおまえ宛の私の喜びをさっさとお仕舞いまで書き、耕し、そうしてほとんどルター的敵愾心を抱いてまさに悪魔が邪魔したいことを遂行して、ただペンとナイフを求めて呼び鈴を押すという親切なことを悪魔に対して見せることはしなかった。――そんなことをするよりはむしろ鋏でおまえに手紙を書いて、その両先端をペンの割れ目としてインクに浸したことだろう。

　さて至福の一昨日のことだ、これはどんなに喜んで書いても十分ではない、これを読めば次の昨日のことは私より痛みを余り感ぜずに我慢出来ることだろう、思いやりのあるおまえのことだから。つまり私はルカの教会の総監督ヘルツォークの一昨日の官職記念祭を見守り、傾聴したのだ。考えても御覧。若い宮廷牧師のハーゼルト、宮廷での何でも屋、万能家で、苦しんでいる人達への善意と請願の気持ちで一杯であるが、しかし洗練された柔軟な社交家である彼が（彼は私を大いに求めているように見え）、炎のように記念祭の老人を称え、極めて厳かに彼を祝福した。しかしその前に老人が同じことをさながら自分自身に対して行っていて、威厳と自分の官職の苦悩、重荷、行動、国家に対する気持ちの一杯に詰まった荘厳な演説の中で語りかけながら神と教会の民に対して感謝した。私は過度に涙を流すほどに感動して、自分を全く彼の立場に置き、自分自身を、より大きな功績と威厳とをもっておまえに向かい合って泣きながら祭壇に立っている記念祭の男と見なしたものだ。しかしこの余所の教会にいても私は自分を悪魔がこの総監督のような男ほどには純粋な感激を許してくれないだろうと予感していた。この総監督は、彼に次いで翌日彼の許での長い奉公故に年老いた料理女が記念の祝いを受けるという幸せさえもが恵まれているのである。というのは素晴らしい心の流涕――美しい天候の下での美しい感情――善行への無償の気持ちというものには悪魔は我慢ならず、そうしたものから直接ヨブ(3)の周知のごみの山に私を置いて、この以前やはり幸い過ぎた男同様に私を嘆かしめるのである。

ちなみに、即ち感動の折りに、省察を行うのを許して欲しいが、それは卑俗の手段のいかに多くの下位区分の下位区分を経てやっと高貴なものに到達するか、例えば私は教会で感動の気持ちに達するか、全体情けないほどであるということである。いかに私は靴、チョッキ、そしてすべてを身に着けて、階段を下ったり上ったりし、教会の聖歌隊席に入り、外を覗き、多くの物体的なものを傾聴しなければならないことか、そうしてやっと感動と呼ばれるような精神的なものが魂の中に入るのである。いやまたこうした純粋に精神的な考えそのものが、いかに多くの物体的迂路を経てやっと、善良なる妻よ、おまえの許に達することだろう。私は残念ながらインクに浸し、「インクを乾かすための」砂を撒き、封をして、郵便局に出さなければならないし（その間にある些細なこと数百を私は省略する）、おまえはおまえでまた郵便料金を払い、封を破り、上述の箇所に至るまで、紙を読んでいかなければならないのではないか。

素敵な感動的な記念祭の日に戻る。その日の午後には邪悪な敵はすでに若干の動きを始めたように見えた。最初は多くのことがうまくいった。そして仕立屋の親方は私に――翌日は尊敬する記念祭の老人を訪問し、老人に握手し、お祝いを述べようと思っていたので――新たな黒い服を、それなしでは旅行中かなり長く上品に振る舞えないから、試着のために持って来た。おまえも知っての通り、太った私に合うものはめったにないので、親方は私にただ途切れなくくっ付けた半端のぼろきれの上着を試着させざるを得ず、袖もただ縫い目も広く粗く縫い合わせたものだった。実際ちょうど適切な、将来縫い終わったらぴったりと合う衣装を着て私は立っていたが――そのとき全く思いがけず宮廷牧師のハーゼルトが絹の外套を着、絹の靴下を履いて入って来て、遅くではあったが明日、町の近くの自分の別荘に、記念祭の老人のための親切な食事の二次会へと私を招待した、そのとき私を最も良く、最も長く紹介しようと彼は期待していた。――

何ということか、愛する妻よ。私は滑稽な一本袖の試着上着を着、ぽっかり出たシャツが腋から出ている袖と共に大都会の、着飾った、上品に微笑む宮廷人の前に立っていたのだ。彼の前で脱いだり着たりすることはとんでもないことであったろうし、彼も丁重に断った――むしろ私はスキャンダルやシンメトリーのせいで、机の上の左の見世物の袖を、シャツの袖を隠すために着る羽目になった。——かくて私は私の大雑把に縫った拷問の上っ張りを着、二本の切り取られた腕のように腋から離れている両袖と共に（心の中で私は自分自身を笑った）、ハーゼルトの横をあちこちと散歩することになった、これには後になおヴォルブレ氏までもが加わった。ヴォルブレは後に私を衣装を着た自らのマネキン、絵画的自己アカデミー、上着の垂直な試金天秤の竿と呼んだ。悪意のない洒落かもしれない。

普段私は——自分の名前フローアウフ［喜んで起床］に忠実に——格別人生の卑小な酸っぱさを明るみに出すようなことはしない。しかし滑稽な試着の正装を着ていると、歩いているハーゼルトと共にあちこち動きながら、太っているのに、作法通りに、向きが変わっても、私がまた左手に立つように向き直るよう努めることがわずらわしく思えることに気が付くようになった。このため私の語りと歩きは、殊に牧師もやはり丁重さを競い始め、左へ跳び始めたので、言いようもなく難しくなった。——しかし遂にヴォルブレ氏が第三の男としてこの遊びに加わって、彼が私と共に牧師を真ん中に置いて、それで交互して我々のうちの一人が、ハーゼルトは二つの左側を有することはないので、極めて丁重に礼を失せずにハーゼルトの右側を歩くことが出来、歩かざるを得なくなった。

私は十分によく見抜いていたが、宮廷牧師は誰もが驚き尋ねるマークグラーフの諸事情や浪費の宮廷スパイとして私を訪問し、招待したのであった。しかし彼は極めて洗練された男の役を演じていた。

ようやく私はその次の日のこと、昨日のことを話すことになる。これに対しては、すでに心を満たす一昨日の午前が先行していたので、そして第二に真の祝典といったものが約束されていたので、幾らか不安を抱いてしかるべきであったろう。なぜなら歓喜を味わう際には人間は、桜桃ケーキの場合と同じで、ごく上機嫌で柔らかいものに噛みついても、見過ごされていた桜桃の種を前の門歯の間に見いださないとは一分間も保証されないからである。

私はいつもより遅くベッドから出たことをそもそも祝典の不幸として——この件は遅れる一因にはなったけれども、——引き合いに出さないが、しかし私の常ならぬ省察の単なる結果とはなっていて、それは私がベッドの中で千回もこれまで全く機械的に熟考もせずに着ていたシャツに対して、突然これまでそれをどう着ていたか注意する気になったからである。実際さっぱり分からなくて、注意したら古いシャツの脱ぎ方すら分からず、どの腕を普段まず袖に通していたかすら分からず、遂に多くの苦労の末盲目的にかつてのメカニズムに身を委ねて、一切省察を加えずに新しいシャツを着た――これはうまくいって、本能の技法がまた蘇った。

幸いこのとき(4)ヴォルブレ氏は、家の外ではなかったが、しかし自分のベッドの外で寝ていた。しかし私は別な面で損害を受けた。つまり夜、かすれ声の喉になって寝ていたので、私はまだそんな状態か知るために何の意味もなくまことに大きな声で語りかけてみた。「貴女「あんた」お入り。貴女は一体誰」と。するとすべてを聞いていたヴォルブレ氏がドアから入って来て、楽しげにその人物について狡猾に聞き出して、かすれ声の喉の単なる試しなのに、意地悪く信じられない振りをするのだった、しかし勿論喉の試しということがすでに、私がはなはだ恐れている滑稽な状況に私を陥れているのであった。

私が何かしら客として遅刻してしまうまでには、愛しいおまえにも分かるように、多くの障害の歯車が互いに嚙み合っているに違いない、殊に私はすでにあらゆる障害を想定して、半時間前には準備出来ていたのだから。しかし私はハーゼルトでのスープよりも遅くに着くことになった。新たに洗ったきちきちの靴下、リンネルの――それから絹の靴下――この両者を全く同時に上下に重ねて履くこと、これはすでに家では以前からまことに安息日の仕事であった。しかし家の外でとなると、何の手助けもなく、十本の惨めな太い指を遣って、引っ張り、ぐいと引き――つまみ――皺を伸ばし――広げ――かがむこと、いやこれらはおまえ、今回私の手に余った。それに礼儀正しい宮廷牧師は、彼の別荘はいくらか遠く町外れにあるというので、長靴をほとんど強要していた。しかし悪魔は靴下を別にしても、これに悪魔は刺蠅が最も脚を好むように、固く付着してくるのだが、長靴の私も見付けだすのだ。私は右の長靴を幸い苦労して履いた後、残念ながら一フィートの長さの踵を左の長靴に収めながら、いくらか休もうとして、長靴の二つの引っ張り革を（当地の人はつまみ革と呼んでいるが）指に持って、こうした静かな姿勢でどれほど考え続けられるものか、どのようにしたら最後に考えを終えることが出来るものかとだけ熟考していた。いやはや、私は座り続け、考えていて、埒があかず、遂に一切にすばやい決心で片を付けようとして、長靴をぐいと引っ張り上げて――長靴の片方のつまみ革を裂き取った。しかし――大事な妻よ、いかにそのとき私は、やはり離れかねないもう片方のつまみ革を引っ張っていたことか――いかにもう一方の手は滑らかな長靴の筒そのものを握り締め、ぐいと引いていたことか――いかに私は生ける脱靴器として、単に履くためではあったが、先の時間のロス故に消耗していたことか、さながらポンプ胴にかかっているようで――それは十分に水を私の額に汲み上げていたことだろう、――こうした拷問は少なくとも、私がいつか打ち解けた楽しい結婚生活の時間の中のあるときおまえの前でいわば被ろうと思っている王冠の中での若干の茨というもので、私がどんなに耐えたかおまえに見せたいものだ。

それだけに後に一層私は急がなければならなかった。私が通常宴会の消化の協力者として服用する十五の白い胡椒の実のうち、私はむしろ七つの実をまた吐き出した、それらは水を使って、一生懸命飲み込んでも――この飲み込み方はしかし急ぎすぎて、シャツを着るのと同様に余りに意図的で、――飲み込んだ液体の後もいつまでも、引き潮の後の貝のように、口の中に残り続け、嚙んだものに混ぜ入れるという時間のかかる試みをするわけにいかなかったからである。ようやく私は、たっぷり遅くなって、路地に出た。しかしまた騒動である、より簡単なものではあるが。こういう場合にふさわしく私は急いでいたので私はスカーフを首の後ろの方で十分きつく結んでいなくて、途中でそれは次第に緩く広がり始めた。郊外まで後わずか五つの路地を残すのみであったので、私は外で歩きながら結び止めようとした。しかし歩くたびに惨めな首の紐は長円へと解けた、そして襟の首の周りのこの花綵装飾は――緩やかに離れて滑り落ちるという情けない気持ちは少しも勘定に入れないが――急ぐたびに落ちそうになり、それで私は市門の前のある戸口の背後に大きくなった道化師の襟のまま入って、それを固く結ばなければならなかった。

町の外では何にも引き止められはしなかったが、ただ短時間、はずれの教会墓地教会（おかしな名前である）の所の日時計で、時間の損失を見ようと思って引き止められた。数分間待って、ようやく円盤の上にかかっていた雲が針の影に再び席をゆずってくれた。ただ私は見上げているとき不幸にも、私に今日はと言った通りすがりの市民に、文字盤に没頭する余り、今晩は、わが友と答えてしまった、これに対しこの市民は正当にも何かつぶやき返したように見えた。私は少しばかりあれこれ考えた、しかしどんな小さなことであれ、罪のないどこかの人に、偶然であっても侮辱を加えることに対する私の嫌悪の念のためにこの男を追いかけて、後から叫ばざるを得なかった。「実際私はおはようと言いたかったのだ、良き友よ、悪く受け取らないでおくれ」。――「これからは別の阿呆を捜しなされ」と彼は四分の一だけ振り向いた顔でつぶやき返し、急いで前方に歩いて行った。

野外ではハーゼルトの輝かしい別荘が遠くから私に笑いかけていて、後にはいずれにせよすでに途上の私の姿が見えるはずだった。多分このことは悪魔のお気に召さず、悪魔は何かこれに対抗する処置を取った。私の窮屈すぎるチョッキの一番下のボタンの（ために私は軽快になり、そのことをすぐには気付かなかったのであるが）すべての糸が一本の糸を残してほどけてしまい、それでボタンは遠くのボタン穴から南京錠のように掛かっていた。縫うことは――すべての客人が私を見ることが出来るので――公道では出来なかった、たとえ私が（針と撚り糸を私は欠かしたことがない）縫い付けるために踵を返したり、木陰でそれをしても駄目だった。というのは別荘からとんでもない誤解を受けかねなかったからである。ぶら下がる印章のようにボタンをそのままにしておくことも出来なかった、チョッキの下の方で――百姓達が飾りのためにボタンを外すように――滑稽なトライアングルの隙間が開いたからである。――従って私は蜘蛛の糸のように下がって揺れているボタンを別荘の中へ持ち込んで、下の階段の所で再び固定した。しかしそれは勿論太った指の間の細い針で十分に苦心して付けたものであるばかりでなく、家の主人が階段を飛び降りて来て、まだ針仕事の最中の私を丁重に出迎えることのないよう細心の注意を払ったものでもあった。幸い私は上で駆けている従者達の一人の他には誰にも見られなかった。この従者は手すりの上から見ていて、他の従者に小声で言った。「見ろよ、あの太っちょは下の方で縫っているぞ」。

私は上に赴いて、まだ十分間に合って湯気を立てているスープ鉢、さながら私の前をたなびく雲柱の背後から入って行った。多くの牧師達から極めて上品に歓迎されながら、私はそれだけに熱を入れて、荘厳な記念祭の老人のヘルツォークにその稀なる品位にふさわしく顕著な挨拶をするよう心を配った。殊にその年老いた、仕事と配慮とで刻まれた顔のかくも好意的な表情は私の心情を常になく感動させたからであり、私に対して、私が一人の余所の者、若干の哲学的名声のある男として、昨日の記念祭の老人の祝典を意外なスピーチで、もはやスピーチは予定されていなかったので、引き延ばし、倍加して欲しいとまことに請うように期待されていたからである。

——最愛の、最高の妻よ、おまえに、もっと十倍も少なく考えるような夫が恵まれていたならば、と思うよ。——しかしそれはかなわぬこと、私は大いに考えてしまう。——かくて私は記念祭の男にスピーチする前に、急いで語ること（実にスピーチすること）はどういうことか考えをめぐらしてしまった。そしてその際共同して働く人間の行為に驚いた。第一に、人間の単なる純粋な思考の列を、どれ程の長さになるかは分からないが、前もって紡ぎ出して、それからその網を意識して観照しなければならない——第二に、その鎖の各部分を言葉に変えなければならない——第三にまたこれらの言葉を文法のシンタックスによって言葉の鎖に一緒に引っ掛けなければならない（こうした機能の最中に自己意識は絶えずその幾層もの観照を続けることになる）——そして第四に、演説者は、こうした一切が単に内的に済まされた後、上述の内的鎖を聞き取れる鎖へと変換し、そして口からシラブルごとに取り出さなければならない——そして第五に、この者はコンマやセミコロン、あるいはコロンの間の文を発声しながら、この発声に耳目を傾けていてはならない。今や次のコンマに至る文を内的に加工して仕上げて、それを早速外部のしゃべった文に接合しなければならないからである。かくて人は本来自分の言っていることは分からず、単に言いたいことが分かるだけなのである。——まことに、こういう事情だと、どうして人間が半分だけでも分別あるように話せるのかほとんど分からない。

——正確にはもはや私は、いかなる形をとって、奇形ではなくても、このような長い哲学と分娩の後、記念祭の老人への私のスピーチが終わったのか覚えていない。——しかしそれで元気付いて、私はその後通り過ぎる際に幾つもの衷心からの首尾のいいお祝いの言葉を記念祭の老人に述べた。豊かな食卓、記念祭の宴についてはここでは簡単に触れて済ませる。余りに多くの重要な人物が列席していたからで、彼らについての私の判断を、同じく郵便や数千の偶発事に委ねなければならない手紙の類に委ねるわけにいかないからである。しかし単に若干の客人と更にちょっとした不幸といったものを除けば、この不幸は私がワインを口に一杯含んでいながら全くどういうわけか突然くしゃみしてしまったことだが——幸い単に自分に当たっただけであった、——私はその日の午後ずっと素晴らしい神々の食卓で無為に過ごしたと言ってよかろう。……しかしこの至福の描写は明後日のために取っておく。というのは今や私は私の太った手が記述するのを見守っており、ペンに耳を澄ましていて、このことが描写の喜びをはなはだ阻害するからである。——それではご機嫌よう、いやおまえの永遠の夫よりもご機嫌うるわしからんことを。

フローアウフ・S

＊1　その『哲学的再生』第一巻、第四章参照。ジュープティッツは通常、十歩から十二歩の一時間に及ぶ行きつ戻りつの散歩のとき、パグ［犬］を家に残した、犬には理解できない絶えざる方向転換によって犬の道徳に悪影響を及ぼして、変わりやすい犬になるかもしれない、あるいはやはり退屈させるかもしれないと案じられたからである。

第二の飛び領土

ルカの町の記念祭の女中レギーナ・タンツベルガーに対する聖職候補生リヒターの弔辞

（『彗星』の第三巻の発行者の序言）

聖職候補生の説教は通常の入口に加えて、第二の入口を有しなければならない、それをここに異教徒禁制の前庭として接合することにする。亡きタンツベルガーは調合者、所謂汚物薬剤師の唯一の姉であった。彼、弟は彼女を極めて無造作に教区監督の女中として扱い、それから従者の記念祭を受ける者として（これについての詳細は後ほど述べる）、そして最後には自分の治療の手を受ける患者として扱い、その後同様に冷淡に手放し、埋葬し、葬儀を行った。さて聖職候補生のリヒターは以前から――今でもほとんど変わらないが――所謂粘液質の［無感動の］人間に対するほど憤慨することはなかった。こうした人間は冷たく長くパイプを吹かし、更に一層冷たく長く舌を動かし、人生を読むのではなく、一字一字読むもので、それも全くユダヤ的で、例えばRokiahという言葉をこう分解するのである。Komoz Resch あるいはRo、それからChirik Kuph あるいはKi、それからPatach Ain あるいはAhと。[*1]「冷淡な蝸牛には雷が落ちやがれ」（と聖職候補生は言った）「この阿呆は人生同様に短く素早く出来ないのか、すでにフリードリヒ大王が要求したこと、報告をすべて一枚の紙にまとめることと裁判をすべて一年以内にすることが出来ないのか」。

姉は弟に瓜二つであったけれども弟は姉のことにほとんど気を留めなかったので、聖職候補生はそのことを更に、姉の顔が弟の顔にとても似ていて、弟は自分の顔をさながら年老いて見せる鏡を覗くがごとく姉の顔に見てとることが出来たという理由で強く怒った。しかし彼にとって一切は大したことを意味していなかった、姉の記念や死でさえも。しかしその二つはこういう次第であった。

　彼女はルカの町の老いた総監督ヘルツォークの許で女中として老い、ほとんど奉仕よりは人生に飽いていた。さてこの六十三歳の女性はちょうど自分の主君――つまり男性の主君が――その職の記念祭を祝う日に、ある家畜の品評会で、そこでは最も太った動物どもと最も痩せた、即ち年老いた奉公人達に若干の賞が与えられるのであったが、政府から彼女は四十年間同一の主君に仕えたとして表彰状を受けることになったのであった。彼女は自分のはなはだ厳格な敬虔な記念祭の主君、総監督の許で、彼がまず第二副牧師であったときにすでに料理をし、洗濯をしていた――それから彼女は、踏み段が年数に当たる聖職者の大聖堂の通常の蝸牛の階段を彼に従って副牧師同格職に昇り――それから主席副牧師に――それから町の牧師に昇り――遂には彼と共に総監督職に就いたのであった。このように彼女は彼と共に下から勤め上げた。かくて数百もの対の耳の前で公に大きな野原で称賛を浴びることになると――生涯を通じてただ台所の四つの耳の下［二人の間で］自分が正しく詰め物をした鵞鳥と共に称えられるだけの彼女であったが、――そして会長から個人的に話しかけられ、名誉のカフタンを着せられ、つまり表彰状で証明され、通常の名誉の数分の代わりに名誉の一日そのものを体験することになると、タッソー[1]がその月桂冠戴冠の前に死んだということを考えるならば、彼女がまず自分の栄誉の日に亡くなった、いやそれどころかその日の後であったというのはほとんど奇蹟と言えたであろう。というのは彼女は二重の名誉の十字架を担わなければならなかったからで、つまり自分のパンの君主、教区監督が数日前に自らの官職記念祭を祝い、その広い光輝の銀の飾りが自分にも飛んできて、自分の髪を銀色にする加勢をしたという名誉の感情の重荷である。

　とうとう彼女の最期の時が、一風変わって鳴き止んだ、つまり時計そのもののことで、それも時鐘付き懐中時計である。というのはマークグラーフはそれらの祭典を見ると――どの祭典であれ彼ははなはだ感激した――そしてその上、老いて同時に干からびた顔を見ると、彼のいつも愛し、感じ入る性質はとても圧倒されて、彼は取り急ぎ、礼儀は構わず大勢の中を記念祭の女中の許へ駆け寄って、時鐘付き懐中時計を幅広の赤い絹の紐と共に――この紐は他の誰かのためにポケットに入れていたのであるが――さながら首の周りのギターのように掛けた。

その紐は彼女の棺のロープの一つとなった――時計通りの(2)老女中をレディーのように、時計に逆らう男勝りの女性であり、時計のための女性とは言えないレディーのように扱うことはあんまりのことであった。レギーナは何も爆破することのないよう、時計のぜんまいを決して巻こうとしなかった。しかし事情通に聞いて安心して、一日止まっている時計であったが、時々その止まった最後の時、十一時にその時鐘の音が響くようにした。彼女が後にちょうど夜の十一時に眠り込んだ、あるいは自ら停止したということはまさしく、かのすでにそれ自体不思議な出来事の継続であって、それはベックで（クレフェルト州にある『ニュルンベルク通信』六八号、一八一五年参照）一月十一日、稲妻がちょうど十一時に塔の文字盤の数字十一をはじいたという出来事である。

ただ彼女は最後に疲れているとき、ようやく一度時計を味わうために、そのぜんまいを巻いて自らに掛けさせた。しかし彼女の心臓がすでに停止しても、時計は動き続けた。

聖職候補生は彼女と彼女の正直な、思慮深い、皺の多い顔をその戴冠式の際に見ていて、このとき再び、年老いた足許の重い奉公のさらし台から解き放たれることなく墓地へ入って行く老齢の奉公人達に対して抱く昔からの同情を新たにしたのであった。当時彼は彼女に勝るものはただミューデスハイムの地方裁判所の老婆だけであると思ったことだろう、この老婆はひたすら七十八年間奉公して、そのうち四十八年は同じ所で仕え、しかしその後百歳と十ヵ月を迎えたのであった。*2

こうしたことや多くの他のことを利用して旅行世話人のヴォルブレは、神学の聖職候補生に就任演説をするように――今回は弔辞の類をするように――勧めた。「説教壇はすでに旅館にあるではないか」、と彼は言った、「――葬列の名士連には、私と宮廷説教師――この場合の喪主には調合者のタンツベルガーがいて、死体しか欠けるものはない」。――「それも欠けていない」とリヒターは答えた。つまりこのとき調合者の姉との奇妙な顔の類似性が思い浮かび、それで彼の顔を姉の顔の石盤の複製、石版印刷として燃えるような弔辞の中で彼女自身の顔と見なして、語りかけられると思ったので、これをなすことは聖職候補生にとっては無感動な弟に対する冗談半分、復讐半分のこととして旅全体でのどのような戯れよりも望ましいものとなった。そこで彼はジュープティッツ、ヴォルブレ、タンツベルガーを前にして、タンツベルガーの冷たい石膏像の顔は同時に彼自身と亡き姉とを表していたが、次のような演説を動産の説教壇で始めた。

低頭のタンツベルガー殿

かくて貴方の姉レギーナ・タンツベルガーはもはや存在しません。まだ私どもの前にあるもの（ここで聖職候補生は軽く手で鏡の方を指し、その中の右手のタンツベルガーの像を示した、するとタンツベルガーもまた鏡の方を向いて覗き込んだ）――これは単に、逃げ去った精神の冷たい、魂のない残りの外皮にすぎません、精神はもはやその癒傷のできた肉体、その脳梁あるいはレトルトの残滓をもはや生気付かせようとしていないのです。それは単に取り出された時鐘付き懐中時計の鼈甲の時計ケースにすぎません。単なるヒポクラテスの顔［臨終の者の顔］、いやヒポクラテスの帽子[*3]、あるいは病んで、今や癒された魂のヒポクラテスの頭の包帯にすぎません。しかし私の前の低頭の調合者殿は次のような慰めを得てお直りになることでしょう、つまりこの仕事熱心な姉はその皺の十字架と灰色の髪と共に他ならぬ頭部から去った後、即ちただ別の世界では皺に対するニノン[3]の包帯、灰色の髪に対する金属の櫛を見いだしたであろう、と。それ故彼女は我々の前のより若々しい似姿そのものよりも今でももっと美しく見えることでしょう。

女中は一体どんなことに耐えているか、心の中で分析している殿方は少ないものです、彼女達は少なくとも男の奉公人の百倍以上耐えています、男達は単にパイプを吹かしたり、まことに頻繁に遠く自分の奉公人部屋から離れることが出来るのですから――しかし私は夙に試みてみました、その経験、つまり殿方の経験はないのですが。それ故即席であっても――つまりこの説教壇から、これは私を晴れがましくし、私がこれを晴れがましいものにしているのではありませんが――亡き奉公人の苦しみと喜びを簡潔に、ぞんざいに二つの部分に分けて表現することが出来ます。私が彼女の四十年間の奉公三昧を、私が立って見下ろしていた足場で思い描いたのはすでに今は亡き老嬢のレギーナ・タンツベルガーの記念祭の戴冠式の間のことでした。しかし私は彼女の奉公と人生からの退去の後、彼女についての残りのすべての履歴を必要な葬礼として取り寄せました、それ故幾らか話せます。

不思議なことで、それでいて評判とならないわけでなかったことに、亡きタンツベルガーは教区監督の許での四十年間の履歴を、彼が単に第二副牧師であってまだ妻帯していなかったとき、このヘルツォークから去るということで始めています。つまり彼は、彼女が絶えず掃除し、掃き、引っかき、洗うこと——どこであれ、誰もやって来ない所で、例えば屋根裏の階段とかそれどころか音高く彼の書斎の三歩前の所まで、書斎そのものは勿論女性が腕に箒を持って働いたことはなかったのですが、仕事することに我慢ならなかったのです。しかし彼女は自らを変えることが出来ず、ただ奉公を変えました。低い身分の女性の本性は生まれつきの性質以外の何ものでもないからで、より高い教養の本性ですら太陽に似ていて、太陽はその黒点を月ごとの自転で再三見せることになるのです。ほんのしばらく彼女の悲しい退却に目を向けてみて、その際再び撤退をしない他の彼女の同類のことを考えてみましょう。黙ってゆっくりと彼女は大きな箱に——というのはようやく後に彼女の動産は小さなトランクにまで増えたからで、最後には洋服箪笥にまでなったのですが——白い帽子や色とりどりの前掛けの祝日の光輝を詰めました、それらは彼女がかつて素敵な夏の日に全く別な感情を抱いて取り出していたものでした。一方陽気な後任の女性は女性用の、花柄模様の衣装箱あるいは武器箱を彼女の箱の位置に置いたのです。——短い奉公でしたがレギーナは殿方の幸福に大いに気を遣って別れました、この気配りは長い奉公のときにも見られるものです。彼女は退去の朝、火にかけられた深鍋を、肉が十分に汁気を含んで取り出せる状態か知らずに見守っていなければならないことにほとんど我慢できないほどでした。至る所に彼女がいなくても構わない楽しげな顔がありました、第二副牧師から彼の許婚の縁者達の養子の子供達までで、この者達は通常すべて新しいこと、殊に新しい家中の人間に対して、自分達の小世界の新大陸に対してよりも、喜びを抱くものです。かくて悲しみの女性は楽しげな者達から別れました。皆が後任の女性を見守っていたことでしょうが、誰も去っていく女性を見送りはしなかったことでしょう。

しかし彼が副牧師同格として許婚と結婚すると、レギーナは再びやって来ました、それに、こすって洗うことも、しかしこれは倍加しました。というのはレギーナは水を女性の創造と世界の原初の要素としてピンダロスやタレス同様に評価するすべを心得ていたからです。それ以来記念祭の殿方の許で亡き記念祭の女性は四十年間出入りしました、約束の地への長い砂漠の道です。勿論多くのローストではない鶉が彼女の口に飛んできて、そしてちょうど日曜日には（イスラエルの民の場合とは違って）歓楽のマナ［荒野を放浪中のイスラエルの民に神が与えたパン］が天から落ちてきました。彼女は大抵すでに午後の教会の後には日曜日の化粧漆喰細工を自らに始めて、そしてこの白い荒塗りを夕方の台所奉公前にようやくまた落とすことになりましたが、それでも今日は聖なる日であると他の人々と同様に夕方感じてからのことだったのです。かくて彼女は夏の夕方には玄関の階段の下で自分の装身具を侯爵の花嫁のように数時間展示し、その上自らその装身具をまとい、すべての経過を見守ったのです。私は切望したいが、こうした点や他の若干の点に関しては厳格な記念祭の監督殿は余りカリカリせず、むしろ哀れな民衆にとっては赤く塗られた日曜日はさえない一週間の生活の紅白粉であること、そして惑星の地球［土］の六日間の暗い体も単なる衣装によって日曜日の太陽へと神々しくなるのであり、それは実に説教家本人がナイトガウンのときよりも牧師服のとき全く別様に、より精神的なものに感ずるようなものであるということを考慮に入れて欲しいと思います。いやしばしば今は亡きこの女性は指仕事の欠乏から――厳格なヘルツォークは、イギリスやスイス同様に、すべての日曜日の裁縫や編み物を禁じていたので――すでに祭日の二日目には手仕事や平日の泥沼への欲求を感じていました。

　勿論亡き女性が時にはるかに長く、つまり一日中、その建築学的飾り、柱頭の十六の渦形装飾と八つの茎、三つの花弁を付けて、コリント風の柱脚とで長い一本の柱として（私どもの低頭のタンツベルガー氏はより短いものです）立っていることが出来たときは、記念祭の教区監督が娘や息子かの自分の子宝の誰かに洗礼を受けさせたときのことで、彼女はこれらの子供を皆子供達が歩けない間慈しんで大事にしたものです。そしてしばしば誇り高くこう言ったものですが、それは許されることです。「ヘルツォーク様の若い牧師様で私が当時洟を取ってやらなかった方は誰も説教壇には立っていらっしゃらねぇ」。

このようなつつましい喜びの遺品において、その目録から最大の喜び、それは誰もが有することの出来るものですが、それを除くことは許されないでしょう、つまりレギーナは聖餐台の服を着て、神々しい聖餐を受けることによって、丸一日の、三重化された、いや神々しくされた日曜日を体験したのです。そのようにしてどのような腹ぺこの者も一度は同じ——食台を最も裕福な者と共有することになって、パンと葡萄酒に、まだ消費税のかかっていないものに、感激できるのです。まったく総監督とその女中とを互いに天秤皿に載せてみたら、女中の方が彼のせいで大きな重さを得たことでしょう、雇い主の方は彼女の前でいくらかかがみ、聖餐の主人として彼女に仕えなければならなかったのですから。

勿論記念祭のレギーナのこのような奉公の喜びの後には奉公の苦しみが続きますが、これを今日は、それらは過ぎ去ったものですから、黙っていることは許されません。ただ、しかしこれに思いを致すのは殿方やましてや御夫人には少なく、故人のような女中でさえ少ないものです、といいますのは彼女は今日、死者達から蘇って、殿方や御夫人方に賛同してこう説明することでしょうから。私の奉公は十分立派なものでした、今日でも、礼拝を除いて、これ以上立派なものを知りません、と。

地上ではまさに世紀から世紀にかけてますます多くの自由が求められていて——貞淑の方はますますその価値が下がっているけれども、——それでレギーナの召使いの牢獄を覗けば、誰もが自分の自由を対照的に感じます。そこでは四十年間ずっと百万もの歩行が単に他人の糸の動きで生じていて、同様に座ることもすべて一本の糸に結ばれているのです。一日中微細なことであれ最大のことであれ、他人の意志の他には執行しないということ、そしてせいぜい夜、夢の中でぼんやりと解放を味わうといったことはむごいことでありますが、それも夢が全く隷属状態を再現しなければの話です。このレギーナあるいは女王は自分の名前の下手なルカの町らしい短縮で単に習慣「レーゲル」しか知らなかったのです。

教区監督のすべての部屋に飾り立てた高笑いしている社交の人々がいるとき、彼女は平服で台所で真面目な片付けの本領を発揮していて、そして客達は彼女の方を見ることもしないで去って行きました。——葡萄摘みの際とはいかに異なった何千もの桶を彼女は生涯で噴泉から運んで階段を上ったことでしょう。両手を祈るように組み合わせて、上った時ほどには簡単に下ることが出来なくて、空の桶を斜めに帽子のように掛けて、両腕を無精に絡ませて。

彼女の唯一の花嫁のメヌエット、その上ほんの半分のメヌエットだったのは、彼女が、右手で重いものを持ち、左手で前掛けを、踊りのときのように、幾らか握ったときでした。――しかしちょっとした祖母踊りも路上で披露されたことでしょう、彼女がかなり前にヘルツォークのぼっちゃんと夕方の塔の音楽に合わせて引っ張りながら飛び回ったときのことです。いや彼女はしばしば天体の諧音と天体の運行で一杯の女性の天国、つまりダンス場に、その敷居の所まで行ったことがあって、そこで彼女はランタンを持って幸いまことに長いこと、婚礼の舞踏会から牧師のお嬢さん達が出てくるまで待たなければならなかったのです。立派な葬列、それを目撃することに彼女は時折恵まれましたが、それにもまだ何かダンスの気配がありました。

いつも不思議に彼女の許では喜びと苦しみが入れ替わりました。新しい箒は彼女にとって棕櫚の枝――パシャの馬の尻尾――飾りの扇――逆さまのクリスマスツリー、五月柱でした。しかし彼女には時に――彼女は何も話しませんが、こういうこともありました、つまり彼女が水を、種蒔く人が種を蒔くときのように真っ直ぐにではなく大きな円を描いて玄関の間に撒いたとき、突然記念祭の監督が彼女のアルキメデスの円[4]をその幅広の足跡で乱したのでした。全く新しい背負籠の楽しみは、殊に籠、つまり彼女がまことに多くのものを運ぶことが出来たときは、より純粋なものでした。

名付け親でさえ貧しい女中にとってはいつも酢蜜、明暗法でした。レギーナは初め、最初や最後の名付け親のとき喜びよりは恐れの余り震えなければならなかったのです。というのもその際二ターラーを代子の枕に挿まなければならず――同様に多くの頭像の貨幣を産婆の手に――更に半グルデン以上の付帯支出を別人の手に渡さなければならなかったからです。三ヵ月分の奉公代のこの出費を拒むことはしなくても、これは女中にはゆゆしく思われるかもしれません。しかしその代わりすべての女性の奉公人は、すべての台所番や他の女中、料理女や小間使い達は、宗教は、より高い生として、死と同様にすべての身分を平等にすること、そして洗礼盤の女中は牧師や洗礼者本人同様の人間的価値を有すること――ただ教会ではその人格が大事であって、台所ではしかしその仕事だけが大事であること――そして彼女の鉄の［六十五年の？］名前、洗礼名は、これを新郎が奪うことがなくても、夫と関係なく自ら存続するということ、それも将来受洗の小人がまた代父へと頼まれるような、見通しがたい先の方まで続くという、以上の私の見解に賛同するでありましょう。かくてレギーナは彼女の金と信条の故に午後ずっと名士の女性の一人でありましたが、夕方はまた洗礼者の牧師館で台所の火を掻き起こすのでありました。

さてここで彼女の最後から二番目の名誉、これが最後の名誉、死のきっかけになったものですが、つまり記念祭のことを話します。そもそも何らかの長い人生の持続に関して公に祝うことはそれ自体すでに危険なことです。至る所に忍んでいる死が歓呼を聞きつけて、その脳髄のない頭蓋骨で、熟れた果実を見過ごしたと思い、早速折り取るのです。故レギーナはそんなわけで高くつく名付け親には耐えることが出来たことでしょう。しかし背の曲がった年齢で重い戴冠式の外套と公爵帽とすべての王座の印璽を担うことは、背の曲がった高齢者を押しつぶします。私は彼女がそこに立っていた様、頭をいくらか傾げて、しかしその他は真っ直ぐに長く――刻まれた多くの皺と共に、しかし全く愛想のいい表情一杯になって、灰色の頭に青い明るい目をして――恥ずかしげというよりもむしろ謙虚に立っていた様を今でもよく覚えています。彼女は自分の主君がこのような記念祭の女中を有していたというそのことを最も喜んでいるように見えました。

［風評の女神］ファーマのトランペットの隙間風から吹きつけられた彼女の咳はよく知られています。器用な調合者のタンツベルガーさん、貴方がその治療のために試みられたことは、この葬列の一同の皆が、世話人氏、並びに私や他の者が承知しています。貴方は謙虚に控えておられますが、しかし特に触れておく必要がありましょう、いかに貴方がなし、費やされたか、いかに貴方が同時に調合し、調剤しながら、『クリスティアン・フランツ・パウルニ等による新増補の治療用汚物薬局、一七一四年フリードリヒ・クノッヘンと息子出版』の第四章[*4]で咳に対して勧めている汚物をすべて惜しげもなく使ったかについて。――貴方はプリニウスとヴォルフ博士の助言に従って鹿

の糞を使用された――アルベルト・ハイムビュルガーによって、鵞鳥の糞を、いくらかふきたんぽぽの水に入れて採用された――立派な、すでに五月に集められていたギリシアの白［焼いた犬の糞］を犠牲にして、パウリニ本人の説に従われた――いや若干のワインの滴の中の散薬の山羊の糞も貴方にとって高すぎるものではなかったのです、グーファーは貴方の保証人、前任者でしたから(5)。

要するに弟として、そして糞信仰者(6)として、貴方の第四脳室の出口を、第四の最も重要な脳室の始まりは解剖学的にこう呼ばれていますが、精一杯働かせて、常に何事かを思いつかれたのです。というのは、ローマ人が咳に捧げた神殿で、貴方は熱心な、供物を捧げる司祭であり、教皇座であったからで、他の医者同様に、この神に投薬量や服用分を処方したのでした。治癒そのものは、副次的なこととしてこれはちなみに治療とは異なり――というのは癒されること、治ることは単に自然だけが出来ることで、これに対して治すことあるいは自然の面倒を見ることは医者の領分で、これがまさに医者の治療、聖職禄でして、勿論治癒は除かれます。

しかし結局このことを、咳する姉のために尽力された調合者殿は自らの慰めにして欲しいと思います。この方には単に若干のことばかりでなく、大概のことを考えて頂きたいのです。私どもの前で現世の名残として見ているものは、単に沈殿したタンツベルガーの粘液質にすぎません。しかしより繊細な上昇して行った精神は夙に透明なフラスコの中へ上がって行き、完全に保存されています。私どもは知っています、魂はより善い所にいて、私どもがここで魂の単なるポーランド服［子供服］、頭巾付き外套、頭のカバー、いや帽子カバーとしてまだ私どもの前に目撃しているもののことは何も気にしていない、と。しかし残された、魂のない頭部でさえ（ここで弔辞者は再び鏡の中の雇われ薬剤師の顔を指し示した、そしてこの助手もまた彼の顔をそちらに向けた）、それが平静に、さながら自分の精神の喪失を何も気にしていないかのように私どもを見つめていて、私どもをなお喜ばせてくれます。すでにラーヴァータ一が冷たい息のない顔の上に情熱のない神々しさを感得したようなものです。

低頭の雇われ薬剤師殿は姉のレギーナが遅すぎもせず早すぎもせず世間への奉仕の代わりにこの世から去ったことに慰めを感じられることでしょう。台所――子供部屋――奉公人部屋――豪華な主君の部屋――大きな控えの間

──階段──地下室が、こうしたすべての代官職、監督職がヘルツォークによる封土授与の下、繁栄して、内務大臣としての彼女の管理のすべての枝が緑に茂り、彼女の塵掃除刷毛と料理スプーンの下、花咲いたならば、彼女は多くの侯爵夫人よりももっと多くをなし、達成したのであります。侯爵夫人はせいぜい刺繍をしますが、基礎として紡ぐことはしません、そして自らの手よりも大きなものを洗うことはせず、手で何かを洗うことはありません。しかしタンツベルガー殿、貴方の気高い姉は以前から慎ましやかで、侯爵夫人の上に身を置くよりは下に身を置いたことでしょう。彼女の謙虚さ故にこのことは許されるべきで、それどころか高く評価されるべきでしょう。しかし私どもは皆、喪主の貴方も、ここに立っている葬列の一同も、私ごときに至るまで、よく承知していますが、物体的卑小なものは精神的偉大なものの容量とはなり得ず、領土の数マイルの広さは領主の測径器とはなり得ません。というのはさもないと地球の統一の君主といえども、太陽の多くの黒点の中の一人の管区長神父に対して千分の一に縮んでしまうにちがいないからです、黒点は周知のように地球そのものよりも時に千倍も大きいのです。空間は無限に大きく、その何らかの支配者、例えば人間はそうではないというとき、一体どこで物体的拡大が終わりになるでしょうか。──さえない人間がその巣を作るこうのとりのための鋤や歯車も世界の鋤の一つであり、世界時計の歯車の一つであるのです。亡きレギーナがそのケーキにぎざぎざを付け、形を整えるのに使ったこね粉切りは、私見によれば侯爵達が国々の飛び領土を切り取るのに使うカノン砲の車輪にすら勝ります。

彼女の晩年の日々が名誉の日までしか続かなかったのは私の最も喜びとするところです。裕福な晩年にはすでに休息と無為に過ごすことが、以前汗して耕した大地の上でふさわしいものです。しかし奉公人の困窮した晩年は耕された下での無為の眠りの他に休みがあるでしょうか。──人生ではモン・ブランの場合と同じで、登りよりは降りが最も難しいものです、殊に頂上の代わりに深淵を見ることになりますから。──私どもの記念祭の女性レギーナはすでに青春時代に死より他に素晴らしいものを知りませんでした──彼女の身分の若い人々の間にまさしく最も率直に見られる願いです。一方役立たずの僧侶達は、無意味な死を想えを唱えながら一層年取るにつれて、それだけ一層年取ってゆくことをやめようとは思わなくなります、あたかも彼らは生よりも死にふさわしくないかの如くであります。――幸い死は、人間や神々からどんなに見放されていても常に実現する唯一の願いです。かくて奉公の記念祭も生涯でただ一度だけ祝う唯一の祝いです。このような祝典の後は、人間が咳すること、多くの者が歌う前にするように咳することは結構なことです。――と言いますのは、実際私どもの記念祭の女性はその咳を単に前もって、彼女が全く、より素敵な万有の広野で彼女の楽しい歌を始める前にしただけなのです。この歌声を私どももいつかは耳にすることでしょうし、この歌声に唱和することでしょう。アーメン。

＊1　『フィリップゾーン・フォン・ザーロモンの生涯』。
＊2　『ニュルンベルク通信』一八一七年、二九八号。
＊3　外科医の間では頭部のある種の包帯はこう呼ばれる。
＊4　九四頁。

第三の飛び領土

私の全集についての予告

全集の出版は本来死のみが準備出来て、存命していて全作品に対して毎年過分の善行を追加している著者は出来ないことだろう。多くのドイツ人作家に対して一定の書式での全集の面倒を見ている――例えば私に対して[1]そうしている、――実直なリプリント作製のオーストリアも絶えずまた無数の作品を後から放たなければならないだろう

(ちなみに、私はウィーン版のリプリントを皮肉抜きで実直と呼んでいるが、それはその非合法性がまず、少しも昔でない時分に何人かの侯爵や連邦国家からさえも承認されてしまい、従って後数十年続行を許されているからである。平和な時代に入ってからの戦争税のようなもので、これは正当に戦後、雨の後の雨傘のように、なおしばらくの間乾くまで広げられているのである)。

そもそも現著者は――その作品の販売者や購入者に、そしてその作品そのものの内的外的欠乏に要請されてではあるが――天からまだ許されるようなことがあれば、その短い暦の付録の時間を、拙著の未刊行の部分の完成のために真面目に捧げ努めたいと思う、殊にすでに刊行された部分は五十七以上になるのだから。

従って著者はここでは自らの作品の将来の出版の代わりに単に過去の出版を知らせておきたい。その際作品のすべてのタイトルを完全に、それも、これはとても大事なことであるが、出版の年次に従って(2)――これはその読まれた年次でもあるはずで――すべてのドイツ人とドイツ人以外の読者の方々のために小さな活字で印刷して貰うことにする。

一、二	『グリーンランド訴訟』第二版。
三	『悪魔の文書からの抜粋』(もはや入手出来ない、『再生』の中の部分的なものを除いて)
四、五	『見えないロッジ』第二版。
六―九	『ヘスペルス』第三版。
十	『五級教師フィックスラインの生活』第二版。
十一	『五級教師フィックスラインの第二版のための私の序言の物語』
十二	『ある巨人女性の頭蓋の下での伝記の楽しみ』
十三―十六	『ジーベンケース』第二版。
十七	『記念祭長老牧師』
十八	『カンパンの谷――他に教理問答の十戒の下の木版画の説明』

十九－二十二　『巨人』
二十三、二十四　『巨人の喜劇的付録』
二十五　『フィヒテ哲学の鍵』（『巨人』の第一の喜劇的付録の付録）
二十六、二十七　『再生、あるいはニュルンベルク以前とその最中の運命と作品』
二十八　『ジャン・パウルの手紙とこれから先の履歴』
二十九　『当世の男達の密かな嘆き節、そして新年を迎える夜の不思議な一行』（この一行をある真面目な目が見ていた。）
三十一－三十三　『生意気盛り』
三十四－三十六　『美学入門』第二版。
三十七　『自由の小本、あるいは領主ザクセン・ゴータ公爵へのその禁じられた献呈の辞。公爵とのその往復書簡。そして出版の自由についての論文』（この論文を私は論文そのものがそうしているように、我々の時代に[3]是非にと薦めるべきであろう。）
三十八－四十　『レヴァーナ』第二版。
四十一　『レヴァーナへの補遺。第二の改訂され、新たな誤植で増補された版』（ジャン・パウルの著作のすべての読者のためには不可欠の補助本、数全紙の中にすべての様々な誤植、著作の中で分散して見られ、それ以外にどこにもまとめられていない誤植を含んでいる。その他にもこの小品は更に二つの序言、初版と第二版のための序言を供している。）
四十二－四十四　『秋の花の女神、あるいは雑誌から集成した小品』
四十五　『従軍牧師シュメルツレのフレッツ紀行、継続的注を含む、他にある政治家の許での悪魔の告白』
四十六、四十七　『カッツェンベルガーの湯治旅行。更に改訂された小品の抜粋』（もはや入手できない、次の第二版の増補版は別。）
四十八　『ドイツに対してなされた平和の説教』
四十九　『ドイツのための薄明』

五十　『ビエンロートの初等読本の著者フィーベルの生涯』

五十一　『ムーゼウム』

五十二　『一八一四年の軍神と日輪の王座交替』

五十三　『ドイツ受難週になされた政治的四旬節の説教』

五十四　『ドイツの二重語について。十二の昔の手紙と十二の新しい追伸による文法的調査』（第二あるいは追伸の部分は全く新しくて、第一の部分、いや第二の部分のすべての反論者に反論している）。

五十五―五十七　現在の『彗星』

五十八と五十九　この両小品を私はまさに出版されたものとして記する、まだ表題もなく、まだ巻に収まっていないけれども。しかしこれらはカンネ、ドーベネックそれにホフマンへの三つの序言と、『ハイデルベルク年報』のフィヒテ、クルムマッハー、フーケ、スタール夫人への書評[4]と『朝刊新聞』や『レディーカレンダー』等に分散して載せた多くの論文[5]を将来集成したものから出来ることになる。肝要なことはただ、私がまさに人生の一年ごとに一冊の本によって永遠の命を得なくても、年を取ってきたということを披露することであり、私は五十九冊の本を掛けられて、一八二二年三月二十一日に五十九歳の卵の殻から這い出て来たのであり、まだ殻を背中にしょったまま、若い新米の六十代として歩き回っている。残りの年月と本は神の知ろしめすところである。

訳　注

序　言

（1）ホラチウスは『詩の技法』の中で「九年間目の届かぬ所において、草稿を閉じ込めておくこと」と要求している（三八八－八九行）。
（2）ジュピターは、アルクメーネと寝てヘラクレスを創ったときの夜を通常の二倍の長さにした。
（3）Justus Möser（一七二〇－九四）、『愛国的空想』第一巻（一七七五年）三五七頁参照。
（4）十一年彗星、一八五八年の彗星を別にすれば十九世紀最大の彗星。
（5）スコットランドの画家 Benjamin Wilson（一七一一－八八）は丸い避雷針を作って、今日よく見られる先の鋭い形の避雷針を考案したフランクリンと一七五七年論争を行った。
（6）紙凧、この表題でジャン・パウルは自分の『喜劇的パンテオン』を出版しようと考えていた。ジャン・パウルの死後この表題で出た本は遺稿を含む旧論考の寄せ集めに過ぎなかった。
（7）ジャン・パウルは『彗星』執筆中にもこの新しい作品のことを話題にすることを好んだ。August Lewald やスウェーデンの作家 Atterbom から意見が寄せられた。
（8）一八一九年九月二十日のカールスバートの決議はまず五年間検閲を強化することを決めた。
（9）五つの金の鼠、「サムエル前書」第六章四参照。ペリシテ人はこれを供えて罪を清めようとした。
（10）Adam Müller（一七七九－一八二九）のことか。一八二六年貴族に叙せられた、極端なカトリック教徒の著述家。
（11）Karl Ludwig v. Haller（一七六八－一八五四）、スイスの法学者。カトリックへ帰依した後はスイスのローマ教皇全権論者の首魁。
（12）Klaus Harms（一七七八－一八五五）、キールの大衆的説教家。合理主義を排斥した。
（13）Carl Fr. Flögel（一七二九－八八）の『喜劇文学の歴史』は一七八四年四巻本で出版された。
（14）原典版による。ベーレント版ではテンクテラー。なお松尾誠之君の電話での教示によると、順に、テンクテリー人、ブルクテリー人、ウーシペテース人、ケルスキー人、スガンブリー人ともなるそうである。

(15) Adelung の『ドイツ人の先史』(一八〇六年) 二四九頁以降参照。
(16) Johannes Hevelius 本来は Hewelcke (一六一一―八七)、重要なドイツ人天文学者。『Cometographia』一六六八年出版。

原初のあるいは封土授与の章

(1) Chr. Heinr. Wolke (一七四一―一八二五)、教育学者、素人言語学者。この人物の影響を受けて複合語のSをジャン・パウルは消していくようになった。
(2)「列王紀略」下第二章十一参照。ユダヤ人の預言者ヘーノッホ[エリア]は神によって馬車で天に昇ることになった。
(3) ジャン・パウルは自作の朗読を行うのを好まなかった。
(4) ファルンの鉱山の伝説を踏まえている。Schubert の『自然科学の陰の面から』(一八〇八年) の描写でロマン派に広く知られるようになった。
(5) テーベの建設の際にはアンフィオンの弦の音で市壁の石が自ずと組み合わされたという。
(6) アウクスブルクは十八世紀末に霊験あらたかと言われるカトリックの聖人画を売りさばいていた。
(7) ジャン・パウルは一七八一年から八四年ライプツィヒ大学で学んだ。
(8) C. F. Benkowitz (一七六四―一八〇七)、「イリアス、アエネイス、失楽園と美学的に比較し、判断されたクロプシュトックの救世主」の論文を一七九七年発表した。その一四六頁参照。
(9) アリストテレス『詩学』第九章。
(10) ヴォルテール『シャルル十二世の歴史』(一七三七年)、『ピョートル大帝治下のロシアの歴史』(一七五九―六三年)。

第一前章

(1) 女神デメーテルとその娘ペルセポネのための密儀。

第二前章

(1) Kaspar Lavater (一七四一―一八〇一)、スイスの説教家にして観相家。フランス革命以前に諸国を旅して、日曜日の説教で評判を取った。
(2) Aug. Wilh. Iffland (一七四九―一八一四)、俳優にして劇作家。
(3) Sebastian Brant (一四五八―一五二一) は一四九七年諷刺詩の『阿呆船』を出版して、当時の愚行を批判した。

（4）とりわけArnold Kanne（一七七三－一八二四）の『旧約聖書のキリスト』（一八一八年）に対してジャン・パウルは批判を加える気であった。
（5）後期ロマン派、殊にZacharias Werner（一七六八－一八二三）とAdolf Müllner（一七七四－一八二九）の詩文に対し、ジャン・パウルは腹にすえかねていた。
（6）ボランディスト達はオランダのイエズス会士で『聖人伝集成』を編集した。
（7）デメートリウスと称した偽王をほのめかしている。
（8）Joachim Lange（一六七〇－一七四四）、十八世紀末まで彼のラテン語の文法書はよく利用された。
（9）Graf von Zinzendorf（一七〇〇－六〇）、同胞教会と禁欲的作家協会の創設者。
（10）Lichtenbergの『雑録』第一巻（一八〇〇年）一一二頁参照。
（11）鉛塩を混ぜてのワイン偽造は酒石酸をただ硫化水素に溶かすことによって分かる。
（12）ナポレオンがニコロといったという誤った伝承は劇作家のニコロ・ボナパルテとの混同によるものかもしれない。
（13）この詩行は『子供の不思議な角笛』にもグリムの『古代ドイツの森』にも見られない。
（14）イグナティウス・フォン・ロヨラは伝説によれば、祈っているとき、ときどき宙に浮いたという。
（15）モンゴルフィエ兄弟による二回目の気球乗り（一七八三年九月十九日）の際には、一羽の雄鶏、一羽の家鴨、一頭の去勢した羊が積み込まれた。
（16）モハメットの鉄の棺はメッカで二個の強力な磁石で宙に浮いているという伝説をギリシア人達は広めた。ピエール・ベール『歴史批評辞典』（一六九七年）参照。あるいはギボンの『ローマ帝国衰亡史』五十章参照。
（17）「ヨハネの黙示録」はニコライ宗を異端としている。「黙示録」第二章六以降参照。
（18）銀鉱船隊、ペルーの銀鉱からスペインへ運んでいた船隊。
（19）Leopold Anton Kotzeluch（一七五二－一八一八）、ボヘミア出身の作曲家、ピアノの名手、ウィーンの宮廷でのモーツァルトの後継者。
（20）Andreas Sigismund Marggraf（一七〇九－八二）、ベルリンの王立アカデミーの化学実験所所長。砂糖大根の含糖量を調べた。
（21）Armand Puysegur（一七五一－一八二五）、メスメルの弟子。
（22）Karl Heinr. Ludwig Pölitz（一七七二－一八三八）、美学者、時代の流れに従って、催眠術実験を好んだ。
（23）一八〇六年ナポレオンはドイツの諸侯爵領の一部をライン同盟にまとめて、自らその保護者となった。
（24）Joh. Timotheus Hermes（一七三八－一八二一）、神学者、作家。道徳臭のある作品を書いた。

(25) 初版では L.28. D. de usu fruct. となっており学説彙纂からの不正確な引用と思われる。
(26) ヴィーラントの一八〇八年十月十四日付けの手紙。

第三前章
(1) プロセルピナ、ペルセポネのこと。冥府の王プルートーは彼女のよく留まる所に華麗な花園を出現させて、彼女を誘い、さらった。
(2) Joh. Matthias Schröckh（一七三三―一八〇八）、教会史家。『一般伝記』（八巻、一七六七―九一年）も著述した。
(3) Samuel Bochart（一五九九―一六六七）は一六六三年ロンドンで原注の書『Hierozooikon』を出版した。
(4) Zedler の『すべての学問と芸術の完全百科辞典』は一七三二―五四年に六十四冊の二つ折り判と四冊の補遺として出版された。
(5) ブロックハウスの百科辞典はまず一七九六年以降さまざまな出版社から出版されていたが、一八〇八年ブロックハウスが買い取り、新版で出版された。
(6) エゲリアはローマの第二代の王、ヌマ・ポンピリウスの妻、助言者。
(7) その観相とを捜す旅、Joh. Karl August Musäus（一七三五―八七）の『観相学的旅』をほのめかしている。

第四前章
(1) 某男爵令嬢、下書きによるとジャン・パウルの青春時代の恋人ベアーテ・フォン・シュパンゲンベルクを考えている。彼女は『見えないロッジ』のベアーテ、『ヘスペルス』のクロティルデのモデルとなった。
(2) マークグラーフ散薬、以前子供達の痙攣と不眠に対する鎮静剤としてよく用いられた。ニコラウス睡眠薬とも呼ばれた。
(3) 「サムエル後書」第七章五以降参照。
(4) ベーレントは、ジャン・パウルは多分バイロイトのエレミタージェの回転柵で終わる木陰道のことを考えていると指摘している。
(5) 五者同盟、一七一八年フランス、イギリス、オーストリア、オランダの間で結ばれた四者同盟からの造語。四者同盟は若いフランスの国王逝去の場合オルレアン公に王位を継承させることにしていた。
(6) 皇女略奪者、一四五五年のザクセンの王子略奪をほのめかしている。

第五前章
(1) 犬ドクトル、第五章の竜ドクトルのこと。

（2）グルデンを当時のドイツでは基本通貨とし、銀の精度によって、それぞれ十八、二十、二十四グルデン本位に区別した。
（3）ジャン・パウルもこのような貧乏証明書を持ってライプツィヒ大学へ行った。
（4）医師 Karl Hohnbaum は、ジャン・パウルの友人ローダッハの地方監督の子息であるが、一八一七年肺卒中に関する論文を発表した。

第六のそして最後の前章
（1）Flavius Eutropius（紀元後四世紀）、ローマの歴史家。簡潔で明晰な文体で有名な『ローマ史概略』の著者。
（2）Wolke、原初の章の注（1）参照。
（3）六つの前章、ジャン・パウルは前章の量を半アルファベット、つまり十二印刷全紙と計算している。
（4）製本工の報告、勿論虚構、実際にはジャン・パウルは第一巻の全部を、序言、付録、製本工の報告共々一度にハイデルベルクの印刷所へ送った。

第三前章の真面目な脱線
（1）ヤコービ、詩人にして哲学者。この箇所は Georg Jacobi の死去（一八一九年三月十日）の報に接して書かれた。

第六前章の真面目な脱線
（1）予言者ケルビム、「イザヤ書」第六章二以降参照。
（2）ヒアデス、ギリシア神話によると七人のニンフで、アトラスの娘達、バッカスの乳母達のこと。ゼウスによって空の星とされた。
（3）タイトルは『宇宙に対する地球の関係について、また地表面の主要な変化について』七八頁参照。
（4）イシスのヴェール、エジプトの女神イシスの神殿には次のような銘文がある。「私は存在したもの、存在しているもの、存在するであろうもののすべてである。私のヴェールを開けたものは誰もいない」。

第二小巻への序言
（1）夢操作教団、この副題はベーレントがコッタの『朝刊新聞』に掲載されたときの（一八二〇年七月十七日―二十五日）表題を補ったもの。長編小説とは余り関係のないこの部分はプロシアの煽動家追放への政治的諷刺として書かれた。
（2）ザールパーター、下書きでは煽動家の調査の責任者であったベルリンの参事官シュマルツの名前が記されていた。

（3）二回、『朝刊新聞』と『彗星』。
（4）はじめドイツ同盟は三十八の国家を集めた（一八一五年）が、一八一七年更にヘッセン・ホンブルクが加わった。
（5）アレクサンダーについては古代から、自分の欲望、便通、睡眠から見て、自分も一人の人間にすぎないと言ったとされる。ラブレー『ガルガンチュアとパンタグリュエル』Ⅳ、六十参照。しかしアレクサンダーが酔ってこうした発言をしたという報告を少なくともプルタークはしていない。
（6）Joh. Georg Walch（一六九三―一七七五）、『ルター派教会の宗教論争への歴史的神学的手引き』二巻本（一七三〇年）。
（7）すべてのカトリック教徒、ここの箇所は下のカトリック同様に検閲を恐れて『朝刊新聞』では、「かの党派全体」とされていたが、ベーレントが訂正した。
（8）ars semper gaudendi、Alfonso de Sarasa の作品、一六六四―六七年出版。
（9）Monrepos、ヴィート伯爵の離宮。
（10）リヒター博士、ジャン・パウルは一八一七年ハイデルベルクで哲学の名誉博士号を得た。
（11）同盟の交渉、ウィーン会議とドイツ同盟の協議の長さを当てこすっている。
（12）釘付けにされた鳶、迷信では釘付けにされた猛鳥は邪悪な霊の侵入から守るとされた。
（13）善行をしなかった日にティトゥス帝は「一日を無駄にしてしまった」と言ったとされる。
（14）五つの大麦パン、「ヨハネ伝」第六章九以降参照。
（15）August Wilh. v. Kotzebue（一七六一―一八一九）の『リーフラントからローマ、ナポリへの旅の思い出』（一八〇三年）参照。
（16）Christoph Wilh. Hufeland（一七六二―一八三六）、イェナとベルリンで活躍した医師、教授。医学の基礎知識の普及に努めた。
（17）ルキアノスによって知られるエペソの未亡人の話を援用したもの。夫の後を追って死のうとしてこの未亡人は夫の墓の洞穴に入ったが、しかし吊るされた泥棒の死体を見守る兵士に惚れてしまい、彼の不在の折この死体が盗まれると、恋人の命のために夫の死体を吊るしていいと述べた。
（18）有徳同盟、一八〇八年ケーニッヒスベルクで設立されたプロシア帝国改革のための同盟。解放戦争後に煽動者達に告発された。

第一章

（1）Franz Anton Mesmer（一七三四―一八一五）、ウィーンの医師、当時広まっていた動物磁気の教義の創始者、それによると多くの人間には特別の自然力が備わっていて、それにより磁気睡眠の治療が可能であるとされていた。

（2）ハマン、「エステル書」によるとペルシアの国王の助言者で、ユダヤ人を滅ぼそうと試みた。彼の処刑の日は後に祝日となった。
（3）ベーレントは、フォスによるルードルシュタットの同名の者の存在の指摘を披露している。ジャン・パウルは、作中のレノヴァンツは芸術至上主義者の傾向があるが、偶然の一致は仕方ない旨のことを述べているそうである。
（4）ウリヤの手紙、ウリヤの妻に横恋慕したダヴィデはウリヤに手紙を持参させたが、その内容は彼を最も危険な戦場で戦わせるようにと指示するものであった。ウリヤは戦死した。「サムエル後書」第十一章。
（5）ナイルの源泉、源泉は十九世紀まで知られていなかった。
（6）二人の著名なネーデルランド派の兄弟の名前、Adriaen（一六一〇―八五）とIsaak（一六二一―四九）van Ostade。
（7）エカテリーナ女王の委託でロシア艦隊によるトルコ艦隊のチェスメ海戦での撃破を描くことになった画家フィリップ・ハッケルトのためにオルロフ将軍はリヴォルノ付近でロシアのフリゲート艦を爆破させた。
（8）ナポリの守護神聖ヤヌアリウスはその遺体から年に二回血を流すとされる。
（9）アンドレアスの十字勲章、一六九八年にピョートル大帝によって設定された帝政ロシアの最高の勲章。
（10）永遠の蛇、ジャン・パウルで頻出するこのイメージはヘルダーの一七八七年の論文『ペルセポリス、ある推測』が出典かもしれない。「輪はすべての東洋の国で時あるいは永遠の像であって、その象徴として円、輪、環状のもの、自分自身に戻る蛇、更には球が使われている」。
（11）Claude Adrien Helvetius（一七一五―七一）、フランスの啓蒙主義の著名な哲学者。
（12）正確には『医師のための新しい雑誌』第五巻（一七八三年）第五節、四七一頁。
（13）王冠ではなく王座なのはニコラウスの興奮した話しぶりを示す。

第二章

（1）ホーマー、ホーマーは結末で叙事詩を始めてはいない。回想するオデッセウスのことを考えているのかもしれない。
（2）ホラチウス、ホラチウスは『詩の技法』の中で「出来事の中間」で物語を始めるよう勧めている。
（3）フランス人、ジャン・パウルは自分の嫌いなヴォルテールの小説を考えていると思われる。
（4）Franz Ludwig Pfyfer（一七一五―一八〇二）、スイスの地形測量士は蠟とピッチと紙で出来た原スイスのレリーフを作った。
（5）マインツのクラブ会員、フランス革命軍による一七九二年十月二十一日の町の占領以降、マインツのクラブ会員によってライン共和国の樹立が叫ばれた。この会員にはゲオルク・フォルスターやアーダム・ルクスがいた。
（6）オランダ人タスマンが一六四三年発見したポリネシアの諸島は友情［フレンドリー］諸島と呼ばれた。

（7）ジャン・パウルのほとんどすべての長編小説の中で、舞台がライン河の近くであることが簡単に触れられている。

第三章

（1）会員、ジャン・パウルはドイツ語のためのベルリンとフランクフルトの協会の会員であった。
（2）ベーレントによると、その箇所で藁詰椅子と呼ばれていたのはディドロではなく、友人のグリム男爵だそうである。
（3）ぶつぶつやぺちゃくちゃ、J.J.v. Hagen の作品に『ぶつぶつやぺちゃくちゃ、そして諸性格』（一七八三―八八年）という表題のものがある。
（4）コラール、Joh. Georg Albinus の作品。
（5）J. P. のイニシャルによる遊びはラブレーやスターンの真似（例えば『ガルガンチュアとパンタグリュエル』第一巻二十二章、第二巻七章以降、『トリストラム・シャンディ』第一巻十四章、第三巻十二章、第五巻三章等）。ジャン・パウル自身『美学入門』の第三十五節で言及している。
（6）この年鑑の第一巻（一八〇三年）一二六頁参照。
（7）正確には Balthasar Grimod de la Regnière（一七五八―一八三七）、フランスの風変わりな作家。『美食家の年鑑』（八巻、一八〇三―一二年）。
（8）グリモの右手は単に奇形であった。
（9）特にリュディアのパクトルス河は古代金を豊かに含むことで有名であった。

第四章

（1）炭焼き夫の信心、ある炭焼きが何を信ずるかというある神学者の質問に「教会が信ずるものを信ずる」と答え、更に教会は何を信ずるかと質問されると「私が信ずるものを信ずる」と答えたことに由来する。
（2）Elisabeth Gertrud Mara（一七四九―一八三三）、オペラ歌手。その声は三点ハ音に達した。
（3）牧童プシェミスラウスをボヘミアの最初の王にしたボヘミアの妖精リブッサの伝説をほのめかしている。
（4）以下の描写の出典として数ページ後に挙げられる Fr. Carl v. Moser（一七二三―九八）の『ドイツ荘園法』を利用している。
（5）舌[Zunge]ではなく肺[Lunge]と初版はなっているが、ベーレントがモーザーの『ドイツ荘園法』を調べたところでは舌となっているとのこと。
（6）カール五世は自分の葬儀の試しの際に亡くなったとされる。

（7）少年時代、アマンダとの出会いからおよそ六年過ぎている。
（8）ヘルダーの論文『言語の起源について』第一章。

第五章

（1）祭日を減らす、当時多くの国で第二祝日を減らしていったことにジャン・パウルは腹を立てて、著作の中でそのことに言及した。
（2）ポーランド、一七九五年第三次ポーランド分割。
（3）ヴォルブレはドクトルが偽の没食子を持参したという疑念を有していることを明らかにしている。似た場面は『巨人の喜劇的付録』でも見られる（ハンザー版三巻八六七頁）。
（4）ファイトと呼ばれるのはここだけ。ニュルンベルクの彫刻家にもこの名の者がいたらしい。
（5）犬の洞窟、ナポリ近郊にあり、酸欠のため投げ込まれた犬は窒息死した。
（6）マンブリーノの兜、有名な魔術師の不思議な兜。ドン・キホーテは床屋の金盥をこの兜と思って略奪した。前編二十一章参照。
（7）この代理受験のいたずらは、K. Fr. Bahrdt の『伝記』（第一巻、一七九〇年）に描かれていて、ジャン・パウルはメモしているそうである。
（8）Benedikt Carpzov（一五九五―一六六八）、ドレスデンの控訴裁判所の法律家。
（9）最初ソロモンが建てたエルサレムの神殿はネブカトネザルのとき壊された。聖地はヘロデ王のとき建て直された。

第六章

（1）オヴィディウスは黒海沿岸に追放され、そこで『悲歌』を書いた。
（2）ブロンズの辺境伯、この像は後の第十七章注（10）、ルカの町でも言及されるが、バイロイトの新宮殿前の辺境伯噴水をジャン・パウルは考えている。そこでの像は石造りであるが、以前は金鍍金が施されていた。

第七章

（1）第七章のように読者にスリルのある場面を暗示するだけの短い章はスターンが好んだもので、ジャン・パウルはそれを模している。

第八章

（1）Chr. Fr. Tr. Voigt の『ローベルトあるいはあるべき男』（一八〇〇—〇二年）を当てこすっている。

（2）Jefferyの『ダイヤモンド、真珠等の論文』、これは一七五六年ドイツ語訳が出ている。

第九章

（1）結婚指輪は当時左手に嵌められた。

（2）ニコラウスの印象はジャン・パウルの学生時代のものと等しい。

（3）エトナの古い壁は長いこと哲学者エンペドクレスの観測所と見なされていた。

（4）王子金属、銅四に錫一の割合の黄色い銅、発明者のローベルト・フォン・デア・プファルツ王子にちなんでそう呼ばれた。

（5）百六（サンシ）、大サンシのダイヤモンドはただの五三カラットで、当時の数え方に従ったものであろうか、正しくない名称である。

（6）Gottfr. Christoph Beireis（一七三〇—一八〇九）、ヘルムシュテットの教授で、六四〇〇カラットのダイヤモンドを有すると主張した。

第十章

（1）ヴェルサイユやマルリー宮殿の公園のためにルイ十四世は「マルリーの機械」を設置して、噴水を楽しめるようにした。

（2）テーベのペンテウスはバッカスの秘儀を嘲笑したために、二つの太陽、二重のテーベ、二重化された門が見えると思うようになった。

（3）モーゼの掟の儀式に縛られる必要はなく、単に神殿の異教徒の前庭に留まることを許されたユダヤ教改宗者のこと。

（4）詩的価値を失うのだ、このような考え方は『ヘスペルス』にも見られる、第二十六の犬の郵便日、拙訳三七六—七頁参照。

第十一章

（1）ボルタの電堆の発明は一八〇一年、この物語ではニコラウスはこの発明を先取りしていることになる。

（2）『黄金の鏡』（一七七二年）、善良で、田舎で隠れて育った王子ティーファンの物語。

第十二章

（1）伝承によれば、カール五世はティツィアーノの落とした絵筆を拾い上げたとされる。

（2）聖なる門、二十五年の記念の年ごとに教皇の手自身によって開けられる聖ピエトロ教会の脇の入口。

（3）Joh. Georg. Sulzer（一七二〇－七九）、引用は『哲学的諸論文集』（一七八二年）。

第十三章

（1）コンスタンティヌス帝は改宗するに際して教皇にイタリアその他の統治権を寄進したとされるが、偽作であることが明らかになっている。

（2）アメリカの上に南中、この意見はジャン・パウルの天気予報の固定観念というべきものであった。

（3）『ジーベンケース』では『悪魔の文書からの抜粋』はジーベンケースの手になるものとしている。

（4）『パルナッソスへの階梯』という一七〇二年に Paul Adler がケルンで発行したラテン語、ギリシア語の辞書がある。

（5）ジャン・パウルは一七九九年ヒルトブルクハウゼンの公使館参事官の肩書きを得た。

（6）モーゼ的丘陵、「申命記」第三十四章一以降参照。同様にジャン・パウルは『生意気盛り』第三小巻の結末でも冗談めかした将来の巻の展望を語っている。手本となっているのは、ラブレーの『ガルガンチュアとパンタグリュエル』第二巻三十四章。

（7）一八二一年、この巻は一年後に出版された。

第十四章

（1）Anton Fr. Büschung（一七二四－九三）とか Joh. Ernst Fabri（一七五五－一八二五）といった著名な地理学者が自分の虚構の地名になぜ言及しないのかという冗談はジャン・パウルではよく見られる。

（2）Pomponius、後一世紀におけるローマの地理学者。

（3）Spectator 誌、四〇九号参照、一七一二年六月十九日。

（4）Wieland、第十一章の注（2）参照。

（5）汚物薬局、第五章の原注参照。

（6）敬虔な願い、敬虔主義の創始者 Jakob Spener（一六三五－一七〇五）の主著に『敬虔なる願望』（一六七五年）がある。

（7）古典的褒賞の日、スウィフトは「暑すぎもせず寒すぎもしない、湿りすぎもせず、乾きすぎもしない日を自分は一日も思い出せない」と述べているという。Th. Sheridan の『スウィフトの生涯』参照。

（8）ジャン・パウルの故郷には「六役所」の郡があった。
（9）『中断された奉納祭』、Franz Xaver Huber のテキストによる Peter v. Winter（一七五四―一八二五）作曲のオペラの表題。
（10）利子という教会禄受領者、ヒッペルの『直系親の履歴』第一巻に「利子生活者はいずれも吝嗇を伴う」という文があって、ジャン・パウルはすでに一七八一年に抜き書きしているそうである。
（11）ニュルンベルク、ジャン・パウルは一八一二年六月ニュルンベルクを訪ねた。
（12）Georg Wilhelm 辺境伯（一七一二―二六）によって建てられたバイロイト近郊のエレミタージュをジャン・パウルは念頭に置いている。
（13）マークグラーフ散薬、第四前章の注（2）参照。
（14）テルミヌス、第二小巻への序言の原注参照。
（15）コッツェブーの本『我が生涯の最も珍しい年』（一八〇一年）第二巻三三二頁。
（16）かの周知のローマ人、アウグストゥスのこと。自分が見いだしたときのローマは木造であったが、それを自分は大理石の町に変えたと言ったとされる。
（17）ティトゥス、第二小巻への序言の注（13）参照。
（18）ロレートの家、聖母マリアの生家は伝説によれば一二九五年天使達によって南イタリアのロレートの町へ移されたとされる。
（19）旅館のベッド、スモレットの小説『ハンフリー・クリンカー』でも Bramble 氏が同様の不安を述べている。作中の四月二十八日付けの手紙参照。
（20）ヴェルリッツの庭、一七九六―一八〇二年に造られたデッサウ近郊の公園。
（21）日曜日文字、一月一日から ABCDEFG と当て、その年の最初の日曜日をその年の日曜日を表す文字とする。
（22）『ドン・キホーテ』第一巻二三章参照。
（23）Adolf Müllner（一七七四―一八二九）、ロマン派的恐怖劇、運命劇を得意とした。ジャン・パウルの複合語に関する論文をコッタの『朝刊新聞』の文芸欄でこき下ろした。

第十五章
（1）ゲシュヴェントから云々、同じようにスターンも旅の途次の単なる地名を書いている。『トリストラム・シャンディ』第七巻十章。
（2）エノク、「創世記」第五章二十一―二十四参照。
（3）アンフィオン、「原初のあるいは封土授与の章」の注（5）参照。

(4) ポンペイウス、彼は自分の手の合図で兵団を呼び寄せると自慢していた。
(5) ヒラムはユダヤ人ではなかった。
(6) 炎の女性達、ジャン・パウルはシャルロッテ・フォン・カルプの新しい教育施設への空想的計画を念頭に置いて書いている。
(7) Chr. Aug. Vulpius（一七六二－一八二五）、小説家、『リナルド・リナルディーニ』（三巻本、一七九八年）で知られる。
(8) Ostheim はシャルロッテ・フォン・カルプの旧姓。Westerhold 伯爵とはジャン・パウルはレーゲンスブルクで知り合った。Spangenberg 家はテーペンの家庭教師時代からの知り合い。Plotho 夫人は両親の庇護者。知人でないのはオーストリアの法律家 Joseph v. Sonnenfels（一七三三－一八一七）と著名な Löwenstern 家。
(9) ブロックハウスの『百科辞典』（第二版、一八一七年）ではただ『悪魔の文書』についてそれが J. P. F. Hasus と署名されているとだけ記されている。
(10) ダタリア文書、ローマ教皇庁の諸勅令を司る部署の文書。
(11)『オデュッセイア』Xの二三七行以下によるとキルケーはオデュセウスの同行者を豚に変えた。オデュセウスは薬草モーリュを用いて仲間を元の姿に戻した。

第十六章

(1) ミルトン『失楽園』第一巻六三参照。
(2) シオンの守備兵、必要以上に異教徒を弾劾する聖職者。

第十七章

(1) ペトロの一網、「マタイ伝」第十七章二十七参照。
(2) 福音書のパトロン、伝説によるとルカは聖母を描いたと言われ、それ故画家達のパトロンとされる。
(3) Balthasar Denner（一六八五－一七四九）、有名なネーデルランド派の画家、入念に描かれた性格描写の頭部で有名。
(4) Zaft-Leeben、ネーデルランド派の画家 Cornelis Saftleven（一六〇八－八一）のこと。
(5) Paulus Potter（一六二五－五四）、ネーデルランド派の著名な動物画家。
(6) Van Ostade、第一章の注（6）参照。
(7) Salvator Rosa（一六一五－七三）、ナポリ派の画家、銅版画家。彼の風景画の配置は十八世紀まで影響力があった。
(8) マホメットが乗って天国へ行ったのは驢馬ではなく、怪獣のボラクとされる。ギボンの『ローマ帝国衰亡史』五十章参照。

（9）イタリア派のオペラ作曲家Nicola Piccini（一七二八―一八〇〇）はフランス派のGluckとパリで対立することになった。
（10）ブロンズ像、第六章注（2）参照。
（11）ここでは、ジャン・パウルはスターンを真似て、作中人物を発言したまま、あるいは行動したままにしておいて、脱線してまた元に戻っている。『トリストラム・シャンディ』第三巻三十章、第四巻十章等。
（12）ただ忘れるために、『美学入門』第四十七節参照、「ヤングが『彼は、ものを忘れるためにメモを作っている』と機知を飛ばしている場合に」。

第十八章
（1）ニュルンベルク派の仕事、ジャン・パウルは古代ドイツの画家をネーデルランド派に数えているように見える。
（2）レオ十世、メディチ家出身の教皇はローマのラファエロの保護者であった。
（3）モンテ・ディ・ピエタ、暴利をむさぼらない貸付を行った債権者の団体。十五世紀にイタリアで創立され、ドイツでは一五九一年アウクスブルクに出来た。
（4）ドレスデンの緑のドームの収集品の中に、八十五の顔の彫られている桜桃の種がある。
（5）ミーロン、紀元前四五〇年頃アテネで活躍したギリシアの彫刻家。乳を与える雌牛の像が最も著名。
（6）ゲーテ、『芸術と古代について』第二巻第一部（一八一八年）一六頁参照。
（7）Joh. Christoph Adelung（一七三二―一八〇六）、ドレスデンの啓蒙主義的文法家、辞書編集者。
（8）コレッジオ、彼はローマでラファエロの絵を見て「私も画家だ」と叫んだそうである。ジャン・パウルはこの逸話をAdam Gottlob Oehlenschläger（一七七九―一八五〇）の悲劇『コレッジオ』（一八一一年）で知ったと思われる。この逸話を最初に紹介したのはフランス人の美術理論家Roger de Piles。
（9）プラウトゥス、その喜劇『プセウドルス』（一二五〇行）、「このワインには大きな危険がある、これは危険なレスラーとしてまず人の足を倒す」。
（10）夜のアヴァンチュール、『美学入門』第三十節参照、スモレットの『ペリグリン・ピクル』（一七五一年）を手本にしていることが分かる。
（11）女教皇ヨハンナ、十三世紀に広まった伝説によると八五五年から二年半、ある女性が教会を支配していたが、子供を産んで女性と分かったそうである。アルニムはこれを素材にドラマを書いている。
（12）Aug. Gottl. Richter（一七四二―一八一二）、一七八二年以降『外科医学の基礎』八巻本を出版した。

(13) 前者はHarace Walpoleの『旅行書簡』を、後者はJakob Salomo Bartholdyの『今日のギリシアをより詳しく知るための断篇』(一八〇五年)を指していると思われる。
(14) Angelika Kauffmann(一七四一―一八〇七)、肖像画家のこと。
(15) 割礼、「出エジプト記」第六章十二参照。
(16) Ludw. Timotheus v. Spittler(一七三二―一八一〇)、『キリスト教会史の基本』(一七八二年)、これはしかし一巻本である。

第十九章

(1) 古代ローマには「汗をかくヴィクトリア女神」の神殿があった。女神は敗北が近付くと、汗をかくことで予告した。
(2) アウクスブルクでは機械的に小さな門が開いて、夜安全に町の中へ入れた、その際人が現れることはなかった。ニコライの『ドイツ紀行』第七巻(一七八六年)八〇頁以降。
(3) バイロイトのミーデルの庭園と思われる。

第二十章

(1) 公安委員会、内容的には革人間撃退の相談のことと思われる。
(2) Anders Sparrmann(一七四七―八七)、動物学者、クックの供をして世界周遊をし、後にアフリカを旅した。
(3) キケロ、『美学入門』第三十四節ではキケロの「私は大いに彼のことを笑ったので、私はほとんど彼自身になりかけた」という言葉を引いているが、この文が念頭にあったのかもしれない。
(4) Joh. David Michaelis(一七一七―九一)、『オリエントの釈義文庫』(二三巻、一七七一―九一年)を出版した。
(5) François Ravaillac(一五七八―一六一〇)、狂信的教皇至上主義者で、一六一〇年五月十四日フランスのアンリ四世をパリで殺害した。
(6) 『帝国飛脚新報』というのがアルトナで一七四〇年から九〇年に発行された雑誌名であった。
(7) サンタンジェロ城、教皇の牢獄として使われた。
(8) シェリングは一八一五年の「サモトラケの神々について」の論文の中で、「古代の民は魔法の力を小人と結び付けて考えている」と述べている。
(9) Justus Möser(一七二〇―九四)、政治家、公法学者。
(10) Charles Bonnet(一七二〇―九三)、ジュネーブの自然科学者、哲学者。

（11）ニコライは一七九九年『ベルリンの新月報』紙に「何人かの幻覚による人物の出現」について報告し、水蛭を使って幻覚を治したと述べている。
（12）『聖カタリーナの結婚』は長いことパオロ・ヴェロネーゼの絵と見なされていたが、今日では弟子のパオロ・ファリナート（一五二四－一六〇六）の作とされる。
（13）ゲーテは『芸術と古代について』第三巻第三部（一八二二年）の中で「ヴィルヘルム・ティッシュバインの牧歌について」の論考を発表している。
（14）ジャン・パウルは一七九八年ドレスデンの画廊を、一八〇一年カッセルの画廊を、一八一七年ハイデルベルクのボアセレ兄弟の収集を、一八二〇年ミュンヘンのピナコテークを見ている。
（15）ポリクレトス、前五世紀の彫刻家、黄金比で割り出された理想の男性像を作った。
（16）ブリュヒァー侯爵は一八一四年イギリスを訪ねた。

第二十一章
（1）Dionysius von Halikarnassus、アウグストゥス時代のギリシアの歴史家。トゥキディデスについての彼の書の第九章参照。
（2）凱旋の行列、ローマでは奴隷が凱旋将軍に、「自分が人間であることを忘れるな」と呼びかける習慣があった、このことを暗示していると思われる。
（3）Claude Adrien Helvetius（一七一五－七一）、フランス啓蒙主義の哲学者。
（4）ニコライ、第二十章の注（11）参照、ニコライの話は一七九九年であり、革人間は時代錯誤的である。
（5）ゲータとカラカラのこと。

弁　解
（1）『蛙と鼠戦争』、茶番の叙事詩で、以前はホメロス作と考えられていた。
（2）その他の多くの悲しいこと、息子マックスの死は一八二一年九月二十五日。

第一の飛び領土
（1）ホメロス、『イーリアス』第十七巻五七〇－七二。
（2）ボネ、第二十章注（10）参照。

（3）ヨブ、「ヨブ記」第三十章十九参照。
（4）このとき、ヴォルブレの第十八章第二コースのアヴァンチュールを指している。

第二の飛び領土

（1）タッソー、彼はローマで詩人の戴冠を受ける前の日に亡くなった。
（2）時計通りの、ヒッペルの喜劇『時計通りの男』（一七六五年）のもじり。
（3）Ninon de Lenclos（一六二〇―一七〇五）によって導入されたとされる首を引き締めるためのバンド。
（4）アルキメデスはシラクサ遠征の際の殺害者に襲われたとき、数学の計算をしていて、「私の円を乱すな」と言ったとされる。
（5）この学説の寄せ集めは『トリストラム・シャンディ』の模倣。第二巻二十章参照。
（6）糞信仰者、原始キリスト教の一派で、聖体に本当にキリストの体と血が含まれるならば、両者は他の食物同様に糞になるはずであると主張した。それ故彼らは単にキリストの精神的実在のみを信じていて、糞を神性と見なしていたわけではない。

第三の飛び領土

（1）ウィーンで複製されたのは一八一五年『美学入門』だけである。
（2）出版の年次に従って、これは必ずしもそうではない。十一番は『ジーベンケース』の後でなければならず、二六―二八番は『巨人』の前、四二―四四番は『薄明』の後、四八番は『シュメルツレのフレッツ紀行』の前でなければならないだろう。
（3）我々の時代に、一八一五年のカールスバートの取り決めを当てこすっている。
（4）ジャン・パウルの序言や『ハイデルベルク年報』からの書評を集めたものは一八二五年『美学入門の補遺』と共に二巻本で『小読書新報』として出版された。
（5）多くの論文、これはジャン・パウルの死後一八二八年ライマー版全集の第五十九巻、六十巻として出版された。

『彗星』解題

恒吉法海

『彗星』は長いことかかって書かれている。最初の着想は一八〇六年に遡るが、まとめて書き出したのは一八一一年からである。そして一八二〇年に第一巻と第二巻が出版され、一八二二年第三巻が出版されている。一八二一年の息子の死や、翌年の友人ハインリヒ・フォスの死が作品の完成に打撃を与えたと見られている。

物語は主人公ニコラウス・マークグラーフを中心にしたもので、彼は母が臨終の際、侯爵の私生児であると告解し、その告解を聞いていた父の薬剤師に侯爵の子息としての教育を受ける。父の算段では後で養育費をせしめるつもりであった。彼は鼻に十二の痘痕を有し、また電気の作用であるが、髪に後光がさすことがある。この二つが侯爵への手掛かりとされる。彼は恋をする。五人連れの皇女達の一人アマンダに路上ですれ違い一目惚れし、後にその蠟人形を盗み、大型箱時計の中に仕舞って、時に眺める。父が死に、困窮状態に陥るが、幸い人工ダイヤモンドの製造に成功し、潤沢な金を得る。この金を貧しい者に喜捨したりしながら、侯爵の父とアマンダを求めての旅にでる。旅行世話人は幼友達のヴォルブレである。彼は催眠術を心得る諧謔家で、主人公の旅のパスポートは精神病の治療のためという名目で取得する周到さである。旅の同行者には日常をぼやく牧師ジューブティッツ、喧嘩を止めずに格好の画材にする画家のレノヴァンツ、実直な付き人のシュトース等であり、途中から若き姿の作家自身天気予報師として登場し随行することになる。ルカの町で、ニコラウスはネーデルランド派の画家達とイタリア派の画家達に合計三十二枚の肖像画を描いて貰い、法外な謝礼をする。この町でカインと名乗る人間嫌いの夢遊病者が出現し、この大きな狂気でニコラウスの小さな狂気が治るかと期待されるところで、未完のまま物語は終わる。

題名の『彗星』は大きく見えるかと思うと小さくなる楕円軌道の彗星が、主人公の聖人か「ニコラウス」と思えばそうでもない、侯爵か「マークグラーフ」と思えばそうでもない両面性を象徴して名付けられたものである。作者自身序言で述べている。「更に

『彗星』という表題に関して思い出すべきことは、この書の命名に当たっては他ならぬその主人公マークグラーフ自身がその性質と共に名親として立っているということである。私はそれ故、彼の彗星との類似を描くためには、彗星は周知の通り天ではなはだ大きくなったり、小さくなったり――同様に極めて熱くなったり冷たくなったりし――軌道上でしばしばあからさまに遊星の軌道に逆らったり、いや北から南へ行くことが出来るもので――しばしば二つの女性主人とか太陽に仕え、ある太陽から別の太陽へ移るのであるが――私は、申し上げると、彗星との類似を証明するためには、ただ主人公自身の話を披露し、類似を次々に示していくだけでよさそうである」(Hanser 版 Bd.6.S.568. 以下引用は同じ版)。

またジャン・パウル自身比喩の都合上「核だけの彗星」と称している箇所もあるが、全体的にみれば、長い尾即ち脱線部分を大いに有する点も「彗星」の特徴かもしれない。

尾の部分として脱線はいろいろあるが、特に最後の「飛び領土」の部分は訳していて殊の外興味深かった所であり、ジャン・パウルの特徴とされる啓蒙の部分と慰謝の部分が混じり合っていて、全体的には滑稽を意図する知が勝ってはいるが、ジャン・パウルの後期の文体をよく表していると思われるので、紹介しておきたい。まず「第一の飛び領土」はジュープティッツという作中の教戒師の旅の悩みを綴ったもの。蝿の悩み、ベッドの掛け布団の悩みといった微細なもので、ジャン・パウルの観察眼の細かさを窺わせるが、最後の妻宛の手紙では祝祭長老牧師の祝宴に招かれながら、シャツを左手から着ていたか右手からだったか分からなくなったなどと述べながら、最後に牧師へのスピーチを考えていて、そのスピーチについて分析している。「――最愛の、最高の妻よ、おまえに、もっと十倍も少なく考えるような夫が恵まれていたならば、と思うよ。――しかしそれはかなわぬこと、私は大いに考えてしまう。――かくて私は記念祭の男にスピーチする前に、急いで語ること(実にスピーチすること)はどういうことか考えをめぐらしてしまった。そしてその際共同して働く人間の行為に驚いた。第一に、人間の単なる純粋な思考の列を、どれ程の長さになるかは分からないが、前もって紡ぎ出して、それからその網を意識して観照しなければならない――第二に、その鎖の各部分を言葉に変えなければならない――第三にまたこれらの言葉を文法のシンタックスによって言葉の鎖に一緒に引っ掛けなければならない(こうした機能の最中に自己意識は絶えずその幾層もの観照を続けることになる)――そして第四に、演説者は、こうした一切が単に内的に済まされた後、上述の内的鎖を聞き取れる鎖へと変換し、そして口からシラブルごとに取り出さなければならない——そして第五に、この者はコンマやセミコロン、あるいはコロンの間の文を発声しながら、この発声に耳目を傾けていてはならない、今や次のコンマに至る文を内的に加工して仕上げて、それを早速外部のしゃべった文に接合しなければならないからである。かくて人は本来自分の言っていることは分からず、単に言いたいことが分かるだけなのである。——まことに、こういう事情だと、どうして人間が半分だけでも分別あるように話せるのかほとんど分からない」(S.1021)。これはメタ・スピーチというべきものであり、これを語りに応用すれば、ジャン・パウルが物語そのものにおいても、語りそのものに十分自覚的であり、語り手として登場することの必然性が納得出来よう。『彗星』では語り手として読者の現前にある他にまた若き聖職候補生のリヒターとして主人公の旅に同行しており、過去への視線も含む点が特徴的である。いずれにせよスピーチの分析はジャン・パウルの啓蒙家としての面を示すものでもある。次の「第二の飛び領土」では先の祝祭長老牧師に仕え、同じく祝福を受けた女中への弔辞が書かれている。これはこの女中が弟に似ていてその顔が鏡を見ると彷彿されると述べて、鏡のモチーフを見せたり、「汚物薬局」による咳の治療等滑稽な面もあるものの、全体的にはほとんど日曜日を楽しみとするしかなかった下層民への愛が窺われる慰謝の説教となっている。これを読めば有り難い感じがして読者は納得することになる。「彼女の晩年の日々が名誉の日までしか続かなかったのは私の最も喜びとするところです。裕福な晩年にはすでに休息と無為に過ごすことが、以前汗して耕した大地の上でふさわしいものです。しかし奉公人の困窮した晩年は耕された下での無為の眠りの他に休みがあるでしょうか。——人生ではモン・ブランの場合と同じで、登りよりは降りが最も難しいものです、殊に頂上の代わりに深淵を見ることになりますから。——私どもの記念祭の女性レギーナはすでに青春時代に死より他に素晴らしいものを知りませんでした——彼女の身分の若い人々の間にまさしく最も率直に見られる願いです。一方役立たずの僧侶達は、無意味な死を想えを唱えながら一層年取るにつれて、それだけ一層年取ってゆくことをやめようとは思わなくなります、あたかも彼らは生よりも死にふさわしくないかの如くであります。——幸い死は、人間や神々からどんなに見放されていても常に実現する唯一の願いです。かくて奉公の記念祭も生涯でただ一度だけ祝う唯一の祝いです。このような祝典の後は、人間が咳すること、多くの者が歌う前にするように咳することは結構なことです。——と言いますのは、実際私どもの記念祭の女性はその咳を単に前もって、彼女が全く、より素敵な万有の広野で彼女の楽しい歌を始める前にしただけなのです。この歌声を私どももいつかは耳にすることでしょうし、この歌声に唱和することでしょう。アーメン」(S.1033)。『彗星』に言及した論文では、Baierl

（1992）が、作品内部では主人公には救いは見られないのに、第一小巻末尾の脱線「女性の読者のための真面目な脱線の付録」、殊に「宇宙についての夢」は作品内部に拮抗する慰謝効果を有すると述べており、Goebel（1999）も同じようなことを述べている。

ジャン・パウルの後期の文はそれなりに味わいはあるのであるが、ただ問題なのはそのテーマがあくまで青春時代のテーマの続きである点である。彼は成熟しているのであるが、そこで讃えられるのは、青春の恋であり、友情であり、初めての出会いである。例を挙げる。

「この行に至るまで主人公の愛について述べられなかった。世間は今尚これについての一語を待っていよう。——これが述べられる予定である。——というのは我々は皆まだ、主人公が背景以外には出て来ない前章の時代に生きているけれども、しかしどの読者だって愛とは何か知っているからである、つまりこれは青春の高まるパン種であり——青春の思念の群れの蜜蜂の女王であり——すべての若々しい心、並びにすべての若い植物の有する生命の樹の髄である。一方古い虚ろな幹の胴体は容易に髄もないのに茂り続け、心臓は晩年には化石化し、空漠となり、自分の血管のため以外には脈打たない」(S.625f.)。

「こうした青春の友情、学校の友情には何か不滅のものがあって、殊に後年土地を離れて、盟友の感情という青春の野火に冷たい隙間が入ることがない場合はそうである。互いにまだ人生の朝焼けと学問の曙光に照らされたことを知っており——その時には不安げに価値に対して価値を、類似しないもの、身分や才能の違いに類似するものを比較考量することがなく、学問の同じ太陽によって共通の軌道に運ばれ、学習を愛情に変え、戦友として真理への出征に陶然となったのであれば、君達は自分達がいかに愛しているか忘れることが出来ようか」(S.742)。

「——人間の心を考察すると、人間は晩年の業績に従ってよりも青春の感情に従って評価すべきであろう。人間はまさに青春の感情の面でその完成を見せるのであって、後年にはまさに最良のものよりは何か別なものが増大する。ちょうど人間の場合は生涯を通じてますます大きくなっていく魚や蛇とは逆に、後年には爪と髪しかましなものは何も成長しなくなるようなものである。幸い人間は致命的な年次を経ての劣化に対して改善のための適切な速効手段、その効果の手短さ故にどんなに褒めても十分でない手段を発明したが、それは所謂絞首台の改心で、これは正直な人間の場合、臨終の床での改心に他ならないものであり、それで、実際人間はブラウンシュヴァイクのムンメ[黒ビール]のように手順の間に下で何度も酸っぱくなりながら、最後にはムンメのように全くおいしいものとなって上に上がるのである」(S.875f.)。

「侯爵の史実記録者は紙上で、自分達が侯爵を遂にその同輩の前に列することが出来るとき、格別の満足を覚えるものである。かくて今私には、ニコラウスが生涯で初めて侯爵の身分の者の前に、それもそれ以上の者、つまり女性のそうした身分の者の前に達するであろうという希望が与えられている。この件は本当に起きれば、彼自身に最大の影響を及ぼすであろう。というのは侯爵との最初の会話は信じられないほど長く人生に反響し、その後も残るからである。いやどのような人間であれ、最初の会話は、例えば最初の将軍——最初の大臣——最初の宮中従僕——作家あるいは黒人奴隷、これも作家同様にヨーロッパの白[紙]の上の黒[活字]であり——それに最初のオランウータンの会話でさえそうである」(S.958)。

以上のような信念を持つ作家が、しかしこのような言を吐かしめるものは老年の英知であると思い至るとき、かなり奇妙な状況に陥るのは避けがたい。テーマが固定化して、新鮮であるべきものに新鮮さが失われがちになりながらも、作家は新鮮さのテーマを離れられないのである。端的にいえば主人公の中年、老年の恋が描かれないことになる。そのような窮屈さがあるものの、しかし十八番を聞く楽しみがあるとジャン・パウルのファンは言うことが出来よう。主人公が蠟人形を隠し持って旅する趣向、三十二枚もの肖像画を描いて貰う趣向、いずれも新鮮さと陳腐さとがないまぜになっている。更に『彗星』は旧来のジャン・パウルの世界の他に『ドン・キホーテ』、『詩と真実』、『新約聖書』がもじられていると解釈する論者もいる(Jan Philip Reemtsma, 2001)。同じ蠟人形にしても『ヘスペルス』では女主人公クロティルデが主人公ヴィクトルをその蠟人形と勘違いしながら見つめ、そのことに気付いた主人公が蠟人形の振りをして動かないという場面があるが、こちらの方がやはりより新鮮な気がするが、どうであろうか。蠟人形にしろ肖像画にしろこうしたものへの偏愛は直接的現実よりは文字という間接世界を選び取った文筆家としてのジャン・パウルの業に起因するものであり、二重自我と同じく自我の消滅への恐れを隠している。ただ初めての二重自我というよりは三十二の自我であり、パロディ化されているわけである。『彗星』での二重自我的出来事は主人公ニコラウスと友人ヴォルブレによるパスポート交換による医学博士号取得のペテンであろう(S.768 参照)。ここではパスポートに関する史的事実も興味深い。「以前は容易に――現在ではパスポートは予備手配書として旅行者の体つきを記載しているので難しくなっているが――今日では知らないこうした種類の冗談がなされたことであろう」(S.769)。二重自我のテーマも『彗星』ではくたびれてきていて、主人公はダイヤモンドを発明する知性を有するものの『生意気盛り』のヴァルトと比較しても、ヴァルトの可愛げのある勘違いと比較すると、ニコラウスは内面に没頭して、外面の把握が出来ず、道化に近くなっている。内面そのものもジャン・パウルの説明では詩人のそれではなく、役者のそれで、空虚である。「というのは彼の得がたい空想力は自らを、詩人の空想力のように、他人の魂の代わりには置かず、俳優のように他人の魂を自分の魂の代わりに置いて、それから自分の魂については一言ももはや覚えていなかったからである」(S.590)。主人公に呼応して二重自我格のヴォルブレもずれて来ている。何よりも彼はヴルトやショッペの性的禁欲を有しない。これらの諸家は性的なことに言及はしても、性の享受者という面はなかった。ところがヴォルブレは同居している料理人[男性という触れ込み]が次第に太っていき、遂には子供を産んで、女性ということがばれ、結婚する羽目になる他、ルカの町では旅館の娘の許へ忍び込もうとして失敗に終わっている。ただジャン・パウルはヴォルブレに磁気療法、催眠術の特技を付与しており催眠術による宴会という楽しいエピソード、当時のウィーン会議の諷刺でもあるものを描いている。磁気療法は夢を操作する教団への警告という機知的付録、これまた時代への諷刺であるものの執筆につながっている。しかし革人間に対するヴォルブレの催眠術ということになると、話が真面目になってきて、ジャン・パウルのオカルトへの傾斜を窺わせ、啓蒙主義者としてのジャン・パウルに影を投げかけている。もっとも当時の文脈ではこの超自然の悪魔祓いとも見える磁気療法は啓蒙主義的、自然的療法の範疇にあって、主人公や革人間の妄想世界、ドン・キホーテ的世界を磁気療法で救おうとするアイデアは新しい試みであると積極的に評価する論者もいる(Götz Müller, 1985)。

新鮮な驚きというものはジャン・パウルの場合、その自伝からも窺われるようにまずは自分の自我への驚きである。自我が自我に出会うということは、自我の外界との分裂を前提としている。後期の作品は抒情が少なくなり、その分反省が多くなるが、それでもジャン・パウルが内面と外界の不一致という青春のテーマを晩年に至るまで反復していることは伝わってくる。その理論的説明として、古いが今でも的確さを失っていないヴェルフェルの論文(Kurt Wölfel: "Ein Echo, das sich selber in das Unendliche nachhallt" 1966)の結論部分をまず引用しておきたい。

〈ジャン・パウルがこの曖昧さから訣別しようと試みるところでは彼は、それを自分が内奥でそうである者として、神秘家として行い、すべての現象を犠牲にして、外面化出来ない内面に戻っている。この神秘学の印の下にとりわけ彼の後期の作品はある。しかしすでに彼の最初の長編小説『見えないロッジ』において、その生命を自分の内に自分自身のために有する魂の前でのすべての現実の無関心さが気ままに公表されるエピソードが見られる。

主人公のグスタフが自分の最初の教師、精霊に憧れる。別の青年の肖像画は彼に「逃げ去った友との全くの類似性」を思い出させる。彼は「描かれた空無の中に凹面鏡の中でのように友の形姿を見た」。彼は眠り込む。夢は彼に、月光によって天へ運ばれ、その際自分を見下ろしている友を見せる。彼は目覚めて、静止した天を見上げて、夢に見た友を天から呼び戻す。

「『また来ておくれ、……姿を見せておくれ、……少なくとも君の天から君の声を届けておくれ』――いつの間にか何かが窓の前で空気を引き裂いて『グスタフ』と叫んだ、そして遠くへ飛び去りながら二度一層高く『グスタフ、グスタフ』と下へ呼びかけた」。

「二つの世界が今や彼のために一つに崩れ落ちた」と語り手は語っている、「長いことこの時から、……彼の魂の動揺は続くことだろう」。直接の合図、無限な者からの人間の呼びかけへの答えがここではなされているように見える。しかし単にそう見えるにすぎない。かの、言うなれば、いけしゃあしゃあとしたやり方で、ジャン・パウルがしばしば出し抜けに用いるやり方で説明が続いている。「年老いた椋鳥［これは話せる］が多分行ったのだろう。これは私の知るかぎり、百姓の許から逃げ去ったのであった。グスタフはそのことを知らなかった」。それから主人公にとって彼岸の世界の体験を意味していたこの散文的解決への語り手の注釈として次のように記している。

「魂が養殖池の波のようにシャツの胸飾りほどに波打つか、あるいは大洋の波のようにアルプスほどに波打つかは別々のことである。この高い動揺を椋鳥が引き起こすか、亡き者であるかは一つのどうでもいいことである」。

この出来事では、正確に「カンターテの講演」で定義されていること、「その空隙が我々の思考と我々の観照とを引き離してしまう何物か」が「天から間近に」引き寄せられることが生じている。グスタフの魂によって考えられた天上的なものが経験世界に現在化する。空隙は閉ざされている。有限なものと無限なものはもはや別れていない。

「彼にとっては」、主人公にとっては、これらは「一つに崩れ落ちた」、「現実には」もちろん違う。椋鳥が彼に対しては、読者に対して作者が取っている役割を演じている。作者はその作品の中で「戯れの無限性」を幻想的に創りだして、それと共に「真面目な無限性」に案内しようとする。現実性を出来事は両方の場合本質的に外部にではなく内部に、一方では主人公の内部に、もう一方では読者の内部に持っている。両者とも「その魂の動揺」を、つまり「心」を居心地の悪い「居場所」を越えて持ち上げる無限の感覚を感じる、あるいは感じるべきであろう。単なる虚構がこうした動揺のきっかけであるかどうかということ、そして単なる虚構がきっかけであるという事実、これは魂の動揺という現実に照らして見れば重要なことではない。この文は、何故ジャン・パウルが、何の良心のとがめの痕跡を残さずに、かくもふんだんに倦むことなく彼の長編小説の中で魂の動揺の演出家として活動しているのかその理由を説明している。荒っぽい機械や血なまぐさい驚愕の効果やトリックや欺瞞の少なくないすべての設備、装置、演出、飾りは結果の効果に対する現実の理由の無関係からその正当性を引き出している。この文はしかし他方ではまた何故語り手のジャン・パウルは根本的に、外部世界の事物を本質的に、魂によって魂のために上演される作品の書き割りや劇場の機械装置以上のものとして評価するに決して至らなかったのかも説明している、——これは、「自ら無限に鳴り響く木霊」の中で詩となる、つまりそこでは魂が全く自らの下にいながらそれでも一つの世界に囲まれている詩となる、魂のための作品である〉。

『彗星』ではこうした内面と外界との不一致、まずは一致と見せかけて、突き放す技法がふんだんに見られる。思いつくままに挙げると主人公の名前、後光、人工ダイヤモンド、喜捨、霧の中の歓声、ルカの町での皇女との出会い等である。主人公の名前はニコラウス・マークグラーフである。ニコラウスは聖人の名前であり、マークグラーフは辺境伯と響きが同じである。聖人にして領主という宗教界と政治世界の代表という大層なもので、幼きニコラウスはまず聖人ニコラウスに憧れ、彼の役を演ずる。ジャン・パウルはこの段階では自己演技を擁護してこう述べている。「しかし今は、この件を語り尽くす前に、知っておきたいと思うが、ニコラウスが自分と同時に他人をペテンにかけるのを読んだばかりの男がいるとして、この男は果たして分金液［硝酸］を注いで、マホメット達やリエンツィ達、トーマス・ミュンスター達、ロヨラ達、クロムウェル達、ナポレオン達の話の中から、このような時代に酔った男達が他人に対して見せかけているものを、純粋に、彼らが自分自身に見せかけているものと区別して、かくてハーネマン式ワイン検査を通じて彼らの実在から彼らの仮象を析出させる勇気を持てるものだろうか」（S.595）。この段階では語り手は主人公の演技を認めている。しかし実はペテンだとも述べており、実在との不一致は明瞭である。

後光については語り手ははじめから明かしている。ニコラウスは鼻の十二の痘痕の他に、汗をかいたり、熱心に祈ったりすると頭に後光が射す珍しい特徴を持つとされるが、すぐに「この後光は多分ボーゼの列福に他ならない」とされ、注で電気的後光のことと説明されている（S.578）。そして皮肉なことに友人ヴォルブレと取っ組み合いの喧嘩をしているときに燐光を発しはじめ、聖人たるものが喧嘩をしてしまったと鏡に映った燐光を見ながら反省することになる（S.597）。宗教的後光は単に生理現象にすぎない。

人工ダイヤモンドの発明は金をもたらしており、ジャン・パウルの作品では珍しく主人公が裕福になる。金を有することは実在の世界での勝ち組を資本主義社会では意味するが、しかしニコラウスは結局のところ認定されてはいない。このことが明らかになるのはヴォルブレのパスポート管理である。「しかしこのことをヴォルブレは考えていた。彼と力強い妹のリベッテは――ローマでは金で、つまり多くの金で何でも出来、従ってパスポートと呼ばれる人間の表題紙も出来たので――警察へ行き、薬剤師は突然の幸運で頭が変になり、自らを領主に劣らぬ者とみなし、それ故領国を捜す旅に出るという当地の犬ドクトルの医学証明書を提出した。かくてローマ出身の薬剤師ニコラウス・マークグラーフを、この者をペーター・ヴォルブレ・ドクトルが医師兼監視人として彼の弱った分別力の回復のためにドイツ中の旅に連れ出すが、邪魔せずに通行、再通行させるようにと上級官庁からすべての役所に請願してある完全なパスポートが求められ、入手されたのであった」（S.898）。「金で何でも出来」とは書いてあっても、名前通りの「辺境伯」と認定されはしないのである。ルカの町の人々が彼の前で帽子を脱ぐのは「ひょっとして被ったままでいたら彼が狂気の発作にかられて、自分達の頭を押さえるかもしれないと」案じてのことである（S.925）。しかし一方「金で何でも出来」る現実はあって、実在の側のルカの町の侯爵はそれほど豊かではなく、宮廷へのニコラウスの接近は可能となる。「二、三ターラーと引き換えに、ハーツェンコッペン［ニコラウス］は宮廷がまた退出したちょうどそのとき画廊に入るよう万事を定める」(S.962) という秘密の取り引きが可能となり、手違いから主人公は皇女と出会うことになる。ダイヤモンドに関しては、炭とダイヤモンドの要素が同じことから、フランス革命を背景にした市民と王との同一性を見る論者 (Matthias Dörries, 1990) や、文学『作品』(Werner Nell, 1986) と解釈する論者、金をもたらす作家活動が透けて見えると見る論者 (Herbert Kaiser, 1995)、現実の虚構性を説いて、炭からダイヤモンドを造ることを、現実のより高い実在への詩的変質の比喩と解釈する論者 (Monika Schmitz-Emans, 2000/2001) がいて、それぞれに興味深いが、現在人工ダイヤモンドは高くないことを考えると、情報価値は開示の有無で決まる、秘すれば花といった程度の感想しか思い浮かばない。秘すれば花となるところを語ってしまうのが、透明な神秘家ジャン・パウルの面目であろう。しかしまた『ジーベンケース』の「最初の果実の絵」の章に、「ただ雲の上に高く一つの光輝がある、それは神である。そしてそのずっと下に光る点がある、それは人間の自我である」という文があることを思い出すとき、ダイヤモンドをジャン・パウルの文筆活動の原点であった「自我」の比喩と見なすことも不可能ではないであろう。それはかつては光輝に満ちたものであっても、複製時代には高値を失う人工ダイヤモンド、合成方法の解明された宝石という観点で評価されるものであろう。

人工ダイヤモンドで金を得た主人公は、自分が好きでもない男に喜捨しようとして夜その部屋に忍び込み、不審者と思われさんざんな目に遭う。「喜びに酔ったマークグラーフにとって、上下を封印された二十四クロイツァー貨幣による百フローリンの金のロールをポケットに入れ、窮迫し、侮蔑された敵にこっそりとこのような弦のロールの贈り物によって再び彼の弦のない共鳴板の弦のための金属を与えるという思い付きほどに時宜にかなった思い付きがあり得たであろうか」(S.801)。しかし結果はこの敵の嘘と捕吏達との喧嘩であり、「しかしこれはマークグラーフのような者がそのダイヤモンドの凱旋の日に名誉と共に頼りとする勝利と言えようか」(S.806) という予想外というべきか、予想通りというべきか、ともかく内面と外界の一致しない結果に終わる。ちなみにジャン・パウルの主人公達は金を得てもそれで事業を起こすことはなく、喜捨するしか喜びを知らない。

主人公がルカの町へ入るときたまたま濃霧に襲われるが、ちょうどそのとき人々の王子誕生の知らせを、主人公は自分のことが言われていると錯覚する。これもジャン・パウルが技巧的に設定したものであろうと思われるので引用しておきたい。「『王子様だぞ』と霧の中から叫び声がした。――『大変だ、新しい王子様だ、今日は飲むぞ』と向こうで声がした。――『立派な体で、背丈があるが、しかし痩せているそうだ』――『いやに長いこと待たせたなあ』――と交互に聞こえてきた。侯爵薬剤師はこのような栄誉礼に接し、また自分の事情もあって、当然ながら、彼が町に入るとき同時にこの世に生まれた長いこと待たれていた世継ぎの王子の誕生を思いつくことは金輪際出来なかった。彼はそれ故、十分に正しく推測したとしても、侯爵の紋章の馬車の中に、夕方たまたま早く、あるいは自分のために先行して行ったとまで思った何人かの皇女達を想定する代わりに、侯爵家のお産のために至急近隣から呼ばれた産婆、助産婦といった者を考えることが出来なかった。それで彼は理性的な分別ある男としてあらゆる蓋然性を総合して――ローマ館での自分の借り上げ予約――町への前もって送った侯爵の微行――自分のお供――自分の首都、ニクラスの町を考え――そしてすべてのことから、ただ、人々は自分のことを嗅ぎつけ、彼を侯爵として町へ招ずるために太鼓を叩き、ラッパを吹き、鐘を鳴らし、大砲を放ち、叫び声を上げようとしているのだという結論しか引き出せなかった」（S.906f.）。この件では主人公が王子誕生のニュースを聞いた段階でも、これと自分の到来への祝いを一緒にしている内面が描かれていて亀裂の深さを巧みに示している（S.915 参照）。

ルカの町での皇女との出会いの場面は主人公ばかりでなく皇女の方の誤解も含むが、いずれにせよ、内面と外界の不一致である。喜劇的色調であるが、内面の孤立は深い。初めはイタリアのローマと作中のローマとの取り違えが語られた後、次のような取り違えに至る。こうした取り違えは初期の頃から作中での誘惑的場面で一貫して利用されていることを考えると、これまたジャン・パウルの十八番といったものである。「伯爵［ニコラウス］は高貴な側からのすべてのこのような一致で次第に勇気を得ていって、長い間彼の顔に浮かんでいた歓喜の朝焼けの背後で遂には愛の太陽全体が明るく昇った。神々しい遠くの恋人のこのように美しく間近の女友達を前にしていて、彼は彼女に声高に言った。『私は彼女［貴女］をローマでの夕べ以来決して忘れたことがありません、妃殿下――私は彼女［貴女］を求めています――僕の旅はこの目的と心のこれに類した目的以外にはありません――このことを永遠の秘密にしていなくてはならないでしょうか――そんなことはありますまい、神々しいアマンダ』。

ハーツェンコッペン［ニコラウス］がこの語りを、口頭で行う代わりに、文書で渡して、従って『彼女』を『貴女』と区別出来るようにしていたならば、皇女は『貴女』と取り違えることはなく、彼の雅歌を自分に引き寄せることはなかったであろう。――しかし我々哀れなドイツ人は、ドイツ人のおしゃべりが続くかぎり、四重の多義性の嘆きを自らの裡に飲み込まなければならない、この『sie』を語るときである。まず『彼女はした』、第二は『そなたはした』、第三は『彼らはした』、第四は『貴方［女］はした』である。

皇女達はそもそも演習の驚きに慣れていず、当惑させるのと同様に簡単に（より簡単にとは言わなくても）当惑してしまうので、善良な余所のルカの町の皇女は、すでに長いことハーツェンコッペンの有頂天から狂った愛の告白以外の分別あるものを何も聞き取ることが出来ずに、それに対してただ分別ある愛の告白に対するのと同じように答えた、つまり飽きるほど見ることと見ぬふりをすること、そして飽きるほど聞くことと聞かぬふりをすることであった」（S.989）。

以上のようにニコラウス自体すでに孤立した内面を窺わせているが、更にルカの町では革人間という夢遊病者が出現し、何故かニコラウスを嫌い、人間を嫌っている。しかし何故か女性には弱い。ニコラウスの一行を前にしての長い独白そのものが、孤独な存在を窺わせるが、その科白も次のような按配である。「一度おまえ達の様々な夜を一年に圧縮して、三六五日目の夜に一体枕の上の長い夢物語のうち、戦争や、娯楽や人間の社交や会話や長く不安な話のうち何が残っているか考えてみるがいい。一つの羽毛も、一つの微風も残っていない。――その上に更におまえ達の三六五の日中を数えてみろ、同じことで、悪魔がおまえ達の夜とおまえ達の日中には笑い、支配しているのだ。しかしおまえ達はそれを知らない」（S.1001）。狂気を治す騎士の登場という『ドン・キホーテ』後編の影響があるのであろうが、この人間はどうやら作中の牧師ジュープティッツの言から判断するに主人公の侯爵という妄想を治すために創作されたようである。牧師は述べている。「この人物は世界の、それどころかより高い動物界の、ましてやそれより低い人間どもの、唯一の侯爵であると思い込んでいて、従ってこの人物はルカの町の侯爵の命の明かりを、他のどの侯爵のであれ同様に、簒奪者の命として、これまでおとなしかった怪物、あるいは非人間の発作が思いがけず生ずる瞬間ごとに無分別に吹き消しかねません」（S.973）。続いてジュープティッツは何故この人物が侯爵という妄想を抱くようになったか述べて、主人公が自分のことに関連付けて、自分の愚行をやめるようになるだろうと思ったというようなことが記されている。しかし「ニコラウスのような空想の人間は、空想そのものの中で空しい治療手段で空想を押さえ込もうとするすべての動きに静かな防御を見いだす」（S.974）とされ、効果はない。後に妹のリベッテも同様の治癒的影響を考えていると述べられるが（S.999）、やはり最終的効果は未定である。革人間についてはその特異な言動故に、これまで様々な解釈（最近では Monika Schmitz-Emans は革人間を贖罪の山羊の儀式と関連付けて論じている）がなされてきているが、しかし全体に今ひとつ革人間の造型は十分ではなく、作品は革人間の独白の後、「皆彼から遠く離れた、恐れからではなく、驚きの余りであった」(S.1004)という、よく『彗星』論で引用される言葉と共に未完で終わっている。

物語としては確かに『彗星』は完成度が今ひとつであるが、しかし個々の人物の造型はそれなりに面白く、殊に訳していて楽しかったのは牧師ジュープティッツの言動である。すでにこの牧師については先にも「飛び領土」での脱線の部分を紹介したが、この牧師が旅に同行した理由の一つは何と旅は健康に良いということであって(S.825)、太っているから現代風な歩行の必要を感じてのことである。ちなみに途中で旅に加わる煙突掃除人も太っていて、入る煙突がなくなり、「長く歩いてまた登れるほどに痩せ」(S.887)なければならないことになっている。更に牧師には些細な失敗談の披露があり、笑いを誘う。例えば「極めて丁寧に急ぎ、極めて冷静に着衣することが不可欠の状況のとき、晴れ着のチョッキのボタンをはめるとき、下の方で一つのボタンが一つの穴を飛び越してしまい、それで一方のチョッキの端が不作法に首のところで突き出すことのないようにするには、すべてを指先で(不運なことに最も上等な穴やボタンであって)また外して、はめ込む必要にせまられ、その結果宗教局評定官の許に着いたときには、この方はもう食卓に着いておられたのだった」(S.852)とぼやいている。二〇〇年前の日常が鮮やかに現代に伝わって来る。

『彗星』は大きく見えたり、小さく見えたりすることから表題に取られていることを考えると、文学作品から処世訓を引き出すのは余り気の利かないことであっても、印象に残った二つの箇所を引いて締め括りたい。「自然や史実が全く創作に従う」(S.584)という本書に倣って、引用箇所を引用する。一つはローマでラファエロの絵を見てコレッジオが「私も画家だ」と叫んだという逸話を踏まえた箇所である(S.942)。これは各人に自信を持って生きよというメッセージとなりうるものである。大きく生きよ、である。もう一つは「凱旋の行列」で、ローマでは奴隷が凱旋将軍に「自分が人間であることを忘れるな」と呼びかける習慣があったことを踏まえた箇所である(S.997)。これは謙虚に、小さく生きよ、であろうか。

Goebel, Eckart: Am Ufer der zweiten Welt. Stauffenburg. 1999.

Döll, Heike: Rollenspiel und Selbstinszenierung. Zur Modellfunktion des Theaters in Jean Pauls 'Titan' und 'Komet'. Frankfurt a. Main, Berlin u.a.: Lang 1995 (= Bochumer Schriften zur deutschen Literatur, Bd. 46).

Baierl, Redmer: Transzendenz. Königshausen und Neumann.1992.

Gierlich, Susanne: Jean Paul "Der Komet oder Nikolaus Marggraf. Eine Komische Geschichte" Verlag Alfred Kummerle. 1972.

Schweikert, Uwe: Jean Pauls Komet. Selbstparodie der Kunst. Metzler. 1969.

Reemtsma, Jan Phillip: Komet. In: Jahrbuch der Jean Paul Gesellschaft 35 / 36(2000 / 2001), S.10-31.

Schmitz-Emans, Monika: Der Komet als ästhetische Programmschrift – Poetologische Konzepte, Aporien und ein Sündenbock. Ebenda. S.59-92.

Eickenrodt, Sabine: Horizontale Himmelfahrt. Die optische Metaphorik der Unsterblichkeit in Jean Pauls Komet. Ebenda. S.267-292.

Käuser, Andreas: Die Verdoppelung des Ich. Jean Pauls physiognomische Poetik im 'Komet'. In: JJPG 26 / 27 (1992), S.183-196.

Müller, Götz: Die Literarisierung des Mesmerismus in Jean Pauls Roman 'Der Komet'. In: Müller, Götz: Jean Paul im Kontext. Gesammelte Aufsätze. Mit einem Schriftenverzeichnis. hg. v. Wolfgang Riedel. Würzburg: Königshausen und Neumann. 1996, S.45-58.

Dörries, Matthias: Ent-setzter Apotheker. Ein Naturwissenschaftler als Metapher in Jean Pauls "Komet". In: JJPG 25 (1990), S.61-73.

Nell, Werner: Jean Pauls "Komet" und "Der Teutsche Don Quichotte" [von Wilhelm Ehrenfried Neugebauer]. Zum historischen Ort von Jean Pauls letztem Roman. In: JJPG 21(1986), S.77-96.

Wuthenow, Ralph-Rainer: Nikolaus Marggraf und die Reise durch die Zeit. In Jean Paul. 3.Auflage. Text und Kritik. 1983. S.77-88.

あとがき

『彗星』の刊行で、ジャン・パウルの大部な作品はすべて、日本に紹介されたことになります。古見日嘉氏訳の『美学入門』（白水社）、『巨人』（国書刊行会）、鈴木武樹氏訳の『見えないロッジ』、『五級教師フィックスラインの生活』（以上創土社）に続き、九州大学出版会からの『レヴァーナ』、『ヘスペルス』、『生意気盛り』、『ジーベンケース』と来て、ジャン・パウルの最後の長編小説が刊行されるわけで、残るは彼の中短編のみとなります。『彗星』までもがアジアで翻訳されるとはジャン・パウル自身思いもよらなかったことかもしれません。

翻訳出版に際しては、九州大学出版会に原稿を提出する前に、まずハイネ研究家の岩本真理子氏に原文との照合をお願いしました。多くの誤訳、脱落等を指摘して頂きましたが、ジャン・パウルの文に対する同氏の感想は、「まるでクノッソスの宮殿のような文章」というものでした。その他ラテン語に関しては科学史家の高橋憲一氏の助言を頂きました。またその他にも様々な語学の専門家の助言を頂きました。その後、編集長藤木雅幸氏を中心に、九州大学出版会で丁寧な編集校正作業をして頂き、刊行に至りました。協力して頂いた諸氏に御礼申し上げます。

なお本書は、日本学術振興会の平成十四年度科学研究費補助金「研究成果公開促進費」の助成金を得て出版に至りました。訳者本人としてはただ忝く思うばかりです。

ジャン・パウルを翻訳出版して十年以上になりますが、ジャン・パウルが日本人に馴染みのものになったかいささか疑問です。しかしニーチェは「鳩の足をしてやってくる思想が世界を支配する」と述べています。世界を支配しようなどとは毛頭思わないけれども、ジャン・パウルという鳩が九州に上陸したらしいという印象が本邦に広まるならば、訳者としてこれにまさる喜びはないように思われます。

福岡　二〇〇二年　九月

恒吉法海

訳者略歴

恒吉法海（つねよし・のりみ）

1947年生まれ。

1973年，東京大学大学院独語独文学修士課程修了

現在，九州大学大学院言語文化研究院教授

著書 『ジャン・パウル　ノート』（九州大学出版会）

訳書 ジャン・パウル『レヴァーナ あるいは教育論』，同『ヘスペルス あるいは四十五の犬の郵便日』（第35回日本翻訳文化賞受賞），同『生意気盛り』，同『ジーベンケース』（共訳），ギュンター・デ・ブロイン『ジャン・パウルの生涯』（共に九州大学出版会）

彗《すい》星《せい》

2002年10月15日初版発行

著　者　ジャン・パウル

訳　者　恒吉法海

発行者　福留久大

発行所　（財）九州大学出版会

〒812-0053 福岡市東区箱崎7-1-146

九州大学構内

電話 092-641-0515 （直通）

振替 01710-6-3677

印刷・製本／㈲レーザーメイト，研究社印刷㈱

 ISBN 4-87378-750-5

ジャン・パウル／恒吉法海・嶋﨑順子 訳

ジーベンケース

Ａ５判 五九四頁 九、四〇〇円

ジーベンケースは友人ライプゲーバーと瓜二つで名前を交換している。しかしそのために遺産を相続できない。不如意な友の生活を救うためにライプゲーバーは仮死という手段を思い付き、ジーベンケースは新たな結婚に至る……。ドッペルゲンガーと仮死の物語。形式内容共に近代の成立を告げる書。

Ｊ・Ｇ・ヘルダー／嶋田洋一郎 訳

ヘルダー 旅日記

Ａ５判 三七四頁 五、八〇〇円

自伝的記述から文学、歴史、教育までも含む『旅日記』は著作家ヘルダーの核心を呈示しているのみならず、ヨーロッパ啓蒙主義という十八世紀の大きな時代思潮の中を旅するドイツの知識人の姿を鮮明に伝えている。詳細な訳注、書簡、説教、詩など作品理解を深める資料も収めた『旅日記』の決定訳。

岩本真理子

ハイネにおける芸術と社会批評の問題

Ａ５判 二〇六頁 四、〇〇〇円

ロマン派的抒情詩人と革命的社会批評家の両面を持つハイネの作品と思想を、サン・シモン主義や同時代人メンツェルのゲーテ批判などを手がかりにして考察する。

岡野 進 編

私という記号

――ドイツ文学における自我の構造――

Ａ５判 三三六頁 四、五〇〇円

本書はこれまで支配的であった教養小説観に対する疑義から生まれた。フロイト、ラカンを視野におきつつ、教養小説を普遍的なものへ至る自我の歩みを語るものとしてではなく、むしろ自我のゆらぎ、解体の証言と捉える、もうひとつの教養小説論集。

池田紘一・眞方忠道 編

ファンタジーの世界

Ａ５判 三四〇頁 二、八〇〇円

ファンタジーには心をいやすばかりではなく共同幻想を形づくる働きもあるのではないか。こうしたファンタジーの諸相に、文学部の各専門分野から切り込んでみたのが本書である。あわせて人文系諸学へのパノラマ的視野が開かれることを目指す。